闲堂诗学

（上）

程千帆◎著

辽海出版社

目　　录

上篇　诗　论

下　篇　诗　作

余以春初就聘益阳之龙洲书院，未几病罢。

附 录 闲堂诗学评论

上 篇

诗 论

诗辞代语缘起说

(一)

代语者，修辞之一术也。修辞之业，大要在求表现之精审，使人获得正确之观念；求表现之新奇，使人发生警策之感觉；求表现之委宛，使人明晰涵蕴之意义。《文心雕龙·物色篇》所谓"因方以借巧，即势以会奇"是也。代语之用，亦不外斯。至其根株，则基联想。盖代语云者，简而言之，即行文之时，以此名此义当彼名彼义之用，而得具同一效果之谓。然彼此之间，名或初非从同，义或初不相类，徒以所关密迩，涉想易臻耳。① 原夫宇宙事物，纷纭相属。情知通感，非可绝缘。物有自异而见同，事或推此以及彼。是以举一隅则三隅可反，推己心而他心得通。文辞者，固假表象以神其用者也，遂亦因之有引申之义，有贸代之方。察其所由，岂不以此故邪？

———————————

① 案《方言》卷十："恲、鳃、乾、都、耇、革，老也，皆南楚、江、湘之间代语也。"郭璞《注》："凡以异语相易谓之代也。"此典籍称代语名、释代语义之最早者。然其根株，则基于声音之流变，故世之学者，皆依戴震《转语》同位位同之条以说之。盖《方言》之代语，与《转语》实理同而辞异也。今兹所论，虽亦如郭《注》所谓"以异语相易"，而其理全别，故不复推本之。

　　文学之始，盖权舆于语言。代语之施，于斯二者，皆属习见。其用之今日恒言者，更仆难数，固无论矣。以著之版业者言，《诗三百篇》为吾华成熟最早之文学，而代语之用，亦已数见不鲜。如《卫风·氓》："乘彼垝垣，以望复关。"《传》曰："复关，君子所近也。"《笺》曰："犹有廉耻之心，故因复关以托号民云。"《疏》曰："复关者，非人之名号，而妇人望之，故知君子所近之地。《笺》又申之犹有廉耻之心，故因其近复关以托号此民。故下云：'不见复关'，'既见复关'，皆号此民为复关。"此以"复关"代"人之名号"，则《风》诗用代语之例也。《小雅·大田》："田祖有神，秉畀炎火。"《传》曰："炎火，盛阳也。"《笺》曰："螟螣之属，盛阳气嬴则生之。今明君为政，田祖之神不受此害，持之付与炎火，使自消亡。"《疏》曰："以言炎火恐其是火之实，故云盛阳也。阳而称火者，以南方为火，炎为盛之，故云盛阳也。知非实火者，以四者所谓昆虫，① 得阴而藏，得阳而生。故《笺》云：'盛阳气嬴则生之。'义无取于火之实，故为盛阳也。"《大雅·公刘》："度其夕阳，豳居允荒。"《传》曰："山西曰夕阳。"《疏》曰："'山西曰夕阳'，《释山》文。孙炎曰：'夕乃见日。'然则阳即日也。夕始得阳，故名夕阳。"② 此以"炎火"代"盛阳"，以"夕阳"代"山西"，则

---

　　① 案《经》上文云："去其螟、螣，及其蟊、贼。"四虫指此。
　　② 胡仔《苕溪渔隐丛话》前集卷一引《宋子京笔记》云："山东曰朝阳，山西曰夕阳。故《诗》曰：'度其夕阳。'又曰：'梧桐生矣，于彼朝阳。'指山之处耳。后人便用'夕阳忽西流'。然古人亦误用久矣。"案梧桐二句，《诗·大雅·卷阿》文。《传》以山东释之，亦《雅》诂也。夕阳句，刘琨《重赠卢谌》诗语。子京盖未审文辞之用，有本义、借义之别。《雅》作乃用代语，刘诗固非其类。遽斥为误，殆非知言也。

《雅》诗用代语之例也。《周颂·小毖》："未堪家多难，予又集于蓼。"《传》曰："我又集于蓼，言辛苦也。"《疏》曰："蓼，辛苦之菜。故云：'又集于蓼，言辛苦也。'"此以"蓼"代"辛苦"，则《颂》诗用代语之例也。若斯之流，胥姬周先民之所咏歌，汉、唐老师之所说释，明见经传，无可致疑。固知其事从来实远。汉、魏以降，迄于近古，兹术施用，蕃变尤多，盖有非偶然者焉。王夫之《夕堂永日绪论》乃云："有代字法，诗赋用之。如月曰望舒，星曰玉绳之类。或以点染生色，其佳者正尔含情。然汉人及李、杜、高、岑犹不屑也。"① 是则率尔之言，未尝夷考情实，弗可信也。

在昔学人著书，于此事盖亦间有论列，然括囊未尽，友纪不张。自西方修辞之学流入吾华，邦人君子或有假厥科条，以理故籍，其凡例亦粲然明著。顾加之绅绎，则皆仅列举资代之方式，罕有明示方式之缘起者。夫缘起不明，则效用不显，方式虽详，因果则昧，其亦未为备也。余顷治诗，籀讽之余，颇事搜讨，因就此体，斟酌事辞，明征缘起，以补前此之所不及。其所举例，时不限于一代，人不限于一家，诗不限于一体，庶足以证成其为一普遍之现象。扩而充之，至于众体，固无弗从同，是则赖善读书者之隅反矣。

（二）

贾谊《陈政事疏》有云："古者，大臣有坐不廉而废者，

---

① 外编，《船山遗书》本。凡文中征引篇籍，若丛书本、传钞本、及诸本有完缺异同者，悉标出之。习见者则不更言何本。后仿此。

不谓不廉，曰'簠簋不饰'；坐污秽淫乱，男女无别者，不曰污秽，曰'帷薄不修'；坐罢软不胜任者，不谓罢软，曰'下官不职'。故贵大臣定有其罪矣，犹未斥然正以呼之也，尚迁就而为之讳也。"① 此实故书雅记明言代语缘起之朔，贾生长于文学，故其言精覈如此，然详审之，固非兹一端而已也。夫代语之理，则原于人类联想之本能；代语之兴，则基于辞义修饰之需要。是必博综内外，乃能洞悉由来。今本愚见，条列九科，各申梗概，附以证释。岂曰能尽，亦庶几焉。

一曰，所以除复重也。《文心雕龙·练字篇》论文家缀字，当守四条。其三曰权重出，谓："《诗》、《骚》适会，而近世忌同。若两字俱要，则宁在相犯。故善为文者，富于万篇，贫于一字。一字非少，相避为难也。"盖吾国语文，单音颇众。形式之美，古今共谈。故用字复重，必资贸代。其涉训诂者，旧谓变文，非此所论。今但就代语明之：如《古诗十九首》之十七："三五明月满，四五詹兔缺。"② 案《楚辞·天问》曰："夜光何德，死则又育？厥利维何，而顾菟在腹？"③ 张衡《灵宪》曰："月者，阴精之宗，积而成兽，象兔。……羿请无死之药于西王母。姮娥窃之以奔月，……是为蟾蜍。"④ 此缘上既有"明月"，故下以"詹兔"代之。黄庭坚《乞猫》："秋来鼠辈欺猫死，窥瓮翻盆搅夜眠。闻道狸奴将数子，买鱼穿柳聘衔蝉。"案史容《山谷外集诗注》曰："衔蝉，用俗语也。《后山诗话》云：'《乞猫》诗虽滑稽而可喜。千岁之

---

① 《汉书》本传引。
② 詹，五臣本《文选》作蟾。
③ 菟，一作兔。洪兴祖《补注》曰："菟与兔同。"
④ 《续汉书·天文志》上《注》引。

下，读者如新。'"① 此缘上既有"猫"与"狸奴"，故下以"衔蝉"代之。曹植《箜篌引》："生存华屋处，零落归山丘。先民谁不死，知命复何忧。"案《楚辞·离骚》曰："惟草木之零落兮。"王逸《章句》曰："零落，皆堕也，草曰零，木曰落。"此缘下既有"死"字，故上以"零落"代之。陆机《拟涉江采芙蓉》："上山采琼蕊，穷谷饶芳兰。"案《文选》张衡《西京赋》曰："屑琼蕊以朝飧。"李善《注》引《三辅故事》曰："武帝作铜露盘，承天露和玉屑饮之，欲以求仙。"② 是琼蕊即《楚辞·九章·涉江》"登昆仑兮食玉英"之玉英，此则借为兰之代语。缘下既有"芳兰"，故上以"琼蕊"代之。③ 以上皆句中字避复之例也。又六代而下，为诗颇重制题。题中字与句中字如重，间亦相避。如张祐《爱妾换马》："忍将行雨换追风。"案宋玉《高唐赋》曰："昔者，先王尝游高唐，怠而昼寝，梦见一妇人，曰：'妾，巫山之女也，为高唐之客；闻君游高唐，愿荐枕席。'王因幸之。去而辞曰：'妾在巫山之阳，高丘之阻。旦为朝云，暮为行雨。朝朝暮暮，阳台之下。'"④ 崔豹《古今注》曰："秦始皇有七名马：追风、白兔、蹑景、奔电、飞翩、铜爵、神凫。"⑤ 此缘题有"妾"字，故以"行雨"代之；题有"马"字，故以"追风"代之。钱惟演《对竹思鹤》："瘦玉萧萧伊

① 卷七。
② 卷二。
③ 案陆氏所拟古诗原文为："涉江采芙蓉，兰泽多芳草。"说者多谓此二句各指一事，是也。然拟作则连贯而下，所谓琼蕊，即是芳兰。其通变无方，固不必全与原制相合。览者无庸置疑可也。
④ 《文选》卷十九。
⑤ 《鸟兽》第四，《汉魏丛书》本。

水头，风宜清夜露宜秋。更教仙骥旁边立，尽是人间第一流。"案诗人以玉代竹，唐时已然。如李贺《昌谷北园新笋》四首之一："箨落长竿削玉开。"① 又《有所思》曰："风过池塘响丛玉。"② 皆是其例。鹤者，《相鹤经》曰："盖羽族之宗长，而仙人之骐骥也。"③ 此缘题有"竹"字，故以"瘦玉"代之；题有"鹤"字，故以"仙骥"代之。此则题与句字避复之例也。

二曰，所以矫熟俗也。韩子苍云："作诗不可太熟，亦须令生。"④ 崔德符云："凡作诗工拙所未论，大要忌俗而已。"⑤ 盖文辞施用，最忌因袭。要必去陈言而后成惠巧，启夕秀乃可致英奇。不尔，则一落熟套，便为俗笔也。兹事经涉广漠，利钝之数，固非片言可明；而代语之兴，此亦一故，试略证之：如旧题苏武《古诗》四首之三："结发为夫妻。"案李善《〈文选〉注》曰："结发，始成人也。谓男年二十，女年十五时，取冠笄之义也。"⑥ 《春秋》襄公九年《左传》曰："冠而生子。"《国语·郑语》曰："既笄而孕。"是结发以表成人。此缘"成人"习用，故以"结发"代之也。刘琨《扶风歌》："发鞍高岳头。"案何焯《评》曰："发鞍之义未详。"⑦ 先师蕲春黄君曰："发鞍，犹言发轫耳。"⑧

---

① 《全唐诗》卷十四，页七十二。同文石印本。凡文中引用《全唐诗》，均此本。
② 同上，页八十一。
③ 《文选》卷十四鲍照《舞鹤赋》李善《注》引。
④ 魏庆之《诗人玉屑》卷六《语不可熟》条引。
⑤ 同上卷五《忌俗》条引。
⑥ 卷二十九。
⑦ 海绿轩本《文选》引。汪辟疆丈云："何焯《评》今不见于何评《文选》，《读书记》亦无此条，当系叶氏所加。盖以海绿轩本所引何评多任意增损故也。"
⑧ 手批李注《文选》，传钞本。

《离骚》曰："朝发轫于苍梧兮。"王逸《章句》曰："轫，支轮木也。"《说文》曰："鞁，马鞁具也。"盖车行则去轫，马行则加鞁，其事略同。此缘"发轫"习用，故以"发鞁"代之也，谢朓《奉和隋王殿下》十六首之四："顾己非丽则。"案扬雄《法言·吾子篇》曰："或问：'景差、唐勒、宋玉、枚乘之赋也，益乎？'曰：'淫，必也则。'①'淫，则奈何？'曰：'诗人之赋丽以则。辞人之赋丽以淫。'"《汉书·艺文志·诗赋略序》引后二语。颜师古《注》曰："辞人，言后代之为文辞。"则诗人，所以称《三百篇》之作者。朓以鸣谦，乃自言不敢比于诗人。此缘"诗人"习用，故以"丽则"代之也。韩愈《送进士刘师服东归》："由来骨鲠材。"案鲠与骾同。《〈说文〉系传》曰："骾，食骨留咽中也。……古有骨骾之臣，遇事敢刺骾，不从俗也。"是骨骾有忠直之意。此缘"忠直"习用，故以"骨骾"代之也。苏轼《送张嘉州》："浮云轩冕何足言。"案《论语·述而篇》曰："不义而富且贵，于我如浮云。"《春秋》哀公十五年《左传》曰："服冕乘轩。"杜预《注》曰："冕，大夫服。轩，大夫车。"诗意自本《论语》，而辞则根《左氏》。此缘"富贵"习用，故以"轩冕"代之也。黄庭坚《送顾子敦赴河东》三首之二："遥知更解青牛句。"案任渊《山谷内集诗注》引《关令内传》曰："尹喜尝登楼，望东极有紫气，曰：'应有圣人过京邑。'果见老君乘青牛车来过。"② 曾国藩《十八家诗钞》

---

① 上四字今本讹作"必也淫"。兹依汪荣父先生《法言义疏》改。
② 卷五。

亦曰："青牛，谓老子乘青牛车也。"① 此缘"老君"习用，故以"青牛"代之也。

三曰，所以资偶丽也。文章偶丽之理法，《文心雕龙·丽辞》一篇言之详矣。而黄君所撰《书〈后汉书〉论赞》一文，持论尤推微至。其略曰："尚考文章之多偶语，固由便于讽诵；亦缘心灵感物，每有联想之能；庶事浩穰，常得齐同之致。或比方而愈憭，或反覆以相明。兼以诸夏语文，单觭成义。斯所以句能成式，语可同均。是则联类之思，人类所同有；排比之文，吾族所独擅。论文体者，宜于此察也。"② 然言对、事对之殊，反正、虚实之别，出于自然者少，出于人力者多。求其精工，必加组织，由是代语亦得施焉。如谢灵运《述祖德诗》二首之一："弦高犒晋师，仲连却秦军。"案《春秋》僖公三十三年《左传》曰："秦师……及滑。郑商人弦高将市于周，遇之，以乘韦先，牛十二犒师。……孟明曰：'郑有备矣，……吾其还也。'灭滑而还。"顾炎武《日知录》曰："弦高所犒者秦师，而改为晋，以避下秦字，则陋而舛矣。"③ 杜甫《诸将》五首之一："昨日玉鱼蒙葬地，早时金碗出人间。"案《汉武帝故事》曰："郏县

①　卷二十三。
②　骆鸿凯《文选学评骘第八》引。
③　卷二十一，《诗人改古事》条。黄节《谢康乐诗注》卷二云："秦未灭滑时，滑当附庸于晋。秦灭之而不能有其地，故滑仍属晋。成十七年：'郑子骊侵晋虚、滑。'杜预《注》：'晋二邑。滑，故滑国，为秦所灭，时属晋。'则知前此滑固附庸于晋也。康乐以当时之滑附庸于晋。秦师入滑，即是晋所属之地，故曰晋师，谓在晋地之师也。康乐此句用晋字，确有避下秦字之意。但不用其他国名，而用晋字，案之春秋都邑大势，实极有理。顾氏以舛陋加之，未当也。"案黄氏为谢诗辩护，用心良苦。然晋师解为在晋地之师，实极牵强，以自来诗句鲜有此种用法也。至用晋代秦，而用其他国名，亦非春秋都邑大势使然，而系由于康乐之联想。盖二国地丑德齐，自来相提并论，故易思及。黄氏之说，不免求深反晦矣。若王简辑王闿运《湘绮楼说诗》卷六云："'弦高犒晋师'，自是误用，不须曲说。"则似易秦为晋，乃一偶然之错误，论断殊嫌轻率。今亦不取。

有一人于市货玉杯。吏疑其御物，欲捕之，因忽不见。县送其器，推问，乃茂陵中物也。霍光自呼史问之，说市人形貌如先帝。"① 蔡梦弼《草堂诗笺》曰："金碗当作玉碗。但避玉鱼字，故改作金碗。《南史·沈炯传》："炯字初明，② 为魏所虏，尝独行，经汉武帝通天台，为表奏之，陈己思乡之意，其略曰：'甲帐珠帘，一朝零落，茂陵玉碗，遂出人间。'或引孔氏《志怪》：卢充家西有崔少府墓。卢充因猎逐獐，忽见朱门官舍，有人迎充。崔乃命小女妆饰于东厢，与充相见，成婚，留三日，临别，谓充曰：'君妇有娠，生男则当留之。'赠充衣衾，送充至家。经三年，三月三日，临水戏，忽见水上牸车，乍浮乍沉。既达于岸，充视其车中，见崔氏与三岁小儿共载。其别车即崔少府也。抱儿还充，及金碗一枚，俄而不见。充诣市卖碗。崔女姨曰：'我妹之女，未嫁而亡，赠以金碗著棺中。'余谓汉朝陵墓盖用茂陵故事也。但金玉字不同，以卢充故事复有金碗，或者疑之故也。"③ 若斯之流，以求措辞之精巧，不顾代语之未安，正不必曲为之讳。而以"晋"代"秦"，以"金"代"玉"，虽若避复，实在求对。此其情又视前述之例微有不同者也。陶潜《岁暮和张常侍》："市朝凄旧人，骤骥感悲泉。"案《庄子·

① 仇兆鳌《杜少陵集详注》卷十六引。
② 字，本讹自，今据史改。
③ 卷二十七，《古逸丛书》本。案胡仔《苕溪渔隐丛话》后集卷七引严有翼《艺苑雌黄》，胡震亨《唐音癸签》卷二十三，诂笺八附订讹，及宋长白《柳亭诗话》卷十八《玉鱼》条均以诗乃用茂陵事，与蔡《笺》同。独胡仔引《雌黄》加以非议，谓："二说当以卢充幽婚事为是。"然卢事与汉朝陵墓无涉，殆不足辩。杨伦《杜诗镜铨》卷十引胡应麟云："此盖以金碗字入玉碗语，一句中事词串用，两无痕迹。……正此老炉锤妙处，非独以上有玉鱼事故避重也。"杨氏以胡言为然，故云："按杜诗用事处多仿此。"考杜诗一句用数事，或一句中事词串用者，诚有其例，而此处则以金玉同属贵重之物，因玉碗而思及金碗，遂以代之，未必先有一卢充事盘据胸中，乃成此句，无庸穿凿以为说也。

知北游篇》曰："人生天地间，若白驹过隙，忽然而已。"《释文》曰："或云：白驹，日也。"汤汉《陶诗注》曰："骙骙，言白驹之过隙。"①《淮南子·天文篇》曰："日出于旸谷，……至于悲泉，爰止其女，爰息其马，是谓悬车。"是"骙骙感悲泉"者，不过谓"时日易逝"耳。不谓时日易逝，而代以骙骙五字，则以二句对起，不如是则不能与上句相对。此以求对之故，而两句之中，以一句全体用代语者也。沈佺期《早发平昌岛》："阳乌出海树，云雁下江烟。"案《文选》左思《蜀都赋》曰："阳乌回翼乎高标。"李善《注》引《春秋元命包》曰："阳成于三，故日中有三足乌。乌者，阳精。"② 是所谓"阳乌"，即指"日"也。不云日而代以阳乌，则以二句于律当偶，不用阳乌则不能的对云雁。此以求对，而两句之中，以一句部分用代语者也。唐彦谦《题汉高庙》："耳闻明主提三尺，眼见愚民盗一抔。"案《汉书·高帝纪》曰："吾以布衣提三尺取天下。"颜师古《注》曰："三尺，剑也。下《韩安国传》所云'三尺'亦同。"③ 又《张释之传》曰："今盗宗庙器而族之，有如万分一，假令愚民取长陵一抔土，陛下且何以加其法乎？"张晏《注》曰："不欲指言，故以取土喻也。"师古《注》曰："不忍言毁彻，故止云取土耳。"④ 此以"三尺"代"剑"，以"一抔"代"陵"。⑤

---

① 陶澍《陶靖节集注》卷二引。
② 卷四。
③ 案韩传云："高帝曰：'提三尺取天下者，朕也。'"
④ 案《〈史记·张传〉索隐》亦云："盖不欲言盗陵。"
⑤ 叶梦得《石林诗话》卷中云："一抔事无两出，或可略土字。如三尺律，三尺喙皆可，何独剑乎？"叶氏盖未细审"三尺"即是《汉书》本语，故发此议。陈岩肖《庚溪诗话》卷上，赵翼《陔余丛考》卷二十四均尝驳之，不具引。

王安石《南浦》："含风鸭绿粼粼起，弄日鹅黄袅袅垂。"释惠洪《冷斋夜话》曰："用事琢句，妙在言其用，而不言其名。……荆公鸭绿、鹅黄之句，此不[①]言水、柳之名。"[②]则以"鸭绿"代"水"，以"鹅黄"代"柳"。斯又对句以上下联悉用代语而益臻工妙之例也。

四曰，所以调声律也。陆机《文赋》曰："暨音声之迭代，若五色之相宣。虽逝止之无常，固崎锜而难便。苟达变而识次，犹开流以纳泉。如失机而后会，恒操末以续颠。谬玄黄之秩序，故淟涊而不鲜。"此论声律于文事之要也。加之剖析，则兹事实有两端：其一，句尾之字，依一韵以相从；其二，句中之字，递四声而互见。前者，古之所谓"韵"；后者，古之所谓"和"也。用韵之法，起自皇古。其事易识，无俟甄明。选和之说，兴于六朝，时人以为难瞭。[③]然自齐、梁新体，进为三唐律诗，遂亦户晓家喻。下逮清人图谱之学，而古诗平仄且有轨躅可寻矣。由夫声律之通行，遂及代语之应用，征之前作，有可言焉。其系于韵者，如高適《李云南征蛮诗》："圣人赫斯怒，诏伐西南戎。"案其《序》曰："天宝十一载，有诏伐西南夷。"《周礼·职方氏》司农《注》曰："东方曰夷。西方曰戎。"《春秋》文公十六年《左传》杜《注》曰："夷为四方总号。"[④]《史》、《汉》皆有

---

① 不，本讹本，据《夜话》改。
② 李璧《王荆文公诗注》卷四十一引。
③ 沈约《宋书·谢灵运传论》既云："欲使宫、羽相变，低昂舛节，若前有浮声，则后须切响。一简之内，音韵尽殊；两句之中，轻重悉异。妙达此旨，始可言文。"而《南史·陆厥传》载其答厥书复曰："韵与不韵，复有精粗，老夫亦不尽辨此。"则亦不能详审其由。《文心雕龙·声律篇》亦云："韵气一定，故余声易遣；和体抑扬，故遗响难契。属笔易巧，选和至难；缀文难精，而作韵甚易。"
④ 《〈穀梁传序〉疏》同。

《西南夷传》。《序》称西南夷，于文为顺。而诗曰西南戎者，缘诗用东韵，故用"戎"代"夷"以就之。梅尧臣《书哀》："雨落入地中，珠沉入海底。赴海可见珠，掘地可见水。"案四句以复调见工，则末句当作"掘地可见雨"乃合。然雨在麌韵，诗则用纸韵，故用"水"代"雨"以就之。此避出韵而用代语者也。[1] 又古来诗篇，不忌重韵，严有翼《艺苑雌黄》[2]、魏庆之《诗人玉屑》[3]、顾炎武《日知录》[4] 皆举证甚详。然《王直方诗话》曰："东坡《送江公著》云：'忽忆钓台归洗耳。'又云：'亦念人生行乐耳。'注云：'二耳义不同，故得重用。'"[5] 是用韵究以不重为佳。即惊才风逸，卓然大家如坡公者，亦未尝不措意于此。其他作如《聚星堂雪》，禁体物语，诗律最严。起云："窗前暗响鸣枯叶，龙公试手初行雪。"一点本题，以后即用虚写。其言风狂雪乱，则曰："幸有回飙惊落屑。"不独模状之工，亦以用"落屑"代雪，则不致与前雪韵犯复。此避重韵而用代语者也。王维《老将行》："昔时飞箭[6] 无全目，今日垂杨生左肘。路旁时卖故侯瓜，门前学种先生柳。"案《庄子·至乐篇》曰："支离叔与滑介叔观于冥伯之邱，……俄而柳生其左肘。"林希逸《注》曰："柳，疡也。"盖即今瘤字。而摩诘以"垂杨"

---

　　① 汪辟疆丈云："《礼记·月令》：'仲春之月，始雨水。孟春行夏令，则雨水不时。'是雨水古已连用。梅诗下句用水字，当本古义，似不为避出韵也。上句用雨字与次句双起，自无疑义。若第四句牵于珠字，必用雨字以求合，则不成词矣。"案：丈说极谛。此处存谬论而不删，所以志余过也。
　　② 蔡梦弼《草堂诗话》卷二引，《古逸丛书》本。
　　③ 卷七，《重押韵》条。
　　④ 卷二十一，《古人不忌重韵》条。
　　⑤ 阮阅《诗话总龟》前集卷九引，《四部丛刊》本。
　　⑥ 赵殿成《王摩诘全集注》卷六校云："箭，当作雀。"

代之者，不独避下柳韵，揆诸选和之理，亦有二故焉。柳之与肘，同在有韵，二字用之一句之中，则六朝所谓大韵之病，① 一也。此句第四字作平始谐，作仄则拗，二也。不加改易，实损声情。王集别有《胡居士卧病遗米因赠》一篇，其"岂恶杨枝肘"之句，亦以"杨枝"代"柳"，斯其回忌声病之精可见矣。② 更以选和之涉及代语者征之律诗，则如陆游《睡起至园中》："野人易与输肝肺，俗语谁能挂齿牙。"案"肝肺"以代"心"，"齿牙"以代"口"。此不特巧于作对，亦以上句末二字于律当为平仄。下句末二字于律当为仄平也。王安石《岭云》："寒荚著天榆历历，净华浮海桂团团。"案古乐府《陇西行》曰："天上何所有，历历种白榆。"③ 白榆，星名。《春秋运斗枢》所谓"玉衡星散为榆"者是也。段成式《酉阳杂俎·天咫篇》曰："异书言：月桂高五百丈，下有一人常砍之，树随创合。人姓吴名刚，学仙有过，谪令伐树。"④ 是诗上句乃言"星光在天"，下句乃言

---

① 遍照金刚《文镜秘府论》解大韵云："五言诗若以新为韵，上九字中更不得安人、津、邻、身、陈等字。"而不及七言，盖先唐兹体尚未大行于世也。

② 沈德潜《说诗晬语》卷下云："《庄子》：柳生左肘。柳，疡类也。王右丞《老将行》云：'今日垂杨生左肘。'是以疡为树矣。"宋长白《柳亭诗话》卷十四，《全目左肘》条云：《老将行》"以垂杨代柳字，窃恐猿臂将军未堪著此大树也。"又云："《赠胡居士》诗：'徒言莲花目，岂恶杨枝肘。'何异读《劝学篇》而食螳蜋邪？"案二家论王诗施用代语之未安，亦是；然于其何以必用代语之故，仍未瞭然也。又孙志祖《读书脞录》卷四，《柳生肘》条云："汤大奎《炙砚琐谈》云：'《庄子·至乐篇》：柳生其左肘。柳，疡也，非杨柳之谓。王右丞《老将行》：昔时飞箭无全目，今日垂杨生左肘。昔人已讥其误矣。嗣见元微之诗：乞我杯中松叶酒，遮渠肘上柳枝生。当时谬误相承，皆读书不求甚解之失也。'志祖案：柳之训疡，《释文》无此说，且他书亦无以柳为疡者。《南华》本寓言，即谓垂柳生肘，何害乎？王、元两诗引用皆同，未可以为非也。"原注："《抱朴子·论仙篇》：'支离为柳，秦女为石。'亦以柳为杨柳。"案孙氏说甚辩给。然《释文》所载义训，未必无遗；即令先唐无以柳训疡者，而柳之与杨，亦本二物，散文或通，对文则异。摩诘二诗皆用杨，不用柳，自有其调谐声律之由，《脞录》之论，亦尚未见及也。

③ 《玉台新咏》卷一。

④ 《四部丛刊》本。

"月色映海"耳。然由天上有榆，推及榆荚；由月中有桂，推及桂华。化全句为代语，而悉与律合，则弥见致密矣。凡上二端，固不能谓作者皆以求声偶之调适，始用代语；然代语之用，有时实以利声偶之调适，则可断言者也。

五曰，所以齐句度也。余杭章公《正名杂义》曰："《史通·杂说篇》云：'积字成文，由趋声对。'然则有韵之文，或以数字成句度，不可增省；或取协音律，不能曲随己意。强相支配，疣赘实多。故又有训故常法所不能限者。如古辞《鸡鸣高树颠》云：'黄金络马头，耿耿何煌煌。'晋成帝末童谣曰：'礚礚何隆隆，驾车入紫宫。'耿耿、煌煌，义无大异；礚礚、隆隆，亦并像车轮殷地声。而中间以何字，直以取足五言耳。……必求其义，则窒阂难通，诚以韵语异于他文耳。"① 案此论灼然有见于古人辞言之情。清儒王、俞以下，虑不能说也。夫句司数字，相接为用。其本体既有定限；则作者必于摛辞之顷，加之缪巧。或增字以足规式，或损字以就范围，斯固势所必至者。而代语与其所代之语，字数每不相同。有以少而代多，有以多而代少，斯于句度之齐一，遂亦颇有裨补。而诗辞代语之缘起，是又其一端焉。如左思《咏史》八首之一："畴昔览穰苴。"案《史记·司马穰苴传》曰："司马穰苴者，田完之苗裔也。……'文能附众，武能威敌'，……（齐）景公……以为将军。……其后，……齐威王用兵行威，大仿穰苴之法，而诸侯朝齐。……王使大夫追论古者《司马兵法》，而附穰苴于其中，因号曰

---

① 《检论》卷五《订文篇》附录，《章氏丛书》本。

《司马穰苴兵法》。"《隋书·经籍志》子部兵家载："《司马兵法》三卷，齐将司马穰苴撰。"是所谓"览穰苴"者，乃"览《司马穰苴兵法》"耳。全称其名，则字数多于五，故以穰苴代之。① 白居易《新乐府·西凉伎》："见弄凉州低面泣。"案洪迈《容斋随笔》曰："今乐府所传大曲，皆出于唐，而以州名者五：伊、凉、熙、石、渭是也。凉州今转为梁州，唐人已多误用，其实从西凉府来也。凡此诸曲，唯伊、凉最著。"② 是所谓"弄凉州"者，乃"奏凉州传入之大曲"耳。全称其名，则字数多于七，故以凉州代之。贾岛《题长江厅》："行蛇入古桐。"案集中《赠僧》一首有曰："乱山秋木穴，里有灵蛇藏。"③ 其意正同，特境有动静之别，语有繁简之殊。以此证之，则所谓"入古桐"者，乃"入古桐之穴"耳。全称其名，则字数多于五，故以古桐代之。斯皆假代语损字以齐句度者也，李白《赠宣城赵太守悦》："愿借羲和景。"案《离骚》曰："吾令羲和弭节兮。"王逸《章句》曰："羲和，日御也。"是所谓"羲和景"，即"日景"耳。循其本称，则字数不足五，故以羲和代之。苏轼《次韵王定国会饮清虚堂》："与子不妨中圣贤。"案《三国志·魏志·徐邈传》曰："时科禁酒，而邈私饮至于沉醉。校事赵达问以曹事。邈曰：'中圣人。'达白之太祖。太祖甚怒。度辽将军鲜于辅进曰：'平日醉客谓酒清者为圣人，浊者为贤人。邈性修慎，偶醉言耳。'竟坐得免刑。"是所谓"中圣贤"，即"中酒"

---

① 《传》称"而附穰苴于其中"，亦谓附穰苴所撰兵法于古《司马兵法》中耳。此正太冲所本。
② 卷十四，《大曲伊凉》条。
③ 《全唐诗》卷二十一，页八十。

耳。循其本称，则字数不足七，故以圣贤代之。陈师道《九日无酒，书呈漕使韩伯修大夫》："惭无白水真人分，难置青州从事来。"案《后汉书·光武纪》论曰："及王莽篡位，忌恶刘氏，以钱文有金刀，故改为货泉。或以货泉字文为白水真人。"《世说新语·术解篇》曰："桓温有主簿善别酒，有酒辄令先尝。好者谓青州从事；恶者谓平原督邮。青州有齐郡；平原有鬲县。从事言到脐；督邮言在鬲上住。"是所谓"白水真人"，即"钱币"；所谓"青州从事"，即"佳酿"耳。循其本称，则二句字数均不足七，故以白水真人、青州从事代之。斯皆假代语增字以齐句度者也。

六曰，所以别善恶也。王逸《〈楚辞·离骚经〉章句序》曰："《离骚》之文，依《诗》取兴，引类譬谕。故善鸟、香草，以配忠贞；恶禽、臭物，以比谗佞；灵修、美人，以媲于君；宓妃、佚女，以譬贤臣；虬、龙、鸾、凤，以托君子；飘风、云霓，以为小人。其词温而雅，其义皎而朗。"寻叔师所谓"引类譬谕"，征之《骚经》，实兼赅修辞学中之喻与代两事；而云其义皎朗者，则大要在能以善恶之别异示人。盖文辞之发，所以抒作者之情志，亦即表见其对事物之观感：善则善之，恶则恶之，故足以使人共晓。比喻之术，兹不遑及。而代语所由，有涉比者，则睹下所举列可概见焉。如王僧达《答延年》："珪璋既文府。"案《〈礼记·礼器〉疏》曰："圭璋，玉中之贵也。"《文选》曹丕《与钟大理书》曰："良玉比德君子，珪璋见美诗人。"李善《注》曰："《礼记》：'孔子曰：君子比德于玉。'《毛诗》曰：'颙颙昂昂，如珪如璋。’”① 是王诗"珪璋"云者，以代"延年"，而称誉之情可见矣。高適《送李少府贬峡中、王少府贬长沙》："圣代即今多雨露。"案草木必待雨露之润泽始能生长，故文辞多以草木比臣下，以雨露比君恩。白居易《初到江州寄翰林张、李、杜三学士》曰："雨露施恩无厚薄，蓬蒿随分有荣枯。"② 语尤分明。特前者为代，而后者为喻耳。是高诗"雨露"云者，以代"恩惠"，而颂扬之情可见矣。苏轼《送子由使契丹》："要使天骄识凤麟。"案《说文》曰："凤，神鸟也。"《论衡·讲瑞篇》曰："凤皇，鸟之圣者也。"《春秋》哀公十四年《公羊传》何休《解诂》曰："麟者，太平之符，圣人之类。"孙炎《〈尔雅〉注》曰："麟，灵兽也。"③ 是苏诗"凤麟"云者，以代"子由"，由赞美之情可见矣。此皆所谓其善者善之之类也。谢瞻《张子房诗》："鸿门消薄蚀，垓下殒搀枪。"案李善《〈文选〉注》曰："薄蚀、搀枪，皆喻（项）羽也。京房《易飞候》曰：'凡日蚀皆于晦、朔。不于晦、朔蚀者，名曰薄。'《尔雅》曰：'彗星为搀枪。'"④《汉书·天文志》曰："彗孛飞流，日月薄食，……此皆阴阳之精，其本在地，而上发于天者也。政失于此，则变见于彼。"盖"薄蚀"、"搀枪"，古均视为灾异，谢诗用之以代"项羽"，则指斥之情可见矣。李白《古风》五十九首之一："王风委蔓草，战国多荆榛。"案《〈诗〉序》曰："关雎、麟趾之化，王者之风。"《孟子·离娄篇》曰："王者之迹息而诗

---

① 卷四十二。
② 《全唐诗》卷十六，页三十七。
③ 《〈释兽〉疏》引。
④ 卷二十一。

亡。"《后汉书·冯异传》李贤《注》曰:"荆棘,榛梗之谓,以喻纷乱。"是诗意即《文心雕龙·时序篇》所谓:"春秋以后,角战英雄。六经泥蟠,百家飙骇。"太白盖推本战国无文,实缘王纲解纽。故以"蔓草"、"荆榛",代其时之"纷乱",则菲薄之情可见矣。杜甫《避地》:"神尧旧天下,会见出腥臊。"案此东胡安禄山反后,希冀光复之作也。《国语·周语》曰:"其政腥臊。"韦昭《注》曰:"腥臊,臭恶也。"胡人腋气特强,故有胡臭之称。何光远《鉴戒录》载尹鹗嘲李珣诗曰:"异域从来不乱常,李波斯强学文章。① 假饶折得东堂桂,胡臭熏来也不香。"② 即其明证。杜诗以"腥臊"代"胡人",则嫌厌之情可见矣。此皆所谓其恶者恶之之类也。

七曰,所以避忌讳也。《楚辞·七谏·谬谏篇》曰:"恐犯忌而干讳。"王逸《章句》曰:"所畏为忌,所隐为讳。"盖生老病死者,民之恒情;饮食男女者,人之大欲。然以忌痛苦,则讳言死亡;忌污秽,则讳言溲遗;忌猥媟,则讳言交媾。诸如此类,其类孔多。伊古已然,于今犹尔。而为文辞者,每遇此等,必施代语以资文饰焉。如潘岳《悼亡诗》三首之三:"仪容永潜翳。"案《说文》曰:"潜,藏也。"《广雅·释诂》曰:"潜,隐也。"王逸《〈离骚〉章句》曰:"翳,蔽也。"《方言》曰:"翳,掩也。"人死则隐藏掩蔽,不可复见。此缘不欲斥言其"死",故以"潜翳"代之。黄庭坚《哭邢惇夫》:"眼看白璧埋黄壤。"案《世说新语·伤逝篇》

---

① 案《录》云:李"本蜀中土波斯也。"
② 卷四,《斥乱常》条,《知不足斋丛书》本。

曰："庾文康亡，何扬州临葬，云：'埋玉树于土中，使人情何能已。'"此亦不欲斥言其"死"与"葬"，故以"白璧埋黄壤"代之。此痛苦之忌也。王建《宫词》百首之四十六："密奏君王知入月，唤人相伴洗裙裾。"案《说文》曰："姅，女污也。"《汉律》曰："见姅变不得侍祠。"① 《释名·释首饰》曰："以丹注面曰的。的，灼也。此本天子诸侯群妾当以次进御。其有月事者，止而不御。重以口说，故注此丹于面，灼然为识。女史见之，则不书其名于第录也。"② 此缘不欲斥言"姅变"，故以"入月"代之，此污秽之忌也。张衡《同声歌》："衣解巾粉御，列图衾枕张。素女为我师，仪态盈万方。众夫所希见，天老教轩皇。"案此数语，旧日说者若吴兆宜《〈玉台新咏〉注》、闻人倓《古诗笺》，皆未能通解，惟黄节《汉魏乐府风笺》所释为当。其言曰："张衡《七辩》曰：'假明兰镫，指图观列，蝉绵宜愧，夭绍纡折，此女色之丽也。'盖即所言列图陈枕，仪态万方也。方，法也。《汉书·艺文志》房中八家有《天老杂子阴道》二十五卷、《黄帝三王养阳方》二十卷。列图以下，盖即《汉志》所言房中也。《玉房秘诀》：黄帝问素女、玄女、采女阴阳之事，皆《黄帝养阳方》遗说也。"③ 汤显祖《紫钗记》写霍小玉离情，有句曰："被叠慵窥素女图。"④ 即本平子，可为佐证。此缘不欲斥言"淫画"，故但称"图"以代之；不欲斥言"交媾

---

① 《史记》卷五十九，《〈五宗世家〉集解》引。
② 《唐音癸签》卷十九，诂笺四举此，谓宫词"语虽情致，但天家何至自洗裙裾。密奏云云，更不谙丹之故事矣。"案密奏者，谓女史之为。《释名》说本明白，胡氏未细审耳。
③ 卷十四。
④ 第二十五出《折柳阳关》，《六十种曲》本。

之状",故但称"仪态万方"以代之。① 此猥媟之忌也。李商隐《药转》:"郁金堂北画楼东,换骨神方上药通。露气暗连青桂苑,风声偏猎紫兰丛。长筹未必输孙皓,香枣何劳问石崇?忆事怀人兼得句,翠衾归卧绣帘中。"案此诗说者纷如。其胃:"此篇淫媟之辞。朱竹垞以为药转字出道书,如厕之义。"则程梦星《李义山诗集笺注》之说也。其谓:"颇似咏闺人之私产者。次句特用换骨,谓饮药堕之。三、四谓弃之后苑。五、六借以对衬。结则指其人归卧养疴。"则冯浩《玉溪生诗笺注》之说也。其谓:"题与诗均难解。说者托之朱竹垞,谓如厕之义。冯氏又以私产解之,皆非也。余细审之:此盖咏人之以药堕胎者耳。当时或有此事,为朋辈所述。义山偶尔弄笔,以博笑谑。观结语'忆事怀人兼得句',可以见矣。"则张采田《玉溪生年谱会笺》之说也。考题曰《药转》,朱氏谓义为如厕,今无所征,或是据腹联推测,而托之道书耳。冯《注》以葛洪《神仙传》"上药有九转还丹"说之,证以本诗次句,差为可信。五六两句,正由讳言如厕,故用典实作代。冯氏疏之曰:"道源曰:长筹,厕筹也。《法苑珠林》:吴时于建业后园平地获金像一躯。孙皓素有未信,置于厕处,令执屏筹,至四月八日浴佛时,遂尿头上,寻即通肿,阴处尤剧,痛楚号叫,忍不可禁。太史占曰:犯大神圣所致。宫内伎女有信佛者曰:佛为大神,陛下前秽之,今急,可请邪?皓信之,伏枕归依,忏谢尤恳,以香汤洗像,惭悔殷重,隐痛渐愈。《白帖》:大将军王敦至石家

---

① 今人动称女子风度服饰之美曰"仪态万方",此不学之过,诚可笑也。

厕，取箱食枣。群婢笑之。道源曰：《世说》：石崇厕常有十余婢侍列，皆丽服藻饰，置甲煎粉、沈香汁之属，又与新衣著令出。客多羞，不能如厕。王大将军往，脱故衣，著新衣，神色傲然。群婢相谓曰：此客必能作贼。又曰：王敦初尚主，如厕，见漆箱盛乾枣，本以塞鼻。王谓厕上亦下果实，遂至尽。《白帖》合之为一。义山诗亦如此用。岂别有据邪？"① 盖诗意若谓：事涉污秽，乃无异孙皓之长筹；本非溲遗，故不劳石崇之香枣也。至冯以此联为借以对衬，则非。中四句实当作一气读，谓弃婴后苑厕中也。② 余则冯、张所解，大略从同，可勿深论。此亦不欲斥言"如厕"，故以"长筹"、"香枣"代之；不欲斥言"堕胎"，故以"换骨"代之；不欲斥言"堕胎方药"，故以"神方上药"代之。此污秽而兼猥媟之忌也。

八曰，所以远嫌疑也。夫物有节文，事有宜适，若吟咏之际，或语涉放肆，或意及感情，或时讳攸关，或厉禁所限，既难居之不疑，又恐览者不察，则每廋辞以托意，代语以达旨，比类合谊，用求曲喻，俾不失其本真，复免于嫌疑焉。如谢灵运《登池上楼》："潜虬媚幽姿。"案《说文》曰："虬，龙子有角者。"《易·乾》初九曰："潜龙勿用。"《文言》说之曰："龙，德而隐者也。不易乎世，不成乎名，遁世无闷，不见是而无闷。乐而行之，忧则违之。确乎其不可拔，潜龙也。"谢公此诗末句云："无闷征在今。"是其用《易》

---

① 卷五。
② 唐长孺先生云："此疑指女道士私婴弃厕中。唐释法琳《辨正论》讥道士有云：'魏、晋以来，馆中生子；梁、陈之日，圊内养儿。'如药转、换骨，并用道书语。孙皓事亦借佛以喻耳。"案此说尤确，谨附录于此。

义显然。顾不径曰"潜龙"，而代之以"潜虬"者，则以自汉以来，世皆以龙为帝王之象征。《贾子·容经篇》所谓："龙也者，人主之譬。"《史通·叙事篇》所谓："帝王兆迹，必号龙飞。"① 不可妄用也。若潘尼《赠卢景宣》，而有"九五思飞龙"之句，《颜氏家训·文章篇》曰："今为此言，则朝廷之罪人。"衡以尔时情理，岂不然哉？又其《过始宁墅》："还得静者便。"案《论语·雍也篇》，孔子曰："知者乐水。仁者乐山。知者动。仁者静。"此诗既系过墅之作，而下又有"枉帆过旧山"、"山行穷登顿"诸句，则取义《论语》，而自居仁者可见。顾不径曰"仁者"，而代之以"静者"者，则以《论语·述而篇》载孔子之言，谓："若圣与仁，则吾岂敢？"至圣且不敢承，则康乐亦安能辄认？故不得不出以扬谦也。② 试更征以后来之作，若杜甫《送孔巢父谢病归游江东，兼呈李白》有曰："蔡侯静者意有余。"③《贻阮隐居昉》有曰："贫知静者性。"④ 皆本谢公。而称人亦曰"静者"，不曰"仁者"者，则以孔子论人，于仁之一字，最不轻许，如《论语·公冶长篇》载孟武伯问子路、冉有、公西赤，皆答以"不知其仁"。子张问令尹子文、陈文子，皆答以"未知焉得仁"。礼不妄说人，则杜亦惟循谢之轨辙。

---

① 案《易·乾》九五曰："飞龙在天。"
② 黄节《谢康乐诗注》卷二云："《老子》：'归根曰静。'此诗静者，疑用老义。"案此说非是。殷石臞先生云："《文选》殷仲文《南州桓公九井》作：'伊余乐好仁，惑祛吝亦泯。'李善《注》引《左氏传》：'与田苏游而好仁。'杜预曰：'苏，晋贤人也。苏言韩起好仁也。'五臣《注》良曰：'言乐桓玄好仁之怀。'按此诗前既以哲匠尊桓玄，此不必更以好仁指之。乐好仁实即言乐游山，亦用《论语》'仁者乐山'语，以好仁代乐山游耳。谢客此篇，有脱胎仲文诗意处，细玩谢清旷、惭贞坚之语可见。'还得静者便'，则直包孕仲文'伊余'二句，以静代仁，亦本仲文之法，而更精炼。此诗家秘密藏也。"
③ 《全唐诗》卷八，页三。
④ 同上，页十一。

斯又少陵熟精《选》理之一证。此以嫌于语涉放肆而用代语者也。李商隐《无题》："闻道阊门萼绿华，昔年相望抵天涯。岂知一夜秦楼客，偷看吴王苑内花。"案《文选》陆机《吴趋行》李善《注》引《吴越春秋》曰："大城立昌门者，象天，通阊阖风。"又引《吴地记》曰："昌门者，吴王阖闾所作也，名为阊阖门。"①《太平广记》引《真诰》曰："萼绿华者，女仙也，年可二十许，……以晋穆帝昇平三年己未十一月十日夜，降于羊权家。……自此一月辄六过其家，……授权尸解药，亦隐景化形而去。"②赵臣瑗《山满楼唐诗七律笺注》曰："此义山在王茂元家窃窥其闺人而为之。"③冯《注》亦曰："定属艳情，因窥见后房姬妾而作，得毋其中有吴人邪？"④李为王婿，而窃窥其后房，此真干犯名教之事，乌可显言？故于所见之人，始以有世缘之女仙"萼绿华"代之，继以居深宫之丽质"吴王苑内花"代之，以见其可望而不可即之意。犹恐人之弗审，则前举阊门，后言吴苑，以相关合焉。⑤此以嫌于意及感情而用代语者也。杜甫《奉同郭给事汤东灵湫作》："坡陀金虾蟆，出见盖有由。至尊顾之笑，王母不肯收。复归虚无底，化作长黄虬。"案蔡梦弼《草堂诗笺》曰："盖伤杨贵妃养禄山为义子，私通之。每年幸汤泉，为禄山作生日，以金盆盛汤，禄山裸浴其中。贵妃

---

①　卷二十八。
②　卷五十七。
③　冯浩《玉溪生诗集笺注》卷一引。
④　案冯氏说"阊门"云："取与下吴王苑相应。"又说"吴王苑内花"云："暗用西施。"精审可信也。
⑤　《玉溪生年谱会笺》卷二解此诗云："此初官正字，歆羡内省之寓言。……萼绿华以比（李）卫公。"案其说附会，兹所不取。

佯为庆诞之辰，百端取乐。明皇全不悟。案唐史：禄山为范阳府节度，与杨国忠争权。国忠表禄山必叛，玄宗不信。国忠谓帝：幸温泉，遣人召禄山，禄山必不来，以此验之。帝如其言。……后禄山至温泉。玄宗视禄山面，大喜。国忠谏帝：命壮士缚之，不然必反。帝既不疑禄山，贵妃复宠爱之，岂肯从其言而收缚之。谒帝罢，辞归范阳，……遂反。①'坡陀'，高大之貌，禄山腹大而涨。……金乃西方，禄山胡人，故云'金虾蟆'。②'至尊'，指玄宗也。'王母'，指贵妃也。明皇为贵妃制羽衣霓裳以象西王母之会。……'虚无底'，谓范阳也。③……帝验国忠之言，以卜其来与不来，故曰：'出见盖有由。'及禄山至，玄宗乃欢喜而大笑。虽国忠谏，命壮士收缚之，贵妃决不肯也。续遣归范阳，禄山遂反。岂非'复归虚无底'，而'化作长黄虬'乎？"④ 沈德潜

---

① 案钱谦益《杜工部诗集笺注》卷一引《安禄山事迹》，与此互有详略，可参。

② 案金虾蟆事，诸家所说各异。钱《注》云："《酉阳杂俎》：'有人夜见月光属于林中，如匹布。寻视之，见一金背虾蟆，疑是月中者。'月者，阴精，后妃之象。禄山谄约杨妃，誓为子母，通宵禁掖，暱狎嫔嫱。和士开之出入卧内，方此为疏；蓟城侯之获厕刑余，又奚足尚？方诸虾蟆之入月，诗人之托喻，不亦婉而章乎！"此一说也。赵翼《陔余丛考》卷二十四则驳之云："案《潇湘录》：'唐高宗患头风。宫人穿地置药炉，忽有虾蟆跃出，色如黄金，背有朱书武字。宫人奏之。帝惊异，命放苑池。'则杜诗所咏，正指此事，而非如注家所云也。"杨伦《杜诗镜铨》卷三引钮琇说，又宋长白《柳亭诗话》卷六《金虾蟆》条皆与赵同。宋氏并云："虞山以《酉阳杂俎》……注之，乃长庆年间事，老杜作古久已。"此又一说也。仇兆鳌《杜少陵集详注》卷四引潘鸿云："案《五行志》：'神龙中，渭水有虾蟆，大如鼎。里人聚观，数日而失。'此韦后时事。'坡陀金虾蟆'，盖其类也。禄山浊乱宫闱，故有此应。可与翟泉鹅出，同类并观，故曰'出见盖有由'。又载：虾蟆色如金。或云：骊山上有古碑载之。"此又一说也。审此诸事，钱氏所举，后于杜公，其误不待论。赵、钮、宋三氏所举，则金虾蟆乃指武后，设杜公用之，亦当以指杨妃，而诗中明指禄山，是亦不合。潘氏所举，更无由与诗关连。蔡《笺》但据诗辞为说。似反较胜也。

③ 唐长孺先生云："案虚无底，即无穷也。《赵策》：'武灵王出无穷之门。'无穷，亦即无终。其地在燕，故云尔。"

④ 卷十三。

《杜诗偶评》论此数句曰："难显言者，以隐语出之，诗人之体。"① 此以"金虾蟆"与"长黄虹"代"禄山"，以"虚无底"代"范阳"，盖惧触时讳而用代语者也。唐珏《梦中作》四首之一："亲拾寒琼出幽草，四山风雨鬼神惊。"案陶宗仪《辍耕录》曰："岁戊寅，有总江南浮屠者杨琏真伽，……帅徒役顿萧山，发赵氏诸陵寝，至断残支体，攫珠襦玉柙，焚其胔，弃骨草莽间。时珏年三十二岁，闻之，痛愤，亟……邀里中少年若干辈……收遗骨共瘗之。……四郊多暴骨，取以窜易。……乃斫文木为匣，复黄绢为囊，各署其表曰某陵、某陵，分委而遣散之，筳地以藏，为文而告，诘旦事讫。……越七日，总浮屠下令，哀陵骨，杂置牛马枯胳中，筑一塔压之，名曰镇南。杭民悲切，不忍仰视，了不知陵骨之独存也。"② 诗即咏其事，题曰《梦中作》，特故为缪悠之辞以免祸耳。此以"寒琼"代"白骨"，③ 盖恐干厉禁而用代语者也。

九曰，所以明分际也。夫人之相与，莫不有尊、卑、长、幼之殊，贵、贱、亲、疏之别。表之文字，差别较然。或缘相对以鸣谦，或缘特见以示异者，代语之中，所在多

---

① 卷一。
② 卷四，《发宋陵寝》条。案此事隐秘，传闻多异辞。中山大学《语言文学专刊》第二卷第一期载詹安泰《杨髡发陵考辨》论之甚详，可参阅。又郑元祐《遂昌山樵杂录》谓收骨者为林景熙，《梦中》诗亦林作。兹从厉鹗说定归唐氏。其辨证见《宋诗纪事》卷七十五，不具详。
③ 《唐音癸签》卷十九，诂笺四云："谢惠连《雪赋》：'庭列瑶阶，林挺琼树。'善《注》：'琼，赤玉也。琼树恐误。'案琼之为赤玉，见《说文》。但毛《〈诗〉传》言琼非一，惟云：'玉之美者。'非以为玉色名，《〈诗〉传》在《说文》前，尤可据。谢盖用《〈诗〉传》，不用《说文》耳。陈张正见：'睢阳生玉树，云梦起琼田。'隋王衡：'璧台如始构，琼树似新栽。'以及李贺：'白天碎碎堕琼芳。'李义山：'已随江令夸琼树，又入卢家妒玉堂。'并从谢作白用，似为不误。"案唐用寒琼，亦同此例。

有。观之若不经意，寻之即审其由焉。如杜甫《奉赠韦左丞丈二十二韵》："丈人试静听，贱子请具陈。"案《易·师》曰："丈人，吉。"王弼《注》曰："丈人，严庄之称也。"《论语·微子篇》曰："遇丈人。"包咸《注》曰："丈人，老人也。"①《汉书·游侠传》曰："称贱子。"颜师古《注》曰："言以父礼事。"此以"丈人"代"韦"，而以"贱子"代"己"，出以相对之辞，而二人之关系可见。此所以表尊、卑、长、幼者也。唐文宗《宫中题》："上林花发时。"案司马相如有《上林赋》，以谓天子之苑囿也。称"上林"以代"游赏之地"，则知其非臣民矣。秦韬玉《咏贫女》："蓬门未识绮罗香。"案蓬门犹言柴门，以谓贫者之室屋也。称"蓬门"以代"居处所在"，则知其非贵家矣。此所以表贵、贱、富、贫者也。贾岛《送无可上人》："蛩鸣暂别亲。"案李怀民《重订中晚唐诗主客图》曰："无可在俗为浪仙从弟，故诗中用亲字，非泛下也。"② 此以"亲"代"无可"。又前举李商隐《无题》第三句："岂知一夜秦楼客。"案《太平广记》引《〈神仙传〉拾遗》曰："萧史，不知得道年代，貌如二十许人，善吹箫，作鸾凤之声。……秦穆公有女弄玉善吹箫。公以弄玉妻之，遂教弄玉作凤鸣。居十数年，吹箫似凤声。凤皇来止其屋。……一旦，弄玉乘凤，萧史乘龙，升天以去。"③ 此以"秦楼客"代"己"，实所以表其与王茂元之婚媾关系。一诗之中，既用"萼绿华"与"吴王苑内花"以

---

① 何晏《集解》引。
② 卷下，嘉庆乙丑刘大观刊本。
③ 卷四。

远嫌疑，复用"秦楼客"以明分际，斯可谓极微显、志晦之能事。此则所以表亲、疏者也。

如上所疏，代语缘起，虽有九端，然大别之，则惟两类。前五事，缘起之系乎辞者也；后四事，缘起之系乎义者也。前者或偏于韵文，后者则无间散录。盖以韵文格律较严，而散录规式无定；其体性既别，故张弛亦殊耳。次则前举诸例，其所归纳，每为臆测，非尽真诠。盖作者神思之运，非有成心；而述者科条所关，必加分析。故如"忍将行雨换追风"之句，兹以为除复重；然谓为矫熟俗，亦可也。"遥知更解青牛句"之句，兹以为矫熟俗；然谓为调声律，亦可也。用知凡上所述，其大要在示人以代语缘起，有此诸端。非谓入于甲者必出乎乙，系之丙者不得归丁。斯二者，一以见文章之体性有异，则审察代语所施，不得从同。一以见作述之情况不侔，则推度代语所由，虑难尽合。亦论其缘起既竟，所当申述者也。

（三）

兹事缘起，已如上说。缘起既明，效用自显。效用既显，则其价值乃可见焉。然古今学人所见，于此或不尽同，犹有当讨论者。闲者，历览故书，如魏际瑞《伯子论文》①、顾炎武《日知录》②，颇有非之之议；而沈义父《乐府指迷》论词，则以为必用代语，"方见妙处"。顾皆未深言其故。

---

① 《人以文字就质于人》条。
② 卷十九，《文人求古之病》条。

《四库提要》评沈说云："其意欲避鄙俗而不知转成涂饰，亦非确论。"[①] 王国维《人间词话》更申之曰："沈氏云云，若惟恐人不用代字者。果以是为工，则古今类书具在，又安用词为邪？宜其为《提要》所讥也。"又曰："其所以然者，非意不足，则语不妙也。盖意足则不暇代，语妙则不必代。"[②]章公《辨诗》则曰："唐人多憙造辞，近人或以为戒。余以为造辞非始唐人。自屈原以逮南朝，谁则不造辞者？古者多见子夏、李斯之篇，故其文章都雅。造之自我，皆合典言。后世字书既已乖离，而好破碎妄作，其名不经。雅俗之士，所由以造辞为戒也。若其明达雅故，善赴曲期，虽造辞则何害？不然，因缘绪言，巧作刻削，呼仲尼以龙蹲，斥高祖以隆准，指兄弟以孔怀，称在位以曾是，[③] 此虽原本经纬，非言而有物者也。"[④] 是数说者，意各有重，而皆持之有故，言之成理。括其涵蕴，可得四科：代语之存废，一也；代语之资料，二也；代语之方术，三也；代语之传导，四也。请依次加之平议，庶可明其是非。

夷考代语之由来，本有客观之需要，如前所述。故上起姬周，下逮今日，典重若经传，通俗若说部，代语猥多，久成事实，则其存废，似可不论。顾修辞之业，各有杼机。历祀不同，众体有别，斯固然矣。即人各具其匠心，篇各申其慧巧，则施用之程度，亦有差焉。此事实上之确定存在，与理论上之倡言废除，固并行而不悖，所以有明辨之必要也。

---

① 卷一百九十九，《乐府指迷》条。
② 卷上，《王静安先生遗书》本。
③ 案后二者于修辞学为藏辞，与代语少异，此统举之。
④ 《国故论衡》卷中，《章氏丛书》本。

王氏之斥非兹事，自意之足不足，语之工不工立言，以为意足则不暇代，语工则不必代。其辞极辨，乍聆殊无以相解。顾慎思之，亦不尽然。何则？文心善变，善变则靡穷。文事求达，求达则多术。"其限于书语，有不得尽言者，则必藉表象以出之。《〈易〉传》所谓'曲中肆隐'者是也。其揆之事理，有不欲尽言者，则必赖曲指以明之。庄生所谓'缪悠荒唐'者是也。"① 杨慎《谭苑醍醐》云："夫意有浅言之而不达，深言之乃达者；详言之而不达，略言之乃达者；正言之而不达，旁言之乃达者；俚言之而不达，雅言之乃达者。"② 斯可谓妙解情理之言。准此所说，则知所谓意足则不暇代，有之矣，然亦有以用代语而意转足者；语工则不必代，有之矣，然亦有以用代语而语转工者。此谛审旧文，有时而可覆按者也。王氏《〈宋元戏曲史〉自序》云："凡一代有一代之文字：楚之骚，汉之赋，六代之骈语，唐之诗，宋之词，元之曲，皆所谓一代之文学，而后世莫能继焉者也。"然自屈、宋下逮关、马、白、郑之徒，用代语者何限，岂皆意不足而语不工乎？若然，而犹称一代之文学，何吾国文学之贫乏若是邪？又览其自定《观堂长短句》，存词仅二十余阕，可谓至精之择矣；而其间代语，已不一而足，则又何说？盖王氏持论，实远绍锺嵘《〈诗品〉序》"古今胜语，多非补假，皆由直寻"之说；而不知仲伟生际六朝，其时文章匿采，故有激云然，斯固不得为定程耳。由是言之，代语之施用与否，虽属作者之自由；而自其本身观之，则事实上无

① 拙撰《文论要诠》卷下。
② 卷七，《辞达》条。

废除之可能，理论上无废除之必要也。

次则王氏又以为若如沈义父之意，殆惟恐人不用代语，诚如是，则类书具在，安用词为？案此亦似是而非之论也。寻代语资料，包罗甚广。有以事物与事物之特征或标记相代者，有以事物与事物之所在或所属相代者，有以事物与事物之作者或产地相代者，有以事物与事物之资料或工具相代者，皆所谓旁借也。有以部分与全体相代者，有以特定与普通相代者，有以具体与抽象相代者，有以原因与结果相代者，皆所谓对代也。① 而其有取于类书者，独成语、故事而已。此宁可尽代语所资邪？且即局就二端言之，固亦裨于文事，发于本然。黄君《〈文心雕龙·事类篇〉札记》曰："夫以言传意，自古始已有不能吻合之患，是故譬喻众而假借繁。……言期于达，而不期于与本义合，则故训之用，由此滋多。若夫累字成句，累句成文，而意仍有时而蹇碍，则兴道之用，由此兴焉。道古语以剀今，道之属也；取古事以托喻，兴之属也。意皆相类，不必语出于我；事苟可信，不必义起乎今。引事、引言，凡以达吾之思而已。……逮及汉、魏以下，文士撰述，必本旧言。始则资于训诂，继而引录成言，② 终则综辑故事。爰至齐、梁，而后声律、对偶之文大兴，用事采言，尤关能事。……文胜而质渐以漓，学富而才为之累，此则末流之弊，故宜去甚、去奢，以节止之者也。然质、文之变，华、实之殊，事有相因，非由人力。故前人之引言、用事，以达意、切情为宗；后有继作，则转以去

---

① 详陈望道《修辞学发凡》第五篇，第四节。
② 原注："汉代之文，几无一篇不采录成语者，观二《汉书》可见。"

故、就新为主。……然浅见者临文而踌躇，博闻者裕之于平素。天资不充，益以强记；强记不足，助以钞撮。自《吕览》、《淮南》之书，《虞初》、百家之说，要皆探取往书，以资博识。后世《类苑》、《书钞》，则输资于文士，效用于搜闻。以我搜辑之勤，祛人繙检之剧。此类书所以日众也。"此论类书之出，由于成语、故事之多；成语、故事之多，由于兴、道之用；兴、道之用，由于辞、义之不尽吻合，可谓精卓矣。如是，则代语之取资成语、故事，岂非事有必至乎？且也，文辞固需资料，而资料非即文辞。王氏并代语、类书为一谈，殊嫌疏阔。至沈氏惟恐人不用代语，王氏惟恐人用代语，各执一偏，初不计其宜称，是则所谓楚既失之，而齐亦未为得者，殆亡是公之所笑也。

　　若夫代语本造辞之一端，章公以为造辞者，初无碍于文事，而要当明达雅故，善赴曲期；不宜因缘绪言，巧作刻削。其论诚善。然造铸辞语，亦复多门，隐括代语，即以十数。善赴曲期者，岂尽明达雅故？巧作刻削者，未必因缘绪言。随时应心，以成变化，盖有之矣。《〈事类篇〉札记》又云："文之为用，自喻、喻人而已。自喻奚贵？贵乎达。喻人奚贵？贵乎信。"若代语之施，自喻而达，喻人而信，则善赴曲期与巧作刻削者，其间或不能以寸也。《文心雕龙·定势篇》曰："近代辞人，率好诡巧，……厌黩旧式，故穿凿取新。"又曰："密会者以意新得巧。苟异者以失体成怪。"是则代语日繁，亦属新变代雄之理。其能达、信，是谓密会；翻其反而，是谓苟异。其胜劣宁尽系于明达雅故与因缘绪言哉？盖文辞构造，各有本原。代语以引申事物间之联想为法式，则与因仍典言、雅故者，根株自异，又不能一概齐也。

《提要》以《指迷》所论，其意欲避鄙俗，而不知转成涂饰，此则属于文辞传导。夫欲避鄙欲，作者之意旨也；转成涂饰，读者之感觉也。读者之感觉既不能同符作者之意旨，是即未尝相喻之征。作者之与读者，其于文辞，本各有其职责。"作者之职责，在求表见之充分与完整。其方术时直、时曲，或显、或隐，固非读者所能干预。读者之职责，在求欣赏之正确与精密。其程度有深、有浅，见知、见仁，亦非作者所能指点。"① 然以避鄙俗之意旨，而获得转成涂饰之感觉，则其过自应由作者任之。顾作者万千，岂皆如是？其施用代语而自喻能达，喻人能信者，数亦至众。若以此而罪及代语之本体，又岂非因噎废食之见乎？

与代语缘起相关诸问题，为前人所论及者，已依愚见，平议如上。要之，人类之语言、文字，根本不能与事物绝对密合，故不得不有所表象。其在文字，则有象形以表象具体之事物，有假借、引申以表象抽象之思想。其在修辞之术，则譬喻之语，犹之乎象形也；贸代之语，犹之乎假借、引申也。文明日进，则庶事日滋。修辞之术益精，则代语之用益广。此亦理之固然，非一二人之力所可进退者也。用是辑比诗辞，略明因果。世之论家，傥有取焉。

---

① 拙撰《文论要诠》卷下。

古典诗歌描写与结构
中的一与多

（一）

对立统一规律是人类在反复探索自然界和社会生活的发展规律中所逐步发现和总结出来的。可说是诸规律之中最基本的和最重要的。

我国古代哲人对于对立统一规律的发现、认识和阐述，最初见于《周易》经、传和《老子》。在这两部书中，先民们从复杂的自然现象和社会现象中抽象出阴阳这一对基本范畴，来概括地说明：整个宇宙就是在这两种对立物的运动中，孳生着，发展着，变化着，从而表达了他们对于对立统一规律的理解。① 阴阳观念不仅代表着比较明确具体的自然现象如天地、男女、寒暑、水火等，而且也显示了非常复杂的人类的物质生活和精神生活的多方面。两书中提出的，由

---

　　① 请参看任继愈主编《中国哲学史》第一册中有关《周易》经、传和《老子》的章节。

阴阳派生出来的吉凶、祸福、刚柔、静躁、损益、智愚、高下、大小、往来、难易等范畴，都反映了生活中互相依存、对立和转化的两种力量或倾向。

一与多也是在《周易》经、传及《老子》中被总结出来的对立范畴之一。《老子》第四十二章说："道生一，一生二，二生三，三生万物。万物负阴而抱阳，冲气以为和。"奚侗《〈老子〉集解》释之云："《淮南子·天文训》①：'道者，规始于一，一而不生，故分而为阴阳，阴阳合和而万物生。故曰：一生二，二生三，三生万物。'《易·系辞》：'是故《易》有太极，是生两仪。'道与易异名同体。此云一，即太极；二，即两仪，谓天地也。天地气合而生和，二生三也。和气合而生物，三生万物也。"这位学者敏感地察觉到，在一多对立的理解上，《易》《老》相通。二、三、万，对一来说，都是多，故《老子》所论，实质上就是一与多的关系。

一与多被先民们抽象出来，成为一对哲学范畴的同时，也就被他们认识到，这也是一对美学范畴和一种艺术手段。作为对自然的虔诚的摹仿，人类所创造的文学艺术，一方面，本来就应当而且自然会去如实地反映存在于客观世界和主观世界中的一多现象，而另一方面，文艺要求有平衡、对称、整齐一律之美。汉语古典诗歌，由于其所使用的基本手段本来就具有倾向于声和偶的特色，因而也几乎是一开始就极其自然地朝着平衡、对称、整齐的方向发展。这就是为什么在古典诗歌诸样式中，五七言古今体诗，特别是今体律绝

---

① 训当作篇，训乃高诱自称其注，非《淮南》诸篇本有训名。也如《逸周书》诸篇称解，乃指孔晁注，非此书诸篇本有解名。

诗特别流行的根本原因。可是，只有平衡对称，整齐一律，而没有参差错落，变化多端，也必然会显得单调、呆板，反而损害甚至破坏了平衡、对称、整齐所构成的美。这是不能忽视的。

有才能的、善于向生活学习的文学艺术家们有鉴于此，就不能不在其创作中注意并追求整齐中的变化、平衡、对称与不平衡、不对称之间的矛盾统一，并努力使这种表现为数量及质量的差异并存于一个和谐的整体中，从而更真实、更完美地反映出生活的多样性和复杂性。这也就是一与多的对立（对比、并举）作为表现方式之一在古典诗歌的描写与结构中广泛存在的原因。

本文只想探索一下这种广泛存在方式的诸形态，而没有从历史发展过程的角度来讨论这个问题，因为它的发展过程是复杂的，需要另作专门研究。

（二）

先谈描写。

在古典诗歌中，一与多的对立统一通常是以人与人，物与物，以及人与物，物与人的组合方式出现的，而且一通常是主要矛盾面，由于多的陪衬，一就更其突出，从而取得较好的艺术效果。

汉乐府《陌上桑》：

东方千余骑，夫婿居上头。何用识夫婿？白马从骊驹，青丝系马尾，黄金络马头。

这里先以居上头之夫婿与其他千余骑士相比，又以黄金络头、青丝系尾之白马与其他马匹相比，都是一与多的关系，前者是人比人，后者是物比物。

白居易《长恨歌》：

后宫佳丽三千人，三千宠爱在一身。

以及陈师道据此而加以浓缩的《妾薄命》中的名句：

主家十二楼，一身当三千。

也是如此，不过"后宫"和"十二楼"两词中所暗含的"一身"所居之处（比如说昭阳殿）与其他"三千"所居之处（可能包括长信宫）相去悬绝之意，却不及"白马"三句之明显，使人一览可知。然而若证以王昌龄的《春宫曲》中"平阳歌舞新承宠，帘外春寒赐锦袍"和《长信秋词》中"火照西宫知夜饮，分明复道奉恩时"等语，则"一身"所居之热闹繁华，"三千"所居之凄凉冷落，也就跃然纸上了。

杜甫《丹青引》在人与人、物与物同时进行的一多对比上显示出更广阔的图景：

先帝天马玉花骢，画工如山貌不同。是日牵来赤墀下，迥立阊阖生长风。诏谓将军拂绢素，意匠惨澹经营中。须臾九重真龙出，一洗万古凡马空。玉花却在御榻上，榻上庭前屹相向。至尊含笑催赐金，圉人太仆皆惆怅。

这一段描写是两组多层次结构：人的方面，曹霸是一，其他众多的画工、圉人和太仆寺①的官员是多；物的方面，曹霸所画的玉花骢是一，其他画师所画的是多，玉花骢是一，其他御苑的良马是多。杜甫在这里强调了，只有曹霸笔下的玉花骢才是形神兼备的，与真的玉花骢完全一致的，画既逼真，真亦如画。而其余的人、物都被比下去了。

从上面的讨论可以看出，对立的一与多在这些例子中，虽然从逻辑范畴上看只是一种数量上的区别，但是诗人们在创作中运用这种对比的手段，与其说他们着重的是一与多的本身，无宁说是意在表现同时蕴藏并且展示在这一对矛盾当中的另外一对或几对在生活、思想、感情上的矛盾。如前所举，就有贵贱、宠辱、优劣、欢戚等几对矛盾包含在一多这对矛盾之内。

现在我们不妨来看一下，诗人们在描写景物的时候是怎样运用这种方式的。李白《梦游天姥吟留别》云：

天姥连天向天横，势拔五岳掩赤城。天台四万八千丈，对此欲倒东南倾。

---

① 诗中太仆，系指太仆寺的官员们，不仅指太仆寺正卿。关于太仆寺的官员职掌详见《旧唐书》卷四十四《职官志》三、《新唐书》卷四十八《百官志》三。

又杜甫《青阳峡》云：

> 昨忆逾陇坂，高秋视吴岳。东笑莲花卑，北知崆峒
> 薄。超然侔壮观，已谓殷寥廓。突兀犹趁人，及兹叹冥
> 漠。

这两篇诗里，都是以一连串的高山和比它们更高的另一座山来对比，从而突出了后者崇高的形象。

诗人们还注意到了色彩在自然景物描写中的对比关系。如王安石的失题断句①：

> 浓绿万枝红一点，动人春色不须多。

这一精彩的意象，后来转变为更流行的成语"万绿丛中一点红"。近代著名诗人陈三立则在其《散原精舍诗》续集卷下，《沪上偕仁先晚入哈同园》中，将其化为"绿树成围红树独"之句，而将春天的红花变成了秋天的红叶。

在有些作品中，色彩的一多对比并不像王安石这两句那样强烈，因而容易被人们忽略过去。如韦应物《滁州西涧》：

---

① 胡仔《苕溪渔隐丛话》前集卷三十四引《遁斋闲览》云："唐人诗：'浓绿万枝红一点，动人春色不须多。'不记作者名氏。邓元孚曾亲见介甫亲书此两句于所持扇上。或以为介甫自作，非也。"又周紫芝《竹坡诗话》云："仪真沈彦述为余言，荆公诗如'浓绿万枝红一点，动人春色不须多'、'春色恼人眠不得，月移花影上栏干'等篇，皆平甫诗，非荆公诗也。"但叶梦得《石林诗话》卷中则认为这两句是王安石的诗，《王荆文公诗集》卷四十七《龙泉寺石井》李壁注也引据叶说，所以我们还是以此诗归之王安石，虽然今本王集中已佚去。

独怜幽草涧边行，上有黄鹂深树鸣。

幽草、深树，也就是浓绿，但黄鹂藏于深树，非同红一点之独占枝头，就需要读者用想象去弥补视觉之不及了。又如苏舜钦的《淮中晚泊犊头》：

春阴垂野草青青，时有幽花一树明。

在古汉语中，明主要是指光，而非指色。但由于这树幽花是和阴沉的高天、青碧的平野对衬，则此花可能是白的，也可能是具有较强光感的色如粉红之类。我们从这篇诗中获得的启示是：在诗人透过视觉从事一多对比时，不但运用了色觉，也注意同时运用光觉。

当然，就光觉而论，人们很容易想到黑白分明这个基本事实，所以在杜甫笔下，就出现了《春夜喜雨》中的这两句：

野径云俱黑，江船火独明。

应当注意到，云是俱黑，火是独明，黑多而白一，所以显得特别分明。

张继《枫桥夜泊》是唐绝名篇，古代诗话、当代论文，都对它进行过不少的探索，指出过它许多艺术上的特色。但似乎还可以加上一点，即诗人采用了一多对比的手法。

　　月落乌啼霜满天，江枫渔火对愁眠。

这两句以茫茫长夜与一灯渔火对比。

　　姑苏城外寒山寺，夜半钟声到客船。

这两句从万籁俱寂中的数声乌啼与一杵钟声对比。前两句是写光觉，与《春夜喜雨》中那两句正好可以互证；后两句则是写听觉。无论是目之所及，耳之所闻，这冷荧荧的渔火，慢悠悠的钟声，对于客途中的典型环境，都具有深化的作用，从而使诗人所要在作品中表达的旅愁更为突出。

　　诗人们在描写声音时，还有许多运用这种方法而极为成功的例子，如韩愈的《听颖师弹琴》：

　　喧啾百鸟群，忽见孤凤凰。

这里形容琴调突然拔高，而且利用人类的通感，以鸟声为喻，使人若闻琴声之高低，兼见凤凰及百鸟形状大小、品格圣凡之别。

　　上面的例句说明，诗人在描写景物的大小、高低、明暗、强弱时，常常利用一与多的对立统一这个规律，来展示其所突出的方面。

　　以上我们讨论的是人与人、物与物之间的关系。现在再简略地来看一下他们的交叉关系，即人与物、物与人的一多对立在诗中的情况。

诗人有以人为一面，物为另一面而另以对衬的写法。但如庾信《枯树赋》所云"树犹如此，人何以堪"之类，虽然人和树衬，却并不具体涉及一与多的问题。而苏轼《八月七日初入赣，过惶恐滩》所写，则是另一种情况：

> 七千里外二毛人，十八滩头一叶身。山忆喜欢劳远梦，地名惶恐泣孤臣。

这位二毛人（即一叶身，也就是作者）显然是一面，而与许多他所经过的地方如错喜欢铺、十八滩（其中包括惶恐滩）对立。人是一，物是多。反过来，如李益《从军北征》：

> 碛里征人三十万，一时回首月中看。

则以三十万征人为一面，一轮明月为另一面，人是多而物是一了。苏轼的《次韵穆父尚书侍祠郊丘，瞻望天光，退而相庆，引满醉吟》："令严钟鼓三更月，野宿貔貅万灶烟"，也和李益两句完全一样。

但要注意的是，这些诗中所涉及的人（征夫、迁客）和物（险境、月光），都并不属于一对矛盾的两个方面。他们之间的关系，是诗人在观察生活以后，加以主观安排的结果，这也是我们研究这个问题时所必须加以考虑的。不仅人与物之间的对立不一定存在互相依存的关系，即人与人、物与物之间也有这种情形，例如王之涣的《登鹳雀楼》：

欲穷千里目，更上一层楼。

或张炎的词〔清平乐〕：

只有一枝梧叶，不知多少秋声。

都是运用了一多对比手法的传诵千古的名句，但无论是千里目与一层楼，或一枝梧叶与多少秋声，都只有因果关系，而没有对立统一的即互相依存、互相转化的不可分割的关系。

由此可见，讨论到作品中所具有的一多对比手法时，无论就人与人、物与物、或人与物哪方面说，必须区分两种情况：一种是除了一与多这对矛盾外，还有与这对矛盾同时存在并通过它来显示的其他一对或数对矛盾。当一与多这种数量上的对立出现时，同时也就出现了其他质量上的对立。然而还有另外一种，即一与多这两个数量所表示的内容，双方并没有互相依存、转化因而是不可分割的矛盾，因此其一与多所表现的对立，只限于显示两种或多种事物在数量上的差异。

前者，如我们所指陈的，其一与多的对立由于包含了其他的矛盾，所以能够具有较为丰富的内涵；但后者也并非可以轻视的。许多诗人都用这种方法写出了不朽的名句，随便举例来说，如王湾《次北固山下》："潮平两岸阔，风正一帆悬。"李白《听蜀僧濬弹琴》："为我一挥手，如听万壑松。"韦应物《淮上喜会梁州故人》："浮云一别后，流水十年间。"就都属此类。

近代文学史的揭幕人龚自珍也以此见长，即以见于他的著名组诗《己亥杂诗》中者为例，如第二一一首："万绿无人嘻一蝉，三层阁子俯秋烟。安排写集三千卷，料理看山五十年。"第二二九首："从今誓学六朝书，不肄山阴肄隐居。万古焦山一痕石，飞升有术此权舆。"第三一五首："吟罢江山气不灵，万千种话一灯青。忽然搁笔无言说，重礼天台七卷经。"都是有意识地以一件单数事物和若干件多数事物互相联系、形容、衬托，来展示他丰富的联想，从而发展了这一手法。

（三）

人类生活在无始无终的时间与无边无际的空间之中，不能脱离时间和空间而生存、生活着。因此，人们对于生活的观察体验也必然在某个有限的即特定的时间和空间之中进行，至于对于生活中的事物加以反映，或写景，或抒情，更不能脱离具体的人和物、时间和地点。诗人们、作家们在表现作品中的时间与地点时，也广泛地利用了对立统一这个法则，显示了它们之间相对和交叉的一多关系，从而展现多彩多姿的生活画面。

以时间对于某一事物说来是凝固的、永恒的，而对于许多其他事物说来是流逝的、短暂的来对比而产生的人事无常之感，来源于古人对宇宙认识的科学局限和阶级局限。但这种感慨却震撼着、燃烧着诗人们的心灵，使他们唱出了激动人心的歌。在人所熟知的《春江花月夜》中，张若虚写下了如下的句子：

> 江天一色无纤尘，皎皎空中孤月轮。江畔何人初见月？江月何年初照人？人生代代无穷已，江月年年只相似。不知江月待何人，但见长江送流水。

闻一多先生早在四十年代就对这篇杰作做过精辟的分析和高度的评价。[①] 近来李泽厚先生又就闻先生的意见加以发挥。[②] 闻先生认为上引的这几句诗是诗人的一种"更夐绝的宇宙意识"，他所表现的是"有限与无限，有情与无情——诗人与永恒猝然相遇，一见如故"，反映了诗人对待宇宙的"不亢不卑，冲融和易"的态度。李先生更引申说，这是诗人显示"面对无穷宇宙，深切感受到的是自己青春的短促和生命的有限。它是走向成熟期的青少年时代对人生、宇宙的初醒觉的'自我意识'：对广大世界、自然美景和自身存在的深切感受和珍视，对自身存在的有限性的无可奈何的感伤、惆怅和留恋。"这都是一些微至之谈，但从我们所研究的角度来说，诗人之所以能够把自己的思想感情表现得如此地完美，正因为他以似乎是凝固的、永恒的、超时间的月和不断在时间中变化的自然界的新陈代谢、人事上的离合悲欢进行了对比；用闻先生的话来说，就是月的无限、无情、永恒与其他种种的有限、有情、短暂对比，月代表永恒，是一，其他均属短暂，是多。一始终是控制着、笼罩着多，这就使诗人不

---

① 见《宫体诗的自赎》，载《闻一多全集·唐诗杂论》。
② 见所著《美的历程》第七章《盛唐之音》，第一节《青春·李白》。

能不产生所谓无可奈何之感了。

《春江花月夜》中的月代表着凝固的时间，而李白《峨眉山月歌》中的月则代表着具体的空间。

> 峨眉山月半轮秋，影入平羌江水流，夜发清溪向三峡，思君不见下渝州。

王世贞在《艺苑卮言》卷四中说："此是太白佳境，然二十八字中有峨眉山、平羌江、清溪、三峡、渝州，使后人为之，不胜痕迹矣。益见此老炉锤之妙。"而沈德潜在《唐诗别裁》卷二十中则认为："月在清溪、三峡之间，半轮亦不复见矣。'君'字即指月。"沈德潜这个解释，乍看似乎有清代常州派说词的所谓"作者之用心未必然，而读者之用心何必不然"[①] 之嫌，但我们熟玩全诗，这个"君"字如果不照沈德潜的解释，实在也没有着落，因此我们还是同意沈的见解。李白的构思是在以孤悬空中的月与自己所要随着江水东下而经过的许多地方对比，来展现自己乘流而下的轻快心情。正因为他所经过的地方有的可以看到月光，有的则看不到，或现或隐，并不单调，所以才不显痕迹。这也许是王世贞所没有察觉的另外一种"炉锤之妙"，即将一多对比中的天上地下熔于一炉之妙。

以上我们讨论的是时间与时间、空间与空间之间的关系，而时空之间，在古典诗歌的表现方法中，也同样存在着

---

① 谭献《复堂词话》语。

交叉的一多对立或并举的情况。王维的《九月九日忆山东兄弟》是我们所熟悉的：

> 独在异乡为异客，每逢佳节倍思亲。遥知兄弟登高处，遍插茱萸少一人。

再如白居易的《邯郸冬至夜思家》：

> 邯郸驿里逢冬至，抱膝灯前影伴身。想得家中夜深坐，还应说着远行人。

都是写在同一时间却在不同空间中的自己和他人的思想感情和行动。虽然一个是现实，一个是想象。杜甫著名的《月夜》"今夜鄜州月，闺中只独看，遥怜小儿女，未解忆长安"也是如此。白居易的"共看明月应垂泪，一夜乡心五处同"[①]则是以同一时间和多数空间并举，其范围更为广阔。

反过来，也有以同一空间和多数不同时间并举的。如刘禹锡的《杨柳枝》：

> 春江一曲柳千条，二十年前旧板桥，曾与美人桥上别，恨无消息到今朝。

还有李益的《上汝州郡楼》：

---

① 《自河南经乱，关内阻饥，兄弟离散，各在一处。因望月有感，聊书所怀，寄上浮梁大兄、於潜七兄、乌江十五兄，兼示符离及下邽弟妹》。

黄昏鼓角似边州，三十年前上此楼。今日山川对垂
泪，伤心不独为悲秋。

这两首诗都是从不同的年月来描述同一地点的，即空间是
一，时间是多。但不同之点是：前者和崔护的《题都城南
庄》"去年今日此门中，人面桃花相映红。人面只今何处去，
桃花依旧笑春风"一样，都是写物是人非，今与昔异；而后
者则是在同一空间与前后相距三十年的不同时间中，看出政
治局势并无改善，一切如旧，发人哀感；所强调的是今与昔
同。①

（四）

次谈结构。

每一篇好诗，无论大小，都是一个完整的有机体，其艺
术结构是相当复杂的。一与多的对立统一关系也曾被诗人们
在布局、用韵等方面加以应用。

杜甫《北征》的主题和基调是明显的，它写了国家的丧
乱和家庭的艰难，自己的忠愤、忧郁、伤感和希望，整个的
气氛是严肃的，沉重的。但诗中却有一小段描写了旅途中的
景色和自己观赏这些景色的愉悦心情：

① 关于李益这首诗的背景和解释，请参看沈祖棻《唐人七绝诗浅释》。

菊垂今秋花，石戴古车辙。青云动高兴，幽事亦可悦：山果多琐细，罗生杂橡栗；或红如丹砂，或黑如点漆；雨露之所濡，甘苦齐结实。

杨伦《杜诗镜铨》卷四引张溍《读书堂杜工部诗集注解》云："凡作极要紧极忙文字，偏向极不要紧极闲处传神，乃夕阳反照之法，惟老杜能之。如篇中青云幽事一段，他人于正事实事尚铺写不了，何暇及此？此仙凡之别也。"在旧注中，这个说法算得上是有见解的，但是他只注意到了极忙文字中用极闲之笔传神这一点，还没有体会到杜甫的这种写法乃是我国古典美学中一张一弛原则的应用。《礼记·杂记下》说："弛而不张，文、武弗为也；张而不弛，文、武弗能也；一张一弛，文、武之道也。"张与弛事实上也属于对立统一的范畴。杜甫正是由于生活上、精神上所承受的压迫，使他透不过气来，才在旅途中强自排遣，从而感到幽事之可悦的。在紧张的神经松弛了一阵之后，诗人不可避免地仍然要回到严酷的现实中来，而"缅思桃源内，益叹身世拙"二句则是弛而复张的过脉。中间这一轻松愉快的场面和前后许多严肃痛苦的场面对比，不但显示了诗篇在艺术上的节奏，更重要的还在于表现了诗人感情上的起伏及其自我调节作用。

具有对衬平衡之美，是古典诗歌重要的艺术特征，今体律绝诗尤其突出。但是有才能的诗人在经过长期的实践使之达到对称、平衡之后，又企图突破它们而达到新的对立统一。这也正如当律绝诗的声律已经严密地完成以后，却又有人喜欢写拗体一样，其美学上的依据已如前述。在律绝诗中，人与我、情与景、时与地等等，对等地或者交替地来写，是常见的，因而双方所占有的篇幅悬殊不会太大。但是，如杜甫的《天末怀李白》：

> 凉风起天末，君子意如何。鸿雁几时到，江湖秋水多。文章憎命达，魑魅喜人过。应共冤魂语，投诗赠汨罗。

以及他的《秦州杂诗》二十首之四：

> 鼓角缘边郡，川原欲夜时。秋听殷地发，风散入云悲。抱叶寒蝉静，归山独鸟迟。万方声一概，吾道欲何之！

前者，首句属自己，后七句属李白；后者，末句属诗人之思想，前七句属诗人之环境。虽然这两首诗都严格遵守了律体的规律，但在内容的分配上却突破了律诗结构的一般程式。

绝句中也有这种情形。李白《越中览古》云：

> 越王勾践破吴归，战士还家尽锦衣。宫女如花满春殿，只今惟有鹧鸪飞。

又郑文宝阙题云：

> 亭亭画舸系寒潭，直到行人酒半酣。不管烟波与风

雨，载将离恨过江南。

石遗老人（陈衍）《宋诗精华录》卷一选有郑诗，评云："按此诗首句一顿，下三句连作一气说，体格独别。唐人中惟太白'越王勾践破吴归'一首，前三句一气连说，末句一扫而空之。① 此诗异曲同工，善于变化。"

照我们看来，李白的一首是前三句写过去之盛，后一句写今日之衰；郑文宝的一首则是前一句写现在离别的场面，后三句预示离别的情怀，其中第二句是眼下的必然，第三、四句则是随着这个必然而出现的或然。这两首诗的特色正在于利用篇幅分合的一多悬殊使古代和当代越王台之盛衰以及现在和将来离愁之浅深作出了强烈的对比。

也许还有一种结构应当附带在这里谈一下，就是诗人在自己的创作中，引用了古人或今人（包括自己）的少数成句，使之成为自己这篇作品中的有机组成部分，因而也出现了一多并举。引彼诗入此诗，最早的而且为人所共知的例子是曹操的《短歌行》。在这篇诗中，他用了《诗经·郑风·子衿》中的两句"青青子衿，悠悠我心"，又用了《小雅·鹿鸣》中的四句"呦呦鹿鸣，食野之苹。我有嘉宾，鼓瑟吹笙"，使这些古句加入了自己创作的行列。但这不过是兴之所至，信手拈来的。很显然，它们在全诗当中并不占有主要

---

① 此诗，沈德潜《唐诗别裁》卷二十评《越中览古》云："三句说盛，一句说衰，其格独创。"查慎行《初白庵诗评》卷上亦云："用一句结上三句，章法独创。"均陈说所本。今按在唐人诗中，韩愈的《同水部张员外籍曲江春游，寄白二十二舍人》及元稹的《刘阮妻》，也与李白此诗同格，敖子发已指出，见王琦《李太白文集注》卷三十四，附录四，丛说引敖说。故陈云"唐人中惟太白……一首"，不确。

的位置，也不具有核心的意义。但这种方式到了后人手里却有用自己的或他人的成句作为主意或重点写进一篇诗里的，这就和曹操的运用成语并不一样了。

欧阳修《余昔留守南都，得与杜祁公唱和，诗有答公见赠二十韵之卒章云："报国如乖愿，归耕宁买田。期无辱知己，肯逐利名迁？"逮今二十有二年，祁公捐馆，亦十有五年矣。而余始蒙恩，得遂退休之请。追怀平昔，不胜感涕，辄为短句，寘公祠堂》：

> 掩涕发陈编，追思二十年。门生今白首，墓木已苍烟。"报国如乖愿，归耕宁买田。"此言今知践，如不愧黄泉。

这是以己作旧句一联纳入新作之例。又元好问《淮右》：

> 淮右城池几处存，宋州新事不堪论。辅车谩欲通吴会，突骑谁当捣蓟门。"细水浮花归别涧，断云含雨入孤村。"空余韩偓伤时语，留与累臣一断魂。

施国祁《元遗山诗集笺注》卷八引顾氏云："五、六全用韩致光语，即以结联标出，自成一体。遗山诗用前人成语极多，陶、杜句尤甚，又未可以此例概之也。"这是以古人成句一联纳入己作之例。又王士禛《渔洋诗话》卷上云："余在广陵，偶见成都费密（字此度）诗，极击节。赋诗云：'成都跛道士，万里下峨岷。虎口身曾拔，蚕丛句有神。"大江流汉水，孤艇接残春。"（二句即密诗）十字须千古，胡为失此人？'密遂来定交，如平生欢。"这是以今人成句一联纳入己作之例。①

从上面三个例子可以看出：第一，无论是将自己的旧句移植到新作里，或者是将他人的成句移植到自己的诗里，其所移植的都已成为本诗的有机组成部分，与本诗不可分割；而第二，其所表现的正是本诗所需要突出的内容，如果离开了这引用的一联，则其他三联就都失去了存在的意义。显然，这也是诗人使用一多并举的手法之一，虽然它们并不常见。

我国古典诗歌的格律，是由声和偶构成的。在声方面，既注意每一个句子以及句子与句子之间的平仄谐调，也注意句尾的押韵。句句押韵，隔句押韵，数句转韵而平仄交替，是尾韵通常使用的几种方式。历代诗人，通过长期创作的实践，取得了以语言的音响传达生活的音响的成功经验。他们利用节奏上的一与多的对立和变化，来显示思想感情上和描写进程上的起伏、疾徐、动定，从而更好地表达了作品的内容。杜甫在用韵方面的创造是值得注意的。著名的《同谷七歌》的韵式如下（字母代表平韵或仄韵诸不同韵部在组诗中出现的先后，○代表不押韵的句子）：

---

① 《带经堂诗话》卷十，指数类上所附张宗柟识语曾引诸家说以明此三诗之递嬗关系。本文此点受到张氏启发。又王士禛也曾于七言绝句中采用成句借以标榜其他诗人。如其《论诗绝句》有云："'溪水碧于前度日，桃花红似去年时。'江南肠断何人会，只有崔郎七字诗。"此诗属崔华，前二句即崔诗。又云："'淡云微雨小姑祠，菊秀兰衰八月时。'记得朝鲜使臣云，果然东国解声诗。"此诗赞美朝鲜使节金尚宪之精于汉诗，颇多佳句，前二句即其《登州次吴秀才韵》诗中句。详见《带经堂诗话》卷十二佳句类及卷二十一采风类。

一、上 A 上 A （平）○上 A （入）○上 A——平 A 平 A

二、去 A 去 A 去 A 去 A （平）○去 A——去 B 去 B

三、平 B 平 B （去）○平 B 平 B 平 B——入 A 入 A

四、平 C 平 C （去）○平 C （上）○平 C——去 C 去 C

五、入 B 入 B （平）○入 B （入）○入 B——平 D 平 D

六、平 E 平 E （入）○平 E （入）○平 E——平 F 平 F

七、上 B 上 B （平）○上 B （入）○上 B——入 C 入 C

这组诗每首八句，都是前六句一韵，后二句转另一韵。其中一、三、四、五四首是前六仄则后二平，前六平则后二仄。第二首通篇去声韵，第六首通篇平声韵，但前六后二并不在一部。第七首通篇仄声，但前六上声，后二入声。这种有意识的安排，显然是为了操纵自己的心潮思绪的，在主题的一个侧面描绘完成之后，停顿一下，咏叹一番，然后再从事另一个侧面，这在文字上表现为"呜呼□歌兮……"，而在音节上则表现为平仄声及韵部的改变。苏轼的《于潜僧绿筠轩》对于转韵方式，也作了与《同谷七歌》相同的处理，虽然两诗在其他方面绝不相同。

可使食无肉，不可使居无竹。无肉令人瘦，无竹令人俗。人瘦尚可肥，俗士不可医。旁人笑此言，似高还似痴。若对此君仍大嚼，世间那有扬州鹤！

这末二句的一转，非常成功地表达了诗人"嬉笑怒骂皆成文章"的创作特色以及他写此诗时神采飞扬的精神状态。

《同谷七歌》前六句即三联为一韵，后两句一联为一韵，体现了情绪的顿挫转折，而《曲江三章章五句》如下的韵式则体现了情绪的间歇：

一、平 A 平 A 平 A（去）〇平 A

二、上上上（平）〇上

三、平 B 平 B 平 B（上）〇平 B

杜甫这一独创的诗体，题目取法《诗经》，句式则来自七言古绝句而加以变化，他在句句押韵的古绝句的第三句与第四句之间，或第三句不押韵的古绝句第二句与第三句之间，增加了不押韵而且末字平仄与其余的韵脚正相反的一句，这就使前面句句押韵的三句所给与人的迫促之感缓和了下来，然后又用同一韵脚的第五句来保持其音节上的连续性。在湖北东部蕲春一带的山歌基本上是这样的七言五句，第一、二、三、五句押韵，第四句不押韵的形式。1958 年夏天，我在蕲春城关镇住医院时，隔壁病房里住着一位农村猎手，他不时地唱起了这样的山歌。他那种或慷慨或悲凉的情绪，往往由于这在音节上具有间歇性的第四句而摇曳生姿，使得整曲歌声更为出色。可惜当时我因为心绪不好，没有把那些纯朴、粗犷而又深沉的词曲记录下来，但却从此对于杜甫所创造的这三篇诗的音节之美，有了更多的体会。这些声情相应的作品，其中也含有一多对比的原则，值得我们注意。

（五）

古典诗歌的篇幅多数是不大的。但组诗这种形式却使得篇幅短小的缺陷得到适当的弥补。诗人们精心构思的组诗，少则三五篇，多到百篇以上，事实上都是一个有机体。一多对立这个艺术原则，在组诗的结构中也曾被诗人们所成功地运用过。这可以从题材、手法和声律三个方面来考察。

师法《诗经》和《楚辞·九辩》而形成的一题数首的组诗，在建安时代即已出现，刘桢的《赠五官中郎将》四首和《赠从弟》三首即是。到了太康时代，左思的《咏史》八首才把组诗提高到一个更成熟的阶段，八首诗杂引历史上的著名人物，通过他们的贵贱、穷通、仕隐、祸福，来反复表达自己在门阀制度压制之下的委屈情绪和自我慰安，把历史人物的形象和诗人自己的形象巧妙地交织在一起，错落有致，摇曳生姿，而且全诗又有首有尾，构成了一个严密的整体。但在他所举的历史人物中，第六首对荆轲的赞美，乍看起来，却是令人难以理解的。

> 荆轲饮燕市，酒酣气益振。哀歌和渐离，谓若旁无人。虽无壮士节，与世亦殊伦。高眄邈四海，豪右何足陈。贵者虽自贵，视之若埃尘。贱者虽自贱，重之若千钧。

大家知道，荆轲是一个以"士为知己者死"为生活信条的侠客，他平生最大的事业就是那次对秦王政的不成功的行刺。这既非诗人所仰慕的，所鉴戒的，也不是他认为与自己境界相似或可能相似而用来自比的。这个历史人物的出现显然和组诗主题有些游离。这只是诗人在寂寞当中的一种奇想：即使去当刺客，也比默默无闻的庸人要强些。（这使我联想起茅盾笔下的一个人物。在《追求》第六章中，章秋柳因为找不到正确的人生道路，决心要过享乐刺激的生活，竟然想去当淌白。）这种奇想充满了浪漫主义的色彩，和诗中对于其他历史人物的咏叹和譬况全不一样，但也正是荆轲这一形象的独特性才使诗人愤激的情感达到高潮。这一首诗的最后四句说明了这一点。[1] 以对荆轲的赞美与对许多其他历史人物的评价对立，体现了这一现实主义组诗中的浪漫主义因素，而这是通过一与多对比的手法来完成的。

杜甫早期组诗的名篇《陪郑广文游何将军山林》十首也曾运用一多对比的手法而获得成功，旧日有些注家已经注意到了这一点。这一组诗九首都是咏山林景物，独第三首专咏异花：

> 万里戎王子，何年别月支。异花开绝域，[2] 滋蔓匝清池。汉使徒空到，神农竟不知。露翻兼雨打，开拆日离披。

王嗣奭《杜臆》卷二云："止赋一花，便是变调。"浦起龙《读杜心解》卷三之一云："此以其名奇种远，故专咏之。"

---

① 关于左思《咏史》的一些问题，请参看拙著《左太冲〈咏史〉诗三论》。
② 此句，仇兆鳌《杜诗详注》卷二作"异花来绝域"，云："旧作开，犯重。《杜臆》作'来'，盖音近而讹耳。"《杜诗镜铨》卷二及《读杜心解》卷三之一皆从改。但今印全本《杜臆》卷一云："'异花开绝域'，已别月支，又开绝域，况下又重一开字，故余疑必为'来'字之误，又细思之，非误也。谓如此异花，本开绝域，而蔓匝清池，是汉使、神农所不及见者，而今忽有之，非幽兴中所亟赏者乎？"顾廷龙在影印本《〈杜臆〉前言》中曾讨论到仇《注》所采《杜臆》与今全本文字颇有异同的问题，作了合理的推测。但从这一条材料看来，则仇《注》所引《杜臆》稿本在先而今印本在后。后者当系定稿。

杨伦《杜诗镜铨》云："十首全写山林，便觉呆板，忽咏一物，忽忆旧游，① 自是连章错落法。"三家所论均是，而《镜铨》之说尤为明白。苏轼的《中隐堂诗》五首，其中一、二、三、五四首都是写王绅在长安的居第园亭，而第四首却专咏翠石：

> 翠石如鹦鹉，何年别海壖？贡随南使远，载压渭舟偏。已伴乔松老，那知故国迁。金人解辞汉，汝独不潸然？

纪昀在其所批《苏文忠公诗集》卷四中一针见血地指出"分明是'万里戎王子'一首"。可见杜、苏于写园林景物的组诗中特别用一篇来对其中某物加以特写，使咏物写景一多对衬，以见错落之致，具有同心。

王建的《宫词》一百首是古典诗歌中反映宫廷生活比较突出的作品。今本已有残缺，后人曾以他人诗补入，② 但在北宋时代，王安石所见应当还是全本。郭辑本《陈辅之诗话》第四条《王建宫词》云："王建《宫词》，荆公独爱其'树头树底觅残红，一片西飞一片东。自是桃花贪结子，错教人恨五更风'。谓其意味深婉而悠长也。"我们都知道，王安石对于诗歌往往有独特而精辟的见解，他为什么在一百首诗中单独看中了这第九十一首？陈辅之说是因为它"意味深

---

① "忽忆旧游"，指第八首。但这首乃以因今日游何将军山林而联想到过去游定昆池，因觉两地情景有相类之处，与专咏戎王子者仍有区别，不能相提并论。
② 见胡仔《苕溪渔隐丛话》后集卷十四及朱承爵《存余堂诗话》。

婉而悠长"，这符合王安石的原意吗？如果符合，这个所谓"深婉而悠长"，又何所指？经过反复通读，我才发现被王安石看中的这一首诗和其余的现存九十多首写法完全不同：即那许多诗都是描写宫廷生活，直叙其事，是赋体；而这一首却是以桃花的命运比喻那些深宫怨女的命运，而非直接描写，是比兴之体。这首诗通过对于残花的凭吊，来显示诗人对于那些贪图富贵却误入贾元春所说的"那不得见人的去处"①的广大宫女们的同情。这些零落的桃花事实上也就是白居易的《新乐府·上阳白发人》中那位女尚书或曹禺的剧本《王昭君》中的孙美人。所以陈辅之的意见是符合王安石的原意的。所谓"深婉而悠长"，是指比兴之体所达到的艺术效果而言，而有了这样一首，就打破了其余几十首都是赋体的统一局面，耳目一新，显示了"万绿丛中一点红"之美和手法上一多对立之妙。

诗人们也注意到了在组诗的声律方面运用这一方式来显示其在统一中的变化。例如杜甫的《将赴成都草堂，途中有作，先寄严郑公》五首，前四首都是律诗正格，而第五首却是拗体：

> 锦官城西生事微，乌皮几在还思归。昔去为忧乱兵入，今来已恐邻人非。侧身天地更怀古，回首风尘甘息机。共说总戎云鸟阵，不妨游子芰荷衣。

---

① 《红楼梦》第十八回。

刘禹锡的《金陵五题》前四首用的是律化绝句的正格，而第五首《江令宅》则是仄韵的古绝句：

> 南朝词臣北朝客，归来唯见秦淮碧。池台竹树三亩余，至今人道江家宅。

这都是显而易见，并为人们所熟悉的例子，无需详加说明。

（六）

根据以上的探索，可以初步得出下列几点结论。

第一，作为对立统一规律的诸表现形态之一，一多对立（对比、并举）不仅作为哲学范畴而被古典诗人所认识，并且也作为美学范畴、艺术手段而被他们所认识，所采用。

第二，一与多的多种形态在作品中的出现，是为了如实反映本来就存在于自然及社会中的这一现象，也是为了打破已经形成的平衡、对称、整齐之美。在平衡与不平衡、对称与不对称、整齐与不整齐之间达成一种更巧妙的更新的结合，从而更好地反映生活。

第三，在一与多这对矛盾中，一往往是主要矛盾面，诗人们往往借以表达其所要突出的事物。

第四，一与多虽然仅是数量上的对立，但也每在其中同时包含着其他一对或数对矛盾，因而能够表现更为丰富的内容。

第五，也有的一多对比或并举只限于显示不同事物在数量上的差异，双方并不存在互相依存的关系，但运用得合适，也能使不相干的事物发生联系，表达了诗人丰富的联想，也同样能给人以艺术上的满足。

这种表现方式，在空间艺术中是常见的。南宋马远的山水构图，将所画景物压缩在整个空间的某一角落里，而使其余部分形成大片空白，因此被称为马一角。清初的八大山人以及当代白石老人所画花卉中，也都出现过类似的布局。这是世人所共知共见的。但由于诗歌是时间艺术，它不用色彩、线条去直接塑造形象，而用语言这种符号来间接描绘形象，所以这种手段虽然也被广泛使用，但又容易被人忽略。这也许就是自来的理论批评家没有就这一现象加以深入探讨的原因。①

我们认为：从理论角度去研究古代文学，应当用两条腿走路。一是研究"古代的文学理论"，二是研究"古代文学的理论"。前者是今人所着重从事的，其研究对象主要是古代理论家的研究成果；后者则是古人所着重从事的，主要是研究作品，从作品中抽象出文学规律和艺术方法来。这两种方法都是需要的。但在今天，古代理论家从过去的及同时代的作家作品中抽象出理论以丰富理论宝库并指导当时及后来创作的传统做法，似乎被忽略了。于是，尽管蕴藏在古代作品中的理论原则和艺术方法是无比地丰富，可是我们却并没

---

① 杜甫对广阔的天空飘着一片孤云，似乎特别感兴趣，所以在诗中一再加以描绘。如《秦州杂诗》二十首之十六中说："晴天卷片云。"《江汉》中说："片云天共远。"《陪诸贵公子丈八沟携妓纳凉，晚际遇雨》中说："片云头上黑。"《野老》中说："片云何意傍琴台。"而王辟之《渑水燕谈录》卷七，书画门云："翟院深，营丘伶人，师李成山水，颇得其体。一日，府院张乐，院深击鼓为节，忽停挝仰望，鼓声不续。左右惊愕，太守召问之，对曰：'适乐作次，有孤云横飞，淡仁可爱。意欲图写，凝思久之，不知鼓声之失节也。'太守笑而释之。"这两位异代不同行的人所具有的共同爱好，虽不无巧合，但恰好证明艺术中的一多对比之美，诗画一致。

有想到在古代理论家已经发掘出来的材料以外，再开采新矿。这就使我们对古代文学理论的研究，不免局限于对它们的再认识，即从理论到理论，既不能在古人已有的理论之外从古代作品中有新的发现，也就不能使今天的文学创作从古代理论、方法中获得更多的借鉴和营养。这种用一条腿走路的办法，似乎应当改变；直接从古代文学作品中抽象出理论的传统方法，也似乎应当重新使用，并根据今天的条件和要求，加以发展。基于这种想法，我作了这样一次尝试。对一与多在古典诗歌中存在诸形态的探索，可能是失败的；但我写此文的动机却希望得到理解，我的看法也希望引起讨论。

相同的题材与不相同的主题、形象、风格

——四篇桃源诗的比较研究

(一)

题材的因袭是文学艺术创作中常见的现象。人类生活的继承和发展，以及对于生活中道德、伦理观念、审美观念等的继承和发展，使得每一位想有所成就的文学艺术家不能不在前人已经取得的成绩的基础上，有所创造，为人类增加一些新的精神财富。但这并不是一件轻而易举的事情。

1829 年 12 月 25 日，爱克曼在和歌德谈话时，记录了歌德这样两句话：

> 莎士比亚给我们的是银盘装着金橘。我们通过学习，拿到了他的银盘，但是我们只能拿土豆来装进盘里。

接着，歌德又说：

如果你想认识莎士比亚的毫无拘束的自由心灵，你最好去读《特洛伊勒斯与克丽西达》，莎士比亚在这部剧本里以自己的方式处理了荷马史诗《伊利亚特》中的材料。①

很显然，歌德关于银盘、金橘和土豆的比喻所涉及的范围是很广的。但其对以自己的方式处理传统题材的赞赏，应当说，正是使自己在拿到银盘以后，如何才能够不将土豆而仍然将金橘装进去的可贵的启示。我国优秀的古典诗人用创作实践证明了他们很理解这一点。本文就想以四篇著名的桃源诗为例，谈谈这个问题。

（二）

压迫与反压迫——抵抗或逃避，大概是自有阶级以来，人类社会中最具有普遍性的生活现象之一。早在春秋时代，孔子已经概括出逃避的四种方式："贤者辟世，其次辟地，其次辟色，其次辟言。"② 当然，这四避，是指如何处理统治阶级的内部矛盾，同时主要的也是指如何对待精神压迫。统治阶级成员对待精神压迫犹然如此，那么，被统治阶级对待物质压迫，除了在条件成熟时体现为反抗——以暴力反暴力之外，大量普遍的情况是逃避——搀和着希望的逃避，就更

---

① 朱光潜译《歌德谈话录》第九十三至九十四页。
② 见《论语·宪问篇》。辟，避古字。

是势所必至了。《诗经·魏风·硕鼠》云：

> 硕鼠硕鼠，无食我黍。三岁贯女，莫我肯顾。逝将
> 去女，适彼乐土。乐土乐土，[①] 爰得我所。

但这个乐土，（或如诗第二、三章中所说的乐国、乐郊）究
竟是个什么样子，这位民间诗人并没有描绘出来。战国时代
产生的《老子》在第八十章中写道：

> 甘其食，美其服，安其居，乐其俗。邻国相望，鸡
> 犬之声相闻，民至老死不相往来。

才算是为乐土勾画出了一个简略的轮廓。

汉末以迄魏、晋，漫长而严酷的阶级斗争和民族斗争，
使广大人民遭受到史无前例的灾难。在生活实践中，人们更
感到有"适彼乐土"之必要，他们有时也的确找到了一些相
对来说是乐土的地方，因而在文学作品中，也开始出现了乐
土以及生活在这些乐土中的人民的形象，虽然还很模糊。如
刘敬叔《异苑》卷一云：

> 元嘉初，武陵蛮人射鹿，逐入石穴，才容人。蛮人

---

① 俞樾《古书疑义举例》卷五，《重文作二画而致误例》云："古人遇重文，
止于字下加二画以识之，传写乃有致误者。如《诗·硕鼠》：'逝将去女，适彼乐土。
乐土乐土，爰得我所。'《韩诗外传》两引此文，并作'逝将去女，适彼乐土。适彼
乐土，爰得我所。'又引次章亦云：'逝将去汝，适彼乐国。适彼乐国，爰得我直。'
此当以韩诗为正。……因叠名从省不书，止作'适＝彼＝乐＝土'，传写误作'乐
土乐土'耳。"

入穴，见其旁有梯，因上梯。豁然开朗，桑果蔚然，行
人翱翔，亦不以怪。此蛮于路砍树为记，其后茫然，无
复仿佛。

即其一例。它很可能与陶渊明的《桃花源记》及《桃花源诗》
同出一源，是晋、宋之间流传荆、湘一带的一种南方传说。①
　　但陶渊明是一个在思想上和艺术上都有独创性的大诗
人。② 这一非常简陋的民间传说，到了他的手上，就成了寓意
丰富而深刻的艺术品。从《桃花源记》和《桃花源诗》这两篇
互相关联的作品中可以看出，作者所企图生活于其中的，以及
努力显示给读者的，乃是一个不乱而无税的理想世界。③

──────────

　　①　此点本唐长孺先生说。唐说见《读〈桃花源记旁证〉质疑》，载所著《魏
晋南北朝史论丛续编》。唐先生又分析《异苑》与陶氏诗文之关系云："刘敬叔与渊
明同时而略晚，他当然能够看到陶渊明的作品，然而这一段却不像是《桃花源记》
的复写或改写，倒像更原始的传说。我们认为陶、刘二人各据所闻的故事而写述，
其中心内容相同，而传闻靡辞，也可以有出入。敬叔似乎没有添上什么，而渊明却
以之寄托自己的理想，并加以艺术上的加工，其作品的价值就不可同日而语了。在
这里我们还应该提出《异苑》的蛮人也是在武陵发现这个石穴的。"除了"他当然
能够看到陶渊明的作品"这句话，在当时的水陆交通与文化交流都不发达，而陶渊
明又寡交游的许多条件之下，略嫌武断之处，其他论点都是有说服力的，可信的。
《异苑》而外，唐先生还举《太平御览》引《武陵记》、《云笈七签》载《神仙感遇
传》及《太平寰宇记》引用《周地图记》等类似材料来作比较，进一步证明了这种
传说当时流行之广，充实了我们对于其社会背景的深入理解，也是很有益的。
　　②　关于陶渊明在哲学思想上的独创性，请参看陈寅恪《陶渊明之思想与清谈
之关系》，载所著《金明馆丛稿初编》。
　　③　唐先生又说："他（陶）所说的'秦时乱'，既不像后来的御用史学家以农
民起义为'乱'，也不指刘、项纷争。在他的诗中开头就是'嬴氏乱天纪，贤者避
其世'，显然是承用汉代以来'过秦'的议论，下面特别提到桃花源中人的生活是
'春蚕收长丝，秋熟靡王税'，通篇没有一句说到逃避兵乱的话。由此可见，他所说
的'乱'是指繁重的赋役压迫。""蛮族人民渴望摆脱外来的封建羁绊，以便保持其
分隔的、狭隘的但是比较平静的公社生活。""《桃花源记》和《异苑》所述故事是
根据武陵蛮族的传说，这种传说恰好反映了蛮族人民的要求。"这些说法，则似求
之过深。不论繁重的赋役压迫只能成为致乱之因，而不能即指为乱，而且任何作
家在反映一个题材时，都和他所关心注意的某一特定方面分不开。陶渊明并非蛮
人，也找不出他和蛮人有何特殊关系，为什么诗人要借写"秦时乱"去反映他们渴
望摆脱封建羁绊的愿望？如果作家的创作意图可以决定他的取材这一原则是可以成
立的，则唐说（至少就文学角度来说）就难以成立了。这和洪迈《容斋三笔》卷十
《桃源行》条所说："予窃意桃源之事，以避秦为言，至云'无论魏、晋'，乃寓意
于刘裕，托之于秦，借以为喻耳。"结论虽不同，但都不免于附会。

在这个世界中，和平代替了战争，宁静代替了纷嚣，富饶代替了贫困，淳朴代替了智慧，诚实代替了虚伪，欢乐代替了苦恼。人们完全与外界隔绝，而以自己辛勤的劳动过着没有剥削、压迫的幸福生活。这，就是《老子》第八十章所写过的，不过更为清晰了，形象化了。《记》中"鸡犬相闻"一句，即出于前引《老子》第八十章，① 而《诗》中"于何劳智慧"一句，也出于《老子》第十八章："智慧出，有大伪。"陶渊明这两篇作品，概括了古代劳动人民"适彼乐土"的愿望和孔子避世避地、《老子》小国寡民的思想。

这也就说明，桃源传说这一题材在陶渊明首创以后，历代都加以重视，能够广泛而长远地流传，是有其深厚的社会根源的。它表达了我们善良的先民在漫长的历史时期中积累起来的一种很强烈的感情，即对美好生活的向往，对剥削压迫的厌恶。当然，不同的阶级，有不同的政治、经济要求，然而这些不同的要求，在诗人的作品中，却由对现实的否定这个共同点将它们统一起来了。正是由于这一共同点的存在，陶渊明的这两篇作品，既反映了洁身自好、不肯同流合污的知识分子（其中包括他自己）避世避地的思想感情，又同时反映了在封建社会小农经济制度下生活的普通人民"适彼乐土"的思想感情，而让他们和平共处在那个小国寡民的世界里。在诗人笔下，人们感到，在那里生活和工作，是愉快的，美丽的。诗人借这些向往和咏叹来减轻现实生活对自己的压力。这就是陶渊明的创作意图，也就是关于桃源传说

---

① 不知道为什么古直在《陶靖节诗笺定本》中却引《孟子·公孙丑上》的"鸡鸣狗吠相闻"来笺这一句，却不引更恰切的《老子》。

的文学作品首创的主题思想。

由于千百年来，在现实生活中仍然不断地、反复地出现着令人感觉窒息，因而需要逃避的环境，所以陶渊明所描绘的乌托邦，就总是在激动着人心，引诱着人们的向往。并因此而产生了大量追加的神话传说和附会的古迹，还有大量的咏叹诗文。除了方志所载，甚至还有几种专门收辑有关桃源诗文的总集。①

（三）

我们现在想在这些题材相同的作品中，再选出最著名的几篇，就主题、形象、风格等方面，与陶作做些比较，看看另外一些作家是怎样以自己的方式处理桃源题材的。

在陶渊明以后，以桃源传说为题材进行创作而提出新主题的，首先是王维的《桃源行》。据须溪先生校本王集，题下注明是诗人十九岁时所作。② 王诗将陶诗中对那个无税的小国寡民世界的向往，改为对神仙世界的向往。古人多认为这是由于王维对陶的诗文未能看清，③ 有的人还具体地指出，这是由于误解了陶诗"奇踪隐五百，一朝敞神界"二句，④

---

① 请参看《四库全书总目》卷一百九十二，宋姚孳编《桃花源集》一卷及明冯子京编《桃花源集》三卷的提要。

② 赵殿臣笺注《王右丞集》卷末年谱序云："须溪校本于诗题下时有细字云年若干时作，又云时为某官，又云在某处作。若此者，或系夏卿（王缙）进本原文，或系后人附注。岁远年久，无善本可校，然要必有所据，非凭臆率书。"今从其说定此诗作年。

③ 参看《古典文学研究资料汇编·陶渊明卷》下编，《桃花源诗》部分。

④ 吴子良《荆溪林下偶谈》卷二："渊明《桃花源记》初无仙语，盖缘诗中有'奇踪隐五百，一朝敞神界'之句，后人不审，遂多以为仙。"

因此，他才将桃源中人说成是"初因避地去人间，及至成仙遂不还"，而桃源则是难见难寻的"灵境"、"仙源"。

这些论点的持有者，企图用考证学或历史学的方法去解决属于文艺学的问题，所以议论虽多，不免牛头不对马嘴。他们不知道，只有作家的创作意图，才能决定题材的取舍，而不是反过来，不论是从一个事件的发生、发展或结局中，或者从一个事物的某一方面的取材，其区别都由于不同的作者的关心与着重点的不同。① 王维在关于桃源传说的创作中从事主题的更新，是受他自己思想感情的支配的，而他的思想感情，又不能不受当时社会风气、政治情况的支配。

现在一些文学史论述王维的思想，大都区分前后两期，以为"前期具有一定的向往开明政治的热情"，而忽略了他早已有其消极的一面。② 或者虽然比较细致地指出了他后来的消极思想与他母亲长期虔诚奉佛有关，③ 但又忽略了他所受的道教影响。李唐一代，道教盛行，与佛教竞争激烈。玄宗朝代，还是一个尊道抑佛的时期。④ 生活在那一时代的王维，不可能不同时受到它们的影响。因此，他也曾写过《贺古乐器表》、《贺玄元皇帝见真容表》和《贺神兵助取石堡城表》等荒谬绝伦的宣扬道教迷信的文章。（当然还有更多的宣传佛教的文章。）这些文章虽然都写于天宝年间，即属于

---

① 参看王朝闻：《题材与主题》，载《新艺术创作论》。
② 游国恩等《中国文学史》第四编隋唐五代文学，第二章盛唐山水田园诗人，第二节王维。
③ 文学研究所《中国文学史》，唐代文学，第三章开元天宝诗人，第二节王维。
④ 参看范文澜《中国通史简编》，第三编封建经济基础扩展的帝国底出现到军事封建的大帝国的建立——隋至元，第七章唐五代的文化概况，第四节道教的流行。

后期思想的范围，但如果他早年思想与道家绝无关涉，他是不可能这样写的。而十九岁时所写的《桃源行》中所反映的对神仙世界的向往之情，正可为王维早年就具有道家神仙思想作证。

另外一方面，将一切可以改造利用的材料加以改造利用，正是统治阶级和宗教徒所惯于使用的手段。在陶渊明写出有关桃花源的两篇作品之后，道教徒就已经从事于这一传说的神化工作了。关于这方面，较早的记载有刘禹锡的《游桃源一百韵》，这首长诗表明，到了唐朝，朝廷已经将桃源当为神仙窟宅，列入祀典。

> 绵绵五百载，市朝几迁革，有路在壶中，无人知地脉。皇家感至道，圣祚自天锡。金阙传本枝，玉函留宝历。禁山开秘宇，复户洁灵宅。（原注：诏隶二十户免徭，以奉洒扫。）蕊检香氛氲，醮坛烟幂幂。

而且在那个地方，还出现了"近世仙"白日飞升的事，如诗中一位"羽人"（道士）所说的：

> 明灯坐遥夜，幽籁听渐沥。因话近世仙，耸然心神惕。乃言瞿氏子，骨状非凡格，往事黄先生，群儿多侮剧。謷然不屑意，元气贮肝膈。往往游不归，洞中观博弈。言高未易信，犹复加诃责。一旦前致辞，自云仙期迫。言师有道骨，前事常被谪。如今三山上，名字在真籍。悠然谢主人，后岁当来觌。言毕依庭树，如烟去无

迹。

此外，唐末康骈的《剧谈录》曾载："渊明所记桃花源，今鼎州桃花观即是其处。自晋、宋以来，由此上升者六人。"宋张君房《云笈七签》引司马紫微《天地宫府图》说桃花源是"白马玄光天"，由一位谢真人主管。① 这些，都可以说是陶渊明诗文被道教徒利用而踵事增华的结果，也是王维这一新主题的社会背景。（由于王维写这篇诗的时候，还没有长期隐遁生活的实践经验，所以我们不能从他们两个人曾经历过物质条件悬殊的隐遁生活，来说明其有关桃源的作品主题歧异的原因。这是我们在讨论这个问题时，应当注意的。）

王维诗中的灵境以及其他作品记载中的神化桃源之说，到了中唐时代，遭到了韩愈的批判。在《桃源图》中，他一上来就正面提出"神山有无何渺茫，桃源之说诚荒唐"，而以"世俗宁知伪与真，至今传者武陵人"作结。对于这一涂抹着浓厚道教色彩的传说，毫不容情地加以抨击。

关于韩愈写作此诗的背景，以及韩愈反对二氏的斗争，当代学者论述已详，② 本文可以不必重复。所要加以补充的是：韩愈这篇诗与另外一些反对道教迷信的诗有所不同。如《谁氏子》、《谢自然诗》是以议论为主，没有鲜明的客观形象。《华山女》中那个女儿的形象是鲜明的，讽刺手法的使用也很成功，但其主题也和前举两篇一样，来自作家对现实

---

① 见钱仲联《韩昌黎诗系年集释》卷八，《桃源图》注引。
② 参看上引钱氏韩诗《集释》及陈寅恪：《论韩愈》（载《金明馆丛稿初编》）等。

生活的认识，与历史无关。《桃源图》则不仅有晋、宋以来踵事增华的传说在前，有陶、王有关这些传说的成功作品在前，同时，卢汀在请韩愈赋诗时他本人也已加上题跋。所以诗云："武陵太守好事者，题封远寄南宫下。南宫先生忻得之，波涛入笔驱文辞。文工画妙各臻极，异境仿佛移于斯。"[1] 窦常所寄之画与卢汀所撰之文今日虽不可见，然据韩诗所描写，其主题当远于陶而近于王。所以《桃源图》的主题思想，就不能不兼对历史传统及现实生活两个方面。如我们所看到的，《桃源图》就既不着眼于对小国寡民的向往，也不寄心于仙源的追寻，而是依据自己一贯的哲学政治观点，揭露了桃源神仙之说的荒唐，从而显示了它的主题的独特性。

对于历代人物和事件的咏叹，是王安石诗中所反复出现的题材。在这些诗篇中，他发抒了自己的社会、政治和哲学观点，继晋、唐诸家而作的《桃源行》乃是其中之一。

在封建社会中，君臣是与父子紧密地联结在一道的伦常关系，而王安石在封建专制主义已比前代更为发展，君权比前代更为集中的宋代，却公然在诗中提出对桃源中"儿孙生长与世隔，虽有父子无君臣"那种理想社会的赞美。历代文人可以将历史看成一部连续不断的"相斫书"，但对于本朝之取得天下，则无不认为是神功圣德，天与人归，光明正大。可是王安石在此诗中却说："闻道长安吹战尘，春风回首一沾巾。重华一去宁复得，天下纷纷经几秦。"这也就是认为：三代以下，无非以暴易暴，可是老百姓呢，却是宁愿

---

① 据陈景云《韩集点勘》考订，武陵太守乃窦常，南宫先生乃卢汀。

保持家庭的纯朴关系，而憎恨那个从来就使他们不得安宁的、剥削压迫他们的封建制度的。王安石的这些见解，显然不仅和他自己的政治思想有关，也同时受到了陶渊明原作的影响，但比陶渊明更为彻底。陶赞赏"秋熟靡王税"，王则指出，"靡王税"的根源在于"无君臣"。陶说"嬴氏乱天纪，贤者避其世"，王则指出，自从天下为公的唐虞之世过去以后，历史无非是秦代影象的重叠。这在十一世纪，真是一种非常大胆的见解。这种见解，当然也反映了作者的政治思想，但已远远超出了他的变法思想的范围。

在王安石笔下，陶渊明的诗文中的思想得到了发扬，这也正是他以自己的方式继承和发挥了这个古老题材的结果。

就主题说来，王维诗是陶渊明诗的异化，韩愈诗是王维诗的异化，而王安石诗则是陶渊明诗的复归和深化。主题的异化和深化，乃是古典作家以自己的方式处理传统题材的两个出发点，也是他们使自己的作品具备独特性的手段，这是从上面的讨论中可以看出来的。

（四）

主题是作者认识生活并进而概括和提炼生活的结果。作品的主题，离不开依据生活所创造的艺术形象，它使人们通过生动的形象看到生活的本质。所以，主题的独特性和作品形象的独特性是不能分离的。

锺嵘《诗品》虽然只将陶渊明列入中品，但称其"文体省净，殆无长语。笃意真古，辞兴婉惬，每观其文，想其人德",倒是真能搔着痒处。即以《桃花源记》与《桃花源诗》而论,也同样显示了锺嵘所标举的这样一些特征。

《记》文纯用客观手法进行描写,在平铺直叙中,以省净的文风再现了避世者的生活的生动形象。在作者笔下,一切环境人物都是习见的,但用"并怡然自乐"略加点明,又用"不知有汉,无论魏晋"指出怡然自乐的根源,就使人感到"此中人"与"外人"完全生活在两个世界了。《诗》则就《记》中所述加以补充和赞叹。这种补充,基本上也还是从渔人所闻所见着笔的,与《记》文同。但在赞叹方面,则首以四皓作陪,尾则归到自己。诗人终于也闯进自己所创造的世界来,因此可以使读者因其人而想其德,也同时看见了作品的倾向性了。①《记》与《诗》虽然是各自独立的,同时也是互相补充的,是合之则双美,离之则两伤的。

这两篇作品,虽然有传说作根据,显然仍属寓意之文。但其借以表达所寓之意的形象,则仍然不能脱离作者自己长期沉浸在其中的宁谧的农村生活。他只是将这种生活渗透着自己的理想而已。

正因为他写的乃是自己所熟习的世俗生活,陶渊明笔下的桃花源中的劳动场面与社会情态,普通农村人民的淳朴和他们安于淳朴那种怡然自乐的情景,才如此亲切感人。

> 相命肆农耕,日入从所憩。桑竹垂余荫,菽稷随时艺。春蚕收长丝,秋熟靡王税。荒路暖交通,鸡犬互鸣

---

① 吴嵩《论陶》说:"'嬴氏乱天纪,贤者避其世'与结语对照,渊明生平尽此二语矣。"(见吴瞻泰《陶诗汇注》附录)可以参照。

吠。俎豆犹古法，衣裳无新制。童孺纵行歌，斑白欢游诣。草荣识节和，木衰知风厉；虽无纪历志，四时自成岁。怡然有余乐，于何劳智慧。

以上这十八句诗是对桃源中人民生活的具体描写，也是诗中最主要的部分。但是这个题材到了王维手中，这一类的描写却全部消失了。这是因为王维要写的既是"初因避地去人间，及至成仙遂不还"的桃源，就不可能与陶渊明所要突出的小国寡民的形象一致。但既有陶的诗文在前，桃源就具有大致上的既定格局，又不能和陶太不一致。这就只有在增减轻重上做工夫了。王维之所以让陶诗中所写那些情景消失在他的作品里，正是因为他已将渔人之偶入桃源，重加处理，成为"俗客"误入"仙源"，而陶诗那些劳动场面与社会情态，显然与人们（包括王维自己）所想象的仙境不大协调之故。一方面有关世俗生活的描写有所删除，另一方面有关仙源景色的描写就有所增加。他通过渔人的感觉：

遥看一处攒云树，近入千家散花竹。月明松下房栊静，日出云中鸡犬喧。

将这灵境写得极其幽美而恬适，这正是陶诗中所缺少的，乃至陶诗中所写桑、竹、菽、稷，到王诗中也被花、竹、松代替了，也就是经济植物被观赏植物代替了。① 这用意都在加

① 同是一竹，桑竹连文与花竹连文给人的印象就全然不同。

深那个存在于作者精神世界，而在现实世界中却"无处寻"的仙境对读者的感染力。

王维也是个大画家，他以"诗中有画，画中有诗"为苏轼所赞叹。①《桃源行》不仅在结构上紧凑而又超脱，在灵境的描摹上也只略加点染，颇似南宗山水，使人读来有恍若身临其境、心向往之之感。

韩诗不是对这一古代传说的直接赋咏，而是对绘有这一传说的一幅图画的赋咏。这幅图画的主题，与陶渊明诗文异趣，而与王维的诗相同。但韩愈对于这一古代传说的理解，却正好反过来，与王维异趣，与陶渊明相同。这样，韩愈所要加以赋咏的这幅图画的主题，和他所要写的诗的主题，就恰好处在对立的地位。但是，送这幅图画的窦常与接受这幅图画、并请韩愈加以赋咏的卢汀，都是韩愈的朋友。因此，他在礼貌上既不便公开非议；而在理性上，又不能屈己从人。这些矛盾，就决定了韩愈在写作这篇诗时，必须采取适应这样一些矛盾的两全其美的手法。

他采用怎样的手法呢？就是如金德瑛所说，一方面，"一一依故事铺陈"，另一方面，又通过"当时万事皆眼见，不知几许犹流传"，从情景虚中摹拟，从而有异于"前人皆于实境点染"。如诗中依据图画所描绘的：

架岩凿谷开宫室，接屋连墙千万日。种桃处处惟开花，川原远近蒸红霞。

①　苏轼《东坡题跋》卷五《书摩诘蓝田烟雨图》："味摩诘之诗，诗中有画；观摩诘之画，画中有诗。"

形象都非常具体，但在"当时"二句出现以后，就化实为虚了。金德瑛很敏感地看出了韩诗在构思和表现上的这些特点，[①] 但可惜他却仅从技巧上指出韩愈化实境点染为虚摹的事实，却没有认识到，其所以要这么写，是为了表达自己的观点，是和篇首"神仙"二句及篇尾"世俗"二句相照应的。正是为了证实桃源神仙之说的渺茫、荒唐，而悲悯世俗之不知伪与真，才对实境加以虚摹。将宁知真伪归之世俗，文工画妙归之窦、卢，就于文于画，但取其工妙，却不涉及其主题，从而将这种对立缓和了。另外，程学恂指出此诗之特点在于"起结提破，中间乃详为衍叙"，[②] 也只看到首尾之议论与中幅之描写在全诗结构上统一的一面，而忽略了其更为重要的矛盾的一面，这乃是"未达一间"。只有何焯说"观起结，命意自见，中间铺张处皆虚矣。章法最妙"[③]，才算是将这个问题简明扼要地讲清楚了。

以上三篇，陶作是写传说中被隔绝了的人间景象，王作是写神仙世界，韩作也写仙境，但却同时暗示此境并不存在。虽然用意不同，但都对桃源的环境及其中的人物生活作了形象性的描绘，一面有因袭，一面有发展，有补充。这在上面已有举例。即便在叙述方面，也是如此。如陶文云：

　　自云：先世避秦时乱，率妻子邑人来此绝境，不复

①　金说载陆以湉《冷庐杂识》卷七，下引金说均出此。
②　《韩诗臆说》卷一。
③　《集释》引。

出焉，遂与外人间隔。问今是何世，乃不知有汉，无论魏晋。此人一一为具言所闻，皆叹惋。

王诗则云：

> 初因避地去人间，及自成仙遂不还。峡里谁知有人事？世中遥望空云山。

韩诗则云：

> 初来犹自念乡邑，岁久此地还成家。渔舟之子来何所，物色相猜更问语。大蛇中断丧前王，胡马南渡开新主。

他们彼此之间，既有继承，又有创造，各自选择了表达自己的主题的最恰当的手段。

在上举三家非常成功的作品之后，王安石写出了表现方法全然不同，而成就却可以与之比美的《桃源行》。所以方东树《昭昧詹言》卷十二评韩愈《桃源图》云："凡一题数首，观各人命意归宿，下笔章法，辋川只叙本事，层层逐叙夹写。此只是衍题。介甫纯以议论驾空而行，绝不写。"又评王安石《桃源行》云："此与《张良》、《韩信》、《明妃曲》，只有夹叙夹议。但必有名论杰句，以见寄托。无写，以叙为议，以议为叙。"先师胡翔冬先生评王安石此诗，也说："桃花源诗，有故神其词，托之仙境者，如王维云：'初因避地去人间，及至成仙遂不还'是也。又有讥其谬者，如韩愈云：'神仙有无何渺茫，桃源之说诚荒唐'是也。公诗于仙境非仙境置若罔闻，独取陶公'先世避秦时乱来此'一语作骨子，寄兴深微，真不可及。"

二家之说，对于王安石这篇作品的独特性，都作了扼要的说明。方东树指出了一题数首，就必须命意归宿与下笔章法各人不同，这是非常正确的。我们所要补充或强调的，只是两者之间的关系非常密切。正由于命意不同，才必须而且必然会下笔不同，两者不能割裂开来理解。至于他说安石此诗，不事描写，但以夹叙夹议见长，而其所以能卓然自立，乃是因为有名论杰句，以见寄托①，则尤为精到。我们多少年来，在理论上，脱离了民族传统、文学样式等特征，机械地将形象思维与抽象思维，描写与叙述、议论，含蓄与刻露的区分绝对化了，割裂了，结果许多文学现象解释不通，甚至于整个宋诗都被斥为"味同嚼蜡"。王安石这篇单刀直入，几乎全无景物铺陈② 但以议论见长的宋诗，不正是以其"虽有父子无君臣"，"天下纷纷经几秦"这样一些名论杰句，反映了自己先进的历史观点和政治思想，显示了诗人自己崇高的形象，从而赢得了广大读者的喜爱吗？它以其主观色彩特别浓厚，重议论不重铺陈的特点，不仅将自己和在其以前出现的杰作区分开来了，而且还能和它们分庭抗礼。

---

① 即胡先生所说的"寄兴深微"。
② 即方东树的所谓"写"。

（五）

歌德认为："总的来说，一个作家的风格是他的内心生活的准确标志，所以一个人如果想写出明白的风格，他首先就要心里明白，如果想写出雄伟的风格，他也首先要有雄伟的人格。"① 所谓内心生活，也必然从每个人的阶级地位、社会经历、思想感情中来。一位作家在认识生活并创造性地回答生活中提出的问题的时候，他必然会同时显示其独特的格调、气派。这也就成为他内心生活的准确标志。从以上所举四篇桃源诗来看，它们所呈现的风格是各不相同的，具有独特性的，而其独特性则正与诗人的内心生活一致。

前人已有注意这四篇诗风格的歧异而加以比较的。如张谦宜《絸斋诗谈》卷四云：

> 陶诗他且勿论，即如咏桃源一诗，摩诘之绮丽，昌黎之雄奇，皆不如其浑朴，便见古人地步真高。

又王士禛《池北偶谈》卷十四云：

> 唐宋以来，作《桃源行》最佳者，王摩诘、韩退之、王介甫三篇。观退之、介甫二诗，笔力意思甚可喜。及读摩诘诗，多少自在。二公便如努力挽强，不免

---

① 《歌德谈话录》第三十九页。

面赤耳热，此盛唐所以高不可及。

这些议论，如果将批评家个人的爱好和宗尚排除在外，仅就其所指陈的风格特色而论，基本上都是符合实际的。

我们在上面曾经引用《诗品》指陈陶渊明"文体省净"的特点。唐庚《唐子西文录》亦云：

> 唐人有诗云："山僧不解数甲子，一叶落知天下秋。"及观渊明诗云："虽无纪历志，四时自成岁。"便觉唐人费力如此，如《桃花源记》言："尚不知有汉，无论魏晋。"可见造语之简妙。盖晋人工造语，而渊明其尤也。

其所谓简妙，也就是省净。惟其省而能净，所以简中见妙，或寓妙于简。唐庚所举的两个例子，恰巧都在桃源诗文中，应当不是偶然的。陶诗的风格并非单一的，论及全人，不可偏废，鲁迅先生对此曾有很精当的、人所共知的说明。① 但多样的风格虽然可以存在于一位作家身上，却难以同时存在于一篇作品当中。风格的形成，往往是与作品的主题以及它所展示的形象息息相关的。同时，存在于一位作家身上的风格的多样性，也并不否定其中还有主次。省净、简妙从而使人感到浑朴，这正是陶渊明风格中最引人入胜的地方，② 桃

---

① 《题未定草》（六）、（七），载《且介亭杂文》二集。
② 朱光潜先生论陶诗风格，甚有精义，可参看。朱说见所著《诗论》第十三章，载《朱光潜美学文集》第二卷。

源诗文不能算是陶集中的最高成就，但人们却可以从中看出陶渊明风格这一显著的特点，因为这些作品的题材和主题，乃是他所最倾心的。他的人格、风格不能不与之密切地结合在一起。

王维写《桃源行》的时候，正处在风华正茂的十九岁。他早年富艳的才情渗透在那个虚无缥缈的神仙世界之中，就使得这个作品呈现着一种绮丽的风格如张谦宜所指陈的。王士禛说它自在，也应当是指少年王维作品中弥漫着的青春的色彩与气息在生动活泼的语言中的自然流露，因而毫无雕琢的痕迹。王维笔下的灵境不是枯寂凄黯的，而是幽美恬适的。他以自在的笔触描绘了仙源中人自在的生活。

陈兆奎还独具慧眼地看出了王维的《桃源行》和张若虚的《春江花月夜》这两篇名作之间的传承关系。他认为《春江花月夜》"秾不伤纤，局调俱雅。前幅不过以拨换字面生情耳。自'闲潭梦落花'一折，便缥缈悠逸。王维《桃源行》从此滥觞。"① 这实在是一个很细致的观察。王维《桃源行》虽非以拨换字面生情②，然前幅多属铺叙，与其《夷门歌》手法相近，但最后一折：

> 当时只记入山深，青溪几曲到云林。春来遍是桃花水，不辨仙源何处寻。

其缥缈悠逸，确与《春江花月夜》结尾，特别是最后的"斜

---

① 见《王志》卷二，《论唐诗诸家源流，答陈完夫问》条所附陈兆奎按语。
② 张诗也非如此。这个问题，需要另作说明，这里暂不涉及。

月沉沉藏海雾，碣石潇湘无限路。不知乘月几人归，落月摇情满江树"四句风神酷似，具有渊源。这种缥缈悠逸的风格，也就是王士禛所说的"自在"在特定环境中的表现，它与全诗的绮丽不是互相排斥而是合色的。

张谦宜认为韩诗此篇雄奇，金德瑛认为它雄健壮丽，王士禛以"努力挽强"为喻，虽含贬义，也还是符合事实的。这是韩诗主要的风格特征，几乎无所不在，哪怕是从一些绝句诗中，也可以看出来。陶、王两家作品中的桃源，并无蓝本，全凭作者根据自己的生活经历，审美观念，加以创造性的想象所形成。所以，在诗人们作品中虽然写的都是一个地方，而这个地方是什么样子，却因人而异。陶渊明向往的那个世界是幽美恬适的，王维向往的那个世界则是缥缈悠逸的。他们所想象的，显然与他们固有的风格非常协调，因为他们在构思的过程中，已经很自然地意识到这种协调的必要性。但韩诗却面对着一幅图画，这幅图画中的景色，及其所呈现的风格，乃是画家事先规定了的，所题之诗不能和它唱对台戏。这幅图画的风格如何，我们今天不得而知，但韩诗描写很少，叙述议论较多，而就其中少量描写来看（如前举"架岩"二句、"种桃"二句），其所选取的也是壮丽而非幽美或缥缈的形象，它们是与波澜起伏的叙述，发扬蹈厉的议论相一致的。

王安石虽然有时也嘲笑韩愈，如在《韩子》中说他"力去陈言夸末俗，可怜无补费精神"，但在创作时却往往又是韩愈的追随者。王士禛论桃源诗，以二家并列，称之为"努力挽强，不免面赤耳热"，是有根据的。我们所不同意的，乃是自在是否就一定是高，而"努力挽强"就一定是下这样一种以盛唐某些诗人所表现的神韵为极致的意见。

王安石这篇诗虽"于仙境非仙境置若罔闻"，有异于韩愈之认为"桃源之说诚荒唐"，其不依故事铺陈，也不同于韩愈之先叙画图，次及本事，先事描写，后加议论。因而两诗主题手法虽均有区别，但其以雄伟的风格驱使议论，又有异中之同。读者可以从这些方面看出韩、王诗学渊源。但王诗之精悍简劲，仍然有自己的独特风格，则又是与其诗所反映的时间跨度非常之长，生活内容涉及较广，识度议论突破传统这些方面相联系的。

以上以四篇桃源诗为例，略论相同的题材与不相同的主题、形象、风格之间的或即或离的错综关系，主要是受到金德瑛的启发。这位对文学颇有真知灼见的乾隆元年（1736）状元说：

> 凡古人与后人共赋一题者，最可观其用意关键。如桃源，陶公五言，尔雅从容，"草荣""木衰"八句，略加形容便足。摩诘不得不变七言，然犹皆用本色语，不露斧凿痕也。昌黎则加以雄健壮丽，犹一一依故事铺陈也。至后来王荆公则单刀直入，不复层次叙述。此承前人之后，故以变化争胜。使拘拘陈迹，则古有名篇，后可搁笔，何用多赘。诗格固尔，用意亦然。前人皆于实境点染，昌黎云："当时万事皆眼见，不知几许犹流传。"则从情景虚中摹拟矣。荆公云："虽有父子无君臣"，"天下纷纷经几秦"，皆前所未道。大抵后人须精

刻过前人，然后可以争胜，试取古人同题者参观，无不皆然。苟无新意，不必重作。世有议后人之透露，不如前人之含蓄者，此执一而不知变也。

本文不过为他的意见作了一点疏证而已。这点疏证也许有助于加深对古典作家在创作方法及表现技巧若干方面的认识。如果我们对这些理解得清楚一些，前些年流行的关于题材、主题的许多奇谈怪论，也许会受到更多的抵制。这，也许就是这篇文章的现实意义吧。

读诗举例

——在中国文学批评史师训班上的讲话

我们研究文学批评史的目的，是总结前人对文学理论批评的研究，找出规律，以期有益于今天的文学理论批评和创作。总结前人的研究，又不外两个方面，一是某些理论原则，例如"形神兼备"；二是某些具体问题，例如"永明声律"。但不论是总结前者或后者的研究，都得有一个共同的基础，或者说出发点，那就是文学现实，也就是文学作品本身。如果作家不写出作品来，那么，理论家也就失去了研究对象，既不会产生理论原则，也无从评价具体问题了。

由此可以知道，对于从事文学批评史研究的人来说，研究作品是非常重要的。作品是理论批评的土壤。不研究、理解作品，就难于研究和理解理论批评，更无从体会理论与理论之间的内部联系，无从察觉批评与批评之间相承或相对的情形了。因为这些联系和对立，往往是起源于对作家作品以及由之而出现的文学风格的具体评价的。

离开了作品而从事理论的研究，就不免陷于空洞，难以理解问题的实质。例如，研究《文心雕龙》，将主要力量放在《神思》以下二十四篇，或者再加上《原道》以下五篇，这是可以的。因为前者是刘勰当时总结出来的若干理论，而后者则是其所据以立论的纲领。但是，在研究这些篇章的时候，能否将《明诗》以下二十篇排除在考虑之外呢？我看不能。不仅《明诗》以下二十篇应当和其他诸篇合起来研究，而且严可均辑《全上古三代秦汉三国六朝文》、丁福保辑《全汉三国晋南北朝诗》，还有萧统《文选》等也应当时时加以印证。只有这样，才能对某些问题辨析得较为清楚。再如，南宋诗论史上的江西派与反江西派之争，是大家所熟知的。吕本中作了《江西宗派图》，树立旗帜，严羽的《沧浪诗话》以宗盛唐来反对江西诸公，但和严羽同时而略后的方回却在《瀛奎律髓》中进一步提出了"一祖三宗"之说，①完善了江西派的理论。我们若不细读黄庭坚、陈师道、吕本中、杨万里、严羽、四灵、刘克庄、方回等许多诗人的创作，细辨其风格的异同，以联系批评家们从他们风格中抽象出来的理论，就实在很难将江西派与反江西派闹的是一些什么纠纷弄清楚。所以，我们研究文学理论批评史，要想深入一些，细致一些，就决不可脱离当时理论批评家所据以抽象的文学现实，即作品本身。

如何理解作品，是继之而来的另一个问题。研究文学理论批评史，评判古代理论著作的是非高下，这纯粹属于逻辑思维的范畴。但是，阅读作品却不能完全这样。对于我们来说，阅读作品的最终目的是要分析它们，发现其与当时理论

---

① 《瀛奎律髓》卷二十六，陈与义《清明》评云："古今诗人当以老杜、山谷、后山、简斋四家为一祖三宗。余可预配飨者，有数焉。"

批评的关系，使自己的工作能够如实地反映出理论批评发展的历史进程，因此，理智的思辨是完全必要的。但不能忽视，任何文学作品主要是形象思维的产物。它首先是使人发生美感的艺术品。读者总是先被它所感动，然后才进一步理解它的。最后，也许你肯定它，爱好它，或者，反过来。但在最初，你总是从欣赏出发。欣赏是一种感情活动。通过欣赏，你才会产生某种感情，再追究为什么会产生这种感情。通过这样的分析、抽象，才上升到理论。所以，对于从事文学理论工作的人来说，如何读作品，比较深入地理解作品，是一个不能而且无法回避的问题。

丹麦作家安徒生在其童话《冰姑娘》中说过一句话："上帝赐给我们硬壳果，但是他却不替我们将它砸开。"我国古诗说："鸳鸯绣取从教看，莫把金针度与人。"① 这些话的意思是一致的。一件已经完成的作品，就是一个富有生命力与魅力的客体，是一件使人无法知道怎样裁制出来的无缝天衣。如何比较准确地理解作家艺术构思，他所要显示的美、情、理，并不是件轻而易举的事情。因此，读者们（其中当然包括研究文学批评史的同志们）必须长期地、艰苦地锻炼自己的感受能力和判断能力，要使自己的眼睛成为审美的眼睛，耳朵成为知音的耳朵，而心灵呢，则成为善于捕捉艺术构思和艺术形象的心灵。砸开硬壳果，揭示出作家心灵上的秘密，并且占有它们，对于研究从作品中抽象出来的理论批

① 元好问《论诗》三首之三，见施国祁《元遗山诗集笺注》卷十四。元诗盖本佛教禅宗语录：《五灯会元》卷十四载宝峰惟照禅师云："鸳鸯绣出从君看，不把金针度与人。"

评，将起着何等不可缺少的作用，这是不须多作解释的。

以下，想就几个侧面具体谈谈如何欣赏诗，理解诗。但"仁者见之谓之仁，智者见之谓之智"，①"诗无达诂"，② 古有明训。西方文论也常常提到形象大于思想的问题。所以我的意见，很难一定说是能够与诗人的心灵活动吻合。这里只是贡其一得之愚而已。

形 与 神

任何文学作品都是写人类的生活的，它们通过生动的形象，展示人物的内心活动，即以形传神，所以我国古代文艺理论一贯地要求形神兼备，而反对徒具形似。进一步，则要遗貌取神，即承认作家、艺术家为了更本质地表现生活的真实，使其所塑造的形象更典型化，他们有夸张的权利，有改变日常生活中某些既成秩序的权利。这种对于形的改变，其终极目的也无非是为了更好地传神。

白居易的《长恨歌》是唐诗中一篇人们对其主题有争议的杰作。但在艺术上，它却获得了异口同声的赞扬。其中理由之一就是善于以形传神。诗中写唐玄宗作为一个失势的太上皇，在西宫、南内如何靠悔恨、忧伤、寂寞、凄凉来打发那些难以消磨的日子时，用了下列的句子：

夕殿萤飞思悄然，孤灯挑尽未成眠。

① 《易·系辞上》。
② 董仲舒：《春秋繁露·精华》。

为了给这位老皇帝的感情上涂抹一层浓重的暗灰色，诗人挑选萤飞的夕殿这个时间和地点，而以未成眠来证实思悄然，又以孤灯挑尽来见出他内心痛苦之深，以致终夜不能入睡，由"迟迟钟鼓初长夜"到"耿耿星河欲曙天"。我们知道，唐代宫中是用烛而不是用灯来照明的。即使用灯，何至于在太上皇的寝宫中只有一盏孤灯，又何至于竟无内侍、宫女侍奉，而使他终夜挑灯，终于挑尽。这里显然都不符事实。①但是，我们设想，如果作者如实地反映了当太上皇不眠之夜，生活在一个红烛高烧、珠围翠绕的环境里，还能够像《长恨歌》这里所描写的那样成功地展示他的精神状态吗？文学欣赏不能排斥考据，不能脱离事实，可也不能刻舟求剑，以表面的形似去顶替内在的神似。

当临邛道士来到仙山求见时，久已脱离人间爱欲的杨太真是丝毫没有思想准备的，所以"闻道汉家天子使"，就自然不禁"九华帐里梦魂惊"了。② 接着，诗人以下列四句描写了她强烈的内心冲突由发生到解决的过程：

揽衣推枕起徘徊，珠箔银屏迤逦开。云髻半偏新睡觉，花冠不整下堂来。

---

① 邵博《闻见后录》卷十九就对这两句诗作了如下的评论："宁有兴庆宫中，夜不烧蜡油，明皇帝自挑灯者乎？书生之见可笑耳。"陈寅恪《元白诗笺证稿》第一章《长恨歌》则云："至上皇夜起，独自挑灯，则玄宗虽幽禁极凄凉之景境，谅或不至于是。文人描写，每易过情，斯固无足怪也。"陈先生的意见当然远胜邵博，但也没有能提到理论高度来加以阐明。

② 玄宗终宵失眠，太真恬然入梦，这也是一个对照。

由梦魂惊而揽衣推枕，徘徊不定，由徘徊不定而决心出见，这个内心斗争胜利的取得无疑地是相当艰苦的。而当胜利以后，便不顾云髻半偏，花冠不整，迫不及待地走下堂来。从这些细节描写中，我们可以看到诗人是多么成功地通过杨太真的动作刻画了她的精神状态，以语言的音响传达了生活的音响。

　　以形传神，并不限制在人物的动态方面，诗人笔下出现的人物的静止状态，也和绘画与雕塑中成功的人物一样，是能够使人窥见其丰富的内心世界的。例如张仲素这首有名的《春闺怨》：

　　　　袅袅城边柳，青青陌上桑。提笼忘采叶，昨夜梦渔阳。

古乐府《陌上桑》中那位坚贞而机智的采桑女，在张的这篇诗中，被赋予了思妇的身份。她依然是一位忠诚的妻子，但诗人所描绘的，却侧重在她提笼而忘采叶这一点，而其所以如此，则是由于她沉浸在昨夜的梦境中了。是怎样的梦境呢？诗中有意给读者留下了非常广阔的想象余地。这座女体塑像是静态的，她只是提着笼子，不声不响地站在城边陌上，柳条桑树之间罢了。然而，我们难道不能窥见她心中混合着甜蜜与感伤的情绪和分明而又模糊的梦境吗？

　　这篇诗，和曹植的《美女篇》可以比观。它们都是继承了，同时又发展了传统的形象；又可以和刘禹锡的《春词》比观，它们都以静态传神，刘诗中的"行到中庭数花朵，蜻蜓飞上玉搔头"，与张诗中的"提笼忘采叶"所采取的艺术手段与所获得的艺术效果是一致的。

曲 与 直

写诗应当注意含蓄，不能像散文那样直说，这是传统的说法，也就是贵曲忌直。这话对不对呢？在一定的条件之下和范围之内，是可以这样说的，但如果将它绝对化，就会走向反面了。事实是，诗每以含蓄、曲折取胜，而有些直抒胸臆，一空依傍的作品，也同样富于诗意，具有极大的艺术魅力，能够表达人类生活中最美好的感情，列入诗林杰作之中而毫无愧色。总之，是不能一概而论，否则，蒙受损失的将不是诗人而是读者。

　　岁岁金河复玉关，朝朝马策与刀环。三春白雪归青冢，万里黄河绕黑山。

柳中庸这首《征人怨》，以精工富丽的语言和雄浑壮阔的风格写边防战士不安定而又艰苦的生活。前两句说调动频繁，行踪不定，时在金河，时在玉关，而和他做伴的，只有马鞭和战刀而已。后两句写以时间言，在三春仍有白雪的时候，又回到了青冢；以空间言，随万里黄河之奔泻，又绕到了黑山。通篇无一怨字，但却非常深刻地将这位征人藏在心底的"频年不解兵"[1] 的怨透露出来了。这就比"君不见沙场征战苦"[2] 之类的写法，更为有力。

---

① 沈佺期《杂诗》句。
② 高适《燕歌行》句。

　　王昌龄《长信秋词》之"玉颜不及寒鸦色，犹带昭阳日影来"，以及韩翃《寒食》之"日暮汉宫传蜡烛，轻烟散入五侯家"，这些被人称赏的名句，其成功之处，也正由于曲。

　　与此相反，也有的诗人以很坦率的语言，发抒最诚挚的感情。这些作品，也同样深刻动人，不过，其所以深刻动人，却并非由于曲，而是由于直。

　　梅尧臣在悼念他死去的小女儿的一首短诗（《戊子三月二十一日，殇小女称称》）中，是用这样两句作结的：

　　　　慈母眼中泪，未干同两乳。

诗人将分娩不久就失去了婴儿的母亲在生理上和心理上的本来并不相关，而在这一特定情况之下，却必然相关的两种现象绾合起来，从而极为成功地表达了海一样深的母子之爱。

　　另一首类似的成功之作是陈师道的《示三子》：

　　　　去远即相忘，归近不可忍。儿女已在眼，眉目略不省。
　　　　喜极不得语，泪尽方一哂。了知不是梦，忽忽心未稳。

这位以穷困和苦吟著名的诗人，因为养不活自己的家口，只好将妻子以及三个儿子、一个女儿都送到在四川做官的岳父处寄食。大概过了三四年，才回到徐州。这首诗写久别乍逢，平铺直叙，至情无文，却感人肺腑。长大了几乎不认识了的儿女们突然出现在眼前，不免感慨万端，喜极而无言，欲笑而先哭。前此屡梦，反以为真，今此相逢，反以为梦。

真极！妙绝！谁能说宋人由于直说，就是不懂形象思维呢？谁能说江西派诗人就是反现实主义者、形式主义者呢？

姜夔〔鹧鸪天〕云："人间别久不成悲"，就是"去远即相忘"。晏几道同调词云："今宵剩把银釭照，犹恐相逢是梦中"，就是"了知不是梦，忽忽心未稳"。虽男女之情与亲子之爱既不相同，词之与诗语言风格亦异，但其以直致而不以婉曲取胜则没有两样。

在这个问题上，我们很容易想起《国际歌》，想起曾经作为代国歌的《义勇军进行曲》，等等。这些杰作，曾经鼓动了多少好儿好女为人类最壮丽的事业前赴后继、视死如归地去英勇斗争啊！难道能够因为它们写得不含蓄就可以将其排斥在好诗的行列之外吗？

物　与　我

《诗品序》云："气之动物，物之感人，故摇荡性情，形诸舞咏。"这几句话非常简明地概括了诗中物与我的关系。物即人类社会生活和自然景物，我即诗人的思想感情。触物不免动情，觅物所以抒情，融情于物，即可以将主观的思想感情附托在客观的社会生活以及自然景物上。在诗人笔底下，物我成为一体，因而物就与我一样，能够有生命，即有思想感情的了。

李白《劳劳亭》云：

天下伤心处，劳劳送客亭。春风知别苦，不遣柳条青。

此诗前半十分平常，后半又异常精警，对照强烈。它"匠"出了在特定的初春时节那种依依不舍之情。其他送别之诗，莫不涉及折柳的风俗——唱与赠，此诗却一反常情，从无柳可折这一现实出发，独标新意，极写伤心。

再如杜牧《赠别》：

> 多情却似总无情，惟觉尊前笑不成。蜡烛有心还惜别，替人垂泪到天明。

小杜此篇与上篇结构不同。它上半写人，用赋；下半咏物，用比，都极为精彩，势均力敌。虽欲强颜一笑，聊以慰藉对方，但满腹牢愁，终于无话可说，所以只有让蜡泪来代表离衷了。《西厢记》中"长亭送别"一场，亦有此意，但戏剧为样式所限制，非唱不可，不能哑场，并不一定有蜡烛静静地流着泪伴着一对离人这般令人耐想。

这未青的柳条和流泪的蜡烛，亦物，亦人；即物，即我。物之与我，景之与情，在这种安排之下，就融为一体了。

诗人经常是而且永远是抒情诗中的主人公。在有些诗中，只见物，不见人，似乎有物无我了。但略加寻究，则诗人只是将景物推到了前台，而在幕后操纵的，仍然是诗人自己。如杜诗《绝句》四首之三：

> 两个黄鹂鸣翠柳，一行白鹭上青天。窗含西岭千秋

雪，门泊东吴万里船。

这篇诗与上面柳中庸那一篇有同有异。通篇以两联对句组成，是其所同。但柳诗四句是写一位征人的动荡生活，句句中有人在，一望而知。老杜这篇所写则是四种各自独立的景物，犹如四扇互不相干的挂屏。只有细加体会，才能发觉其仍是物中有我。前半以黄鹂、白鹭载鸣载飞之乐来反衬自己客居成都之抑郁无聊，有人不如鸟之意。其后半则与作于同时的另一首律诗《野望》的首联"西山白雪三城戍，南浦清江万里桥"两句略同。不过后者接下去，把"海内风尘诸弟隔，天涯涕泪一身遥"的感慨直接地发抒了出来，而此诗却对于吐蕃内侵的忧虑以及一己怀归的心情，只是略加暗示。虽然景物是"状溢目前"，而怀抱则"情在词外"。[①] 这就使物我之间的联系似乎更在若即若离之间了。而究其终极，还是景中见情，物中有我。

同　与　异

景与情之间的关系还经常表现为情同景异，或者景同情异。于以见主观的精神活动与客观的自然界或社会生活之间各种复杂的关系。

自然景物和社会生活都是千变万化的。诗人的心灵也是如此。如果像前些年某些人所提倡的和奉行的主题决定论或

---

① 《文心雕龙·隐秀篇》佚文："情在词外曰隐，状溢目前曰秀。"张戒《岁寒堂诗话》卷上引。

主题先行论所规定的那样，从最丰富的现实与心灵中概括抽象出主题来，然后按照规定公式填充生活材料，那就将文艺本身也取消了。"四人帮"篡党夺权时期充塞文坛的废话与谎言，今天难道不是记忆犹新吗？

古典诗人恪守从生活出发的正确原则，按照所接触所理解的生活及其在特定的时间、空间、条件之下对自己心灵的影响，写出作品来，所以决不会陷于"千部一腔，千人一面"①。

王维《送沈子福归江东》云：

> 惟有相思似春色，江南江北送君归。

又鱼玄机《江陵愁望有寄》云：

> 忆君心似西江水，日夜东流无歇时。

两诗一写送别，一写怀人，异。而俱属离情别绪，则异中见同。前者以相思比作遍于江南江北之春色，乃自空间极言其广，后者以相忆比作长流不停的江水，乃自空间极言其长，又于同中见异。总之是情同景异。

> 向晚意不适，驱车登古原。夕阳无限好，只是近黄昏。

----

① 《红楼梦》第一回语。

　　李商隐是一个很有抱负的人，终身陷入牛李党争，不能自拔，这篇《登乐游原》非常成功地揭示了诗人在登上乐游古原时深沉而又激越，向往而又追悔的无可奈何之感。国忧家恤，尽在其中，勃郁情深，使人读来充满了诗人处无可奈何之境，抒万不得已之情的印象和感受。所以清人管世铭说它篇幅虽小，"消息甚大"。①

　　王安石的《秣陵道中口占》与此篇机杼正同：

　　　　经世才难就，田园路欲迷。殷勤将白发，下马照青溪。

一个早年以天下为己任，高吟"天下苍生待霖雨，不知龙向此中蟠"之句的政治家，② 战斗了数十年，终于不能不感到"黄尘投老倦匆匆"之并无效果，而以"江湖秋梦橹声中"的闲适退隐为得计，所以魏阙江湖，交萦怀抱，一往情深，形于赋咏。③ 王之"下马照青溪"与李之"驱车登古原"，难道两者不正也是景异情同吗？殷勤两字，说得何等郑重，又包含了多少苦闷、挣扎和酸楚在内！

　　柳树是祖国诗人对之特别关心的景物之一。但它不但受

　　① 管世铭《读雪山房唐诗钞》卷二十七，五绝凡例："李义山乐游原诗消息甚大，为绝句中所未有。"
　　② 《龙泉寺石井二首》之一："山腰石有千年润，海眼泉无一日干。天下苍生待霖雨，不知龙向此中蟠。"见《王荆文公诗》卷四十七。李壁笺注引叶梦得《石林诗话》云："荆公少以意气自许，故诗语惟其所向，不复更为含蓄。如'天下苍生待霖雨，不知龙向此中蟠。'……皆直道其胸中事。"
　　③ 《壬子偶题》："黄尘投老倦匆匆，故绕盆池种水红。落日欹眠何所忆，江湖秋梦橹声中。"自注云："熙宁五年，东府庭下作盆池，故作。"见《王荆文公诗》卷四十四。熙宁五年（1072），王安石正同中书门下平章事，可以说是"达则兼善天下"的时候，却写出了这种作品，这是非常值得玩味的。

到许多人的喜爱，也受到一些人的埋怨。同是柳树，在不同作者，或同一作者的不同心情之下，遭受了不同待遇。刘禹锡《杨柳枝词》九首之八云：

> 城外春风吹酒旗，行人挥袂日西时。长安陌上无穷树，惟有垂杨管别离。

韦庄《台城》云：

> 江雨霏霏江草齐，六朝如梦鸟空啼。无情最是台城柳，依旧烟笼十里堤。

在刘的笔下，春天的柳树是如此多情，而在韦的笔下，却又以其无情而遭到责怪。柳树有知，真不免有左右为难之感了。而其实，则只是诗人由于当时感受上的差异，托物喻志，与柳无关。

这些事实告诉我们，创作手法虽然可以是多种多样的，但作家认识世界、反映世界的主观能动作用，始终站在主导地位。

小 与 大

文艺作品总是从个别显示一般，即小见大，这是典型化的基本方式之一。但并不是任何人都认识到，或者说承认这一点的。杜牧《赤壁》云：

折戟沉沙铁未销，自将磨洗认前朝。东风不与周郎
便，铜雀春深锁二乔。

宋人许彦周认为诗人不考虑孙吴如果在赤壁之战中失败
了，其最严重的后果是政权（古所谓宗庙社稷）的消灭，而
只担心二乔的命运，乃是"措大不识好恶"。这位书呆子气
十足的理论家就没有想到大乔是孙策的遗孀，孙权的嫂嫂，
而小乔则是孙刘联军最高指挥官周瑜的夫人。如果她们这两
位特级贵妇都成了曹操的战利品，被关进了铜雀台中，那么
孙吴的政权还有存在的可能吗？看来，不识好恶，同时也不
识即小见大的艺术方法的措大，恐怕还是许颉自己，而不是
他所讥讽的小杜。①

陆游在梦从大驾亲征，尽复汉、唐故地之后，以轻快的
笔调写了一首胜利之歌。② 它是以如下两句结束全篇的：

凉州女儿满高楼，梳头已学京都样。

从少女们对于梳妆打扮上具有的特殊敏感性显示政治形势的
根本改变，诗人也是够敏感的。而当南宋汉族政权被蒙古贵

---

　　① 　许颉《彦周诗话》："杜牧之作《赤壁》诗云：……意谓赤壁不能纵火，为
曹公夺二乔置之铜雀台上也。孙氏霸业，系此一战。社稷存亡，生灵涂炭都不问，
只恐捉了二乔，可见措大不识好恶。"何文焕《历代诗话考索》驳之云："夫诗人之
词微以婉，不同论言直遂也。牧之意，正谓幸而成功，几乎家国不保。彦周未免
错会。"《四库全书总目》卷一百九十五，《〈彦周诗话〉提要》也说："（颉）讥杜牧
《赤壁》诗为不说社稷存亡，惟言二乔，不知大乔孙策妇，小乔周瑜妇，二人入魏，
即吴亡可知。此诗人不欲质言，变其词耳。颉遽诋为秀才不知好恶，殊失牧意。"
　　② 　此诗题为《五月十一日，夜且半，梦从大驾亲征，尽复汉、唐故地。见城
邑人物繁丽，云：西凉府也。喜甚，马上作长句，未终篇而觉，乃足成之》。

族颠覆以后，汪元量写的组诗《醉歌》中则有如下一篇：

> 南苑西宫棘露牙，万年枝上乱啼鸦。北人环立阑干
> 曲，手指红梅作杏花。

北方的入侵者在进驻宫苑之后，他们不仅毁坏了那些建筑，使之变得十分荒凉，而且连苑中的红梅也不认识，这就不仅暴露了侵略者的残暴，也显示了其落后和无知。而作者的黍离之痛，也就自然充分流露了。

大小相形也是诗中常见的一种表现形式。它通过自然与社会生活中的差异所产生的比例感，来增强作者所要突出的思想感情。

保存在《南行集》中的苏轼青年时期的诗篇，虽然还没有形成自己独特的风格。但这位天才诗人已经在艺术上开始作了许多有益的探索，为后来的成功奠定了基础。例如《荆州》十首之三：

> 朱槛城东角，高王此望沙。江山非一国，烽火畏三
> 巴。战骨沦秋草，危楼倚断霞。百年豪杰尽，扰扰见鱼
> 虾。

这篇诗通过咏叹南平高氏的遗迹，抒发对五代十国割据的感叹，以见当时许多以豪杰自命之徒，在江山一统后，回顾起来，无非如鱼虾之扰扰而已。鲁迅在《哀范爱农》中形容那傲兀而不容于浊世的畸人，有"华颠委寥落，白眼看鸡

虫"之句，而自诧"忽将鸡虫做人"的文心之妙，① 正可与苏轼此诗尾联合看。至于杜甫的名句"鸡虫得失无了时，注目寒江倚山阁"，② 以及黄庭坚对它的成功摹仿："坐对真成被花恼，出门一笑大江横"，③ 也同属大小相形的有名例句，虽然其艺术上的含义还不止于此。

形神、曲直……等都是我们古代诗论家常常用来评定作品的概念，而这些概念的成立，实由于它们在创作中本来就作为一种客观实际而存在。批评家只是在研究作品之后，将其抽象出来，又回过头再以之去衡量作品而已。个别概念如此，从这些概念中发展出来的历史观点、系统理论何尝不是如此？

人类的认识过程，总是由感性上升到理性阶段，由形象思维而发展为逻辑思维的。所以文学理论批评只能是文学创作经验的总结与抽象，文学批评史只能是文学理论批评的历史发展的如实反映，而决不是某些古人头脑中先验的产物。我们今天研究文学批评史，研究前人文学理论发生发展的情况及其规律，也就不能把他们那些理论批评的依据，即其所阅读的作品置入度外。这也就是我强调在研究工作中，虽然不妨有所偏重，但决不能将理论和作品横加割裂的理由，以及研究理论批评也决不能放弃欣赏和理解作品的理由。

---

① 十六卷本《鲁迅全集》第七册《集外集拾遗》载《哀范君三章》注引作者此诗附记："我于爱农之死，为之不怕累月，至今未能释然。昨忽成诗三章，随手写之，而忽将鸡虫做人，真是奇绝妙绝，辟历一声，群小之大狼狈。"
② 见杜甫《缚鸡行》。
③ 见黄庭坚《王充道送水仙花五十枝，欣然会心，为之作咏》。

答人问治诗

问：我读了您最近出版的论文集《古诗考索》和周勋初同志写的《读后记》，很感兴趣。看来这本书是您几十年研究古典诗歌的成果的结集，是吗？

答：确实是这样的。不过由三十年代到八十年代，半个世纪就留下了这么一点东西，除了不以自己的意志为转移的客观原因，几乎剥夺了我二十年的岁月以外，主要的还应该归咎于自己的懒怠。因此，面对着这一本发散着油墨香的新出版物，感到自慰，同时也感到自惭。

问：有人感觉到您这些文章的写法和其他的同志不太一样，您是不是有意这样做的？能不能谈一谈您在进行那些课题的研究时思想活动是怎样的？

答：我走上研究诗歌的道路并且一直走了几十年，除了由于出身于一个有文学传统的家庭之外，主要是由于自己对于诗歌这种文学样式的独特爱好。通过诗歌，我表达自己的生活并回答自己生活中出现的问题，也了解他人（包括古人）的生活和他们是怎样回答生活中的问题的。通过创作、阅读、欣赏、批评、考证等一系列的方法，进行探索，逐步地走出一条小路来。这条长长的思维之路有过程，有结论。

问：您能不能就这两点谈得具体一点？

答：把自己走过的道路进行一次思辨性的反省，然后清晰地告诉别人，不是那么容易的。我是否可以不太严谨地谈谈自己在摸索中的经验，而不将过程和结论作严格的逻辑区分？

问：当然可以。就请您随便谈谈。

答：我记得王渔洋在他的诗话里面讲到他小时候读《诗经》，对某些篇章感动得下泪的故事。我想这就是他后来无论是在诗歌创作或在诗歌理论上都卓然成家的起点。这位早熟的诗人，当他幼小的心灵和两千多年以前的古代诗人的心灵相撞击的时候，爆发出了火花，虽然这火花并没有立即用语言把它固定下来。我认为：文学活动，无论是创作还是批评研究，其最原始的和最基本的思维活动应当是感性的，而不是理性的，是"感"字当头，而不是"知"字当头。作为一个客观存在的文艺作品，当你首先接触它的时候，感到喜不喜欢总是第一位的，而认为好不好以及探究为什么好为什么不好则是第二位的。由感动而理解，由理解而判断，是研究文学的一个完整的过程，恐怕不能把感动这个环节取消掉。"为文造情"不但不适宜于创作（它事实上就是"主题先行论"），恐怕对于诗歌研究也不完全适合。就我个人的经验来说，我往往是在被那些作品和作品所构成的某种现象所感动的时候，才处心积虑地要将它弄个明白，结果就成了一篇文章。

问：真有意思！您这种经验恐怕不是很多人所共有的。

答：当然。在佛教里，成佛作祖的人很多，但证道的方法各不一样。我想正由于此，才能够使我们的工作方法开拓得更宽广一些。和这一点相一致的，或者说伴随着的，我还有另外一点想法，就是：从事文学批评研究的人不能自己没有一点创作经验。在我国文学批评史上，没有一个理论批评家是不能创作的。正由于他们有创作经验，才能够从自己的和别人（包括古人）的创作中，抽象出、概括出理论来。任何理论都是从当代和前代创作中抽象出来的，而批评（如果不是棍子）也必须对其批评对象的艺术经验有较深刻的理解。一位从来没有做过诗或没有其他艺术创作经验的人侈谈诗歌艺术，不说外行话，很难。

问：您这话的意思是不是说批评家必须由作家来兼任不可呢？

答：当然我的话也许绝对了一点，但创作经验对一个批评家有益无害，是显然的。我们不妨把艺术创作的范围放得宽点，例如会弹琴跳舞的人对诗歌的节奏比起不会的人来就要敏感一些。艺术和艺术总是相通的，其中有许多共同的东西。而同时，正如感与知，形象思维与抽象思维当中不曾隔着一堵城墙一样，创作与批评的规律也并非各有一套，可以各自一意孤行的。

问：在您的论文中，有不少是考证性质的。您似乎想把考证与批评结合起来，是吗？

答：是的。诗歌研究的终极目的是要使诗人通过特定艺术手段所展示的他的心灵重现在大家面前；而考证则是排除在这再现过程中，在语言上、前景上等等的障碍，总之，是为了扫除外在的隔膜，以便呈露内在的实质。所以，考证并非文学艺术研究的最终目的，而是必要的手段。我曾经利用校勘学、训诂学、语法学乃至物理学等方面的知识，解决诗歌研究中的一些疑难问题，从而有助于对那些作品的内在涵蕴的理解。

问：我注意到了您文章中所使用的这些手段，那么您对于目前从西方引进的许多新的研究方法，例如用心理学、哲学或数学来研究文学有什么意见呢？

答：非常惭愧，对于这些，我研究得很不够，但我想：一个马克思主义者应当是充满自信的和勇于吸收的。马克思主义之所以富有生命力，就是因为它在不断地发展着，在不断地吸收一切有用的、可以丰富和壮大自己的成分。如果健康和时间许可，我也将努力学习这方面的知识，并将其应用到诗歌研究工作当中来。我相信，这将是有益的。

诗的旧与新

自从有诗以来，它的形式就在不断地变化，先有四言，后有楚辞、汉赋、五言、七言等古体诗，齐梁至唐，由新变体发展为近体律绝诗，以后有词、散曲，明清更有时调小曲如打枣竿、挂枝儿、哭皇天、叫五更等，也有文人利用这些形式写作，在诗坛上占了一席之地。"五四"以来开始有了白话诗即新诗。从此界限比较明确，人们把"五四"以前的一切诗体，从"关关雎鸠"到打枣竿、哭皇天等都称作古诗或旧体了。

但仔细想来，旧体诗和新诗的界限是很难划分的。如前面所说，一般认为凡"五四"以来，用白话写的明白易懂的叫新诗，而沿着古代传统用文言写的比较难懂的诗则叫旧体诗。但古诗也有很多是用白话写的，如李白的《静夜思》："床前明月光，疑是地上霜。举头望明月，低头思故乡。"王维的《相思》："红豆生南国，春来发几枝。劝君多采撷，此物最相思。"这两首诗都是用纯粹的口语写成的，很好懂。新诗如胡适的："两个黄蝴蝶，双双飞上天。一个不见了，一个又飞还。"这是接近口语，比较好懂的。但有些不好懂了，尽管他们并非用文言写的。李金发的新诗很难懂，现代的福建女诗人舒婷的朦胧诗，比李贺的诗还难懂。还有四十年代的《白色花》、《九叶集》等新诗，完全不是白话，也很难懂。所以仅用白话和文言，好懂与不好懂来划分新旧诗，是很难划清的。有人说，旧诗有格律，新诗无格律。其实，新月派朱湘、闻一多等人的诗，都有谨严的格律（当然和旧体诗的格律不同），最近重庆出版了《中国现代格律诗》，收有几百首诗，它们都是有谨严的分行，押韵。所以用有无格律来划分新旧诗也很难分。

我觉得是不是可以这样来说："五四"以来的新诗，最初是从外国引进的一种西洋诗歌，以后逐渐民族化，从而形成一种形式。我所说它有一个民族化的过程，就是说它在最初一段时期内，还不是纯粹中国的东西。我们真正的民族形式的构成，我看最主要的有两个因素：一是语言，这里主要指我们的汉语；另一个就是指能够表现我们的作风，我们的气派，我们人民群众的心理状态。"五四"以来的新诗，慢慢变成我国长期诗歌史发展源流中，诗歌家庭中的一个新成员，就像现实生活中某一家族中的一个小儿子，他出国留学，回来后就有那么点洋里洋气，时间久了，也就和哥哥姐姐互相习惯，融洽地生活在一起了。总有一天，也许三百年，也许五百年，也许一千年，新诗也将会变成旧诗。到那时候又会有更新的诗体出来。宋代人们把填词当成游戏文字，很多诗人写了词不收在诗集里面，怕难为情，说它不庄严，不典雅。而从现在看来，我们认为苏东坡的诗固然很好，但我们更推崇他的词。

我们中华民族是一个伟大的民族，勇于把自己优秀的东西输送给别人，不断地有文化输出，如火药、指南针、印刷术等；又是一个很谦逊的民族，勇于吸收任何适合我们的东西，如话剧、诗歌，再往前，输入了整个近代西方的社会科学，再往前，还输入了佛教、胡乐以及苹果、菠菜、枇杷、苜蓿之类。因此，我们对外国文学形式的输入不用担忧，它在实践中自然会解决。

有一种非常有趣的现象，就是"五四"时代的一辈新人，如鲁迅、周作人、刘半农、沈尹默等，先作旧诗，后作新诗，然后又不作新诗了，又来作旧诗。过去完全不作旧诗的，如臧克家，现在也作旧诗了。在三十到四十年代，我和孙望既作旧诗，又作新诗。如果说一个人，既能作诗，又能填词，又能写散曲，不也很好么。艺术需要宽容，特别要能欣赏异量之美，从不同的条件、角度、方法中看出它的好处来。阿Q最看不得穿西装的假洋鬼子，现在中国有些领导人也穿西装，姑娘们穿裙子好看，穿旗袍也好看嘛。搞艺术，应有一种宽容的心理，应当承认历史在不断革新，总会有新东西出来。另外，本身也有个被淘汰的过程。任何文体，如果不适宜表达人民的感情和社会生活，它自然会被淘汰。四言诗和赋在现代文学创作领域中基本上被淘汰了。四言诗音节太呆板，变化很少。五言诗比它多了一个音节，变化就多得多了。李白在创作上是革新派，理论上是保守派。但他的保守的理论在实践中碰了壁。他在理论上认为，五言不如四言，七言又不如五言，但他作起诗来，最多最好的是七言，其次是五言。所以要使诗歌创作得到深刻良好的发展，一个是要宽容，一个是要提倡在艺术实践中竞赛，不管是新诗或是旧体诗。

旧体诗并不像有些人说的已经过时了，而的确有一定的生命力。第一，它在历史上提供了不可取代的范本，像我们写字临摹王羲之、颜真卿的帖一样，它提供了早自屈原、陶渊明、李白、杜甫直到清代的吴梅村、王渔洋等，千百年的艺术实践，什么样的生活他们都能写，什么样的风格都有，能供给我们学。无数的作品，在漫长的历史过程中，经过筛选、淘汰，反复争论以后，稳定下来，一部分成为文学史的基石。而半个世纪以来的新诗，则还缺乏很稳定的、众所公认的历史成果，这是有区别的。第二，旧体诗词经过多少年反复锻炼后，对现代语言也有适应性。它在音韵、意境、结构等方面都创造了许多运用语言高度的典范。新诗要达到这样高度的成就，还须作长期的努力。就这方面说，继承古典诗歌的优良传统，对今后新诗的发展也有帮助。

我个人认为，古体诗、长短句、杂言诗，比起律诗和绝句来，容易代表现代生活。用比较接近传统诗歌的语言，在用韵和句法方面再有所改革，这个路子可以摸索。另外，民歌是一条路。毛主席讲过格律诗束缚人的思想，就是觉得它太精练了，精练得很难打破它。我实在有感于《天安门诗抄》的出现，那是现代文学史上一个很重大的实践过程。那么多的群众，为了怀念周总理，反对"四人帮"，一下子写了那么多的诗。绝大多数是用传统的诗歌形式写的，而不是用白话诗，说明传统的诗歌形式是真正有群众基础的。他们都不是对诗歌很有研究的诗人，他们是一般的群众，从这里可以看出古典诗歌形式的生命力。

七言诗的发展

七言诗的发展过程不同于五言诗。《诗三百篇》也偶然有七言的句子，不过比起五言句来，数量上更是少得多。但在春秋末期产生的史籍《逸周书》中却已出现七言韵文了。《逸周书》中有《周祝》篇，全篇都用韵。就内容看来，它是含有教训意味的民间形式的作品，就形式考察，则每章或者以三言和七言句混合组成，如：

> 天为盖，地为轸，善用道者终无尽。地为轸，天为盖，善用道者终无害。

或者是全章都以七言句组成，如：

> 凡彼济者必不怠，观彼圣人必趣时。石有玉而伤其山，万民之患故在言。

到了《荀子》的《成相》篇，则又出现了一种大同小异的样式：

　　请成相，世之殃，愚暗愚暗堕贤良。人主无贤，如
瞽无相何伥伥。

这显然也是运用民间形式写的。因为，所谓相，乃是一种民
间的劳动歌曲。

　　正因为前五六世纪左右到前二世纪已经产生这种样式的
民歌，所以完整的七言歌谣和其他七言韵文是较完整的五言
歌谣流行得更早的。《汉书·东方朔传》称朔著有"八言七言
上下"。晋灼注云："八言七言诗各有上下篇。"可惜这些七
言已经亡失了。（李善《文选注》存一句。）但《东方朔传》
却又载着他另外一件故事："上（武帝）尝使诸数家射覆，
置守宫盂下，射之皆不能中。朔自赞曰：'臣尝受易，请射
之。'乃别著布卦而对曰：'臣以为龙又无角，谓之为蛇又有
足，跂跂脉脉善缘壁，是非守宫即蜥蜴。'上曰：'善。'赐
帛十四。"东方朔曾作七言，又能冲口而出地说出这样的七
言韵文，正证明这是为他所熟习的、当时流行的样式。再如
司马相如作的子书《凡将》篇，并没有继承先秦时代《史
籀》篇、《仓颉》篇用四言韵文作字书的传统，而改用了七
言，也无非因为这种样式更合于汉代社会习惯。由此也可以
推想当时七言歌谣流行一定已经很广了。

　　西汉时代七言的作者，除了东方朔外，还有西汉末年的
刘向。李善《文选注》中共保存了他残存的七言六句如下[①]：

---

　　①　其中第二句《注》云刘歆七言，歆疑是向之误。

揭来归耕永自疏。结构野草起室庐。宴处从容观诗书。博学多识与凡殊。时将昏暮白日午。山鸟群鸣动我怀。

前面五句同韵，应当出于一篇，后面一句则是出于另外一篇。（因为这种歌谣是每句押韵的。）这些句子已经带有很大的抒情的成分，是诗的语言，因此我们可以说文士制作的七言古诗在西汉就已经成立，事实上比五言古诗出现得更早。

东汉以来文士作七言诗的虽然更多了，但他们却看不起这个新兴的样式，他们只叫它作七言，而不称它为诗，正如近代文人瞧不起民间鼓词一类的通俗韵文，不肯承认它是诗的一种样式，而只肯叫它们作"七字唱"一样。例如《后汉书·张衡传》记载他的著作是这样写的："所著诗、赋、铭、七言……凡三十二篇。"把七言单另提出算一类，正表示对七言诗的歧视。但事实上张衡用七言写的《四愁诗》却正是他创作中杰出的作品：

我所思兮在泰山，欲往从之梁父艰，侧身东望涕沾翰。美人赠我金错刀，何以报之英琼瑶。路远莫致倚逍遥，何为怀忧心烦劳。

我所思兮在桂林，欲往从之湘水深，侧身南望涕沾襟。美人赠我金琅玕，何以报之双玉盘。路远莫致倚惆怅，何为怀忧心烦伤。

我所思兮在汉阳，欲往从之陇阪长，侧身西望涕沾

裳。美人赠我貂襜褕，何以报之明月珠。路远莫致倚踟
蹰，何为怀忧心烦纡。

我所思兮在雁门，欲往从之雪纷纷，侧身北望涕沾
巾。美人赠我锦绣段，何以报之青玉案。路远莫致倚增
叹，何为怀忧心烦惋。

从以上所叙述的，我们知道在西汉中叶已经有东方朔的
七言诗，而东汉初叶，七言诗中已经有像张衡《四愁》这样
成熟的作品。但在汉魏六朝时代，五言诗却是主要的样式，
而七言诗一直到唐代才大大地发展起来，这是什么道理呢?
这问题的关键就在它们和乐府的关系。五言歌谣的入乐，早
在西汉末年，差不多在它以完整的五言出现的时候，就同时
被采进了乐府。而文士制作七言乐府却始于东汉末年，最早
的是魏文帝（曹丕）的《燕歌行》，至于民间的七言歌谣之
被采入乐府，则更是到晋代才有，最早的是《陇上歌》。这
就是说：完整的七言歌谣产生的时间，比五言歌谣大约要早
一世纪，而入乐的时间却大约比它迟两世纪。民间徒歌入
乐，是经过选择和加工的，这就使它本身能够迅速地提高，
由于音乐的配合，又使它能够更广地流布。这样，也就增加
了它和文士们接触的机会，也容易引起他们的注意、爱好和
学习。文士制作的乐府，和由乐府孕育、培养出来的五七言
古诗，就是这样产生的。完整的五言歌谣的产生后于七言，
而七言诗的成长却后于五言，可以从这里获得解释。七言诗
虽然在东汉初年就有了，但却必须经过一个在魏晋六朝时代
入乐的阶段才能在唐代发达起来，也可以从这里获得解释。

闲堂诗学

至于何以五言歌谣入乐比七言更早，我们不很清楚，也许是当时的音乐更适宜于采用五言的歌辞吧。

论唐人边塞诗中地名的方位、
距离及其类似问题

(一)

边塞是唐诗中习见的主题和题材。诗人们根据自己直接的和间接的生活经验写出来的边塞诗，为数不少。其中有许多是写得非常好的，千百年来，一直传诵人口。

既然是边塞诗，当然会在诗中使用一些边塞地名，包括当时的和过去的，中国的和外国的，汉族的和非汉族的。在这方面，有一个值得加以探索的问题是：在某些诗篇（其中包括了若干篇边塞诗的代表作品）里所出现的地名，常常有方位、距离与实际情况不相符合的情况。现在，我们举一些著名的作品为例，将这一现象加以说明，并试拟一个答案如次。

　　去年战，桑乾源；今年战，葱河道。洗兵条支海上波，放马天山雪中草。匈奴以杀戮为耕作，古来惟见白骨黄沙田。秦家筑城备胡处，汉家还有烽火燃。烽火燃不息，征战无已时。野战格斗死，败马号鸣向天悲；乌鸢啄人肠，衔飞上挂枯树枝。士卒涂草莽，将军空尔为。乃知兵者是凶器，圣人不得已而用之。

——李白：《战城南》

这首诗中出现了四个地名。前两个是当时实际上发生过战争的地方。桑乾就是发源今山西省北部，东流入河北省境内的桑乾河。葱河指今新疆维吾尔自治区西部的葱岭河，即喀什噶尔河与叶尔羌河流域一带。天宝元年（742），王忠嗣三败奚怒皆于桑乾河。天宝六载（747），高仙芝远征吐蕃，曾经葱岭，沿途以武力开辟道路。诗中所咏，即此二事。两次战役相距五年，说"去年战"，"今年战"，不过极言战事之频繁而已。① 后两个地名则是用来泛写当时战争气氛之浓厚的。天山即今新疆境内的天山。条支是当时西域国名，位于今伊拉克国境的底格里斯河与幼发拉底河之间，其地古有大湖，通波斯湾，条支海或即指此。天山山脉虽说分布很广，但究在葱岭附近。高仙芝的部队在那里放马，是完全可能的。至于条支，虽说她曾屡次对唐朝贡，唐朝并曾一度设置都护府于其地，因而也可以说是声威所及的地方，② 但将在这个邻近波斯湾的远海洗兵与在天山放马并举，总觉相距过远。

汉家烟尘在东北，汉将辞家破残贼。男儿本自重横

---

① 参詹锳：《李白诗文系年》天宝六载条及舒芜：《李白诗选》本诗注。
② 参邓之诚：《中华二千年史》卷三，《唐代诸族简表》。

行，天子非常赐颜色。拟金伐鼓下榆关，旌旆逶迤碣石间。校尉羽书飞瀚海，单于猎火照狼山。山川萧条极边土，胡骑凭陵杂风雨。战士军前半死生，美人帐下犹歌舞。大漠穷秋塞草腓，孤城落日斗兵稀。身当恩遇常轻敌，力尽关山未解围。铁衣远戍辛勤久，玉箸应啼别离后。少妇城南欲断肠，征人蓟北空回首。边庭飘飖那可度，绝域苍茫更何有，杀气三时作阵云，寒声一夜传刁斗。相看白刃雪纷纷，死节从来岂顾勋？君不见，沙场征战苦，至今犹忆李将军。

——高适：《燕歌行》

诗序云："开元二十六年（738），客有从御史大夫张公出塞而还者，作《燕歌行》以示适。适感征戍之事，因而和焉。"考张公即张守珪，据史，开元二十二年六月，他曾大败契丹，十二月，斩契丹王屈烈及可突干；二十三年三月，赴东都献捷，赏赐甚厚；二十四年三月，他使安禄山击奚、契丹，败还；二十五年二月，他再破契丹于捺禄山。①诗篇就是以这些事实为基础进行创作的。榆关即今河北省东部的山海关。碣石之名，最早见于《尚书·禹贡》，其位置古来不一其说，就本诗而论，则它应当就是今河北省昌黎县东南的碣石山。蓟北，指蓟州以北。唐河北道蓟州治渔阳县，亦称

---

① 见《资治通鉴》卷二百十四，高步瀛《唐宋诗举要》卷二本诗注引《旧唐书·玄宗纪》及《张守珪传》所述略同。高氏复云："《传》又曰：'二十六年，守珪裨将赵堪、白真陁罗等，假以守珪之命，逼平卢军使乌知义邀叛奚余众于湟水之北，初胜后败，守珪隐其败状而妄奏克捷之功，事颇泄，云云。'达夫此诗，盖隐刺之也。"按：本诗只歌颂了一般将士之忠勇苦辛，揭露了主将之骄奢淫逸，并没有描写或暗示张守珪贪功讳败、欺骗政府的行为，则高适作诗时，是否已经知道湟水之役这一事件的内幕，尚是问题。姑记所疑于此，以俟更考。

蓟门，故城在今河北省密云县西南。奚族的故地在今河北省北部及辽宁省南部长城以外地区（即旧热河省东南部），契丹故地在今内蒙古自治区中部（包括旧热河省东北部）。张守珪当时担任着幽州节度使，从范阳（今北京）出兵和奚、契丹作战，取道碣石以出榆关，征人思乡，则从蓟北回首，这都是符合当时情势的。在这篇诗中，和上述三个地名发生矛盾的是大漠、瀚海和狼山。大漠和瀚海在这里是同义语，指今内蒙古自治区中部到西部的沙漠地带，它们位于奚、契丹的西边，按照唐人从沿海进军的道路，是不可能也不必要飞羽书于瀚海的。至于狼山，也就是狼居胥山，则更是远在今内蒙古自治区西部乌兰察布盟境内，与奚、契丹全然无涉。由此可见，后举三个地名乃是用典而非写实，即以汉人和匈奴作战，暗喻张守珪和奚、契丹作战。榆关、碣石等地名是一个现实的系统，而瀚海、狼山等地名则是一个比拟的系统。但四句连贯而下，浑然一气，只有细加寻绎，才能使人感到在方位上有问题。

　　青海长云暗雪山，孤城遥望玉门关。黄沙百战穿金甲，不破楼兰终不还。

　　　　　　　　　　　　　　　——王昌龄：《从军行》

　　王昌龄这一组诗原有七首，是对唐代西北边境战争的泛咏，所写的空间较为广阔，是可以理解的。但局就此诗而论，则仍然存在着与上举两诗同样的问题。青海就是位于今青海省，古名鲜水或西海、仙海的内陆湖泊，今通称青海湖。雪山位置，诸书所说不一，但从诗中所写来看，则以系指横亘于青海与玉门关之间的祁连山较为恰当。玉门关是汉、唐两代通西域的要道，其位置曾有迁移，今不详说，总之，是在今甘肃省西部。^① 汉楼兰国故地则在今新疆维吾尔自治区若羌县西。青海之名，始于北朝。所以本诗地名是汉、唐兼用的，正如这组诗所写敌人既有为汉所破之楼兰，也有为唐所破之吐谷浑一样。但此诗既云破楼兰，就事论事，我们就不能不考虑到，这支部队没有从青海出发，越过雪山，再出玉门关的必要；它完全应当走汉以来通西域的老路，经过武威、张掖、酒泉等地以出玉门关。同时，有一座"阴阳割昏晓"的雪山亘在当中，由青海西望玉门关，是不可能的，且不说它们之间的距离也太远了。

> 胡角引北风，蓟门白于水。天含青海道，城头月千里。露下旗蒙蒙，寒金鸣夜刻。蕃甲锁蛇鳞，马嘶青冢白。秋静见旄头，沙远席箕愁。帐北天应尽，河声出塞流。

> ——李贺：《塞下曲》

这首诗也是泛咏边塞的。其中地名蓟门、青海，已见前释。青冢是王昭君墓，在今内蒙古自治区呼和浩特市南。出塞黄河，则在呼和浩特市的西南流过，再入长城，作为山西和陕西两省的天然分界线。从诗中地名可以看出，只有青冢

---

① 参向达：《两关杂考》，载论文集《唐代长安与西域文明》；劳榦：《两关遗址考》，载《历史语言研究所集刊》第十一本。

与黄河距离很近，蓟门远处青冢之东，青海则位于更其辽远的西方，彼此不相及。

以上所举四个例子，可以分为两类。第一、二例是诗人根据某个特定的事件写出来的；第三、四例则是比较概括地反映了当时在边塞戍守和作战的军人们的生活和思想感情。而其中的地名在方位、距离上，都存在着矛盾现象，则是它们的共同之处。

很显然，这不能用诗人们没有亲身经历过那些地方，因而对地理有所不明来解释；更不能用诗人在这方面的知识不够来解释，因为他们都是博极群书的饱学之士，而且有的人还亲自到过边塞，具有或多或少的边塞生活经验。如像王琦《李长吉歌诗汇解》卷四论《塞下曲》所云："蓟门、青海、青冢皆相去甚远，不在一方。读者赏其用意精奥，自当略去此等小疵。"这种简单化的说法，是我们所难以同意的。

在高步瀛《唐宋诗举要》中，对这种现象有比较合理的看法。如卷八说《从军行》云："破楼兰不必至青海，此不过诗人极言之耳。"但其书是选注之作，限于体例，无从对这一问题详加论列，因而我们还有另作一个比较完整的答案的必要。

（二）

从古今中外的文艺史实来看，作家们在其创作实践中，有意识地改变自然的或社会的生活真实，并不是十分罕见的事情。因而我们所能看到的，就不止于唐代边塞诗的地名有方位不合、距离过远这种现象。苏联季摩菲耶夫教授在其所著《文学概论》第四章中，就举出过一些类似的事例，并将其提到理论的高度来加以说明。他曾经举出歌德在其与爱克曼谈话中所谈到的荷兰画家鲁本斯的一幅风景画和莎士比亚的剧本《麦克白》中某些细节的自相矛盾，认为：

> 　　在许多情况中，作家为了使他所要描写的现象更鲜明地突出，甚至可以违反生活事件的原有次序，借以加强作品的普遍的真实性，获取更大的感动力。歌德曾经举过特出的例子来显示艺术家在处理生活上的这种大胆。他指出在鲁本斯的画中，有些人物的阴影投向画里，有些树丛却把阴影投向看画的人，就好像光线是来自两个相反的方向；他又指出莎士比亚的麦克白夫人在一幕剧里有小孩，但在另一幕剧中又好像没有。歌德说：莎士比亚是企图："……给出对于某一场合最鲜明的和最有效的东西"，"诗人使他的人物每一次都说出那使某种场合能够引起最强烈的印象的话，而不顾拘谨的人们的吹毛求疵——即：是否这些话和他在别处所讲的有显著的矛盾。"①

接着，季摩菲耶夫补充说：

---

　　① 这次谈话，朱光潜先生曾译出全文，载《世界文学》1959 年 7 月号。又《学术月刊》1963 年第四期所载余渊《歌德论自然与艺术的关系》对于这个问题也有所论述，均可参考。

　　这是和以下的事实相关联的，即：作家因为对生活现象有所选择，可以对事实中的某些环节置之不顾。因此，举例说：德尔曼曾经指出，高尔基在《阿托莫诺夫一家的事业》中有这样的错误，就是：娜塔利亚没有脱衣便睡觉了，可是起来时，她"赤着脚，穿着一件衬衣很快地下了地"。一开始，对于她的情况这样地指明是很重要的：她"激动得疲乏了，没有脱衣便睡倒"，可是按照她此后的情况来说，她又必须来不及穿衣便向母亲那儿跑去。这里的问题是：作家必须选择具有代表性的细节来描写，借以加强对某个人物的情况的理解。是否高尔基必须写出，娜塔利亚睡着，而且脱了衣服？在评论这类细节时，从局部着眼是很危险的，因为这些细节本来没有单独的意义，它们只为了陪衬作家在某一处想描写的东西而被写出来。①

　　这里所举出的事例是相类的，其所作的解释也是合理的。但为了使这一问题解决得完满具足，我们无妨多举一点事例，再说一点理由。

　　沈括《梦溪笔谈》卷十七云：

　　书画之妙，当以神会，难可以形器求也。世之观画者，多能指摘其间形象位置，采色瑕疵而已，至于奥理冥造者，罕见其人。如（张）彦远评画言：王维画物，

多不问四时，如画花，往往以桃、杏、芙蓉、莲花同画
一景。余家所藏摩诘画《袁安卧雪图》，有雪中芭蕉。
此乃得心应手，意到便成，故造理入神，迥得天意，此
难可与俗人论也。

我们不能拿今天的理论水平来要求北宋时代的人物，却必须
肯定沈括对于王维这种"不问四时"的画法的肯定。可是，
"黑漆断纹琴"的"俗人"总还是有的。朱翌就是一个。其
《猗觉寮杂记》卷上说："《笔谈》云：王维画入神，不拘四
时，如雪中芭蕉。故惠洪云：'雪里芭蕉失寒暑。'[①] 皆以芭
蕉非雪中物。岭外如曲江，冬大雪，芭蕉自若，红蕉方开
花。知前辈虽画史亦不苟。洪作诗时，未到岭外。存中（沈
字）亦未知也。"其实，朱翌这种论证是徒劳的。因为据
《后汉书·袁安传》李贤《注》引《汝南先贤传》，袁安卧雪
的故事发生在洛阳。岭南有雪里芭蕉和洛阳有无雪里芭蕉是
两回事，如果说王维是借岭南景物以写洛中高士，那又不符
合这位批评者所要求的"不苟"了。同时，这一说法又怎样
使人对画家将春天的桃、杏，夏天的莲花，秋天的芙蓉同作
一景的理由进行类推呢？难道世界上也真有一个这四种花儿
同时开放的地方和季节吗？[②]

正是为了要突出大自然的生机蓬勃，各种花卉生命力的

---

① 释惠洪：《冷斋夜话》卷四，《诗忌》条："诗者，妙观逸想之所寓也，岂
可限以绳墨哉？如王维作画，雪中芭蕉，法眼观之，知其神情寄寓于物，俗论则讥
以为不知寒暑。……余尝与客论至此，而客不然余论。余作诗自志其略曰："……
雪里芭蕉失寒暑，眼中骐骥略玄黄'，云云。"即朱翌此处所指。
② 朱翌以外，类似的意见还不少。参钱锺书：《谈艺录》，《右丞画雪里芭蕉》
条。

旺盛，画家才有意识地在艺术境界里突破了客观规律的限制，将不可能在同一季节开放的花儿绘制在统一的画面中，形成一个百花齐放的局面，从而更其充分地表现了画家的理想，也满足了人们对于美丽的大自然的爱好。同样，为了要突出地表现袁安宁愿僵卧雪中挨饿，也不肯在大家都困难的时候去乞求帮助，增加别人的负担这一主题，画家实写了雪景，也写了当地雪中所不可能有的翠绿色的芭蕉，以象征主人公高洁的性格，显示出他在饥寒交迫的环境中，也没有被困难所压倒的精神。这样，就比只一般地去写出雪中萧索寒冷的景象，更其有效地塑造了袁安的形象和表现了作品的主题。由此可见，王维之所以这样地做，乃是基于他自己对艺术创造的深邃的体会，是他在实践中"外师造化，中得心源"① 的结果。

在《红楼梦》里，也存在着类似的情况。俞平伯《〈红楼梦〉研究》中专有一章，题为《〈红楼梦〉地点问题底商讨》，结论认为："《红楼梦》所记的事应在北京，却掺杂了许多回忆想象的成分，所以有很多江南的风光。"这个结论是我们所同意的。

成为江南风光突出的表现的，是书中所写栊翠庵的红梅花。第四十九回的回目是"琉璃世界，白雪红梅"，文字则有如下一段（据脂本）：

> （宝玉）忙忙的往芦雪庵来，出了院门，四顾一

---

① 张彦远：《历代名画记》卷十载唐张璪语。

望，并无二色。远远的是青松翠竹，自己却如装在玻璃盒内一般。于是走至山坡之下，顺着山脚刚转过去，已闻得一股寒香拂鼻。回头一看，恰是妙玉门前栊翠庵中有十数株红梅，花开的如胭脂一般，映着雪色，分外显得精神，好不有趣。

接着，第五十回又写了薛宝琴等人作《咏红梅花》的诗，并由宝玉去庵中向妙玉讨了一枝梅花，"这枝梅花只有二尺来高，旁有一横枝纵横而出，约有五六尺长。其间小枝纷披，或如蟠螭，或如僵蚓，或孤削如笔，或密聚如林，花吐胭脂，香欺兰蕙"。

但是，并不是人人都同意《红楼梦》中存在着这些"回忆想象的成分"的。他们有的举出许多书证，考出"北方亦可植梅"，[1] 有的则认为"雪芹原文但云十数株梅，不但未言'成林'，亦并未言定非盆中所植"[2]。总之，是企图肯定这部小说在细节描写上的绝对真实性。这些意见，后来又招致了俞先生在《读〈红楼梦〉随笔》第六条中的驳正。

我们想加以探究的，乃是曹雪芹笔下出现这类细节的意义。总的来说，俞先生在《〈红楼梦〉地点问题底商讨》中所言，"此等处本作行文之点缀，无关大体，因实写北方枯燥风土，未免杀尽风景"，还是对的。若单就这两回赏梅、咏梅而言，则它是作家所乐于描写的众姊妹的文化生活中的一部分。在这之前，有第三十七、三十八回的海棠社、菊花

---

① 景梅九：《〈石头记〉真谛》卷上。
② 周汝昌：《〈红楼梦〉新证》，第七章《新索隐》，第五十九条《北梅》。

诗、螃蟹咏；在这之后，又有第七十四回的桃花社、柳絮词。它们写的是秋、冬、春三个不同的季节，在自然景象和人物心情方面都显示了各自的特色。试想，按照曹雪芹的美学观点看来，在大雪以后放晴的天气里，还有什么花木比盛开的红梅更加鲜艳和如他所写的那么吸引人呢？又还有什么安排比将雪中盛开的红梅位置安排在那位外冷内热的妙玉的修行之处更富于象征性呢？它不但使众人赏雪赏花的兴致受到鼓舞，他们的生活情趣和新加入姊妹们行列的薛宝琴等二人的诗才得到表现，而且还进一步地暗示了妙玉和宝玉之间的微妙关系。因此，即使红梅本非大观园中所能有，但在这两回书里，却成为非有不可的事物了。

现在，让我们回到本题上来，研究一下出现在唐人边塞诗中的地理上的矛盾现象。

唐代诗人们之所以不顾地理形势的实际，使其作品中的地名出现互不关合的方位或过于辽远的距离的情况，很显然地是为了要更其突出地表现边塞这个主题。由于汉、唐以来，中国和外国，汉族和非汉族在相当长远的年代和非常广阔的区域里有过情况极其复杂，和战都很频繁的接触，所以诗人们在反映当前事件的时候，就不能不联想到历史事件，在反映某一地区情况的时候，也往往会联想到另一地区，哪怕它们之间的联系并不密切，甚至很不符合实际。因为不如此，就不容易充分地揭示时间和空间的巨大图景，而这种图景，又是当时表达边塞这个主题所非常需要的。

从前举几个例子中，我们不难看出，作品中出现地理方面的矛盾现象，是和作者的用典这一艺术手段分不开的。如众所周知，汉是唐以前惟一的国势强盛、历史悠久的统一大帝国；就这些方面说，汉、唐两朝有许多可以类比的地方，因而以汉朝明喻或暗喻本朝，就成为唐代诗人的一种传统的表现手法，其例举不胜举。当诗人们写边塞诗的时候，也往往是这样做的。诗中或全以汉事写唐事，专用汉代原有地名；或正面写唐事，但仍以汉事作比，杂用古今地名。由于是用典的关系，所以对古地彼此之间，乃至今地与古地之间的方位、距离不符实际的情况，也就往往置之不顾了。至于全写当时情事的诗篇，偶尔也有这种情况，则纯然是为了以夸张的手段，创造作品所需要的特定气氛，那也是不难体会的。

总的说来，唐人边塞诗中之所以出现这种情况，乃是为了唤起人们对于历史的复杂的回忆，激发人们对于地理上的辽阔的想象，让读者更其深入地领略边塞将士的生活和他们的思想感情，而这一点，作者们是做到了的。古代诗人们既然不一定要负担提供绘制历史地图资料的任务，因而当我们欣赏这些作品的时候，对于这些"错误"，如果算它是一种"错误"的话，也就无妨加以忽略了。

我们都知道，艺术的真实是根源于生活的真实的，所以在创作中，作家们应当尊重历史和生活的真实。但是艺术又并非自然和历史、社会的机械的翻版，它不可能，也没有必要一点一滴地都符合生活真实及科学要求。只有并不拘于现实中部分事实的真实性，才能够获得更高级、更集中的典型性。上述这些著名的事例所涉及的矛盾现象，对于整个作品说来，虽然都是一些细节，也是体现了而不是违背了这一根本法则的。①

　　但这里面却还存在一些值得考虑的问题。例如歌德在评价鲁本斯的时候，一方面，肯定了他那种在一幅画中让光线来自两个相反方向的独特表现方法，认为这是鲁本斯"用他的心灵站在自然的上面，使她符合他更高的目的"；另一方面，又特别强调细节真实的重要性，认为"艺术家必须在细节上忠实地、虔诚地描摹自然"，赞美鲁本斯的记忆力是"那样惊人，以至他把整个自然都装在他的头脑里，在最微小的细节上，她都听他的支配"，② 似乎自相矛盾。而恩格斯在其关于现实主义的著名解释中说："现实主义是除了细节的真实之外，还要正确地表现出典型环境中的典型性格。"③ 又说明了，典型环境、性格决不是和细节的真实性互相排斥的。那么，细节和典型之间的关系究竟是怎样的呢？

　　对于从王维的画到高尔基的小说中所出现的上述事例进行探索的结果，我们认为：为文艺创作所不可缺少的细节描写当然并不等于典型环境与典型性格的本身，某些作品正是由于虽然有比较生动的细节，却没有能提高到典型化而失败了的；但没有细节，就无法使环境和性格具备典型性，那也很清楚。因此，作家们有责任选择最足以帮助其作品达到典

　　① 有一种意见认为，作品中的地名不能作为细节来看，这是正确的。一个地方不能成为细节，正如一个人物不能成为细节一样，但是，如果有些事情和某地、某人联系了起来，有了活动，那就成为细节了。边塞诗中的地名，显然和地名词典中的地名不同。它们的出现，是伴随战争事态的。如李白的"洗兵条支海上波"，高适的"单于猎火照狼山"，王昌龄的"青海长云暗雪山"，李贺的"蓟门白于水"之类，就全诗所展示的战争图景整体而论，都是局部的细节。因此，我们不能把这些地方和诗人想象中在这些地方的军事行动割裂开来，而仅将它们当作地理名词来考虑。

　　② 用余渊先生的译文，见第六丨六页注一。
　　③ 《给哈克纳斯的信》，《马克思、恩格斯、列宁、斯大林论文艺》第二十页。

型化程度的细节来加以描写，而排斥那些可能妨害典型化，无助于构成典型环境及典型性格的细节，即使它们孤立起来看是非常成功的。

从大量的文艺史实看来，细节也是多种多样的。它们有的来自作家们对生活的忠实的、虔诚的模仿，像歌德所说的那样。在写真人真事的作品中，这种细节是常见的。其次，也有的来自不同的时间和空间，但它们是类似的、大同小异的、彼此之间没有矛盾的，经过作家的酝酿、消化，重新处理以后，就变成了完整而统一的，服从于情节和主题，有助于形象塑造的细节。这两种情况，是大量普遍的。然而还有另外一种，那就是作家为了使其所要描写的典型环境、性格更为鲜明突出，以便获得更大的艺术效果，他选择了一些违反自然规律或社会生活原有次序的细节来加以描写，这些细节本身虽然并不具有普遍性，反之，甚至富有特殊性，但是，对于完成那一位作家所规定的主题，并使其作品上升到典型化的高度来说，却又是必需的。于是，就有了王维的《袁安卧雪图》中雪里芭蕉等等情况的出现。

所以细节一般应当是真实的，但它也是可以虚构的。在真实的细节无助于使自己的作品达到更高级、更集中、更富于典型性的情况下，作家们保留虚构某些“反常”的，或者“错误”的细节的权利，以便保证它在整体上达到这个目的。这也正是在上举事例中，王维等的创作实践所告诉我们的。正由于此，歌德既要求细节的真实，又肯定鲁本斯大胆地处理画中的光线问题，就并非出尔反尔；同时，还可以知道，恩格斯要求细节的真实性，也正是以其有助于典型化为前提的。①

　　这些显得有些特殊的事例，仔细研究起来，既共有其理论的依据，又各有其具体的需要，因而我们对之进行评价的时候，就不能不考虑到文艺的特点，从而探求作者的用心。既不可以像王琦论李贺的《塞下曲》那样率意地称之为"小疵"，也无需像朱翌、景梅九等人那样为王维和曹雪芹进行学究式的辩护，这是一面。另外一面，也不能由于有了这样一些事例，就可以认为：艺术的真实可以完全背离自然的及历史、社会的真实，爱怎么写就怎么写，爱怎么画就怎么画了。还得承认，这些事例是存在的，然而毕竟是特殊的。这样一些细节的出现，只有当其非如此就不能更好地使作品在整体上获得更高的真实性、典型性时，才是有意义的和不可缺少的；作家们也只有当其感到非得突破一般的描写方法就无法获致自己所要达到的效果时，才会认为这种特殊方法是必要的。这对于现实主义作品说来是如此，对于浪漫主义作品说来也是如此。我们知道，浪漫主义，就其总趋向来说，虽然有很大的夸张和虚构成分，然而它从不拒绝将真实的细节也包括在其拥有的艺术手段之内。

　　因此，在研究或肯定这些特殊事例的内在意义、艺术效果的同时，反对那些在细节描写上毫无理由地背离真实性的作品，仍然非常必要。在 1934 年 6 月 21 日复西谛信中，鲁

----

　　① 有一种意见认为：艺术形象虽说是可以虚构的（当然典型化，就艺术创造来说，就是一种可以使生活呈现其最本质的真实的虚构），但构成形象的最小单位，即细节，却不能虚构。但这样一来，我们就不可避免地要接受一个我们无法接受的结论，即：全部真实的细节可以构成一个虚构的或典型的形象。同时，在细节描写中，幻想和想象都被排除了。

迅指出：

> 但德高望重如李毅士教授，其作《〈长恨歌〉画意》，也不过将梅兰芳放在广东大旅馆中，而道士则穿着八卦衣，如戏文中之诸葛亮，则于青年又何责焉呢？[①]

可见鲁迅对造型艺术的细节之应当符合历史真实，要求是严格的。在张彦远《历代名画记》卷二及谢肇淛《文海披沙》卷五中，对于历代画家作品在细节上不应有的失真，也有类似的指责，可以参看。

高尔基在《给青年作家》中说："艺术文学并不是从属于现实底部分事实的，而是比现实底部分事实更高级的。"他又说："文学的真实并不是脱离现实的，而是和它紧密地连结着。"[②] 这是一个辩证的、全面的看法，虽然并非专指细节描写而言，对于细节描写肯定也是适用的，因而可以作为我们评判前述问题是非的准则。

（三）

当然，诗篇里的地名出现方位不合、距离过远的情况，并不限于唐朝人写边塞的作品。《颜氏家训·文章篇》曾经指出，在南朝作品里，这种情况就已出现了。

---

① 见张望编《鲁迅论美术》第二百六页。
② 以群译《给初学写作者》，平明出版社本，第九十三页。

文章地理必须惬当。梁简文《雁门太守行》乃云：
"鹅军攻日逐，燕骑荡康居。大宛归善马，小月送降
书。"萧子晖《陇头水》云："天寒陇水急，散漫俱分
泻，北注徂黄龙，东流会白马。"此亦明珠之颣，美玉
之瑕，宜慎之。

卢文弨《〈颜氏家训〉补注》于所举前诗下注云："此殆言
燕、宋之军，其与此诸国皆不相及也。"又于后诗下注云：
"陇在西北，黄龙在北，白马在西南。地皆远隔，水焉得相
及？"这可能是有关本问题的最早文献。当然，如我们上面
所研究的，颜之推认为"文章地理必须惬当"之说，也不能
绝对化。①

　　由于以边塞生活为主题的诗篇，往往更其需要以空阔辽
远的环境作为它们的背景，这种情况在边塞诗中出现，就个
人泛览所及，就比其他的诗篇似乎多一些。而且，当人们接
触到这类有点"反常"的地理现象时，又往往并不能够一下
子就找到它的答案。为此，我们讨论这个在文艺史上久已存
在的问题，而着重举出唐人边塞诗中的地名为例，其目的固
然是为了解决这个问题本身，同时，也希望这样一些探索有
助于近年来在古代诗歌研究中曾经引起争论的类似问题的解

---

　　① 王利器《〈颜氏家训〉集解》卷四指出："（"鹅军"四句）乃梁褚翔诗，非
简文诗也。梁简文《从军行》云：'先平小月阵，却灭大宛城。善马还长乐，黄金
付水衡。'见《乐府诗集》卷三十二，此盖相涉而误。"褚诗见《乐府诗集》卷三十
九，惟"鹅"作"戎"。又谓："（《陇头水》）及《雁门太守行》所侈陈之地理，皆
以夸张手法出之，颜氏以为文章瑕颣，未当。"且白马当指《史记·燕世家》所载白
马津，始与"东流"义会，而不当如赵曦明《注》之远摭《汉书·西南夷传》之白
马氏实之，盖为白马氏则不得言"东流会"也。其说皆是，所当参证。

决。

首先，可以继续研究一下王之涣《凉州词》中的地理问题。这个问题是清人吴乔在其《围炉诗话》卷三中以校正诗中文字的形式提出的，后来吴骞则在其《拜经楼诗话》卷四中宣布了对前者的异义。吴骞说：

> 王之涣《凉州词》"黄河远上白云间"，计敏夫《唐诗纪事》作"黄沙直上白云间"。此别本偶异耳。而吴修龄（乔字）据以为证，谓作"黄河远上"者为误，云："黄河去凉州千里，何得为景？且河岂可言'直上白云'耶？"然黄河自昔云与天通，如太白"黄河之水天上来"，尉迟匡"明月飞出海，黄河流上天"，则"远上白云"亦何不可？正以其去凉州甚远，征人欲渡不得，故曰"远上白云间"，愈见其造语之妙。若作"黄沙直上白云间"，真小儿语矣。

两吴这种对立的意见也分别为现代学者所持有，如叶景葵、王汝弼、稗山就和吴乔的看法基本上是一致的，而卜冬、林庚则基本上支持吴骞的论点，虽然彼此之间也小有出入。①

在上举几位的著作中，林、王两先生的讨论是比较细致

---

① 请看下列文章。叶景葵：《卷庵书跋》，《万首唐人绝句》篇；卜冬：《王之涣的〈凉州词〉》，《文学研究》1958 年第 1 号；林庚：《略说凉州》，《文学遗产》第三百八十九期，《光明日报》1961 年 11 月 19 日；王汝弼：《对王之涣的〈凉州词〉的再商榷》，《文学遗产》第四百二十一期，《光明日报》1962 年 7 月 1 日；林庚：《作者来信》（有关《凉州词》的问题），《文学遗产》第四百二十三期，《光明日报》1962 年 7 月 15 日；稗山：《"黄沙直上"与"黄河远上"》，《文汇报》1962 年 8 月 30 日。

深入的。林先生认为《凉州词》中的凉州并非专指凉州城（它在汉时治陇城，即今甘肃省秦安县东北；三国以后移治武威，即今甘肃省武威县），而是泛指汉、唐时代陇右、河西一带的凉州辖区。其中某些区域本为黄河所经流，故诗中自可出现黄河。"一片孤城"系指某座位置在黄河边上现在可能已经不复存在的城堡。玉门关则是作者初入凉州境内，不禁想到了整个凉州，因而提到的，仍是一个历史的泛写。所以诗题有凉州，诗句有黄河、孤城和玉门关，并没有什么矛盾。

王先生不同意上述林先生的论点，他认为：唐人对凉州的基本概念，只能是今天所谓河西走廊一带；而乐章上的凉州，则和西凉同一概念，在今甘肃省敦煌、酒泉一带，而不在武威，所以吴乔所说"黄河去凉州千里，何得为景"，并不算错。"一片孤城"，即指玉门关而言，它位于敦煌西边，仍在凉州（西凉）境内，并不是黄河边上一座什么不知名的城堡，故诗中可以同时写到。至于黄河之与玉门关，则相隔千里，把它俩作为一个场景里的事物来写，无论如何也是说不过去的。所以诗篇起句之"黄河远上"必为"黄沙直上"之误无疑。

如果以上的复述没有歪曲两位先生文章中有关诗篇地名部分的基本论点，我们就可以发现一个有趣的事实，即：他们的论点是相反的，方法却是一致的，都企图通过沿革地理的考证来解决诗中地理上的矛盾现象；同时，他们的意见就具体问题说是相反的，就原则方面说却又是一致的，都认为诗中存在着地名距离过远的情况是不合理的。因此，王先生才在肯定孤城就是玉门关的前提下，坚决反对黄河出现在诗中；而林先生则在肯定黄河可以在诗中出现的前提下，不能不和一般的说法立异，将孤城说成是黄河边上的一座不知名的、今天无从考证的城堡，并从历史上最广泛的行政辖区来解释凉州的地域。

照我们看来，诗中黄河的河字并非误文，① 孤城即指玉门关。至于凉州具体指的什么地方，系州治所在抑系全部辖区，或仅西凉一带？如系州治，是陇城抑系武威？那就很难说。因为从音乐史上说，凉州词曲调虽然来自西凉，② 今传曲辞却每每是泛咏边塞的。不论怎样，这首诗中的地名，彼此的距离的确是非常辽远的，而当时祖国西北边塞荒寒之景，征戍战士怀乡之情，却正是由于这种壮阔无垠的艺术部署，才充分地被揭示出来。还应当指出，唐代以黄河与玉门关合写在一首诗里的，并非只有王之涣一人。在他之前，刘希夷在其《从军行》中就既有"将军玉门出"，又有"军门压黄河"之句，不过这首诗写得不好，不大为人注意而已。这是可以助林先生张目的。而林先生最后举王褒《渡河北》诗"常山临代郡，亭障绕黄河"，来说明诗人对于地理位置

---

①　此诗异文，卜先生文中举列很详，这里不复出。王先生为了要证明"黄河"之当作"黄沙"，竟斥唐芮挺章《国秀集》所载本诗"黄河直上白云间"句为"本身就说不过去"，又根据元辛文房《唐才子传》引此诗作"黄沙"，而辛《传》多本之薛用弱《集异记》，遂从而推证《集异记》古本亦当作"黄沙"，从校勘学的角度说来，这些理由都很不充分，未免主观武断。至于他还说，"黄河"之必为"黄沙"，"有无数的版本可为外证"，则更是无稽之谈了。

②　《通典》卷一百四十六："自周、隋以来，管弦杂曲将数百曲，多用西凉乐。"《乐府诗集》卷七十九引《乐苑》："凉州，宫调曲，开元中西凉都督郭知运进。"洪迈《容斋随笔》卷十四，《大曲伊凉》条："今乐府所传大曲，皆出于唐，而以州名者五，伊、凉、熙、石、渭也。凉州今转为梁州，唐人已多误用，其实从西凉府来也。"这些材料说明，凉州词的曲调当出自唐之凉州（西凉府，即今武威）一带。至于诗人依调作词，或乐工依调配词，其心目中之凉州究指何处，则是另外一回事。

的泛写，则事实上已经接触到本文所讨论的问题和本诗问题
解决的方法了。

在这里，我们并不打算全面地分析《凉州词》，而只是
对其中有过争论的地理问题提出了一点看法。它对于这首诗
在今后的深入地讨论，或许不无帮助。

其次，我们也想对岳飞〔满江红〕词的真伪问题谈一点
不成熟的看法。它和以上讨论的唐人边塞诗中的地名问题是
有着某种联系的。在《岳飞〔满江红〕词考辩》①中，夏承
焘补充和发挥了余嘉锡在《〈四库提要〉辩证》卷二十三，
《岳武穆遗文》篇中认为〔满江红〕不出于岳飞之手的意见。
他通过对于词中贺兰山这个地名的研究，得出了此词是明朝
人所伪托的结论。夏先生说：

> 以地理常识说，岳飞伐金要直捣金国上京的黄龙
> 府，黄龙府在今吉林境，而贺兰山在今西北甘肃河套之
> 西，南宋时属西夏，并非金国地区。这首词若真出岳飞
> 之手，不应方向乖背如此！有人以为这词借匈奴以指金
> 人，贺兰山可能是泛称边塞，同于前人之用"玉门、天
> 山"一类地名。但以我所知，贺兰山在汉、晋时还不见
> 于史籍，四史里无此一词。② ……唐人有用贺兰山入诗
> 的，如王维《老将行》："贺兰山下阵如云，羽檄交驰日
> 夕闻。"卢汝弼《和李秀才边庭四时怨》："夜半火来知

---

① 载日本京都大学《中国文学报》第十六册。
② 夏先生文原注引谭其骧说："《隋书·地理志》灵武郡弘静县有贺兰山，这
当是贺兰山见于史籍之始。"按：《隋志》此条，高步瀛《唐宋诗举要》卷二，王维
《老将行》注早已引用。

有敌，一时齐保贺兰山。"顾非熊《出塞》三首之一：
"贺兰山下果园成，塞北江南旧有名。"都是实指其地。

接着，作者又引用了许多宋、明人在文籍中用贺兰山一词的例子，说它们也都是实指而非泛称，认为〔满江红〕也是如此；而词中实指贺兰山又和明代北方边患史实完全符合，所以此词必出于明代有心人所依托，是用来鼓舞人民御侮的斗志的。

总之，局就夏文中关于贺兰山这个地名的论点来说，他是首先肯定唐诗中的贺兰山都是"实指其地"，因而岳词中的贺兰山也只能是"实指其地"。接着，他认为既然此词中之贺兰山系实指，则出于岳飞之手为不可能，因为方向过于"乖背"了。

我们现在先来就夏先生举的例子检查一下唐诗中的贺兰山一词是否全是"实指其地"。这，还得要先把"实指"这个概念澄清一下。所谓"实指"，按照我们的理解，应当是实际存在的地名和某一诗篇中所反映的实际发生过的具体事实（不论它是大的或小的，国家、社会的或个人的）相一致的意思，如果脱离了这种具体情况，那就无法分别孰为实指，孰为泛称。因为像玉门、天山这类地名，也并非像《山海经》或《穆天子传》中的某些地名一样，完全出于虚构。一般说来，诗篇中的地名，除了用神话中的典故的，如《长恨歌》的海上仙山之类而外，都是客观存在的。当我们发现若干个地名出现在某一诗篇里，而它们彼此之间又发生方位不合、距离过远等矛盾现象时，我们就将其中能和反映在这一诗篇中的具体事实相一致的地名称为实指的，而将其不相一致的称为泛称的。以李白的《战城南》为例，桑乾源、葱河道可算实指，而天山、条支则是泛称。以高适的《燕歌行》为例，榆关、碣石可算实指，瀚海、狼山则是泛称。但还有更多的诗篇，只是泛咏某种生活现象或思想感情，并不专指某一具体事实的。在这种情况下，它们之中所出现的地名，尽管也同样地有矛盾现象，却无法对其孰为实指，孰为泛称强加分别了。例如王之涣《凉州词》中的黄河与玉门关，我们又拿什么标准去说这个是实指，那个是泛称呢？

以上所作的澄清倘若符合于事实和逻辑的话，那我们就可以看出，唐诗中的贺兰山，并非如夏先生所说，"都是实指其地"的。

如王维《老将行》这篇万口传诵的名作，是以统治者刻薄寡恩与老将军壮心不已的矛盾冲突为主题的。这种事实和心情，在当时有其普遍性。作者通篇以汉喻唐，成功地表达了许多军人的呼声，从而使这篇诗具有典型意义。但从历代王诗研究的成果来检查，还没有人将它和唐代某一次对外战争或某个人的具体遭遇联系起来。当然，它通篇都使用着汉朝的史实和地名，如疏勒、云中、三河、五道等，却又用了贺兰山这个不见于汉史的地名。我们认为，这决不是没有用意的。"贺兰山下阵如云"一句，正好透露了诗人的现实感，证明了他是在借古喻今。但贺兰山，作为唐朝和西北诸族，特别是和吐蕃的战场，是经历过多次"阵如云"的局面的，诗中所说，究竟是那一次呢？却谁也无从指实。那么，这个贺兰山和李白《战城南》中的天山、王之涣《凉州词》中的玉门关又有什么不同呢？

我们再看卢汝弼的《和李秀才边庭四时怨》：

> 春风昨夜到榆关，故国烟花想已残。少妇不知归未得，朝朝应上望夫山。
>
> 卢龙塞外草初肥，雁乳平芜晓不飞。乡国近来音信断，至今犹自着寒衣。
>
> 八月霜飞柳半黄，蓬根吹断雁南翔。陇头流水关山月，泣上龙堆望故乡。
>
> 朔风吹雪透刀瘢，饮马长城窟更寒。半夜火来知有敌，一时齐保贺兰山。

这一组诗，如题所示，是按照季节来泛写边防军人的生活的。从地理上考察，它东起榆关，西迄贺兰山，背景非常广阔，作者的用意显然在于广泛地反映征戍者的生活和思想感情。虽然它分成了四章，每章所写季节、地域和情事各不相同，却是互相联系和补充的。如果将季节和地名另行组合，例如写春天的长城窟和贺兰山，夏天的陇头和龙堆，也全无不可，如果诗人愿意那样构思的话。在这种情况下，我们又怎么能肯定贺兰山是"实指其地"呢？如果认为贺兰山由于是隋、唐以来才出现的地名，所以是实指的，那么，这组诗中其余的汉代早就有了而唐代也仍旧用着的地名是否也是实指的呢？应该说，这些地名虽然都是实有的，在本诗中却并非实指的。①

---

① 夏先生所举唐诗第三个例子，覆检《全唐诗》卷五百九顾非熊集无之，而别有《出塞即事》七律二首，其第二首有"贺兰山便是戎疆，此去萧关路几荒"两句，倒可以说是"实指其地"的。

至于〔满江红〕中的"驾长车踏破贺兰山缺"句，我们认为：它是应当和下文"壮志饥餐胡虏肉，笑谈渴饮匈奴血"两句联系起来并等同起来看的。它们都是用典故来借古喻今。匈奴即胡虏是汉朝经常与之斗争的对手，贺兰山则是唐朝和外族交锋的战场。既以匈奴比金源，又以贺兰山比东北边塞，这是完全没有什么说不过去的。而且，应当特别指出的是，这句词不只用了古典，同时还用了今典。阮阅《诗话总龟》前集卷三引《古今诗话》："姚嗣宗诗云：'踏碎贺兰石，扫清西海尘。布衣能效死，可惜作穷鳞。'韩魏公安抚关中，荐试大理评事。"此事及此诗在宋代流传很广，所以除了《古今诗话》之外，洪迈《容斋三笔》、邵博《邵氏闻见录》、陈鹄《西塘集耆旧续闻》、释文莹《湘山野录》、蔡絛《西清诗话》、江休复《江邻几杂志》、吴曾《能改斋漫录》、张端义《贵耳集》等，均曾加以记载。而《容斋三笔》卷十一、《邵氏闻见录》卷十六、《西塘集耆旧续闻》卷六及《能改斋漫录》卷十一所载此诗，首句"踏碎"正作"踏破"，与词语相同。据徐梦莘《三朝北盟会编》卷二百七引《岳侯传》及卷二百八引《林泉野记》，岳飞在青年时代，曾经做过安阳昼锦堂韩家的佃客；因此，他又有很早便知道韩琦这件佚事，熟习姚嗣宗这篇小诗的可能。这也足以作为词语是兼用今典的旁证。[1] 姚诗所云，虽系指西夏，如夏先生

---

① 本文定稿后，才见到谷斯范发表在《浙江日报》1962年10月14日的《也谈岳飞〔满江红〕词——与夏承焘同志商榷》一文。谷先生认为岳词"用贺兰山泛指边塞"，与拙作同。其指出韩琦曾经在贺兰山地区与西夏作战，岳飞为韩家佃客，"无疑能从韩家的老兵嘴里，听到当年和西夏打仗的故事，……从那时候起，可能贺兰山的印象已深深留在他的记忆里"，所以后来写入词中，则为拙作所未及，可与我的论点互相补充。

所说，但贺兰山一词既然是唐人诗中所固有，因而岳飞作〔满江红〕时，尽管在字句上袭用了姚诗成语，就是用了今典，也决不排斥他在史实上仍旧以唐事为喻，就是同时用着古典。我们既不能禁止诗人用典，也不能规定诗人用典时，用了汉事就不能用唐事，或者非以古之东战场比今之东战场，古之西战场比今之西战场不可，这个道理十分清楚。所以，这样一种推论是难以接受的，即：词中出现贺兰山这个地名，就是"方向乖背"，既然"方向乖背"，这首词就不能出自岳飞之手。

以唐诗中之贺兰山之皆为实指来断定〔满江红〕中之贺兰山也当为实指，这种逻辑本身就存在着问题。上面既然证明了唐诗中的贺兰山尽有不能认为是实指的，对于诗、词中这个实际上并不存在的传承关系就无需再加讨论了。

余、夏两位先生是从不同的角度来证明岳飞〔满江红〕之为伪作的。余先生主要是从流传来历着眼的，在那方面，学初的《岳飞〔满江红〕词真伪问题》已经作过一些分辨。①夏先生主要从地理方面着眼的，在这方面，希望本文的商榷能够引起进一步的研究。

生活的真实与艺术的真实之间的关系，细节描写的真实性与典型环境、性格之间的关系，都是文艺学上非常重要的，需要不断地加以细致深入研究的问题。本文仅就其中某些事例进行了一点肤浅的探索，并对近年来古典作品研究中与之相关联的一两个问题表示了一点不成熟的意见。由于理

---

① 载《文史》第一期。

论水平很低，掌握的资料也不够充分，必然存在着不少的错误，因此，我殷切地期望获得同志们的指教。

[附记]

周煦良先生往年见告：英国诗人济慈在其《圣阿格尼节前夜》第二十五节中，曾经描写了冬夜月光照射着彩色玻璃的嵌花窗户，使得缤纷的彩色落在马黛琳的身上。考尔文的《济慈传》在谈到这一点的时候，说："日常经验可以证明，月光并没有能力透射玻璃的颜色，像济慈在这一节中所写的。但这如果算是错误，我们就应当感谢这个错误。"这也是歌德所指出的诗人为了"给出对某一场合最鲜明和最有效的东西"，而不惜"违反生活事件中的原有次序"的一个例证。

《古诗》"西北有高楼"篇 "双飞"句义

以鸟喻人，以鸟飞喻人之行动，以鸟之双飞喻二人之一致行动，乃吾国诗歌中常用之表见方式。汉、魏古诗，尤所习见。如旧题苏武诗四首之二："黄鹄一远别，千里顾徘徊。……愿为双黄鹄，送子俱远飞。"① 旧题苏武《别李陵》："双凫俱北飞，一凫独南翔。"旧题李陵诗八首之五："尔行西南游，我独东北翔，……双凫相背飞，相远日已长。"② 《古诗》"步出城东门"："愿为双黄鹄，高飞还故乡。"③ 曹丕《清河作》："愿为晨风鸟，双飞翔北林。"④ 曹植《送应氏诗》二首之二："愿为比翼鸟，施翮起高翔。"⑤ 胥其例证。凡上诸诗所指双飞之鸟，意义均极明确。盖一则自谓，一则谓所致意之人。此不俟烦言而解者也。次如徐幹《为挽船士与新娶妻别》："愿为双黄鹄，比翼戏清池。"⑥ 则比翼双鹄者，一以喻

---

① 《文选》卷二十九。
② 以上《古文苑》卷八。次则以"相背飞"喻行动之不一致，其根株仍在以双飞喻行动之一致，故连举之。
③ 《诗纪》卷二十，汉第十。
④ 《玉台新咏》卷二。
⑤ 《文选》卷二十。
⑥ 《艺文类聚》卷二十九。按《玉台新咏》卷二以此诗为曹丕作。兹据《历史语言研究所集刊》第十二本逯钦立《〈古诗纪〉补正叙例》之说，定归徐氏。

挽船士，一以喻其妻，似若少殊。然此本诗人代挽船士立言，则亦实与前述无异。又如《古诗》"东城高且长"："思为双飞燕，衔泥巢君屋。"① "双飞"燕而外，又出"君"字，遂若有三人者，义较含糊。但衡以全诗文义，则此双飞之燕，一则荡涤放情之作者，一则容颜如玉之佳人。所云"君"者，仍即指此佳人。故陆机拟之，乃直作："思为河曲鸟，双游沣水湄。"② 是则未尝不与旧题苏、李诸篇以次从同也。

《古诗》"西北有高楼"篇全文云："西北有高楼，上与浮云齐。交疏结绮窗，阿阁三重阶。上有弦歌声，音响一何悲！谁能为此曲，毋乃杞梁妻？清商随风发，中曲正徘徊；一弹再三叹，慷慨有余哀。不惜歌者苦，但伤知音稀，愿为双鸣鹤，奋翅起高飞。"③ 起写所见，中写所闻，结写所感。此孙钰《评》所以称为"叙事有次第，首尾完净"也。④ 而就此诗整体言之，则无论见闻，均属作者假以表意之象，结四句始为意之所存。昔人说此，盖有歧义。吴淇云："'不惜'二句，是由其声之哀，而知其意之苦。于是听者代为之辞，若曰：歌之苦，我所不惜，难得知音耳。如有知音者，愿与同归矣。"张庚则曰："吴氏以为此听者代之之辞。……然以上文文势观之，此接代辞觉突且无味。盖此诗本就听者

① 《文选》卷二十九。《玉台新咏》卷一题枚乘作，非。
② 案《文选》卷三十载陆拟古诗十二首，其九曰《拟东城一何高》。《玉台新咏》卷三载陆拟古七首，其二曰《拟东城高且长》。二诗即一首。审其辞义，实系拟今十九首中《东城高且长》篇，而选题有异者，未悉是古诗旧有异文，抑或传写之讹也。
③ 《文选》卷二十九及《玉台新咏》卷一。鸣鹤，《玉台》及五臣本《文选》作鸿鹄。
④ 今人隋树森《〈古诗十九首〉集释》搜采旧说颇备。本文所引前贤之论，凡未别著出处者，悉见此书。

立言，则'不惜'仍是听者不惜。起六句是叙述，'谁能'六句是拟议，结四句乃发论见意也。若谓：我听其歌，悲哀慷慨，亦何苦也！然我不惜其苦，所可伤者，世有如此音声而竟不得一知己者耳。因自露意气，遂慨然曰：我与若人所抱既同，所遇又同，若得化为双鹤，奋翅俱飞，以离去此人间，诚所愿矣。"案说"不惜"以下文义，自以张氏为长。然无论如吴氏之说，以为此乃楼外之人代楼中之女所言；抑如张氏之说，以为此乃楼外之人所自言。其认诗中双飞鸣鹤，即指斯二人，则无两致。盖此类诗句向来之一定解释固如是也。

余初说此诗，亦沿旧义。顷者细加寻绎，乃觉其非。今就厥情理，更为探究，别进一解，以求教于海内知诗者。

姚鼐谓：此诗盖"伤知己之难遇，思远引而去"。方东树说之曰："'不惜'二句，乃是本意交代，而反似从上文生出溢意，其妙如此。收句深致慨叹，即韩公《双鸟诗》、《调张籍》'乞君飞霞佩'二句意也。……不过言知音之难遇，而造语造象奇妙如此。"张庚亦云："此抱道而伤莫我知之诗，借歌者极写之，而结以'愿为'二句见意，格局甚好。"案姚氏语简，合以方、张二家之论，则其大旨略可了然。然据此以推情求理，则谓双飞鸣鹤为如旧义所指，有可疑者三焉。

此诗自首至尾，皆写楼外之人所见闻感慨，当从张氏之说，已如前述，则其属于片面之观察与情绪甚明。易言之，则楼外之人虽知有楼中之女，而楼中之女则始终不知有楼外之人也。① 方氏以韩诗相比，考《双鸟诗》有曰："双鸟海外来，飞飞到中州。一鸟落城市，一鸟集岩幽，不得相伴鸣，尔来三千秋。……还当三千秋，更起鸣相酬。"② 曾国藩《十八家诗钞》云："朱子以《双鸟诗》指己与孟郊而作。落城市者，己也。集岩幽者，孟也。《韵语阳秋》已有此说。"③《调张籍》曰："乞君飞霞佩，与我高颉颃。"④ 君者，张籍；我者，韩公自称。斯更览题可知，无可疑惑。顾孟之与张，皆韩旧识深交。此与本篇之二人初不相识，且一人于另一人毫无所知之情况，实不相同。则方氏连类而谈，殊未精审。盖此二人者，固有李商隐《无题》所谓"身无彩凤双飞翼"之境，实无其所谓"心有灵犀一点通"之情。⑤ 故陆时雍评之曰："抚衷徘徊，四顾无侣。……空中送情，知向谁是？言之令人悱恻。"由是言之，此楼外之人又何所托以致其思，而欲与此楼中之女为双鸣鹤以奋翅高飞乎？斯则事势之不同，可疑者一也。

次则此楼外之人，虽无由定其确切之身份，然如朱筠所云：诗"写音响之悲，淋漓尽致。'随风发'，曲之始；'正徘徊'，曲之中；'一弹三叹'，曲之终"。则其人实以弦歌之移情，而低徊楼畔甚久，是必非古乐府《相逢狭路间》所写

---

① 张氏又云："先出歌声，后出人者，高楼之上，交疏之中，人之有无不得而知，因歌声知之也。而于人则曰'谁'，曰'无乃'，作猜疑之辞者，盖虽因歌声而知楼上有人，然终不知其为何如人，因即歌声拟料之。古人用笔之仔细如此。"此申片面之义尤为精密。

② 《全唐诗》卷十二，页六十九。

③ 卷九。案此诗解者纷如，兹取其足以证成方说者。

④ 《全唐诗》卷十二，页七十。

⑤ 《全唐诗》卷二十，页三十七。

"黄金络马头，观者满路旁"之流。① 至楼中之女，尤属虚
摹，然以其所居处绮窗、阿阁、高楼、重阶而推之，是当为
王维《洛阳女儿行》所写"良人玉勒乘骢马，侍女金盘脍鲤
鱼"之流。② 盖一则可能为贫士，一则必其为贵家也。由是
言之，此楼外之人又何所恃以致其思，而欲与此楼中之女为
双鸣鹤以奋翅高飞乎？斯则境遇之不同，可疑者二也。

　　复次，如诗所陈，楼外之人固有失志之感，而自伤知音
之稀；楼中之女，据其直觉，亦复如此。斯则然矣。而申言
之，二人虽可能皆具失志之感，其所以致感之由，抑又不必
从同。夫楼外之人所愿望，虽无法确知，而最可能者当为闻
达。楼中之女所愿望，亦未由悬揣，然最可能者当为爱情。
盖贫士沦落之感既深，自以闻达为先；贵女衣食之资无缺，
容以爱情为重。③ 此固可推度者也。洪迈《容斋五笔》云：
"白乐天《琵琶行》一篇，读者但羡其风致，敬其词章，至
形于乐府，咏歌之不足，遂以谓真为长安故倡所作。予窃疑
之。唐世法网虽于此为宽，然乐天尝居禁密，且谪官未久，
必不肯乘夜入独处妇人船中，相从饮酒，至于极弹丝之乐，
中夕方去。④ 岂不虞商人者它日议其后乎？乐天之意，直欲
摅写天涯沦落之恨尔。东坡谪黄州，赋《定惠院海棠》诗，
有'陋邦何处得此花，无乃好事移西蜀'、'天涯流落俱可
念，为饮一尊歌此曲'之句。意亦尔也。或谓：殊无一话一

---

　　① 《玉台新咏》卷一。
　　② 《全唐诗》卷五，页八。
　　③ 诗用杞梁妻事以喻其弦歌之悲，亦一暗示也。
　　④ 案诗云："移船相近邀相见，添酒回灯重开宴。千呼万唤始出来，犹抱琵
琶半遮面。"则是邀此妇人过客船，非乐天等入妇人船，甚明。容斋语微误。

言与之相似。是不然。此真能用乐天之意者，何必效常人章摹句写而后已哉？"①《琵琶行》本事之有无，非此所欲置论，然洪氏之言，则实超卓。今依其说以衡此篇，则亦不过作者借所闻弦歌以寄其惆怅失志之感耳。其他非所重也。由是言之，此楼外之人又何所求以致其思，而欲与此楼中之女为双鸣鹤以奋翅高飞乎？斯则希冀之不同，可疑者三也。

准此三疑，则张氏所云"我与若人所抱既同，所遇又同"之说，殊难成立。"若得化为双鹤，奋翅俱飞"云云，更无依据。今谓此之所咏"愿为双鸣鹤，奋翅起高飞"者，当分别宾主、虚实言之：其属于楼外之人者，乃衷心之愿望，是主，是实；而属于楼中之女者，则代谋之拟议，是宾，是虚。此人因己本有失志之悲，邂闻此女弦歌，遂生同病相怜之感。若谓：二人者，志各有所失，心各有所愿。故不特望自身能得知音之援引而跻攀于闻达，亦同时盼此女能得知音之怜惜而满足其爱情。设假定楼外之人为甲，则主中之主也；能援引之而使跻攀于闻达者为乙，则主中之宾也；楼中之女为丙，则宾中之主也；能怜惜之而使满足其爱情者为丁，则宾中之宾也。如是，则此诗所指双飞鸣鹤，当有两组：一者甲乙，二者丙丁。而初不若旧说之仅二人，即以楼外之人与楼中之女当之，此或较得其实。盖虽自心理观点论之，丙实为甲之投影，丁亦为乙之投影；但丙之与甲，则难言其有若何固定之联系也。

或曰："如子所言，揆诸情理，自亦可通。然诗人感物，

① 卷七，《〈琵琶行〉、〈海棠〉诗》条。

连类不穷，比兴之辞，尤难意必。自汉以来，此类诗句多矣。究厥蕴涵，均不若是。今子独标新义，无征不信，宁免附会穿凿之失乎？"应之曰：阮籍《咏怀》八十二首之十二云："昔日繁华子，安陵与龙阳，夭夭桃李花，灼灼有辉光，悦怿若九春，磬折似秋霜。流盼发姿媚，言笑吐芬芳，携手等欢爱，宿昔同衣裳。愿为双飞鸟，比翼共翱翔，丹青著明誓，永世不相忘。"安陵为楚王幸臣，龙阳为魏王幸臣，《国策》、《说苑》载其事详矣。是诗所谓双飞鸟者，亦当为两组：安陵、楚王，一也；龙阳、魏王，二也。阮公之作，盖即本古诗而更加以变化耳。若循旧说，则双飞鸟当指安陵与龙阳，宁复可通？此余说之确证也。

　　抑尤有进者，此类诗句之原始用法，自系直指禽鸟本身。如古乐府《双白鹄》："飞来双白鹄，乃从西北来。"《古诗为焦仲卿妻作》："中有双飞鸟，自名为鸳鸯。"① 是其例也。少进乃以喻人，如篇首所举是。至如"西北有高楼"篇中所喻，有主有宾，有实有虚，其事必更后起。自《玉台新咏》以古诗中之九首为枚乘作，世人多有攻驳之论，而求外证者多，求内证者少。此似亦其甚可注意之一端也。

---

① 均见《玉台新咏》卷一。

曹孟德《蒿里行》"初期会盟津，乃心在咸阳"解

　　以乐府咏时事为曹孟德新启之异境，此治诗者之所共知也。兹篇用意，在刺袁绍、袁术兄弟行事。史传具在，疏解非难。闻人倓《古诗笺》、黄节《汉魏乐府风笺》等既略征引之，无俟更论。独"初期"二语，黄氏云："即沮授说绍所谓'迎大驾于长安，复宗庙于洛邑'也"①　谨案：沮授之语，乃首次为绍画策。绍闻其言，喜曰："是吾心也。"事在初平二年，见《后汉书·袁绍传》。《传》又载绍上献帝书，自陈其勤王之状，有云："故遂引会英雄，兴师百万，饮马孟津，歃血漳河。"盟、孟古通，盟津之即孟津，学人已有考论。②　而咸阳之与长安，不过一水之隔。既皆旧都，诗又用冬、阳、庚通韵，则以此代彼，揆诸诗辞恒例，亦属当然。是如黄说，此二句者，上以谓陈师之事，下以称效忠之情，宜若怡然理顺矣。顾详稽史迹，则有窒阂难通者。

----

　　① 《风笺》卷九。
　　② 详《禹贡半月刊》第四卷第十期载王树民《孟津》及第五卷第二期载童书业《盟津补证》二文。《风笺》亦云。

　　盖此篇之作，未悉何时。考之《后汉书·献帝纪》："建安元年，……秋七月……车驾至洛阳。……八月，……迁都许。……二年春，袁术自称天子。"诗有"淮南弟称号"之语，明指术言，则至早当在建安二年春末。又《袁绍传》云："兴平二年，拜绍右将军。其冬，车驾为李傕等所追于曹阳。沮授说绍曰：'将军累叶台辅，世济忠义。今朝廷播越，宗庙残毁。观诸州郡，虽外托义兵，内实相图，未有忧存社稷邮人之意。且今州城粗定，兵强士附，西迎大驾，即宫邺都，挟天子而令诸侯，稸士马以讨不庭，谁能御之？'绍将从其计。颍川郭图、淳于琼曰：'汉室陵迟，为日久矣。今欲兴之，不亦难乎？且英雄并起，各据州郡，连徒聚众，动有万计，所谓秦失其鹿，先得者王。今迎天子，动辄表闻。从之则权轻，违之则拒命，非计之善者也。'授曰：'今迎朝廷，于义为得，于时为宜。若不早定，必有先之者焉。夫权不失几，功不厌速，愿其图之。'帝立既非绍意，竟不能从。……建安元年，曹操迎天子都许，乃下诏书于绍，责以地广兵多而专自树党，不闻勤王之师，而但擅相讨伐。……绍每得诏书，患有不便于己，乃欲移天子自近，使说操以许下埤湿，洛阳残破，宜徙都甄城，以就全实。操拒之。"《魏志·武帝纪》云："建安元年，……秋七月，杨奉、韩暹以天子还洛阳。奉别屯梁。太祖遂至洛阳，卫京师。暹遁走。……洛阳残破。董昭等劝太祖都许。九月，车驾出辕辕而东。……自天子西迁，朝廷日乱。至是，宗庙社稷制度始立。"则自董卓胁迫，徙都长安，乘舆播荡，累易行在。迄建安初元，还洛迁许，乃成定局。汉家之政，遂亦由曹氏出。袁绍始闻授议，虽善其言，然以首鼠两端，终失挟天子以令诸侯之机会。此实曹、袁成败枢纽之一端，史册所载，良彰彰也。今执范、陈所记以较黄说，则有不合之点二焉。一者：沮授之言，就袁方言之，则所云乃谋士之长策，非权臣之实事。自初平之元，至建安之始，前后七载，绍但尝声讨倡乱之贼党，而未曾奉迎败绩之皇舆。就曹方言之，则起兵之际，虽未迎大驾于长安；作诗之时，固已复宗庙于许下。此则事实有未符也。二者：挟天子，令诸侯，纵尽人皆知之心迹；迎大驾，复宗庙，亦尊王定乱之嘉猷。此事曹操既躬行之，何乃忽于赋咏之中，归美于其政敌？① 此又情理有未安也。

余以闲燕反复寻绎，窃疑二语之在本诗，实乃用事而非叙事，乃间接之比喻而非直接之纪录。"初期会盟津"，犹言始冀纠合诸侯，吊民代罪。"乃心在咸阳"，犹言继竟攻城争地，树党营私。《史记·周本纪》云："武王……东观兵，至于盟津。……是时诸侯不期而会盟津者，八百诸侯。诸侯皆曰：'纣可伐矣。'武王曰：'女未知天命，未可也。'乃还师归。居二年，闻纣昏乱，暴虐滋甚。……于是武王遍告诸侯，……东伐纣。……师毕渡盟津，诸侯咸会。"此上句所用之故事也。《袁绍传》云："初平元年，绍遂以勃海起兵，以从弟后将军术、冀州牧韩馥、豫州刺史孔伷、兖州刺史刘岱、陈留太守张邈、广陵太守张超、河内太守王匡、山阳太

---

① 至诗首句称绍为"义士"者，正斥其为德不卒，乃深致讥切之辞。"初期"句则以讨贼兴兵，绍本盟主，时操方行奋武将军，初无权势。《武帝纪》所载甚明。此类皆非归美，故不得与迎驾复庙比论也。

守袁遗、东郡太守乔瑁、济北相鲍信等，同时俱起，众各数万，以讨（董）卓为名。……约盟，遥推绍为盟主。”则其所喻之时事也。《史记·项羽本纪》云：“怀王与诸将约曰：‘先破秦入咸阳者，王之。’”又云：“沛公已破咸阳，项羽大怒，使当阳君等击关。项羽遂入，至于戏西。沛公军霸上，未得与项羽相见。沛公左司马曹无伤使人言于项羽曰：‘沛公欲王关中，使子婴为相，珍宝尽有之。’项羽大怒曰：‘旦日飨士卒，为击破沛公军。’”此下句所用之故事也。前引《袁绍传》，操既专柄，即矫诏责绍地广兵多，专自树党，不闻勤王，擅相讨伐，而《魏志·武帝纪》初平元年条亦云：“绍又尝得一玉印，于太祖坐中举向其肘。太祖由是笑而恶焉。”① 则其所喻之时事也。盖上句指其起义讨罪，乃承“关东有义士，兴兵讨群凶”为言。下句指其变节自雄，则启“军合力不齐，踌躇而雁行。势利使人争，嗣还自相戕”为言。后来律体，颈腹二联，通例以偶丽成文，而亦或有单句承先，双句启后之格。② 古诗尤多变化，自可随意错综，此类是矣。至所比方，未尽精确，则断章取义，用事常科，抑又不足病也。

---

① 案此事亦可与本诗言及袁术得玺相发。

② 兹以杜、苏二公之作证之，如《杜诗镜诠》卷三《官定后戏赠》云：“不作河西尉，凄凉为折腰。老夫怕趋走，率府且逍遥。耽酒须微禄，狂歌托圣朝。故山归兴尽，回首向风飙。”此诗颈联上句承一、二，下句启五、六。又卷四《送郑十八虔贬台州司户，伤其临老陷贼之故，阙为面别，情见于诗》云：“郑公樗散鬓成丝，酒后常称老画师。万里伤心严谴日，百年垂死中兴时，仓皇已就长途往，邂逅无端出饯迟。便与先生应永诀，九重泉路尽交期。”此诗腹联上句承三、四，下句启七、八。《苏文忠诗编注集成》卷四《中隐堂诗》五首之二云：“径转如修蟒，坡垂似伏鳌。树从何代有，人与此堂高。好古嗟生晚，偷闲厌久劳。王孙早归隐，尘土污君袍。”此诗亦腹联上句承三、四，下句启七、八。又卷十一《苏州闾邱江君二家雨中饮酒》二首之一云：“小圃阴阴偏洒尘，方塘潋潋欲生纹。已烦仙袂来行雨，莫遣歌声便驻云。肯对绮罗辞白酒，试将文字恼红裙。今宵记取醒时节，点滴空阶独自闻。”此诗亦颈联上句承一、二，下句启五、六。皆其例也。

《颜氏家训·文章篇》云："沈隐侯曰：'文章当从三易：易见事，一也。……'邢子才常曰：'沈侯文章用事不使人觉，若胸臆语也。'深以此服之。"此篇所运典实，固皆近在耳目。徒以地名之混同，致有《风笺》之误解，则真用易见事不使人觉之例。故特表而出之，待证定焉。

左太冲《咏史》诗三论

左太冲诗今存者十有四篇。① 《咏史》八首，最为杰构。故《文心雕龙·才略篇》云："左思奇才，业深覃思。尽锐于《三都》，拔萃于《咏史》，无遗力矣。"余往岁说诗上庠，曾就其旨趣、年代、渊源三事，有所考论。兹略加诠次，俟达者取裁焉。

（一）

太冲此诗，原以言志。昔之论者，已有甄明。如何焯《义门读书记》云："题云《咏史》，其实乃咏怀也。"② 是其一例。然诵习之余，窃意犹有当推寻者，则诗辞所陈，已颇显豁，舍此而外，有无深衷是也。闲尝反复本文，参稽时事，乃悉八首之作，盖太冲自其妹芬入宫，颇思则效前代外戚之立功名，取富贵。所怀不遂，因假古人以寓言。其择题征事，胥有用意。请申论之。

---

① 据冯惟讷《诗纪》。丁福保《全晋诗》同。
② 《文选》第二卷。后引同。

按《晋书·文苑》本传云："父雍，起小吏，以能擢授殿中侍御史。"① 是太冲家世本属寒微。魏、晋以降，门阀制度已渐形成。太冲设欲自致隆高，以其资地，实非易事。值厥妹入宫，先拜修仪，后为贵嫔，② 始骤以寒门跻于外戚。本意功名，因求闻达。及乎蹭蹬经年，终无厚望，遂寄情柔翰，以抒愤思。衡之情理，亦势所必至也。《后汉书·窦宪传》尝以宪与西京卫青、霍去病并举，为之论曰："二三子得之不过房幄之间，非复搜扬仄陋，选举而登。……东方朔称：'用之则为虎，不用则为鼠。'③ 信矣！以此言之，士有怀瑰琰以就煨尘者，亦何可支哉？"蔚宗此说，适如太冲意中所欲言，殆可视为八首之总赞。

今览本诗，以"铅刀贵一割，梦想骋良图"始，以"巢林栖一枝，可为达士模"终。所表见者，乃一由积极而消极、由希冀而幻灭之过程，披文可见。而谓其深衷所存，必如鄙说者，则有三谳焉。其一，诗云："济济京城内，赫赫王侯居。冠盖荫四术，朱轮竟长衢。"又云："列宅紫宫里，飞宇若云浮。峨峨高门内，蔼蔼皆王侯。"是作诗之地，实在洛阳。而太冲之居洛，则缘左芬之入宫。本传云："会妹芬入宫，移家京师。"是也。至作诗之时，则据余所考，上距其妹入宫，已有八载。（下详。）尔时干禄，盖已甚久，然空庐抱影，卒无所成。诗云："出门无通路，积棘塞中涂。

---

① 考《北堂书钞》卷一百二引王隐《晋书》云："左思父雍起卑吏。"《〈世说新语·文学篇〉注》引《太冲别传》云："父雍起于笔札。"皆略同《新晋》。惟洛阳出土《左芬墓志》云："父熹，字彦雍。"名字与史传异，未知孰是也。
② 见《晋书·后妃传》。
③ 按此《汉书·东方朔传》载所撰《答客难》之文。

· 158 ·

计策弃不收，块若枯池鱼。"殆属情实。若其谓："自非攀龙客，何为欻来游？被褐出阊阖，高步追许由。""饮河期满腹，贵足不愿余。"则又幻灭以后排遣之辞，非其初心然也。① 其二，诗中史事，纷然杂出，而细加条理、则友纪较然。析而言之，冯唐、主父偃、朱买臣、陈平、司马相如为一系。潜郎终身汩没，四贤初仕屯蹇，则作者所引为况譬者也。段干木、鲁仲连一系，功成身退，爵赏不居，则作者所引为仰慕者也。许由、扬雄一系，当时尊隐，来叶传馨，则作者所引为慰藉者也。苏秦、李斯一系，福既盈矣，祸亦随之，则作者所引为鉴戒者也。独荆轲之事，若无关涉，殆可谓寂寥中之奇想，而归本于自贵自贱，是与他篇固亦相通。其标举虽繁，要以出处穷通为枢纽。凡诸称说，或始否而终泰，或先荣而后枯，或享当时之富贵，或博后来之声名。而卒以知止、知足、立德、立言为其结论。斯盖悔吝之余，非如是不足以消释其内心之矛盾与苦闷耳。其三，诗云："世胄蹑高位，英俊沈下僚，地势使之然，由来非一朝。"此于富贵之基于门第，若有微辞；然其《别传》云："思……颇以椒房自矜，故齐人不重也。"则连姻帝室，太冲实引以为荣。所谓"朝集金张馆，暮宿许史庐"，与夫"金张藉旧业，七叶珥汉貂"之豪门，② 其在太冲，乃欲之而不能，非能之

---

① 按太冲功名之心，至老不衰。故其后更附贾谧，为二十四友之一，见《晋书·贾谧传》。又《全晋文》卷七十四载其《白发赋》云："咨尔白发，观世之途，靡不追荣，贵华贱枯。赫赫阊阖，蔼蔼紫庐，弱冠来仕，童髫献谟。……曩贵者螯，今薄旧齿。曙播荣期，皓首田里。虽有二毛，河清难俟。"《全晋诗》卷四载其《杂诗》云："高志局四海，块然守空堂。壮齿不恒居，岁暮常慨慷。"用意皆与《咏史》相发。
② 按许、史之为贵戚，固不待言。金、张则《汉书·张汤传》所云"亲近贵宠，比于外戚"者也。

而不欲，故终发"何世无奇才，遗之在草泽"之叹。① 由是言之，诵此诗者，当知其中实有作者之"情意综"存焉，固不得如《义门读书记》之执"饮河期满腹"四句，辄云："太冲之于二十四友，特以身托戚属，难以自疏，然非有所附丽乾没，读此足以知其志也。"

由本诗之时地及题材，作者之内心与行事，可以推见其微旨者，如此。其寄情在出处，故作者托之史事而易明；其结念在穷通，故读者加之分理而可晓。在昔《诗品》之论左诗，谓其"文典以怨，颇为精切，得讽谕之致。"（卷上）陈仲子先生《注》云："此指《咏史》诗。"② 斯说殊谛。盖典指其征材，怨指其用意。典怨二字，固八首之的评。《义门读书记》但就其风格，以"挥洒激昂顿挫"称之，说虽不误，犹非揣本之论也。

（二）

至本诗年代，惟第一首可为推断之资。《义门读书记》尝据其"长啸激清风，志若无东吴，"及"左眄澄江湘，右盻定羌胡"诸句，为之说云："诗作于武帝时，故但曰'东吴'；凉州屡扰，故下文又云'定羌胡'。"按自晋武受禅，迄树机能为马隆所斩，孙皓为王濬所平，其间羌胡、东吴，与晋数相攻伐。史册所载，斑斑可稽。③ 何说诚是。然《晋

---

① 考《太冲别传》谓其"无吏干而有文才"。《晋书·左芬传》谓芬"姿陋无宠，以才德见礼"。而武帝好色，元后性妒，后父骏专擅朝政，或皆为太冲仕宦不进之由。兹不备论。
② 古直《锺记室〈诗品〉笺》亦云。
③ 参《晋书》卷三及《资治通鉴》卷七十九、八十《武帝纪》，又《通鉴纪事本末》卷十一"晋灭吴"条，"羌胡之叛"条。

书·后妃传·左芬传》云："芬少好学，善缀文。……武帝闻而纳之。泰始八年拜修仪，受诏作愁思之文，因为《离思赋》曰：'生蓬户之侧陋兮，……谬忝厕于紫庐。'"[1] 如前所论，此诗实太冲缘妹入宫移家洛阳后作，则不得在泰始八年之前。又《晋书·武帝纪》云：咸宁五年，"十二月，马隆击叛虏树机能，大破，斩之。凉州平"。泰康元年，"三月，王濬以舟师至于建邺之石头。孙皓大惧，面缚舆榇，降于军门"。而诗方期"澄江湘"，"定羌胡"，斯亦不得在咸宁五年后也。更加寻究，则泰始八年迄于咸宁五年，其中相距，亦有八岁。八首之作，定属何时，固犹有待于考证。

余尝取史文与诗辞对勘，乃决其必作于咸宁五年十一月。所以知其然者，则《武帝纪》载：是年"十一月，大举伐吴"。其诏曰："吴贼失信，比犯王略；胡虏狡动，寇害边垂。……自宣皇帝以来，以吴、蜀为忧，边事为念。今孙皓犯境，夷虏扰边，此乃祖考之遗虑，朕身之大耻也。故缮甲修兵，大兴戎政，内外劳心，上下戮力，以南夷句吴，北威戎狄，然后得休牛放马，与天下共飨无为之福耳。今调诸士，家有二丁三丁取一人，四丁取二人，六丁以上三人，限年十七以上，至五十以还。先取有妻息者。其武勇散将家亦取如此比，随才署武勇掾史。乐市马比为骑者，署都尉司马。中间以来，内外解弛。吏寡尽忠之心，将无致命之节。

---

[1]　按《太平御览》卷一百四十五引《晋起居注》云："咸宁三年，拜美人左嫔为修仪。"吴士鉴《〈晋书〉斠注》录此文于《左芬传》中，意其与史异也。然考《御览》同卷又引《晋诸公赞》云："旧制：贵嫔、夫人比三公，假金紫。淑媛、淑仪、修容、修仪、婕妤、容华、充华为九嫔，比九卿，假银青。"是贵嫔之位，高于修仪；而九嫔之中，又无美人之目。则芬固不得先为贵嫔，后为修仪，亦不得同时为美人及九嫔，疑《起居注》所载，别是一人，嫔或其名也。

……今当大修戎政，所混壹六合。赏功罚惰，明罚整法。其宣敕中外，使各悉心毕力，明为身计。"① 此诏所称，与本诗第一首所咏，情事若合符节。如诏云："吴贼失信，比犯王略；胡虏狡动，寇害边垂。"云："孙皓犯境，夷虏扰边。"云："南夷句吴，北威戎狄。"诗则云："边城苦鸣镝，羽檄飞京都。"云："长啸激清风，志若无东吴。"云："左眄澄江湘，右盼定羌胡。"诏云："其武勇散将家……随才署武勇掾史。乐市马比为骑者，署都尉司马。"诗则云："虽非甲胄士，畴昔览穰苴。"诏云："内外劳心，上下戮力。"云："使各悉心毕力，明为身计。"诗则云："铅刀贵一割，梦想骋良图。"诏云："然后得休牛放马，与天下共飨无为之福耳。"诗则云："功成不受爵，长揖归田庐。"设非针对立言，安能如此巧合。则此诗乃太冲奉读纶音，发为咏叹无疑。且其年十二月，凉州即平，观诗中尚以定羌胡为言，尤足知其作于《伐吴诏》下不久也。

抑有进者，览诗中"何世无奇才，遗之在草泽"，及"计策弃不收，块若枯池鱼"诸语，颇疑诏书初颁，太冲闻风兴起，曾有请缨求试之事，而武帝不纳，故退以声诗抒其愤思。特遗文零落，未由征谂耳。然诗中微旨，则固可由年代之证定而益彰焉。

（三）

若夫欲明其渊源之自来，则当先审其特征之所在。此诗

---

① 《全晋文》卷五。

特征，大可两端。胡应麟《诗薮》云："咏史之名，起自孟坚，但指一事。魏杜挚《赠毌丘俭》，叠用八古人名，堆垛寡变。太冲题实因班，体亦本杜，而造语奇伟，创格新特，错综震荡，逸气干云，遂为古今绝唱。"① 则杂陈先典，不专一事，一也。《义门读书记》云："咏史不过美其事而咏叹之，檃括本传，不加藻饰。此正体也。太冲多自摅胸臆，乃又其变。"则题为咏史，实寓衷怀，二也。胡氏兼陈体制所从出，何氏但及法式之有异。辄以愚管所窥，并加订补焉。

检胡氏所举杜挚诗云："骐骥马不试，婆娑槽枥间。壮士志未伸，坎坷多辛酸。伊挚为媵臣；吕望身操竿；夷吾困商贩；宁戚对牛叹；食其处监门；淮阴饥不餐；买臣老负薪，妻叛呼不还；释之宦十年，位不增故官。才非八子伦，而与齐其患。无知不在此，袁盎未有言。被此万病久，荣卫动不安。闻有韩众药，信来给一丸。"② 其中叠用古事，诚如所说。然余考曹公父子乐府，于此已开其端。魏武《短歌行》二首之二云："周西伯昌，怀此圣德，三分天下，而有其二。修奉贡献，臣节不坠。崇侯谗之，是以拘系。（一解）后见赦原，赐之斧钺，使得征伐，为仲尼所称。达及德行，犹奉事殷，论叙其美。（二解）齐桓之功，为霸之首，九合诸侯，一匡天下。一匡天下，不以兵车。正而不谲，其德传称。（三解）孔子所叹，并称夷吾。民受其恩，赐与庙胙，命无下拜。小白不敢尔，天威在颜咫尺。（四解）晋文亦霸，

---

① 外编卷二。又同书内编卷二云："《鰕䱇篇》，太冲咏史所自出也。"则谓太冲此诗用意在求自试，与子建彼诗同符，非兹所论。
② 《全三国诗》卷三。

躬奉天王，受赐珪瓒秬鬯，彤弓卢弓矢千，虎贲三百人。
（五解）威服诸侯，师之者尊。八方闻之，名亚齐桓。河阳
之会，诈称周王，是以其名纷葩。（六解）"又《善哉行》二
首之一云："古公亶父，积德垂仁，思弘一道，哲王于豳。
（一解）太伯仲雍，王德之仁，行施百世，断发文身。（二
解）伯夷叔齐，古之遗贤，让国不用，饿殂首山。（三解）
智哉山甫，相彼宣王。何用杜伯，累我圣贤。（四解）齐桓
之霸，赖得仲父。后用竖刁，流虫出户。（五解）晏子平仲，
积德兼仁，与世浮沉，未必思命。（六解）仲尼之世，王国
为君。随制饮酒，扬波使官。（七解）"魏文《煌煌京洛行》
云："夭夭园桃，无子空长。虚美难假，偏轮不行。（一解）
淮阴五刑，鸟尽弓藏。保身全名，独有子房。大愤不收，褒
衣无带。多言寡诚，只令事败。（二解）苏秦之说，六国以
亡，倾侧卖主，车裂固当。贤矣陈轸，忠而有谋，楚怀不
从，祸卒不救。（三解）祸夫吴起，智小谋大，西河何健？
伏尸何劣？（四解）嗟彼郭生，古之雅人。智矣燕昭，可谓
得臣。峨峨仲连，齐之高士，北辞千金，东蹈沧海。（五
解）"①此诸篇所出史迹，贤愚各异，得失互陈，则与太冲之
取材同。篇中分解，或每解咏一事，或二解咏一事，或一解
咏数事。则与太冲之联章同。特其法式尚系檃括本传，近于
班固原作，太冲则更加以扩充、藻饰、变化、错综耳。是则
谓其体出杜挚，无宁谓为推本曹公父子也。

次则假史言怀，实此作尤要之点。沈德潜《古诗源》

---

① 均见《全三国诗》卷一。

云："太冲咏史，不必专咏一人，专咏一事。咏古人而己之性情俱见。"① 张玉穀《古诗赏析》更加之剖判，谓其"或先述己意，而以史事证之。或先述史事，而以己意断之。或止述己意，而史事暗合。或止述史事，而己意默寓。"② 二家所论，均极精当。试执其说，以绳汉、魏诸作，而求太冲之先驱，则鄙见所及，惟有孔融《杂诗》。其辞云："岩岩锺山首，赫赫炎天路。高明曜云门，远景灼寒素。昂昂累世士，结根在所固。吕望老匹夫，苟为因世故。管仲小囚臣，独能建功祚。人生有何常，但患年岁暮。幸托不肖躯，且当猛虎步。安能苦一身，与世同举厝。由不慎小节，庸夫笑我度。吕望尚不希，夷齐何足慕？"③ 加之比量，太冲八首，不独风骨、辞气有类此诗，其标举史事，但期发扬襟抱，尤无二致。盖自太冲而后，六代咏史，不乏名篇，而途径所经，多遵斯轨，有同后世所谓"六经皆我注脚"者。溯其远源，固当推文举兹篇。

郭景纯、曹尧宾
《游仙》诗辨异

　　自灵均唱《骚》，后人拟之以为《远游篇》、《大人赋》，吾华文学取资仙道者始众。其在声诗，作者尤多，而晋郭景纯、唐曹尧宾《游仙》之造最称盛业，吟咏之徒莫不敛衽取则焉。此学林之所共知也。顾二家创作之旨意、产生之背景、承受之传统俱各不同，则尚未见有具体指陈之者。故历来称说，或至习而不察，并为一谈，① 淄、渑无分，亦未见其可也。辄因愚管，聊事剖析，撰《辨异》一篇，以备谈艺者之搴采。

　　今传二家《游仙》之诗，皆有缺佚。② 但据见存，加之探

---

　　① 如厉鹗《樊榭山房文集》卷四《〈前后游仙百咏〉自序》有云："但以俗缘羁绁，坐网撄缠，与其作白眼以看人，何如向青天而搔首？于是效颦郭璞，学步曹唐，前后所为，数凡三百。"郭、曹交举，其一例矣。
　　② 据《全晋诗》卷五，景纯所制，存者完篇十，残篇四，而《诗品》卷中所引"奈何虎豹姿"及"戢翼栖榛梗"二句皆不在内。《唐诗纪事》卷五十八云："唐……作游仙诗百余篇。"《唐才子传》卷八云："作《大游仙诗》五十篇，又《小游仙诗》等。"今《全唐诗》卷二十四所载尧宾《大游仙诗》七律自《汉武帝将候西王母下降》迄《汉武帝思李夫人》，仅十七首。张为《主客图》摘录"箫声欲尽月色苦，依旧汉家宫树秋"、"一曲哀歌茂陵道，汉家天子葬秋风"及"谁知汉武无仙骨，满灶黄金成白烟"诸句，除首二语注明为"《游仙》句"外，余者亦可能为汉武二题佚篇中之断句，而缺者尚众。又《小游仙诗》七绝计九十八首，《唐诗纪事》所有"靖节先生几代孙"一绝亦不与其列。以此推之，知二家篇简均有零落也。

究，则其旨意，实不相侔。先就郭诗言之，观其引辞敷藻，固皆玄胜之谈，而忖彼表旨抒情，终系出处之际。前贤于此，虽有所会，然研虑难周，余蕴待发。说之者既属疏而不密，览之者遂亦明而未融。今请依据本诗，更为诠论。窃谓欲明此作真谛，传世诸制，第五篇乃厥枢机。谨首说是篇，次及余作。案其诗云："逸翮思拂霄，迅足羡远游。① 清源无增澜，安得运吞舟。② 珪璋虽特达，明月难暗投。③ 潜颖怨青阳，陵苕哀素秋。④ 悲来恻丹心，零泪缘缨流。"⑤ 寻李善作《注》之方，原重解故训，疏典实。其有涵义渊深，必待曲畅精微，旁通要眇者，始为之发挥消释，此细玩全书而可知者也。《注》于昭明所选，六篇皆止于疏解故实，独于兹首详申作意，是李氏固亦知其费解，辄出所见，以诏世人。然其所言，殊多附会，后之学者，要难餍心。故何焯于此，直评云："'珪璋'以下未喻。"⑥ 自余诸家所说，亦皆皮相之谈。惟先师蕲春黄君独标胜义，谓："此伤年暮无知音之辞。《离骚》曰：'老冉冉其将至，恐修名之不立。'《思玄》曰：'既娇丽而鲜双，非是时之攸珍。'此物此志也。《注》未憭。"⑦ 先师此论，已得龙珠。若赓李《注》义例，逐句释之，则逸翮、迅足，以喻才士。思拂霄、羡远游，期大用于世也。吞舟之鱼，非巨浸则不能运

---

① 李善《〈文选〉注》卷二十一云："逸迅思拂霄及远游，以喻仙者愿轻举而高蹈。"
② 《注》："清源不能行运吞舟之鱼，以喻尘俗不足容乎仙者。"
③ 《注》："珪璋、明月、皆喻仙也。言珪璋虽有特达之美，而明月之珠难暗投，以喻仙者虽有超俗之誉，非无捕影之讥。"之珠，胡刻本作皆喻。《〈文选〉考异》卷四云："袁本、茶陵本皆喻作之珠，是也。"今据改。
④ 《注》："言世俗不娱求仙，而怨天施之偏，又叹浮生之促，类潜颖怨青阳之晚臻，陵苕哀素秋之早至也。"
⑤ 《注》："悲俗迁谢，故恻心流涕。"
⑥ 海绿轩本《文选》引。下引同。
⑦ 手批李注《文选》，传钞本。下引同。

行；故才士不遇明主良时，自亦无由展其抱负。珪璋特达，固属可羡；明月暗投，尤为可伤。则出处所当特慎矣。潜颖结怨于青阳，谓求达之未能。陵苕兴哀于素秋，谓已达而得祸。幽潜与冈陵，则穷通之喻。青阳与素秋，则福祸之比。才士生世，知遇难必，则进退之顷，即倚伏之机。我瞻四方，蹙蹙靡骋，又安得不恻心流涕乎？意之所存，皎然可见矣。景纯别有《答贾九州愁诗》云："自我徂迁，周之阳月。乱离方娆，忧虞匪歇。四极虽遥，息驾靡脱。愿言齐衡，庶几契阔。虽云暗投，珪璋特达。绵驹之变，何有胡越？子固翘楚，我伊罗葛。无贵香明，终自谦渴。未若遗荣，阒情丘壑。逍遥永年，抽簪收发。"① 此与上篇辞意大同，独用比用赋为异。取以证成，尤见其情。更推而及于他篇，则知其云："愧无鲁阳德，回日反三舍。② 临川哀年迈，抚心独悲吒。"③ 即日月逝矣，岁不我与之悲也。其云："灵妃顾我笑，粲然启玉齿。蹇修时不存，要之将谁使？"④ 即叩阍无路，致身未由之痛也。其云："仰思举云翼，延首矫玉掌，啸傲遗世罗，纵情在独往。"⑤ 则欲摆落世纷，以求仙道。其云："虽欲腾丹溪，云螭非我驾。"⑥ "燕昭无灵气，汉武非仙才。"⑦ 又觉书传多妄，长生无稽。至

---

① 其三，《全晋诗》卷五。
② 反，李《注》本作向。黄先生云："向当作反。六臣作令，亦讹字耳。"今据改。
③ 其四。
④ 其二。
⑤ 其八。
⑥ 其四。注引魏文帝《典论》云："夫生之必死，成之必败。然而惑者望乘风云，冀与螭龙共驾，适不死之国。——国即丹溪。其人浮游列缺，翱翔倒景。——然死者相袭，丘垄相望。逝者莫反，潜者莫形。足以觉也。"景纯此二语不仅采其辞，亦正用其意。
⑦ 其六。

其谓："灵溪可潜盘，安事登云梯？"① 乃明言傥能尊隐，即是游仙矣。而其一云："京华游侠窟，山林隐遁栖。朱门何足荣？未若托蓬莱。"② 其七云："王孙列八珍，安期炼五石。长揖当涂人，去来山林客。"则更以游侠、朱门、王孙、当涂人与隐遁、蓬莱、安期、山林客对举。其翼高蹈风尘之外，肥遁林薮之中，不益可征验乎？合诸诗以观，则谓景纯乃由入世之志难申，故出世之思转炽，因假《游仙》之咏，以抒尊隐之怀，殆无可致疑者。故黄先生又曰："景纯斯篇，本类《咏怀》，聊以摅其忧生愤世之情。其于仙道，特以寄言。游仙实隐遁之别目耳。"斯言谅矣。

若夫曹氏之为，虽视郭诗远为繁博，而吟叹流连，实结念在天人情感一端，用意反较明豁。如《大游仙》者，乃取若干仙道故事，分题咏之，每事数章，各为首尾。③ 寻其所

---

① 其一。注："灵溪，溪名也。庾仲雍《荆州记》曰：'大城西九里，有灵溪水。'云梯，言仙人升天因云而上，故曰云梯。"

② 程瑶田《通艺录·释草小记·释莱一》："《玉篇》：'莱，藜草也。'《广韵》亦云：'莱，藜草。'《诗》：'北山有莱。'说者谓：'莱即藜也。'余案：莱藜一声之转。今不治之地多生藜，藜莱相通，故治荒秽之地曰辟草莱也。如《左传》、庄周、《管子》、太史公之书，《月令》、《韩非子》所云，（原注：《月令》："孟春行秋令，则藜莠蓬蒿并兴。"《韩非子》："孟献旧相鲁，堂下生藋藜，门外长荆棘。"）皆言其生于不治之地。故三神山其一曰蓬莱，以其人迹罕至，望之有蓬莱诸草而已，因遂以蓬莱名之，而修辞家亦用以氏贫者之庐云。（原注：《后汉书·边让传》，让作《章华赋》云："举英奇于仄陋，拔毫秀于蓬莱。"）"案：此条承赵国璋先生举示，至感。又案：程氏举证仅及《章华赋》而不及景纯此诗，则郭氏诗旨亦久晦矣。

③ 若刘、阮入天台之事则分《刘晨阮肇游天台》、《刘阮洞中遇仙子》、《仙子送刘阮出洞》、《仙子洞中有怀刘阮》及《刘阮再到天台不复见仙子》等五题是也。今所残存，亦或每事仅有一篇。然就其题目观之，则有一见即知其有佚篇者，如览《张硕重寄杜兰香》之"重寄"二字，知此前必有他作；览《皇初平将入金华山》之"将入"二字，知此后必有下文是也。亦有推测可能尚有佚篇者，如《织女怀牵牛》之后，或有牵牛酬答之篇；《汉武帝思李夫人》之后，或有方士招魂之什也。据此论之，则《大游仙》五十首中应无以一首咏一事者矣。又案近世治戏曲史者，均以赵德麟《侯鲭录》卷五所载咏会真故事之〔商调·蝶恋花〕十二阕为戏曲之先河。今观尧宾此作，每事以数章分咏。题为叙事，诗则抒情，实与赵词大类，而时代适在其前，傥又其所自出乎？余于戏曲之学，未涉藩篱，不敢妄有论列，谨附著鄙见于此，俟专家考定焉。

存，故事凡有十一。其咏仙家与仙家之爱情者，则有牵牛与织女之事。其咏仙家与仙家之友谊者，则有王远与麻姑之事。咏仙家与尘界之爱情者，则有萧史与弄玉、许真人与萼绿华、张硕与杜兰香、刘阮与天台仙女之事。其咏仙家与尘界之友谊者，则有周穆王与王母、汉武帝与王母之事。独咏汉武帝与李夫人者，若全属尘界。然汉武好仙，夫人死后，魂魄尝为方士所招致，正史、小说俱有纪载，殆以是而附及之与？此外，惟《紫河张休真》及《皇初平将入金华山》二题于男女间之情感若无与耳。① 至《小游仙》九十九绝，前后虽无连系，而涉及情感，披文可见者，亦达三之一强。则其重心，初无殊异。如云："赤龙停步彩云飞，共道真王海上归。千岁红桃香破鼻，玉盘盛出与金妃。"② 则神仙眷属之生活也。"东妃闲著翠霞裙，自领笙歌出五云。清思密谈谁第一，不过邀取小茅君。"③ 则世外友朋之过从也。"新授金书八素章，玉皇教妾主扶桑。与君一别三千岁，却厌仙家日月长。"④ 则离索之感也。"海树灵风吹彩烟，丹陵朝客欲升天。无央公子停鸾辔，笑泥娇妃索玉鞭。"⑤ 则爱悦之情也。"月影悠悠秋树明，露吹犀簟象床轻。嫔妃久立帐门外，暗笑夫人推酒声。"⑥ 则狎媟之辞也。"云鹤冥冥去不分，落花

---

① 《四库全书总目》卷一百五十一《〈曹祠部集〉附〈曹唐诗〉提要》谓尧宾此作"盖本颜延之《为织女赠牵牛》诗，而曼衍及诸女仙，各拟赠答"。案考之原诗，所咏既非尽属女仙，亦非尽是赠答，其言实误。
② 其五十三。
③ 其二十。
④ 其九十五。
⑤ 其四十二。
⑥ 其二十一。

流水恨空存。不知玉女无期信，道与留门却闭门。"① 则惆怅之志也。"玉皇赐妾紫衣裳，教向桃源嫁阮郎。烂煮琼花劝君吃，恐君毛鬓暗成霜。"② 则仙凡之遇合也。"九天王母皱蛾眉，惆怅无言倚桂枝，悔不长留穆天子，任将妻妾住瑶池。"③ 则天人之睽隔也。略举八篇，可资三反。要之，《大、小游仙》所写景物情况固极虚无、缥缈、灵异、芳菲之致，而诸凡君臣、朝廷、夫妇、友朋、尊卑、贵贱之序，车骑、服饰、宫室、饮食、婚媾、游燕之事，悲欢、离合、死生、得丧、爱恋、愁恨之怀，虽云天上，不异人间。故朱孟实先生谓其所为，乃使极超人间性之景象与极人间性之情感沆瀣一气。④ 斯则与景纯之作，不亦大有径庭乎？其异一矣。

次就两作背景论之，则征诸《晋书》景纯本传，其涉世之年，适值戎、狄乱华，中原多故，西朝倾覆，五马南浮。追入仕江左，以才学为元帝所知，始累上章疏，多所匡益。明帝之在东宫，与温峤、庾亮并有布衣之好，景纯见重，亦埒二公。然峤、亮胥以贵仕为中兴名臣，景纯独偃蹇不进，自有才高位卑之叹。此《客傲》之所由作也。（文亦载传。）又览其《赠温峤》云："子策骐骏，我按驽骀。进不要声，退不傲位。遗心隐显，得意荣悴。尚想李严，逍遥柱肆。"⑤ 虽貌若自甘澹泊，实不免萦情去留。及为王敦记室参军，以敦在朝权势，无难借以通显，顾敦之逆谋，又景纯所洞烛机

---

① 其四十八。
② 其二十三。
③ 其九十三。
④ 见《文学杂志》第三卷第四期载朱撰《游仙诗》。
⑤ 其三，《全晋诗》卷五。

先。"珪璋虽特达，明月难暗投。"其意傥在斯乎。《传》载："颍川陈述为大将军掾，有美名，为敦所重，未几而没。璞哭之哀甚，呼曰：'嗣祖！嗣祖！焉知非福。'未几而敦作难。"又称"敦将举兵，又使璞筮。璞曰：'无成。'敦……又……问璞曰：'卿更筮吾寿几何？'答曰：'思向卦，明公起事，必祸不久；若住武昌，寿不可测。'敦大怒曰：'卿寿几何？'曰：'命尽今日日中。'敦怒，收璞诣南冈斩之。"景纯既明知早死之为福，当并审迟去之为祸，讵意迁延忘反，卒以杀身。故王夫之《古诗评选》论之曰："步兵一切皆委之《咏怀》，弘农一切皆委之《游仙》。弘农之以自全者，不逾善乎？而终以不免。处逆流，逢横政，正当揭日月而行，徒为深人之色以幸两全，无益也。虽然，弘农之于此，亦可哀已。"① 王氏，朱明遗老，有激云然，而于景纯进退维谷之情，固已洞见。若陈沆《诗比兴笺》云："殉物者系情，遗世者冥感。系情者难平尤怨，冥感者但任冲元。取舍异途，情辞难饰。今既蝉蜕尘寰，霞举物外；乃复肮脏权势，流连蹇修，匪惟旨谬老、庄，毋亦卜迷詹尹。是知君平两弃，非必无因；夷、叔长辞，正缘笃感云尔。……景纯劝处仲以不反，知寿命之不长，《游仙》之作，殆是时乎！青溪之地，正在荆州，斯明证也。"② 则于其思想感情之矛盾冲突，揭表尤明。章学诚《诗教》上尝论古今文人，情深《诗》、《骚》，

---

① 卷四，《船山遗书》本。案王敦平后，景纯追赠弘农太守，见本传。
② 卷二。案《文选》载《游仙诗》第二首李善《注》引庾仲雍《荆州记》云："临沮县有青溪山。山东有泉。泉侧有道士精舍。郭景纯尝作临沮县，故《游仙诗》嗟青溪之美。"又第一首之灵溪并是荆州地名，亦见庾《记》，前已引之，是《游仙诗》颇有作于荆州之可能，而王敦又尝镇荆州，故陈氏推断其时、地如此。

盖缘"遇有升沈，时有得失。畸才汇于末世，利禄萃其性灵。廊庙、山林、江湖、魏阙，旷世而相感，不知悲喜之何从"。① 夫旷世相感，悲喜且不知何从，则当时处境，去住又安能遽定。彷徨瞻顾，发为咏歌，又岂非事有必至者与？斯固历祀才士之所同，有难独责景纯者也。

　　至于尧宾行实，诸书所载甚简。② 除尝为道士，后反初服一事外，殆无足据以推寻此作所由来者。《唐才子传》云："唐始起清流，志趣澹然，有凌云之骨，追慕古仙子高情，往往奇遇，而己才思不减，遂作《大游仙诗》、……《小游仙诗》等，纪其悲欢离合之要，大播于时。"论其动机，诚为近是。然于所谓高情奇遇，究属何等，则仍郁而未宣，斯亦有待于疏通证明者也。窃谓欲晓诸篇所以发生，必先各"仙"之一字与"游仙"一语在当时之特殊意义。按元稹《莺莺传》，③ 为唐稗名篇。其中假托张生尝赋《会真诗》三十韵，而稹又制《续会真诗》三十韵，故此传亦有《会真记》之名。顾"会真"二字，作何解释，则世人鲜有注意及之者。近日陈寅恪丈始发其覆，谓："《庄子》称关尹、老聃为博大真人，④ 后来因有《真诰》、《真经》诸名，故真字即与仙字同义，而'会真'即遇仙或游仙之谓也。又六朝人已侈谈仙女杜兰香、萼绿华之世缘，流传至于唐代，仙⑤ 之一名遂多用作妖艳妇人或风流放诞女道士之代称，亦竟有以之

---

① 《文史通义》卷一，《章氏遗书》本。
② 《唐诗纪事》、《昭德先生郡斋读书志》卷四中，及《唐才子传》均略同。
③ 见《太平广记》卷四百八十八。
④ 原注：《天下篇》语。
⑤ 原注：女性。

目娼妓者。其例不遑悉举。"① 寻以仙字代妖艳妇人或娼妓者，丈曾举蒋防《霍小玉传》："有一仙人，谪在下界，不邀财货，但慕风流"②之语，及施肩吾《及第后访月仙子》、《赠仙子》③诸诗为证。若目女冠为仙者，则如秦系《题女道士居》云："共知仙女丽，莫是阮郎妻?"④ 赵嘏《赠女仙》云："水思云情小凤仙，月涵花态语如弦。不因金骨三清客，谁识吴州有洞天。"⑤ 皆是也。《大、小游仙》所咏之人，不尽女仙，而实以女仙为主；所咏之事，不尽情感，而实以情感为多。唐世所谓仙人，含义即或如此，则谓尧宾之作，虽用古代神仙故事为题材，实以当时女冠生活作影本，或非不根之谈。考自汉以来，方士窃取柱史绪言，以创道教，老子久经神化。李唐握纪，自谓老后，其于道教，极致尊崇。⑥ 故以帝女之贵，入道不嫁者，由睿迄穆，八朝之中，竟达十三人之众，⑦ 而《送宫人入道》尤为诗人习有之题。夫上有好者，下必有甚焉，则民女皈依，数当更夥。人数既多，流品必杂。洁身自好，岂乏其人；放诞风流，亦难尽免。为时既长，浸成风气，故"仙"与"游仙"之特殊意义生焉。韩愈《华山女》云："街东街西讲佛经，撞钟吹螺闹宫庭，广张罪福资诱胁，听众狎恰排浮萍。黄衣道士亦讲说，座下寥落如明星。华山女儿家奉道，欲驱异教归仙灵，洗妆拭面著冠

---

① 《读〈莺莺传〉》，载《历史语言研究所集刊》第十本，第二分。
② 《太平广记》卷四百八十七。
③ 《全唐诗》卷十八，页七十一及七十八。
④ 《全唐诗》卷九，页九十二。
⑤ 《全唐诗》卷二十，页一百二。
⑥ 参《唐会要》卷五十《尊崇道教》条。
⑦ 据《文献通考》卷二百五十八，帝系九。《唐会要》卷六，《公主》条所计少三人。又敬宗以次，两书均不载，或史之阙文也。

帔，白咽红颊长眉青，遂来升座演真诀，观门不许人开扃。不知谁人暗相报，訇然振动如雷霆，扫除众寺人迹绝，骅骝塞路连辐轪。观中人满坐观外，后至无地无由听。抽簪脱钏解环佩，堆金叠玉光青荧。天门贵人传诏召，六宫愿识师颜形。玉皇颔首许归去，乘龙驾鹤来青冥。豪家少年岂知道，来绕百匝脚不停。云窗雾阁事恍惚，重重翠幕深金屏。仙梯难攀俗缘重，浪凭青鸟通丁宁。"① 此于女冠之妖艳妄诞，众生之颠倒风狂，描摸甚悉，然犹系不慊于心，故微文刺讥之也。若刘言史《赠成炼师》云："等闲何处得灵方，丹脸云鬟日月长。大罗过却三千岁，又向人间魅阮郎。"② 李洞《赠庞炼师》云："家住涪江汉语娇，一声歌戛玉楼箫。睡融春日柔金缕，妆发秋霞战翠翘。两脸酒醺红杏妒，半胸酥嫩白云饶。若能携手随仙去，皎皎银河渡鹊桥。"③ 则竟以淫媟之辞，施诸投赠，言之者既毫无顾忌，听之者亦视若故常，此辈身分，在时人心目中为何若，概可知矣。王谠《唐语林》载："宣宗微行至德观，有女道士盛服浓汝者。赫怒归宫，立召左街功德使宗叔京，令尽逐去，别选男子二人，住持其观。"④ 盖尤女冠不守清规之显证。夫女仙之世缘，既为人所艳羡，女冠之行迹，又如彼其风流，则视女冠为女仙，以尘界为清境，一经交接，自以为便通仙籍，已遂双修，亦过屠门之大嚼也。裴铏《传奇》载樊夫人答裴航诗有云："蓝桥

---

① 《全唐诗》卷十二，页七十二。
② 四首之三。《全唐诗》卷十七，页八十五。
③ 《全唐诗》卷二十七，页二十一。
④ 卷一，按此则出裴庭裕《东观奏记》。

便是神仙窟，何必崎岖上玉清。"① 此虽小说家语，实尔时人人意中所欲言。《唐才子传》所谓"高情奇遇"，固此类也。②尧宾尝为道士，于彼教典籍，窥览必多，加之唐代女冠，风气如此，则其假借天人情感之咏歌，以迎合当日社会之心理，"大播于时"，诚不足怪。此则二氏之作，推其缘起，亦复了无关涉，其异二矣。

复次，以二家承受之传统相较，则《楚辞》郁起，即杂仙心。《离骚》一篇，斐然称首。迹其要义，不外两端：其一，则以淑世之不能，乃转而思遁世。故既称："老冉冉其将至兮，恐修名之不立。"复谓："何离心之可同兮，吾将远逝以自疏。"其二，则以仙界之多妄，仍归本于人间。故既称："驾八龙之婉婉兮，载云旗之委蛇。"复谓："陟升皇之赫戏兮，忽临睨乎旧乡。"汉、晋诸家，咸遵遗则。如以《游仙》名篇，据今存史料，盖始曹植。③ 而植志存淑世，明见《求自试表》、《与杨德祖书》④ 诸文；不信神仙，则《辨道论》一篇言之尤切。⑤ 景纯作意，亦与同符。是游仙诗之本来面目固如此也。乃旧之论者，于此殊有未明。始《诗品》评郭已云："《游仙》之作，辞多慷慨。乘远玄宗。……

---

① 《裴航》条，见《太平广记》卷五十。
② 案景纯诗云："灵溪可潜盘，安事登云梯。"与"蓝桥"二句，正可互证。晋人之所谓仙与仙境，或与唐人不同，而以为除人外别无仙，除人间外别无仙境，固不异也。
③ 见《全三国诗》卷二。他作若《升天行》、《仙人篇》、《五游咏》、《平陵东》、《苦思》、《远游》、《飞龙篇》，皆其类也。
④ 《文选》卷三十七及四十二。
⑤ 丁晏《曹集诠评》卷九载论有云："夫神仙之书、道家之言乃云：傅说上为辰尾宿。岁星降下为东方朔。淮南王安诛于淮南，而谓之获道轻举。钩弋死于云阳，而谓之尸逝柩空。其为虚妄甚矣哉！"又云："世有方士，吾王悉所招致，……诚恐此人之徒接奸诡以欺众，行妖恶以惑民，故聚而禁之也。岂复欲观神仙于瀛洲，求安期于边海，释金辂而顾云舆，弃文骥而求飞龙哉？"

乃是坎壈咏怀，非列仙之趣也。"李善《〈文选〉注》更申厥旨，谓："凡游仙之篇，皆所以滓秽尘网，锱铢缨绂，飡霞倒景，饵玉玄都。而璞之制，文多自叙。虽志狭中区，而辞兼俗累。① 见非前识，良有以哉！"所云"前识"即指记室而言。然二家所说，实以后来作风，衡量古昔，其谬甚显。② 是以何焯辨之曰："景纯之《游仙》，即屈子之《远游》也。章句之士安足以知之。"③ 厉鹗《〈前、后游仙百咏〉自序》亦云："至于弘农之始唱，实为屈子之余波。事虽寄于游仙，情则等于感遇。"何、厉之说，差可谓洞悉渊源者焉。

反观尧宾之所作，则得屈子之一偏。盖《离骚》轸怀肥遁，托意仙游，颇及览观四极、周流天庭、奏《歌》舞《韶》、屯车发轫之乐；而浮游求女，尤竭其心《文心·辨骚》所云："丰隆求宓妃，鸩鸟媒娥女"者是也。④ 下逮曹植则有"仙人翔其隅，玉女戏其阿"之句。⑤ 景纯亦有"灵妃顾我

---

　① 兼，原作无。《考异》云："无当作兼。各本皆讹。"今据改。
　② 案六代以来作者，不乏游仙之篇，其内容即大略如李善所云，此览文而可知者。视向来传统则有异矣。至其转变，别有因缘，兹不暇及。
　③ 案《诗比兴笺》称焯为"知言"。贝琼《清江贝先生文集》卷七《游仙诗序》则云："游仙诗何所始乎？始于《离骚》、《远游》之作也。天下固无神仙之说，而屈子不得于其君，放乎湘潭，盖将陵六合，陋薄俗，排风御气，超然物表……后有何敬宗、郭景纯者，互为《游仙诗》，不过托安期、羡门之高，假蓬莱、方丈之胜，而欲去此适彼。其于屈子……有得否乎？"方东树《昭昧詹言》卷一复云："余谓屈子以时俗迫陋，沈浊污秽，不足与语，托言己欲轻举远游，脱屣人群，而求与古真人为侣，乃夷、齐西山之歌，《小雅》病俗之旨，孔子浮海之志，非真欲服食求长生也。至其所陈道要，司马相如《大人赋》且不能至，何论景纯？若景纯此诗，正道其本事。钟、李乃讥之，误也。义门更失之矣。"二君所论，颇见是处，然亦有当辨正者，则屈子之为，景纯所作，仅形式上之差异，与艺术上之高下而已，精神本质，初无不同。景纯固属自道本事，屈子何遽不然？何说殆未可非议。至《远游》一篇，虽据近人考证，并非屈作，而其文辞旨趣实《离骚》之延长，固亦无妨于何说也。
　④ 王逸《楚辞章句》谓宓妃以喻隐士，娥女以喻贞贤。此盖不明屈子原兼有儒家及神仙家之思想，故欲统一解释之。此之所举，实非如逸所云，而系神仙家享乐思想之具体描绘。自兹厥后，则真有以求女喻求贤者，此则受汉儒训说之影响，非其本然，当分别观之。
　⑤ 《远游篇》。

笑，粲然启玉齿"之辞。虽用意或不尽同，而行文固无以
异。及至尧宾，乃专就此点扩而充之耳。伊古神仙思想之产
生，盖人类数种基本欲望之无限度伸张所致，[1] 其中原具浓
厚之享乐色彩。而房中之术，方士又以为长生要诀。故男女
之事，本所不讳。及神仙家言发展而成道教，则不特合籍双
修之传说因之出现，且修真炼道，亦竟以此为譬喻矣。即以
唐人诗歌征之，吕岩洞宾，俗传为八仙之一。今传其《渔父
词·沐浴》云："卯西门中作用时，赤龙时醮玉清池。云薄
薄，雨微微，看取妖容露雪肌。"《灿烂》云："四象分明八
卦周，乾坤男女论绸缪。交会处，更娇羞，转觉情深玉体
柔。"[2] 皆以猥亵之辞，喻精微之理，其明据也。夫长生与情
欲，实人类最基本之欲望，而神仙眷属，则合而一之，世人
向往，职由于此。皇甫枚《三水小牍》载女冠鱼玄机婢绿翘
谓玄机曰："炼师欲求三清长生之道，而未能忘解珮荐枕之
欢。"[3] 不知二者自道教观点视之，不特鱼与熊掌，无妨兼
得，且亦一当然之事。此则自屈子以来有取于神仙家享乐观
念之大略，至尧宾乃尽情发挥之，较景纯之全绍灵均，不失
矩矱者，又别。其异三矣。

　　如上所陈，则就传统言，景纯得屈子之全，而尧宾得屈
子之偏。就背景言，则景纯为一己政治生涯，尧宾为当时社
会风气。就旨意言，则景纯乃出处犹豫之吟叹，尧宾乃天人
情感之咏歌。譬诸草木，区以别矣。固不得以景纯精于阴

---

　　① 参闻一多《神仙考》，《全集》第一卷。
　　② 《全唐诗》卷三十一，页六十五。
　　③ 卷下，《绿翘》条，《抱经堂丛书》本。

阳、五行、天文、卜筮，^① 而尧宾尝为道士，遂谓二人皆笃信神仙，各具"灵见"，其诗其人同属一类也。庸昧之见，或异高贤。傥曰不然，请待来哲。

陶诗"结庐在人境"
篇异文释

　　《饮酒》二十首为陶公名篇。其五云："结庐在人境，而无车马喧。问君何能尔？心远地自偏。采菊东篱下，悠然见南山。山气日夕佳，飞鸟相与还。此中有真意，欲辩已忘言。"尤推绝作。故当齐、梁之际，举世诗风皆不宗陶，而昭明《文选》，仍加第录，列入杂诗。盖洵美矣。然自来陶集、《文选》于此，即有异文二事：其一，"悠然见南山"句，"见"，《选》作"望"。宋绍熙壬子本陶集亦云："一作望。"其二，"此中有真意"句，"中"，《选》及绍熙本作"还"。宋绍兴庚申本陶集亦去："一作还。"尚考魏、晋以来，诗歌声色渐开。词人才子，多渐留心字句。于是一篇之中，有句可摘；一句之中，有字可指。《文心雕龙·章句篇》云："篇之彪炳，章无疵也；章之明靡，句无玷也；句之清英，字不妄也。"则其具体之理论。陶公于此，固尝措意焉。强行父《唐子西文录》云："晋人工造语，而元亮其尤。"①

―――――――――

　　① 《历代诗话》本。

王世贞《艺苑卮言》云："渊明托旨冲澹，其造语有极工者。"① 此视其他论者但以朴质目陶者，自为有见。执此以绳，兹二异文既宋椠已然，又无一祖本足以定真面目之何若，则律以作者之命意遣辞，以判其孰为近是，似亦堪供读者循省之助。盖底本之是非设无由确知，则义理之是非固不妨推度，此校勘家之所习知也。

分言之："见"之与"望"，前人论者颇多。《鸡肋集》云："诗以一字论工拙。……记在广陵日，见东坡云：'陶公意不在诗，诗以寄其意耳。采菊东篱下，悠然望南山。则既采菊，又望山，意尽于此，无余蕴矣。非渊明意也。采菊东篱下，悠然见南山。则本自采菊，无意望山，适举首而见之。故悠然忘情，趣闲而景远。此未可于文字精粗间求之。'"② 《蔡宽夫诗话》云："'采菊东篱下，悠然见南山。'此其闲远自得之意，直若超然邈出宇宙之外。俗本多以见字为望字。若尔，便有褰裳濡足之态矣。乃知一字之误，害理有如是者。"③ 沈括《梦溪续笔谈》云："陶渊明《杂诗》：'采菊东篱下，悠然见南山。'④ 往时校定《文选》，改作'悠然望南山'。则上下句意全不相属，遂非佳作。"⑤ 此皆以"见"字为佳也。何焯《义门读书记》云："就一句而言，望

① 卷三，《历代诗话续编》本。
② 胡仔《苕溪渔隐丛话》前集卷三引，《四部备要》本。案《津逮秘书》本《东坡题跋》卷二，《题渊明〈饮酒〉诗后》云："'采菊东篱下，悠然见南山。'因采菊而见山，境与意会，此句最有妙处。近岁俗本皆作望南山，则此一篇神气都索然矣。古人用意深微，而俗士率然妄以意改，此最可疾。"此与《鸡肋集》所载略同，特更言"望"字是俗士妄改耳。据此，知北宋本已有异文矣。
③ 同上引。
④ 案：本集题《饮酒》，《文选》改题《杂诗》，沈氏从《选》耳。
⑤ 《学津讨原》本。

字诚不若见字为近自然。然山气飞鸟皆望中所有，非复偶然见此也。悠然二字，从上心远来。东坡之论，不必附会。"① 先师蕲春黄君之评，亦申何说，谓："望字不误。不望南山，何由知其佳邪？无故改古以申其谬见，此宋人之病。"② 是又以"望"字为胜也。至若"中"之与"还"，说者较少。陶澍注陶集，收录校语颇详，而于此句则径作"中"，不出"还"字。何焯云："此还不若此中。"③ 亦未明言其故。黄君则谓："此还当不误。观《注》引狐死首丘说之。④ 则还仍即上飞鸟之还也。或作中，殆非。还之真意，安其故常也。"诸家所说殊异，大略如此。

孟子曰："诵其诗，读其书，不知其人，可乎？"又曰："说诗者，不以文害辞，不以辞害志。以意逆志，是为得之。"⑤ 此明示学者，诵诗读书，必由文辞以求义蕴；而不可遗其义蕴，徒拘文辞也。陶公之人若诗，固非此短文所得而详。然设此篇之大旨能先通解，则于异文之抉绎，自亦有所裨补。盖由意得象，由象知言，庶几虽不中不远焉。葛立方《韵语阳秋》云："东坡拈出渊明谈理之诗有三。一曰：'采菊东篱下，悠然见南山。'二曰：'啸傲东轩下，聊复得此生。'⑥ 三曰：'客养千金躯，临化消其宝。'⑦ 皆以为知道之

① 《文选》第三卷。
② 手批李注《文选》，传钞本。案苏、沈二氏以为字本作"见"，后人改"望"。黄君则以为字本作"望"，后人改"见"。今以皆无征验，未敢置论。
③ 见海绿轩本《文选》。《义门读书记》无此条。
④ 案李善《注》："《楚辞》曰：'狐死必首丘，夫人孰能反其真情。'王逸注曰：'真，本心也。'"
⑤ 《万章》篇。
⑥ 《饮酒》之七。
⑦ 《饮酒》之十一。

言。"①案《饮酒》之十四有云："不觉知有我，安知物为贵。"又可视为苏氏所举三诗之总赞。夫千金自奉之与啸傲东轩，虽有富贵贫贱之殊，而有宝亦化之与聊复得生，其同归于尽则一也。若是，则百年鼎鼎，物我交役，果何为哉？东坡之所以亟称此数语，正以其二、其三为陶公所说无我超物之理，其一则其所标物我两忘之境耳。然物我两忘之境，故非一几可及。要必滞累既去，而后自然可反；和谐之极，而后迹象全无。即以此诗论之，起四句，绝对唯心之言。王安石评之云："渊明诗有奇绝不可及之语。如'结庐在人境'四句，有诗人以来无此句。"②其推许甚至。以今观之，则此但述其去滞累而反自然之所得，以唤起下文。次四句，乃借篱菊、南山、岚光、飞鸟，以表见极和谐而无迹象之境界。前者为平日之修持，为抽象之哲理。后者为当时之情事，为具体之景物。末二句始就此境界而赞叹之。盖其要领实在中四句也。昔之论者，于此殊多未明。如方东树《昭昧詹言》云："此但书即目即事，而高致高怀可见。起四句言地非偏僻，而吾心既远，则地随之。境既闲寂，景物复佳，然非心远，则不能领其真意味。既领于心，而岂待言？所谓造适不及笑，献笑不及言，有曾点之意。后六句即心远地偏之实事。"③所言亦是。然以特重首尾心远忘言之理，而于中四语情景，为陶公临文所感发者，顾不之详，似犹有遗憾焉。

　　试就作者当时之情景推求之：其初来东篱，本为采菊；

----

① 卷三，《历代诗话》本。
② 李公焕《注》引。
③ 卷四。

采菊之次，偶然见山。是采菊原在意中，看山则在意外。王安石《书湖阴先生壁》绝句有云："两山排闼送青来。"① 颇足与此相证成。盖皆示人在悠然之际，山灵色相忽呈。虽句法有殊，而境界若一。陶诗中人之所见，即王诗中山之所送也。本事采菊，山色忽呈。采菊之心情遂移为看山之心情。继复由欣赏山气之佳，而及于飞鸟之还。此时或已忘其初乃为采菊而来篱下矣。斯缘胸次冲夷，原无意必，故得随其所寓，而含一片化机之妙。殆观赏既久，始觉其境之胜，其意之真，而有欲辩忘言之叹。察其所由，则又原于心远地偏。故"结庐在人境"四句，虽在一篇之首，而实为至物我两忘之境界以后，所获得之观照与解释。此心灵之发展，固有异于文章之组织者也。黄庭坚《跋渊明诗卷》云："渊明不为诗，写其胸中之妙耳。"② 若此真所谓胸中之妙，识之者鲜矣。准斯而谈，则陶公此诗，于菊于山，虽无意为宾主之分；然论其时情事，则实先采菊，后见山。悠然一句，无意之见。山气二句，有意之望。当其初见南山，则固未凝望也。此点既明，乃可进审下列两说之是非。《复斋漫录》云："东坡以元亮'悠然见南山'，无识者以见为望。予观乐天《效渊明》诗曰：'时倾一壶酒，坐望东南山。'然则流俗之失久矣。惟韦苏州《答长安丞裴说》诗云：'采菊露未晞，举头见秋山。'乃知真得渊明诗意，而东坡之言为可信。"③

---

① 《王荆文公诗》卷四十三，大德本。
② 李《注》总论引。《后山诗话》以此为东坡语。
③ 又见吴曾《能改斋漫录》卷三，《悠然见南山》条。案：《能改斋漫录》在南宋初尝毁板。南宋人引《能改斋漫录》多作《复斋漫录》。陶《注》此条，引自《苕溪渔隐丛话》后集卷三，故亦题《复斋》也。

吴菘驳之云："见改为望，神气索然，固已。但以乐天'时倾一壶酒，坐望东南山'为流俗之失，此却不然。如渊明采菊之次，原无意于山，乃忽见山，所以为妙。若对山饮酒，何不可云望，而必云见邪？且如其言，剿说雷同，有何妙处？"① 平章二说，吴氏为长。盖白诗以山为主，酒为宾，故用"望"字；韦诗则全规原作，由菊而山，故用"见"字。② 斯衡以宾主之区别，著意之轻重，而知其并行不悖者。且更足以证明陶公原作，亦以作"见"为佳焉。何、黄二君所言，殆未审作者视力之转移，乃自无意而有意。用"见"字，则"望"义亦在其中。由见而望，正有层次；始见继望，为尤切合也。

若夫黄君引李善《〈选〉注》以证"中"当为"还"，窃以注家顺释成文，但依所据之本，此例恒有，难为确论。刘履《〈选〉诗补注》于二异文，一作"见"，一作"还"，为之说曰："此篇乃写其休闲自得之趣。言心志超远，不为尘物所滞，则耳旷目清，虽居人境，自无喧杂矣。故于东篱采菊之际，悠然见夫南山。初不经意，而景与意会。况山气日夕清佳，而飞鸟亦相与还，各遂其自然之性，则我于此。岂不陶然自乐也哉？夫鸟倦飞则知还，人不得志则卷而怀之。

---

① 二则均陶《注》引。
② 《四部丛刊》本阮阅《诗话总龟》后集卷二十五引葛常之云："韦应物诗拟陶渊明而作者甚多，然终不近也。《答长安丞裴税》诗云：'临流意已凄，采菊露未晞。举头见秋山，万事都若遗。'盖效渊明'采菊东篱下，悠然见南山。……此还有真意，欲辩已忘言'之句也。然渊明遗落世纷，深入理窟，但见万象森罗，莫非真境。故因见南山而真意具焉。应物乃因意凄而采菊，因见秋山而遗万事。其与陶所得异矣。"案此说分析二家作诗时心理之异，亦极致密。然采菊之次，无意见山，则仍所同也。又案《历代诗话》本《韵语阳秋》卷四所载此条残缺，仅存首二十字。裴税，当作裴说。《全唐诗》卷七，页十六亦作说。

此意甚真，人莫之察；然欲与之辩，则又有非言说可得而尽者。意味含蓄，最宜潜玩。"① 此以《归去来辞》"鸟倦飞而知还"说诗"还"字，与黄君"安其故常"之论大类。然细加寻绎，"中"字所包，殆尤弘广。所指不特为欲辩忘言之情景，即心远地偏之哲理，亦隐寓焉。若局就鸟还，谓有真意，则欲辩忘言者，岂仅此区区乎？苏轼云："孔子不取微生高，孟子不取於陵仲子，恶其不情也。渊明欲仕则仕，不以求之为嫌；欲隐则隐，不以去之为高；饥则叩门而乞食；饱则鸡黍以延客。古今贤之，贵其真也。"② 则倦飞知还，亦不过陶公出处之一节。陈沆《诗比兴笺》尝称其"早岁肥遁，匪关激成；老阅沧桑，别有怀抱。"③ 以性分遭际二者兼言，最为卓见。则诵此诗者，固无庸胶执"此还"始"有真意"也。且就修辞而论，则此"中"清空，此"还"质实。其间又自有胜劣，不独所指目有广狭之殊而已。计有功《唐诗纪事》云："(王)贞白，唐末大播诗名。《御沟》为卷首，云：'一派御沟水，绿槐相荫清。此波涵帝泽，无处濯尘缨。鸟道来虽险，龙池到自平。朝宗心本切，愿向急流顷。'自谓冠绝无瑕，呈僧贯休。休曰：'甚好，只是剩一字。'贞白扬袂而去。休曰：'此公思敏。'书一字于掌中。逡巡贞白回，忻然曰：'已得一字，云：此中涵帝泽。'休将掌中字示之，正同。"④ 此亦以"中"

---

① 卷五。
② 李《注》总论引。
③ 卷二。
④ 卷六十七，《四部丛刊》本。《诗话总龟》前集卷十一引《青琐后集》同。又《唐子西文录》云："皎然以诗名于唐。有僧袖诗谒之。然指其御沟诗云：'此波涵圣泽，波字未稳，当改。'僧拂然作色而去。僧亦能诗者也。然度其去必复来，乃取笔作中字掌中，握之以待。僧果复来，云：'欲更为中字，如何？'然展手示之，遂定交。"盖一事而传闻异辞也。

为优，盖与陶诗无异，可参证也。①

　　如上所疏，异文二事，断以作"见"，作"中"为是。②
昭明《文选》于原作颇有改易增省，为治此书者所共知。余
往校读王士禛《唐人万首绝句选》，及李怀民《重订中晚唐
诗主客图》，辄讶其字或异旧本，而义转胜；初不知其所从
出；久乃悟文士之狡狯，不以窜易为嫌也。若陶集、《文
选》，俱有宋刊，又非其比。是故不得不据义蕴以定从违耳。
再先儒治学，每以校勘、训诂为通义蕴之邮，斯固然矣。而
苟能触类旁通，先识义蕴，则亦未尝不可为校勘诸科之助。
如陶公此诗，乃表见一物我两忘之境界。其心灵之发展，文
章之组织，皆有轨辙可寻。循是以求，乃知异文何从为胜。
其一例也。

---

　　①　以二"中"字相提并论，系承朱自清先生之指示。谨此致谢。
　　②　此篇旧尝寄呈徐哲东先生乞教。先生复书云："弟昔读此诗，于'悠然见
南山'句，以为见字自然而浑成，有全不著意而得情景交融之妙。望字不免著意，
神致少逊矣。于'此还有真意'句，以为作此中义虽周匝，然还字随顺笔势，似率
实佳。盖诗贵以意逆志，则作者虽就一端措辞，观者自可由偏会其全。斯为余味
曲包。故见必不可易为望；而中之与还，还字似胜。然直出胸臆而已，初未详加考
索也。今读大作，益欣望当作见，更有论据。至于中之与还，犹有异同之见存。兄
谓'此中清空，此还质实'。弟以为若由以偏会全之意观之，还字反觉清空，中字
转落质实。辄贡拙见，奉质高明，尚希正之。"此书商榷周详，极可感念。因敬录
之，俾读者并览观焉。

陶诗"少无适俗韵"的
"韵"字说

　　陶公《归园田居》第一首起句云："少无适俗韵。"此韵字，诸家注皆无说，蓄疑久矣。近者，重阅《世说新语》，偶会典午以来，题目流品，率用为称。粗加辑比，乃得其解。因辄疏记，以备忽忘。若夫六代文笔，习用其字，籀览所及，亦复猥多；而索其义训，不出刘书之外。又义庆之作，孝标之注，甄录当时话言，最为近真，是故尤不烦觊缕焉。

　　韵之朔义，专属声音。《文心雕龙·声律篇》所云："异音相从谓之和。同声相应谓之韵。"是也。然斯二者，兼指虽异其诂，偏举则韵亦包和。阮元《文韵说》考之详矣。①相从、相应，声音之美，事本专系听觉之和谐。引而申之，触类而长之，则凡耳之所闻，目之所视，或综诸天官之所及，而获得优美之印象、和谐之感觉者，亦目为韵。《文选》卢谌《赠刘琨》诗云："光阐远韵。"李善《注》曰："韵，谓德音之和。"② 犹今通云人之风度矣。《世说·任诞篇》云：

---

　　① 见《揅经室续集》卷三。
　　② 卷二十五。

"阮浑长成，风气韵度似父。"《赏誉篇》云："庾公（谓孙兴公）曰：'卫（君长）风韵虽不及卿，诸人倾倒处亦不近。'"此泛指风度。《〈言语篇〉注》引《高坐别传》云："和尚……风韵遒迈。"《〈雅量篇〉注》引《阮孚别传》云："孚风韵疏诞。"则以风度各殊，更为区别。斯其涵义之一变也。

推之，则或以专指放旷之风度。此缘尔时尤尚"作达"耳。《品藻篇》云："杨淮二子乔与髦，俱总角为成器。淮与裴頠、乐广善，遣见之。頠性弘方，爱乔之有高韵。……广性清淳，爱髦之有神检。……论者评之，以为：乔虽高韵，而检不匝。"《注》引荀绰《冀州记》云："乔……爽朗有远意。髦……清平有贵识。"又引《晋诸公赞》云："乔似淮而疏。"《任诞篇》云："罗友有大韵。"《注》引《晋阳秋》云："友……不持节检。"寻绎词条，弘方之与清淳、爽朗之与清平、疏之与检、高韵之与神检、大韵之与节检，义正相对，则韵之专属放旷可知。《言语篇》云："支道林常畜数匹马。或言：'道人畜马，不韵。'支曰：'贫道重其神骏。'"或人之意，盖谓方外当具放旷之风度，不应事此龊龊琐屑，故法师以神骏可重解之。斯其涵义之又一变也。

次则或有以为思理之义者。《〈政事篇〉注》引《晋阳秋》云："何充……思韵淹通。"[1] 又引宋明帝《文章志》云："刘恢……识局明济。……王濛每称其思理淹通。"《品藻篇》云："世目殷中军思纬淹通。"此三语所论，其义实一。独或曰思韵，或曰思理，或曰思纬，为异。然理为条理之称，纬

---

[1] 《〈赏誉篇〉注》引同，惟通作济。

则经纬之旨。字既明晓，又相通贯；以之证成思韵一词具有条理、经纬之意，当无穿凿之嫌。斯其涵义之又一变也。

复次，则或有以为性情义者。《〈言语篇〉注》引《卫玠别传》云："玠……天韵标令。"《〈贤媛篇〉注》引《郗昙别传》云："昙……性韵方正。"此二韵字，乃与天、性连举。所指自属根生于心，非由外铄者。斯其涵义之又一变也。

又推之，则或以专指放旷之性情。《〈任诞篇〉注》引宋明帝《文章志》云："（谢）尚性轻率，不拘细行。兄葬后，往墓还。王濛、刘惔共游新亭。濛欲招尚，先以问惔曰：'计仁祖（尚字也。）正不当为同异耳。'惔曰：'仁祖韵中，自应来。'"刘惔之言，盖谓尚胸次放旷，不至以守丧礼而拒游燕。下之韵中，即上之性轻率。此揆之词理而可知者。斯其涵义之又一变也。

由是言之：韵之一字，其在晋人，盖由其本训屡变而为风度、思理、性情诸歧义，时或用以偏目放旷之风度与性情，所谓愈离其宗者也。然考验所及，则义虽歧出，而皆以指抽象之精神，不以指具体之容止，是则其大齐矣。

今取以证陶公之句，则性情一义，最为吻合。次云风度，亦复可通。尚论陶之为人，出处、去就，胥无意必，循性而动，唯心所安。昔贤言之已详。此诗据旧谱，作于义熙二年，即赋《归去来》之次岁。殆深感涉世之不宜，故尤幸归田之得计。则"少无适俗韵"者，释为自来无谐俗之性情，为尤确矣。① 至其于此句不用性情字，而用韵字，厥故

---

① 此文尝写呈刘弘度丈乞正。丈云："以性情说此韵字，自亦可通。惟如解作趣味之义，则更圆融。"谨案：所谓趣味者，本心理状态中对于事物之一种良好反应。性情之动，斯生趣味；趣味所本，仍在性情。故情趣、韵味、性韵、情韵皆得连文。特性情指其蕴涵，趣味指其举发，以有微异。并著于此，供印证焉。

亦有可信。魏、晋以来，文囿日辟，字句求工，蔚成风气。陶虽笃意真古，而大势所趋，固有未能自外者。其集具存，可以覆按。此句之下，即次以"性本爱丘山"。如用性字，即蹈重复。而性之与情，施之于此，名殊意一。如上用情而下用性，则不生新。避复、求新，诗笔通例，是以有取于韵字也。

《文心雕龙·指瑕篇》有言："立文之道，惟字与义。字以训正，义以理宣。而晋末篇章，依希其旨。……悬领似如可辩，课文了不成义。斯实情讹之所变，文浇之致弊。"其论谅矣。况乃时运推移，古今间隔，若斯之属，更所难详。陶诗此字，特其一例。今取证《世说》，犹可推知，岂非幸事欤？

张若虚《春江花月夜》的
被理解和被误解

　　在古代传说中，卞和泣玉和伯牙绝弦是非常激动人心的。它们一方面证明了识真之不易，知音之难遇；而另一方面，则又表达了人类对真之被识，音之被知的渴望，以及其不被识不被知的痛苦的绝望。当一位诗人将其心灵活动转化为语言，诉之于读者的时候，他是多么希望被人理解啊！但这种希望往往并不是都能够实现的，或至少不都是立刻就能够实现的。有的人及其作品被湮没了，有的被忽视了，被遗忘了，而其中也有的是在长期被忽视之后，又被发现了，终于在读者不断深化的理解中，获得他和它不朽的艺术生命和在文学史上应有的地位。

　　在文坛上，作家的穷通及作品的显晦不能排斥偶然性因素所起的作用，这种作用，有的甚至具有决定性。但在一般情况下，穷通显晦总是在一定的历史社会条件下发生的，因而是可根据这些条件加以解释的。探索一下这种变化发展，对于文学史实丰富复杂面貌形成过程的认识，不无益处。本文准备以一篇唐诗为例，研究一下这个问题。

张若虚的《春江花月夜》今天已成为家喻户晓的唐诗名篇之一。当代出版的选本很少有不选它的，而分析评介它的文章，也层见叠出。但是回顾这位诗人和这一杰作在明代以前的命运，却是坎坷的。从唐到元，他和它被冷落了好几百年。

锺嵘《诗品》卷中评鲍照云：“嗟其才秀人微，故取湮当代。”张若虚也正是这样一个人。他的生平，后人所知无多。[①] 他的著作，似乎在唐代就不曾编集成书，[②] 现在流传下来的，就只有见于《全唐诗》卷一百十七的两篇诗，一篇极出色的《春江花月夜》（它同时作为乐府被收入卷二十一的相和歌辞中。）和另一篇极平常的《代答闺梦还》。

张若虚既无专集，则《春江花月夜》只有通过总集、选本或杂记、小说才能流传下来。但今存唐人选唐诗十种，依其编选断限，只芮挺章《国秀集》有将其诗选入之可能，然而此集并无张作。又今传唐人杂记小说似亦未载张诗。据友人卞孝萱教授所考，现存唐人选唐诗十种之外，尚有已佚的唐人选唐诗十三种[③]，此十三种，宋时大抵还在，张诗或者即在其内，因此得以由唐保存到宋。

但宋代文献如《文苑英华》、《唐文粹》、《唐百家诗选》、《唐诗纪事》等书均未载张作。我们今天所能见到的最早的《春江花月夜》，是《乐府诗集》卷四十七所载。这一卷中，

① 明高棅《唐诗品汇》卷三十七将他列入“有姓氏，无字里世次可考九人”中的一人。迄今为止，只有胡小石（光炜）师所撰《张若虚事迹考略》尽可能地搜集了有关这位诗人的资料，然仍甚简略。此文初载艺林社编《文学论集》，亚细亚书局 1929 年出版，现收入《胡小石论文集》。
② 《旧唐书·经籍志》及《新唐书·艺文志》均未著录张集，亦未著录张氏其他著作。
③ 卞先生所撰《失传之唐人选唐诗小考》尚未发表，此据其 1981 年 6 月 20 日致作者信。

收有清商曲辞吴声歌曲《春江花月夜》共五家七篇，而张作即在其中。

这篇杰作虽然侥幸地因为它是一篇乐府而被凡乐府皆见收录的《乐府诗集》保存下来了，但由宋到明代前期，还是始终没有人承认它是一篇值得注意的作品，更不用说承认它是一篇杰作了。

元人唐诗选本不多，成书于至正四年（1344）的杨士宏《唐音》是较好的和易得的。其书未录此诗。明初高棅《唐诗品汇》九十卷，拾遗十卷。虽在卷三十七，七言古诗第十三卷中收有此诗，但他另一选择较严的选本《唐诗正声》二十二卷，则予删削，可见在其心目中，《春江花月夜》还不在"正声"之列。①

但在这以后，情况就有了改变。嘉靖时代（十六世纪中叶），李攀龙的《古今诗删》选有此诗，② 可以说是张若虚及其杰作在文坛的命运的转折点。接着，万历三十四年（1606）成书的臧懋循《唐诗所》卷三，万历四十三年（1615）成书的唐汝询《唐诗解》卷十一及万历四十五年（1617）成书的锺惺、谭元春《唐诗归》卷六选了它。崇祯三年（1630）成书的周珽《删补唐诗选脉笺释会通评林》七言古诗，盛唐卷二，崇祯四年（1631）成书的曹学佺《石仓历代诗选》唐卷二十，明末成书而具体年代不详的陆时雍

---

① 《唐诗正声》二十二卷，《增订四库简明目录标注》卷十九著录，云："又一本称《正音》，三十二卷。"未见，不知有张氏此诗否。
② 《四库全书总目》卷一百八十九，《李攀龙〈古今诗删〉提要》云："流俗所行，别有攀龙《唐诗选》。攀龙实无是书，乃明末坊贾割取《诗删》中唐诗，加以评注，别立斯名。"我未能见到《古今诗删》，知道《诗删》中有张若虚的《春江花月夜》，是根据托名李编的《唐诗选》卷二所载此诗而推断出来的。

《唐诗镜》卷九，盛唐卷一及王夫之《唐诗评选》卷一选了它。清初重要的唐诗选本，也都选有此诗。如成书于康熙元年（1662）的徐增《而庵说唐诗》卷四，成书于康熙五十二年（1713）的《御选唐诗》卷九，成书于乾隆二十八年（1763）的沈德潜《重订唐诗别裁》卷五，成书于乾隆六十年（1795）的管世铭《读雪山房唐诗钞》卷八等。其中几种，还附有关于此诗的评论。自此以后，就无需再列举了。

再就诗话来加以考察，则如胡仔《苕溪渔隐丛话》前后集、魏庆之《诗人玉屑》、何文焕《历代诗话》所收由唐迄明之诗话二十余种，郭绍虞《宋诗话辑佚》所收诗话三十余种，均无一字提及张若虚其人及此诗。诗话中最早提到他和它的，似是成书于万历十八年（1590）的胡应麟《诗薮》。

《春江花月夜》的由隐而之显，是可以从这一历史阶段诗歌风会的变迁找到原因的。

首先，我们得把这篇诗和初唐四杰的关系明确一下。《旧唐书·文苑传上》云：“杨炯与王勃、卢照邻、骆宾王以文词齐名，海内称为王、杨、卢、骆，亦号四杰。”这一记载说明四杰是代表着初唐风会的、也被后人公认的一个流派。① 他们的创作，则不仅是诗，也包括骈文，而诗又兼各体。

既然四杰并称是指一派，那么即使其中某一位并无某体的作品，谈及其对后人影响时，也无妨笼统举列。如今传杨炯诗载在《全唐诗》卷五十的，并无七古，而后人论擅长七

---

① 闻一多《四杰》一文（载《唐诗杂论》，《闻一多全集》第三册。）认为王、杨长于五律而卢、骆长于歌行，因此四杰应当分为两组，是不对的。刘开扬《论初唐四杰及其诗》（载《唐诗论文集》）已加辨证。我们同意刘先生的意见。

古之卢、骆两人对后世七古之影响，也每举四杰，而不单指两人。明乎此，我们就可以知道，许多人认为张若虚的《春江花月夜》属于初唐四杰一派，是很自然的了。

　　胡应麟《诗薮》内篇卷三云：

　　　　张若虚《春江花月夜》流畅婉转，出刘希夷《白头翁》上，而世代不可考。详其体制，初唐无疑。

这是依据诗的风格来判断其时代的。胡应麟所谓初唐，即指四杰。故《诗薮》同卷又云："王、杨诸子歌行，韵则平仄互换，句则三五错综，而又加以开合，传以神情，宏以风藻，七言之体，至是大备。"又云："王、杨诸子……偏工流畅。"又管世铭《读雪山房唐诗钞》卷八，七古凡例云：

　　　　卢照邻《长安古意》，骆宾王《帝京篇》，刘希夷《代悲白头翁》，张若虚《春江花月夜》，何尝非一时杰作，然奏十篇以上，得不厌而思去乎？非开、宝诸公，岂识七言中有如许境界？

这段话既肯定了这些七言长篇是杰作，又指出了它们境界的不够广阔高深，而对于我们所要证明的问题来说，管氏所云，也与胡氏合契，即《春江花月夜》的结构、音节、风格与卢、骆七古名篇的艺术特色相与一致。

　　如果这两家之言还只是间接地说到这一点，那么，沈德潜《唐诗别裁》卷五则直截了当地说明了这篇作品"犹是王、杨、卢、骆之体"。

正因为张若虚这篇作品是王、杨、卢、骆之体，即属于初唐四杰这个流派，所以它在文学史上，也在长时期中与四杰共命运，随四杰而升沉。

如大家所熟知的，陈子昂以前的唐代诗坛，未脱齐、梁余习。四杰之作，对于六朝诗风来说，只是有所改良，而非彻底的变革。[1] 所以当陈子昂的价值为人们所认识，其地位为人们所肯定之后，四杰的地位便自然而然地下降了。杜甫《戏为六绝句》之二云：

　　王杨卢骆当时体，轻薄为文哂未休。尔曹身与名俱灭，不废江河万古流。

又之三云：

　　纵使卢王操翰墨，劣于汉魏近《风》《骚》。龙文虎脊皆君驭，历块过都见尔曹。

不管后人对这两篇的句法结构及主语指称的理解有多大的分歧，[2] 但有一点是明确的，即当时有人对四杰全盘否定，而杜甫不以为然。

在晚唐，李商隐《漫成五章》之一云：

---

① 彭庆生《陈子昂诗注》附录诸家评论中，论及此点者不少，可以参阅。
② 郭绍虞《杜甫〈戏为六绝句〉集解》对诸家异说，搜罗详尽，分析精审，可以参阅。

> 沈宋裁辞矜变律，王杨落笔得良朋。① 当时自谓宗
> 师妙，今日惟观对属能。

在北宋，陈师道《绝句》云：

> 此生精力尽于诗，末岁心存力已疲。不共卢王争出
> 手，却思陶谢与同时。

李商隐和陈师道虽然非常尊敬杜甫，但却缺少他们的伟
大前辈所具有的那样一种清醒的历史主义观点，即首先肯定
四杰在改变齐、梁诗风，为陈子昂等的出现铺平道路的功
绩，同时又看出了他们有其先天性的弱点和缺点，即和齐、
梁诗风有不可分离的血缘关系。胡震亨《唐音癸签》卷二十
五云：

> "当时自谓宗师妙，今日惟观对属能。"义山自咏
> 尔时之四子。"尔曹身与名俱灭，不废江河万古流。"杜
> 少陵自咏万古之四子。

这话很有见地。要补充的是：李商隐和陈师道这种片面的看
法，也是时代的产物，只是他们不能像杜甫那样坚持两点论
罢了。陈子昂《陈伯玉文集》卷一，《与东方左史虬〈修竹

---

① 马茂元《论骆宾王及其在"四杰"中的地位》（载《晚照楼论文集》）引此
诗。注云："这里举'王、杨'以概'卢、骆'，是因为受到诗句字数的限制；不说
'卢、骆'或'四杰'而说'王、杨'，是因为平仄声和对仗的关系。"此说甚是。
杜甫之举卢、王以概四杰亦同。

篇〉序》已经指斥"齐、梁间诗采丽竞繁，而兴寄都绝"。而韩愈的抨击就更加猛烈，在《荐士》中说："齐梁及陈隋，众作等蝉噪，搜春摘花卉，沿袭伤剽盗。"将其说得一无是处了。而文学史实告诉我们，韩愈这种观点，对晚唐、北宋诗坛具有很大的影响和约束力。

《四库全书总目》卷一百六十五，《薛嵎〈云泉诗〉提要》云：

> 宋承五代之后，其诗数变，一变而西昆，再变而元祐，三变而江西。江西一派，由北宋以逮南宋，其行最久。久而弊生，于是永嘉一派以晚唐体矫之，而四灵出焉。然四灵名为晚唐，其所宗实止姚合一家，所谓武功体者也。其法以清切为宗，而写景细琐，边幅太狭，遂为宋末江湖之滥觞。

其所为宋诗流变钩画的轮廓，大体如实。根据我们对"诗分唐宋乃风格性分之殊，非朝代之别"的认识，[①] 则宋代诗风，始则由唐转宋，终于由宋返唐，虽四灵之作，不足以重振唐风。但到了元代，则有成就的诗人如刘因、虞、杨、范、揭、萨都剌、杨维桢，都无不和唐诗有渊源瓜葛，而下启明代"诗必盛唐"的复古之风，[②] 也是势有必至的。

从李东阳到李梦阳，他们之提倡唐诗，主要是指盛唐，

---

① 钱锺书说，见《谈艺录》此条。
② 《明史·李梦阳传》："梦阳才思雄鸷，卓然以复古自命，……倡言文必秦汉，诗必盛唐，非是者勿道。"

并不意味着初唐四杰这一流派也被重视。真正在杜甫《戏为六绝句》以后，几百年来，第一次将王、杨、卢、骆提出来重新估价其历史意义和美学意义的，则是李梦阳之伙伴而兼论敌的何景明。

《何大复先生集》卷十四有《明月篇》一诗，诗不怎么出色，但其序却是文学批评史上的重要文献。其文云：

> 仆始读杜子七言诗歌，爱其陈事切实，布辞沉着，鄙心窃效之，以为长篇圣于子美矣。既而读汉、魏以来歌诗及唐初四子者之所为而反复之，则知汉、魏固承《三百篇》之后，流风犹可征焉。而四子者，虽工富丽，去古远甚，至其音节，往往可歌。乃知子美辞固沉着，而调失流转，虽成一家语，实则诗歌之变体也。夫诗，本性情之发者也，其切而易见者，莫如夫妇之间，是以《三百篇》首乎雎鸠，六义首乎风。而汉、魏作者，义关君臣朋友，辞必托诸夫妇，以宣郁而达情焉，其旨远矣。由是观之，子美之诗博涉世故，出于夫妇者常少；致兼雅颂，而风人之义或缺，此其调反在四子之下欤？
> ……

即使在"诗必盛唐"的风气之下，这种意见也是很令人震惊的，因为它和传统观点距离得太远了。认为四杰歌行在杜甫之上，有谁敢承认呢？无怪王士禛《渔洋山人精华录》卷五，《戏仿元遗山论诗绝句三十二首》之二十一有"接迹风人《明月篇》，何郎妙悟本从天，王杨卢骆当时体，莫逐刀圭误后贤"之叹了。①

　　何、王二人所论，谁是谁非，不属于本文范围，姑不置论，但何景明以其当时在文坛的显赫地位，具此"妙悟"，发为高论，必然会在"后贤"心目中提高久付湮沉的"王杨卢骆当时体"的地位，则是无疑的。四杰的地位提高了，则属于四杰一派的作品也必然要被重视起来。这也就是为什么自李攀龙《古今诗删》以下，众多的选本中都出现了张若虚《春江花月夜》的理由所在。这篇诗是王、杨、卢、骆之体，故其历史命运曾随四杰而升沉。这是我们理解它的起点。

　　当明珠美玉被人偶然发现，发出夺目的光彩之后，它就不容易再被埋没了。后来者的责任只是进一步研究它，认识它，确定它的价值。从晚明以来的批评家对这篇杰作的艺术特色，作了许多有益的探索，其中涉及主题、结构、语言、风格等。这些，已别详拙撰《张若虚〈春江花月夜〉集评》，这里就不再复述。

　　值得注意的是，经过许多人长期研究之后，清末王闿运在这个基础上，大胆地指出了这篇作品之于四杰歌行，实乃青出于蓝而胜于蓝，冰生于水而寒于水。陈兆奎辑《王志》卷二，《论唐诗诸家源流（答陈完夫问）》条云：

----

① 《四库全书总目》卷一百七十一，《〈大复集〉提要》云："王士禛《论诗绝句》……乃颇不以景明为然，其实七言启自汉氏，率乏长篇。魏文帝《燕歌行》以后，始自为音节。鲍照《行路难》始别成变调，继而作者，实不多逢。至永明以还，蝉联换韵，宛转抑扬，规模始就。故初唐以至长庆，多从其格，即杜甫诸歌行，鱼龙百变，不可端倪，而《洗兵马》、《高都护骢马行》等篇，亦不废此体。士禛所论，以防浮艳涂饰之弊则可，必以景明之论足误后人，则不免于惩羹而吹齑矣。"按何、王两家立论虽然针锋相对，但都是将"风人之义"与流转之调，即内容与形式作为一个有机统一体来讨论的。《提要》却偏就七言长篇形式多变这一点来扬何抑王，未免隔靴搔痒。又按沈德潜《说诗晬语》卷上云："四语一转，蝉联而下，特初唐人一法，所谓'王杨卢骆当时体'也。"这种说法，也只是从形式上着眼，不免简单化，其失与《提要》同。

> 张若虚《春江花月夜》用《西洲》格调，孤篇横绝，竟为大家。李贺、商隐，把其鲜润；宋词、元诗，尽其支流，宫体之巨澜也。

这为后人经常引用的"孤篇横绝，竟为大家"的评语，将张若虚在诗坛上的地位空前地提高了。因为"大家"二字，在我国文学批评术语中，有其特定的含义，它是和"名家"相对而言的。只有既具有杰出的成就又具有深远的影响的人，才配称为"大家"。只靠一篇诗而被尊为"大家"，这是文学史上绝无仅有的。王、杨、卢、骆四人就从来没有获得过这种崇高的称号。因此，这一评语事实上是认为，张若虚的《春江花月夜》，一方面，是出于四杰（王氏对前人此论没有提出异议），而另一方面，又确已超乎四杰。这是对此诗理解的深化。

抗日战争时期，闻一多在昆明写了几篇《唐诗杂论》，其中题为《宫体诗的自赎》的一篇，对张若虚这篇杰作，作了尽情的歌颂。闻先生认为："在这种诗面前，一切的赞叹是饶舌，几乎是亵渎。"诗篇的第十一句到第十六句，比起篇首八句来，表现了"更夐绝的宇宙意识，一个更深沉更寥寂的境界，在神奇的永恒面前，作者只有错愕，没有憧憬，没有悲伤"。对于第十一、十二、十五句中提出的每一问题，"他得到的仿佛是一个更神秘的更渊默的微笑，他更迷惘了，然而也满足了"。对于第十七句以下，开展了征夫、思妇的描写，则认为"这里一番神秘而又亲切的，如梦境的晤谈，有的是强烈的宇宙意识，被宇宙意识升华过的纯洁的爱情，又由爱情辐射出来的同情心"。闻先生因此赞美说："这是诗中的诗，顶峰上的顶峰。"

将近四十年之后，李泽厚对上述闻先生对此诗的评价，进一步作出了解释。[①] 他不同意闻先生说作者"没有憧憬，没有悲伤"的说法，而认为："其实，这首诗是有憧憬和悲伤的，但它是一种少年时代的憧憬和悲伤，……所以，尽管悲伤，仍然轻快，虽然叹息，总是轻盈。""永恒的江山，无限的风月给这些诗人们的，是一种少年式的人生哲理和夹着悲伤、怅惘的激励和欢愉。闻一多形容为'神秘'、'迷惘'、'宇宙意识'等等，其实就是这种审美心理和艺术意境。"李先生的说法，比起闻先生来，显然又跨进了一步，将这篇诗的含义说得更明确，更能揭示它的哲学和美学的价值。

闻、李两位的论点显然不是王闿运及其以前的批评家所能措手的。与此相较，我们对梁启超《中国韵文里头所表现的情感》一文[②] 中有关此诗的评论，也感到平庸。只有接受过现代的哲学、美学以及对马克思主义有所研究的学者才能得出前所未有的新结论。他们对此诗意义的探索，无疑地丰富了王氏所谓"孤篇横绝，竟为大家"二语的内涵，即提高了这篇作品的价值和地位。而其所以能发前人之所未发，也显然带有鲜明的时代烙印。这，应当说，是对此诗理解的进一步深化。

以上，就是张若虚这篇《春江花月夜》由明迄今的逐步

---

① 　见所著《美的历程》第七章《盛唐之音》，第一节《青春·李白》。
② 　载《饮冰室合集》。

被理解的情况。与此同时，它也难免有被误解的地方。如王闿运和闻一多都将张氏此诗归入宫体，现在看来，就是一种比较重要的，不能不加以澄清的误解。

《旧唐书·音乐志二》云：

> 《春江花月夜》、《玉树后庭花》、《堂堂》，并陈后主作。叔宝常与宫中女学士及朝臣相和为诗，太乐令何胥又善于文咏，采其尤艳丽者以为此曲。①

这，也许就是王、闻二位将张若虚的《春江花月夜》当成宫体的依据。他们一则赞美它是"宫体之巨澜"，一则肯定它"替宫体诗赎清了百年的罪"，着眼点不同，然而都是误解。

这是因为，在历史上，宫体诗有它明确的定义。《梁书·简文帝纪》云：

> 雅好题诗，其《序》云："余七岁有诗癖，长而不倦。然伤于轻艳，当时号曰宫体。"

同书《徐摛传》云：

> 摛属文，好为新变，不拘旧体，为太子家令，兼掌管记，寻带领直。文体既别，春坊尽学之。宫体之号始此。

---

① 《乐府诗集》卷四十七引此文作《晋书》，显属误记。《晋书》怎么能记陈后主的事呢？郭茂倩未免太疏忽了。

《隋书·经籍志》集部序云：

> 梁简文之在东官，亦好篇什。清辞巧制，止乎衽席
> 之间；雕琢蔓藻，思极闺闱之内。后生好事，递相放
> 习，朝野纷纷，号为宫体，流宕不已，迄于丧亡；陈氏
> 因之，未能全变。

唐杜确《〈岑嘉州集〉序》云：

> 梁简文帝及庾肩吾之属，始为轻浮绮靡之辞，名曰
> 宫体。自后沿袭，务为妖艳。

这都是宫体的权威性解释。根据这些材料，可见宫体的内容
是"止乎衽席之间"，"思极闺闱之内"，而风格是"轻艳"、
"妖艳"、"轻浮绮靡"，始作者则是为太子时的萧纲以及围绕
在他周围的宫廷文人如徐摛、庾肩吾诸人。

如果上面所说的符合于历史事实，那么，我们就不能不
承认，宫体和另外大量存在的爱情诗以及寓意闺闱而实别有
托讽的诗是有本质上的区别的，在描写肉欲与纯洁爱情所使
用的语言以及由之而形成的风格也是有区别的，不应混为一
谈。而王闿运与闻一多的意见恰恰是以混淆宫体诗与非宫体
的爱情诗的界限为前提的。

在王简辑《湘绮楼说诗》卷一中，王闿运曾认为："沈

休文旧有《六忆诗》，亦宫体也。"这话是有道理的。[①] 但他称张若虚《春江花月夜》为"宫体之巨澜"，这个宫体，就已经超出了它的原始意义。[②] 而为了证明这一论点，他竟认为二李以及宋词、元诗都和这一杰作有渊源关系，又扯得更远了。王氏弟子陈兆奎在他的老师这段意见之后，加了如下的按语：

> 奎案：昌谷五言不如七言，义山七言不如五言，一以涩炼为奇，一以纤绮为巧，均思自树一帜，然皆原宫体。宫体倡于《艳歌》、《陇西》诸篇。子建、繁钦，大其波澜；梁代父子，始成格律。相沿弥永，久而愈新。以其寄意闺闼，感发易明，故独优于诸格。后之学者，已莫揣其本矣。

进一步说明了王氏师弟之所谓宫体，实即以男女之情为题材的抒情诗，所以他们进而把爱情诗的源流当作宫体的源流。这是一种既没有文献根据，也完全不符合历史事实的说法。因此，我们认为，王闿运对张若虚以孤篇而成大家的评语，

---

① 王瑶《中古文学风貌》第四篇《隶事·声律·宫体——论齐、梁诗》云："宫体之名虽始于梁简文帝，但这种内容和发展的趋向却是宋、齐以来就逐渐显著了。正和追求形式美的情形一样，内容也在逐渐地变化，这变化是有意的，它象征着宫廷和士大夫生活的堕落。从山水到宫闱，虽然同样是有闲，同样是诗，但由逃避到刺激，诗和生活同样堕落到了极限。如果我们要选一个有代表性的人物来检讨，最好还是沈约，因为他最懂得什么是当时对文学的要求，和文学需要顺着哪个方向发展，而且又寿高位显，对别人奖掖提倡的影响很大。虽然他死时梁简文帝才十岁，宫体之名还未成立，但他集子里已然有了很多这一类的诗。"所论极为精当。
② 如果我们要追溯张若虚这篇诗的渊源，除了形式显然出于四杰歌行之外，在意境、布局各方面，实在深受南朝乐府民歌《西洲曲》的影响，所以王氏也说它"用《西洲》格调"。（沈德潜《古诗源》卷十二已指出张诗受《西洲曲》的影响，王氏或本之。张生伯伟说。其所写离妇之思也与宫体情调截然不同，而与《西洲曲》接近。）

固然可以使我们加深对于《春江花月夜》的理解，但他认为这篇诗乃是宫体，却是一种误解。

　　同样，闻一多也把宫体诗的范围扩大了，虽然他走得没有王氏师弟那么远。在这方面，闻先生的观点是矛盾的。一方面，他清醒地指出："宫体诗就是宫廷的，或以宫廷为中心的艳情诗，它是个有历史性的名词。所以严格的讲，宫体又当指以梁简文帝为太子时的东宫及陈后主、隋炀帝、唐太宗等几个宫廷为中心的艳情诗。"这是完全正确的。可是，另一方面，接着他又把初唐一切写男女之情乃至不写男女之情的七言歌行名篇，都排起队来，认为是宫体诗，说它们的出现是宫体诗的自赎。这些作品有卢照邻的《长安古意》，骆宾王的《艳情代郭氏答卢照邻》、《代女道士王灵妃答李荣》、刘希夷的《公子行》、《代悲白头翁》，而排尾则是张若虚的《春江花月夜》。结论是："《春江花月夜》这样一首宫体诗，……向前替宫体诗赎清了百年的罪。"但这些与"以宫廷为中心的艳情诗"关涉很少，甚至毫无关涉的作品，有什么理由说它们是宫体或是宫体经过异化后的变种和良种呢？闻先生没有论证。我们检验一下两者的血缘关系，实在无法承认这是事实。

　　梁、陈文风，影响初唐，这是不成问题的，但已经发生变化的隋代文风也同样影响初唐，而闻先生却没有付与足够的注意，所以他主观地认为："北人骨子里和南人一样，也是脆弱的，禁不起南方那美丽的毒素的引诱，……除薛道衡《昔昔盐》、《人日思归》、隋炀帝《春江花月夜》三两首外，他们没有表现过一点抵抗力。"从作家当时的创作实践来看，这些话也都是不符合事实的。和闻先生选出来作为这一个历史时期污点的标本的若干篇宫体诗对照，标举雅正的沈德潜在他所选的《古诗源》中，也选了若干首北朝及隋诗，这些作品，正显示有些诗人禁得起南方那美丽的毒素的引诱，他们表现了相当强的抵抗力。在《古诗源·例言》中，沈氏已经指出：

> 隋炀帝艳情篇什，同符后主，而边塞诸作，矫然独异，风气将转之候也。杨处道（素）清思健笔，词气苍然。后此射洪、曲江，起衰中立，此为之胜、广矣。①

而《隋书·文学传序》对于这一时期的文学，更有一段在今天看来基本上仍然正确的叙述。它说：

> 梁自大同之后，雅道沦缺，渐乖典则，争驰新巧。简文、湘东，启其淫放；徐陵、庾信，分路扬镳。其意浅而繁，其文匿而采。词尚轻险，情多哀思。格以延陵之听，盖亦亡国之音乎！周氏吞并梁、荆，此风扇于关右。狂简斐然成俗，流宕忘反，无所取裁。高祖初统万机，每念斫雕为朴，发号施令，咸去浮华。然时俗词藻，犹多淫丽，故宪台执法，屡飞霜简。炀帝初习艺文，有非轻侧之论。暨乎即位，一变其风。其《与越公

---

① 沈氏另一著作《说诗晬语》卷上亦载此说。又刘熙载《艺概》卷二云："隋杨处道诗甚为雄深雅健。齐、梁文辞之弊，贵清绮不重气质，得此可以矫之。"可与沈说参证。

书》、《建东都诏》、《冬至受朝诗》及《拟饮马长城窟》，并存雅体，归于典制。虽意在骄盈，而词无浮荡，故当时缀文之士，遂得依而取正焉。

这些论述都证明了，和宫体诗，更正确地说是和梁、陈轻艳的诗风相对立，早在卢照邻的《长安古意》等篇出现之前，已经有许多作为新时代新局面先驱的作品，而这，一方面在文学上，是许多有见识的作家抵抗毒素的结果，另一方面，在政治上，是隋帝国统一后，要求文艺服从当时政治需要的结果。

隋炀帝在中国文学史上是一个不可忽视的作家，有一种比较独特的二重性。他是宫体诗的继承者，又是其改造者。就拿《春江花月夜》来说吧，据《旧唐书·音乐志》的记载，陈后主等所撰的，无疑地是属于宫体的范畴，虽然它们已经亡佚，今天无从目验。但隋炀帝所写如下两篇：

暮江平不动，春花满正开。流波将月去，潮水带星来。

夜露含花气，春潭漾月辉。汉水逢游女，湘川值两妃。

闻先生也不能不将其归入对南方美丽毒素的引诱有抵抗力的作品之例。

《乐府诗集》卷四十七收《春江花月夜》七篇，以上面炀帝两篇为首，以下是隋诸葛颖一篇：

　　花帆度柳浦，结揽隐梅洲。月色含江树，花影拂船楼。

唐张子容两篇：

　　林花发岸红，气色动江新。此夜江中月，流光花上春。分明石潭里，宜照浣纱人。
　　交甫怜瑶佩，仙妃难重期。沉沉绿江晚，惆怅碧云姿。初逢花上月，言是弄珠时。

这五篇，就是张若虚在写《春江花月夜》时所能读到的部分范本。闻先生既然将隋炀帝的那两篇放在对南方美丽的毒素有抵抗力的作品范畴之中，那么，似乎也难以将诸葛颖和张子容的三篇放在对毒素有抵抗力的作品范畴之外。

　　由此可见，作为乐府歌辞的《春江花月夜》虽然其始是通过陈后主等的创作而以宫体诗的面貌出现的，但旋即通过隋炀帝的创作呈现了非宫体的面貌。而张若虚所继承的，如果说他对其前的《春江花月夜》有所继承的话，正是隋炀帝等的而非陈后主等的传统。作品俱在，无可置疑。

　　闻先生忽视了在隋代就已经萌芽的诗坛新风，而将宫体诗的"转机"下移到卢、骆、刘、张时代，这就无可避免地将庾信直到杨素、隋炀等人的努力抹杀了，而同时将卢、骆、刘、张之作，划归宫体的范畴，认为他们的作品的出现，乃是"宫体诗的自赎"，就更加远于事实了。这也只能算是对《春江花月夜》的误解。

王闿运与闻一多所受教育不同，思想方法亦异，但就扩大了宫体诗的范围而导致了对《春江花月夜》的误解来说，却又有其共同之点。这就是对复杂的历史现象理解的表面性和片面性。

以上，就是我们所知道的从明代以来这篇杰作的被理解和被误解的大概情况。每一理解的加深，每一误解的产生和消除，都能找出其客观的和主观的因素。认识，是无限的。今后，对于张若虚《春江花月夜》的理解将远比我们现在更深，虽然也许还不免出现新的误解。

李颀《杂兴》诗说

《杂兴》是与王维、高适、岑参并称王、李、高、岑的盛唐诗人李颀集中为人所注目的诗篇之一。所咏本事见《晋书·温峤传》：

> （峤）旋于武昌，至牛渚矶，水深不可测。世云：其下多怪物。峤遂毁犀角而照之。须臾，见水族覆火，奇形异状，或乘马车著赤衣者。峤其夜梦人谓己曰："与君幽明道别，何竟相照也！"意甚恶之。峤先有齿疾，至是，拔之，因中风，至镇，未旬而卒。

最早谈到这篇《杂兴》的，是李颀杰出的晚辈白居易。《白氏长庆集》卷十五，《放言》五首序云：

> 元九在江陵时，有《放言》长句诗五首，韵高而体律，意古而词新。余每咏之，甚觉有味。① 虽前辈深于

---

① 元稹《放言》七律五首，见《元氏长庆集》卷十八。

诗者，未有此作。唯李颀有云：“济水至清河自浊，① 周公大圣接舆狂。”斯句近之矣。

宋计有功《唐诗纪事》卷二十，李颀条下收录了这个材料，但无所发明。到了晚清，文廷式在《纯常子枝语》卷六中也自称最喜白居易所提到的那两句，说是："别有神会，非徒摘句嗟赏而已。"评价虽高，可惜没有说出个所以然。与文氏同时的王闿运才对这篇诗作了比较详细而深刻的阐发，见王氏弟子陈兆奎编的《王志》卷二，《论歌行运用之妙答（陈）完夫问》条。今全录如下，以便讨论。

> 沉沉牛渚矶，旧说多灵怪。行人夜秉生犀烛，洞照洪深辟滂湃。乘车驾马往复旋，赤绂朱冠何伟然。波惊海若潜幽石，龙抱胡髯卧黑泉。水濒丈人曾有语，物或恶之当害汝。武昌妖梦果为灾，百代英威埋鬼府。
>
> 以上平叙，咏史常例。
>
> 青青兰艾本殊香，察见泉鱼固不祥。
>
> "青青"句入正意，却用兰艾，与题无干。此作者之意，以喻小人不可极之耳。然于文势极突兀，有辟易万人之概。盛唐以后，无此接法，专恐人不知耳，便无诗意。
>
> "察见"句挽入本意，引古语作证。此亦善用典。②

---

① "至"，《全唐诗》李集及各选本均作"自"，当据正。
② 我国文学中所谓典，大体上包括成语和故事两个方面。这句诗是用了一句古代成语，所以说是"用典"。《列子·说符》："察见渊鱼者，不祥。"《韩非子·说林上》引古谚作："知渊中之鱼者，不祥。"《史记》及《汉书》的《吴王濞传》均作："察见渊中鱼，不祥。"李诗改"渊"为"泉"，是避唐高祖李渊的讳。

济水自清河自浊，周公大圣接舆狂。

小时见元微之举此二句，以为古今诗人不能复下语，心窃疑之。① 及后尽学三唐及六朝歌行，乃知此二句神力，所谓千里黄河与泥沙俱下；只是将不相干话从容说来，如恰合题分也（并非恰合，故特加"如"）。前乎此者，如《古剑篇》"正逢天下无风尘"四句，《春江花月夜》"此时相望不相闻"四句；后乎此者，《远别离》"海水直下万里深"二句，《白头吟》"此时阿娇……"一句，《江夏赠韦冰》"头陀云月……"四句，皆是此法门。若杜诗此等处尤多，然不免拉扯形迹，由其天分不及故耳。若韩退之以后，则乱道矣。卢仝、刘叉亦时得之，而微之《望云骓》诗专模此意，亦自从横开合，不可方物。要归于清谈挥麈，无一毫作态，乃为佳耳。然微之称此二句本意则是取其说理，又便其不拘检，与己意合，非知此诗之境者。何以知之？以其五言知之。盖五古亦有此一境，而元、白全未梦及也。以其知此二句之妙。故歌行颇跌宕舒卷。

千年魑魅逢华表，九日茱萸作佩囊。

再足两句，挽入本意，亦不可少。

善恶死生齐一贯，只应斗酒任苍苍。

右李东川《杂兴》诗，歌行之极轨也。其余名篇，了然易见，惟此不易知也。余平生数四拟之，惟《回马岭柏树歌》稍似，附录于后：

---

① 遍检《元氏长庆集》及另外一些资料，没有发现元稹关于《杂兴》一诗的评语，可能是王氏误记，将白居易当作元稹了，俟再考。

　　泰山兮岧嶤，不宜柏兮上宜松。松是仙人家，柏作神鬼宫。秦皇昔日无仙才，欲攀松树望蓬莱。飘风骤雨不能下，独立徘徊一松下。后来封禅凡几君，时君无德况群臣。霍家都尉死山顶，汉武匆匆旋玉轮。自此群臣陪法驾，行到松前尽回马。南看十里柏阴阴，肃肃泠泠无妄心。乘舆去后此阴在，士女时来听玉琴。我昔南行桂阳道，参天翠柏如云扫。株株自谓栋梁材，千年枉向荒山老。岂知此山百万株，云间各有神明扶。八十七君屡兴废，明堂梁栋皆丘虚。从臣同来见此柏，亦言名字垂金石。当时解笑秦汉君，今日几人如李霍？龙藏麟见古今殊，大圣栖栖非小儒。颍水牵牛渭投钓，阿衡负鼎闵怀珠。社栎十围欺匠石，卞珪三刖困泥涂。日暮长风送归客，且从松子访盈虚。

　　杜诗："宫中圣人奏云门，天下朋友皆胶漆。"锺伯敬以为"孔硕"、"肆好"之音，[1] 心、琴二韵，可以相比，亦东川别派也。

在这条答问里，王闿运着重地解释了《杂兴》在艺术表现手法上的特色，即他所谓"不易知"之"一境"，也捎带着提出了另外一些关于诗歌的意见。对于后者，在这篇短文里不准备多涉及，因为对于理解《杂兴》的表现手法说来，捎带着提出的意见是不关紧要的；同时，其中有些问题，例如古典作家们运用这一手法的优劣如何，又不是三言两语可以说

---

　　[1]　杜甫诗见《忆昔》二首之二，锺惺评见《唐诗归》卷二十。

得清楚的。

　　王氏及其弟子还有一些泛论李颀七言歌行的话，对我们剖析《杂兴》的艺术特色及王氏对它的评论是有帮助的。如王简编《湘绮楼说诗》卷三：

　　　　宋人虽跅弛如苏、黄，颓放如杨、陆，未有能泥沙俱下者。前惟李东川之歌行、陆士衡之五言足当此四字，而格调迥超，不露筋骨。

《王志》卷二，《论唐诗诸家源流答陈完夫问》条附陈兆奎按语：

　　　　若夫雍容包举，跌荡生姿，则东川独擅矣。

宋育仁《三唐诗品》卷二，李颀条：

　　　　七言，变离开阖，转接奇横。沉郁之思，出以明秀。

概括以上的意见，可以知道，王氏师弟一致认为：李颀的七言歌行在艺术上具有如下的两个基本特征，一是夭矫多姿，即所谓"文势突兀"、"泥沙俱下"、"跌宕生姿"、"变离开阖，转接奇横"；二是自然合度，即所谓"从容说来"、"雍容包举"、"不露筋骨"、"无一毫作态"、不"拉扯形迹"，而这两个特征，又是高度地、有机地统一在每一篇成功的诗作之中的。这些意见，我们认为，是符合实际的。李颀的七言歌行确实具有这种艺术特征，而《杂兴》一诗，对于这种特征说来，又具有其代表性。虽然王闿运称这篇诗为"古今诗人不能复下语"，评价不免过高。

无庸置疑，夭矫多姿与自然合度的有机统一这种艺术特征，并不只是李颀一个人所追求和具有的。许多杰出诗人的作品都具有这种特征，并且，由于他们是从各人对于生活的富有独创性的观察、体验、分析、研究出发以进行其创作，也就不可避免地同时形成了自己对于生活富有独创性的表现手法，所以构成这种艺术特征的方式方法也是因人而异，甚至是因篇而异的。《杂兴》通过关于晋代一位著名人物的神奇传说的感兴，表达了诗人"善恶死生齐一贯，只应斗酒任苍苍"的道家思想。为了充分发抒这种思想，他选择了自然界和人类社会中许多相反而并存的事物、现象作为素材，写成诗句，来服务于主题。从"青青兰艾本殊香"以下，既是比喻，又是议论；既相反，又相成。是议论，但不是出之以抽象的说理，而是出之以具体的比喻；是比喻，但不是出之以牵强的拉扯，而是出之以活跃的联想。深沉而又奔放的思想感情和生动而又丰富的联想相结合，就使得这几句诗起得突兀，收得斩截；既夭矫，又自然，从而形成了全诗的特色。

但如王闿运所举与李诗同一"法门"的另外一些名篇，其具体写法就并不全是这样的。如郭元振《古剑篇》一起八句，极力形容宝剑之犀利贵重，却忽然接以"正逢天下无风尘，幸得周防君子身"两句，表面上是说剑的"幸"，实际上正是诗人在倾吐着英雄人物生不逢时的不幸。再接上"精光黯黯青蛇色，文章片片绿龟鳞"两句，则对于宝剑进一步

作了正面的补充描写，转过头又与上文关合了起来。张若虚
《春江花月夜》是一篇富有魅力的春之颂歌。在歌颂美丽的
春天的同时，诗人也以高度的同情，代人们诉说了离情别
绪。"此时相望不相闻，愿逐月华流照君。鸿雁长飞光不度，
鱼龙潜跃水成文"四句，便是对于离人思妇的内心活动的精
确描绘。据古代传说，鸿雁和鱼都能给人捎信（龙在这里只
是为了和鸿雁两字相对成文才加上的），但事实上，远走高
飞的鸿雁并不能将楼前的月光带给离人（这月光中蕴藏着一
个女子对于一个男子的怀念），而暗暗跳起的鱼儿，也不过
使水面摇荡着波纹，并没有给人捎个信儿。那么，"愿逐月
华流照君"就终于不能不是无从实现的痴想了。这种内心描
写是复杂而委婉的、一波三折的、既新鲜而又合情合理的。
再就王氏所举的李白诗三篇而论，它们尽管出自同一作家之
手，表现方式却各不相同。《远别离》的"海水直下万里深，
谁人不言此离苦"两句是先以一个非常巨大的形象作为暗
喻，然后才说明本意。这就使读者感到奇峰突起，沉雄有
力。《白头吟》本是咏叹卓文君和司马相如这个古代著名的
恋爱故事的，一起六句却避免直接接触本题，但以鸳鸯起
兴，下面似乎该着题了，却又节外生枝，岔进"此时阿娇正
娇妒"一句，阑入长门买赋的故事，并且凭空创造了一个情
节，说司马相如之所以想聘茂陵女为妾，是因为卖赋给陈皇
后以后，有了很多黄金的缘故。这样，就丰富了这个悲剧的
内容，① 使人们十分自然地更其关注和同情卓文君的命运。

———

① 元好问《遗山乐府》卷下，〔鹧鸪天〕《薄命妾辞》三首之三有句云："早
教会得琴心了，醉尽长门买赋金。"证明他对于李白《白头吟》的理解是深刻的。

《江夏赠韦南陵冰》本是诗人遇赦东还，重逢旧友，悲喜交萦之作。然而在称道"风流贤主人"之后，继以"头陀云月多僧气，山水何尝称人意。不然鸣箫按鼓戏沧流，呼取江南女儿歌棹讴"，又似乎当前风物，一无可取，也无从借以解闷宽忧了。在诗篇终了时，诗人又再度来一个反跌，以"且须歌舞宽离忧"结束。总的说来，这种情绪上的剧烈变化，虽然不免使人感到意外，却并不是难以接受的。

为了减省笔墨，对王闿运所举其他诗人具有这一"法门"的一些作品，就不再举例加以分析。应当指出的是，郭、张、二李的这些诗篇，具体写法虽与《杂兴》不同，但却都具有夭矫多姿和自然合度的有机统一这个艺术特征，用王氏的语言来说，就是既"纵横开合，不可方物"，又能"清谈挥麈，无一毫作态"。同时，更其值得注意的是，这些诗人们并不是在互相剽袭，用同一表现手法获得这种艺术特征；反之，却是每一个人都是用自己独特的方式来获得的。杰出的诗人不重复别人，伟大的诗人甚至不重复自己，在这里，我们又一次得到证明。只有王氏自认为"稍似"《杂兴》的《回马岭柏树歌》，"龙藏麟见古今殊"以下六句，显然是《杂兴》"青青兰艾本殊香"以下六句亦步亦趋的摹仿。费尽心力，去造作假古董，乃是王闿运在写作上一向努力走着的魔道。因此，虽然由于他对古典诗歌曾经反复钻研从而具有一定深度的理解，在创作上却始终走不出那条死胡同，因而其作品就始终只能追随前人，而不能跨越前人。这是应当分别观之的。

每一位诗人都可以而且应当用自己独特的表现手法来获

得天矫多姿与自然合度的有机统一这种艺术特征,这是肯定的。但同时,还应当进一步地指出:和任何其他的艺术特征、风格、手法的获得一样,首先必须深入生活,学习生活。从以上所举的一些例子当中,我们可以看出,诗人们通常是利用丰富而奇妙的联想来进行构思和描绘的。这样,就往往使其作品显得奇横变幻,难以捉摸,给读者以新鲜的感受和喜悦。这只有熟悉了自然和社会,往古与来今,并且发现了、掌握了它们之间的内在的和外在的联系和异同,才有可能;也只有这样,才能使得那些联想符合于现实的和可能的生活实际。它们可以是新奇的,然而并非是人们所不能理解的;可以是辽远的,然而并非是人们所无从设想的。否则,就无法自然合度,而只能算是"拉扯形迹",甚至是"乱道"了。既出乎意料之外而又在情理之中的联想,在创作中,是只有既根源于现实生活,又不拘于生活的表面现象,才能够丰富地采获,从而加以恰如其分的表达的。

疏证了王闿运对于《杂兴》的解释和评价以后,对于前引白居易对"济水自清河自浊,周公大圣接舆狂"两句赞为"韵高而体律,意古而词新",就比较容易理会了。所谓"韵",是指诗中风韵,即风格而言。如王氏所说,这两句诗是具有"千里黄河与泥沙俱下,只是将不相干话从容说来,如恰合题分"的气概的。这就必然会给人以风格高迈,不同凡响的感觉。所谓"体",是指诗的体制而言。这两句诗的声律与七律平起式的第二联或仄起式的第三联完全符合,一览可知;而在长篇转韵的杂言或七言古诗中间以律句,则是长庆体构成悦耳音节的艺术手段上一个久已公开的秘密。正由于李颀在《杂兴》的这两句中也体现了这一点，所以白居易在赞赏元稹《放言》为"体律"时，也就无妨引以为比了。"意古"指诗中所写的道家委心任运，各遂其性，各全其天的思想，由来已久；"词新"则指其中由巧妙的联想所构成的比喻新异动人。白居易这两句话主要的是用以评论元稹的《放言》，但既引李诗来相比况，也就证明了《杂兴》这两句也同样具备着这样一些特点。这个评语在李诗方面的具体涵义，大略如此。它和《王志》所说，是可以互相沟通和补充的。

关于李颀的生平事迹，今日所知无多。但依据他的交游和作品，可以断定，他一生中多数的岁月是在八世纪上半期，即唐玄宗开元、天宝时代度过的。这个文学史上习惯地称之为盛唐时代，正是唐代封建经济发达已经到了顶点的时代。在表面上，这个历史时代的社会、政治、文化生活，都显得十分活跃，绚烂多彩。然而也就是在这件五光十色的外衣里面，错综复杂的阶级矛盾和种族矛盾正在日积月累地孕育着，生长着，发展着。这种巨大的社会现实，不可能不在诗人们的生活和创作中反映出来。在盛唐诗坛上流行着，激荡着的浪漫主义精神，就是当时社会矛盾的集中反映。在李白、杜甫、王维、王昌龄、高适、岑参、李颀以及其他许多著名诗人的生活和创作中，我们不仅看到了现实主义精神和浪漫主义精神往往同时可是又在不同比例、不同程度上既支配着他们每一个人的生活态度，也支配着他们每一个人的美学观点和创作方法；同样地，积极的浪漫主义精神和消极的浪漫主义精神也往往同时而又在不同比例、不同程度上支配着他们每一个人的生活和艺术。立功边塞和归隐山林是盛唐具有浪漫主义气质和色彩的诗人们所共同喜爱的，因而可以说是在那一个历史时代里具有普遍性的主题。一般地说，我们可以认为：诗人们积极的浪漫主义精神主要的是通过前者而体现的，其消极的浪漫主义精神则主要地是通过后者而体现的。立功边塞与归隐山林，儒家的用世思想与佛、道的出世思想，……以及其他许多矛盾，在诗人们思想、感情和创作实践中的对立和统一，就使得他们在艺术上也呈现了非常复杂的声音、颜色、情调、气氛。我们在评价李颀的时候，当然不会，也不应当忘记他那些面对现实的以及具有进取精神与健康情调的作品，如《古从军行》、《古意》、《送陈章甫》、《别梁锽》等名篇；但同时，更不应当忽视这样一个更其基本和重要的事实，即从他现存的全部作品看来，出世思想确实是占着主要地位的，消极的浪漫主义精神是更其浓重的。殷璠《河岳英灵集》卷上已经指出：

> 颀诗发调既清，修词亦秀。杂歌咸善，玄理最长，故其论道家，① 往往高于众作。

殷璠对李颀的称颂，在今天看来，恰好击中了他的创作在内容方面的主要弱点。

还应当注意到，李颀作品中所反映的，受着自己阶级意

---

① "故其论道家"，《四部丛刊》影明本《河岳英灵集》作"故论其数家"，上海古籍出版社《唐人选唐诗（十种）》本载毛斧季、何义门校文俱作"故其论家"，均不甚可解，今从《唐诗纪事》卷二十所引。

识支配、失意环境刺激以及道家思想熏陶而形成的落后的世界观，往往伴随着愤慨的激情，以变化跳脱、奔放流转，因而令人感到富有气势的文学语言表达出来。这就使读者容易为其作品表面上的悲壮慷慨所吸引，因而放松了对于存在于其骨子里的消极颓废的思想、感情的批判。近年来所出版的几部中国文学史，对这位诗人都只作了近于全盘肯定的介绍，和上述这种认识不能说没有关系。

《杂兴》显然是通过一个古代神奇传说宣传了为诗人自己所已接受了的道家的宿命论和唯无是非观，虽然在表现手法上，它有其独特的成就。我们在肯定这篇作品艺术成就的同时，指出了它在思想内容上的缺点，也是必要的。

对于这样一篇作品进行了一些肤浅的探索，主要是因为受到高尔基的启发。在《论文学》① 一文中，这位著名作家说：

> 不仅要向古典作家学习，而且也要向敌人学习，如果这敌人是聪明的话。学习并不就是模仿什么，而且要精通技术的方法。……在对于向古典作家学习的恐惧中，有一种可笑的观念，仿佛害怕古典作家会抓着学生的腿，拖到自己的坟墓中去似的。

在今天，我们有马克思主义和党的双百方针的正确指导，在研究工作中，不必过于对古典作家将我们拖进他们的坟墓中

---

① 《论文学》的译文，载《人民文学》1953 年 7、8 月号。

去的可能性抱着"因噎废食"的戒心了；反之，却需要以
"不入虎穴，焉得虎子"的精神来钻研古典作家和作品，使
得一切有价值的遗产都用来为今天服务——古为今用。这篇
短文，就算是个人学习的一次尝试吧。

李颀《听董大弹胡笳声兼语弄寄房给事》诗题校释

1959 年，我国学术界进行了一次关于蔡文姬《胡笳十八拍》的讨论。在这次讨论中，有些文章曾引用了唐代诗人李颀送给当时著名琴客董庭兰的一首诗作为有助于自己论点的资料，并按照各自的理解，对这首诗的内容和它的题目作了不同的解释。这些文章后来都收集在《〈胡笳十八拍〉讨论集》中。最近重读了这本书，感到学者们对于李颀这首诗，主要的是对它的题目的解释，仍然有值得商榷之处。

诗云：

蔡女昔造胡笳声，一弹一十有八拍。胡人落泪沾边草，汉使断肠对归客。古戍苍苍烽火寒，大荒阴沉飞雪白。先拂商弦后角羽，四郊秋叶惊摵摵。董夫子，通神明，深松窃听来妖精。言迟更速皆应手，将往复旋如有情。空山百鸟散还合，万里浮云阴且晴。嘶酸雏雁失群夜，断绝胡儿恋母声。川为净其波，鸟亦罢其鸣。乌珠部落家乡远，逻娑沙尘哀怨生。幽音变调忽飘洒，长风吹林雨堕瓦。迸泉飒飒飞木末，野鹿呦呦走堂下。长安城连东掖垣，凤皇池对青琐门。高才脱略名与利，日夕望君抱琴至。

如大家所看到的，此诗本身并不难懂，但是它的题目的文字，在各种不同的书本中，却有些出入；尽管出入并不太大，但由此却引申出一些相去甚远的意见来。因此，我们想到，如果正确地理解了这首诗的题目，也就比较容易理解它的本文；而将这首诗弄清楚了，董庭兰和《胡笳十八拍》的关系也就可以弄清楚了。今列举所见到的诗题文字各本异同及有关诗题各家论点如次，以便讨论。

李颀集单行本罕见。就我所看到的较早资料说，此诗题目，《河岳英灵集》卷上、《唐文粹》卷十二、《唐诗纪事》卷二十、《唐音》卷四作：

听董大弹胡笳声兼语弄寄房给事

毕力忠《十家唐诗》本《李颀诗集》、黄贯曾《唐诗二十六家》本《李颀集》卷二、朱警《唐百家诗》本《李颀集》、《唐诗纪》卷一百二、《全唐诗》卷一百三十三作：

听董大弹胡笳声兼寄语弄房给事

《唐诗品汇》卷三十、《删订〈唐诗解〉》卷九作：

听董大弹胡笳兼寄语弄房给事

《文苑英华》卷三百三十四、《全唐诗》载一本作：

听董庭兰弹琴兼寄房给事

以上所引各书，除《删订〈唐诗解〉》及《全唐诗》之外，都是明刻本。但《删订〈唐诗解〉》系就唐汝询《唐诗解》删订，而唐书出于高棅《唐诗正声》和李攀龙《唐诗选》；①今本《全唐诗》则出于季振宜《全唐诗》和胡震亨《唐音统签》。② 可见这些异文，至迟在明代都已出现了。

　　对于这种分歧的现象，李鼎文在其《〈胡笳十八拍〉是蔡文姬作的吗？》中，是这样解释的：

　　　　"弄"是琴曲的名称，"声"指《胡笳十八拍》的"曲"，"语"指《胡笳十八拍》的"词"。"声兼语"就是"曲"和"词"。足见当时董庭兰是边弹琴边唱词的。在《四部丛刊》明翻宋刊本《河岳英灵集》里，李颀的这首诗的题目没有错误，但到《全唐诗》里却成了《听董大弹胡笳声兼寄语弄房给事》，到蘅塘退士编选的《唐诗三百首》里，又成了《听董大弹胡笳兼寄语弄房给事》，这真是不知所云了。

---

　　① 参吴昌祺：《删订〈唐诗解〉序》；《四库全书总目》卷一百九十三，《〈唐诗解〉提要》。
　　② 参《四库全书总目》卷一百九十，《〈全唐诗〉提要》；俞大纲：《纪〈唐音统签〉》，载《历史语言研究所集刊》第七本第三分。

萧涤非的《〈胡笳十八拍〉是董庭兰作的吗?》一文,系针对李文而发,但对李文中"声兼语"就是"曲"和"词"的说法,认为"是不错的",仅仅补充了"'语弄'二字似应连文"一点。

叶玉华在其《蔡文姬〈胡笳十八拍〉四论》中对"声兼语"三字虽然也是从音乐角度加以解释,但立论和李、萧两先生不同。叶先生说:

> 歌的"声曲折"处称"曲",歌的细碎很像单音节的汉语处称"语"。例如"小弦切切如私语","弦上黄莺语"是就弦乐而言;吹的管乐方面如"永夜角声悲自语",这"角声"似指角制的胡笳声,也如"山楼粉蝶隐悲笳"。吹洞箫声可以"如泣如诉",悲和诉也是形容乐曲中的"语"的情况。至于唐、宋乐曲中的"乐人致语"、"竹竿子念语",指的是歌剧中的道白,并非歌词。乐曲中有声和语,两者指的是音调。因此蔡文姬或董大的《胡笳十八拍》都应是声兼语的。如依李说,"语"是指词句的,我们如今所读的只抄歌词而不录"声曲折"的本子,岂不是也可以命名为"胡笳语"了吗?当然不能如此。

刘大杰的《再谈〈胡笳十八拍〉》则认为董大不可能边弹边唱,因而李先生所释"语"字义是不对的。他并对题中文字提出了很谨慎的保留意见。刘先生说:

在李颀那首《听董大弹胡笳声兼语弄寄房给事》的诗里，自首至尾是描绘琴和琴的声音，没有一句提出歌词，可知李欣听的只是琴声，董大只是弹琴，并没有唱词。"语弄"二字，应作何解，尚待研究。薛易简与董庭兰同时，也以弹胡笳著名，以琴待诏翰林。他曾撰《琴诀》七篇，有一篇言琴病。他说弹琴时，大病有七，小病有五。……① 可见弹琴时要精神专注，严肃认真，是不能边弹边唱的。说董大一面弹琴一面唱曲，实无其事。因此，"语弄"一词，是不是琴曲中的一个专门用语，我们今天无法知道了。唐人有用"平弄"者，李贺《〈箜篌歌〉序》云："朔客有花娘，善平弄"，乃弹奏之意。有用"引弄"者，如沈亚之《歌者叶记》云："当引弄，及举音，则弦工吹师，皆失执自废"，乃演唱之意。还有"调弄"、"舞弄"、"傈弄"② 各种用语，独无"语弄"，是不是那首诗的题目有错误呢？也很可能。我看到的那个题目，已经有四种不同的样子。《河岳英灵集》虽是古本，其中错误很多，前人已详言之，因此它也不完全可信。

对于以上诸家的论点，我们有下列一些不成熟的看法。首先，李、叶两先生对于"语"字的解释，都是没有根据的，也不能认为是正确的。《荀子·正名篇》说得好："散名之加于万物者，则从诸夏之成俗曲期。""约定俗成，谓之实名。"在唐代，无论是音乐艺术或音乐理论都已经相当发达了。如

---

① 此处介绍"七大病"内容，今略去。
② 按："傈"，当作"傈"。

果诗题这个"语"字可以作歌词解，或作"歌的细碎很像单音节的汉语处"解，为什么在大量的文献中，只留下这么一个空前绝后的单文孤证呢？不错，叶先生也曾举出杜甫和白居易的诗、韦庄的词为证，但那些"语"字显然只是一种比喻，用人语或鸟语来譬况管弦声音的美妙或悲伤，而决非是当作一个音乐的专门名词来使用的。"语"字的意义若是 真如叶先生所说，则在杜、白诗里与此两句中的"语"字作对的"中天月色好谁看"的"看"字，"大弦嘈嘈如急雨"的"雨"字，又该怎样解释呢？

正由于两家对"语"字的解释迂曲难从，因而其所说"声兼语"或萧先生所说"声兼语弄"之义也就不能成立。就所见到的文献说，我们还没有发现用这样的三个字或四个字连文来表示一个音乐概念的，甚至连与之相类似足以供比勘的材料也没有。诗题如此连文，其本身文理既可怀疑，而诸家所说，更不免望文生义。

刘先生对"语弄"二字认为难解，从而推想诗题可能有误，是一个敏锐的、有启发性的见解。他反对李先生说的"声兼语"就是"曲"和"词"，认为诗中并没有描写董庭兰边弹边唱，也是对的，但说"弹琴时要精神专注，严肃认真，是不能边弹边唱的"，却不符合事实。因为从道理上说，边弹边唱并不排斥精神专注，严肃认真；而从文献上说，边弹边唱的记载又是相当多的，如《史记·赵世家》载武灵王"梦见处女鼓琴而歌"；《搜神记》卷一载汉淮南王安"援琴而弦歌"；《太平御览》卷五百七十九引郑缉之《东阳记》载晋王质"见童子四人弹琴而歌"。可见此事历代都有，既见于正史，也见于小说杂记。

总之，从已经发表的意见看来，李颀这首诗的题目似乎没有得到一个令人满意的解释。在刘先生的启发之下，反复思考的结果，我们认为其关键在于题目文字存在着校勘学上所谓多重的错误。诗题原来应作：

听董大弹胡笳声兼寄语房给事

由于既有衍文又有倒文，以讹传讹，以致横说竖说都无法通顺。今将浅见试加申论，聊备一说。

为了便于说明问题，这里先从"弄"字的意义谈起。"弄"，作为声乐技艺的一个专门术语，涵义相当广泛而复杂。① 其在本诗，则有人因为诗题有作"兼寄语弄房给事"，而将它解为嘲戏之义的，如《唐诗品汇》和唐汝询《唐诗解》；也有人因为诗题有作"兼语弄寄房给事"，而以为"语弄"应当连文的，如萧先生。《唐诗品汇》引《增韵》"弄，戏也"，以释此"弄"字。《唐诗解》则云："琯以任庭兰而覆王师，竟以罪斥，所谓'弄'者，岂有意乎？"撇开这句话中不符合史实的部分不谈，② 局就其释"弄"为嘲戏之义而言，也是既不符合诗意，也不符合唐人对弄字的用法的。诗中牵涉到房琯的最后四句，不过是形容他历位清华，而脱

---

① 参任半塘：《唐戏弄》，第一章《总说》。

② 据两《唐书·房琯传》，琯于肃宗至德元载（756）讨安禄山，败于陈涛斜，与宠信董庭兰并无关系。李颀此诗当作于玄宗天宝五载（746）琯试给事中之后，而远在安禄山叛乱以前，故唐氏"琯以任庭兰而覆王师"云云，完全是乱说。潘德舆《养一斋杜李诗话》卷二对此事有较详细的考论，可参看。

略名利，独重董大的琴艺，借以更进一层地赞美这位音乐家而已，实在看不出其中有什么嘲戏的意思。再就唐人诗题用字的习惯来考察，则凡涉嘲戏的，都直用其字，如周繇有题为《嘲段成式》的诗，韦应物有题为《答书因亦戏李二》的诗；间有称为谑的，如刘禹锡有题为《城内花园，颇曾游玩，令公居守，亦有书期，适春霜一夕委谢，书实以答令狐相公见谑》的诗，却没有用弄字的。反之，其用弄字的，如顾况《越中席上看弄老人》、白居易的《弄龟罗》、李贺《〈申胡子觱篥歌〉序》中的花娘"称善平弄"，都不作嘲戏解。因此，唐汝询等的说法是难以成立的。萧先生认为"语弄"似应连文，但未申述所以，从他赞成李先生对"语"字的解释来推测，可能认为"语弄"也就是歌词。但"语"字不能这么解释，具如前论，则"语弄"自亦无从以此为说。

　　李先生认为诗题这个"弄"字乃指琴曲而言，却是不错的。具体地说，"弄"是指的胡笳弄，也就是诗句中的"胡笳声"。《乐府诗集》卷五十九，蔡琰《胡笳十八拍》解题引唐刘商《胡笳曲序》说："……胡人思慕文姬，乃卷芦叶为吹笳，奏哀怨之音，后董大以琴写胡笳声为十八拍，今之胡笳弄是也。"① 可见胡笳声与胡笳弄，在诗题中系同物而异

---

　　① 按《新唐书·音乐志》云："丝桐唯琴曲有胡笳声。"这说明了并不是当时所有各种乐器的曲谱都是可以互翻的。将盛行于唐代的胡乐之一——胡笳翻为琴曲，可以说是给琴这一极其古老的乐器注入了新的生命活力。董庭兰的演奏之所以博得人们的欢迎，除了他自己的技法高超之外，这应当也是原因之一。《太平广记》卷三十四载裴铏《传奇》，《崔炜》条：南粤王赵佗四侍女："遂命炜就榻鼓琴，炜乃弹胡笳。女曰：'何曲也？'曰：'胡笳也。''何为胡笳，吾不晓也。'炜曰：'汉蔡文姬，即中郎邕之女也，没于胡中；及归，感胡中故事，因抚琴而成斯弄，像胡中吹笳哀咽之韵。'女皆怡然，曰：'大是新曲。'"这里所写情节虽属虚构，但自然也反映了唐人对胡笳弄的评价，可与诸家文中已经引用的资料如戎昱《听杜山人弹胡笳》、元稹（一作无名氏）的《小胡笳引》等参照。

名，就其音言，则谓之"声"；就其曲言，则谓之"弄"。而这一"弄"字，在本题中也只有与"胡笳"二字连文，合成"胡笳弄"一词，于义方合。

　　但是，在一个短短的诗题中，既称胡笳声，又称胡笳弄，是没有可能，也没有必要的。那么，今本却有"声"、"弄"并见的，又是怎么一回事呢？最大的可能是诗题原作"听董大弹胡笳声……"，有人在"声"旁记一"弄"字以释其义，传写之际，混入正文，就变成了"听董大弹胡笳声弄……"或"听董大弹胡笳弄声……"了；后之校者，不知"弄"之为衍文，却误以为它当作嘲戏解，应位于"兼寄语"之下，"房给事"之上，因而将其乙转，把全题写成如《十家唐诗》等本所作，就此流传下来。此外，也有在传写中将"兼寄语弄"误例为"兼语弄寄"，如《河岳英灵集》等本所作；还有的是原来文字和《十家唐诗》等本相同，在传写中却脱去"声"字，如《唐诗品汇》等本所作。至于《文苑英华》等本所作，则可能是有人感到各本异文纠纷太多，无从订正，因而根据诗意，另加拟定的，所以文义最为明白，而且与其他各本都不相近。由于种种原因而改动书名或篇名，我们知道，从目录学和校勘学的角度看来，并不是很特殊的情况。

　　这当然只是一种推测。而且由于我们已经无从详细地知道李集及唐诗诸总集的版本源流，这种推测今后也不容易得到进一步的证实，但就事理而论，还是有其一定的根据的。它一方面根据校勘学上前人已经总结出来的成例，另一方面则根据唐人使用有关词汇的习惯。

俞樾《古书疑义举例》卷五，《以旁记字入正文例》云：

> 王氏念孙曰："书传多有旁记之字误入正文者。《赵策》：'夫董阏于，简主之才臣也。'阏与安古同声，即董安于也。后人旁记'安'字，而写者并存之，遂作'董阏安于'。《史记·历书》：'端蒙者，年名也。'端蒙，旃蒙也。后人旁记'旃'字，而写者并存之，遂作'端旃蒙'。《刺客传》：'臣欲使人刺之，众莫能就。'众者，终之借字也。后人旁记'终'字，而写者并存之，遂作'众终莫能就'。《汉书·翟方进传》：'民仪九万夫。'仪与献古同声，即民献也。后人旁记'献'字，而写者并存之，遂作'民献仪九万夫'。"按：此皆旁记字之误入正文者也。

这一成例证明，李诗题目原作"弹胡笳声"，由于旁记"弄"字之误入而变成了"弹胡笳声弄"或"弹胡笳弄声"，是可能的。至于我们拟定原义当作"胡笳声"而不是作"胡笳弄"，则一是因为诗句中有"胡笳声"之文，二是弄指乐曲或琴曲，更为后人所熟知，而旁边记注之字，总是以易注难，以习见注不习见，没有反其道而行之的。

俞书同卷又有《因误衍而误倒例》云：

> 校古书卤莽灭裂，有遇衍字不加删削，而以意移易使成文理者。《大戴记·哀公问于孔子篇》"君何以谓已重焉。"此本作"君何谓以重焉"。"以重"即"已重"，

以已古字通也。后人据《小戴记》作"已重"，旁记
"已"字，因而误入正文，校者不知删削，乃移"以"
字于"谓"字之上，使成文理。此因误衍而误倒者也。

这一成例证明：李诗题目原作《听董大弹胡笳声兼寄语房给
事》，由于后人于"声"旁所记"弄"字被误写入正文，校
者不知删削，却将"弄"字移下，使成文理，也是可能的。

　　至于当诗题已经错成如《十家唐诗》等本所作，其中"兼
寄语弄"又颠倒为"兼语弄寄"；或"胡笳声"又脱落"声"
字，这种歧中有歧的情况，也是校书时并不很罕见的。①

　　上面已经论证了"语"字不当如李、叶两先生所释，
"声兼语"或"声兼语弄"不当连文；现在，我们要进一步
地论证"寄语"及"兼寄语"之应当连文，作为诗题文字有
因误衍而误倒的情况的旁证。

　　从此诗文义上考察，"语"即言语之语，"寄语"即寄
言、寄声，犹今天之说传话。舍此之外，似乎也难以再找到
更为平易近人的解释。"寄话"连文，早见于唐以前的诗作。
鲍照《代少年时至衰老行》云："寄语后生子，作乐当及
春。"即是一例。唐人诗中用得更多，如杜甫集中，即曾四
见：

　　　　寄语恶少年，黄金且休掷。

　　　　　　　　　　　　　　　　——《驱竖子摘苍耳》

---

① 参徐复：《校勘学中之二重及多重误例》，载《新中华》复刊第三卷第十一
期。

清朝遣奴仆，寄语逾崇冈。

——《秋行官张望督促东屯耗稻向毕，
遣女奴阿稽、竖子阿段往问》

寄语杨员外，山寒少茯苓。

——《路逢襄阳少府入城，戏呈杨员外绾》

寄语舟航恶年少，休翻盐井横黄金。

——《滟滪》

而唐人一诗之赠两人或及两事者，其题中又每用副词兼字，加在一个及物动词之前，如兼寄、兼呈、兼示等等：

奉送五叔入京廉寄綦毋三

——李颀

双笋歌送李回兼呈刘四

——李颀

听曹刚琵琶兼示重莲

——白居易

也有在兼寄等字之下再增一字，即连用两动词的，例如：

送台州李使君兼寄题国清寺

——刘长卿

发广陵留上家兄兼寄上长沙

——韦应物

送僧仲剸东游兼寄呈灵澈上人

——刘禹锡

李颀此诗题目，就其词意说，最近《听曹刚琵琶兼示重莲》，而"兼寄语"连文，则正是"兼寄题"、"兼寄上"、"兼寄呈"之比。这些可供类推的资料告诉我们，认为李诗原题当作《听董大弹胡笳声兼寄语房给事》，今传各本异文，乃是传写中误衍、误倒、误脱以及另拟所致，这一揣度或许不甚远于事实。

如果这一推理的校勘能够成立，或者退一步说，只是由于上述的讨论而将"语"或"语弄"不能当作一个音乐术语来解释这一点肯定了下来，那我们就自然可以得出李颀此诗只能证明董庭兰和《胡笳十八拍》的曲有关，而不能证明他与《胡笳十八拍》的词有关的结论。当然，诗中所描写的全为琴声，不及诗句，也有力地证明了这一点。

李白《丁都护歌》
中的"芒砀"解

　　云阳上征去，两岸饶商贾。吴牛喘月时，拖船一何苦！水浊不可饮，壶浆半成土。一唱《都护歌》，心摧泪如雨。万人凿盘石，无由达江浒。君看石芒砀，掩泪悲千古！

　　这首《丁都护歌》是李白集中为数不多的直接反映当时劳动人民在封建统治阶级压迫下的痛苦生活的作品之一。它和诗人的其他名篇一样，一直为读者所爱好，传诵。

　　可是，由于有些注家对诗中"芒砀"一词没有能够作出正确的解释，就使人们感到，其所述情事，有些费解。现在，我们试图将这个问题加以澄清。

　　《汉书·高帝纪》：

　　高祖隐于芒、砀山泽间。（应劭注："芒属沛国，砀属梁国。二县之界有山泽之固，故隐其间。"）

芒、砀山泽，在今安徽省砀山县境内。不少注解李诗的书认为："君看石芒砀"句中的"芒砀"，就是指芒、砀诸山，[①] 而"石芒砀"则是指产于此山的文石，[②] 诗中所咏，即系将在此山开采的石头用船运往位于长江南岸的云阳（今江苏省丹阳县）的事。

　　但这一说法，无论从诗中地理及诗句语法来看，都有其窒碍难通的地方。

　　先谈地理上的问题。诗篇一上来就写道："云阳上征去，……拖船一何苦！"非常明确地表明了是从云阳拖船。"上征"一词，出自《离骚》："驷玉虬以乘鹥兮，溘埃风余上征。"本是说从地下到天上。我国地势基本上是西北高，东南低，所以习惯上往西往北走，就叫西上北上，往东往南走，就叫东下南下。王琦引冯衍《显志赋》"溯淮流而上征"来注"云阳上征去"，正由于此。那么，如果是从皖北的芒、砀诸山采石，南运苏南的云阳，怎么能说是"云阳上征去"呢？应当说"芒砀下航去"才对。这显然是个矛盾。

　　为了解决这个矛盾，马茂元先生作了如下的解释：

　　　　征，征途。上征，犹言启运。"云阳上征去"是上征云阳去的倒文。文石采自芒、砀，由运河向南运至云

---

　　① 请看杨齐贤集注、萧士赟补注：《分类补注李太白诗》卷六，王琦注：《李太白全集》卷六，马茂元：《唐诗选》上册，第二百三十八至二百三十九页。（下引诸家说均出此。）
　　② 王、马说。杨氏引《汉书》释"芒砀"为山名，又释"石芒砀"为"视盘石芒砀然"，意谓盘石（大而多）有如芒、砀诸山，与诸家不同。萧氏虽然也认为"芒砀"乃指芒、砀诸山，但并不认为诗中所咏系指开采山石，南运云阳。这些歧见是基于他们对诗中所咏情事的理解各有不同而产生的，并见下。

阳。"两岸"，指运河两岸。

稍加检核，就可以看出，此说是难以成立的。一是因为释征为征途，上征为启运，都缺乏训诂学上的根据；二是以两岸为运河两岸，在诗中全无可稽；三是以"云阳上征去"句为倒文，也不大说得过去。还有人认为是在芒、砀采石，而由云阳开船去负担南运的任务，那么，船离云阳的时候，还是空的，既非重载，拖船北上就不太费力，为什么诗人要强调"上征"时"拖船一何苦"呢？

由此可见，这些迂曲的说法并不能解决"云阳上征去"与作为山名的"芒、砀"之间所产生的矛盾。

再谈语法上的问题。我们指的是根据古代韵文的语法，在"君看石芒砀"这句诗中，"芒砀"一词究竟应当怎样理解才算正确的问题。为了便于比较，仍用李诗作为例证。

如大家所熟知，依照古代韵文的语法，当一个形容词与一个名词相结合而构成词组时，这个形容词是既可前置，又可后置的。以巉岩、浩荡、萧飒这三个形容词为例，李白在下列诗句中，即皆用于前置，作为定语来修饰后面的名词：

巉岩容仪。

——《上云乐》

浩荡深谋喷江海。

——《述德兼陈情上哥舒大夫》

萧飒古仙人。

——《古风》其二十

而他在另外三句诗中，则又用于后置，作为谓语来描述前面
的主语：

石头巉岩如虎踞。

——《金陵歌送别范宣》

洪波浩荡迷旧国。

——《梁园吟》

胡霜萧飒绕客衣。

——《酹歌行上新平长史兄粲》

这两种方式都是习见的。

可是，如果是用一个名词，特别是专门名词作为定语来
修饰另外一个名词时，一般就只能前置，而不能后置。这从
下举各例中可以看出来：

东上蓬莱路。

——《古风》其二十

片片吹落轩辕台。

——《北风行》

巢在昆山树。

——《赠溧阳宋少府陟》

在这些诗句里，我们不能将蓬莱、轩辕、昆山当作后置的定语使用，而将"蓬莱路"写成"路蓬莱"，将"轩辕台"写成"台轩辕"，将"昆山树"写成"树昆山"。如果是在散文里，还可以借助于助词之及者，并在那个作为后置定语的名词之前，加上一个合适的动词，将它们写成"路之去蓬莱者"，"台之名轩辕者"以及"树之植昆山者"，虽然有些别扭，倒也勉强可通，而在格律、音韵等等限制之下，却无法将这样一种形容短语安放在诗句里。

由此可见，将"石芒砀"释为"石之产芒、砀者"，是不符合古代韵文语法的。

以上证明，无论从地理或语法的角度来探究，"芒砀"虽然也是山名，但李白在《丁都护歌》中，却并没有将它当作山名来使用。①

我们认为：《丁都护歌》中的"芒砀"是一个性状形容词，它以后置的方式与名词"石"结合，成为"石芒砀"这样一个主谓结构。它和杜甫《王兵马使二角鹰》诗"悲台萧瑟石巃嵷"句中的"石巃嵷"，苏轼《游金山寺》诗"中泠

① 前人注释，认为"芒砀"不作山名解的，有胡震亨。其《李诗通》卷二云："芒，石棱；砀，石文。指所凿盘石言。"（下引胡说均出此。）按：芒有锋利之义，故与铓通用。《汉书·贾谊传》："一朝解十二牛而芒刃不顿者。"颜师古注："芒刃，谓刃之利如毫芒也。"《文选》卷三十五张协《七命》："启雄芒。"李善注："芒，锋刃也。"皆假为铓字。引申其义，则石芒自亦可指石棱。砀之本义为文石，解为石文，也无不可。所以将两字孤立起来看，胡说似若可通，但"芒砀"既系一个叠韵连绵词（详下），而如王国维《观堂集林》卷一，《肃霜涤场说》所指出的："……古之连绵字，不容分别释之。"因而他认为"芒砀"一词在本诗中并非山名，虽然是对的，而分释为石棱、石文，却仍然错了。

南畔石盘陀"句中的"石盘陀"，是完全一样的。

朱骏声《〈说文〉通训定声》壮部十八芒字下云：

> 《诗·长发》："洪水芒芒。"《元（玄）鸟》："宅殷土芒芒。"传："大貌。"《左》襄四年："芒芒禹迹。"注："远貌。"《淮南·俶真》："其道芒芒昧昧。"注："广大之貌。"《补亡诗》："芒芒其稼。"注："多貌。"

又砀字下云：

> 或曰：芒砀，叠韵连语。假借为宕。《淮南·本经》："元元至砀而还照。"注："大也。"《甘泉赋》："回飙肆其砀骇兮。"注："过也。"《长笛赋》："眩砀骇以奋肆。"注："突也。"

朱氏在这里所辑录的故训表明，芒、砀两字，有大、广、多、远、过、突这样一些相同、相通或相近的意义，它们又同属一个韵部，因而在构成一个叠韵连绵词的时候，自然也就具有同样的意义。李白在本诗中，以之形容石大且多，是很精确的。

古汉语中通假字很多，它们在形、音、义各方面的变易都非常繁复。程瑶田《通艺录》《果赢转语记》曾举果赢这个叠韵连绵词为例，王国维《肃霜涤场说》曾举肃霜、涤场这两个双声连绵词为例，展示了叠韵及双声连绵词变易多端的情况。① 程氏并对这种情况作了如下的概括：

> 双声叠韵之不可为典要而唯变所适也，声随形命，字依声立。屡变其物而不易其名，屡易其文而弗离其声。物不相类也，而名或不得不类。形不相似，而天下之人皆得以是声形之，亦遂靡或弗似也。

就芒砀一词而言，也有同样的情况，今略举如下。芒砀，或作旁唐，《文选》卷八司马相如《上林赋》：

> 瑉玉旁唐。（李善注引郭璞曰："旁唐，言磐礴也。"《文选》卷十二郭璞《江赋》："荆门阙竦而磐礴。"李善注："磐礴，广大貌。"《汉书·高帝纪》应劭注："砀，音唐。"颜师古注："砀，亦音宕。"）

或作沆砀，《汉书·礼乐志》载《郊祀歌》：

> 西颢沆砀。（颜师古注："沆砀，白气之貌也。"）

或作莽荡，《文选》卷九班彪《北征赋》：

> 野萧条以莽荡。（五臣注，张铣曰：萧条、莽荡，旷远之貌。）

---

① 参看殷孟伦《〈果臝转语记〉疏证》，载《四川大学文学院集刊》第一、二期，1943 年。

或作茫荡，王绩《东皋子集》卷下，《无心子传》：

> 游乎茫荡之野。

或作旷荡，李白《大鹏赋》：

> 不旷荡而纵适。

或作漭荡，李白《送王屋山人魏万还王屋》：

> 漭荡见五湖。

唐人诗句以芒砀作形容词使用而为人所习知的，还有韩愈的《苦寒》：

> 芒砀大包内。（钱仲联《韩昌黎诗系年集释》卷二引方崧卿《韩集举正》："芒砀乃茫荡也。芒，平上声通。李白诗：'君看石芒砀，掩泪悲千古。'古书茫只作芒，砀与荡通。《诗》：'洪水芒芒。'《庄子》：'芒乎何之。'皆茫字也。又：'吞舟之鱼，砀而失水。'《汉志》：'西颢沆砀。'皆荡意也。大包，以宇宙言也。"）

而韩诗以"芒砀"前置，修饰"大包"，李诗以"芒砀"后置，描述"石"，也正符合性状形容词既可放在名词之前，又可放在名词之后的规律。

由此可见，"芒砀"在《丁都护歌》中应理解为是一个叠韵形容词，实无疑义。

现在，可以附带讨论一下此诗所咏情事或其本事问题。"芒砀"一词的正确理解，对于我们正确地理解全诗，也是有帮助的。

此诗虽然篇幅不长，但所咏何事，则注家们颇有歧见，列举起来，共约六说。杨齐贤云：

> 此意谓行船于河，河水浑浊不可饮，虽使万人凿石以通江水，终不能得。当热而渴饮，千古之人视盘石芒、砀然，岂不悲哉！

萧士赟云：

> 此篇之意，是咏秦皇凿北坑以压天子气之事。① 徒尔劳民凿石，而不知真主已在芒、砀山泽间矣，非人力之所能胜也。触热拖船，就饮浊水，征夫之苦，徒兴千古之悲耳。

萧氏引或说云：

---

① 按：北坑当作北冈。《艺文类聚》卷六引《地理志》："秦望气者云：'东南有天子气。'使赭衣徒凿云阳北冈，改名曰曲阿。"《太平御览》卷五十八引董览《吴地志》："曲阿，秦时名云阳。太史云：'东南有天子气，在云阳之间。'故凿北冈，令曲而阿，因名曰曲阿。"

此诗乃是为韦坚开广运潭而作，借秦为喻耳。按唐史，天宝初，江淮南租庸等使韦坚引淮水抵苑东望春楼下为潭，① 以聚江、淮运船，役夫匠通漕渠，发人丘陇，自江、淮至京城，民间萧然愁怨，二年而成。三月，上幸望春楼观新潭，名其潭曰广运。② 太白之诗，其为是欤？

萧氏又一说云：

吴孙权时，亦尝遣校尉陈勋将屯田及作士三万人凿句容中道，自小其至云阳西城，通会市，作邸阁。③ 今以首句观之，似咏此事。

胡震亨云：

……白词"云阳上征去"，咏润州塘堵牵挽之苦。……先是，润州不过江，开元中，刺史齐澣始移漕路京口塘下，直达于江，立堵收课，事详澣本传。④ 澣新河在江北者，白尝作诗颂美。⑤ 此独言其苦。瓜步岸卑易

---

① 按：淮水当作浐水。《旧唐书·玄宗纪》，天宝元年："是岁，命陕郡太守韦坚引浐水开广运潭于望春亭之东以通河、渭。"《资治通鉴》卷二百十五：天宝二年三月，"江淮南租庸等使韦坚引浐水抵苑东望春楼下为潭"。淮水是无从引到长安的。

② 此事，两《唐书·韦坚传》并载之，但萧注行文，大体依据《通鉴》。

③ 见《三国志·吴志·孙权传》赤乌八年。

④ 齐澣，两《唐书》并有传（旧书入《文苑》），皆载此事。

⑤ 这里指李集中《题瓜洲新河饯族叔舍人贲》一诗中有"齐公凿新河，万古流不绝，丰功利生人，天地同朽灭"诸句。

开，润州岸高难开，地势至今然，白诗并纪实也。

王琦云：

> 考芒、砀诸山，实产文石。[①] 或者是时官司取石于此山，傤舟搬运，适当天旱水涸，牵挽而行，期令峻急，役者劳苦，太白悯之而作此诗。……"君看石芒砀，掩泪悲千古"者，谓芒、砀产此文石，千古不绝，则千古实为民累，有心者能不睹之而兴悲哉！[②]

异说虽多，有的却完全不足据信。如由于"芒砀"一词已被证明不能解为山名，则萧士赟认为此诗是说秦始皇虽凿云阳北冈以压天子气，而不知汉高祖已隐于芒、砀山泽间，以及王琦认为系自芒、砀采石，南运云阳之说，已不攻自破。

萧氏的又一说，只是就孙吴时陈勋曾在云阳一带开路，与诗中云阳强为牵合，而此事与诗里所描写的情景，很不相干，其为附会，不待详辩。

萧氏所引或说，以为诗咏韦坚开广运潭事，但诗中既全未涉及他的聚敛邀宠，而且这一漕渠工程，是起自江、淮，引浐水以达长安，工程重点都在长江以北，而从诗中所用云

---

① 《说文解字》九篇下："砀，文石也。"段玉裁注："《地理志》：'梁国砀山出文石。'……师古云：'山出文石，故以名县也。'按：以砀名山，又以砀名县，本为文石之名。"砀山出文石，见于《汉书·地理志》，芒山是否也出文石，则不可知。王氏称"芒、砀诸山，实产文石"，而冠以"考"字，似欠严谨。

② 近人选注的唐诗或李诗多从王说，不更列举。

阳、吴中等语来看，却偏指江南，可见其附会的程度也不下于前说。所以王琦说："琦尝以全篇诗意参绎（萧注所说）三事，知其皆非也。"

杨齐贤的说法，不算穿凿，但他认为凿石的目的，不是为了将它北运江边，而是"以通江水"，使"行船于河"的人免于再饮浑浊的水。这样，就把拖船之苦局限在缺乏清洁饮水这一点上。这种片面的理解，显然不合全诗情事，也说明他忽略了诗篇所具有的深度和广度，即诗人所揭露的，乃是封建统治阶级"力役之征"的黑暗面，而这在当时，是具有深刻、普遍的意义的。

胡震亨比较谨慎。他只泛言此诗是"咏润州埭舳牵挽之苦"，虽然也征引了齐澣开河移漕之事，但只是用以说明"润州岸高难开"，从而证实此诗描写所具有的真实性，并没有硬说从"云阳上征"拖船的水道也是齐澣所开。王琦除了误解"芒砀"一词之外，所说大体上与胡氏相同。在旧注中，它们是大体正确的。

萧士赟认为："太白乐府每篇必櫽括一事而作，非泛然而言者。"这个意见值得重视。但诗人所櫽括的事，是否一定有书面纪录流传下来，从而一定为后人所知道，则完全是另外的问题。唐代"差役之法，凡诸官吏，殆无不因以虐民。甚有非关公事，亦加役使者。而运输之事，尤为劳弊"。[1] 这种事情，成千上万，史籍何能尽载？后人何能尽知？李白在游览云阳的时候，见到劳动人民就地取石，或由

---

[1] 引自吕思勉《隋唐五代史》，第一千一百七十九页。

它处取石经过其地，并从水路运到江边的情况，有所感发，就写下了这篇作品，也正是"非泛然而言者"。如果一定要在史籍上找出它的本事，甚至以诗中个别词汇为依据，来探求诗意，那就不免陷于"深文周内"，成为"固哉高叟"了。

　　根据以上粗略的论述，我们认为：在古今注家中，复旦大学中文系古典文学教研组选注的《李白诗选》，释"上征"为"向上游（北方）行舟"，"石芒砀"为"石头又大又多的意思"，并说全诗是"写劳动人民在炎热季节里拖船的痛苦实情。……诗里表现了诗人对劳动人民的同情"，其说可称简当。

关于李白和徐凝的
庐山瀑布诗

（一）

作为一个富有特色的风景区和休养胜地，矗立在鄱阳湖畔的庐山，从古以来就以她奇秀的风姿吸引着作家、艺术家的灵心与彩笔。各人根据自己对庐山的独特的观察与体验而写出来的诗文，绘出来的图画，丰富了祖国的文学艺术。

这些作品自然存在着异同之别，高下之分，其间出现的一些问题也有许多是值得我们今天玩索和借鉴的。这里，只将自己见到的历来有关李白和徐凝两位唐代诗人所写的歌咏庐山瀑布的两首七言绝句的文献加以记录和讨论。

（二）

王琦注本《李太白文集》卷二十一收有《望庐山瀑布》二首，一首五古，一首七绝，词云：

　　西登香炉峰，南见瀑布水。挂流三百丈，喷壑数十里。欻如飞电来，隐若白虹起。初惊河汉落，半洒云天里。仰观势转雄，壮哉造化功。海风吹不断，江月照还空。空中乱潈射，左右洗青壁。飞珠散轻霞，流沫拂穹石。而我乐名山，对之心益闲，无论漱琼液，且得洗尘颜，且谐夙所好，永愿辞人间。

　　日照香炉生紫烟，遥看瀑布挂前川。飞流直下三千尺，疑是银河落九天。①

　　这两首诗大约同时写于唐玄宗开元十四年（726），即诗人二十六岁的时候。② 这是一个才情横溢的青年面对着与他所已经熟悉了的蜀中山水风格很不相同的新境界所发出的由衷的赞叹。他用纵横铺排的赋体写了一首五言古诗，"言之不足"，又写上一首七言绝句，更其集中地刻画了瀑布本身

　　① 这两首诗，校以敦煌石室所出唐人选唐诗残卷及李集各本，文句间有异同。今以无关本文论旨，不更举列。
　　② 这两首诗的作期，约有三说。黄锡珪《李太白年谱》所附《李太白编年诗目录》定为肃宗"至德元年（公元 756 年。按：即玄宗天宝十五载，元年亦当作元载。）六月，白隐居庐山作"。詹锳《李白诗文系年》系之于开元十四年，并加以考证说："任华《杂言寄李白》：'登庐山，观瀑布，"海风吹不断，江月照还空"，余爱此两句。'指此诗第一首。华诗下文又云：'中间闻道在长安，及余戾止，君已江东访元丹。'则《望庐山瀑布》诗盖入京以前作也。按白虽屡游庐山，而大都在去朝以后；其在天宝以前者，约当是时。"复旦大学中文系古典文学教研组选注的《李白诗选》将这两首诗归入第二部分（不编年）中，并加推断说："根据'且谐夙所好，永愿辞人间'两句推测，大约是晚年准备隐居庐山时所作。"黄锡珪大约以为李白平生只在至德元载上过庐山，所以为李诗编年，便将其所有的庐山诗都编入这年，这显然与事实不符。复旦《李白诗选》的推断也很勉强，因为李白的出世思想形成得很早，《诗选》第一部第一期《登峨嵋山》的解题就曾指出："李白在青年时代曾相信道教，热中于修仙学道。"那么，"辞人间"是"夙所好"，何须在晚年准备隐居庐山时才具有呢？因此，我们这里采取了詹锳先生的意见。

的令人惊心动魄的雄伟形象。绝句显然是古诗中所表现的景物在诗人构思中更其典型化的再现。

历来的读者对这两首诗是很珍视的。如王注李集卷三十三，附录三载明杨荣《李白赞》云："匡庐之山，神秀所锺。瀑布千尺，宛然飞虹。伟哉谪仙，银河在目，咳吐天风，灿然珠玉。"这篇赞主要是概括了李白自己的诗句写成的，《望庐山瀑布》则是其基本材料。可见在杨荣的心目中，这两首诗乃是李白的性格、精神的象征。

古代诗论家对这两首诗还作过一番比较。宋葛立方《韵语阳秋》卷十三云："以余观之，'银河一派'① 犹涉比类，未若前篇云：'海风吹不断，江月照还空'，凿空道出，为可喜也。"胡仔《苕溪渔隐丛话》后集卷四也说："太白前篇古诗云：'海风吹不断，江月照还空。'磊落清壮，语简而意尽，优于绝句多矣。"我们承认，五古中这两句，以白描的赋体形容瀑布，的确具有陆机《文赋》中所说"体物而浏亮"之妙，也很富于创造性，是应当给予很高的评价的。在葛、胡之前，与李白同时的诗人任华在其《杂言寄李白》中，也说："余爱此两句。"但是否就可以由此得出结论说"优于绝句多矣"呢？不能。这不特是因为从描写手段看来，固定地认为"凿空道出"胜于"比类"，即赋优于比，不够恰当；从风格看来，"磊落清壮"为两诗所同；也因为三家所举的两句只是"一篇之警策"，可并不是全篇。如果就全篇而论，则真正能够"语简而意尽"地概括庐山瀑布的形象

---

① "帝遣银河一派垂，古来惟有谪仙词"是苏轼赞美李白这首绝句的话，见后。葛立方这里是摘取苏诗中四字来代表这首诗。

的，倒是后者而不是前者。古诗从"挂流三百丈"句起，至"流沫拂穹石"句止，共十四句，都是正面描摹，绝句的后两句也是这样。两相比较，显然前者比后者丰富，而后者比前者精炼。（它虽然不能包涵却已经概括了前篇中所表现的中心形象。）因此，我们没有必要对他们强加抑扬；同时，还必须认识到，李白，作为一个伟大的诗人，在同一题目之下，写了一首五古之后，再写一首七绝，决非随便地自行重复，而是有意识地互相补充。

总之，这首七绝传诵千年，直到今天，还为人们所爱好，甚至比那首五古流传得更其广泛一些，并不是偶然的。

（三）

过了一个世纪，约在唐宪宗元和时代（806—820），另一位诗人徐凝又写了一首题为《庐山瀑布》的七绝[①]：

> 虚空落泉千仞直，雷奔入江不暂息。今古长如白练飞，一条界破青山色。

这首诗在当时也很有名。《唐诗纪事》卷四十一徐凝条引宋潘若冲《郡阁雅谈》，就有"凝官至侍郎，多吟绝句，[②] 曾吟《庐山瀑布》，脍炙人口"的记载。并且，据说，徐凝在应乡

---

① 见《全唐诗》卷四百七十四。
② 《全唐诗》存凝诗一卷，除断句外，计五律三首、七律一首、五绝十七首、七绝八十首，无古诗。《郡阁雅谈》（《宋史·艺文志》作郡阁雅言）说他"多吟绝句"，是信而有征的。

贡荐举中，还凭仗这首诗击败了他的对手张祜（"祜"，或作"祐"，误）。

这段佚闻见于唐范摅《云溪友议》卷中"钱塘论"条。宋人著述如王谠《唐语林》卷三《品汇》门、计有功《唐诗纪事》卷四十一徐凝条、旧题尤袤《全唐诗话》卷三徐凝条均加转载。其中《唐语林》系直录《友议》原文，《唐诗纪事》则略有改动，《全唐诗话》又全据《纪事》。现在节录《云溪友议》，并附著他本的重要异文，如下：①

> 致仕尚书白舍人初到钱塘（此句，《纪事》作"乐天为杭州刺史"），令访牡丹花。独开元寺僧惠澄近于京师得此花栽，始植于庭。……会徐凝自富春来，未识白公，先题诗曰："……"白寻到寺看花，乃命徐生同醉而归。时张祜榜舟而至，甚若疏诞。然张、徐二生，未之习隐（"隐"，《语林》作"稔"），各希首荐焉。中舍（"中舍"，《纪事》作"白"）曰："二君论文，若廉、白之斗鼠穴，胜负在于一战也。"遂试《长剑倚天外赋》、《余霞散成绮》诗，试讫解送，以凝为元，祜其次耳。张曰："祜诗有'地势遥尊岳，河流侧让关'。多士以陈后主'日月光天德，山河壮帝居'，此则徒有前名矣。"又祜《题金山寺》诗曰（原注：此寺，大江之中）："树影中流见，钟声两岸闻。"虽綦毋潜云："塔影挂霄汉，

---

① 《友议》用古典文学出版社排印本，《语林》用湖北官书局刊本，《纪事》用中华书局排印本。王定保《摭言》卷二，《争解元》门及《诗话总龟》前集卷三引李颀《古今诗话》所载过略，不更校录。

钟声和白云。"此句未为佳也。祐（《语林》"祐"下有"又有"二字）《观猎》四句及《宫词》（"四句"二字，据下文当在"宫词"之下）。白公曰："张三作猎诗，以较王右丞，余则未敢优劣也。"……白公又以《宫词》四句之中皆数对，何足奇乎？然无徐生云："今古长如白练飞，一条解（"解"，《语林》作"界"）破青山色。"徐凝赋曰："谯周室里，定游、夏于立（"立"，《语林》作"丘"）、虔；马守帷中，分《易》、《礼》于卢、郑。如我明公荐（《语林》"荐"下有"拔"字），岂惟偏党乎？"张祐亦曰："虞韶九奏，非瑞马之至音；荆玉三投，伫良工之必鉴。且鸿钟运击，瓦缶雷鸣，荣辱纠绳，复何定分？"祐遂行歌而迈，凝亦鼓枻而归。二生终身偃仰，不随乡试者乎！（自"祐其次耳"以下，《纪事》作：祐曰："祐诗有'地势遥尊岳，河流侧让关。'又《题金山寺》诗曰：'树影中流见，钟声两岸闻。'虽綦毋潜云：'塔影挂霄汉，钟声和白云。'此句未为佳也。"凝曰："美则美矣，争如老大'今古长如白练飞，一条界破青山色'。"凝遂擅扬。祐叹曰："荣辱纠纷，亦何常也！"遂行歌而迈，凝亦鼓枻而归。自是二生不随乡试矣。白又以祐《宫词》四句皆数对，未为奇也。）先是，李补阙林宗、杜殿中牧，与白公辇下较文，具言元、白诗体舛杂，而为清苦者见嗤，因兹有恨也。

只要略加审查，就可以发觉，这段佚闻中有许多部分绝非史实而是范摅所妄造或传自其他中、晚唐人的物语。① 被他写得有声有色的徐、张文战，多半根本就没有这回事儿。因而我们在这里并不打算对这些情节的真伪进行追究。可是，其所反映的文学思想和这种思想所形成的历史背景，却不无值得探索的地方。

这就是说：从现存的两家作品看来，张祜的诗，成就实在徐凝之上，② 而白居易，作为一个伟大的诗人，具有高度创作水平和鉴赏能力，这都是当时及后世所公认的。那么，这段佚闻的制造者，为什么要伸徐屈张，并将这种特殊的见解嫁名于白居易呢？更其令人难解的是：按照这位佚闻制造者的安排，白居易，或者如《唐诗纪事》所载，是徐凝自己，竟把《庐山瀑布》这一首实在并不高明的诗当成了杰作，仿佛神怪小说中的镇山之宝，一经祭起，就可以降服对方，这种想法又是怎样产生的？

---

① 《云溪友议》所载佚闻，颇多"委巷流传，失于考证"之处，《四库提要》卷一百四十已有所揭发。以本条而论，他说白居易到杭州作刺史之前，与徐凝不相识。考白居易元和十年（815）贬江州司马，十三年冬除忠州刺史，直至十四年春方离江州，在江州首尾五年。其任杭州刺史，则在穆宗长庆二年（822）七月，十月始到杭州，其赏牡丹至早也要在三年春天。而《全唐诗》凝集有《寄白司马》诗云："三条九陌花时节，万户千车看牡丹。争遣江州白司马，五年风景忆长安。"此诗分明作于元和十四年，即算来白居易已贬江州五年的时候。因为白除江州刺史，诏书下达，是在十三年十二月二十日。这个消息，在他处的徐凝当然不可能立刻知道，所以次年春天寄诗，仍然当他还在江州做司马，而有"五年风景忆长安"之句了。由此可见，白、徐决非长庆三年才在杭州认识的。本条又说："先是，……杜殿中牧与白公辇下较文"，考杜比白小三十一岁。杜于文宗大和元年（827）进士登第，时年二十五。白于三年即归洛阳，从此没有再出来。两家文集、传记中绝无交往之迹。而且，如果还是"先是"，即其事还在长庆三年之前的话，那么杜牧就刚刚或者还不到二十岁，似乎更无从和当时已负盛名的白居易"较文"了。这些情节，都出于伪造，是毫无疑问的。《唐诗纪事》引用《云溪友议》，删去"较文"一节，可能是看出了破绽。元辛文房《唐才子传》于卷六徐、张两传中，不采范书一字，是很有史裁的。明胡震亨《唐音癸签》出于计、辛两书之后，其卷二十五中反有"初，杜与白论诗不合；而祜亦尝觅解于白，失其意"之说，显属失考。

② 唐末张为著《诗人主客图》，以白居易为广大教化主，张祜为入室，徐凝为及门。二人品第相差两级。后来的诗论家对于张为的这一意见是没有异议的。

对于前一点，《唐诗纪事》徐凝条引皮日休论曾作过一番解释。

> 乐天荐徐凝，屈张祜，论者至今郁郁，或归白之妒才也。余读皮日休论祜云："……祜初得名，乃乐乐府艳发之词，其不羁之状，往往间见。凝之操履，不见于史，然方干学诗于凝，赠之诗曰：'吟得新诗草里论。'戏反其词，谓'村里老'也。方干，世所谓简古者，且能讥凝，则凝之朴略椎鲁，从可知矣。乐天方以实行求才，荐凝而抑祜，其在当时，理其然也。……元、白之心，本乎立教，乃寓意于乐府雍容宛转之词，谓之'讽谕'，谓之'闲适'，既持是取大名，时士翕然从之，失其旨，凡言之浮靡艳丽者，谓之元、白体。二子规规攘臂解辨，而习俗既深，牢不可破，非二子之心也，所以发源者非也。可不戒哉！"

和我们的看法不同，皮日休是相信徐、张文战是实有其事的；同时，上述解释也还有不够完全恰当的地方，如他认为"元、白之心，本乎立教"，似乎闲适、艳情之作，只是一种手段，拿《白氏长庆集》卷四十五《与元九书》、《元氏长庆集》卷三十《叙诗寄乐天书》及其他相关材料来对照，显然把两家诗歌内容和文学主张看得过于简单，因而也就不符合于事实。可是，由于他的启发，我们却领悟到这段佚闻透露了一个情况，即在当时，元、白诗中"雍容宛转"、"浮靡艳情"之词，比用以"立教"的，即"为时而著，为事而作"

的诗文，更加流行一些；同时，又体现了一个要求，即有的人却希望对这种不健康的所谓"元、白体"加以抑制。这段佚闻，很可能就是上述思想通过"托古改制"的形式的反映。所以，皮日休的解释还是比较合理的和有价值的。

对于后一点，我们也想作一点推测。从范摅叙述得不够清晰的话看来，似乎李林宗和杜牧先在长安就对白居易提过意见，说他和元稹的诗体舛杂，在这种风气支配之下，诗风清苦的作家，每每被人嗤笑，不免抱怀才不遇之恨。白居易接受了这个意见，所以在杭州考试徐、张的时候，便有意地伸徐而抑张。据《云溪友议》所载，白居易是将张祜那首著名的《宫词》——"故国三千里，深宫二十年。一声〔河满子〕，双泪落君前。"——来和徐凝的《庐山瀑布》作比较的；据《唐诗纪事》所引，徐凝是将自己那一首诗来和张祜的"地势遥尊岳，河流侧让关"，及"树影中流见，钟声两岸闻"等句作比较的。无论从哪一种记载看，徐诗朴拙，近乎"清苦"；张诗工巧，邻于"艳发"，都是一目了然，无须再加说明。可见这段佚闻中对两家的抑扬，实质上是在提倡一种有如后来北宋陈师道在其《后山诗话》中所提倡的"宁拙毋巧，宁朴毋华"的诗歌风格。

从韩愈以下，中、晚唐某些诗人对于艺术技巧的独创性和语言风格的多样性的追求是很突出的。卢仝、刘叉发展了韩的奇怪；孟郊、贾岛进而沉溺于僻苦；李贺于奇怪僻苦之外，又加上脂艳粉光和神秘气氛；温庭筠、李商隐在不同程度上受着李贺的影响，而侧重于绮丽。（当然，这里指出的都不是每一位诗人风格的全貌。）这许多诗人的精神面貌、语言风格虽然各不相同，在艺术上倾向于追求精工奇丽却无二致。而另一方面，作为这些人的对立面出现的，则是一些通俗诗人。聂夷中、杜荀鹤、胡曾、罗隐等是其代表。他们从白居易及其他白派诗人元稹、李绅、王建、张籍等那种比较平易近人的风格传统出发，以朴质的语言来从事创作，却走得更远了一些，有时不免于椎鲁，有时又不免于滑率。① "言之无文，行而不远"，这就在某种程度上对于他们作品的内容，特别重要的是对白居易的"为时而著，为事而作"的优良传统同样有所继承的思想内容，反而有所损害，因而总的说来，成就不大。这些人的作品是或多或少地流传下来了，可是他们的理论却完全湮没无闻。生活于晚唐懿宗、僖宗时代即九世纪下半期的范摅，在他记载的这段佚闻中所透漏出来的文学思想，倒是和这些通俗诗人的创作实践很契合的。这是不是就是他们的文学见解呢？而这种见解，对陈师道等江西派诗人的理论，又是否起着一种不甚明显的先驱作用呢？

由于史料的缺乏，我们现在还很难将这一条假定的线索的许多环节联系起来。这里提出的，只是一个极不成熟因而可能完全错误的看法。

（四）

在徐凝吟《庐山瀑布》之后，时间又向前推进了近三个

---

① 唐李肇《国史补》卷下，《叙时文所尚》条云："元和以后，为文章，则学奇诡于韩愈，学苦涩于樊宗师；歌行，则学流荡于张籍；诗章，则学矫激于孟郊，学浅切于白居易，学淫靡于元稹。俱名为元和体。大抵……元和之风尚怪也。"所论也大致可以看出元和时代文坛变化情况，这种变化的影响，在晚唐还是存在的。

世纪。宋神宗元丰七年（1084），苏轼从黄州移汝州，过九江时，游览了庐山。《学津讨原》本《东坡志林》卷一，《记游庐山》条曾经自述其事，略云：

> 仆初入庐山，山谷奇秀，平生所未见，殆应接不暇，遂发意不作诗。……是日，有以陈令举《庐山记》见寄者，且行且读，见其中云徐凝、李白之诗，不觉失笑。旋入开元寺①，主僧求诗，因作一绝云："帝遣银河一派垂，古来惟有谪仙词。飞流溅沫知多少，不与徐凝洗恶诗。"

陈令举，名舜俞，是苏轼的朋友。他的《庐山记》是有关庐山的名著之一。其中谈到徐凝、李白诗的，见于《叙山南篇》第三，节取如次：

> 由古灵（庵）至开先禅院十里。……瀑布在其西。山南山北有瀑布者，无虑数十处，故贯休题庐山云："小瀑便高三百尺，短松多是一千年。"惟此水著于前世。唐徐凝诗云："今古常如白练飞，一条界破青山色。"李白诗云："飞流直下三千尺，疑是银河落九天。"

---

① "开元寺"，应作"开先寺"。冯应榴《苏文忠诗合注》卷二十三，《开先漱玉亭》诗注曾详加辨订。王文诰《苏文忠公诗编注集成》卷三十三引《东坡诗话》也正作"开先"。

即此水也。① 香炉峰与双剑峰相连属，在瀑水之旁。……上山七里至永泰院，……永泰之前有文殊台，与香炉、双剑峰相为高下。瀑布前在山下，皆仰而望之，固为雄伟；至文殊台，则平视之，然后知"轰雷"、"飞练"，皆赋象之不足也。② ……凡庐山之所以著于天下，盖有开先之瀑见于徐凝、李白之诗，康王之水见于陆羽之《茶经》，至于幽深险绝，皆有水石之美也。

苏轼看了他朋友的著作为什么要"失笑"呢？很显然，他没法同意陈舜俞一再地将李、徐两诗相提并论这种做法。当然，陈舜俞也认为两诗是有高下的。可是他却将形成高下的原因机械地归之于李白是"西登"而"南见"，即能"平视"瀑布的全貌，而徐凝则是"仰而望之"，所以只能用"轰雷"（指徐诗第二句"雷奔入江不暂息"）、"飞练"（指徐诗第三

---

① 以李、徐所咏为开先瀑布，前人的意见是一致的。李集王琦注引《太平御览》卷七十一所载周景式《庐山记》云："泉在黄龙南数里，即瀑布水也，土人谓之泉湖。（两"泉"字，王注均据误本《御览》作"白水"，今依宋本校正。）其水出山腹，挂流三四百丈，飞湍于林峰之表，望之若悬索，注水处石悉成井，其深不测也。"吴宗慈《庐山志》卷五，《瀑布水》条亦据明桑乔《庐山纪事》引周记，注云："此谓山南之黄龙山，即山麓有温泉者，特相距约十五里。"这条注用意在于怕人误会黄龙是指山北的黄龙潭或黄龙寺。又敦煌本唐人选唐诗残卷载李诗五古，题作《望瀑布水》，明本《万首唐人绝句》卷二载李诗七绝，题作《望庐山瀑布水》，也足以证明李诗所咏为开先瀑布，因为瀑布水（或简称布水）原是庐山诸瀑布中最大的开先瀑布的专名。查慎行《苏诗补注》（一名《补注东坡编年诗》）卷二十三也引《太平寰宇记》云："瀑布在庐山东，亦名布水，源出高峰，挂流三百丈许，远望如匹布，有徐凝题诗。"
② 吴宗慈《庐山志》副刊之四，《庐山古今游记丛钞》卷下载黄宗羲《匡庐游录》云："以余观之，文殊塔一峰，乃古之所谓香炉峰耳。太白诗：'西登香炉峰，南见瀑布水。'又云：'日照香炉生紫烟，遥看瀑布挂前川。'此峰正在瀑布之西，登此峰而望瀑布，正在其南。若今之所谓香炉峰者，悬隔一山，全然不见，太白何所取义而云耶？若云山北之香炉峰，其峰与庐山为东，登之亦无瀑布可见，不相涉也。"吴宗慈注云："梨洲以文殊塔地即香炉峰，虽属创论，自具理证，吾未敢驳之。"陈舜俞以为文殊台是看开先瀑布的好所在，也足为黄说佐证，虽然对于这一点，我们还不能匆促地作出结论。

句"今古长如白练飞")来形容，因而产生了"赋象不足"的艺术效果。这也就是说：两诗的优劣并不决定于诗人对生活是否熟悉，技巧是否精湛，而是决定于他们欣赏瀑布的地理位置是否安排得恰当，如果徐凝不是"仰而望之"而是"平视"瀑布的话，也许他就可以写出更好的"赋象"很"足"的诗篇来了。精通创作的苏轼当然更不能同意这种机械论。

后来苏轼将这首绝句收入集子，并给它另外安了一个长题：

> 世传徐凝瀑布诗云"一条界破青山色"，至为尘陋。又伪作乐天诗称羡此句，有"赛不得"之语。乐天虽涉浅易，然岂至是哉？乃戏作一绝。

关于"伪作乐天诗称羡此句"，我们还没有见到更详细的材料，也无缘看到那篇伪诗。但如释惠洪《冷斋夜话》卷四，《元章瀑布诗》条云："米芾元章，豪放戏谑有味，……尝大字书曰：'吾有瀑布诗，古今"赛不得"，最好是"一条界破青山色"。'人固以怪之。其后题云：'苏子瞻曰："此是白乐天奴子诗。"'见者莫不大笑。"又阮阅《诗话总龟》前集卷七引《百斛明珠》载苏轼语说："如白乐天赠徐凝、韩退之赠贾岛之类，皆世俗无知者所托。"都可以看出苏轼对于此诗及此事之深为不满，而加以非笑的情况。也不难看出，这一拙劣的伪造与《云溪友议》所载佚闻关系密切，"赛不得"的传说，正是那段佚闻"踵事增华"的结果。苏轼对唐人小说是很熟悉的，这个诗题当然也就包括了对于《云溪友议》的批驳。而其说白居易"浅易"，斥徐凝"尘陋"，也正可以为我们前面所提出的对于徐凝这种诗的肯定基于怎样的一种文学思想和历史背景的假设作一个旁证。

我们认为：苏轼对于李、徐两诗的评价是正确的，但这个结论，须要对于作品作一点具体的分析、比较来加以丰富。

这两首诗的题材全然相同，描写手段也基本相同——主要是用比喻的方式来描摹自然景物。因此，我们可以从如下的几个方面来进行分析、比较它们的异同，以及由此而导致的高下：哪首诗的比喻更能如实地表达庐山瀑布的形体特征、诗人的精神面貌和两者的融合？哪首诗所使用的比喻本身更符合于生活的逻辑？还有，哪首诗的比喻更其新鲜而富于创造性？

首先，就表现这个水位很高、流量很大的瀑布所具有的居高临下、奔腾倾泻的雄伟形态来说，两诗的描绘都是很刻意的。李诗"银河"之喻，固然给人印象极深；徐诗"飞练"之喻，也使人有生气蓬勃之感。① 可是，从全首看，李诗却用第一句描写了香炉峰，陪衬了瀑布水；又用第二句描写了诗人自己的活动，使人们有可能想象他那种登高望远、遗世独立、精神与天地相往来的风貌，从而大大地扩张了诗

---

① 清翁方纲《石洲诗话》卷二云："徐凝《庐山瀑布》诗：'千古长如百练飞，一条界破青山色。'白公所称，而苏公以为恶诗。《齐隐笔记》谓本《天台赋》'飞流界道'之句。然赋与诗自不相同，苏公固非深文之论也。至白公称之，则所见又自不同。盖白公于骨格间相马，惟以奔腾之势论之耳。"其论徐诗也具有奔腾之势，和我们这里的意见是一致的，但他对苏轼的意见，仍然缺乏充分的说明。

的容量。对比之下，就不能不使人感到徐诗四句纯属客观描写的单调，显出其诗中无我的缺点。

其次，李诗第一句写山，山名香炉峰，山头云气笼罩，很像香烟，诗人极其活跃地联想到香炉在烧香时要生烟的事实，从而创造了这个形容在阳光之下云霞环绕的天半高峰的绝妙比喻。第三四句写瀑，以银河作比，也正因为银河是天界所固有，从地面望上去，它永远是个弧形，像是要落下来。这样，以银河欲落之假象来比拟瀑布下泻之真象，就显得非常贴切。徐诗以白练飞比瀑布之下落，以雷声比瀑声之响亮，当然是可以的。但是，用白练将青山单一的颜色界破，有什么意义呢？在自然界和人类社会生活中又有什么根据呢？对于"雷奔"之后接以"入江"，也可以提出同样的疑问。由此可见，李诗中用来比拟的和被比拟的事物形象，是有机地结合着的，而徐诗则恰恰相反，由于想象缺乏生活现象作为根据，所以用来比拟的和被比拟的事物形象就不能不是拼凑起来的，因而也不能不给人以一种朴拙乃至于"尘陋"的印象了。《世说新语·言语篇》载："谢太傅（安）寒雪日内集，与儿女讲论文义，俄而雪骤。公欣然曰：'白雪纷纷何所似？'兄子胡儿（谢朗）曰：'撒盐空中差可拟。'兄女（谢道蕴）曰：'未若柳絮因风起。'公大笑乐。"谢道蕴和谢朗的得失，也正是李白和徐凝的得失。

再次，李诗中那两个比喻非常新鲜，是诗人自己对自然界深入体察以后的收获。"银河"之喻，在他以前，似乎还没有人这样说过，因而注李诸家都不曾为之注明出处。"紫烟"之喻，当是受了晋释慧远《庐山记》中"气笼其上，则氤氲若香烟"的启发，却比原作远为生动鲜明。而徐以"飞练"喻瀑布，则是前人所已有，[1] 以雷声喻水声，尤其常见，吸引力就自然要弱得多。当然，我们毫无在创作中绝对不可以重复前人已经用过的比喻的意思，但李诗创造、发展得这么好，徐诗又因袭得那么差，如果等量齐观，就未免在不公道了。

苏轼是一个非常善于运用比喻的诗人。奇妙而确切的比喻是他创作中显著的艺术特色之一。他极赞李白"银河"之喻，而斥徐凝"界破"之句为"恶诗"，这种见解，如上所分析，是令人信服的。[2]

（五）

以上，我们比较了李白《望庐山瀑布》二首，探索了徐凝的《庐山瀑布》被某些人推重的原因，并论证了苏轼的李、徐优劣论的正确。

从这些拉杂的讨论中，我们有如下两点体会：

《云溪友议》所载佚闻，如果我们的推测有几分可以成立的话，蕴藏着一些值得注意的文学批评史料。类似的情

---

[1] 从《佩文韵府》卷七十六上收录得很不齐全的韵藻来看，在徐凝以前，用练比喻瀑布、水流的，就有郦道元的《水经注》、谢朓的诗、王季友的赋等。"飞练"条引《水经注》云："悬流飞瀑，望之连天，若曳飞练于霄中矣。"当即徐诗所从出。然与李诗"紫烟"之喻本诸慧远《庐山记》的情况恰巧相反，李诗可谓冰寒于水，徐诗却未能青胜于蓝。

[2] 除上引文献外，清潘德舆《养一斋诗话》卷五曾经论及张祜、徐凝两家的优劣，白居易伸徐屈张的缘由与苏轼对徐诗的评价诸问题，但都未能洞见症结。袁枚《随园诗话》卷十一认为徐诗的后两句"的是佳语"，苏轼以为"恶诗"，只是嫌其不"超脱"，所言也似未中的。明王思任《庐游杂咏》集中《开先观瀑》云："徐凝浅俗犹非恶，李白夸张未免攻。领骂开先羣瀑布，银钗两朵鬂芙蓉。"首句与袁枚之意略同，但全诗用意在标榜其末句比喻之妙。今均存而不论。

况，在古代的记载中，恐怕还不少。我们有必要对这些比较边远地区的矿藏进行一些更细致的勘查，才能使古代文艺理论遗产这张还有许多空白的地质图更加精密充实一些，从而发掘得更深广一些。此其一。

再则，我国的古典文学批评一向具有短小精悍的特色，有时甚至用省略过程，直抒结论的方式表达。诗人们的意见尤其如此。而由于他们具有丰富的创作经验和精湛的艺术技巧，那些意见又是值得重视的。为了要充分地、完整地理解它们，就需要下一番疏通证明的工夫。上述苏轼对李白、徐凝庐山瀑布诗的意见，就是一例。

杜甫《诸将》诗"曾闪朱旗北斗殷"解

　　用几首律诗组成一个整体，来反映比单篇律诗所能反映的远为广阔深刻的历史和现实、思想和感情，是杜甫对古典诗歌艺术形式的重要发展和贡献的一个方面。他先是继承了他祖父杜审言的传统，用五言律诗来这么写的，到了四川以后，进入他创作生活的后期，则扩充到七言律诗。《诸将》五首、《秋兴》八首、《咏怀古迹》五首等，就是他在这方面留给后人的宝贵遗产。

　　《诸将》五首曾被某些有见识的批评家推为杜诗七律的压卷之作，如管世铭《读雪山房唐诗钞》卷十八，七律凡例云：

> 少陵七律自当以《诸将》为压卷。关中、朔方、洛阳、南海、西蜀，直以天下全局运量胸中。如借兵回纥，府兵法坏，宦官监军，皆关当时大利大害，而廷臣无能见及者。气雄词杰，足以称其所欲言。

这个评语，从诗人的政治见解和艺术手段两方面立论，大体上是可以同意的。

这一组诗所依据的历史背景，所反映的政治局势，所表达的诗人心情，所使的典故，所用的语言，古今注家都曾经一一疏证解释，绝大部分是正确的。所以今天读起来，并没有什么困难。但是，其第一首的第六句"曾闪朱旗北斗殷"，可能多数注家都讲错了。现在试加订正，以供参考。

这句诗中的"殷"字，某些古本（如《〈文苑英华〉辩证》卷八所称孙觌本杜诗）作"闲"。有的注家就依以立论。王嗣奭《杜臆》卷六云：

> "北斗"指京师，而宿卫之士，空闲朱旗，有名无实，故谓之"闲"。按《唐志》："李林甫请停上下鱼书，自是徒有兵额、官吏，而戎器、驼马、锅幕、糇粮并废矣。时府人目上番宿卫者曰侍官，言侍卫天子也。是时，卫佐悉假人为僮奴，京师人耻之，互相诟骂必曰侍官；而六军宿卫皆市人，及禄山反，皆不能受甲矣。"所云闲闪朱旗，盖此辈也。

但杜甫的父亲名闲，唐人还保存着南北朝以来国讳之外，兼重家讳的风气，断无以父名入诗的道理。这个"闲"字，实际上是后人改的。钱谦益笺注《杜工部集》卷十五引彭叔夏《〈文苑英华〉辩证》云[①]：

---

① 仇兆鳌《杜诗详注》卷十六所引略同

　　《汉书》有"朱旗绛天"。杜云："曾闪朱旗北斗
殷"，则是因"朱旗绛天"闪见斗亦赤也。本是"殷"
字，于颜切，红色也。修书时，宣宗讳正紧，或改作
"闲"。今既祧不讳，则"殷"字何疑？①

　　因此，《杜臆》以"闲"字作主要依据，认为这句诗是说
"宿卫之士……有名无实"，也就不可信了，②虽然他认为朱
旗是指唐军并没有大错。

　　较为通行的，则有如下一些说法。钱注对此诗第三联
"见愁汗马西戎逼，曾闪朱旗北斗殷"连串起来解释说：

　　　　指西戎入犯之促数，故曰"见愁汗马"；指胡虏焚
宫之烟焰，故曰"曾闪朱旗"。所以告诫长安之诸将者
如此。

杨伦《杜诗镜铨》卷十三引张缙《读书堂杜诗注解》释下句
云：

---

　　①"修书时"，指北宋初年李昉等修《文苑英华》的时候。"讳正紧"，是指要
严格地避宋太祖赵匡胤的父亲的讳。他名弘殷，庙号宣祖。所以到了南宋彭叔夏作
《辩证》时，才能够说："今既祧不讳，……"仇兆鳌误以为是指唐宣宗，因此在引
用《辩证》时，在"宣宗"上加一"唐"字。唐宣宗李忱，初名怡，两字都与殷字
无关涉，而且宋朝人何以要避唐讳？虽然仇氏这一错误可能是由于彭叔夏将宣祖或
宣帝写成了宣宗而引起的，但他处理这条资料时，也未免太大意了。又按今本《〈
文苑英华〉辩证》卷八，《避讳》门云："世谓子美不避家讳，诗中两押'闲'字，
……《诸将》诗：'曾闪朱旗北斗殷。'殷，于颜切，红色也。用班固《燕然铭》'朱
旗绛天'之意。或者当国初时，宣祖讳殷正紧，音虽不同，字则一体，遂改为
'闲'耶？"钱、仇两注所引虽大意相同，而文字颇有出入，疑别有所本，俟再考。
　　②仇注引用《杜臆》，只存其所抄《唐志》那段材料，而删去其牵扯到"闲"
字的部分解释，也正由于此。

言朱旗闪而北斗皆赤，见胡氛蔽天意。

此外，今人冯至、浦江清等《杜甫诗选》卷七及萧涤非《杜甫研究》下卷都说此联下句是指唐代宗广德元年（763）吐蕃攻入长安，上句是指代宗永泰元年（765）吐蕃再度入寇。浦先生等以为"闪烁的朱旗曾经使北斗变成殷红色"是"比喻长安遭兵乱"；萧先生以为"是说吐蕃势盛，闪动朱旗而北斗亦为之赤"。各家所说虽然小有出入，但认为这一联诗都是写李唐王朝当时的敌人吐蕃的活动，朱旗是指敌人的旗帜，或者象征敌人的力量，则是一致的。

我们认为：钱谦益对上句的解释是准确的，也就是说，"西戎逼"是"促数"的，"见愁"的"见"（现）字，应当包括763年和765年唐朝两度被攻的史实；至于对下句的解释，则各家都张冠李戴了。它的用意是在以汉喻唐，回忆过去隆盛时期军容的强大。诗人在这一联里，是用《文心雕龙·丽辞篇》所谓反对的方式，以一今，一昔；一衰，一盛；一敌强我弱，一敌弱我强的形势，作出强烈的对比，发抒了对祖国安危的深切关怀。这一联的对仗，在这五首诗中，和第二首的"胡来不觉潼关隘，龙起犹闻晋水清"，是一样的方式；而和第四首的"越裳翡翠无消息，南海明珠久寂寥"那种正对，或第五首的"正忆往时严仆射，共迎中使望乡台"那种串对（流水对）都不一样。

这一不同于多数注家的解释，是以对于朱旗这个有着深远历史意义的词的探索为依据的。

如大家所熟知，汉是唐以前国祚最长、国力最盛的统一大帝国，唐代诗人乐于以汉朝比本朝，以汉事写唐事，其例证不胜枚举。

我们也知道，红色是汉朝人认为最尊贵的颜色。这一点，早在汉高祖起兵的时候，就规定下来了。《史记·高祖纪》对此有明确的记载：

> 旗帜皆赤。由所杀蛇白帝子，杀者赤帝子，故上赤。

在《淮阴侯列传》中，叙述汉赵之战，也一再提到"拔赵帜，立汉赤帜"，"立汉赤帜三千"，"壁皆汉赤帜"。撇开赤帝子斩白帝子的神话不谈，汉上（尚）赤，用赤帜总是事实。

赤帜也就是朱旗。在文献上，至迟在东汉初年，文学作品中就多次出现过朱旗这个词。以最著名的作家作品见于《文选》者为例，则如：

> 玄甲耀目，朱旗绛天。
> —— 班固：《封燕然山铭》

> 爰兹发迹，断蛇奋旅。神母告符，朱旗乃举。
> ——班固：《汉书·叙传》①

> 高祖膺箓受图，顺天行诛，仗朱旗而建大号。

---

① 《文选》卷五十题作《史述赞·述高帝纪第一》，今用《汉书》原篇名。

——张衡:《东京赋》

到了三国时代，蜀汉是自认为继承了刘氏王朝的正统的，所以在其诏书中也沿用过这个词。《三国志·蜀志·后主传》裴注引《诸葛亮集》载其《为后帝伐魏诏》云：

> 欲奋剑长驱，指讨凶逆，朱旗未举，而丕复陨丧。

汉、魏以下，也不乏书证，无须更加列举。

这些证据无可争辩地说明，朱旗是个褒义词，也是个庄严的含有政治内容的名词。它只能用来代表自己国家的、正面的，而决不能用来代表敌人的、反面的力量。（这些含义，一直沿用到今天，不过它已经改称为红旗了。）杜甫是一位"熟精《文选》理"① 的诗人，（近代学者李详所著《杜诗证〈选〉》一书，有力地证明了这一点。）对班固、张衡的这些作品，当然很熟习；诸葛亮更是他所非常敬佩的一位历史人物，在诗篇中曾多次加以歌颂，对其著作也不应当怎么生疏。因此，可以想见，杜甫对于班、张、诸葛所使用过的朱旗这个词的含义，也决不至于缺乏正确的理解。那么，当我们读到他这一句诗的时候，又怎么能够模糊地或轻率地断定诗人是在用朱旗代表他当时所认为的敌人呢？

在上举文献中，与杜甫这一句诗关系密切，因而特别值得注意的是《封燕然山铭》。这篇文章是东汉窦宪大破匈奴

---

① 杜甫《宗武生日》句。

之后，刻石勒功，记载汉朝威德的。其中"玄甲耀日，朱旗绛天"两句，极其生动地描绘了汉朝胜利大军壮盛的军容。这也正是杜甫"摅怀旧之蓄念，发思古之幽情"[①] 的所在。"曾闪朱旗北斗殷"，也可以说，就是"朱旗绛天"的译文。"绛"在这里是个动词，意为闪耀着红光。"天"，杜诗里用"北斗"代替了。诗人热爱祖国，面对今日的衰微，愁敌进逼；遥想先朝的强盛，克敌扬威，因而写出这一联对比极其强烈的诗句，不是很自然的吗？

因此，我们也认为，在前人著作中，《〈文苑英华〉辩证》虽然只是极其简略而且近乎不加说明地指出载在《后汉书·窦宪传》的《封燕然山铭》中有"朱旗绛天"这句话，倒是真正把问题提到了点子上。如果体会了彭叔夏的用意，许多附会和误会是不至于发生的。

正因为人们从来不曾在文献中见过把朱旗当成贬义词来使用，以它代表敌人或反面力量，所以在解释这句杜诗时，要认为它是代表吐蕃的，就难以自圆其说。于是，只好将它或牵强地说成是"烟焰"，或笼统地说成是"胡氛"，或认为是"比喻长安遭兵乱"，或认为"是说吐蕃势盛"。到头来都不能符合诗意。

这一事例说明，弄清楚某些词的历史意义，对于正确理解古代作品来说，有时是很必要的。

---

① 班固《西都赋》句。

闲堂诗学

（下）

程千帆◎著

辽海出版社

少陵先生文心论

（一）

评诗之作，常后于诗。其在吾华，则评诗之文，视评诗之诗又后。稽古诗制作，滥觞三百五篇，而《大雅·崧高》云："吉甫作诵，其诗孔硕，其风肆好，以赠申伯。"《烝民》云："吉甫作诵，穆如清风。仲山甫永怀，以慰其心。"皆以诗评诗者也。①论文之业，导源于《诗序》，扬波于《典论》，逮仲伟《诗品》，彦和《文心》，斯为极盛。然上规《诗·雅》，其事靡闻。至唐而得老杜。《偶题》、《戏为六绝句》诸篇，希踪往哲；李白《古风》，韩愈《荐士》、《调张籍》，亦要为羽翼矣。自兹以后，此体遂开。踵武前修，代有名作。举其尤著，若金元好问《论诗》三十首，及清王士禛《戏仿元遗山论诗绝句》三十二首是也。

杜公成就，在唐世已获公认。如朱翌《猗觉寮杂记》所云："李、杜，当时名公皆心服。退之云：'勃兴得李杜，万

----

① 案章学诚《文史通义》内篇卷五《诗话篇》云："此论诗而及辞也。"

类困凌暴。'又云：'少陵无人谪仙死，才薄将奈石鼓何！'
又云：'昔年曾读李白、杜甫诗，长恨二人不相从。'又云：
'李杜文章在，光焰万丈长。'又云：'远追甫白感至诚。'①
杜牧之云：'李杜泛浩浩。'又云：'天外凤皇谁得髓，无人
解合续弦胶。'韦苏州亦称颂。元微之云：'杜甫天才颇绝
伦，每寻诗卷似情亲。怜渠直道当时事，不著心源傍古人。'
又与乐天书云：'得杜诗数百首，爱其浩瀚津涯，处处臻到；
始病沈、宋之不存寄兴，而讶子昂之未暇旁备。'"② 则其实
证。逮宋以降，尤极推崇。若吴瞻泰《杜诗提要略例》言：
"黄鲁直则推为诗中之史。③ 罗景纶则推为诗中之经。杨诚斋
则推为诗中之圣。王凤洲则推为诗中之神。"又其例也。颂
扬既备，研讨亦多。编次则樊晃开其端。④ 笺注托王洙居其
首。⑤ 年谱之作，昉自汲公吕大防。⑥ 诗话之兴，始于莆田

---

① 案洪迈《容斋四笔》卷三《韩公称李杜条》所举，尚有"近邻李杜无检束，烂漫长醉多文辞"二句。
② 卷上，《知不足斋丛书》本。
③ 案《历代诗话》续编本《孟棨本事诗高逸第三》云："杜逢禄山之难，流离陇、蜀，毕陈于诗，推见至隐，殆无遗事，故当时号为诗史。"是诗史之说，唐人已有之。
④ 《旧唐书·文苑传》甫传云："甫有集六十卷。"《新唐书·艺文志》云："《杜甫集》六十卷。"又云："《小集》六卷，润州刺史樊晃集。"今传樊氏《小集》序云："文集六十卷，行于江、汉之南，……故不为东人之所知。……今采其遗文，凡二百九十篇，各以事类，分为六卷，且行于江左。君有子宗文、宗武，近知所在，漂寓江陵。冀求其正集，续当论次云。"又宋王洙《杜工部集序》云："甫集初六十卷。今秘府旧藏，通人家所有，称大小集者，皆亡逸之余，人自编摭，非当时第次矣。"是杜集六十卷之祖本，亡逸甚早。今所流传，皆樊氏以次诸家搜辑所得者也。
⑤ 《四部丛刊》三编本晁公武《郡斋读书志》卷四上云："本朝自王原叔以后，学者喜杜诗。世有为之注者数家，皆鄙浅可笑。有原甫名，其实非也。"案"有原甫名"句，《文献通考·经籍考》引作"有托名原叔者"。当从。王氏虽尝编次杜诗，而初未作注，今传诸宋注率称"洙曰"者，皆依托也。拙作《杜诗伪书考》，辩证甚详。
⑥ 载《四部丛刊》本《分门集注杜工部诗》及《古逸丛书》本《草堂诗笺》卷首。

方深道。① 宋、元迄于明朝，诗话丛杂，评骘先贤，莫不以少陵为口实。多逞臆说，无益后生。语其大者，终莫逾于元稹《墓志》。② 然元文格于体例，不克缕陈。今辄就杜公之诗，探其文心所在。后来眇论，兼取证明。绳是以求，玄珠可得。公尝谓："文章千古事，得失寸心知。"③ 若此之为，以杜还杜，亦惧聆法来稗贩之诃，期说诗有解颐之乐耳。

（二）

杜公蓄积，元自儒家。故语于生事，则曰："儒术诚难起，家声庶已存。"④ "兵戈犹在眼，儒术岂谋身。"⑤ 语于文学，则曰："法自儒家有，心从弱岁疲。"⑥ "应须饱经术，已似爱文章。"⑦ 刘熙载《艺概》云："太白早好从横，晚学黄、老。少陵一生，却只在儒家界内。"⑧ 此诚卓识。世之好抑扬李、杜者，不可不知也。

儒者之流，用世是务。若杜公者，固亦莫能外之。览其遗文，志业有足悲者。如《奉赠韦左丞丈二十二韵》云："纨袴不饿死，儒冠多误身。丈人试静听，贱子请具陈。甫昔少年日，早充观国宾，读书破万卷，下笔如有神，赋料扬雄敌，诗看子建亲，李邕求识面，王翰愿卜邻。自谓颇挺

---

① 陈振孙《直斋书录解题》卷二十二载方深道诸家老杜诗评五卷，续一卷。
② 《新唐书·文艺传》甫传赞及秦观《进论》，皆本元为说者也。
③ 《偶题》。
④ 《奉留赠集贤院崔于二学士》。
⑤ 《独酌成诗》。
⑥ 同③。
⑦ 《又示宗武》。
⑧ 卷二，《诗概》。

出，立登要路津，致君尧舜上，再使风俗淳。此意竟萧条，行歌非隐沦。"又《自京赴奉先县咏怀五百字》云："杜陵有布衣，老大意转拙，许身亦何愚，窃比稷与契。居然成濩落，白首甘契阔。盖棺事则已，此志常觊豁。穷年忧黎元，叹息肠内热，取笑同学翁，浩歌弥激烈。"篇中立意，类是者尚众。此特其尤彰著者耳。

自许稷、契一念，从来论者纷纭。葛立方《韵语阳秋》云："老杜高自称许，有乃祖之风。上书明皇云：'臣之述作，沈郁顿挫，扬雄、枚皋，可企及也。'《壮游》诗则自比于崔、魏、班、扬。① 又云：'气劘屈贾垒，目短曹刘墙。'《赠韦左丞文》则曰：'赋料扬雄敌，诗看子建亲。'甫以诗雄于世，自比诸人，诚未为过。至'窃比稷与契'，则过矣。史称：'甫好论天下大事，高而不切。'岂自比稷与契而然邪？"② 周必大《二老堂诗话》云："子美诗：'自比稷与契。'退之诗云：'事业窥稷契。'子美未免儒者大言；退之实欲践之也。"③ 此不之许者也。黄彻《䂬溪诗话》云："老杜送严武云：'公若登台辅，临危莫爱身。'寄裴道州、苏侍御云：'致君尧舜付公等，早据要路思捐躯。'此公素所蓄积而未及设施者，故乐以告人耳。……自比稷与契，岂为过哉？"④ 又云："观《赴奉先县咏怀五百字》，乃声律中老杜心迹论一篇也。……禹、稷、颜子不害为同道，少陵之迹江湖，而心

---

① 徐哲东先生云："案杜诗原文为'斯文崔魏徒，以我似班扬。'揆之句义，崔、魏不当与班、扬连文，且亦非自比。立方此语实误。"
② 卷八，《历代诗话》本。
③ 《韩、杜自比稷契》条，《历代诗话》本。
④ 卷一，《知不足斋丛书》本。

稷、契，岂为过哉？孟子曰：'穷则独善其身，达则兼善天下。'其穷也，未尝无志于国与民；其达也，未尝不抗其易退之节。早谋先定，出处一致矣。……昔人目元和《贺雨诗》为谏书，余特目此诗为心迹论也。"① 苏轼《东坡题跋》云："子美自许稷与契，人未必许也。然其诗云：'舜举十六相，身尊道更高。秦时用商鞅，法令如牛毛。'自是稷、契辈人口中语也。"② 此许之者也。平章四子之言，东坡为达。盖儒者所存，固应如此。至其能逮与否，又当别论。洪亮吉《北江诗话》曰："杜工部之救房琯，则生平许身稷、契之一念误之。"③ 斯微至之谈，足以解难息喙矣。

　　杜公之为儒者，既明之如上矣。儒家的论文，又可得而闻也。盖自孔子已称："行有余力，则以学文。"④ 降及汉、魏，扬雄致讥于雕篆，以为："诗人之赋丽以则，辞人之赋丽以淫。如孔氏之门用赋也，则贾谊升堂，相如入室矣。如其不用何！"⑤ 曹植恢弘其绪论，亦谓："辞赋小道，固未足以揄扬大义，彰示来世也。昔扬子云，先朝执戟之臣耳。犹称：'壮夫不为。'"⑥ 故公亦云："文章一小技，于道未为尊。"⑦ 又曰："辞赋工何益。"⑧ 诚有所本也。乃刘辰翁评"文章"二句云："此甫谦辞，以答柳侯尊己。……由世之谈

---

① 卷十。
② 卷二，评子美诗，《津逮秘书》本。
③ 卷三，《粤雅堂丛书》本。
④ 《论语·学而篇》。
⑤ 《法言·吾子篇》。
⑥ 《与杨德祖书》。
⑦ 《贻华阳柳少府》。
⑧ 《陪郑广文游何将军山林》十首之四。

道者借甫自文，不可不辨。"① 其然，岂其然与？

　　夫儒者学优而仕，志在蒸黎。若当厥道不行，沦诸草野，则江湖魏阙，廊庙山林，必有往复驰思，哀乐无端者。此杜公所以既称："本无轩冕意，不是傲当时。"② 而复叹"平生飞动意，见尔不能无"也。③ 诚以丹陛雍容，则余事为诗；浩歌激烈，则以文传意。或出或处，易地皆然。故其"清诗近道要"④ 及"道消诗兴废"⑤ 之句，与文章小技辞赋何益之说，实相反而相成。陆游诗曰："千载诗亡不复删，少陵谈笑即追还。尝憎晚辈言诗史，清庙生民伯仲间。"⑥ 放翁之咏，或亦有见于此耳。

　　虽然，此老苍茫感咏，固由失志当时，而使束带立朝，终于名宦，则坛坫鸿业，必谢今兹。相彼慷慨之谈，是又未易言其孰得而孰失者也。

（三）

　　每观杜公言作诗所由，未与常人有异。其曰："有情且赋诗，事迹可两忘。"⑦ "箧中有旧笔，情至时复援。"⑧ 则动中形言之说也。其曰："自吟诗送老，相劝酒开颜。"⑨ "老来

---

① 胡应麟《诗薮》杂编第五引。
② 《独酌》。
③ 《赠高氏颜》。
④ 《贻阮隐居昉》。
⑤ 《哭台州郑司户、苏少监》。
⑥ 《读杜》。
⑦ 《四松》。
⑧ 《客居》。
⑨ 《宴王使君宅题》二首之二。

多涕泪，情在强诗篇。"① 则贤人失志之感也。其曰："东阁官梅动诗兴，还如何逊在扬州。"② "登临多物色，陶冶赖诗篇。"③ 则缘情体物之意也。若"愁极本凭诗遣兴，诗成吟咏转凄凉。"④ "药裹关心诗总废，花枝照眼句还成。"⑤ 尤能曲达放言遣辞之两境。然此诸事，理之固然，禀气怀灵，应无苟异。是知杜之为杜，自别有真。今疏其辞，约可三术，试论如次：

其一，则识足以会通变也。泥古苦拘，倍古伤犷，历来文论，固皆莫衷一是矣。杜公于此，最具特识。大旨具见于《偶题》及《戏为六绝句》诸篇。《六绝句》前人说者已多，如翁方纲《石洲诗话》⑥、汪师韩《诗学纂闻》⑦，且各专为论列，是处终鲜。盖因不明其文学通变之观念耳。兹请先就此点释之。

《偶题》云："作者皆殊列，声名岂浪垂。"此言文章之事，贵乎通变。历祀作家千百，所造各殊，凡能信今传后者，必各有其卓然自立之道，要非幸致也。次云："骚人嗟不见，汉道盛于斯。"此言姬周以还，体制递变。《诗》、《骚》已远，五、七渐兴。今之所行，犹汉旧章也。次云："前辈飞腾入，余波绮丽为。"此言文体盛衰，殆有恒规。初起则气势相高，末流则雕绘自喜也。次云："后贤兼旧制，

① 《哭韦大夫之晋》。
② 《和裴迪登蜀州东亭逢早梅相忆见寄》。
③ 《秋日夔府咏怀，奉寄郑监李宾客一百韵》。
④ 《至后》。
⑤ 《酬郭十五判官》。
⑥ 卷一，《粤雅堂丛书》本。
⑦ 《论杜戏为六绝》条，《历代诗话续编》本。

历代各清规。"此言前朝之成业，每为后世之遗产。作者要当取彼精华，更加陶铸，乃能各具英奇，无复雷同之患也。

《戏为六绝句》除一、四两首外，亦皆论文辞与时会之攸关。其二云："王杨卢骆当时体，轻薄为文哂未休。尔曹身与名俱灭，不废江河万古流。"其三云："纵使卢王操翰墨，劣于汉魏近《风》、《骚》。龙文虎脊皆君驭，历块过都见尔曹。"考杜公之美卢、王，人多致议。《韵语阳秋》云："李不取建安七子，而杜独取垂拱四杰，何邪？南皮之韵，固不足取。而王、杨、卢、骆，亦诗人之小巧者耳。至有'不废江河万古流'之句，褒之岂不太甚乎？"① 宋长白《柳亭诗话》则以为此"少陵虚怀乐善，为后来轻于毁誉者戒"。② 余谓斯皆未得公意也。详此二首所说，仍与《偶题》历代清规之义相同。盖谓四杰所诣，虽或视汉、魏诸家为劣，然其新变代雄，何异《风》、《骚》？宜此当时之体，亦足以垂后矣。胡震亨《唐诗谈丛》云："'当时自谓宗师妙，今日观惟属对能。'义山自咏尔时之四子。'尔曹身与名俱灭，不废江河万古流。'少陵自咏万古之四子。"③ 是说也，庶几近之。其五云："不薄今人爱古人，清词丽句必为邻。窃攀屈宋宜方驾，恐与齐梁作后尘。"其六云："未及前贤更勿疑，递相祖述复先谁？别裁伪体亲风雅，转益多师是汝师。"此二首谓文辞之道，但期清丽，无间古今。而前代作家，多已造极，虽加趋步，难可追攀。则后之学者，宜博习

---

① 卷三。
② 卷十，《万古流》条。
③ 卷一，《学海类编》本。

于多方，勿拘虚于一孔。徒事模拟，恐贻伪体之讥。《风》、《雅》所以独绝，① 即缘辞自己出，故觉可亲。若能绍风、雅之精神，祖历朝之矩矱，既得多师，自成家数，乃可上迈屈、宋，下谢齐、梁。此则通变之大数也。逮夫近世，发明斯意，鄙见所及，盖有二家，则明方孝孺《谈诗》，清赵翼《论诗》两绝是。方曰："举世皆宗李杜诗，不知李杜更宗谁？能探风雅无穷意，始是乾坤绝妙辞。"赵曰："李杜诗篇万口传，至今已觉不新鲜。江山代有才人出，各领风骚数百年。"二子者，庶与老杜莫逆于心焉。

其二，则才足以严律令也。辞条文律，杜公所重。故曰："诗律群公问。"② 又曰："文律早周旋。"③ 若自谓："晚节渐于诗律细。"④ 誉人："思飘云物外，律中鬼神惊。毫发无遗憾，波澜独老成。"⑤ 则持说为尤具体矣。

夫律令出以精严，则思力自然沉厚；经营由于惨澹，则出语迥不犹人。若事义以之精纯，音韵从而流美，又其余事也。赵翼《瓯北诗话》云："宋子京《唐书·杜甫传赞》谓：其诗'浑涵汪茫，千汇万状，兼古今而有之。'大概就其气体而言。其次如荆公、东坡、山谷等，各就一首一句，叹以为不可及，皆未说着少陵之真本领也。其真本领仍在少陵诗中'语不惊人死不休'一句。盖其思力沉厚，他人不过说到七八分者，少陵必说到十分，甚至有十二三分者。其笔力之

---

① 此言风、雅，即上言风、骚，变文以合律耳。
② 《承沈八丈东美除膳部员外，阻雨未遂驰贺，奉寄此诗》。
③ 《哭韦大夫之晋》。
④ 《遣闷戏呈十九曹长》。
⑤ 《敬赠郑谏议十韵》。

豪劲，又足以副其才思之所至，故深人无浅语。"① 斯论可谓洞极隐微。次如《韵语阳秋》谓："杜子美云：'为人性癖耽佳句，语不惊人死不休。'则凡是子美胸中流出者，无非惊人之语矣。"② 虽略嫌其泥，要亦揣本之谈也。

今考集中言苦吟者，屡见不一，实启元和以降三年二句之风。《江上值水如海势聊短述》一篇，葛、赵两家既徵之矣。若《解闷十二首》之七云："陶咏性情须底物？新诗改罢自长吟。熟知二谢能将事，颇学阴何苦用心。"亦足与相发明。至投赠之篇，或云："知君诗苦缘诗瘦。"③ 或云："清诗近道要，识子用心苦。"④ 又善与人同之意。《柳亭诗话》云："陆机《文赋》：'意司契而为匠。'老杜用之《丹青引》，曰：'意匠惨澹经营中。'即此可悟'语不惊人死不休'之句。"⑤ 兹言谅矣。

其三，则学足以达标准也。杜公诗云："示我百篇文，诗家一标准。"⑥ 此公自言诗文有标准也。而诗法多门，标准亦随之各异。局就抽象之风格而论，则吾人今日即诗中所得，神、秀、清、新四者，略可概之。综名各异，析理旁通，皆其所持以为多士之衡量，一己之圭臬者也。

案公品诗衡文，揭櫫神字最夥。如"文章有神交有道。"⑦ "诗成觉有神。"⑧ "诗兴不无神。"⑨ "诗应有神助。"⑩ "挥翰

---

① 卷二。
② 卷四。
③ 《暮登西安寺钟楼寄裴十》。
④ 《贻阮隐居昉》。
⑤ 卷二，《下句申上句》条。
⑥ 《赠郑十八贲》。
⑦ 《苏端薛复筵简薛华醉歌》。
⑧ 《独酌成诗》。
⑨ 《寄张十二山人彪三十韵》。
⑩ 《游修觉寺》。

绮绣场，篇什若有神。"① "义方兼有训，词翰两如神。"② 皆其著例。旁及其他艺事，亦莫不然。故论画则曰："将军善画盖有神。"③ 论书则曰："书贵瘦硬方通神。"④ 乃至师旅之事，亦称："用急始如神。"⑤ 其涵蕴亦至广矣。次及秀字者，如"题诗得秀句，翰札时相投。"⑥ "平公今诗伯，秀发吾所贪。"⑦ "诗家秀句传。"⑧ "才士得神秀。"⑨ 诸句是也。及清字者，如"清文动哀玉。"⑩ "篇终语清省。"⑪ "清诗近道要。"⑫ "不意清诗久零落。"⑬ 诸句是也。及新字者，如"诗清立意新。"⑭ "清新庾开府。"⑮ 诸句是也。

　　以上所举，犹有未周，然杜公宗尚，已可概见。寻此数名之义，但能意会，难可言诠。惟仍与前论会通变、严律令之旨，豁然一贯。要之，杜公所持者，乃所谓积储之说也。盖文章后起，取径苦狭。得观念于通变，则不至徒工模拟；以苦吟为律令，则可以自致英奇，而神、秀、清、新之境，不难逮矣。吕本中《童蒙训》曰："陆士衡《文赋》：'立片言以居要，乃一篇之警策。'此要论也。文章无警策，则不足以传世。……子美诗曰：'语不惊人死不休。'所谓惊人

---

　① 《八哀诗·赠太子太师汝阳郡王琎》。
　② 《奉贺阳城郡王太夫人恩命加邓国夫人》。
　③ 《丹青引》。
　④ 《李潮八分小篆歌》。
　⑤ 《观安西兵过赴关中待命二首》之一。
　⑥ 《送韦十六评事充同谷防御判官》。
　⑦ 《石砚诗》。
　⑧ 《哭李尚书之芳》。
　⑨ 《和江陵宋大少府暮春雨后诸公及舍弟宴书斋》。
　⑩ 《奉酬薛十二丈判官见赠》。
　⑪ 《八哀诗·故右仆射相国曲江张公九龄》。
　⑫ 《贻阮隐居昉》。
　⑬ 《追酬故高蜀州人日见寄》。
　⑭ 《奉和严将军西城晚眺十韵》。
　⑮ 《天末怀李白》。

语，即警策也。"① 余案公诗云："尚怜诗警策。"② 则固已自道之。所谓警策，其亦致神、秀、清、新之道耳。如《奉赠韦左丞丈二十二韵》云："读书破万卷，下笔如有神。"《寄薛三郎中》云："乃知盖代手，才力老益神。"斯其理也。所以然者，则以积学既富，则出语务去陈言；陈言既去，则作风自异凡响。《文心雕龙·神思篇》曰："积学以储宝。"神、秀、清、新，其文家之瑰宝乎！若《丹青引》"将军善画盖有神"之句，实承上"意匠惨澹经营中"。《观安西兵过赴关中待命》"临危经久战，用急始如神"之联，实出上"老马夜知道，苍鹰饥著人"。用知厥理，罔不同符。连类而及，宜无间然矣。

凡此三事，皆杜公诗法之尤精尤大者。观其综贯超卓，知非徒以篇章为百代雄也。后贤才学与识，每难兼赅，所诣宜乎不及。至侈言辞气，易蹈空疏；毛举章句，多伤碎琐，此不更详云。

（四）

前论积储之说。兹请得更证之：

黄庭坚云："老杜作诗，退之作文，无一字无来处。盖后人读书少，故谓韩、杜自得此语耳。"③ 又《东皋杂录》云："有问荆公：老杜诗何故妙绝古今？公曰：老杜固尝言

---

① 蔡梦弼《草堂诗话》卷一引，《古逸丛书》本。
② 《戏题寄上汉中王三首》之三。
③ 胡仔《苕溪渔隐丛话》前集卷九引，《四部备要》本。

之，'读书破万卷，下笔如有神。'"① 若依半山、涪翁之言，则杜诗之佳，似全由学力。然前人固有持异议者。邵博《河南邵氏闻见后录》曰："予谓少陵所以独立千载之上，不但有所本也。《三百篇》之作，果何本哉？"② 此致疑于前说也。若《瓯北诗话》则云："微之谓其薄《风》、《雅》，该沈、宋，夺苏、李，吞曹、刘，掩颜、谢，杂徐、庾，足见其牢笼万有。秦少游并谓其不集诸家之长，亦不能如此。则似少陵专以学力集诸家之大成。明李空同诸人遂谓：李太白全乎天才，杜子美全乎学力。此真耳食之论也。思力所到，即其才分所到，有不如是则不快者。此非性灵中本有分际；而尽其量，出乎性灵所固有。而谓其全以学力为胜乎？"③ 斯言可谓博辩。然天才学力，实有两途。于杜则并臻极峰，在他则不无偏至。故其所论，疑未尽莹。于此，余盖有取乎元好问也。其《杜诗学引》曰："窃尝谓子美之妙，释氏所谓学至于无学者耳。今观其诗，如元气淋漓，随物赋形；如三江五湖，合而为海，浩浩瀚瀚，无可涯涘；如祥光庆云，千变万化，不可名状。固学者之所以动心而骇目。及读之熟，求之深，含咀之久，则九经百氏，古人之精华，所以膏润其笔端者，犹可仿佛其余韵也。夫金屑、丹砂、芝、术、参、桂，识者例能指名之。至于合而为剂，其君臣佐使之互用，甘苦酸咸之相入，有不可复以金屑、丹砂、芝、术、参、桂而名之者矣。故谓子美无一字无来处，亦可也；谓不从古人中

---

① 同上后集卷五引。
② 卷十七，《津逮秘书》本。
③ 卷二。

来，亦可也。前人论子美用故事，有著盐水中之喻，① 固善矣，但未知九方皋之相马，得天机于存亡灭没之间。物色牝牡，人所共知者，为可略耳。"② 此真洞烛幽微，独标名隽，可谓定论矣。

元稹为杜公志墓，于其诗渊源，论列甚详。《旧唐书·文苑传》引之，且云："自后属文者，以稹论为是。"③ 反复其说，知所据皆在本集，初无阿私所好之言，故得精确如此。秦观《进论》，④ 亦视元志小异大同。尝取二家之言，证以公句，若合符节，试列举之。元云："上薄《风》、《雅》。"⑤ 其在集中，则"词场继《国风》"。⑥ "文雅涉《风》《骚》。"⑦ "《风》《骚》共推激。"⑧ "有才继《骚》《雅》。"⑨ "先生有才过屈宋。"⑩ "摇落深知宋玉悲，风流儒雅亦吾师。"⑪ 诸句是也。元云："言夺苏、李。"秦云："昔李陵，苏武之诗长于高妙。"皆在集中，则"李陵苏武是吾师"。⑫ 是也。元云："气吞曹、刘。"秦云："曹植、刘公幹之诗长于豪逸。"其在

----

① 案《说诗乐趣》卷一引《古今诗话》云："作诗用事，要如水中著盐。饮食乃知盐味，此说诗家秘藏也。杜少陵诗如'五更鼓角声悲壮，三峡星河影动摇'。人徒见凌轹造化之工，不知乃用事也。《祢衡传》：'渔阳掺声悲壮。'《汉武故事》：'星辰影动摇。东方朔谓：民劳之应。'则善用事者，如系风捕影，岂有迹邪？"即好问此之所指。

② 《元遗山集》卷三十六，《四部丛刊》本。

③ 卷一百九十下。

④ 《草堂诗话》卷一引。即《淮海集》卷十一《韩愈论》之文也。

⑤ 雅，《元氏长庆集》作骚。

⑥ 《奉寄河南韦尹丈人》。

⑦ 《题柏大兄弟山居屋壁二首》之一。

⑧ 《夜听许十损诵诗，爱而有作》。

⑨ 《陈拾遗故宅》。

⑩ 《醉时歌》。

⑪ 《咏怀古迹五首》之二。

⑫ 《解闷十二首》之五。

集中，则"赋诗时或如曹刘。"① "曹刘不待薛郎中。"② "方驾曹刘不啻过。"③ "目短曹刘墙。"④ "诗看子建亲。"⑤ 诸句是也。元云："掩颜、谢之孤高，杂徐、庾之流丽。"秦云："陶潜，阮籍之诗长于冲澹，谢灵运、鲍照之诗长于峻洁，徐陵、庾信之诗长于藻丽。"此除阮步兵外，皆属六代作者，集中称说尤多。若"宽心应是酒，遣兴莫过诗。此意陶潜解，吾生后汝期。"⑥ "陶谢不枝梧。"⑦ "焉得思如陶谢手。"⑧ "新文生沈谢。"⑨ "沈谢得同行。"⑩ "何刘沈谢力未工，才兼鲍照愁绝倒。"⑪ "沈范早知何水部。"⑫ "往往凌鲍谢。"⑬ "流传江鲍体。"⑭ "还披鲍谢文。"⑮ "谢朓每篇堪讽诵。"⑯ "诗接谢宣城。"⑰ "熟知二谢能将事，颇学阴何苦用心。"⑱ "阴何尚清省。"⑲ "李侯有佳句，往往似阴铿。"⑳ "清新庾开府，俊逸鲍参军。"㉑ "庾信平生最萧瑟。"㉒ "庾信文章老更成。"㉓

① 《秋述》。
② 《解闷十二首》之四。
③ 《奉寄高常侍》。
④ 《壮游》。
⑤ 《奉赠韦左丞丈二十二韵》。
⑥ 《可惜》。
⑦ 《夜听许十损诵诗，爱而有作》。
⑧ 《江上值水如海势，聊短述》。
⑨ 《哭王彭州纶》。
⑩ 《寄彭州高三十五使君适、虢州岑二十七长史参三十韵》。
⑪ 《苏端薛复筵简薛华醉歌》。
⑫ 《解闷十二首》之四。
⑬ 《遣兴五首》之五。
⑭ 《赠毕四》。
⑮ 《戏寄崔评事表侄、苏五表弟、韦大少府诸侄》。
⑯ 《寄岑嘉州》。
⑰ 《陪裴使君登岳阳楼》。
⑱ 《解闷十二首》之七。
⑲ 《秋日夔府咏怀奉寄郑监李宾客一百韵》。
⑳ 《与李十二白同寻范十隐居》。
㉑ 《春日忆李白》。
㉒ 《咏怀古迹五首》之一。
㉓ 《戏为六绝句》之一。

皆是。视元、秦所举，略有出入，大体无殊。次如"续儿诵《文选》。"① "熟精文选理。"② 亦其类也。元云："下该沈、宋。"公诗亦有"沈宋欻连翩。"③ 此皆具见篇章，足证元、秦之论者。若公所尝道，而两家未及者，亦有之。如"赋或似相如。"④ "赋料扬雄敌。"⑤ "以我似班扬。"⑥ "视我扬马间。"⑦ 则追踪于西汉。"曾是接应徐。"⑧ 亦致美于建安。"潘陆应同调。"⑨ 乃绳武于太康。胥其例也。至惜卢、王于国初，文凡四见。⑩ 尊厥祖之家法，亦有二篇。⑪ 则不独上溯周朝，亦且下沿唐代。凡此种种，或用誉人，或以述己，要之皆平素涉笔之楷模，而取资之渊海。夫其广漠若兹，知元氏称其"尽得古人之体势，而兼人人之所独专。"秦氏称其"实集众流之长"。⑫ 诚可信也。

　　杜诗之浸润古先者如此。盖其含咀众妙，转益多师，故能地负海涵，金声玉振，高标灵采，独运匠心。夫读书不博，取径不弘，则固不足言与古人合，亦不知当与古人离。此神、秀、清、新之为警策，与警策之出自积储，其说有似

---

　　① 《水阁朝霁奉简严云安》。
　　② 《宗武生日》。
　　③ 《秋日夔府咏怀奉寄郑监李宾客一百韵》。
　　④ 《酬高使君相赠》。
　　⑤ 《奉赠韦左丞丈二十二韵》。
　　⑥ 《壮游》。
　　⑦ 《送颜八分文学适洪吉州》。
　　⑧ 《秋日荆南送石首薛明府辞满告别，奉寄薛尚书颂德述怀斐然之作三十韵》。
　　⑨ 《暮春江陵送马大卿公恩命追赴阙下》。
　　⑩ 《戏为六绝句》之二，之三，已见前引。又《寄彭州高三十五使君适、虢州岑二十七长史参三十韵》云："近代惜卢王。"《寄刘峡州伯华使君四十韵》云："学并卢王敏。"
　　⑪ 《赠蜀僧闾丘师兄》云："吾祖诗冠古。"《宗武生日》云："诗是吾家事，人传世上情。"
　　⑫ 众流，集作诸家。

碍而实通者也。

（五）

《新唐书·文艺传》本传赞曰："恃华者质反，好丽者壮违。人得一概，皆自名所长。至甫，浑涵汪茫，千汇万状，兼古今而有之。他人不足，甫乃厌余。残膏剩馥，沾丐后人多矣。"① 此言公诗之源远而流长也。其渊源既上详之，若时人之心服，后世之推尊，皆足以见流委，前亦既引朱新仲诸君之言矣。至后来注家之多，亦堪旁证，余别有《杜诗书目考证》之作，属稿未定。兹姑据旧闻，略举历祀学杜者，以参《新唐》之论。

六一、温公以次，诗话多矣。其论后贤学杜，每多寻行数墨之谈，丛脞艰于具举。翻帤故籍，间见朗列之言。如孙仅《读杜工部诗集序》云："公之诗支而为六家：孟郊得其气焰；张籍得其简丽；姚合得其清雅；贾岛得其奇癖；杜牧、薛能得其豪健；陆龟蒙得其赡博。皆出公之奇偏耳。尚轩轩然自号一家。……是知唐之言诗，公之余波及尔。"此言唐人之学杜也。王士禛《池北偶谈》云："宋、明以来，诗人学杜子美多矣。予谓退之得杜神；子瞻得杜气；鲁直得杜意；献吉得杜体；郑继之得杜骨。他如李义山、陈无己、陆务观、袁海叟辈，又其次也。陈简斋最下。"② 此杂举唐、宋及明三代言之也。王世贞《艺苑卮言》云："国朝习杜者凡

① 卷二百一。
② 《带经堂诗话》卷一引。

数家：华容孙宜得杜肉；东郡谢榛得杜貌；华州王维桢得杜一支；闽州郑善夫得杜骨。然就其所得，亦近似耳。惟梦阳具体而微。"① 此言明人之学杜也。虽所举多谢周全，所论尚资商兑，而取以为例，则杜诗流委之盛，亦可见焉。

尤有进者，杜之自负，亦见必传。此风所由，权舆乃祖。《碧溪诗话》云："唐史载杜审言云：'吾文当得屈、宋作衙官。'其孙乃有'读书破万卷，下笔如有神'。谓：'苏味道见吾判且羞死。'甫乃有'集贤学士如堵墙，看我落笔中书堂'。谓：'为造化小儿所苦。'甫有'日月笼中鸟，乾坤水上萍'。所谓是以似之也。"② 他如："才力应难跨数公，凡今谁是出群雄？或看翡翠兰苕上，未掣鲸鱼碧海中。"③ 虽曰扬谦，实含嗤点。"百年歌自苦，未见有知音。"④ "同调嗟谁惜，论文只自知。"⑤ 犹是寸心千古之意。"岂有文章惊海内，漫劳车马驻江干。"⑥ "名岂文章著，官应老病休。"⑦ 亦言有大而非夸矣。苏轼诗云："天下几人学杜甫，谁得其皮与其骨？"⑧ 执是以绳，则谓杜公之于诗，乃盛之而又衰之，其亦可也。

---

① 卷六，《历代诗话续编》本。
② 卷六。
③ 《戏为六绝句》之四。
④ 《南征》。
⑤ 《赠毕四》。
⑥ 《有客》。
⑦ 《旅夜书怀》。
⑧ 《次孔毅夫集古人诗见赠》。

一个醒的和八个醉的

——读杜甫《饮中八仙歌》札记

（一）

天宝五载（746），杜甫结束了他的长期漫游生活，在长安住了下来，一住就是十年，销磨掉了他的整个生命的约六分之一，而在这约六分之一的时间里，他创作了现存诗篇约十分之一。在这十年中写的诗虽不算多，但却有一些杰作，为安史乱后诗人攀登祖国五七言古今体诗的顶峰作了思想上和艺术上的充分准备。

在这个时期的作品中，写于天宝十四载（755）冬天的《自京赴奉先县咏怀五百字》特别引人瞩目，有人认为它是杜甫长安十年生活的总结，是诗人跨越自己和别人前此已达到的境界的一个新起点。[①] 诗篇本身发射的强烈光芒证明，这一点是无可置疑的。然而，我们也不难看出，这篇大诗的出现，并非一个突如其来的、孤立的现象。在诗人写成这篇总结式的杰作之前，他已经过一段很长的探索历程，才由迷

---

① 如冯至《杜甫传·长安十年》。

茫而觉醒，成就了他的最清醒的现实主义。写于与此同时的许多其他诗篇，足以互证。

但《饮中八仙歌》在长安十年，甚至在杜甫毕生的诗作中，都是很独特的。评注家们早已注意到它在艺术上的创造性。[①] 不断地在艺术上进行新的探索，是杜甫自己规定的、死而后已的任务。这篇诗体现了他在诗形上一次独一无二、几乎是空前绝后的大胆尝试，这是很明显的。但这篇诗是作者在什么心情之下写成的？其所采用的这种特殊形式和诗篇内在意义的关系又是如何？都还是需要进一步探索的问题。

讨论到诗人写作这篇诗的心情，就不能不涉及到它产生的年代。浦起龙《读杜心解》卷首《少陵编年诗目谱》天宝五载至十三载（754）下云：“开、宝间诗，于全集不过十分之一，有不得专系某年者。”这似乎不是浦氏一家之言，从宋以来，为杜诗编年的学者，对安史乱前的作品，大都采取了这种宜粗不宜细的想法和做法。如黄鹤《黄氏补千家集注杜工部诗史》卷二论《饮中八仙歌》年代云：“蔡兴宗《年谱》云天宝五载，而梁权道编在天宝十三载。按史，汝阳王天宝九载（750）已薨，贺知章天宝三载（744）、李适之天宝五载、苏晋开元二十二年（734）并已殁。此诗当是天宝间追忆旧事而赋之，未详何年。”此说不失为闳通之论，故为仇氏《杜诗详注》所采。

当代学人始有申蔡说，认为“这大概是天宝五载杜甫初到长安时所作”的，理由是他“往后生活日困，不会有心情

---

① 参看王嗣奭《杜臆》卷一、沈德潜《唐诗别裁》卷六、仇兆鳌《杜诗详注》卷二、浦起龙《读杜心解》卷二之一、吉川幸次郎《杜甫诗注》卷一等。

写这种歌。"① 说得详细一点，则是这种论点的持有者认为：《饮中八仙歌》乃是杜甫以自己的欢乐心情描绘友人们的欢乐心情的作品。而诗人这种欢乐的心情，只有初旅长安那一段时期中才可能具有，因而这篇诗的作期也决不会太迟。

由于史料的限制，今天要考证出《饮中八仙歌》的确实作期，不免近于徒劳。但杜甫写这篇诗时的心理状态却还是可以探索的，值得探索的。如果这些问题得到了正确的答案，反过来，也有助于我们确定此诗的大体年代。

（二）

八仙原是汉、晋以来的神仙家所幻设的一组仙人。旧题后汉牟融《理惑论》中就提到"王乔、赤松八仙之箓"。② 陈沈炯《林屋馆记》也提到"淮南八仙之图"。③ 先友浦江清教授据此二证指出："汉、六朝已有八仙一词，所以盛唐有'饮中八仙'。"又云："据李阳冰说：当时李白'浪迹纵酒，以自昏秽，与贺知章、崔宗之等目（或作自）为八仙之游，朝列赋谪仙人诗凡数百首'。④ 所以'饮中八仙'一名非杜甫所创。而且杜甫诗中有苏晋而无裴周南。一说有裴周南。⑤

① 萧涤非：《杜甫研究》（山东人民出版社本）卷下第10页。根据这卷书改订重新出版的《杜甫诗选注》第14页同。陈贻焮《杜甫评传》第5章《"应诏"前后》第5节《"李杜文章在，光焰万丈长"》中说："（萧）这估计是可信的。"山东大学中文系古典文学教研室选注《杜甫诗选》第8页也说："这首诗大约是他到长安头一、二年里所写的。"此外，四川省文史研究馆编《杜甫年谱》系此诗于天宝三载，竟全然不顾诗中已明文提到天宝五载李适之罢相之事，未免太疏忽了。
② 释僧佑：《宏明集》卷一，引牟融《理惑论》第二十八篇。
③ 载《艺文类聚》卷七十八。
④ 据李阳冰《草堂集序》，载王琦注《李太白全集》卷三十一。
⑤ 范传正《唐左拾遗翰林学士李公新墓碑》："时人又以公及贺监、汝阳王、崔宗之、裴周南等八人为酒中八仙。"此文亦载王注《李太白全集》卷三十一。

而八仙之游在天宝初，苏晋早死了。① 要之，唐时候有八仙一泛名词，李白等凑满八人，作八仙之游，而名录也有出入。"②

浦先生还认为，所谓"饮中八仙"，并非固定的哪八个人，而且也并非同时都在长安。这是事实，由此，我们也无妨推断，这不固定的八个人，乃至杜甫和他们，也不一定彼此都是朋友，都有往来。③ 浦先生对我们的宝贵启示是：杜甫虽然极为成功地塑造了这八位酒徒的形象，但诗篇所要显示的主要历史内容，并非是他们个人的放纵行为，而是他们这种放纵行为所反映的当时政治社会情况、一种特定的时代风貌。有的学者注意到了这一点，以为诗篇所写的盛唐诗人们所共有的"不受世情俗务拘束，憧憬个性解放的浪漫精神。"④ 从表面上看，是可以这么理解的。但如根据现存史料，将这些人的事迹逐一稽检，就不难看出，这群被认为是"不受世情俗务拘束，憧憬个性解放"之徒，正是由于曾经欲有所作为，终于被迫无所作为，从而屈从于世情俗务拘束之威力，才逃入醉乡，以发泄其苦闷的。这当然也可以认为具有个性解放的憧憬，但这种憧憬，却并不具有富于理想的、引人向上的特征。如果按照通常的说法，浪漫精神有积极的和消极的之分，则"饮中八仙"的浪漫精神很难说是从属于前者。李阳冰说李白"浪迹纵酒"，是"以自昏秽"，是

---

① 据《旧唐书·苏珦传》附子晋传，晋以开元二十二年卒，年五十九。
② 浦江清《八仙考》，载《清华学报》第十一卷第一期，又《浦江清文录》。
③ 叶梦得《避暑录话》卷上："（李）适之以天宝五载罢相，即贬死袁州，而子美十载方以献赋得官，疑非相与周旋者，盖但记能饮者耳。"此说甚通。
④ 参见陈贻焮《杜甫评传》第五章第五节。这一意见，与胡适《白话文学史》及刘大杰《中国文学发展史》有关此诗的论点相近。

很深刻的。事实上，"饮中八仙"都是如此。

现在，让我们来依次看看这八个人。

从唐史所载简略行事来看，贺知章是一位善于混俗和光的官僚，"言论倜傥，风流之士"，"晚年尤加纵诞，无复规检"。①天宝三载（744），他出家当了道士，回到家乡会稽，不久就以八十六岁的高龄逝世。他流传的事迹既少，作品也不多，但仍然可以看出，就文学才名来说，他在当时颇有地位，而就政治来说，他却是以开元盛世的一个点缀品而存在的。他晚年辞了官，出了家，还了乡之后，曾以愉快的心情作了题为《回乡偶书》的七绝二首。第一首即"少小离家……"，是人们所熟知的。但更能表达他脱离了名利场以后的轻松心绪，却是第二首："离别家乡岁月多，近来人事半销磨。惟有门前镜湖水，春风不改旧时波。"② 这首诗，一个善于吟味的读者，是应当可以体会其十分丰富的内涵的。元稹在《连昌宫词》里，濡染大笔，以浓墨重彩直写开、天治乱："姚崇宋璟作相公，劝谏上皇言语切。燮理阴阳禾黍丰，调和中外无兵戎。长官清平太守好，拣选皆言由相公。开元之末姚宋死，朝廷渐渐由妃子……"。③ 而在贺知章笔下，却出之以淡墨点染。"近来人事半销磨"寥寥七字，不也透露着当时政局的大转折吗？不同的是，贺知章虽然身当其境，而他所作出的反应，却不过是"常静默以养闲，因谈谐而讽谏。"④ 讽谏既无实效，剩下的也就只是养闲了。但这一点轻

---

① 《旧唐书·文苑传》本传
② 《全唐诗》卷一百十二。
③ 《元稹集》卷二十四。
④ 《旧唐书·文苑传》载肃宗乾元元年（758）追赠贺知章礼部尚书诏。

轻的感喟，也可以证明，他并不以自己所处的时代和遭际为满足。

杜甫笔下的汝阳王李琎是兼有狂放和谨慎两重性格的矛盾统一体，或一位貌似狂放实极谨慎的贵族。《饮中八仙歌》所写"三斗始朝天"的狂者和《八哀诗》中所写"谨洁极"的郡王就是一个人，不仅是符合事实的，也是可以理解的。[①]从唐朝开国起，在皇位继承这个对于封建政权来说是至关重要的问题上，激烈的权力斗争始终没有中断过。从高祖到睿宗的皇子们，由于直接或间接卷入这种性质的斗争而死于非命的，不在二分之一以下，也从没有一位长子能够身登大宝。[②] 李琎的父亲李宪本是睿宗的长子，可是在讨平韦后及太平公主，兴复唐室的事业中，第三子隆基即后来的玄宗却立了大功。于是明智的李宪便坚决要求根据立贤不立长的原则，推让玄宗作太子，从而避免了重蹈高祖时代长子建成与太宗之间所发生的那种家庭悲剧的覆辙，并获得了一个很体面的下场，死后被破例谥为"让皇帝"。但李琎，作为李宪的长子，是天然处在一种嫌疑地位的。更使得这位郡王感到尴尬的，则是他相貌出众，又长了一部和他高祖父太宗一般的"虬须"。[③] 认为人的相貌体现富贵贫贱并和命运很有关系

---

① 杜甫提供有关李琎的史料，比两《唐书》丰富，除《饮中八仙歌》外，《赠特进汝阳王二十韵》、《八哀诗·赠太子太师汝阳郡王琎》都较详细地描写了这位贵族。

② 太宗是高祖次子，高宗是太宗第九子，中宗是高宗第七子，睿宗是高宗第八子，玄宗是睿宗第三子。

③ 杜甫《八哀诗》："汝阳让帝子，眉宇真天人。虬须似太宗，色映塞外春。"又其《送表侄王砅评事使南海》云："次问最少年，虬髯十八九。"少年指太宗。此外，段成式《酉阳杂俎》前集卷一《忠孝》云："太宗虬须，常戏张弓挂矢。"钱易《南部新书》癸卷："太宗文皇帝虬须上可挂一弓。"亦可互证。

这种迷信，起源甚早，先秦以来，颇为流行。以致唯物主义思想家如荀况、王充都不得不在他们的著作中作出专题批判。① 可是这种习惯的落后思想，在它还对统治阶级有利的时候，是无法清除的。据两《唐书》本纪，开国皇帝高祖李渊就是"骨法非常，必为人主"。而且，"贵人必有贵子"。太宗李世民更是"龙凤之姿，天日之表"。李琎既然如杜甫所写的那样，自然也就难免嫌猜。唐人小说记载玄宗精于相术，曾判断安禄山只不过是一条猪龙，成不了大气候。② 又判断李琎虽然仪表堂堂，却并不是帝王之相。③ 但这并不能排除别人对此作出相反的判断，如果在政局变化中，有人需要利用李琎的天人眉宇作号召的话。李琎显然意识到这一点，故而就明智而机警地以"谨洁"和狂放来表示自己既非作皇帝的坯子，也绝无那种野心。他终于在富贵尊荣中得保首领以没。这位郡王看来品德不错，也能礼贤下士，所以杜甫对他颇有好感。但在送他的两篇篇幅不算短的诗中，竟除谏猎一事外，举不出他对朝廷有何献纳，而谏猎，也不过是沿袭司马相如的老一套而已。④ 我们可以推测，李琎对当时政治社会问题不可能没有意见，但他也不可能提出来。因为喝酒总比进谏安全，这一点他十分明白。

---

　　① 参看《荀子·非相篇》、《论衡·骨相篇》及姚振宗《〈隋书·经籍志〉考证》卷三十六，子部五行家。
　　② 姚汝能《安禄山事迹》卷上："玄宗……尝夜宴禄山，禄山醉卧，化为一黑猪而龙首。左右遽言之。玄宗曰：'猪龙也，无能为者。'"
　　③ 《守山阁丛书》本南卓《羯鼓录》："琎，宁王长子也。姿容妍美，秀出藩邸，元宗特钟爱焉。……夸曰：'花奴（琎小字）恣质明莹，肌发光细，非人间人，必神仙谪堕也。'宁王谦谢，随而短斥之。上笑曰：'大哥不必过虑，阿瞒自是相师。（上于诸亲，常自称此号。）夫帝王之相，须有英特越逸之气，不然，有深沉包育之度。若花奴但端秀过人，悉无此相，固无猜也。当得公卿间令誉耳。'"
　　④ 司马相如上书谏猎，见《史记》本传。

李适之是恒山王承乾之后，官至左相，故《新唐书》将其列入《宗室宰相传》。他"以强干见称"，"性简率，不务苛细，人吏便之"。虽然嗜酒，但"夜则宴赏，昼决公务，庭无留事"。然而由于性格粗疏，终于被口蜜腹剑、不学有术的阴谋家李林甫所排挤，服毒自杀了。[①] 诗篇特地概括了这位宗室宰相下台后写的诗句。[②] 泄露了杜甫对他的悲剧的丰富同情。

崔宗之曾被喜欢识拔后进的前辈韩朝宗所引荐。[③] 为人"好学，宽博有风检"。[④] 后以侍御史谪官金陵，与李白交游唱和。[⑤] 侍御史"掌纠举百僚，推鞫狱讼"。[⑥] 他以"有风检"的性格来从事这种工作，在政治不够清明的时代，必然无法忠于职守，为所当为。这也许就是他后来被贬谪的原因。《世说新语·言语篇》："谢太傅（安）问诸子侄：'子弟亦何预人事，而正欲使其佳？'诸人莫有言者。车骑（谢玄）答曰：'譬如芝兰玉树，欲使其生于庭阶耳。'"诗美宗之为"玉树"，正暗示他是齐国公崔日用之子，注家或未留意。[⑦] 同书《简傲篇》 "嵇康与吕安善"条注引《晋百官名》：

---

① 《旧唐书》本传。
② 《汉书·汲郑传》："下邽翟公为廷尉，宾客亦填门，及废，门外可设雀罗。后复为廷尉，客欲往。翟公大署其门，曰：'一死一生，乃知交情；一贫一富，乃知交态；一贵一贱，交情乃见。'"适之罢相后赋诗云："避贤初罢相，乐圣且衔杯。为问门前客，今朝几个来。"即用其事。诗见《旧唐书》本传及孟棨《本事诗·怨愤第四》。
③ 《新唐书·韩朝宗传》："喜识拔后进，尝荐崔宗之、严武于朝。当时士咸归之。"
④ 见《新唐书·崔日用传》。
⑤ 见《旧唐书·文苑传》及《新唐书·文艺传》李白传，计有功《唐诗纪事》卷十九。
⑥ 《旧唐书·职官志三》。
⑦ 仇注引《世说新语·容止篇》："毛曾与夏侯玄共坐，时人谓兼葭倚玉树。"所谓失之毫厘。

"（阮）籍能为青白眼，见凡俗之士，以白眼对之。"此事人所共知。"白眼望青天"，可见在这位出身高门的"潇洒美少年"目中，人间无非凡俗，所以只好不看厚地而看高天了。这就刻画出了他内心的寂寞。

　　苏晋"数岁能属文"，被人誉为"后来王粲"。开元十四年，知吏部选事。当日已用"糊名考判"，而他却"独多赏拔"，即不以弥封的考卷，而以平日的名声为重，来选拔做官的人。因此"甚得当时之誉"。① 可是后来与世推移，却皈依佛法，吃长斋了。但又常常要喝酒，这便破坏了佛教信徒应当坚持的戒律。我们不妨认为：以禅避世，以醉逃禅，是苏晋思想感情变化的三个阶段。禅可因酒而逃，说明宗教对他来说不过是一种寄托。信教是寄托，饮酒又何独不然？所以诗篇写的虽只是酒与禅之间的矛盾，而实质上则是二者与其用世之心的矛盾。

　　李白是人们所熟知的。《饮中八仙歌》所写有关他的情节，亦见范传正所撰《李公新墓碑》，② 可能是诗人受玄宗尊宠时的事实。但其所写是李白醉后失态，如此而已，决非如苏轼所说的"戏万乘若僚友"。③ 这在以皇帝为天然尊长的封建时代里，是绝无可能的。这种错误的想法与将李白当成一个完全超现实人物的观点有关。王闿运曾经指出："世言李白狂，其集中《上李长史书》但以误认李为魏洽，举鞭入

---

　　① 两《唐书·苏珦传》附晋传。
　　② 《碑》云："他日，泛白莲池，公不在宴。皇欢既洽，召公作序。时公已被酒于翰苑中，仍命高将军扶以登舟，优宠如是。"
　　③ 苏轼：《李太白碑阴记》，载王注《李太白全集》卷三十三。案："戏万乘若僚友，视俦列如草芥"二语，见《文选》卷四十七夏侯湛《东方朔画赞》。李白一向倾心东方朔，所以苏轼也就以夏侯赞东方之语赞美他。

门，乃至再三谢过，其词甚卑，何云能狂乎？又自作荐书令宋中丞上之，得拜拾遗，诏下已卒，亦非轻名爵者。"① 可见李白不仅不能做到"戏万乘若僚友"，即苏轼同时说的另一句"视俦列如草芥"也难于真正做到。我在另外一个地方，曾经这样地评论李白："自从贺知章称之为谪仙人，后人又尊为诗仙，这就构成了一种错觉，好像李白之所以伟大，就在他的人和诗具有他人所无的超现实性。这是可悲的误会。事实上，没有一位伟大的浪漫主义者是完全超现实的，李白何能例外？开元、天宝时代的其他诗人往往在高蹈与进取之间徘徊，以包含得有希冀的痛苦或欢欣来摇荡心灵，酝酿歌吟。李白却既毫不掩盖他对功名事业的向往，同时又因为自己绝对无法接受那些取得富贵利禄的附加条件而弃之如敝屣。他热爱现实生活中一切美好的事物（当然也包括物质享受在内），而对其中不合理的现象毫无顾忌地投之以轻蔑。这种已被现实牢笼而不愿意接受，反过来却想征服现实的态度，乃是后代人民反抗黑暗势力与庸俗风习的一股强大的精神力量。这也许就是李白的独特性。"② 所以，《饮中八仙歌》中李白的形象也只是不胜酒力，并非故意装乔。杜甫恰如其分地透露了他尊敬的前辈性格中固有的世俗性成分与突出的超现实性成分的巧妙融合。这与王闿运之观人于微，即微知著相同，都比苏轼及其追随者故意抬高李白的论点更有助于我们完整地理解李白。

对于张旭的生平，特别是他在政治方面的事迹，今日所知

---

① 《湘绮楼日记》光绪五年己卯（1879）三月十日。
② 《〈唐诗鉴赏辞典〉序言》。

甚少。宋朱长文称其"为人倜傥闳达，卓尔不群，与游者皆一时豪杰"。① 大概也是根据现存关于他的书法艺术史料加以概括之辞。但《饮中八仙歌》所写这位书家的形象，证以现存其他记载，却是真实的。② 书法作为客观世界的形体和动态美的一种反映，它必然（尽管是非常曲折而微妙的）会表现出书家对整个生活的看法和自己的审美趣味与理想。他"善草书而嗜酒，每醉后呼叫狂走，索笔挥洒，变化无穷"。③ "或以头濡墨而书，既醒自视，以为神，不可复得也。"④ 又曾对邬彤说："'孤蓬自振，惊砂坐飞'。予师而为书，故得奇怪，凡草圣尽于此矣。"⑤ "孤蓬"二句，出鲍照《芜城赋》，⑥ 它成功地写出了在荒寒广漠的境界中大自然的律动。张旭用来形容自己草书的风格，是值得玩味的。从诸书所载及易见的张书真迹如《古诗四帖》等看来，他所追求的是对已经成型的书法规范的突破，要以自己创造的点画与重新组合的线条来征服空间。这也就反映了他对现实世界的不驯服态度。

除《饮中八仙歌》外，焦遂仅以隐士形象出现于唐人小说袁郊《甘泽谣》中。⑦ 但在杜甫笔下，焦遂主要的却是一

----

① 《吴郡图经续记》卷下。
② 参看唐张怀瓘《书断》、宋阙名《宣和书谱》卷十八、宋陈思《书小史》卷九、元陶宗仪《书史会要》卷五。
③ 《旧唐书·文苑传》贺知章传。
④ 《新唐书·文艺传》李白传附张旭传。
⑤ 陈思《书小史》卷九。
⑥ 载《文选》卷十一。
⑦ 《分门集注杜工部诗》卷十师古注引《唐史拾遗》："遂与李白号为酒八仙，口吃，对客不出一言，醉后酬结如注射，时日为酒吃。"钱谦益《注杜诗略例》云："注家所引《唐史拾遗》，唐无此书，亦出诸人伪撰。"又云："蜀人师古注尤可恨。……焦遂五斗，则造焦遂口吃，醉后雄谈之事。流俗互相引据，疑误弘多。"《康熙字典》丑集下口部吃字下即引《唐史拾遗》此文，盖不免于流俗之见。又吉川幸次郎《杜甫诗注》亦及师注引《唐史拾遗》，虽不信其说，然误以师古为师尹（即师民瞻），亦非。

位思辨者。赵彦材云："《世说》载……诸名贤论《庄子·逍遥游》，支道林卓然标新理于二家之表。又江淹拟张廷尉诗云：'卓然凌风矫。'……《新唐书》云：'李白自知不为亲近所容，益骜放不修，与焦遂等为酒八仙。'则遂亦平昔骜放之流耳。饮至五斗而方特卓，乃所以戏之，末句又以美之。"① 仇兆鳌云："谈论惊筵，得于醉后，见遂之卓然特异，非沉湎于醉乡者。"所释能得诗意。简单地说，焦遂是酒后吐真言，只有喝到一定程度，才能无拘无束地发挥他那骜放的风格和高谈雄辩的才能，树义高远，不同凡响。② 这和描写张旭醉后作草，用意正同。即他们平时的性格是受抑制的，只有借酒来引爆，才能产生变化，完成本性的复归。③

　　如果我们对这八个人的思想行为的论述不甚远于事实，那就可以断定，"饮中八仙"并非真正生活在无忧无虑、心情欢畅之中。这篇诗乃是作者已经从沉湎中开始清醒起来，而以自己独特的艺术手段对在这一特定的时代中产生的一群饮者作出了客观的历史记录。杜甫与"八仙"之间的关系可以归结为：一个醒的和八个醉的。

（三）

　　《旧唐书·李林甫、杨国忠等传论》云："开元任姚崇、宋璟而治，幸林甫、国忠而乱。"这和元稹《连昌宫词》的

---

① 郭知达《九家集注杜诗》卷二引。
② 《汉书·成帝纪》："使卓然可观。"颜注："卓然，高远之貌也。"
③ 杨伦《杜诗镜铨》卷一评云："独以一不醉者作结。"似失诗旨。

论调是一致的。这种意见虽不无将历史变革的原因简单化之嫌，但他们指出玄宗一朝之由治而乱，其转变并不开始于天宝改元以来，而是开元时代就已经开始，这却是正确的。如果我们把开元二十二年（734）李林甫拜相作为这一重大转变的显著标志，大致不会与史实相差过远。

　　杜甫是玄宗登基那一年（712）出生的。他在高宗、武后以来封建经济日益上升、国势日益发展的大环境中度过了自己的童年和青年时代。所以从唐帝国的繁荣富强中形成的社会风气在杜甫笔下也有所反映。在《忆昔》中，他详细地描写过"开元全盛日"的情况；① 在《壮游》中，他又详细地叙述了自己从幼至长的浪迹生涯。② 这就是说，他在到长安之前，乃至初到长安的时候，是和当时的许多诗人一样，沉浸在盛唐时代"那种不受世情俗务拘束，憧憬个性解放的浪漫精神"中的。如果我们将杜甫的《今昔行》③ 与李白的《行路难》、④

---

　　① 《忆昔》二首之二："忆昔开元全盛日，小邑犹藏万家室。稻米流脂粟米白，公私仓廪俱丰实。九州道路无豺虎，远行不劳吉日出。齐纨鲁缟车班班，男耕女桑不相失。"载《杜诗镜铨》卷十一。
　　② 《壮游》："往者十四五，出游翰墨场。斯文崔魏徒，以我似班扬。七龄思即壮，开口咏凤皇。九龄书大字，有作成一囊。性豪业嗜酒，嫉恶怀刚肠。脱略小时辈，结交皆老苍。饮酣视八极，俗物多茫茫。东下姑苏台，已具浮海航。到今有遗恨，不得穷扶桑。王谢风流远，阖闾丘墓荒。剑池石壁仄，长洲芰荷香。嵯峨阊门北，清庙映回塘。每趋吴太伯，抚事泪浪浪。枕戈忆勾践，渡浙想秦皇。蒸鱼闻匕首，除道哂版章。越女天下白，鉴湖五月凉。剡溪蕴秀异，欲罢不能忘。归帆拂天姥，中岁贡旧乡。气劘屈贾垒，目短曹刘墙。忤下考功第，独辞京尹堂。放荡齐赵间，裘马颇清狂。春歌丛台上，冬猎青丘旁。呼鹰皂枥林，逐兽云雪冈。射飞曾纵鞚，引臂落鹙鸧。苏侯据鞍喜，忽如携葛强。快意八九年，西归到咸阳。"载《杜诗镜铨》卷十四。
　　③ 《今夕行》："今夕何夕岁云徂，更长烛短不可孤。咸阳客舍一事无，相与博塞为欢娱。凭陵大叫呼五白，袒跣不肯成枭卢。英雄有时亦如此，邂逅岂即非良图。君莫笑刘毅从来布衣愿，家无儋石输百万。"载《杜诗镜铨》卷一。
　　④ 《行路难》三首之一："金樽清酒斗十千，玉盘珍羞直万钱。停杯投箸不能食，拔剑四顾心茫然。欲渡黄河冰塞川，将登太行雪满山。闲来垂钓碧溪上，忽复乘舟梦日边，行路难！行路难！多歧路，今安在？长风破浪会有时，直挂云帆济沧海"。载王琦注《李太白全集》卷三。

王维的《少年行》① 合读，就可以非常清楚地看出这一点。

但与此同时，我们却从杜诗里察觉到一点与众不同的生疏信息，那就是一种乐极哀来的心情，例如《乐游园歌》②、渼陂行》③ 之类。这是由于他通过自己的生活实践逐步认识到：当时政治社会情况表面上似乎很美妙，而实际上却不很美妙乃至很不美妙。他终于作出了《自京赴奉先县咏怀五百字》那样的总结。

《乐游园歌》、《渼陂行》等写诗人自己之由乐转哀，由迷茫而觉醒，显示了形象思维和逻辑思维的和谐一致，所以篇终出现了"此身饮罢无归处，独立苍茫自咏诗"和"少壮几时奈老何，向来哀乐何其多"这种发自内心深处的富有思辨内蕴的咏叹。而《饮中八仙歌》则在很大的程度上是直觉感受的产物。杜甫在某一天猛省从过去到当前那些酒徒之可哀，而从他们当中游离出来，变成当时一个先行者的独特存在。但他对于这种被迫无所为，乐其非所当乐的生活悲剧，

---

① 《少年行》四首："新丰美酒斗十千，咸阳游侠多少年。相逢意气为君饮，系马高楼垂柳边。""出身仕汉羽林郎，初随骠骑战渔阳。孰知不向边庭苦，纵死犹闻侠骨香。""一身能擘两雕弧，虏骑千重只似无。偏坐金鞍调白羽，纷纷射杀五单于。""汉家君臣欢宴终，高议云台论战功。天子临轩赐侯印，将军佩出明光宫。"载赵殿成注《王右丞集》卷十四。

② 《乐游园歌》："乐游古园萃森爽，烟绵碧草萋萋长。公子华筵势最高，秦川对酒平如掌。长生木瓢示真率，更调鞍马狂欢赏。青春波浪芙蓉园，白日雷霆夹城仗。阊阖晴开洪荡荡，曲江翠幕排银榜。拂水低回舞袖翻，缘云清切歌声上。却忆年年人醉时，只今未醉已先悲。数茎白发那抛得，百罚深杯亦不辞。圣朝已知贱士丑，一物自荷皇天慈。此身饮罢无归处，独立苍茫自咏诗。"载《杜诗镜铨》卷二。

③ 《渼陂行》："岑参兄弟皆好奇，携我远来游渼陂。天地黮惨忽异色，波涛万顷堆琉璃。琉璃汗漫泛舟入，事殊兴极忧思集。鼍作鲸吞不复知，恶风白浪何嗟及！主人锦帆相为开，舟子喜甚无氛埃。凫鹥散乱棹讴发，丝管啁啾空翠来。沉竿续缦深莫测，菱叶荷花净如拭。宛在中流渤澥清，下归无极终南黑。半陂以南纯浸山，动影袅窕冲融间。船舷暝戛云际寺，水面月出蓝田关。此时骊龙亦吐珠，冯夷击鼓群龙趋。湘妃汉女出歌舞，金支翠旗光有无。咫尺但愁雷雨至，苍茫不晓神灵意。少壮几时奈老何，向来哀乐何其多！"载《杜诗镜铨》卷二。

最初还不是能够立即体察得很深刻的，因此只能感到错愕与怅惋。既然一时还没有能力为这一群患者作出确诊，也就只能记录下他们的病态。这样，这篇诗就出现了在一般抒情诗中所罕见的以客观描写为主的人物群像。同样，这篇诗也就很自然地成为《今夕行》与《乐游园歌》、《渼陂行》的中间环节。它是杜甫从当时那种流行的风气中挣扎出来的最早例证。在这以后，他就更其清醒了，比谁都清醒了，从而唱出了安史之乱以来的时代的最强音。从《自京赴奉先县咏怀五百字》起，杜甫以其前此所无的思想深度和历史内容，显示了无比的生命力，而且开辟了其后千百年现实主义诗歌的道路。列宁说过：“当然，在具体的历史环境中，过去和将来的成分交织在一起，前后两条道路互相交错。……但是这丝毫也不妨碍我们从逻辑上和历史上把发展过程的几个大阶段分开。”① 杜甫的创作，在安史之乱前后显然不同，至少应当分为两个大阶段来研究。但如果我们注意到《饮中八仙歌》是杜甫在以一双醒眼看八个醉人的情况之下写的，表现了他以错愕和怅惋的心情面对着这一群不失为优秀人物的非正常精神状态，因而是他后期许多极为灿烂的创作的一个不显眼的起点，这并非是不重要的。这也正是过去和将来交织在一起，前后两条道路互相交错的一例。

由于我们认为《饮中八仙歌》的产生过程有如上述，所以也认为它不可能写于初到长安不久的年代里，而应当迟一些，虽然无法断定究竟迟多久。

---

① 《社会民主党在民主革命中的两种策略》，载《列宁全集》第九卷，第七十页，人民出版社 1959 年版。

（四）

关于本篇在艺术上的创造，前人所论已多，无须重复。我们只想着重地指出一点，即诗人在这里找到了最恰当的、能够突出地表现那个正在转变的时代的素材和与之相适应的表现方法和表现形式。

沉湎于酒，是这八个人所共同的，但在杜甫笔下，他们每一个人都显示了各自行为、性格的特点，因而在诗篇中展现的，就不是空泛的类型，而是个性化了的典型。他们的某些事迹，如上文所已经涉及的，莫不显示了自己不同于他人的生活道路和生活观点，虽然最后总起来可以归结为"浪迹纵酒"，"以自昏秽"，或如颜延年之咏刘伶："韬精日沉饮，谁知非荒宴。"① 如贺知章"骑马似乘船"，以切吴人；李琎"恨不移封向酒泉"，以切贵胄；以及宗之仰天，苏晋逃禅，张旭露顶，焦遂雄辩，都是其习性在某些特定情况下的自然流露，而为诗人所捕捉。如果不是非常熟悉他们，是很难了然于心中，见之于笔下的。由于将深厚的历史内容凝聚在这一群酒徒身上，个性与共性得到高度统一，所以开元天宝时代的历史风貌在诗篇中便显得非常突出。

《饮中八仙歌》在形式上的最大特点便是，就一篇而言，是无头无尾的，就每段言，又是互不相关的。它只是就所写皆为酒徒，句尾皆押同韵这两点来松懈地联系着，构成一

---

① 颜延年《五君咏·刘参军》，载《文选》卷二十一。

篇。诗歌本是时间艺术，而这篇诗却在很大的程度上采取了空间艺术的形式。它像一架屏风，由各自独立的八幅画组合起来，而每幅又只用写意的手法，寥寥几笔，勾画出每个人的神态。这也说明，杜甫在写这篇诗时，有他独特的构思，他是想以极其简练的笔墨，描摹出一群富有个性的人物形象，从而表现出一个富有个性的时代——开元天宝时代。

我们都很熟悉杜甫善于用联章的方式来表现广阔的生活内容，因此很钦佩他晚年所写的《八哀》、《诸将》、《秋兴》等组诗。《饮中八仙歌》却反过来，将一篇诗分割为八个相对独立的组成部分，而又众流归一地服从于共同的主题。虽然其后这种形式没有得到继续的发展，但终究是值得重视的创造。①

一位能够将自己的姓名在文学史上显赫地流传下来的诗人，其成长过程几乎无例外地是这样的：他无休止地和忠实地观察生活，体验生活，与此同时，也不倦怠地巧妙地反映生活，表现生活。为了能够这样，他不得不煞费苦心，在生活中不断深入，在艺术上不断创新，努力突破别人和自己所已达到的境界。他所走过的人生道路和创作道路，每每留下了可供后人探索的鲜明轨迹。而这些纵横交错的轨迹的总和便体现了文学史的基本风貌。

《饮中八仙歌》是杜甫早期诗作发展轨迹上一个值得注意的点——清醒的现实主义的起点。

---

① 吉川幸次郎《杜甫诗注》曾举出清吴伟业的《画中九友歌》是摹仿《饮中八仙歌》之作。这也许是事实。但我们不能不遗憾地指出，吴作只是狗尾续貂，他作为一个内行，根本不应当做这样一件不自量力的事。

读岑参《走马川行奉送
出师西征》记疑

　　君不见：走马川行雪海边，平沙莽莽黄入天。轮台九月风夜吼，一川碎石大如斗，随风满地石乱走。匈奴草黄马正肥，金山西见烟尘飞，汉家大将西出师。将军金甲夜不脱，半夜军行戈相拨，风头如刀面如割。马毛带雪汗气蒸，五花连钱旋作冰，幕中草檄砚水凝。虏骑闻之应胆慑，料知短兵不敢接，车师西门伫献捷。

　　多年以来，每次读到这篇作品的时候，总为诗人壮烈的情怀、诗篇绚烂的色彩和铿锵的音节所感动；同时，也认为它的文字的讹误还有待于订正，形式的渊源还有待于阐明。今记所疑，并申述自己不成熟的看法如次。

　　首先，我怀疑篇首"走马川行雪海边"一句中的"行"字是由题中"行"的窜入而误衍的，它本来应当作两个押韵的三字句，即"走马川，雪海边"，虽然我所见到的各种岑集及唐诗总集都有此一"行"字。①

前人论到这一点的，有吴仰贤，所著《小匏庵诗话》卷一云：

> 岑嘉州《走马川行》起云："走马川行雪海边。"
> "行"字是衍文。此诗逐句用韵，每三句一转，通体一格。若加"行"字，不词甚矣。

盛静霞、蒋礼鸿《〈唐诗选〉注解的商榷》赞同这个说法，但也仅就韵例立论，理由似乎不够充分。②

我们认为，要充分证明"行"字之确为衍文，最好的办法是绕一个弯子，先正确理解"川"字在本诗中的意义。马茂元《唐诗选》本诗解题云："'川'字与河同义。"③诸家注虽然没有这样明说，而且对走马川之位置多不能详，但也没有否认川、河同义的。然而这种说法，虽不违背故训，以说本诗，却不恰当。这从诗中"轮台九月风怒吼，一川碎石大于斗，随风满地石乱走"三句便可以看出来。若如马先生之说，释川为河，则"一川"之川，当指河床。可是将上下文

---

① 岑集传世诸旧本、善本载在邵懿辰《〈四库简明目录〉标注》卷十五、《北京图书馆善本书目》卷六及《中国丛书综录》者，除《四部丛刊》初编所印两种之外，我都没有机会看到，不知道有没有无"行"字的本子。惟中国科学院文学研究所编的《中国文学史》唐代文学第三章第三节引此诗作"走马川，雪海边"，然未说明依据何本。
② 见《文学遗产》增刊十一辑。
③ 见该书上册第一百七十四页。马先生本闻一多《岑嘉州系年考证》（见《全集》第三册《唐诗杂论》之说，以诗中西征为征播仙，又进而以为播仙城即且末城；走马川为且末河，即今车尔成河，其说皆非。今以与本题无关，不更涉及，请读者参阅陈铁民：《岑嘉州系年商榷》，载《北京大学学报（哲学社会科学版）》1963年第三期；胡大浚《岑参"西征"诗本事质疑》，载《甘肃师大学报（哲学社会科学版）》1981年第三期。我初解此诗，也从闻、马之说，今始知其误。

联系起来考察，则"一川"之川，分明就是"满地"之地。由于狂风怒吼，所以走石飞沙。如果这"大如斗"的石头是指在河床中的而言，则当时已是塞外九月，"五花连钱旋作冰，幕中草檄砚水凝"的时候，河床当然更不可能不结冰；即使水流湍急，没有结冰；或河床干涸，无从结冰，碎石既在河中，也只能顺着水流方向及河床高低而朝着一定方向转动，不可能"满地""乱走"。由此可见，这个川字应当别作解释。[①]

其实，"川"在这里就是平原的意思。它最初应当是指某一条河流流域的平原，引申起来，则泛指一切平地，亦可连称川原。故杜甫《垂老别》云："伏尸草木腥，流血川原丹"。再以古代文籍中常见的秦川一词为例，我们都知道，它是泛指关中平原的。如《三国志·诸葛亮传》："将军身率益州之众，以出秦川。"谢灵运《〈拟魏太子邺中集诗〉序》："家本秦川，贵公子孙。"王维《和太常韦主簿五郎温汤寓目之作》："汉主离宫接露台，秦川一半夕阳开。"杜甫《乐游园歌》："公子华筵势最高，秦川对酒平如掌。"都是些眼面前的证据。这样一种用法一直保存在现代汉语的北方话和文学语言当中，如《白毛女》的唱词："清清的流水蓝蓝的天，山下（那个）一片米粮川。"即是一例。

应当继续指出是，在唐代的西北地区，以川命名的地方

---

① 上引胡大浚先生文认为："走马川即伊塞克湖附近之砾石河川"，这种河川是"天山山谷中山洪冲刷所形成"。并解释其得名之由说："西北高原中之季节河，有水成河，干涸则为一马平川，在群山之中，正是走马之地，因命之曰走马川，也是合理的。"故先生在"川"与"河"之间，找到了一个共同点，即地点只是一个，有水则为河，无水则为川，这的确"是合理的"。问题在于其结论尚未能从文献上完全落实，而只是一种推测。

尤为习见。今就两《唐书》举出几个例子。

> 薛延陀以同罗、仆骨、回纥、靺鞨、霤之众度漠，屯于白道川。
>
> ——《旧唐书·太宗纪》

> 蕃相尚结赞请改会盟之所于原州之土梨树。神策将马有麟奏：土梨地多险阨，恐蕃军隐伏，不如平凉川，其地坦平，又近泾州。
>
> ——《旧唐书·德宗纪》

> 又二十余日，至特勒满川，即五识匿国也。
>
> ——《旧唐书·高仙芝传》

> 幽州范阳郡……城内有经略军，又有纳降军，本纳降守捉城，故丁零川也。
>
> ——《新唐书·地理志》

> 歌舒翰破吐蕃临洮西之磨环川，即其地置神策军。
>
> ——《新唐书·兵志》

走马川也正是秦川、白道川、平凉川之比，而《乐游园歌》及《旧唐书·德宗纪》两条资料，更无异为"川"字作了明白的解释。如果将这一点肯定了下来，"轮台九月风夜吼"三句的意思便也迎刃而解了。

　　走马川之"川"既是指平原地区，那么，我们就无法否认："走马川行雪海边"这句诗是讲不通的。因为既非河流，当然就无法"行"于雪海边，而只能位于雪海边，只有将这一衍文删去，诗句才文从字顺。至于《唐百家诗选》卷四及《唐诗纪事》卷二十三载此诗首句作"君不见走马沧海边"，一则与诗题以走马川为地名不合，二则古人无称内陆湖泊或沙漠为"沧海"者，三则文句稚弱，与全诗不称，可以断其为浅人所妄改，不足深论。

　　校订了诗句的这一衍文，也就证明了：全诗除了按照古乐府的某种惯例，以"君不见"领起外，都是句句用韵，三句一转，并且最初三句是用三、三、七的句法组成。这对于我们探究本诗形式的渊源是有帮助的。

　　沈德潜《说诗晬语》卷上云：

　　　　三句一转，秦皇《峄山碑》文法也。元次山《中兴颂》用之，岑嘉州《走马川行》亦用之，而三句一转中又句句用韵，与《峄山碑》又别。

这是提出本诗形式渊源问题的较早文献。但从今传《峄山刻石》以及全部秦刻石看来，一则它们都是四言诗而非七言或三七杂言诗，二则它们都是三句才押一韵而非每句押韵，三则它们有的通篇一韵，如《泰山刻石》，有的十余句之后才转一韵，如《峄山》及《之罘刻石》，而非每三句就转韵。因此，虽然在文义上它们是每三句一转，和《走马川行》有其相似之处，但毕竟很难仅凭这一点来证明两者彼此之间有何源流上的关系。

宋长白《柳亭诗话》卷三，《三句诗》条曾指出汉高祖的《大风歌》是"三句诗"，又引了崔骃的七言三句诗、阮籍的《大人先生歌》及明人伪作的岑之敬的七言三句诗，[①]说人们看到《玄怪录》所载唐人七言三句诗"杨柳袅袅随风急，西楼美人春梦中，翠帘斜卷千条入"，"以为奇创"，实则"汉、魏、六朝已先见矣"。又说："岑嘉州《走马川》三句一韵，黄鲁直《画马试院中作》亦三句一韵，则长篇也。"这些看法，比沈德潜略为进了一步。可是，其所举《大风歌》、《大人先生歌》，都是带有"兮"字的楚调，不是严格的七言三句，因而除崔作外也都不能看成是《走马川行》所本。但"汉、魏、六朝已先见矣"这句话，倒被宋长白说对了，虽然他并没有能够举出更恰当的和更多的证据。

别署常庸的平步青所著《霞外攟屑》卷八上，《走马川体……》条，对此也有所论列。他说：

　　纪文达评苏诗《次韵黄鲁直画马代苑中作》云："此体本之嘉州《走马川》诗，嘉州又本之《峄山碑》，但碑是四言耳。"庸按：郭麐《灵芬馆诗话》卷一云："《走马川》诗，三句一换韵，后山谷诸人效之，号《走马川》体。不知以前即有之，富嘉谟《明冰篇》是也。"《柳亭诗话》卷十二则云："富嘉谟《明冰篇》曰：'阳春二月朝始暾，春光澹（潭）沱（沲）度千门，明冰时

①　《古诗纪》等书所载岑之敬作七言三句诗一首，系明杨慎伪造，辨见丁福保《全汉三国晋南北朝诗·绪言》。

出御至尊.'每三句换韵,凡七转,即古乐府之解数也。后人合为一首,误。"富诗见《文粹》卷十七,柳亭说亦臆度也。

纪昀（谥文达）的说法与沈德潜略同。郭麐指出富嘉谟的《明冰篇》这首七言诗也是句句用韵,三句一转,而其时代则在岑前,不失为一个新的发现。但《明冰篇》这种形式又是从何而来,《灵芬馆诗话》却没有进一步交代。《柳亭诗话》在卷三中谈到《走马川行》,在卷十二中谈到《明冰篇》,而不曾将两诗联系起来加以考察,也未免失之交臂。但其所说《明冰篇》之每三句一换韵,"即古乐府之解数",对我们还是有启发的。试看下文所举出的一些歌谣,就可以证明,这个意见并非全是"臆度"。

文学史实昭示我们,一般说来,文艺形式总是人民群众所创造的。它们是集体的,而非个人的产物。沈德潜之流只知道朝上看,想从"高文典册"中找出岑参这篇诗形式上的渊源,就只能白费气力。可是,如果反过来,注视一下汉、晋以来人民的口头创作,就可以发现,原来三、三、七言三句和七言三句乃是这一历史时期中歌谣的两种基本形式。

> 大鸿胪,小鸿胪,前后治行曷相如。
> ——《三国志·裴潜传》注引《魏略》载鸿胪中语

> 局缩肉,数横目,中国当败吴当复
> ——《晋书·五行志》载童谣

脱青袍，着芒屩，荆州天子挺应着。

> ——《南史·侯景传》载童谣

剡者配姬以放贤，山崩水溃纳小人，家伯罔主异哉震。

> ——诗纬《泛历枢》载《摘洛谣》

兽从北来鼻头汗，① 龙从南来登城看，水从西来河灌灌。

> ——《晋书·五行志》载童谣

中兴寺内白㲋翁，四方侧听声雍雍，道人闻之夜打钟。

> ——《北齐书·上洛王思宗子元海传》载童谣

以上择录的这些例子还是限于句句用韵的，其第一句不押韵的，为数就更多。我们认为：《走马川行》那种被人们称为富于创造性的形式，正是由上面所举两式歌谣发展而来的。它首三句采取了第一代，而其后的十五句则将第二式重复了五次。将这两种形式的歌谣有机地结合起来，形成一个整体，扩充成为长篇，则是诗人独特的贡献。正因为它是以三句作为一个基本结构，约略相当于古乐府的一解，所以意思

————————

① "兽"，本作"虎"，唐人修《晋书》避讳所改。唐高祖李渊的祖父名虎。

是三句一转，韵脚也是三句一变，平仄交替，从而"形成强烈的声势与急促的音调"。① 这种说法，当然也只是一种推测，但《朝野佥载》载骆宾王为裴炎造谣云："一片火，两片火，绯衣小儿当殿坐。"就是利用了当时流行的这种歌谣形式来从事政治斗争的。② 据此，岑参也未尝没有注意到这些歌谣和在它们的形式影响之下的形成的《明冰篇》而加以发展的可能。

① 中国科学院文学研究所编《中国文学史》评本诗语。
② 据《太平广记》卷二百八十八所载，今本《朝野佥载》佚去此条。《资治通鉴》卷二百三，胡三省注引《考异》也收有这一条材料，并云："此皆当时构陷炎者所言耳，非其实也。"我们认为，即使此谣非骆宾王所造，也是一首出于裴炎的反对派之手的拟作，同样足以证明这类口头创作的形式已为当时社会中的上层分子所注意和利用。

韩愈以文为诗说

以文为诗是北宋人所概括出来的韩愈诗歌的艺术手段之一。对于这一艺术手段，当时就有截然相反的评价，引起了争论。陈师道《后山诗话》① 云：

> 退之以文为诗，子瞻以诗为词，如教坊雷大使之舞，虽极天下之工，要非本色。

又引黄庭坚云：

---

① 《后山诗话》一书，前人多疑其非真出陈师道之手。陆游《渭南文集》卷二十六，《跋〈后山居士诗话〉》云："《（后山）谈丛》、《（后山）诗话》皆可疑。《谈丛》尚恐少时所作，《诗话》决非也。意后山尝有诗话而亡之，妄人窃其名为此书耳。"方回《桐江集》卷三，《读〈后山诗话〉跋》云："《后山诗话》二卷，回读之，非后山语也。"《四库全书总目》卷一百九十五，《〈后山诗话〉提要》云："其出于依托，不问可知。"又云："疑南渡后旧稿散佚，好事者以意补之耶？"三家所论，都有证据，今从略。郭绍虞在其《大学丛书》本《中国文学批评史》上卷第六篇第二章中则说："考《后山集》二十卷，为其门人彭城魏衍所编。衍记《诗话》、《谈丛》各自为集，而今本皆入集中，则非魏氏手录之旧可知。《四库总目提要》据陆游《老学庵笔记》定为出于依托，所见亦是。（千帆按：陆说见于《渭南文集》，非《老学庵笔记》，《提要》误记。）然魏衍既言《诗话》、《谈丛》各自成集，则后山之有是二书，自无可疑。今本所传，亦未必全出好事者以意补之。或后山原有此著，未及成书，后人编次，遂不免有所增益耳。"郭先生此说，比前人为合情理。张戒是南宋初年人，其《岁寒堂诗话》卷上已经提到陈师道等人认为韩愈于诗本无所得的话，也足为今传本《后山诗话》中这一类的议论是出于他们本人而非后人所依托的佐证。

诗文各有体，韩以文为诗，杜以诗为文，故不工尔。

魏泰《临汉隐居诗话》云：

沈括存中、吕惠卿吉甫、王存正仲、李常公择，治平① 中同在馆下谈诗。存中曰："韩退之诗乃押韵之文耳，虽健美富赡，而格不近诗。"吉甫曰："诗正当如是。我谓诗人以来，未有如退之者。"② 正仲是存中，公择是吉甫，四人交相诘难，久而不决。公择忽正色谓正仲曰："君子'群而不党'③。公何党存中也！"正仲勃然曰："我所见如是，顾岂党耶？以我偶同存中，遂谓之党，然则君非吉甫之党乎？"一座大笑④。

以上记载表明，这些意见和争论所涉及的有两个方面，一是对韩诗的评价，二是所据以进行评价的原则，即任何一种文学样式是否必须具有为其他样式所不能触动的体格，或为其他样式所无从仿佛的本色。可见，这即是一个诗史上的问题，同时又是一个诗论史上的问题。这问题由北宋到现代，争论不休，已近千年，可是还没有得出一个能为大家所公认的结论。

---

① 宋英宗赵曙年号（1064－1067）。
② 元稹《唐故检校工部员外郎杜君墓系铭》："苟以其能所不能，无可无不可，则诗人以来，未有如子美者。"吕惠卿在这里是套用元稹的话，暗示他认为韩愈的诗胜过杜甫。
③ 《论语·卫灵公篇》语。
④ 此事又见于魏泰另一著作《东轩笔录》卷十二。释惠洪《冷斋夜话》卷二，《馆中夜谈退之诗》条也载有这个佚事。

现在，我们想先就以文为诗这一艺术手段，以及由之而引起的这场争论的历史背景、以文为诗所涉及的范围、以文为诗的具体内容和前人对以文为诗的一些误解等方面，略作说明，然后再来试行对这一并不限于韩愈所专有的古典诗歌艺术手段进行评价。对这个长期存在的、内容相当复杂的问题，自己是没有能力完满地给以解决的，本文的用意只在抛砖引玉。

首先，我们应当注意到这样一个历史事实，即：以文为诗这一艺术手段，虽然早在中唐时代产生的韩诗中就已出现了，存在了，但是将以文为诗当作一个诗歌创作上的问题来加以反对或者赞成，却始于北宋中叶。而北宋中叶，如我们大家都知道的，从文学发展的趋势来看，则是古文（散文）已经取代了时文（骈文）而成为主要文体的时代，又是诗歌的风格由唐转宋，出现了宋诗的独特面目的时代。[①] 而在此以前，韩愈的古文和诗歌，虽然出自一手，它们的遭遇却并不是一致的。

先就文说，韩愈提倡古文，在当时是一场激烈的斗争，他是受到过许多非难的。在这些人当中，甚至有官高望重，

---

① 钱锺书《谈艺录》，《诗分唐宋乃风格性分之殊，非朝代之别》条略云："唐诗、宋诗，亦非仅朝代之别，乃体态、性分之殊。天下有两种人，斯分两种诗。……唐诗多以丰神情韵见长，宋诗多以筋骨思理见胜。严仪卿首创断代言诗，《沧浪诗话》即谓本朝人尚理，唐人尚意兴云云。曰唐曰宋，特举大概而言，为称谓之便，非曰唐诗必出唐人，宋诗必出宋人也。故唐之少陵、昌黎、香山、东野，实唐人之开宋调者；宋之柯山、白石、九僧、四灵，则宋人之有唐音者。"又云："夫人禀性各有偏至，发为声诗，高明者近唐，沉潜者近宋，有不期而然者。故自宋以来，历元、明、清，才人辈出，而所作不能出唐、宋之范围，皆可分唐、宋之畛域。唐以前之汉、魏、六朝，虽浑而未划，蕴而不发，亦未尝不可以此例之。叶横山《原诗》内篇云：'譬地之生木，宋诗则能开花，木之能事方毕。自宋以后之诗，不过花开而谢，谢而复开。'蒋心余《忠雅堂集》卷十三，《辩诗》云：'唐宋皆伟人，各成一家诗。宋人生唐后，开辟真难为。元明不能变，非仅气力衰，能事有止境，极诣难角奇。'可见五、七言分唐、宋，譬之太极之两仪，本乎人质之判玄悬明白（原注：见刘邵《人物志·九征篇》），非徒朝代、时期之谓矣。"本文这里所说由唐转宋，主要也是指风格上的推陈出新而言。

曾经一度是韩愈顶头上司的裴度在内,[①] 其所承受的压力不可谓之不重。但是,这个新兴的文学运动,终由于有利的客观条件和韩愈及其伙伴们的主观努力,获得了极大的成功。在韩愈死后不久,李汉为他编集作序,就已经指出:

> 时人始而惊,中而笑且排,先生益坚,终而翕然随以定。呜呼!先生于文,摧陷廓清之功,比于武事,可谓雄伟不常者矣。

在这以后,为韩文唱赞歌的声音就一天比一天高。宋代宋祁修《新唐书》,在《文艺传序》中说:

> 唐有天下三百年,文章无虑三变。高祖、太宗,大难始夷,沿江左遗风,缁句绘章,揣合低昂,故王、杨为之伯。玄宗好经术,群臣稍厌雕琢,索理致,崇雅黜浮,气益雄浑,则燕、许擅其宗。是时,唐兴已百年,诸儒争自名家。大历、贞元之间,[②] 美才辈出,擩哜道真,涵咏圣涯,于是韩愈倡之,柳宗元、李翱、皇甫湜和之,排逐百家,法度森严,抵排魏、晋,上轧汉、

---

① 《全唐文》卷五百三十八,裴度《寄李翱书》告诫李不可"以时世之文多偶对俪句,属缀风云,羁束声韵,为文之病甚矣,故以雄词远致一以矫之。"他认为:"文之异,在气格之高下,思致之浅深,不在其磔裂章句,隳废声韵。"他又指责韩愈"恃其绝足,往往奔放,不以文立制,而以文为戏。"从总的倾向看来,裴度还是主张维持原来的骈体而反对新兴的散体,恐怕"在古文与骈文两种文章形式互争雄长的当时",并不能算"是一种折衷派",如《中国历代文论选》所说的(见该书 1962 年版上册第四百五十六页)。
② 大历,唐代宗李豫年号。贞元,德宗李适年号。大历、贞元之间,公元 766 年－805 年。

周、唐之文完然为一王法，此其极也。

《后山诗话》又引苏轼云：

> 子美之诗、退之之文、鲁公之书，皆集大成者也。

这真是李汉所谓"终而翕然随以定"，即到了北宋中叶，韩文在文坛上已建立了它确乎不可拔的地位。

但韩诗的遭遇却远非如此。在宋诗的新面貌形成以前，它并不受重视，它在诗坛上所受到的待遇是冷淡的。

唐玄宗开元时代、宪宗元和时代和宋哲宗元祐时代，被诗论家称为三元，认为是五、七言诗的三个极盛时代。[①] 在元和时代有成就的诗人中，元稹、白居易、刘禹锡、柳宗元等固然是自立门户，与韩愈"不相菲薄不相师"。就是作风与韩愈比较接近的诗人如孟郊、贾岛、卢仝等也各具面目。韩门弟子能诗的不多，其中张籍最有诗名，而所作也与韩诗风貌绝异。总之，在许多人都追随韩愈，从事古文运动的时候，他的古文，他的古文理论的影响都是显著的，而他的诗歌，虽然生面别开，但并没有引起时人足够的重视，发生较大的影响。

元和以后，唐代诗风逐渐衰落，晚唐重要诗人如杜牧，也只赞美韩愈的文章。《樊川诗集》卷二，《读韩杜集》云：

---

① 陈衍《石遗室诗话》卷一载其与沈曾植论诗云："余谓诗莫盛于三元，上元开元，中元元和，下元元祐也。君谓三元皆外国探险家觅新世界，殖民政策开埠头本领。"

> 杜诗韩笔愁来读，似倩麻姑痒处搔。天外凤皇谁得髓？无人解合续弦胶。

读两家集，而于韩，只称其文①，不及其诗；于杜，只称其诗，不及其文，界限分明。李商隐在《韩碑》中，同样极力赞美韩文，甚至说《平淮西碑》可以比美汤盘、孔鼎，"公之斯文若元气"，但他遍学各家诗，对前代诗人，常有拟作，见于题目，如《齐梁晴云》、《效徐陵体赠更衣》、《杜工部蜀中离席》、《拟沈下贤》、《效长吉》等，而除这篇被何焯评为"可继《石鼓歌》"，"与韩《石鼓》诗气调魄力旗鼓相当"的《韩碑》而外，② 也绝少学韩之作。唐人论诗的文献流传至今的不算太少，而真能道出韩诗的风格特征的，似只有司空图。《司空表圣文集》卷二，《题柳柳州集后》云：

> 韩吏部歌诗数百篇，其驱驾气势，若掀雷抉电，撑扶于天地之间。物状奇怪不得不鼓舞而徇其呼吸也。

此外罕见。而且司空图的诗风，也于韩愈绝不相类，他虽赞

---

① 韩笔即韩文。以诗与笔对举，亦如以文与笔对举，始于六朝，而唐人沿用。《学海堂初集》卷七，梁国珍《文笔考》云："文笔而外，又有以诗与笔对言者。《南史·沈约传》：'谢玄晖善为诗，任彦昇工于笔，约兼而有之。'《庾肩吾传》：梁简文与湘东王书曰：'诗既如此，笔又如之。'又曰：'谢朓、沈约之诗，任昉、陆倕之笔。'《任昉传》：'昉以文才见知，时谓任昉笔，沈约诗。'又刘孝绰称弟仪与威云：'三笔六诗。'（三，孝仪。六，孝威。）是又以诗笔对言。"《文笔考》云："至唐则多以诗笔对举，如'贾笔论孤愤，严诗赋几篇'，少陵句也。'王笔活龙凤，谢诗生芙蓉'，飞卿句也。'杜诗韩笔愁来读。'牧之句也。'朝廷左相笔，天下右丞诗。'时人目王缙、王维语也，'孟诗韩笔。'时人目退之东野语也。'历代词人，诗笔双美者鲜。'殷璠语也。"唐时文笔之分，已不甚严，所以文笔对举者不多，而诗笔对举则仍旧贯。

② 何评见沈厚塽《李义山诗集辑评》卷上。管世铭《读雪山房唐诗钞》卷八，七律凡例也说："李义山《韩碑》语奇句重，追步退之。"

美可是并不学习韩诗。由五代到北宋初年，情况也大致如此。大体上，在北宋中叶欧阳修主持文坛以前，韩诗是没有受到重视的。他的诗歌既然无人学习，他独特的风格以及形成其风格的艺术手段（其中包括以文为诗）无人注意研究，加以优劣，就是很自然的事情了。

欧阳修及其声应气求的友人和后辈改变了这个局面。和由中唐以迄宋初只重视韩文而不重视韩诗的许多作家们不同，欧阳修既是一位古文家，又是一位诗人，他既爱好韩文，又爱好韩诗。在《欧阳文忠公文集》卷七十三，《记旧本韩文后》中，他记载了自己自幼对于韩文的爱好，以及韩文在他的提倡之下，日益盛行的情况。至于他对韩诗的欣赏和推崇，则如其《六一诗话》所云：

　　退之笔力无施不可，而常以诗为文章末事。故其诗曰："多情怀酒伴，余事作诗人"也。①然其资谈笑，助谐谑，叙人情，状物态，一寓于诗，而曲尽其妙。此其雄文大手固不足论，而余独爱其工于用韵也。盖其得韵宽，则波澜横溢，泛入旁韵，乍还乍离，出入回合，殆不可拘以常格，如《此日足可惜》之类是也。②得韵窄，则不复旁出，而因难见巧，愈险愈奇，如《病中赠张十八》之类是也。余尝与圣俞论此，以谓如善驭马者，通衢广陌，纵横驰逐，惟意所之；至于水曲蚁封，疾徐中节，而不少蹉跌，乃天下之至工也。

---

① 《和席八十二韵》句。
② 钱仲联《韩昌黎诗系年集释》卷一引诸家论此诗用韵情况颇详，请参看。

又《文集》卷二,《读〈蟠桃诗〉寄子美》云:

> 韩孟于文词,两雄力相当,篇章缀谈笑,雷电击幽
> 荒。众鸟谁敢贺,鸣凤呼其皇。孟穷苦累累,韩富浩穰
> 穰。穷者啄其精,富者烂文章。发生一为官,揪敛一为
> 商,二律虽不同,合奏乃锵锵。

这些议论对于韩愈以及孟郊诗风的具体而准确的指陈,当然
值得我们注意和重视,但更其值得我们注意和重视的,则是
《诗话》所论,实质上已经接触到了以文为诗的问题。他认
为韩诗之所以能够成功地表现多方面的内容,而且"曲尽其
妙",是由于"雄文大手"的"笔力无施不可",同时,他又
指出,韩愈"以诗为文章末事"。从这些意见中,不难看出,
韩愈的古文对于他的诗歌的影响是多么显著。韩愈是唐代
的,而欧阳修则是宋代的古文运动的中坚人物。欧文学韩,
诗也学韩。欧阳修对于韩愈以文为诗深有体会,理所当然。
而后人对此,也有见及的。金赵秉文《闲闲老人滏水文集》
卷十九《与李天英书》云:

> 杜陵知诗之为诗,而未知不诗之为诗。而韩愈又以
> 古文之浑浩溢而为诗,然后古今之变尽矣。

"以古文之浑浩溢而为诗",与以"笔力无施不可"的"雄文
大手"来写诗,"以诗为文章末事",含意是一致的。

以文为诗在当时引起了争论，与北宋诗人在欧阳修影响之下学习韩诗有直接的关系。欧诗学韩，是由宋迄清的批评家所公认的。如张戒《岁寒堂诗话》卷上云：

> 欧阳公诗学退之，又学李太白。

吴之振《宋诗钞》，《欧阳文忠诗钞》小引云：

> 其诗如昌黎，以气格为主。昌黎时出排奡之句，文忠一归之于敷愉，略与其文相似也。

刘熙载《艺概》卷二，《诗概》云：

> 东坡谓欧阳公"论大道似韩愈，诗赋似李白"①。然试以欧诗观之，虽曰似李，其刻意形容处，实于韩为逼近耳。

而方东树《昭昧詹言》卷九云：

> 六一学韩，才气不能奔放，而独得其情韵与文法，此亦诗家深趣。

则更明白地指出了欧之学韩，也学其以文为诗。诸家所论，

---

① 苏轼《〈居士集〉序》语，见《欧阳文忠公文集》卷首，《东坡集》卷二十四。

各有偏至。要而言之，欧阳修诗、文皆学韩，所学包括以文为诗这一艺术手段，但两人个性气质不同，因而韩偏于排奡雄奇的阳刚之美，而欧却偏于敷愉纡徐的阴柔之美，学而能变，因此各擅胜场，自具面目，却是无可争论的事实。

由于欧阳修的提倡，以及他和他的伙伴们的创作实践，宋诗的独特面目和风格便逐渐形成，而宋诗的独特面目和风格的形成，又是和学韩（包括学他的以文为诗）分不开的。在与他同时或稍后的诗人中，诗文兼擅的人如王安石、苏轼固然学韩诗，即仅以诗名的人如苏舜钦、梅尧臣、王令、黄庭坚等也或多或少地受到韩愈的影响，不管其是否自觉，也不管其人主观上是否赞成韩诗，或是否赞成其以文为诗。

这一点，前人也已见及。叶燮《原诗》内篇云：

> 韩愈为唐诗之一大变。其力大，其思雄，崛起特为鼻祖。宋之苏、梅、欧、苏、王、黄，皆愈为之发其端，可谓极盛。

近代李详自序其《韩诗萃精》云：

> 宋欧阳永叔稍学公诗而微嫌冗长，[①] 无遒丽奇警之语。东坡以豪字概公，[②] 虽能造句，而不能纬以事实，

---

① 陈衍《宋诗精华录》卷一评欧诗《沧浪亭》云："案此诗未免词费，使少陵、昌黎为之，必多层折而无长语，《渼陂行》、《山石》可参看也。"可与李说互证。

② 冯应榴《苏文忠诗合注》卷十六，《读孟郊诗》二首之一："要当斗僧清，未足当韩豪。"僧指贾岛，岛初为僧，法名无本。

如水中着盐，消融无迹。黄鲁直诗于公师其六七，学杜者二三。举世相承，谓黄学杜。起山谷而问之，果宗杜耶？抑师韩也？悠悠千载，谁能喻之？

陈三立为程学恂《韩诗臆说》题辞云：

> 宋贤效韩，以欧阳永叔、王逢原为最善。

夏敬观《唐诗说·说韩愈》云：

> 宋人学退之诗者，以王荆公为最。王逢原长篇亦有其笔。欧阳永叔、梅圣俞亦颇效之。诸公皆有变化，不若荆公之专一也。

诸家对北宋著名诗人所受韩愈影响的巨细如何，看法虽有出入，但认为其时大家无不受到韩诗的沾溉，则所见略同。

非常值得玩味的是，宋诗的两个中坚人物苏轼和黄庭坚自己对韩诗是"颇有微词"的，如《后山诗话》载苏轼云：

> 退之于诗，本无解处，以才高而好尔。

胡仔《苕溪渔隐丛话》前集卷十八引《王直方诗话》载洪龟父云：

> 山谷于退之诗，少所许可。

而评论家却偏偏指出了他们与韩愈之间的传承关系。特别是苏轼，这个认为韩愈"于诗本无解处"的人，却有人特别提出他在以文为诗这一艺术手段上与韩愈的渊源。赵翼《瓯北诗话》卷五云：

> 以文为诗，自昌黎始，至东坡益大放厥词，别开生面，成一代之大观。①

这就说明了，北宋中叶的诗人想通过学习韩诗来创造自己的独特面貌和风格，在欧阳修的提倡和其他诗人的支持之下，已成为一种不可逆转的潮流而弥漫诗坛，即使是有人主观上不赞成也罢，在客观上，总还是无可避免地、或多或少地受到了这种风气的影响。我们知道，在文学史上，这种文艺理论和创作实践之间的矛盾存在于一个作家身上，也并非十分罕见的现象。如孟棨《本事诗》，《高逸》第三载李白云："梁、陈以来，艳薄斯极，沈休文又尚以声津，将复古道，非我而谁欤？"又云："兴寄深微，五言不如四言，七言又其靡也，况使束于声调俳优哉？"可是，他的创作实践证明，他的"复古"，实是变新，在形式上，他毫不排斥七言诗、今体诗。除五言古诗之外，他也给后人留下了为数众多的极其精警夺目的七言和杂言古诗、五言律诗和五七言小律诗

---

① 吴乔《围炉诗话》卷五也说："子瞻诗美不胜言，病不胜摘。大率多俊迈而少渊渟，得瑰奇而失详慎，多粗豪、滑稽、草率，又多以文为诗。然其才古今独绝。"吴氏对苏诗总的评价，与赵不同，但认为苏轼以文为诗，则是一致的。

（律化了的绝句）。这，正好和苏、黄不满韩诗，可又不由自主地沿着韩愈已经开辟出来的道路前进比类。

从以上的叙述中，我们可以知道，韩愈的诗歌以及他的以文为诗这一艺术手段之被人注意，引起争论，在当时表面上只是一个对前代诗人评价的问题，而实质上则是诗歌创作道路应当怎么走的问题，一个具有现实意义的问题。一派人认为诗有诗的体格，文有文的体格，以文为诗，就丧失了它的本色，而另一派人则认为"诗正当如是"。

在"穷则变，通则久"，① "若无新变，不能代雄"，② "为文章者有所法而后能，有所变而后大"，③ 这样一些原则支配之下，宋代诗人终于通过学习韩愈（当然也学习了其他前代诗人）及其以文为诗的艺术手段（当然也学习其他诗人以及韩愈所拥有的其他艺术手段），加以发展变化，使之渗透在自己所要表现的生活之中，形成了不同于唐诗的独特面貌和风格。这，历史已经为我们作出了结论，不用多说了。但是，追溯一下韩诗被后人认识和学习的过程，研究一下以文为诗的意义和是非，对现代文学的发展和创作却不是没有借鉴作用的。

在具体说明什么是以文为诗这个问题之前，我们不得不对以文为诗在韩诗中所涉及的范围加以确定。因为古今论家对于韩愈以文为诗这一艺术手段加以优劣，可能和他们所理解的它在全部韩诗中所涉及的范围有关。这些人，无论是反对或赞成

---

① 《易·系辞下》语。
② 萧子显《南齐书·文学传论》语。
③ 姚鼐《惜抱轩集》卷八，《刘海峰先生八十寿序》引周书昌语。

韩愈以文为诗，却似乎都认为这是韩诗的主要艺术手段，即使没有认为它是韩诗的惟一艺术手段。他们忽略了，这仅仅是韩愈在从事诗歌创作时所拥有的诸艺术手段之一，除此而外，韩愈还拥有许多其他的手段，通过各种手段，他才能够使得自己的诗作丰富多彩。如《瓯北诗话》卷三云：

> 韩昌黎生平所心摹力追者惟李、杜二公。顾李、杜之前，未有李杜，故二公才气横恣，各开生面，遂独有千古。至昌黎时，李、杜已在前，纵极力变化，终不能再辟一径。惟少陵奇险处尚有可推扩，故一眼觑定，欲从此辟山开道，自成一家，此昌黎注意所在也。然奇险处亦自有得失。盖少陵才思所到，偶然得之，而昌黎则专以此求胜，故时见斧凿痕迹，有心与无心异也。其实昌黎自有本色，仍在文从字顺中自然雄厚博大，不可捉摸，不专以奇险见长，恐昌黎亦不自如，后人平日读之自见。若徒以奇险求昌黎，转失之矣。

此外，在同书中，还指陈了韩诗在用语，押韵，创格，创句法等各种艺术手段，以及由这些手段形成的艺术特色。这当中，有的和以文为诗有关，例如"文从字顺中自然雄厚博大，不可捉摸"，与韩文擅长布局，变幻莫测，气韵深稳而堂庑开阔相通。至于奇险，则似当从楚《骚》、汉赋来寻找其渊源，不能认为它与韩文有什么内在联系。但黄庭坚、陈师道等人，却将以文为诗这一点作为韩诗"不工"，或虽工而"非本色"的症结所在。这就成了以偏概全，显然不符事实。

人们如果通读韩愈的全部诗歌，就可以看出，以文为诗不仅不是韩诗惟一的艺术手段，就是作为诗人所拥有的诸艺术手段之一，它所涉及的范围也是有局限的。韩集只是有部分作品存在着以古文为古诗的情况，尤其是为七言古诗。

魏、晋以前，不论诗、文，都是单复兼行，魏、晋以来，由单趋复，对偶之外，又加声律，先是骈文出现，然后诗歌也由新变体发展成为今体律绝诗。就形式论，古诗近于古文，而律绝诗近于骈文。因此，以文为诗，古诗接受古文的影响易，而律、绝接受古文的影响，即使不是不可能，也很困难。同时，韩愈又并非一位骈文家而是一位伟大的古文家。由于这两点，韩愈的以古文为古诗，就成为理所当然，势有必至。

在古诗中，七言比起五言来，又本来更其富于流利、开张、曲折、顿挫这样一些笔法和章法，和古文相近。因而以文为诗，就可以使它本来具有的这样一些特点更加突出。《昭昧詹言》卷十一云：

> 诗莫难于七古。……观韩、欧、苏三家，章法剪裁，纯以古文之法行之，所以独有千古。

作旧体诗是否"莫难于七古"，是可以讨论的，但方东树指出韩愈及欧、苏都以古文为七古而获得成功，却也是事实。

至于高涉瀛《唐宋诗举要》卷五引吴北江评韩愈的七言律诗《左迁蓝关示侄孙湘》的颔联"欲为圣朝除弊事，肯将衰朽惜残年"云："大气盘旋，以文章之法行之。"则似认为律句的开合动荡，也自古文中来，恐不尽然。如其有之，也只是个别现象。

以文为诗这一其所涉及的范围是有局限的艺术手段的具体内容，概括起来，大致上有两个方面，一方面是以古文的章法、句法为诗，另一方面是以在古文中常见的议论入诗。现在，试就这两个方面略加申述，也附带对古今论家的若干歧见加以讨论。

先谈第一个方面。文学作品自来具有各种不同的样式，它们在特定的民族的和历史的条件之下，被人民群众创造出来；各自拥有其独特的与最适合其所要表现的内容相结合的形式上的特色，从而与其他的样式区别开来。这也就是所谓"诗文各有体"。但是，样式与样式之间，例如诗与文之间，并没有，也不可能隔以不可逾越的铜墙铁壁。它们肯定有区别，又必然在某种程度上有关联，因而可以互相渗透（至于渗透的结果即艺术效果如何，又当别论）。韵律是诗歌的主要艺术特征，中外所同。但在外国，它并没有妨碍散文诗的出现（而且它到后来还进入中国的诗坛）。而在中国，它也没有妨碍以文为诗，而且两者都获得了成功。

韩愈是一位伟大的古文家。他对古文的独特造诣使他在从事诗歌创作时，情不自禁地使用了作古文的技巧以显其特长，这是完全可以理解的。他不但以古文为古诗，而且还以古文作小说。[①] 这正是如同我们在艺术史所看到过的，长于

[①] 韩愈以古文作小说这个事实，是陈寅恪先生首先注意到并对之加以研究的，见其所著《韩愈与唐代小说》，载 Harvard Journal of Asiatic Studies 第一卷第一期，1936 年；由我译载《国文月刊》第五十七期，1943 年；又《元白诗笺证稿》，第一章《长恨歌》。

书法的人，画起兰花和竹子来，也常使用作草书的笔法，因而自具特色，别有风味。①

由此可见，韩愈以文为诗，其实际意义就在于要突破诗的旧界限，开拓诗的新天地，这不但有助于形成他自己的独特面目，而且成为宋诗新风貌的先驱。

刘辰翁《须溪集》卷六，《赵仲仁诗序》云：

> 文人兼诗，诗不兼文也。杜虽诗翁，散语可见。惟韩、苏倾竭变化，如雷霆、河、汉，可惊可快，必无复可憾者，盖以其文人之诗也。

合前引赵秉文"昌黎以古文浑浩溢而为诗，而古今之变尽"的话来看，则以文为诗这种艺术手段对于韩诗及苏轼等宋代诗人创作所产生的积极影响大体可见。

韩愈在写诗时，怎样运用了写古文的艺术手段，这是一个只有"起韩愈而问之"才能获得准确答案的问题，但我们也无妨引用一点前人对这一方面的探索作为参考。如《琴操》十首，《韩昌黎诗系年集释》卷十一引朱彝尊评语云：

---

① 以人所熟知的清代书画家郑燮为例，其自题画竹有云："与可画竹，鲁直不画竹，然观其书法，罔非竹也。瘦而腴，秀而拔；欹侧而有准绳，折转而多断续。吾师乎！吾师乎！其吾竹之清癯雅脱乎！书法有行款，竹更要行款；书法有浓淡，竹更要浓淡；书法有疏密，竹更要疏密。此幅奉赠常君西北。西北善画不画，而以画之关纽，透入于书。燮又以书之关纽，透入于画。吾两人当相视而笑也。与可、山谷亦当首肯。"（中华上编《郑板桥集》第一百六十二页）这是他自讲其书画之相通。蒋宝龄《墨林今话》卷一云："板桥道人郑燮……书，隶楷参半，自称六分半书，极瘦硬之致，亦间以画法行之，故心余太史诗有云：'板桥作字如写兰，波磔奇古形翩翻；板桥写兰如作字，秀叶疏花见姿致。'……可谓抉其髓矣。"（同上第二百五十页）这是别人论其书画之相通。

《琴操》果非《诗》、《骚》，微近乐府，大抵稍涉散文气。昌黎以文为诗，是用独绝。

又夏敬观《唐诗说·说韩愈》云：

《琴操》、《皇雅》一类诗，皆非深于文者不能作。退之、子厚，皆文章之宗匠也。

《山石》，方东树《昭昧詹言》卷十二云：

只是一篇游记，而叙写简妙，犹是古文手笔。

《石鼓歌》，《集释》卷七引汪佑南《山泾草堂诗话》云：

如许长篇，不明章法，妙处殊难领会。……首段叙石鼓来历，次段写石鼓正面，三段从空中著笔作波澜，四段以感慨结。妙处全在三段凌空议论，无此即嫌平直，古诗章法通古文，观此益信。

当然，这都是前人的体会，未必尽合诗人本意，但这些评论有助于我们理解什么是以文为诗，则是没有疑问的。

此外，化复句为单句，乃是古文（散文）异于时文（骈文）的显著特点。韩愈在古诗中，有的地方故意避免对仗，如《此日足可惜一首赠张籍》中"淮之水舒舒，楚山直丛丛"二句，强幼安《唐子西文录》就指出这是"故避属对"，而这种"故避",显然与以文为诗有关,所以韩集中古诗,尤其是七言古诗,很多是通首不对的,其中包括有如《此日足可惜一首赠张籍》、《山石》及《八月十五夜赠张功曹》这样一些名作。黄钺《韩诗增注正讹》卷四评《游青龙寺赠崔大补阙》也曾经指出:"公七言古诗间用对句,惟《桃源图》及此篇、《赠崔立之》三篇而已。"

还有,以古文中习见的句法及语尾虚字入诗,也是以古文为古诗这样一种艺术手段的组成部分。如《符读书城南》之"乃一龙一猪",《送区宏南归》之"子去矣时若发机",《陆浑山火和皇甫湜用其韵》之"溺厥邑囚之昆仑"等句,其句法和节奏都远于诗而近于文;而《嘲鲁连子》之"顾未知之耳",《符读书城南》之"学与不学欤",《古风》之"无曰既蹷矣"等句,则使用虚字结尾,全同散体。当然,这在韩诗中为数很少,也不是以文为诗的主要表现。

再说第二个方面。文学作品的内容,不外情、理、事三端,所以抒发感情,议论道理,描绘事物也就成为文学的基本功能,而不问其使用何种体裁来加以表达。诗可以抒情,所以有抒情诗,同时还可以叙事和说理,所以也有叙事诗和哲理诗。散文也是一样,既有抒情文,又有叙事文和说理文。这,丝毫也不排斥任何文学作品中所必具的通过形象思维而获致和显示的形象性。但由于汉语古典诗歌的历史发展道路的规定,我们的诗歌多半用来抒情,而较少用来叙事和说理。散文则多半用来叙事和说理,而较少用来抒情。所以,比起抒情诗来,汉语文学中的叙事诗和哲理诗不算是发达的。但这决不意味着,抒情诗中没有叙事和说理的成分。

恰恰相反，叙事和说理的成分常常和作为诗篇主体的抒情成分有机地结合在一起，而形成一件完整的艺术品。

单就诗中说理，即以议论为诗来说，周代民间歌手所创作的诗篇如《诗经·魏风·伐檀》中就有"彼君子兮，不素餐兮"这种阶级感情非常强烈的、一针见血的议论。稍后，伟大诗人屈原在其作品中发议论、说道理的地方就更多。汉、魏、六朝以迄唐代，在抒情诗中发议论的传统，从来没有中断过。韩愈以古文为诗，当然也就顺理成章地将这种原来主要由散文来负担的职责带进诗里。比起他的前辈的诗作来，韩诗中的议论成分带有更大的比重，而出现也更经常。

这里，也无妨征引一点前人有关这方面的具体评论。如《谢自然诗》，顾嗣立《昌黎先生诗集注》卷一云：

> 公排斥佛、老，是平生得力处。此篇全以议论作诗，词严义正，明目张胆，《原道》、《佛骨表》之亚也。

又程学恂《韩诗臆说》卷一云：

> 韩集中惟此及《丰陵行》等篇，皆涉叙论直致，乃有韵之文也，可置不读。……篇末直与《原道》中一样说话，在诗体中为落言诠矣。

又如《桃源图》，《集释》卷八引翁方纲云：

> 即仍《原道》大议论，而于叙景出之。

《谢自然诗》和《桃源图》，用意都在于揭露迷信的虚妄，所以论者认为与排斥佛、老的一些文章用意相同。但我们玩索两诗，其发议论相同，而艺术效果却有差别，则问题所在，不在是否能以议论入诗，而在是否善于以议论入诗可知。这一点，我们在后面还要较详细地加以申论。

韩愈扩大了以议论入诗的容量，对于宋诗影响很大。欧阳修《六一诗话》举出韩诗有"资谈笑，助谐谑，叙人情，状物态"各种内容。而在这资、助、叙、状之中，也自然有议论在内，这是覆按韩集而可知的。欧阳修也有意效法韩愈在题材和手法方面的这种措施，又是覆按欧集而可知的。在这种风气支配之下，以议论为诗也就成为宋诗新面貌的组成部分。所以严羽《沧浪诗话·诗辨》说："近代诸公乃作奇特解会，遂以文字为诗，以才学为诗，以议论为诗。夫岂不工，终非古人之诗也。"从这种带有贬义的评论中，我们正看出了宋人所受韩愈的以古文、议论为诗的影响是广泛的。

以上，简单地说明了以文为诗在两个方面的内容。现在，再讨论一下某些反对或赞成以文为诗，却为我们所不能同意的意见。

有些人反对以文为诗，是因为他们认为：诗文各有体，各有本色，各有所应当表现的内容以及表现那些内容的艺术手段。诗与文之间的界限是不可逾越的。如果打破了这个界限，以文为诗，就是"不工"，或"虽极天下之工而非本色"，或"夫岂不工，终非古人之诗也"。这些人墨守成规，守常而不知变。他们不考虑，诗是要"本色"呢，还是要

"工"？今人应当作"古人之诗"呢，还是应当作今人之诗？所以他们反对韩愈在诗歌方面以古文的章法、句法入诗、以议论入诗这种革新手段，而某些人在创作实践上，又不得不跟着这种他们所反对的风气走。正是由于跟着这种风气走，才使得他们的作品中呈现的新面貌更为丰富。这，正证明了他们（其中包括著名的诗人苏轼和黄庭坚）的反对是不正确的和徒劳的。

在这里，应当探讨一下以议论入诗的问题。严羽认为宋人以议论为诗，虽工而非古人之诗，虽含贬义，确是实情。明人屠隆《由拳集》卷二十三，《文论》中却进一步说："宋人多好以诗议论，夫以诗议论，即奚不为文而为诗哉？"则是干脆说诗是不能有议论的，如果你要议论，去作文好了，别作诗。应当承认，严羽、屠隆等人的说法，无论就诗文两种样式的区分来说，或就针对具体历史时期的诗坛风尚加以评论来说，都有其合理的、正确的方面，但他们却忽略了，议论是《诗》、《骚》中早就存在的。韩愈以及追随他的宋人以古文立论之法入诗，只是踵事增华，并非自我作故；同时，也只是扩充了诗歌议论的成分，而非只在诗中说理，不在诗中抒情。韩愈及宋人的许多含有议论成分的好诗，无一不是抒情与说理非常巧妙的融合。

古人没有抽象思维和形象思维这样两个名词，但他们可能直觉地感到这两种客观存在的思维方式的区别。翁方纲评《桃源图》说："即仍《原道》大议论，而于叙景出之"，可以看出此中消息。在我们看来，议论或说理，其思维方式虽然是抽象的，但其表达方式却可以是形象的。许多诗人善于通过具体形象的描绘，来抒发哲理，评量事物。而同时，在抒情诗中出现的议论，如果运用恰当，则不仅不会削弱，反之，还能够加强诗歌的形象，从而加强抒情诗中主人公（其中包括诗人自己）的形象。这是通过作家们的实践已经形成的事实。

以形象的方式来发表议论，以议论的方式来加强形象，可以说是自古有之。我们读《庄子》、《韩非》等子书，《左传》、《史记》等史书，不难发现。自称"非三代两汉之书不敢观"的古文大师韩愈，从其前辈的著作中继承了这种传统，发为文章。因此在韩文中，这种手段也不难发现。如果举例，则一直为人传诵的《进学解》、《杂说》、《圬者王承福传》、《送孟东野序》等，就是两者兼备的。

韩愈以文为诗，自然也就将这样一些手段带进诗里。例如《荐士》的前半，实质上是对由周到唐的诗歌以及对孟郊诗歌的述评，而其议论中却充满了形象。再如《孟东野失子》，作者自称是"惧其伤也，推天假其命以喻之"。评者也说"此诗意旨与《列子·力命篇》略同，而语较奇警"。① 也是以一组完整的形象来发议论，而取得艺术上的成功的一个好例。另外一方面，诗中的议论，即使其语言并不怎么富于形象性，只要能够巧妙地和抒情、叙事等其他部分结合在一起，也是可以加强诗篇整体的（包括诗人自己的）形象的。《谒衡岳庙遂宿岳寺题门楼》在描写了老庙令要诗人卜卦这个细节之后，发议论道："窜逐蛮荒幸不死，衣食才足甘长

---

① 程学恂《韩诗臆说》卷一。

终。侯王将相望久绝，神纵欲福难为功。"《记梦》在描写游历一个幻想世界之后，也发议论道："乃知仙人未贤圣，护短凭愚邀我敬。我能屈曲自世间，安能从汝巢神山。"这些议论，既表现了作者的思想，也表现了作者的个性，从而加强了他自己的形象。

由此可见，问题不在于诗中是否可以发议论，而在于是否善于在诗中发议论。程学恂所指出的《谢自然诗》、《丰陵行》等篇，"叙论直致"，只能作为韩愈运用这一手段而没有成功的例子，却不能作为不能以议论为诗的证据。

有的人反对以文为诗，是因为他认为："诗要用形象思维，不能如散文那样直说。"这种意见似乎可以用下列公式表明。

　　　　诗→形象思维→（曲说）
　　　　文→（抽象思维）→直说

但事实表明，一方面，诗的确是比散文更为精练、含蓄、曲折，可是，另一方面，这种区分又仅仅是相对的。将诗与散文、形象思维与抽象思维、曲说与直说的区分绝对化，就不仅不符合诗人、作家们的艺术实践，在理论上也说不过去。这里，无妨分几点加以说明。

第一，诗当然要用形象思维，但形象思维并不限于曲说，它也可以直说。用传统的文学术语来说，则是既可以用比兴来表现，也可以用赋体来表现。前人解释赋、比、兴，颇有出入。朱熹《诗集传》卷一，《〈葛覃〉传》云："赋者，敷陈其事而直言之者也。"《〈螽斯〉传》云："比者，以彼物比此物也。"《〈关雎〉传》云："兴者，先言他物以引起所咏之词也。"朱说在过去虽较流行，但还不够圆融周洽。① 可是，即使根据这种说法，则这三种表现手段，也无例外地都是形象思维的产物，所以决不能把直说（"直言"）和"敷陈"排斥在形象思维、形象性之外。在古今中外的诗人作品中，"敷陈其事而直言之"的杰作是极多的，它们也都是富于形象性的。② 那么，怎么能够把诗和直说对立起来呢？

第二，散文许多都是抽象思维的产物，但并不是写散文只能用抽象思维，它也可以用形象思维。不仅可以用形象思维的方式写出富于形象性的抒情散文，甚至于也可以用形象思维的方式写出富于形象性的说理散文。关于前者，例不胜举，关于后者，我们只要想到"寓言十九"的《庄子》及其历代的效法者，就不会怀疑了。又怎么能够把散文与形象思维对立起来呢？

第三，以形象思维为基础的文学作品，在塑造人物时，从来不排斥来自抽象思维的某些议论，反之，有时还倚仗一些议论来加强人物形象，使之被塑造得更为完美和突出。试

---

① 参看吴枝培：《赋比兴诠证》，载《南京大学学报（哲学社会科学）》1978年第二期。

② 顺便提到，在赋、比、兴中，比兴当然是诗人们所经常使用的，但赋却是更其基本，更其普遍使用的手法，而且三者往往是结合在一起的。因为比兴所涉及的只能是每首诗的某一部分或某些部分，而赋则可涉及一首诗的全篇。《诗经》中全篇"敷陈其事而直言之"的诗，有的是；全篇"以彼物比此物"的诗，我们还可以举出《小雅·鹤鸣》。但王夫之《薑斋诗话》卷下已经说：它"全用比体，不道破一句"，是"《三百篇》中创调"，后人效法的也并不多。至于"先言他物以引起所咏之词"，则原来就只涉及一首诗的一部分，主要是在开头，根本不可能在全篇中都使用兴体。另外，根据我们今天的理解，赋的"敷陈其事而直言之"，其中就兼有像物、抒情的成分，它们是不可能脱离形象思维的。由此可见，作诗，赋是不能不用的，比兴则可以用，也可以不用。

想，如果《三国志·诸葛亮传》和《三国演义》中没有诸葛亮的隆中对，《红楼梦》中没有贾宝玉鄙视功名利禄的谈话，这两个人物形象岂不是要大为减色吗？史传、小说如此，诗歌何独不然？不过诗中的议论多半出自诗人之笔而非出自作者所塑造的书中人物之口而已。韩愈及宋人以文为诗，其中包括以议论为诗，也正因为这也是一种可以而且值得采用的艺术手段。经验证明，在创作过程中，将形象思维与抽象思维截然划分，不但是不必要的，而且有时还是不可能的。

第四，散文是既可直说，也可曲说的，并非全是直说。谁能认为像《史记·伯夷传》、韩愈《送董邵南序》之类的文章是直说的呢？散文中千回百折的篇章可多得很。

还有人赞成韩愈以文为诗，是因为他认为韩诗"既有诗之优美，复具文之流畅，韵散同体，诗文合一"。[1] 而反对此说的，则认为韩愈多数的古体诗，都是些"晦词僻字，拗腔硬语"的堆积，"韩诗和韩文的要求恰恰相反。韩文的要求，要化难为易，……而韩诗的要求，是化易为难。"所以韩诗是说不上流畅的，亦即说不上韩愈以文为诗是成功的。[2]

在这里，我们看到了一件很有趣味的、同时也是值得警惕的事实，即这两种意见是相反的，而达成这种相反的意见的思想方法是相同的。两种意见的持有者都以偏概全，有意或无意地忽略了存在于韩愈诗歌艺术中的复杂性，而企图以有利于自己论点的某一部分事例来掩盖不利于自己论点的另一部分事例。如韩文有其流畅即易的一面，也有其奥涩即难

---

[1] 陈寅恪：《论韩愈》，载《历史研究》1954 年第二期。
[2] 黄云眉：《读陈寅恪先生〈论韩愈〉》，载《文史哲》1955 年第八期。

的一面，韩诗也是如此。而论者却各取所需以证成已说，于是在肯定韩愈以文为诗者的眼中，韩文只剩下流畅的一面，而在否定韩愈以文为诗者的眼中，韩诗也只有堆积"晦词僻字，拗腔硬语"的篇章才算是代表作了。再如韩愈的古文和诗歌艺术，既有其相同因而可以相通的一面，也有其相异因而互不相关的一面，而一方只看到"韵散同体，诗文合一"，另一方却又只看到韩文"化难为易"，韩诗"化易为难"。实则韩诗有可视为与散文"同体"、"合一"的，也有与散文了不相涉的；韩文有"化难为易"的，也仍然有难懂难学的，韩诗有"化易为难"的，也仍然有易懂易学的。韩集俱在，班班可考。因而这两种带有很大的片面性的意见，也都不能为我们所赞同。

总的说来，韩愈以文为诗以及北宋人学韩愈以文为诗，还有由于这种创作实践而引起的争论，都是一定历史条件下的产物。它们都和古文运动有关。

以文为诗，和以诗为词一样，表现了祖国古典作家在艺术上打破常规，不拘一格的创造性。它对宋诗新风貌的形成具有积极的影响。无论是以古文的章法、句法还是以议论入诗，都使得艺术表现增加了新的手段，使得诗歌可以更其自如地表达生活内容，少受限制，从而使得诗人们可以对生活摄取得更广，开发得更深。

叶燮《原诗》内篇论韩"为唐诗之一大变"，北宋名家皆韩"为之发其端"，已见前引。在那段文字之后，他继续写道：

愈尝自谓"陈言之务去",① 想其时陈言之为祸,必有出于目不忍睹,耳不堪闻者。使天下人之心思智慧,日腐烂埋没于陈言中,排之者比于救焚拯溺,可不力乎?而俗儒且栩栩俎豆愈所斥之陈言,以为秘异,而相授受,可不哀耶?

又云:

至于宋人之心手,日益以启,纵横钩致,发挥无余蕴,非故好为穿凿也。譬之石中有宝,不穿之凿之,则宝不出,且未穿未凿之前,人人皆作模棱皮相之语,何如穿之凿之之实有得也?如苏轼之诗,其境界皆开辟古今之所未有,天地万物,嬉笑怒骂,无不鼓舞于笔端,而适如其意之所欲出,此韩愈后之一大变也,而盛极矣。

叶燮这些话显然有其不足之处,因为他对以文为诗的末流给古代诗歌所带来的损害没有给予足够的重视,② 但其对韩诗和宋诗出现的历史意义及其推陈出新的功绩是分析得很深刻的。韩愈的陈言务去,宋人的"纵横钩致","穿之凿之",当然使用了各种艺术手段,而在这诸手段之中,以文为诗必居其一。

---

① 《答李翊书》:"当其取于心而注于手也,惟陈言之务去,戛戛乎其难哉?"
② 参看王水照:《宋代诗歌的艺术特点和教训》,载《文艺论丛》第五辑,1978年。

　　当然，另外一方面，我们也应当看到，以文为诗，在宋代也发生过坏的影响。当时有些人用诗来讲哲理，道学家邵雍的《伊川击壤集》，在这一方面是有代表性的。在这样一些作品中，形象性完全丧失了，它们不能算是诗，而只能算是口诀或歌括，读起来真是味同嚼蜡。但不懂诗要用形象思维的，在宋代作者中只占极少数。多数人以文为诗，并没有放弃形象思维，其作品并不缺少形象性。由此可见，他们并非不懂形象思维。① 清朝的乾隆皇帝，把陈腐不堪的议论加上之乎者也一古脑儿塞进了他"御制"的七言律诗里，可算得把以文为诗糟践到极点了，但这还是要由他文责自负，株连不到韩愈、苏轼等人。以文为诗到今天仍然不失为一种有生命力的艺术手段，如果用得恰当的话。这在现代诗人的作品中也可以看出，虽然此文已是今文而非古文。

与徐哲东先生论昌黎
《南山》诗记

　　1941年至1942年间，余旅居乐山，承乏武汉大学讲席，因得奉手于武进徐哲东先生。赏奇析疑，颇得沾丐之益。一日，过先生，蒙以其所撰《韩昌黎〈南山〉诗评释》见示。其序曰："《南山》诗汪洋瑰玮，沈博绝丽。其文理密察，章次秩如也。顾自来注家，但征故实，罕究义趣，遂令览者徒骇其奇奥，难得其条理。今搜罗评语，加以折中；撷择旧解，为之补正。聊以愚管，窥测匠心。庶通郁滞，爰臻条畅。"余持归卒读，觉其玄珠在握，胜义纷陈，盖所谓君子于其言无所苟者。后之诵此诗者，循览是作，他注殆可废焉。

　　独其中一事，余有所疑，因上先生书曰："大著《〈南山〉诗评释》，细绎一过，淹贯精审，佩服无似。惟'时天晦大雪，泪目苦矇瞀'二句，尊《释》谓'天既在雪，己又病目。'窃拟别进一解。盖往者于役西康，尝闻人云：凡祁寒逾大相、飞越诸岭，必以墨晶风镜自随，不尔，则当大雪既降，遍山皆白。反光射目，恒致泪下。及戊寅嘉平经过二岭，果如所言。设韩公途中病目，似不当冒险游陟。则此泪目矇瞽，疑大雪之所致也。案方世举《注》引《释名》、《说文》，矇训'有眸子而失明'，瞽训'低目谨视'，亦与雪光反射，不能平视之意相合。惟南山地势及冬令温度，恐皆不侔于西陲诸雪山。其降雪时情状何若，固非践履其地弗得知矣。率尔布臆，幸乞卓裁。"

后先生语余，君说殊可备参。以柳子厚《晋问》中亦有类似之模写也。当录存之，以俟质定。至谓病目不当游陟，则犹有说。盖退之素性倔强好奇，初不以病目自沮，直至遇险乃退，亦事所可有者耳。余览《晋问》，其称晋兵器之利曰："攒之如星，奋之如霆，运之如縈。浩浩奕奕，淋淋涤涤，荧荧的的，若雪山冰谷之积。观者胆掉，日出寒液。当空发耀，英精互绕，晃荡洞射，天气尽白，日规为小，铄云破霄，跕坠飞鸟。"又称晋盐田之富曰："神液阴漉，甘卤密起，孕灵富媪，不爱其美。无声无形，熛结迅诡，回眸一瞬，积雪百里。晶晶幂幂，奋愤离析，锻圭椎璧，眩转的皪。乍似陨星及地，明灭相射，冰裂雹碎，龙嵸增益。大者印櫐，小者珠剖，涌者如坻，坳者如缶。日晶熠耀，萤骇电走。"[①] 寻此两节所体之物，虽各不同，而似皆侧重于光觉之描绘。其所资以共喻，则为冰雪。盖利兵洁盐，皆有反光。其物既多，则反光尤烈。冰雪者，大地之所习见，而反光至强者也。故其模写二物，皆以形容。于盐，则有"积雪百里"之喻，而谓其使人"眩转的皪"；于兵，则有"雪山冰

---

① 《河东先生集》卷十五。

谷"之喻，而谓其使人"目出寒液"。一者，谓眼花；二者，谓泪下。此特程度之差，初非两致。据此以证韩诗，则有确不可易者矣。然先生犹谓当俟质定者何？曰：以其终属一种特殊经验，非人之所恒觌。按而不断，慎之至也。

盖文学之业，其所涵蕴，不外情、理、事三端。感发以动其情，思虑以明其理，考察以知其事。作者之表见，读者之欣赏，胥由是而得会通。然感发有利钝，思虑有深浅，考察有精粗，已不能齐一矣。况复各异其性情、学识、境遇；则授受之间，或有扞格，不能相悦以解，亦理之固然。如南山非人人所尝登，而登山揽景，则人多有之。此《南山》诗之所以可解也。若夫大雪而登高山，则非人所常有之事。此诗中泪目矇瞀之句之所以费解也。斯即普通经验与特殊经验之异。用知书语所存，有非身历，殆难与知者。兹请更举旁证，以备参稽。杜甫《船下夔州郭宿，雨湿不得上岸，别王十二判官》诗有云："江鸣夜雨悬。"① 王闿运《湘绮楼说诗》曰："峡中昼多阴，夜多雨。自巴以下，江声细如碎雪。乃悟杜诗'江鸣夜雨悬'之意。'悬'字状景甚工。不知者以为不稳也。"② 此一事也。王维《使至塞上》诗有云："大漠孤烟直。"③ 赵殿成《王右丞集笺注》曰："或谓边外多回风。其风迅急，裛烟沙而直上。亲见其景者，始知'直'字之佳。"④ 此二事也。黄庭坚《六月十七日昼寝》诗有云："马

---

① 《全唐诗》卷八，页七十二。
② 卷二，王简辑本。
③ 《全唐诗》卷五，页十五。
④ 卷九。

齕枯萁喧午枕，梦成风雨浪翻江。"① 叶梦得《石林诗话》曰："外祖晁君诚善诗。……黄鲁直常诵其'小雨愔愔人不寐，卧听羸马齕残蔬。'爱赏不已。他日，得句云：'马齕枯萁喧午梦，误惊风雨浪翻江。'② 自以为工。以语舅氏无咎曰：'我诗实发于乃翁前联。'余始闻舅氏言，不解风雨翻江之意。一日，憩于逆旅，闻旁舍有澎湃、鞺鞳之声，如风浪之历船者；起视之，乃马食于槽，水与草龃龉于槽间而为此声。方悟鲁直之好奇。然此亦非可以意索，适相遇而得之也。"③ 此三事也。由斯而谈，则《文心》之论知音，谓："圆照之象，务先博观。"释家之语修持，谓："到一境，证一境。"诚肆业之枢机，会心之钤键矣。

赵翼《瓯北诗话》云："韩昌黎生平所心摹力追者，惟李、杜二公。顾李、杜之前，未有李、杜。故二公才气横恣，各开生面，遂独有千古。至昌黎时，李、杜已在前，纵极力变化，终不能再辟一径。惟少陵奇险处尚有可推扩，故一眼觑定。欲从此辟山开道，自成一家。此昌黎注意所在也。"④ 此言殊得其实。其创体、创格、创句诸端，赵氏亦尝有所论列。然此第就表见言之耳。至若取材既广，体象尤精，于声音、颜色特为敏感，斯盖其所资以为奇险者。世人谈艺，于此尚鲜具体说明，余故数数究心焉。

余与哲东先生别且三年，学无所进。寒夜寥寂，既感离索，复忆西陲壮游。因杂缀成篇，用志岁月。

---

① 《山谷诗集注》内集卷十一。
② 案集：梦作枕，误惊作梦成，均胜，当系后来改定。
③ 卷上，《历代诗话》本。
④ 卷三。

《长恨歌》与《圆圆曲》

　　1944 年春，义宁陈寅恪世丈违难来成都，说诗大学，论及白居易《长恨歌》、陈鸿《长恨传》，谓："明皇与杨妃之关系，虽为唐世文人公开共同习作诗文之题目，而增入汉武帝、李夫人故事，则白、陈之所特创。在白《歌》、陈《传》之前，故事大抵尚局限于人世，而不及于灵界。其畅述人天生死形魂离合之关系，似以二作为创始。此故事既不限于现实之人世，遂更延长而优美。其人世上半段开宗明义之'汉皇重色思倾国'一句，已暗启天上下半段之全部情事。文思贯彻钩结，特为精妙。"① 谨案：汉武、唐玄与夫李、杨二妃之事，其迹固同，而《歌》有"汉皇重色思倾国"之语，《传》有"如汉武帝李夫人"之文，尤为本证。诗中先出汉皇之重色，后叙道士之致魂，既免突兀，而长篇布署，亦用此以见照应。丈之所论，诚属不刊。其极深研几，发千古文心之覆，非洞悉文章体制之老宿，殆不能为是言。

　　余饫闻绪论，既叹精卓，旋忆吴梅村《圆圆曲》有云："家本姑苏浣花里，圆圆小字娇罗绮。梦向夫差苑里游，宫

---

① 详见《清华学报》第十四卷第一期载丈撰《〈长恨歌〉笺证》。

娥拥入君王起。前身合是采莲人，门前一片横塘水。"此段之前，乃逆叙三桂得圆圆事；以后，则补叙圆圆入田氏事。数句居中，独以西施为圆圆之比，藉作过脉。其下叙圆圆骤贵，邻里艳羡之情又有云："传来消息满江乡，乌桕红经十度霜。教曲伎师怜尚在，浣纱女伴忆同行。旧巢并是衔泥燕，飞上枝头变凤皇。长向尊前悲老大，有人夫婿擅侯王。"其结句又有云："君不见：馆娃宫起鸳鸯宿，越女如花看不足。香径尘生鸟自啼，屧廊人去苔空绿。……为君别唱吴宫曲，汉水东南日夜流。"忽悟其安章之法，实出白氏。盖《圆圆曲》之前出采莲人，即《长恨歌》之前出汉皇也；《圆圆曲》之后出伎师、女伴云云，即《长恨歌》之后出道士、太真云云也。其亦以夫差与西施事暗喻三桂与圆圆事，甚明。所以然者，不徒二女同属吴娃，亦缘三桂姓氏得借吴宫点出。《长恨歌》之用事，但在起结；而《圆圆曲》则以一事衍之为三，分置篇中。其用意在谋全诗结构之严密，尤为见焉。

　　次则白氏取汉武帝、李夫人故事为其作品之影本；吴氏效之，乃有取于夫差、西施故事，此固从同矣。然其运用之妙，又自小殊，亦有不可不审辨者。考《长恨歌》于道士之觅杨贵妃，有极具体之记述与描写。其与《汉书·外戚传》所载武帝望李夫人于帷中，而仅获"是邪非邪"之印象者，绝不相类。此虽远源于方技家神仙之说，近润以小说家夸诞之风，然其事实与意象之构成，固不能斥指所自。① 若《圆

---

　　① 《文选》卷二十三载潘岳《悼亡诗》三首之二云："独无李氏灵，仿佛睹尔容。"其用此事，亦不出《汉书》所记，非《长恨歌》之比也。

圆曲》所取西施事实，则颇简单，皆见于稗史传说；而其意象之取诸前人作品，亦至显明。王维《西施咏》曰："艳色天下重，西施宁久微。朝为越溪女，暮作吴宫妃。贱日岂殊众，贵来方悟稀。……当时浣纱伴，莫得同车归。持谢邻家子，效颦安可希。"① 则吴氏兹作之另一来源也。

如上所析，加之推论，则知《长恨歌》所用之事，初虽假作暗喻，然其后半则由典实之比拟，进而为故事之演化。故所作之描写与所暗用之典实，始近而终远。其结果挥空成有，乃变为全诗整个本事中之一部分。是因中有创也。而《圆圆曲》所用之事，则始终居于比拟之地位。此典实非与全诗本事必不可分。故其于诗之主体，为渲染而非渗透，为陪衬而非演化。此二者同中之异，又读者所当留意也。

梅村诗尤长于歌行之体，②《圆圆曲》则其此体之杰作。传诵至今，历祀三百，而其渊源所自，以余寡味，尚未闻有人为之具体论列者。辄因隅反，陈其所见如此。历城周氏尝言："为文章者，有所法而后能，有所变而后大。"③ 观于白、吴两作递嬗之迹，其说不尤可信乎？

---

① 《全唐诗》卷五，页六。
② 《四库全书总目》卷一百七十三《〈梅村集〉提要》云："歌行一体，尤所擅长。格律本乎四杰，而情韵为深；叙述类乎香山，而风华为胜。韵协宫商，感均顽艳。一时尤称绝调。"洵笃论也。
③ 《惜抱轩集》卷八《刘海峰先生八十寿序》引。

李商隐《锦瑟》诗
张《笺》补正

　　李商隐诗从宋以来，注解很多。近人张采田博考众说，参稽旧史，断以己意，著《玉溪生年谱会笺》四卷，在各注中，最为精审。

　　《锦瑟》是旧编李集的开卷诗，根据唐代进士行卷，特选有代表性的作品列为卷首的习惯，这可能是出于作者自己的安排。① 这篇诗向称难解，异说纷纭，莫衷一是。《会笺》后出，比较能够贯通全篇，阐明诗意，但也还有一些疏忽和误会的地方。今录诗及张说于下，略加补正。

　　　　锦瑟无端五十弦，一弦一柱思华年。庄生晓梦迷蝴蝶，望帝春心托杜鹃。沧海月明珠有泪，蓝田日暖玉生烟。此情可待成追忆？只是当时已惘然。

《会笺》系此诗于唐宣宗大中十二年（858），笺云：

---

　　① 参看拙著《唐代进士行卷与文学》第二章。

　　此全集压卷之作，解者纷纷，或谓寓意青衣，① 或谓悼亡，② 迄不得其真象；惟何义门云："此篇乃自伤之词，骚人所谓'美人迟暮'也。"③ 其说近似。盖首句谓行年无端将近五十。④ "庄生晓梦"，状时局之变迁；"望帝春心"叹文章之空托；而悼亡、斥外之痛，皆于言外包之。"沧海"、"蓝田"二句，则谓卫公毅魄久已与珠海同枯，令狐相业方且如玉田不冷。卫公贬珠崖而卒，而令狐秉钧赫赫，用"蓝田"喻之，即"节彼南山"意也。⑤ 结言此种遭际，思之真为可痛，而当日则为人颠倒，实惘然若堕五里雾中耳，所谓"一弦一柱思华年"也。疑义山题此以冠卷首，后人因之，故诸本皆首此篇也。义门又谓："义山集三卷，犹是宋本相传旧次，始之以《锦瑟》，终之以《井泥》，合二诗观之，则吾谓自伤者，更无可疑矣。"斯真定论，诸家臆说，亦可以少息也哉！又案：《困学纪闻》引司空表圣云："戴容州谓：'诗家之景，如蓝田日暖，良玉生烟，可望而不可

---

　　① 见刘攽《中山诗话》、许顗《彦周诗话》及胡仔《苕溪渔隐丛话》前集卷二十二引黄朝英《靖康缃素杂记》（今本《缃素杂记》佚此条）。
　　② 见沈厚塽《〈李义山诗集〉三家评》卷上引朱彝尊说、纪昀《李义山诗话》卷下《抄诗或问》引汪存宽（香泉）说及冯浩《玉溪生诗详注》卷四等。张氏旧说亦同，见所著《李义山诗辨正》。（张氏先著《玉溪生年谱补征》，《补征》成后，再批《三家评》本，论其得失，其后又将《补征》修订，改名《会笺》，正式刊行。所以对于《会笺》来说，《三家评》本的批语乃是旧说。吴丕绩先生将《三家评》本的批语辑为《玉溪生诗辨正》，说它"是张氏编写《会笺》后的另一著作"，似与事实略有出入。）
　　③ 屈原《离骚》："惟草木之零落兮，恐美人之迟暮。"何焯说亦载沈辑《三家评》本。
　　④ 按李商隐即卒于大中十二年。其生年冯浩《玉溪生年谱》定为唐宪宗元和八年（813），钱振伦《〈樊南文集〉补编注》定为元和六年，张氏定为元和七年，即其享有四十六岁、四十八岁及四十七岁三种不同的说法，但都认为年近五十。
　　⑤ 《诗·小雅·节南山》："节彼南山，维石岩岩，赫赫师尹，民具尔瞻。"

置于眉睫之前也。'李义山'玉生烟'之句，盖本于此。"① 此说是也。可望而不可前，非令狐不足当之，借喻显然。

我们平常认为一个作品难解，其含义也是多方面的，或指语言艰深，或指典故偏僻，或指背景复杂，或指主题模糊，等等。过去的注释评论诸家，大都是通过诗中所用典故，探索作者事迹，来论证《锦瑟》的意旨。在这方面，是有成绩的。如张氏所概括，许多不正确的见解已被澄清，诗为自伤"美人迟暮"之作，已成为多数读者可以接受的结论。

但是，由于这篇诗所用典故都是习见的，语言粗看上去也似乎明白晓畅，没有什么难以通解的地方，其中存在的问题就反而被忽略了；而这种忽略，不用说，对于全诗的理解不利。

这些问题，在诗的第二、第三两联中都存在着。如次联出句用《庄子·齐物论》所载庄周梦蝶的寓言来比喻自己在世事变化中的迷惘心情，本很清楚，但有的注家如冯浩等，却因为要证实《锦瑟》是悼亡之作，硬拉上见于《庄子·至乐》的庄周丧妻故事，说"义山之用典颇有旁射者"。② 用某书中一个典故，就被认为此书中的其他典故也可以包括在内，这种"旁射"的推理方式，也实在有点过于离奇。张

---

① 王应麟《困学纪闻》说，见该书卷十八。司空图说见其《与极浦书》，载《司空表圣文集》卷三。戴叔伦曾任容管经略使，故称戴容州。
② 意见和冯浩相同的，还有宋翔凤，见所著《过庭录》卷十六，及何焯评引饮光说。

《笺》不取，可谓有识，但他对于对句所用望帝故事，却似乎忽略了作者的深意，所以释此句时，只泛泛地说是"叹文章之空托"。这是很不全面的，需要进一步加以阐明。

《太平御览》卷八百八十八引《蜀王本纪》云：

> 有一男子，名曰杜宇，从天堕，止朱提，自立为蜀王，号曰望帝，治汶山下邑郫。望帝积百余岁。荆有一人名鳖灵，其尸亡去，荆人求之不得。鳖灵尸随江水上至郫，遂活，与望帝相见。望帝以鳖灵为相。时玉山出水，若尧之洪水。望帝不能治，使鳖灵决玉山，民得安处。鳖灵治水去后，望帝与其妻通，惭愧，自以德薄，不如鳖灵，乃委国授之而去

又卷九百二十三引同书云：

> 望帝去时子鹃鸣，故蜀人悲子鹃而思望帝。望帝，杜宇也。

《文选》卷五，左思《蜀都赋》刘渊林《注》引《蜀记》云：

> 有人姓杜名宇，王蜀，号曰望帝。宇死，俗说云：宇化为子规。子规，鸟名也。蜀人闻子规鸣，皆曰：望帝也。

杜鹃就是子鹃，亦即子规（鹃）。它在农历暮春三月啼叫，

所以说"望帝春心托杜鹃"。

之所以把这些材料都抄录出来，是想和大家共同考察一下，出现在古代神话中的望帝，是一个什么样的形象。

早在李商隐写《锦瑟》以前，诗人们就多次用过这一典故。其专门以它为题材的著名作品为人们所熟知的，则有鲍照《拟行路难》十八首的第七首、杜甫的《杜鹃行》及《杜鹃》。鲍诗有人认为是为晋恭帝司马德文作，也有人认为是为宋少帝刘义符作。① 杜诗则注家几乎一致认为是为唐玄宗李隆基作。总之，在鲍、杜这两位大诗人看来，望帝是一位皇帝的形象，而且是一位被迫退了位的皇帝的形象，所以他们才用他来影射晋恭帝或宋少帝和唐玄宗。

可是，这样一来，就出现了一个问题：李商隐既不是一位退位的皇帝，怎么可以用望帝来自比呢？回答是：他虽然不是一位皇帝，但也不得其位，此其一。而更重要的是，第二，望帝固然是个退位皇帝的形象，同时还是个自觉做错了事，感到非常悔恨的形象，而李商隐则正是这么一个人。望帝托杜鹃之口啼出的春心，也就是李商隐不由自主地陷入当时激烈的政治派别斗争中，倒了一辈子的楣，因而在垂老之年感到极为悔恨的心情。这种心情，我们在他的其他诗篇中也可以找到。其写得十分明白，则如《有感》：

中路因循我所长，古来才命两相妨。劝君莫强安蛇足，一盏芳醪不得尝。

---

① 见黄节《鲍参军诗注》卷三引朱乾《乐府正义》及陈沆《诗比兴笺》。

如《幽居冬暮》：

> 羽翼摧残日，郊原寂寞时。晓鸡惊树雪，寒鹜守冰池。急景倏云暮，颓年寝已衰。如何匡国分，不与夙心期？

其写得比较隐约的，则如《风雨》：

> 凄凉《宝剑篇》，羁泊欲穷年。黄叶仍风雨，青楼自管弦。新知遭薄俗，旧好隔良缘。肠断新丰酒，消愁斗几千。（冯《注》卷六云："'新知'，谓婚于王氏；'旧好'，指令狐。'遭薄俗'者，世风浇薄，乃有朋党之分，而怒及我矣。"）

这些作品，也就是所谓春心的流露。张采田因为没有意识到望帝也是一个自觉做错了事感到悔恨的形象，因此就无从深刻理解李商隐这句诗。《锦瑟》首先把望帝的形象的这一方面突出出来，为"美人迟暮"这个主题服务，可以说，是很富于创造性的。

现在，让我们进而研究三联两句中存在的问题。首先，可以注意一下出句中沧海这个词。大家都知道，古人称今南海海域为南海，亦称涨海。① 东海、黄海、渤海等海域则通

---

① 鲍照《芜城赋》："南驰苍梧涨海。"《初学记》卷六："按南海大海之别有涨海（谢承《后汉书》曰："交趾七郡贡献皆从涨海出入。"）。"《旧唐书·地理志》："循州海丰县南五十里即涨海，渺漫无际。"

称沧海。如《初学记》卷六所云：

> 按东海之别有渤海，出《说文》。① 。故东海共称渤海，又通谓之沧海。

汉代所置沧海郡，故地在今吉林省境。曹操《步出夏门行》云：

> 东临碣石，以观沧海。

据黄节《汉魏乐府风笺》卷十二所考订，此碣石指《汉书·地理志》所载骊成县（今河北省乐亭县西南）的大碣石山，面临渤海。杜甫《诸将》五首之三：

> 沧海未全归禹贡，蓟门何处尽尧封？

杨伦《杜诗镜铨》卷十三指出，出句是"指淄、青等处"，即当时被藩镇李正己等割据，今位于山东、江苏两省沿东海的各州。可见曹、杜诗中所言沧海，位置均很明确。

　　但同时，也还有另一个人所共知的事实，即在我国海域中，出珠的并非沧海而是南海。《太平御览》卷八百二引《邹子》：

---

① 按《说文》十一篇，水部瀚字下云："勃瀚，海之别也。"当即此所指。

珠生于南海。

又引张勃《吴录·地理志》：

朱崖珠官县出明月珠。

珠官县置于三国孙吴，故治在今合浦县南。杜甫《自平》：

自平中官吕太一，收珠南海千余日。

又《诸将》五首之五：

越裳翡翠无消息，南海明珠久寂寞。

还有许多歌咏南方风土的唐人作品，也都涉及珠事。如张籍《送海客归旧岛》云：

海上去应远，蛮家云岛孤。竹船来挂壘，山市卖鱼须。入国自献宝，逢人多赠珠。却归春洞口，斩象祭天吴。

王建《南中》云：

天南多鸟声，州县半无城。野市依蛮姓，山村逐水名。瘴烟沙上起，阴火雨中生。独有求珠客，年年入海行。

皆其显证。那么，李商隐为什么要将诗句写成"沧海月明珠有泪"，而不写成"南海（或涨海）月明珠有泪"呢？

当然，我们在讨论这一点的时候，不应当也不会忘记，在李商隐之前，已经有人将沧海认作是出珠的地方了。杜甫《岳麓山道林二寺行》：

地灵步步雪山草，僧宝人人沧海珠。

又《暮秋枉裴道州手札，率尔遣兴寄，近呈苏涣侍御》：

盈把那须沧海珠，入怀本倚昆山玉。

元稹《古题乐府·估客乐》：

求珠驾沧海，采玉上荆衡。

都是在李商隐以前著名诗人的作品，为他所得见。杜诗中既言南海出珠，又言沧海出珠，乃至元稹仅言沧海出珠，当然是认为抒情诗并非地理志，可以无须那么确实。但李商隐素以用事精切见长，而且他在大中元年还到过岭南，在桂林住过一年，① 对于南方风土出产，相当熟悉，《锦瑟》一篇，则

———————

① 参看《会笺》卷三，大中元年、二年条。

是他已在桂林旅居之后的作品，那么，他在此诗中宁愿沿袭前人之误用或泛用，就值得深思了。在我们看来，他是有意这样做的。

其用意就在于"谬悠其词"，免得把诗句暗指李德裕被贬崖州的事说得太露骨。崖州产珠，故又名珠崖。[①] 如果说南海，就更容易使人联系时事，而说沧海，则比较空泛，等于涂上了一层保护色，不易察觉了。唐时文字之祸虽不如后世之烈，但刘禹锡因诗涉讽刺，被贬远州，则是人所共知的事情。[②] 何况李商隐当时正有求于令狐绹，又何必把对李德裕的同情写得过于明显呢？可以说，这既是诗歌的艺术，也是政治的策略；更其具体地说，这是服从于政治策略的诗歌艺术。

其次，这一句中的"珠有泪"三字，看上去虽然并不扎眼，但细想起来，也不大好解释。朱鹤龄《〈李义山诗集〉笺注》卷上及高步瀛《唐宋诗举要》卷五都引用张华《博物志》所载鲛人泣珠传说来释此事。按《指海》本《博物志》卷二云：

> 南海外有鲛人，水居为鱼，不废织绩，其眼能泣珠。（《御览》七百九十引止此，与今本同。）从水出，寓人家，积日卖绢。将去，从主人索一器，泣而成珠，满盘，以与主人。（此上二十八字，原并脱去，依《御

---

① 《汉书·地理志》："自徐闻南入海，得大洲方千余里，元封元年，略以为珠崖、儋耳郡。"应邵《注》："郡在大海中，崖岸之间出真珠，故曰珠崖。"
② 见孟棨《本事诗》，《事感》第二及两《唐书》刘《传》等。

览》八百三补正。)①

左思《吴都赋》云：

> 泉室潜织而卷绡，渊客慷慨而泣珠。

也是指的这一神奇传说。

　　但如此说，则概括其意，也只能作"鲛（人）有泪"，而不能作"珠有泪"。当然，也不妨牵强地说，"珠有泪"即珠中有泪或珠为泪变之意，然而这和前人的理解可不相同。北宋博学能文、精于训诂、诗风和李商隐有相近之处的宋祁，在他的《落花》一诗中写道：

> 沧海客归珠迸泪，章台人去骨遗香。

出句显然胎息李诗。宋祁以迸字代替也就是解释有字，可见他是认为"珠有泪"就是珠出了泪，而非珠中含泪。这样，问题就又来了。珠是珠贝将进入其体中的异物裹上其所分泌的珠质而形成的，并非一种长着泪腺的动物，怎么能出泪呢？李、宋两位写诗的时候，又是怎样理解和使用这个泣珠传说的呢？

　　问题的答案并不远，就在《后汉书·循吏传》里，《传》云：

---

　　① 按："水居为鱼"，为当作如。"积日卖绢"，绢当作绡。旧题郭宪《汉武帝别国洞冥记》卷二也载有这个传说。

孟尝迁合浦太守，郡不产谷实，而海出珠宝，与交趾比境，常通商贩，贸籴粮食。先时，宰守并多贪秽，诡人采求，不知纪极，珠遂渐徙于交趾郡界。于是行李不至，人物无资，贫者死饿于道。尝到官，革易前弊，求民利病，曾未岁余，珠去复还。百姓皆反其业，商贾流通，称为神明。

而与李商隐大略同时的人所著《玉泉子》也载有如下一个故事：

杜黄裳知贡举，……其年（尹）枢状头及第。试《珠还合浦赋》，成，或假寐，梦人告曰："何不序珠来去之意？"既寤，乃改数句。及谢恩，黄裳谓之曰："序珠来去之意，如有神助。"[1]

从上引文献可以看出，从汉到唐，珠这个词，不仅指珠本身，也兼指产珠的贝，即今所谓珠贝或珠母。[2] "海出珠宝"之珠，指前者，而"珠遂渐徙"、"珠去复还"、"序珠来去"的珠，则指后者。我们如果再看一下《全唐文》卷六百十九

---

[1] 《太平广记》卷一百八十《尹极》条引《闽川名士传》亦载此事，尹枢作尹极，误；又以梦人告以当于赋中序珠来去之意为林藻事，则不能确定哪一个记载是正确的，因《全唐文》卷五百四十六只载林藻所作《冰地照寒月赋》一篇，其《珠还合浦赋》已佚，无从取以与现存尹枢赋比较。

[2] 江少虞《宋朝事实类苑》卷十七，《唐质肃》条："门吏搜之，乃金巨弃一枚，上缀巨蚌，灿然不知其数。"此条出释文莹《湘山野录》，乃北宋人语，显然以蚌代珠，和唐人以珠代蚌（珠贝）正同，亦可证二词其时通用。

所载尹枢的《珠还合浦赋》，这一事实就更为显然。《赋》中有云：

> 骇浪浮彩，长川再媚，回夜光之错落，反明月之瑰异，非经汉女之怀，宁泣鲛人之泪。

这是形容珠的。又有云：

> 于是焕清濑，辉浅湾，奔璀璨，走斓斑。……想沿泂于旧渚，念涵泳于通津。

则是形容珠贝的。珠既然可以作为产珠的珠贝的代称，引申起来，自然也就无妨作为可以泣珠的鲛人的代称了。所以，"珠有泪"和"珠进泪"，也就是鲛人泣泪。如此解释，这句诗念起来就文从字顺了。译成口语，大致是：在南海的月明之夜，鲛人在哭泣着。这也就是李商隐所想象的李德裕被贬为崖州司户后的忧伤的形象。李德裕有一首题为《登崖州城作》的小诗：

> 独上高楼望帝京，鸟飞犹是半年程。青山似欲留人住，百币千遭绕郡城。

这一凄凉的独白，依照李商隐的体会，大概就是那个鲛人在南海月光下用自己的泪水写成的吧。

如果以上对"沧海月明珠有泪"这句诗的解释不太远于

事实，则对比之下，张采田认为它是指"卫公毅魄久已与珠海同枯"之不妥当，就显而易见了。因为原句既未涉及李德裕的死亡（虽然作《锦瑟》时，李已死了），更没有提到珠海的枯竭，彼此之间，简直完全对不上号。

张氏解三联对句，认为是说"令狐相业方且如玉田不冷"，比解上句略胜一筹，但也不是没有问题的。因为这一联的句法是相同的，"珠有泪"和"玉生烟"是句子的主要部分，而"沧海月明"和"蓝田日暖"则是句子的从属部分。"玉田不冷"不过是"蓝田日暖"的改写，而"玉生烟"这主要的三个字却被忽略过去了。这种说法，显然不能充分表达诗人本意。并且，正是在"玉生烟"三个字里面，作者又做了一点小文章，有待后人抉发。

为了便于理解这句诗，我们可以先读一下李贺《老夫采玉歌》的开头四句：

> 采玉采玉须水碧，琢作步摇徒好色。老夫饥寒龙为愁，蓝溪水气无清白。

王琦《〈李长吉歌诗〉汇解》卷二云：

> 《山海经》："耿山多水碧。"郭璞《注》："亦水玉类。"琦谓：水玉是今之水精，水碧是今之碧玉。……《太平寰宇记》："蓝田山在蓝田县西三十里，一名玉山，……灞水之源出此。"《三秦记》："有川方三十里，其水北流，出玉。"今蓝田犹出碧玉，世谓之蓝田碧。诗言

玉产蓝溪水中，因采玉而致蓝溪亦不安静，不特役夫受
饥寒之累，即水中之龙亦愁其骚扰，至于溪水为其翻
搅，有浑浊而无清白矣。

此注能明诗意，其缺点是忽略了水和气应当分别开来讲。气
指溪上的云烟。山高水深，其上都容易出现云烟。而云、
烟、雾、气等字，在古代汉语中，又常可通用和连用。所以
李商隐诗中的烟，也就是李贺诗中的气。虽然两诗所写的气
氛很不相同。《采玉歌》写的是狂风暴雨中水上的雾气，以
陪衬老夫的愁苦；而《锦瑟》写的是晴和阳光下山间的烟
云，以象征令狐绹的权势。

　　从气象学的角度说，云雾之类，都是水蒸气凝聚成微小
水滴在空中浮游的形态。它们并不是从山上或水中生出来
的。但过去一般都这么认识，虽然不合事理，也就只好随
它。然而即使这样，至多也只能说玉山生烟，怎么能够说
"良玉生烟"或"玉生烟"呢？玉怎么能生烟呢？

　　这个问题是无法从现代自然科学或古代习惯认识来回答
的，它只能从古代迷信中获得回答。原来，古代有一种称为
望气术的迷信。根据这种迷信，凡是伟大的人、珍奇的物所
在的地方，天空就会出现云气，而人们看到这种云气，就可
以发现这些人和物。如《汉书·高帝纪》所载：

　　　　高祖隐于芒砀山间，吕后与人俱求，常得之。高祖
　　怪问之。吕后曰："季所居上常有云气，故从往，常得
　　季。"

又《史记·天官书》云:

> 大水处、败军场、破国之墟,下有积钱。金宝之上皆有气,不可不察。

即其二例。由此可见,所谓"玉生烟",也就是地中有良玉,天上有云气之意。它是用以比喻令狐已经当上了宰相,上应天象,"可望而不可前"了。

在这句诗的解释里,张氏还以蓝田山和南山相比附,以为它同时也是以山来形容令狐的"秉钧赫赫",和《节南山》中所写太师尹氏相同。这却未免节外生枝,画蛇添足。因为它既然如上所论证是以良玉比令狐,那么,就不能又用产玉的山来比他,从而造成读者印象上的重叠和混乱,这是精通创作艺术的李商隐所十分清楚的。如果说,蓝田在长安附近,蓝田之玉生烟,以比令狐绹在京城得势;沧海(南海)离长安极远,沧海之珠有泪,以比李德裕在崖州发愁,那就都说得通了。

高步瀛认为,李德裕之贬死与令狐绹之拜相,"此二事关于义山一生枯菀,张氏拈出,尤为扼要"。这话是对的。但只有作出如上一些补正之后,张《笺》才能融会贯通,从而使全诗用意更为清楚。

玉溪诗《离亭赋得折杨柳》二首说

　　暂凭尊酒送无憀，莫损愁眉与细腰。人世死前惟有别，春风争拟惜长条？

　　含烟惹雾每依依，万绪千条拂落晖。为报行人休尽折，半留相送半迎归。

　　玉溪诗冶少陵、昌谷于一炉，深稳精丽，中晚之际，断推大家。杨、刘以还，标举者众矣。而此两首，情真语豁，自来读者，或未留心。余披讽之余，乃颇觉其义契唱酬，辞兼往复，实蜕变于古人赠答之体，与其他连章之什殊科。谨据旧闻，略申鄙见如次：

　　考诗中赠答之体，稽之文献，远肇姬周。《大雅·崧高》云："吉甫作诵，其诗孔硕。其风肆好，以赠申伯。"《传》云："作是工师之诵也。"《笺》云："以此赠申伯者，送之令以为乐。"吉甫赠诗，乃令工师以为乐曲，其制度与后世固殊，褒美之义，则无分别。然吉甫之赠具在，而申伯之答未闻，则知斯事，犹是滥觞。下及春秋，其情又异。《春秋》隐元年《左传》记郑伯及其母姜氏"阙地及泉，隧而相见"

之事，有云："公入而赋：'大隧之中，其乐也融融。'姜出而赋：'大隧之外，其乐也泄泄。'"《注》云："赋，赋诗也。"《疏》云："赋诗，谓自作诗也。中、融，外、泄，各自为韵。盖所赋之诗有此辞，《传》略而言之也。"此虽无赠答之名，实为赠答之事。且一赠一答，同时并出，以视吉甫之赠申伯，往而不来，抑少进矣。春秋之世，聘问称诗，其被之乐曲，更相投报，盖上二事之合流。然亦有不同者，则凡所赋诵，率皆习引前制，罕有主名。是则会稽章氏所谓"言公"之例，世所共喻，不复详焉。此一变也。

春秋以后，角战英雄，聘问称诗，于焉衰歇。西汉之诗，或则四言旧体，或则楚调短歌。赠答之作，爱而不见。东京始兴五言，至桓帝时，乃有秦嘉、徐淑之为，《诗品》所谓"夫妻事既可伤，文亦凄怨"者也。[①] 暨乎建安，曹公父子，领袖群流，七子之徒，为之羽翼。以其时际会之盛，游宴之频，故赠答之篇，亦隆前世。然皆辞必己出，未尝假手他人。降及太康，尤称蒸蔚，应对之际，士耻不文。则有黾勉之义，长渊借采于一潘；[②] 燕婉之求，彦先乞灵于二陆。[③] 捉刀之途既广，投瓜之美斯漓。此又一变也。

---

① 卷中。
② 《文选》卷二十四载潘岳《为贾谧作赠陆机》一首，及陆机《答贾长渊》一首。
③ 《文选》卷二十四载陆机《为顾彦先赠妇》二首，《玉台新咏》卷三同。《文选》卷二十五载陆云《为顾彦先赠妇》二首，《玉台新咏》卷三载陆云《为顾彦先赠妇往反》四首。《文选》所载云诗，乃《玉台》之第二、第四两首。李善《〈文选〉注》机诗下云："集云：为全彦先作。今云顾彦先，误也。且此上篇妇赠，下篇答，而俱云赠妇，又误也。"又云诗下云："集亦云为顾彦先。然此二篇并是妇答，而云赠妇，误也"丁福保《全晋诗》卷三于机诗下注曰："案《晋书》，顾荣，字彦先。全彦先别无可考。二陆皆别有赠顾彦先诗，则作顾彦先似不误。士龙此题赠妇下有往反二字，士衡此题亦必尔。当是传写误脱。《文选》载士龙诗题，亦脱往返二字也。"案丁说近是。然《文选》所载云诗既并是妇答，则其题不当全同《玉台》，当作《为顾彦先妇答彦先》乃合耳。

逮士衡创格，拟古始多。谢客《邺中集》，托建安而追成八章；江郎《杂体诗》，效古今而亦得卅首。① 三唐以来，作者猥众。其极则拟前人之赠答，寄遥意于今兹；旁及动植，亦皆代拟。即以玉溪集中之作征之，如《代越公房妓嘲徐公主》、《代贵公主》②，《代魏宫私赠》、《代元城吴令暗为答》③，《百果嘲樱桃》、《樱桃答》④，皆其著例。其《代魏宫私赠》题下自注云："黄初三年，已隔存殁。追代其意，何必同时？亦广《子夜》鬼歌之流。"言至明晰。此又一变也。

准此而谈，则赠答之体，自作其本。自作之外，复有三变。假前世旧制为赠答，一也；代友人作为赠答，二也；依他心拟题为赠答，三也。然此犹未尽厥蕴也。

若玉溪兹两首，所赋之地为离亭，所赋之物为杨柳，分袂之时，折柳赠别，唐世习俗则然。玉溪既拈此为题，故其于斯体，盖遗貌而师心，虽无投报之目，实含往复之意。如上云："人世死前惟有别，春风分拟惜长条？"似但重别离之苦，何爱柔枝。而下云："为报行人休尽折，半留相送半迎归。"则以言会合之情，尚期来日。缘情体物，借柳言愁，以我矛盾之怀，出彼异同之论。其针锋相对，机巧无方，求诸前式之中，惟有赠答为尔。岂非其所自出哉？殆可谓其别子矣。集中又有《北齐》二首。其一云："一笑相倾国便亡，何劳荆棘始堪伤。小怜玉体横陈夜，已报周师入晋阳。"其二云："巧笑知堪敌万机，倾城最在著戎衣。晋阳已破休回

① 见《文选》卷三十及卷三十一。
② 《全唐诗》卷二十，页五十。
③ 同上，页四十。
④ 同上，页四十一。

顾，更请君王猎一围。"① 机杼大同，可参照也。

案管世铭《读雪山房唐诗钞》论唐人七绝，谓玉溪"用意深微，使事稳惬，直欲于前贤之外，另辟一奇。绝句秘藏，至是尽泄，后人更无可以展拓处。"② 上之所论，或其一证。然管《钞》于此两绝，但取首篇，③ 似于连章之法，乃用赠答意而不言其名者，未能瞭然。则识鉴虽精，未达一间，又信乎解人难索耳。

夫玉溪记诵浩穰，当时已著獭祭之称；④ 衣被方来，后世更启挦撦之诮。⑤ 年代既远，省识为难。故遗山发唱，寄渴望于郑《笺》；贻上赓歌，致褒词于释子。而胜朝学风，特崇考据；故续加疏解，不乏其人。⑥ 博奥可通，盖罔不由斯道矣。惟是故实之爬梳，虽蒙休于曩彦；诗法之推阐，容有俟乎后生。因疏臆说，就正方闻云尔。

<hr>

① 同上，页三十三。
② 卷二十九，七绝凡例。
③ 见卷三十三。
④ 《杨文公谈苑》云："李商隐为文，多检阅书册，左右鳞次，号獭祭鱼。"
⑤ 《中山诗话》云："祥符、天禧中，杨大年、钱文僖、晏元献、刘子仪以文章立朝，为诗皆宗尚李义山，号西昆体。后进多窃义山语句。赐宴，优人有为义山者，衣服败敝，告人曰：'我为诸馆职挦撦至此。'闻者欢笑。"
⑥ 《四库全书总目》卷一百五十一，朱鹤龄《〈李义山诗注〉提要》云："李商隐诗，旧有刘克、张文亮二家注本，后俱不传。故元好问《论诗绝句》有'诗家总爱西昆好，只限无人作郑《笺》'之语。明末释道源始为作注。王士禛《论诗绝句》所谓：'獭祭曾惊博奥殚，一篇《锦瑟》解人难。千秋毛郑功臣在，尚有弥天释道安'者，即为道源是注也。然其书征引虽繁，实冗杂寡要，多不得古人之意。鹤龄删取其什一，补辑其什九，以成此注。后来注商隐集者，如程梦星、姚培谦、冯浩诸家，大抵以鹤龄为蓝本，而补正其阙误。"

王安石诗《试院中作》
与《详定试卷》

王安石在知制诰的时候，屡次奉派担任进士考试的阅卷官。在唐代曾经起过进步作用的以诗赋取士的进士科举制度，到了北宋，早已不能满足客观要求。王安石虽然也是从这一条道路出身的，可是自来就反对这样一种已经过时的制度。现在，却又抱着反感来担任这个工作，怎么能不引起他沉痛的回忆和改革的希望呢？

少年操笔坐庭中，子墨文章颇自轻。圣世选才终用赋，白头来此试诸生。

——《试院中作》

童子常夸作赋工，暮年羞悔有扬雄。当时赐帛倡优等，今日论才将相中。细甚客卿因笔墨，卑于《尔雅》注鱼虫。汉家故事真当改，新咏知君胜弱翁。

——《详定试卷》二首其二

　　这是对于不合理的选拔人才制度的抗议，这是一个走过了错路的人在注视着许多人又在走着同样的错路，可又无法纠正他们的情况之下，产生的愤慨。不合理的科举制度在祖国封建社会中，是一个巨大的存在。它曾经使得无数优秀人物的青春生命消磨于无用之地。王安石在执政以后，其思想基础，如这些作品所示，正在较早的时候就奠定了的。在祖国文学史上，对于并不能真正选拔为国家服务的人才的科举制度，王安石是最早的抗议者。

谈陈师道的诗

　　陈师道（1053—1101），字履常，一字无己，彭城（今江苏省徐州市）人，幼年笃学能文，曾随曾巩学习。禀性孤僻高傲，一辈子都不得意，但写诗却极其用功。比起黄庭坚来，他的生活范围和生活兴趣似乎更狭小一些，但在创作态度上，却比较严肃，没有黄庭坚为了要显示自己的技巧而写出许多没有必要写的诗篇那种情形。可是另一方面，他受到当时打诨参禅的影响似乎比黄更大。所以其诗"得自苦吟，运思幽僻，较庭坚所作，尤猝不易明。"①　"非冥搜旁引，莫窥其用意深处。"②　例如他的《秋怀》十首之二："翼翼陈州门，万里迁人道。雨泪落成血，著木立枯槁。今年苏礼部，马迹犹未扫。昔人死别处，一笑欲绝倒。"本为苏轼由登州被召北归任礼部郎中而作，言外之意是新派虽然排斥苏轼，可是他终竟回到了汴京。但当作家写成定稿的时候，却又删去了中间四句，言外之意就更加扩充成为小人不足以祸君子，意境所包，虽然更加广阔，可也同时就更加晦涩了。这

---

　　①　《四库全书总目·后山集提要》。
　　②　任渊《后山诗注目录》。

种一意求深的创作态度，使得自己和读者增加了距离，也使得这些作品和广大社会绝了缘。陈师道这种幽僻、晦涩的作风的形成，是可以从他孤介的个性、他的沉沦下僚的政治命运，和其由于抗拒这种命运而对当时社会所持的疏远而冷漠的生活态度中求得解释的。

不开展的生活方式和拘谨的写作态度限制了陈师道创作所反映的范围，因而只有在某些题材里，他的思想感情才能够饱满地表现出来，并且使别人具有同感。

> 主家十二楼，一身当三千。古来妾薄命，事主不尽年。起舞为主寿，相送南阳阡。忍着主衣裳，为人作春妍。有声当彻天，有泪当彻泉。死者恐无知，妾身长自怜。
>
> 叶落风不起，山空花自红。捐世不待老，惠妾无其终。一死尚可忍，百岁何当穷？天地岂不宽，妾身自不容。死者如有知，杀身以相从。向来歌舞地，夜雨鸣寒蛩。
>
> ——《妾薄命》

> 海外三年谪，天南万里行。生前只为累，身后更须名？未有平安报，空怀故旧情。斯人有如此，无复涕纵横！
>
> ——《怀远》

> 去远即相忘，归近不可忍。儿女已在眼，眉目略不

省。喜极不得语，泪尽方一哂。了知不是梦，忽忽心未稳。

——《示三子》

　　《妾薄命》是陈师道集中的开卷诗。据诗人自注，是为了悼念他的老师曾巩而写的。在我国古典文学的传统中，诗人自来喜爱并且善于以男女之情来譬喻国家和人民、君和臣、师和生以及朋友之间的关系。正如明人郝敬所解释的："诗多男女之咏，何也？曰：……情欲莫甚于男女，……，声音发于男女者易感。故凡托兴男女者，和动之音，性情之始，非尽男女之事也。"① 如唐朱庆馀的《近试上张水部》这篇传诵人口的作品，即是以举子考进士科比女子结婚，以诗坛前辈张籍比作丈夫，将自己比作新娘。至如陈师道此诗之所以为人推重，还和当时的风气有关。王安石作宰相时，向他学习的人很多，但政局一变，都赶忙洗刷自己，矢口否认和老师的关系了。张舜民的《画墁集》中有《哀王荆公》四首，其中就曾慨叹"今日江湖从学者，人人讳道是门生"，"若使风光解流转，莫将桃李等闲栽"。因此，读者肯定这两篇诗，实质上也就是对当时那种存在于士大夫当中的浇薄风气的鄙视。至于就诗论诗，它们可是从肺腑中流出的、极其沉痛的情语。有许多真正写男女之情的作品也还抵不上它们。《怀远》反映了诗人对晚年贬谪南方的苏轼的深厚友谊，《示三子》写的是一位慈爱的父亲的复杂而曲折的心情，都

---

① 陆以谦《词林纪事序》引。

不失为成功的作品。

在这样一些优秀的篇章里，诗人真挚的感情在一定程度上突破了他所习惯于使用的那些因为刻意求工而故意将自己真实的用意掩蔽起来的手法（虽然它们还是很精工），因此，给我们的印象不是生硬、枯淡和艰涩，而是和谐、深厚和浑朴。可惜的是，这位"闭门觅句"的苦吟诗人这类的作品并不是很多的。在更多的作品中，陈师道和黄庭坚一样，往往违背了艺术表现所必须的明朗性，也不善于发现生活中最有价值的题材和主题，这就不能不局限了他们的成就。

说叶绍翁《游园不值》

应怜屐齿印苍苔，小扣柴扉久不开。春色满园关不
住，一枝红杏出墙来。

——《游园不值》

　　门前长有青苔，足见这座花园的幽僻，而主人又不在
家，敲门很久，无人答应，更是冷清，可是红杏出墙，仍然
把满园春色透露了出来。从冷寂中写出繁华，这就使人感到
一种意外的喜悦。

　　陆游《马上作》云："平明小陌雨初收，淡日穿云翠霭
浮。杨柳不遮春色断，一枝红杏出墙头。"与此诗后半辞意
颇同。陆游在南宋诗名极大，江湖后辈叶绍翁多半读过《马
上作》而有所沿袭。在创作中，后人往往有类似和全同前人
的语句，这有两种情况：一是无心偶合，一是有意借用。前
者如蔡宽夫诗话云：元之（王禹偁）本学白乐天诗，在商州
尝赋《春日杂兴》云："两株桃杏映篱斜，装点商州副使家。
何事春风容不得？和莺吹折数枝花。"其子嘉祐 云：老杜尝
有"恰似春风相欺得，夜来吹折数枝花"之句，语颇相近。
因请易之。元之忻然曰："吾诗精诣，遂能暗合子美邪。"更

为诗曰："本与乐天为后进，敢期杜甫是前身。"卒不复易。后者如文天祥《集杜诗·自序》云："凡吾意所欲言者，子美先为代言之。日玩之不置，但觉为吾诗，忘其为子美诗也。乃知子美非能自为诗，诗句自是人情性中语，烦子美道耳。子美与吾隔数百年，而其言语为吾用，非情性同哉！"文天祥全集杜句以抒怀抱，这种文学现象当然是个别的，但沿袭前人创造的某些境界、手法与语言，则是较普遍的。如果在沿袭中还能够青出于蓝而胜于蓝，也许还是应该受赞赏的。正因为如此，读者便从来有意忽略晏几道《临江仙》中"落花人独立，微雨燕双飞"是这位词人攘夺五代翁宏的诗句以为己有；也不追究和苛责叶绍翁这首诗和陆游那首诗的后半何以如此相近。广大文学爱好者这种宽容，值得专业工作者深思。

说岳飞《池州翠微亭》

经年尘土满征衣，特特寻芳上翠微。好水好山看不足，马蹄催趁月明归。

————《池州翠微亭》

刘勰在《文心雕龙·体性》中首先提出了个性与文风一致的命题。他认为："才力居中，肇自血气。气以实志，志以定言，吐纳英华，莫非情性。"接着还举了一些名家为例，如"贾生（贾谊）俊发，故文洁而体清。长卿（司马相如）傲诞，故理侈而辞溢。"或"嗣宗（阮籍）俶傥，故响逸而调远。叔夜（嵇康）儁侠，故性高而采烈。"之类。这种意见是有事实依据因而也是可信的。但在另一方面，个性与文风之间也有不完全一致的时候，因为这两者虽然都有一定的凝固性，但又不是一成不变的，它们大体上相对应，但在特定的情况下，也会出现分歧。唐皮日休《桃花赋》序云："余尝慕宋广平（宋璟）之为相，贞姿劲直，刚态毅状，疑其铁石心肠，不解婉媚吐辞。然睹其文而有《梅花赋》，清便富艳，得南朝徐、庾体，殊不类其为人也。"这是常常被人提及的一个著名事例。

岳飞这位爱国英雄宁不以文辞见长，在传世的少数作品中，散文如《五岳祠盟记》，词如《满江红》，风格激烈喷薄，忠愤之气，跃然纸上，与其坚贞刚毅的个性相一致。但如这首小诗却显示了戎马生涯中的闲情逸致，对祖国大好山河一草一木的眷恋之情，显示了他个性与文风的另外一面。这位将军还有一首《小重山》词云："昨夜寒蛩不住鸣。惊回千里梦，已三更。起来独自绕阶行。人悄悄，帘外月胧明。　　白首为功名。旧山松竹老，阻归程。欲将心事付瑶筝。知音少，弦断有谁听?"陈郁《藏一话腴》："武穆①《贺讲和敕表》云：'莫守金石之约，难充豀壑之求。'故作词云：'欲将心事付瑶筝。知音少，弦断有谁听?'盖指和议之非也。又作《满江红》，忠愤可见。其不欲'等闲白了少年头'，足以明其心事。"陈郁的话很有见解，但两首词的风格却完全不同。这也可以说明，风格的主导面与风格的多样性往往并存。忽视这种情况，将使我们对作家作品的理解简单化。

---

① 岳飞的冤狱在孝宗时平反，复原官，谥武穆王。

从唐温如《题龙阳县青草湖》看诗人的独创性

西风吹老洞庭波，一夜湘君白发多。醉后不知天在水，满船清梦压星河。

文学史上有一些有趣的、同时也是发人深省的现象，其中之一就是，某作家仅以一篇作品或一二佳句，就能名垂后世，而且这些作家的生平，也往往和他的其他作品一样，并不多为后人所知。在这种情况之下，要了解和评价他们，主要或者全部依靠那些幸而流传下来的少数的作品，就是很自然的事了。

张若虚的《春江花月夜》就是这种现象的著名例子之一。但这篇"孤篇横绝，竟为大家"① 的杰作，取得人们的公认和理解，也有一个相当长的过程，这里且不详说。想指出的是，直到现在为止，还有一些古代杰作没有被发现，被肯定。将这些长久湮埋在沙砾中的明珠拣选出来，使它重放

① 王闿运语，见陈兆奎辑《王志》卷二，《论唐诗诸家源流答陈完夫问》。

光华，乃是我们今天的责任。

唐温如这篇诗是我在读唐诗时偶然注意到的。他是属于《全唐诗》所谓"无考"之列的作家。① 但这篇小诗本身却证明：这位今天我们对其生平一无所知的诗人具有很独特的艺术构思。

龙阳即今湖南省汉寿县。青草在南，洞庭在北，二湖相连相通，自来并称。② 所以阴铿《渡青草湖》云："洞庭春溜满，平湖锦帆张。"杜甫《宿青草湖》云："洞庭犹在目，青草续为名。"但无论是杜甫，还是杜甫所尊敬的阴铿所作的那两篇诗，却都被这篇一向不甚为读者所知的《题龙阳县青草湖》比下去了。③

洞庭属楚，而楚乃是古代词人悲秋的发源之地。在《九歌》里，屈原写道：

> 帝子降兮北渚，目眇眇兮愁予。袅袅兮秋风，洞庭波兮木叶下。

---

① 见《全唐诗》卷七百七十二。一般选本，包括专选唐人绝句的选本如王士禛的《唐人万首绝句选》、邵裴子的《唐绝句选》，都没有选它。惟一选了它的，是管世铭《读雪山房唐诗钞》，见该书卷三十四。

② 钱谦益注《杜工部集》卷十八，《宿青草湖》注引《荆州记》云："巴陵南有青草湖，周回百里，日月出没其中。湖南有青草山，故因以为名。青草湖，一名洞庭湖。"又引《南迁录》云："洞庭西岸有沙洲，堆阜隆起，即青草庙下。一湖之中有此洲，南名青草，北名洞庭，所谓重湖也。"

③ 为了便于比观，现将阴、杜二家诗附录于下。阴铿《渡青草湖》："洞庭春溜满，平湖锦帆张。沅水桃花色，湘流杜若香。穴去茅山近，江连巫峡长。带天澄迥碧，映日动浮光。行舟逗远树，度鸟息危樯。滔滔不可测，一苇讵能航？"杜甫《宿青草湖》："洞庭犹在目，青草续为名。宿桨依农事，邮签报水程。寒冰争倚薄，云月递微明。湖雁双双起，人来故北征。"阴诗既显示了春日晴和，湖波浩荡的阔大图景，也通过精雕细刻，突出了这幅图景的某些细部，尚不失为佳作。杜诗率尔遣兴，与他自己的其他作品相较，只能算是下乘。其成就都不能和唐温如这篇诗相比。

朱熹《楚辞集注》卷二："帝子，谓湘夫人。眇眇，好貌。愁予者，亦为主祭者言：望之不及，使我愁也。袅袅，长弱之貌。秋风起，则洞庭生波而木叶下矣，盖记其时也。"虽系记时，但若对波兴木脱，一无所感，又何必记？所以愁予既是怀人，亦是悲秋；或者说，两者交相为用，因怀人而更悲秋，因悲秋而更怀人。到了他弟子宋玉的《九辩》里，就第一次公开地提出悲秋这一命题了：

　　　　悲哉！秋之为气也。萧瑟兮！草木摇落而变衰。

《楚辞集注》卷六："秋者，一岁之运，盛极而衰，肃杀寒凉，阴气用事。草木零落，百物凋悴之时，有似叔世危邦，主昏政乱，贤智屏绌，奸凶得志，民贫财匮，不复振起之象。是以忠臣智士，遭谗放逐者，感事兴怀，尤切悲叹也。萧瑟，寒凉之意。憭栗，犹凄怆也。在远行羁旅之中，而登高望远，临流叹逝，以送将归之人，因离别之怀，动家乡之念，可悲之甚也。"这一解释，对于秋士多悲的原因，就政治、社会和个人遭遇等方面，作了广泛的探索和说明，有助于我们理解何以悲秋是古典文学中一个抒情的传统。而草木变衰乃是夏去秋来最显著的标志，屈、宋都抓住了这一标志来写秋天。所以杜甫在《咏怀古迹》中赞扬宋玉，也首先提到"摇落深知宋玉悲"。可是，唐温如在描写洞庭之秋时，虽然也显然从《九歌》中得到了启发，但他却把作为秋天最显著的标志即草木之零落放在一边，而从与季节变换联系较少的湖水着想。这就已经突破屈、宋以下描绘秋天物色的传统了。

"西风吹老洞庭波"，只此一句，体现三奇。秋天的到来，不从草木变衰而从湖水兴波见出，一奇也。湖波能老，二奇也。湖波之老，是由于西风之吹，三奇也。李贺也颇能用"老"字，如"客枕幽单看春老"①，"天若有情天亦老"②之类，皆拟物如人。此诗"吹老"，用意亦同，而青出于蓝，更为生动。

"气之动物，物之感人"，③ 所以词客悲秋，形成传统。然而作者对此，又有进一步的想法。他认为，既然人都觉得秋之可悲，神又何能例外，在青草湖边的诗人，就很自然地驰骋他的想象，念及古代帝舜及其妃子的悲剧了。由于失权，帝舜不得不在年迈的时候勉强南巡，终于死在苍梧之野，而他的两位妃子则因为从征，溺死湘江，因此一直"神游洞庭之渊，潇湘之浦"；或者追随不及，啼竹成斑。④ 这些激动人心的传说，也许从屈原起，就加以赋咏了。在《九歌》的启发之下，这位默默无闻的杰出诗人就想到，湘君虽然长生，并非不老；虽然成神，并未忘情，对此可悲之秋色，又岂能无动于衷？她难道不会在一夜之间，增加了许多白发吗？于是我们就看到诗篇的次句。

神是人按照自己的形象塑造的。所以在神的身上，常常被赋予人的性格、感情和生活情态。善于描写神的诗人，因而就不应当忘记将真与幻交织起来，以体现神的人性和人

① 《仁和里杂叙皇甫湜》。
② 《金铜仙人辞汉歌》。
③ 锺嵘《〈诗品〉序》语。
④ 参看王琦注《李太白全集》卷三，《远别离》注引《汲冢竹书》、《水经注》及《述异记》。

态。"曹植《洛神赋》写洛神渡水云：'体迅飞凫，飘忽若神，凌波微步，罗袜生尘。'在水波上走路，是幻；走路而起灰尘，则是真。而说凌波可以微步，微步可使罗袜生尘，又使真与幻统一了起来，显示出她同时具有人和神的特点。"[1] 李贺对此也很了解，所以他在《浩歌》中写道：

> 王母桃花千遍红，彭祖巫咸几回死。

在《官街鼓》中，又写道：

> 几回天上葬神仙，漏声相将无断绝。

李贺写神仙及道术之士既然会死，又能死而复生，也是真幻交织。懂得了曹植和李贺，也就懂得了"一夜湘君白发多"这句诗之合情合理之妙。

另外一点，我们还不应当忽视蕴藏在李贺的"彭祖巫咸几回死"、"几回天上葬神仙"这两句以及唐温如"一夜湘君白发多"这一句诗中的批判意义。我国的游仙文学始自《离骚》。从屈原到曹植，从曹植到郭璞，都具有一种如厉鹗在其《前后游仙百咏》自序中所说的"事虽寄于游仙，情则等于感遇"的特征，[2] 即以富有浪漫情趣的艺术形象来反映对于现实生活中黑暗的否定及光明的追求。而在神仙家、道家的影响之下，从汉、魏以来，也形成了另外一个与上述传统"貌同心异"的游

---

① 沈祖棻《宋词赏析》第十七页，张先《醉垂鞭》浅释。
② 见《樊榭山房文集》卷四。

仙文学流派。他们写的游仙诗，其内容大体都像《文选》卷二十一，郭璞《游仙诗》李善《注》所说的："凡游仙之篇，皆所以滓秽尘网，锱铢缨绂，飡霞倒景，饵玉玄都。"即完全引导读者迷信宗教，认为只要经过一番修炼，便可以不但长生不老，而且还可以永远自由自在地享受人间一切的享乐了。如果举例，则唐代道士曹唐所写的《大游仙诗》和《小游仙诗》便是其代表作。① 如其《小游仙诗》有云：

> 玄洲草木不知黄，甲子初开浩劫长。无限万年年少女，手攀红树满残阳。
> 一百年中是一春，不教日月辄移轮。金鳌头上蓬莱殿，唯有人间炼骨人。
> 玉洞长春风景鲜，丈人私宴就芝田。笙歌暂向花间尽，便是人间一万年。

在这些作品中所出现的世界，时间是凝固的，生命是永恒的，与人间贵族同样具有的饮食男女的享乐是无穷无尽的。唐代就有好几个皇帝，都因吃道士的丹药而死亡，② 甚至于以反对道佛二教出名的韩愈，也有服食硫磺的记载，③ 就可

---

① 关于游仙诗这些问题，请参看拙著《郭景纯、曹尧宾〈游仙〉诗辨异》。
② 参看范文澜《中国通史简编》第三编《封建经济基础扩展的帝国底出现到军事封建的大帝国的建立——隋至元》，第一章《唐五代的文化概况》，第四节《道教的流行》。
③ 《白氏长庆集》卷二十六，《思旧》云："退之服硫磺，一病讫不痊。"洪兴祖《韩子年谱》引方崧卿说以为退之是卫中立，非韩愈。钱大昕《十驾斋养新录》卷十六，《卫中立字退之》条除据洪谱外，还引李季可说以证成方说。陈寅恪《元白诗笺证稿》附论（乙）《白乐天之思想行为与佛道之关系》已加驳正，断为"此诗中之退之，固舍昌黎莫属，方崧卿、李季可、钱大昕诸人虽意在为贤者辩护，然其说实不能成立。"

以看出当时宗教宣传的诱惑力。诗歌既然被利用为他们的宣传工具，也就不免受到污染。李贺有意识地指出彭祖、巫咸也会死，神仙也要下葬，而唐温如则写出湘君也因为悲秋而在一夜之间增添了白发，乃是对那种存在着"万年年少女"的幻想及妄言的一种挑战。虽然唐温如主观上并没有像李贺那样的意图，但我们却不应该忽略这一句诗在客观上的思想价值。

如果说，这篇诗的前半是《九歌》、《九辩》的旧曲翻新，它只不过是丰富了、发展了前代诗人所已创造出的境界，那么，读了后半，我们就会对这位"人代冥灭，而清音独远"① 的诗人更加钦佩。

这是因为，在诗的后半，作者创造了一个前所未有的神奇境界，而且其中所展示的情调又和前半迥然不同，前半写景，形容秋气之衰飒；后半写人，描绘自己之豪迈。衰飒之景与豪迈之情，不仅对照强烈，而且转接无痕。刘禹锡《秋词》云：

> 自古逢秋悲寂寞，我言秋日胜春朝。横空一鹤排云上，便引诗情到碧霄。
> 山明水净夜来霜，数树深红入浅黄。试上高楼清入骨，岂如春色嗾人狂？

这两篇诗歌颂明丽的秋天，反映了诗人的乐观情绪，客观和

---

① 借用《诗品》卷上评《古诗十九首》语。

主观是一致的，因而情景交融。唐温如则写了衰飒的景色与豪迈情怀的对立，而前者终于被后者笼罩了，即情与景矛盾，而又在对立中统一起来。故刘易而唐难，刘平常而唐超逸。

诗人的豪迈情怀是通过醉与梦来体现的。在秋色已老的洞庭湖畔，他却并没有受到季节所形成的悲观气氛的侵蚀，在夜间，始而开怀畅饮，终于颓然尽醉了。饮而醉，醉而梦，梦而醒，醒而吟诗，是他在这一段短短的时间内的连续动作。而银汉横空，星河倒影，则在其入梦之前，已收入眼帘，映入脑海。这一印象的保存，就使得诗人在梦中觉得，自己所乘的船，并不是在青草湖上，而是在星河之上了。

水中倒影所构成的奇幻美丽的景色是诗人们所爱加以描写的对象，如王安石《杏花》：

> 石梁度空旷，茅屋临清炯。俯窥娇娆杏，未觉身胜影。嫣如景阳妃，含笑堕宫井。怊怅有微波，残妆怀难整。

又苏轼《泛颍》：

> 画船俯明镜，笑问汝为谁？忽然生鳞甲，乱我须与眉。散为百东坡，顷刻复在兹。

两篇所写，对象虽然不同，但前者写水波由静而动，后者写水波由动而静，以及花影与人影在这动静当中的变化，都刻划入微，可谓功力悉敌①。这是用繁笔写的。其用简笔写的，则如杜甫《渼陂行》云：

　　船舷暝戛云际寺，水面月出蓝田关。

胡翔冬老师《宿杜二小楼》云：

　　小池水不波，树头鱼可数。②

虽只寥寥两句，也将难状之景，写得如在目前。这些都是写水中倒影，与此诗所写星河映水可以比观。

　　然而，唐温如在这方面也有不同于许多大诗人的构思，亦即有所突破。他在大醉之后，发抒了胸中的豪迈之气，达到了陆游《赠刘改之秀才》诗中所云"醉胆天宇小"的境界。不但通过描绘水中倒影，颠倒了空间，而且进一步，利用梦境，创造了幻中有幻的境界。由于天在水中即星河倒影而梦见船不在水面而在星河之上，是幻。又从而联想到不仅是人睡在船上，而且自己所做的梦，也像人身一样，船只一样，是有体积的，有重量的，它也直接压在船上，因而间接压在星河之上，这就形成了幻中之幻。

　　还不止于此。诗人在梦境的描写上也下了功夫。说"满"船，则梦之广阔可见。说"压"星河，则梦之沉重可

　　① 陈与义《简斋诗集》卷五《夏日集葆真池上，以"绿阴生昼静"赋诗，得静字》诗中"微波喜摇人，小立待其定"之句，显然从苏诗中得到启示。当然，我们也并不忽略陈诗中"喜"字的妙用。
　　② 见《自怡斋诗》，金陵大学刊本。

知。梦境在此，可见可触。这是化虚为实。可是这满船的压星河之梦，却又是"清"梦。清之与虚，清之于轻，义皆相近，所以清虚、清轻，可以构成复词。点明清梦，则此梦虚而不盈，轻而不重，又于实中见虚了。这样写梦，就显得它的境界缥缈而分明。亦真亦幻，亦实亦虚。

这种奇妙的艺术构思来自诗人对生活深入而细致的探索，以及对于生活的大胆而独特的处理方式。

寥寥二十八字，其中就有这么多值得玩味的东西，此之谓"深文隐蔚，余味曲包"①。

歌德说：

> 独创性的一个最好的标志就在于选择好题材之后，能把它加以充分的发挥，从而使得大家承认压根儿想不到会在这个题材里发现那么多的东西。②

唐温如在屈原、杜甫等人都插过手的习见题材里，发现了如我们上面所提到的那么多的东西。所以如果不给它以足够的评价，那将是我们后代读者的损失和过失。

[附记]

唐温如生活于元明之际，并非唐人，陈永正先生曾著文考辨。其略云：

---

① 《文心雕龙·隐秀篇》赞语。
② 程代熙译《歌德论独创性》，载《人民日报》1981 年 4 月 17 日。

　　最早收录唐氏此诗的是元人赖良编纂的《大雅集》，题为《过洞庭》，唐珙作。在作者小传中介绍，珙字温如，会稽人。据《四库全书总目提要》载，赖良字善卿，浙江天台人，"是集皆录元末之诗"，"其去取亦颇精审"，"故不失为善本。"《大雅集》前有元至正辛丑（1361）杨维桢序，称其"所采皆吴越人之隐而不传者"。可知《大雅集》所录诸家，皆为编集者同时代人，又有乡里之谊，所收作品亦当可靠。钱谦益《列朝诗集》甲前集十一收入唐珙《过洞庭》及《题王逸老书饮中八仙歌》，据《列朝诗集》编辑体例，甲前集所收的多为"明世之逸民"，可知唐珙也是自元入明的诗人。《古今图书集成·方舆编·山川典》第二百九十八卷"洞庭湖部"收录唐珙《过洞庭》诗，亦置于元人之列。

　　据此可考定：唐温如，名珙，浙江会稽（今绍兴）人。元末明初诗人。《题龙阳县青草湖》一诗，原题作《过洞庭》。《全唐诗》收录此诗，实误。①

　　所考可信，但《全唐诗》的题目与陈文所引诸书都不相同，是别有所本，还是出于改动，尚待进一步研究。据《全唐诗》的编例，是不改动题目的。

　　因为不想掩饰自己读书不多，见闻耸陋而造成的失误，没有对已发表过的文章再加修订，读者谅之。

---

　　① 陈文题为《〈全唐诗〉误收的一首七绝——唐温如的〈题龙阳县青草湖〉》，载《中山大学学报（哲学社会科学版）》1987年第一期。

人境庐诗的特色与
"诗界革命"

黄遵宪，字公度，别号人境庐主人，他在他的诗集自序中认为："今之世异于古，今之人亦何必与古人同。"因此，他主张写诗应当"不名一格，不专一体"，从而做到"熔铸新理想以入旧风格。"① 事实上，他是这样做了的，并且获得了成功，早在 1868 年② 他在《杂感》诗中就说：

> 俗儒好尊古，日日故纸研。六经字所无，不敢入诗篇。古人弃糟粕，见之口流涎；沿习甘剽盗，妄造丛罪愆。黄土同抟人，今古何愚贤？即今忽已古，断自何代前？……我手写我口，古岂能拘牵！即今流俗语，我若登简编，五千年后人，惊为古烂斑。

这在当时，是以一种民主主义的美学观点向封建主义的美学观点的大胆挑战。而这种挑战，是他在创作实践中一直

---

① 《饮冰室诗话》。
② 同治七年。

坚持了数十年的。因此，他的诗在内容方面写进了许多新事物和新思想，在形式方面，也突破了许多为自来诗人所墨守的成规，使用了比较通俗的语言，比较自由的韵律，也更广泛地吸收了古典文学中多方面的优良传统。这样一些从内容到形式的特色，就使得诗歌在现代诗的新样式出现之前，既能够容纳一定的民主主义的内容，而又不至于削弱诗的表现力量，使它仍然能够发生艺术作用。这乃是黄遵宪的"新派诗"所能达到的最高成就。

和黄遵宪同时，梁启超等还提倡过"诗界革命"。其特点主要地表现在"捃扯新名词以自表异"这一点上，如"纲伦惨以喀私德，法会盛于巴力门"之类，有时连黄遵宪那种"以旧风格含新意境"的程度都做不到。所以梁启超在后来也不能不承认："吾党近好言诗界革命，虽然，若以堆积新名词为革命，是满清政府变法维新之类也。"① 可见以旧形式包含新内容，只能在一定限度之内。如黄遵宪所能够做到的，就是最大限度。过此以往，就必须有新形式来适应新内容如五四以来的新诗了。

① 《饮冰室诗话》。

下　篇

诗　作

读　老　丁丑

青眚塞天地，白日去昭昭。山隳玉不辉，海枯石亦焦。
群鬼森出没，腾踔纷呦呶。所愧墨逃杨，但梦鹿覆蕉。
颇闻柱下史，陈言倘得要：飘风不终日，骤雨不终朝。

鄂渚行役，寄子苾长沙　二首　戊寅

爆梦灯花乱别情，湘篁汉珮起心兵。
千金一字无今古，忆汝行看白发生。

饥走名城托下僚，浮刀谁谓不崇朝。
从来多病还相守，却守心魂逐暮潮。

余以春初就聘益阳之龙洲书院，
未几病罢。比来渝州，辄以行迹
可念，追赋小诗云尔　四首

大道夙无外，芳草亦易求。此邦盛文华，箴言与龙洲。
提绠古可汲，诸生况好修。章句亦何为？谋国在同仇。
本末设不揣，方寸高岑楼。岑楼临资江，浩浩碧玉流。

薄醉倚书幌,愁绝怀东周。

灯深客梦寒,困眠就纸帐。绪风逐阴雪,相忘大堤上。
晓沐诧一白,蔽亏失故向。意行随江皋,振衣亦用壮。
妖韶碧津渡,旧是天女相。一笑谢世情,渺渺空鱼浪。

恒情恶贫贱,得饱更求余。吾亦常苦贫,而不乐簪裾。
撑肠借旧业,发箧著我书。注杜称千家,幽闼顺爬梳。
孳孳事目录,琐琐及虫鱼。埋梦盈荒斋,聊可鬼载车。
虚窗对平野,此意同春锄。

寒余惊春深,卧懒意行美,烟鬟亦在望,未觉三四里。
空华瞥犹存,寸步曳又止,却据小丘坐,不觉日移晷。
失计念堕游,故山如可徙。

题止厪小春集

画梦吹香两未知,人天何地著相思。
白门裙屐风流尽,赢得孙郎一卷诗。

与石瞿、印唐长亭茗话,时二君
皆不乐居讲席,诗以解之

着身无地上层台,触热能同二妙来。
汉宋两疲开蜀学,阮嵇孤躅近湘累。

浣尘京洛今犹是，树木风烟愿岂灰？
却喜江声绕浓绿，茗杯权得供低徊。

次韵答印唐

雾丝染鬓江潭空，秋梦不度垂房栊。
灯檠药灶敌遥夜，纸窗块壁穿低风。
一行作吏废诗事，百年强半居愁中。
虚舟超越期力致，回首恐伤吾已翁。

将之打箭炉，喜得小夫消息

好语知无敌，深杯忆旧游。一为兵里别，又入隔年秋。
巴字沧浪水，京尘颎洞愁。如何复行役，还慨为身谋。

大壮先生既为余治印，复书词卷
见贻，赋谢 二首 己卯

何处逢人不可愁，小长安客① 又经秋。
多生慧业余刀笔，一例风怀轶晏欧。

日饮无何君莫辞，涪翁制酒岂陶知？
漉巾妙理分明识，千载惟应某在斯。

---

① 大壮近以自号。

打箭炉端午

端午春仍在，东风竟日西。雨疏云有态，花发梦还迷。
年少供衰病，才名费品题。自怜迁客意，于此尚町畦。

嘉州寄远　四首　庚辰

巴山夜雨浮归梦，巫峡行云笑薄游。
又上河桥送人处，雅州流水向嘉州。

料量贫病供初度，怜汝新词日益工。
最是两年惆怅事，一尊无计与君同。

苦忆衣罗薄似云，药烟长共水沉熏。
一身总当三千看，检点春妍寄与君。

鬓影春风过海船，定知千里共婵娟。
香莲自覆连枝藕，便合桃根唤比肩。

契斋师流寓成都，赁庑旧传为扬子云洗墨池故址，郦衡叔为作图，命题　二首

有身真大患，不死兴差豪。却赁扬家庑，翻疑漆吏濠。

古文谁则似，斯道有同高。① 夙昔蒙渐被，题诗不偿劳。

清景逃无薮，郦生信足夸。贴萍愁着雨，悬柳待招鸦。
饱墨池仍洗，茹玄意有加。喜留盈尺地，况是子云家。

寄印唐十韵

忆谒刘夫子②，花溪载酒过。小舟摇曲榜，弱柳坠斜柯。
穗重垂黄发，崖崩散绿萝。瀑飞清屑玉，泉响暗翻荷。
远岫匀深黛，闲潭着浅涡。相携同入崦，出语尚惊波。
高第尊良友，叨陪愧等科。定知宽礼数，还喜接婆娑。
熏沐余馨在，沉吟远梦多。新诗怀旧雨，史义共研磨。

哭翔冬师　三首

干戈飘泊际，犹自忆金陵。师固教无类，堂非德敢升。
撚髭登讲席，把酒对寒灯。后此吾安仰，呼天天岂应？

冲夷中抗烈，散老识陶潜。③ 乃以诗人著，徒为末俗怜。
苍黄夷变夏，濒洞海成田。前事悲辛有，回头望蓟燕。

---

① 石斋亦用奇字教授。
② 确杲师。
③ 散原翁诗云："陶集冲夷中抗烈，道家儒家出游侠。"师每诵之。

辛苦收京梦，曾闻逐醉来。远梅移未得，天意倘能回。①
庾信江南赋，瞿塘滟濒堆。九州同不见，宁独所亲哀。

谢孟实先生惠红梅　辛巳

元日过君家，贻余几树花。剧怜何岁月，共此小横斜。
碧血沁蛟脊，芳魂咽塞笳。相看发孤兴，自笑爱春华。

石臞修禊峨嵋报国寺，以"此地有崇山峻岭茂林修竹"为韵赋诗，道远未赴，石臞代拈，得峻字

百年战伐星双鬓，流人久负行春兴。
殷侯好事遍招邀，始信江山待高咏。
花朝结社集少长，云瑟风璈亦何盛。
舣公鼎足赵与林，久专益部骚坛柄。
二窗声党老佳人，解道能登宁蹭蹬?②
哲生乙部追班马，余事先为不可胜。
旧闻寺字和孤桐，游刃百篇同一韵。
主客论共峨嵋曲，异曲同工怜杜③　郑④。
我生十岁即学诗，绝倒津梁窥正闰。

---

① 师蜀中诗云："归轺各留命，昨夜梦收京。"又云："开筵不用思芳草，出峡吾将移远梅。"
② 癸叔先生与果玲上人唱和，有《能登集》。
③ 仲陵。
④ 容若。

已愁螗斧怯车隆，敢对崇山夸岭峻？
论文相师递湘蜀，王翁此语远犹近①。
便当芒屦踏牛心，来向诸公乞余馂。

呈方湖师，用师与孤桐先生唱酬韵

高斋旧傍鸡鸣寺，忆昔每过从问字。
唐风宋雅尽指归，刘略班志参同异。
寇深扬帆来沱岷，多士侃侃还阛阓。
先生灵襟寄山水，谁识老子龙难驯？
京华得名三十载，一流向尽几人在？
近治郦书更马书，突破杨②　梁③　推学海。
生惭出则事公卿，旧业荒芜只自惊。
他年法乳图宗派，敢道诗于世有名。

磊公下世，忽逾六旬，
展对遗诗，怆然成咏　二首

胡前佘后风流歇，蜀道三年百不堪。
触眼遗篇太惘怅，近来诗律更谁参？

---

① "论文湘蜀递相师，宗派渊源定不疑。"湘绮题成都顾所持先生集句。顾先生则湘绮弟子，而家君之师也。
② 惺吾。
③ 曜北。

城北胜游高氏馆,① 城南豪饮马公垆。②
而今唱遍家山破,肠断金陵主客图。

避警雪地山,与歌川结邻,有论文之乐,赋赠 二首

涉足词林百态新,要归文术贵清真。
曾闻杜老分明语,不薄今人爱古人。

到眼横流看欲尽,隔帘斜日已无多。
他时纵有还京乐,犹为今宵唤奈何。

题陈八丈幽居

柿湾清净住,空谷阅朝昏。几阵过云雨,一天秋到门。
深杯聊自圣,邻佛亦称尊③。斜日江干路,经过系梦魂。

与弘度丈结邻,因呈 二首

廿载钦名德,天涯得比邻。通家三世旧,吟鬓百年身。
儒术诚何用,兵戈岂不仁?殷勤问乡信,同是未归人。

---

① 石斋好客,所居近高家酒馆,诸友每以为戏。
② 马回回肆亦所常至。
③ 居近大佛寺。

结习囿难除，犹留几卷书。客怀添落木，宵雨长园蔬。
占梦天仍醉，投闲愿久虚。所嗟闻道晚，邂逅庶华予。

溪堂展望乌尤

离堆竹影摇新秋，二水争洄持不流。
连宵猛雨湿幽梦，溪堂冰簟如赘旒。
清晨开门脚不袜，闲对朝阳梳绿发。
初惊峰窠没溟涨，渐见螺鬟出云窟。
生涯如此意有余，中隐何似专城居。
有妇况复能读书，锄经日日同锄蔬。①

诵避寇集，怀蠲戏老人　辛巳

无还犹有地，一老抱遗经。周礼知存鲁，新篇胜发砚。
灯传山月白，圣解佛头青。② 举世非知识，何由判醉醒③。

重过乌尤口占　壬申

山桃破萼绛成围，二月离堆翠作堆。
拂面杨枝又飞雪，旧经行处已春归。

---

① 子芝方治左传。
② 老人时主复性书院，书院在乌尤山，对大佛寺。
③ "从人判醉醒"，集中句也。

登恪八丈招饮，并示新诗，辄同其韵　二首　壬午

国危民敢安，士穷节与守。平生不自意，濩落老杯酒。
石阙口中横，由来亦已久。惟丈固道真，一扫诸空有。
寸心自舒卷，群儿任唯否。想见柿子湾，春风掀瓮牖。

鬓发已垂白，旌旗犹自红。何所非乐郊，崖腹连茅宫。
投荒分我辈，胜赏贪天功。新诗森剑铓，谁谓先生穷？
箪瓢固屡空，薄醪欣偶供。但愁山月斜，宁顾江水东。
劫火延八极，长怀袖手翁。①

题叔华夫人水仙卷子　二首

□□□□□□□，玉肌沉骨靥娇黄。
江皋起舞月初白，子夜微风飞暗香。

生花笔写断肠魂，天水遗民几辈存？
春皋已凋秋藕绝，独留清白殉乾坤。

重　　来　癸未

青春无那去堂堂，别久流光共梦长。
玉树琼枝后庭曲，锦鞯骄马冶游郎。
江干桃叶非前渡，陌上花钿歇故香。

---

① 戊戌政变后，散原翁自号神州袖手人。

莫恨相思不相见，重来应减少年狂。

世　味

醒时何计了悲欢，短梦依依到晓残。
万事乘除总天意，百年歌哭付谁看？
坐惊烽燧愁来日，渐恶情怀有至难。
还伴杵钟参世味，可怜长夜正漫漫。

萧　萧

萧萧落木添疏雨，冉冉徂年送积阴。
蛇足真成失卮酒，蝇头何计破书淫。
烽边故国劳吟望，梦后新愁负夙心。
青鬓总怜供换世，更谁陈迹与追寻。

醉后与人辩斗长街，戏记以诗　甲申

长醒不能狂，大醉乃有我。街东穿街西，蓝衫飘婀娜。
螳臂竟挡车，决眦忽冒火。老拳挥一怒，群儿噪幺麽。
景伊何媚妩，子耕尤磊砢。探怀出残刺，舞杖发强笴。
终息蜗角争，幸免马革裹。举步犹循墙，归车任扬簸。
唯量不及乱，中圣亦贾祸。且共食黄柑，谁教倾白堕？

答迹园先生

盖棺嫌早买山迟，[①] 斯语深悲我所知。
晼晚夕阳占大运，萧条朝市哄群儿。
乌头马角宁终古，碧海红桑又一时。
坐对微凉惜长夏，新蝉已在最高枝。

赠佩弦先生四绝

短梦蘧蘧感逝波，兵尘诗卷两蹉跎。
扬州年少今头白，驻景神方奈汝何！

桨声灯影秦淮水，烛转蓬飘剑外身。
为问江南旧游地，好天良夜付何人？

胸中泉石笑膏肓，坛上宗风别圣狂。
著屐我惭成佛谢，[②] 解颐人爱说诗匡。

访道何由失智愚，每惊高士杂屠沽。
后山而后风流歇，[③] 肯把金针度与无？

---

① 迹园句。
② 旅蜀七载，未尝登峨嵋、青城，承询及，殊愧怍也。
③ 谓顺德黄先生。先生有小印，文曰后山而后。

甲申九月，钞顺德、蕲春两黄先生咏怀诗注成，偶效其体 九首

沉痛出诙嘲，奇倔纳平淡。古来惟阮陶，其道差一贯。
窈窕千岁人，盘胸只冰炭。短檠照遗篇，晤言用永叹。

活活门前水，楛林傍萧疏。秋原欻绪风，俯仰成笙竽。
方流复圆折，出没随禽鱼。李叟崇上善，此意通玄儒。
柔弱生之徒，逝者如斯夫。

绕窗风雨声，彷徨送遥夜。虚堂凝素魄，寒庭木叶下。
岁月何飘摇，往来逐冬夏。今吾非故我，绿鬓天不借。
王乔如可依，曰余早严驾。

层城蠹青云，弱水回惊湍。楼台涌金银，苑囿森琅玕。
洞房连曲室，妙伎发哀弹。群仙寿而康，下土饥且寒。
何不食肉糜，晋惠宁独难？

三万六千日，为日苦不足。黾勉求长生，形骸同槁木。
岂知仙家犬，逍遥游南北。咄哉阮步兵，独效穷途哭。

罗袜玩百钱，消息在俄顷。当其作门楣，亦谓保要领。
杨花旋飞尽，青鸟去无影。终古鸡笼山，下有燕支井。
书生不解事，但作亡何饮。

余生嗟犹在，虽在已堪惭。耿耿平生怀，积惨盈万端。①
斯言谁解道，老成骨久寒。念彼泉下人，喟然摧心肝。

离离红豆子，三春发南枝。采撷盈怀袖，珍重遗所思。
君子贵意气，将用乐我饥。悲哉久离别，灼灼空尔为！

梦本缘想生，无梦亦无想。清夜频梦君，存亡增惝恍。
高树哀蝉歇，幽阶枯叶响。无鬼斯至悲，婉娈思则惘。
有情终可怜，劳生一俯仰。

闻冰庐鬻画渝州，感题奉寄

嘉陵江上江南客，劫外相闻信转疏。
尚有林泉足图画，忍忘魂梦待车书？
寻常行路谁君识？粉墨生涯是此初。
忽忆明朝又重九，避灾无地最愁予。

甲申除夕

沉沉王气未全收，形胜依然据上游。
乐府旧传三妇艳，儒冠新负百年忧。
侵肌海色灵山迥，逐鹿围场绝域秋。
七度西川送今夕，所惭江令渐皤头。

---

① 不匮室词："余生虽在已堪惭，说不尽从来积惨。"

寄石臞渝州　乙酉

稻畦当户又芊芊，萧寺劳生坐渺然。
末俗怨恩轻往复，世情甘苦有中边。
鸡虫得失悲盈路，忠义提携合仰天。
一字哦成聊寄与，近来哀乐倘能传。

戏题中庭牡丹赠同舍

绰约双姝宛转香，一般花艳总惊郎。
荒台莫作三生梦，绛蜡聊分半夜光。

校楚辞毕，辄题其后

曳尾堂堂傲漆园，庄狂屈狷本同源。
秦师不自修门入，谁识灵均万古冤？

抗战云终，念翔冬、磊霞两先生旅榇归葬无期，泫然有作

八岁荒嬉愧九泉，南郊宿草换新阡。
爆竹满天角声死，留命东还真偶然。

重到嘉州，有怀子苾成都

滩声驱梦卷思潮，寒焰腾腾乱寂寥。

横舍陆沉真左计，倩魂心结比天遥。

向来孤介惟君会，细数悲欢不自聊。

眠食而今复何似？定知消减沈郎腰。

诵温尉达摩支曲，忆子苾鹧鸪天词，怅触于怀，赋此却寄 丙戌

万古春归梦不归，空庭斜日又花飞。

故新恩怨情如在，莲麝丝尘意肯违。

风雨闭门君独卧，江湖乞食我长饥。①

一椽偕隐何年事？怅望林泉咏采薇。

雅州寄子苾沪上

边城难得雁声酸，零露凄凄早戒寒。

天末笑鬓劳梦寐，眼中田海失悲欢。

长图剩作青林想，小别还惊绿发残。

细字短檠昏送昼，却愁冰井偶翻澜。

---

① 词云："莲作寸，麝成尘，寒灰香篆总难温。人间犹有残书在，风雨江山独闭门"。

杂　佩　丁亥

珊珊杂佩竹梢鸣，脉脉清川鬓底萦。
一沐渐稊凋后绿，数飞终怯夜来惊。
高唐枕席长哀郢，宋玉才华旧擅荆。
凄恻丹心竟何用，经时制泪又缘缨。

戊子迄辛亥二十余年诗稿全佚，以下三首，偶忆得之。

八里湖作　二首　戊戌

柙虎雕龙未足希，鲰生晚遇颇嵚奇。
黄尘扑地秋风起，倚杖荒原学剔鸡。

少年子弟江湖老，红粉佳人白了头。
忽忆何人旧诗句，峭风寒日在蕲州。

题襄阳云居寺　丙午

米家山与习家池，三十年中偶梦之。
垂老尚能来革命，云居古寺住移时。

肇仓、藏用两兄枉书见存，赋答　四首　壬子

文藻湘潭① 有别传，校雠巴县② 许精专。
学林耆旧销磨尽，收取声名四十年。

温谷兰汤吐自然，秋风玉桂更芳鲜。
永安三载亲蓑笠，应识归耕计最贤。

日下高斋集众贤，清言高论酒如泉。
惜华不作家伦死，岁暮怀人又一年。③

高情每忆王文度，雅量谁如顾彦先？
安得东湖一尊酒，白头三老共逌然。

意有未尽，复拟曹尧宾小游仙体

我亦当年紫府仙，屡朝金阙驾云轩。
上清同谪迟归独，始信人间未了缘。

寿叔坎六十　癸丑

莫惊玄鬓点吴霜，已有传书付礼堂。

---

① 邵西先生。
② 宗鲁先生。
③ 十六年前，藏用招饮京寓，傅、盛在座。

科判醉醒知历历，辨章文史视荒荒。

酸辛抚迹何堪杜，亲故钟情颇忆王。

自数期颐阅尘海，肯随儿女斗春光。

破角诗一首，效梅宛陵体

自我来沙洋，牧牛几五年。所牧六十余，驯劣互争妍。

中有老黄牯，特出居群先。技巧颇精能，德性尤纯全。

耕驾夙娴习，勤渠不须鞭。进退合指挥，妇孺从驱牵。

素不践蔬圃，亦不犯稻田。虽纵鼻绳头，罔或肆腾骞。

慈爱逮儿孙，牴戏任流连。骎骎岁月驶，角裂垂衰颜。

因得破角号，服劳尚怡然，似怀尽瘁心，未遑卸仔肩。

今年雪降早，北风掀寒天。一病莫能兴，泪下如流泉。

斤斧何曾赦？卒葬人腹焉。贡献罄其有，身后继生前，

所与者何厚，所取者何谦！爵赏所不及，书史所弗传。

迅翁咏甘牛，名言著遗篇。破角诚可师，吾曹当勉旃。

癸丑嘉平寄子苾

晚岁金丹未可期，残年又送鬓边丝。

难成枕上龙山梦，不尽尊前凤侣思。

明月有情偏射牖，暗风无赖每穿衣。

短檠二尺终当共，① 莫为离怀损玉肌。

---

①　来诗云："还待乌头白，归来共短檠。"

伤黑鸡　甲寅

养雏成黑凤，曾伴病闲身。有让不争食，闻呼解应人。
足伤犹产卵，雨猛竟离群。敝盖堪埋狗，嗟余忍鼎烹。①

子苾生日，长句为寿　乙卯

结褵卅载一飞梭，雪海炎山取次过。
玉貌锦襦余白首，残年饱饭老东坡。
项强未始牛衣泣，目瞀长愁马足讹。
犹喜齐眉逾花甲，凤雏引吭欲成歌。②

偶作进退格

过江哀愍度，避俗笑陶潜。惭愧心无义，凄凉乞食篇。
如来那可负，神释定何嫌。寒夜摊黄卷，行藏慨昔贤。

诵子苾近作"十年春梦总成婆"、"老去始知才已尽"及"短发乱梳头"诸句，感叹今昔，不能入睡，辄作小诗奉寄，此亦少陵所谓"老妻书数纸，应悉未归情"也　二首

① 此真所谓"病后能吟出韵诗"也。
② 客春丽儿举一女，小字早早也。

伤别伤春幼妇词，灯前红袖写乌丝。
巴渝唱遍吴娘曲，应记阿婆初嫁时①。

歌云酒雾趁飞光，理鬓熏衣语笑香。
看碧转朱朱转碧，女孙今已解扶床。

寄怀孝章、君惠

锦城花月预英游，大句深杯各献酬。
西笑梦魂劳楚蜀，南皮赏会忆陈刘。
庞公语妙应难继，梁韵风流怅已休。
二十九年伤折柳，不知谁剩未皤头。

止畺来书云，死前一面，平生之愿足矣。越岁，乃答以此诗

论交昔自爱朱刘，② 涉世谁真共乐忧。
未死尚期谋一面，平生此愿已千秋。
升堂水镜今安有，弯弧逢蒙古所羞。
侠骨江湖只陈迹，好从心地泯恩仇。③

---

① 旅居渝州时，乐家有以其新诗制谱传唱者。
② 谓朱公叔绝交论，刘孝标广绝交论。
③ 定庵诗：“吟到恩仇心事涌，江湖侠骨已无多。”今又百年矣。

读　庄　七首

田成亦可儿，窃国并圣智。侯门仁义存，轩冕乃肆志。
诗亡春秋作，妄欲赓美刺。定哀多微辞，因是贱儒事。

道隐于小成，言隐于荣华。是非非所是，簧鼓徒矜夸。
与物相刃靡，疲苶逐无涯。夏绿凋秋霜，对之益咨嗟。

儒墨称尧舜，皆谓真尧舜。尧舜不复生，儒墨诚谁定？
同浴讥裸裎，万古一争竞。不齐以为齐，漆园真自圣。

韩非距显学，亦欲拯世乱。刑名原道德，史迁一笑粲。
阴柔伏杀机，何由免冰炭？龟尾曳泥中，鸿毛逝天半。

子舆尝鉴井，子綦仍仰天。大哀在怀抱，谁欤使之然？
达人解情理，曲钩同直弦。至乐本无乐，试观逍遥篇。

惠施过孟诸，庄周弃余鱼。濠梁虽共游，踪迹亦略殊。
穷达与贫富，夜旦相代居。争关梦觉间，栩栩复蘧蘧。

桁杨者相推，殊死者相枕。离跂桎梏间，日月付驰骋。
先生六十化，宁复此悲哂。坐忘或未能，姑请循其本。

得石臞书，却寄　二首

锦城长忆共清尊，海内忘形剩子存。
未死东坡真似梦，悲秋宋玉待招魂。[①]
求禅七祖鱼缘木，面壁三年虱处裈。
倒屐升堂定何日，文章交道得重论。

少年文藻动师门，老学潭潭道益尊。
近与孤桐相议论，远从量守见渊源。
吟魂楚蜀同摇落，世味江湖自吐吞。
休念家山未归得，废书聊请一窥园。

以旧藏诗集数种寄赠淡芳，聊答
存问之厚，因媵二绝　丙辰

卅年光景剧奔轮，赢得匏瓜老病身。
多谢秩华旧桃李，玄亭载酒断无人。

雏凤他年有美名，最怜才性两清醇。
穷人事业今交割，检点残编寄锦城。

---

① 时有传君已化去者。

复以家藏汉砖砚奉寄　二首

残甓轮囷阅古春，晓窗慵伴退闲身。
花钿散与西邻女，我亦唐年入道人。

笔砚扫除吾倦矣，评量鸡雊子犹耽。
承家莫负时晴帖，且与陶泓共一参。

寄止畺兄金陵

夙昔同心友，仳离各一天。白头千里梦，青眼卅年前。
岚影钟山路，荷风北渚船。因思土星会，回首倍凄然。①

雨中为子苾求药，时拟游湖

转烛飘蓬损少年，相思相对雪盈颠。
酸辛避死曾无地，怅望来书每各天。
好雨渐催山翠活，良方从乞宿疴蠲。
行春莫怕欹危步，袖底东湖绝可怜。

上衡如先生　二首

老厌京尘自闭关，还将肠胃绕钟山。

---

① 土星笔会，少年时与流辈所结诗社也。

长怀寂寞刘夫子，广座春风梦寐间。

争关梦觉叹何曾，敬业传薪愧不能。
未死白头门弟子，尚留屑魄感师承。

挂冠后寄江南故人。庚哀流离暮齿，杜嗟生意可知，虽才谢前修，而情符曩哲矣　四首

沉身几见海扬尘，失路终悲鸟堕云。
虎闱昔惭陶相国，龙山今并孟参军。
颠蛮蹶触犹争长，博谷书臧共策勋。
十有八年真露电，剩将白首仰苍旻。

荆门叱犊四年余，难得量移一纸书。
未答涓埃伤老悖，极知祸福自乘除。
抛残旧业吾何恨，入样新文锦不如。
圣听倘容求建业，岂宜更食武昌鱼？

物论方归祖孝征，枉称庾信与徐陵。
争名那复趋朝市，守静差难绝爱憎。
尾上苍蝇空自许，井中青蛙本无能。
近来稍喜金风集，佳处还堪借一灯。[1]

---

[1]　竹垞诗："海内文章有定称，南来庾信北徐陵。谁知著作修文殿，物论翻归祖孝征。"

江南风景梦魂间，世法拘人竟不还。
锦障步春三月雨，玉骢嘶雪六朝山。
少年好事浑如昨，衰鬓逢辰忍闭关。
若共盼英征故事，也应憔悴泣红颜。

戏为九绝句

名下堂堂盖世翁，儒林文苑两称雄。
颓唐老手才人胆，肯向随园拜下风？

为文轻薄病难医，白障侵眸喻亦奇。
辱骂要知非战斗，会稽遗教最堪思。

甫白操持孰劣优？春兰秋菊总无俦。
蚍蜉欲撼参天树，不废江河万古流。

碎叶方舆考独精，谪仙降诞史分明。
名城早拂唐旌旆，小丑雌黄枉肆情。

刬却君山为拓田，关情农事李青莲。
海盐① 错愕钱塘② 哭，别有千秋愧郑笺。

---

① 胡邃叟。
② 王琢崖。

当日题楹寄草堂，诗中圣哲语煌煌。
新书却把旁人笑，未必师丹老善忘。

环堵苍生亦夙衷，岂惟广厦感秋风？
强于寒士生分别，似此论量或未公。

伤寒曾诊王熙凤，中毒旋闻杜少陵。
赠勺女郎缘结子，① 儒先妙解此传灯。

一分为二有津梁，久矣名言日月光。
求是更须尊实事，莫教舞袖太郎当。

奉怀印唐　二首

沱滨属疾老萧郎，战手传书意自长。
一别卅年千里梦，半生九死两回肠。
青春任侠君余几，皓首流离我更伤。
欲诵子期思旧赋，愁霖衰涕对浪浪。

江南游子总疏狂，肯信年华有断肠？
词笔春温起秋肃，歌丛妙伎斗明妆。
翻悲益部推耆旧，剩觉秦淮堕渺茫。
往日意君应共惜，莫辞东海咏青桑。

---

① 刘贡父、陆农师皆以为诗云"赠之以勺药"者，盖勺药破血，欲其不成子姓。

奉和孝章客岁酬子苾之作

折手酬诗真倔强，欹斜左笔亦轩昂。①
遥知私燕难倾碧，乍觉官杨又弄黄。
肝肺槎牙今视昔，② 云龙离合海生桑。
沉吟三十年中事，独愧余生足稻粱。

寄和白匋先生见赠之作

荆吴一苇忆初杭，弱岁经筵接耿光。
君特传灯夸量守③，尧章知己迈辽阳。④
无成素业劳湔祓，不辨遗书孰在亡。
何日北湖同一笑，尚余风月可平章。

江南故人闻余将休致，咸劝东游。
辄赋小诗，以为息壤　七首

廿载沉吟直至今，故人风义敌兼金。
吴淞白浪秦淮月，识我徂东一片心。

苦读阴符少壮年，相逢休诧各华颠。

---

① 孝章客岁以车祸折其右手，犹力疾和诗，以左手书寄。
② 来诗有"嵇公结习原非懒，肝肺槎牙别有情"之句。
③ 季刚师激赏先生词，赠诗有"洛诵新篇喜不胜，君家君特有传灯"之句。
④ 辽阳陈慈首始为姜尧章年谱，先生作白石词小笺，精实过之也。

无人肯谢东周子，六印难如二顷田。

诸老凋零极可悲，门生后死亦支离。
石桥布厂经行处，^① 历历春风侍坐时。

土星诗屋久烟埃，童子雕虫也费才。
莫厌鸡鹅恼邻里，此生无复踏莓苔。^②

竹林古寺响钟鱼，琼树葳蕤照影初。
落尽碧桃飞尽絮，尚留残梦绕南徐。

山岚冉冉毵毵柳，湖水沄沄簇簇荷。

细数荆吴诸窈窕，风流终让莫愁多。

云从雾隐各寒温，重到江南合断魂。
一事略同苏玉局，晚涂流落负明恩。

闻孝章凶问，哭寄君惠

开札惊魂泪万丝，流离暮齿益辛悲。
空余鸡黍绸缪意，等是虫沙寂寞时。
曳尾自惭容后死，扬灵谁与共前期？

---

① 霜厓、量守师寓大石桥，方湖师寓晒布厂。
② 诗屋在金陵鸡鹅巷，铭竹所居，为土星笔会同人觞咏之地。

酸吟却寄城南老，海内相哀几故知。

咏　　史　四首

徐娘老泪黦罗巾，梦逐多情入海身。
半面作妆卿底事？九夷沽酒彼何人？

波罗小技亦风流，三度油场夺状头。
夜半瑶华宣密诏，忽惊身拜辟阳侯。

亲敲檀板抱云和，独眷红灯一曲歌。
纵传伶官遗面首，始知欧史阙文多。

窃窥神器炫榴裙，祸水焉能覆六军？
云雨虽亡新日月，解人终数郑台文。

得彦邦书，却寄　丁巳

白头师弟正相望，新岁驰书到武昌。
老去辛勤付沟洫，少来诗笔驾钱郎。
三年赤脚生重茧，万亩春风动绿芒。
蜀道山川行踏遍，羡君忧乐系农桑。

答淡芳 四首

新岁犹钻故纸，故人远寄新篇。
君念东湖风月，我怀西蜀山川。

夭桃秾李山谷，芝兰玉树庭阶。
自是天公造化，臣何力之有哉？

迟暮喜逢新政，涓埃何补明时。
一麾出阮是已，两弃惟严共之。

门前碧波万顷，屋后青山数重。
但愿他年践约，来同秋月春风。

君惠远馈灵芝，赋谢

扫迹山林乏药资，欣从蜀道获先施。
函腾雪岭风云气，眼乱虬龙偃蹇姿。
九窍生香诗客序，七明延命道书词。
行看病起春光里，何用天阶问紫芝。

淡芳书来云，劳动节与国武、文
才会饮，而以病止酒，惟睹两君
酣畅为乐。余赏其胜情，因戏效
山谷体作小诗奉寄

刘王青田姿，青衿忆英发，育才三十年，未觉霜粘发。
酩酊酬佳节，举觞黄河倾。孰可不与饮，亦有一公荣。

寄君惠

老天生空① 子，所以养豪杰。孝章言戏耳，深衷何激烈。
杯盘纵诙嘲，卅年犹一瞥。逝者墓宿草，存者头白雪。
相思不相见，见亦无可说。此念若浮沤，中宵肺肝热。

寄石斋夷门

读雨尝漂麦，歌樵略近狂。寇深同窜蜀，齿暮独游梁。
会合嗟何日，交期故不忘。喜闻效熊鸟，却老得仙方。

重到金陵，赋呈诸老

少年歌哭相携地，此日重来似隔生。
零落万端遗数老，殷勤一握有余惊。
金縢昔叹伤谣诼，玉步今知屡窜更。
欲起故人同举酒，夜台终恐意难明。②

---

① 读去。
② 白华含冤自沉，及昭雪，或者乃曰，君对文化大革命不理解，所以轻生云云。

有　赠 五首　戊午

天际微云乍卷舒，飞琼新寄秣陵书。
春风无限江南梦，又逐灵槎泛玉渠。

玫瑰秋衫别样妍，芙蓉玉立鬓云偏。
马蜂一螫情弦急，恼乱欢场众少年。①

只影空帷自不支，卅年幽怨夜灯知。
多情却被无情误，已嫁何如未嫁时？

桃花吐蕊旋成子，桦烛煎心久化烟。
犹喜雏孙相慰藉，书声时透晓窗前。

别来疑梦亦疑云，剩有妖娆心底存。
他日秦淮重觌面，白头相对更消魂。

携兰游莫愁湖，归饮市楼

穿市车尘秋未寒，偶携之子一凭阑。
妖鬟阅世旋成妪，宿梦萦襟略带欢。
淡紫冶黄明晚照，修鳞短艇媚澄澜。
侧身裙屐歌呼地，剩觉残年尽醉难。

---

① 在大学时，尝演丁西林话剧一只马蜂，满座尽倾也。

昆明杂诗　四首　己未

菉葹盈室海成田，妖乱何堪竟十年。
欲起河东续天对，石林依旧蠱南天。

圆通山上海棠娇，重读花潮旧梦遥。
始信昆明好天气，英魂毅魄已难招。①

香融粉艳溢东风，昔哭今歌少长同。
此日勤渠追马队，他年踢蹭住牛棚。

赋陆评钟聚一堂，新知旧学共论量。②
鲰生亦有挥鞭意，未觉萧萧白发长。

游西山呈达津、厚示　三首

西山何岧峣，松竹静娟娟。滇池来袖底，龙门蠱其颠。
老衲示深慈，凿此一线穿。非余德敢登，聊逐健者便。
余年诚可羡，即事已忘年。

太华与华亭，窈窕两朱阁。士女熙攘间，繁香自开落。
谈谐方冶融，语论挟稜角。凌夷二十载，稍复得此乐。

---

① 广田花潮一文极赞昆明海棠之盛，又尝语余云，昆明天气好。
② 时开古代文学理论会议。

春云有卷舒，吾意不可夺。

蔡生多慷慨，王老温且文，归来贾余勇，纵谈至夜分，
颇续儒林传，亦诵蟹形文。① 心危世教衰，感激前未闻。
余悸与余毒，于我如浮云。

石林有一岩，极类阿诗玛
头像，因题绝句

不负当年缱绻心，苔衣犹染泪痕深。
钟情万古阿诗玛，永葆青春住石林。

题原平画瓦雀

饥雀何处来，茫然栖瘠竹。尔无三尺喙，那有万钟粟？

重禹寄示绀弩二集，因题其端

绀弩霜下杰，几为刀下鬼，头皮或断送，作诗终不悔。
艰心出涩语，滑稽亦自伟。因忆倪文贞，翁殆继其轨。

---

① 厚示论诗，因诵马雅可夫斯基之作。

赠卢鸿基教授

抗日战争初起，余与鸿基邂逅长沙，相得也。自尔别去，绝不相闻，殆今四十有一年矣。顷鸿基自杭州来宁，举行画展，感念宿昔，悲欢交萦，因题三绝句。

逝者如斯往未尝，卅年离合付回肠。
重逢一笑头颅在，又向金陵作道场。

英姿妙相出清新，造化为师笔自神。
此是华严真法界，花花叶叶万千身。

洞庭春水共深杯，当日流离只自哀。
词客画师俱老矣，余生犹及见昭回。

赠波多野太郎教授　庚申

秦淮漾新暖，朋自远方来。奋翼一泓水，冲寒几驿梅。
白头倾盖晚，青眼及春回。千载风流地，君宜数举杯。

饶固庵宗颐为詹无庵安泰刊行遗集，
无庵哲嗣伯慧索题，因书　五首

西苑初逢偶对床，最怜绮语出刚肠。
白头追想新知乐，未厌潇潇夜雨长。

江头岭外垂垂树，几被狂童斫作薪。
此日花城花万朵，巡檐无复看花人。

本与海绡为后进，却疑兰甫是前身。
岭南词派今谁继？怅望南天一怆神。

固庵风义同琼琚，无庵地下得知无？
苍虬苦语久名世：传世遗文胜托孤。①

独抱遗编理放纷，征诗授简意何勤。
海东书问风流极，头玉硗硗有少君。②

以庐山藤杖赠永璋，媵以小律

匡阜携归一段云，幻为藤杖赠诗人。
凭高尚忆山排闼，穿屋云来岭又昏。

闻幼琴将返国讲学，诗以逆之　辛酉

英年妙誉海西头，故国重归卅二秋。
旧梦沉浮余白首，新文哀怨话红楼。
榴花灼灼明堤岸，莲叶田田入钓舟。
莫负青衿吟赏地，待君把臂后湖洲。

---

① 先君为成都顾先生刊遗集，苍虬翁赠诗有此句也。
② 伯慧时讲学日本东京大学。

北　湖

五十年前侧帽郎，北湖千顷踏秋光。
重来一事供惆怅，不见风流夏五娘。

西安杂题　四首　壬戌

骊宫已烬曲池堙，七十西征到渭滨。
初践少陵眠食地，峭风稀柳不胜春。

达夫清壮岑奇峭，杜老沉雄意更哀。
拾级便应登雁塔，终南晴翠扑眉来。

吴钩越甲出秦坑，妙相犹凝战伐尘。
曾扈始皇吞六合，雍州子弟六千人。

发冢诗书一炬灰，祖龙当日亦惊才。
凄惶没世龙蹲叟，枉费微词记定哀。

天问楼图为重禹题

楼自名天问，庵仍比活埋。青灯恋红学，热泪恼寒灰。
擢发罪难数，行吟老益才。先王祠庙在，呵壁未须哀。

咏慈禧　癸亥

入内初承泽，兰儿唤小名。三千一身宠，九五百年情。
故事罗衣雪，来生白骨精。恢恢视天网，异代总倾城。①

乙丑暮春，寓苏州大学招待所，适邻六宅头，子苾故居也。偶成二绝

窈窕词仙去不还，尚留遗宅在人间。
闲寻执手巡檐处，一抹微阳度屋山。

迢迢楚水接吴山，应有英灵数往还。
天赐庄头今夜月，那堪重对两凋颜。

题倾盖集　二首

大泽穷边落日黄，疲氓倚耒偶相望。
妙哉逃死九迁客，各自携归一锦囊。
袖手孤吟吐光怪，轩眉大笑话荒唐。
峥嵘岁月征诗史，天女修罗共作场。

神交岂但同倾盖，倾盖论文若有神。
自昔妙才多铸错，断无畸士不相亲。

① 后小字兰儿，对雪尝著罗衣。余少游燕，闻诸老监云。

能歌汉道昌皆李，即解儒冠溺亦秦。
元祐党家欣健在，一编留赠咏诗人。

洛下看花呈诸老　丙寅

检点春容万态殊，魏姚风韵最清姝。
故应三五龙钟叟，也着闲情到鼠姑。

过巩县，览少陵先生墓

愤怒出诗人，忠义见诗胆。以诗为春秋，褒贬无不敢。
诗圣作诗史，江河万古流。兹丘封马鬣，永与天同休。

黄河游览区杂咏　十二首

昔苦汪洋水，今夸锦绣乡。沮洳成乐土，荆棘化康庄。

水自高于地，堤仍固比金。不须神禹力，众志本成城。

堤远意相随，羡君好颜色。秋成银白棉，夏收金黄麦。

骈立五龙山，倒影九曲水。晓吟朝阳红，夕赏暮烟紫。

双峰插青云，索桥悬其岸。策杖强登之，结念属霄汉。

华夏古文明，大河所哺育。慈母抱婴儿，象征我民族。

国色朝酣酒，天香夜染衣。玉环风韵好，千载认依稀。

竖子亦成名，难浇块垒平。阮公登广武，我上二王城。

西顾三门津，黄河浩荡春。惊湍平似镜，赤鲤倘能神？

六十老书记①，人称事业狂。林峦巧妆点，来岁更芬芳。

裙屐欻联翩，高斋集众贤。竞将明秀笔，来颂舜尧天。

老去嗟才尽，聊题二韵诗。新知今日乐，好景异时思。

武夷纪游 九首

　　余于丙寅夏作黄河游览区杂咏十二首，皆五言绝句。其末章有云："老去嗟才尽，聊题二韵诗。"今又越二年矣。顷来武夷，复有纪游诗之作。而皆六七言绝句，虽增一二字，岂遂能免于才尽之诮乎？附记于此，以博同游诸君子一笑。戊辰五月。

抵崇安怀柳耆卿

　　南州欲界仙都，北宋春风词笔。

---

① 王仁民。

晓风残月依然，怅望千秋柳七。

初入武夷

青山如偃蹇人，白头非折腰具。
我来欲揖仙灵，满目苍崖云树。

游燕子岩遂至水帘洞

岩燕五只七只，[①] 溪壑千重百重。
熔金铸一片瓦，[②] 霏玉作千尺龙。

水帘咏茗

才媛[③] 摇笔散珠，词客动墨横锦。
凭何推激风骚？亦有乌龙绝品。

九曲乘桴

乘桴偶效鲁叟，著屐难忘谢公。
拨棹清流漾碧，穿林瘦日亏红。

---

① 岩石如燕，或谓智者能见其七，愚者则但见其五。
② 一片岩赤色，内凹如瓦。
③ 谓侯孝琼。

九曲方流圆折，滩声树影云光。
风送群仙笑语，一溪草木皆香。

天游峰麓坐雨

更无脚力上天游，坐雨云窝得暂休。
始识武夷奇绝处，溪山在在足淹留。

桃源观小睡

缥缈云衣护翠堆，溪流挟雨更喧豗。
山房暂借游仙枕，犹有滩声逐梦来。

主人招饮幔亭，席中有蕨。
不尝此味，六十余年矣

千里诗盟九曲浔，幔亭高宴重南金。
登盘苦蕨多风味，起我怀乡一片心。

独 携 五首 庚午

独携酸泪注星空，凤阙峨峨思不穷。
曾是隔年同命地，六军齐发扫狂童。

风昏云翳作天容，时见饥鹰掠远峰。

长伴御沟呜咽水，九衢严逻夏徂冬。

骈肩无籍冢无名，侠骨留香也满坑。
若过北邙寻宿草，有人漫野哭清明。

故人风义夙相知，有女能文擅秀奇。
谁遣存亡替离会，沉泉去国不胜悲。

神血天街淡欲无，梦边灵爽亦模胡。
歌燕舞赵升平极，坐井忧天愧老夫。

**余以病入医院，而石禅适自台北
赴敦煌开会，会后枉道过存，出示
见怀新作，奉酬六首，兼寄仲华**

西风破睡入匡床，斗室孤呻亦自伤。
失喜故人归故国，不遑颠倒著衣裳。

八十犹堪事远游，敦煌访古气横秋。
前身未必梁江总，重到秦淮也黑头。

戴① 钱② 履齿未经过，石窟灵文入网罗。

---

① 东原。
② 晓征。

独发校雠千古覆，俗书非雅亦非讹。①

颇忆平生高仲子，英年橐笔共征西。
行吟每作伤时语，② 好事偏耽打劫棋。

蕲春学派绍余杭，骆③ 陆④ 刘⑤ 殷⑥ 并擅场。
休怅一流今向尽，海隅犹立两灵光。

蟪蠓鲲鹏各一天，梦中占梦转茫然。
人生只合随缘住，流水征蓬四十年。

闻夷洲近事　辛未

青骨成神十六秋，惊波日夕尚回流。
方酣孰胜南柯战，待虑微闻楚国囚。
劫后旌旗难一色，别深霜雪总盈头。
无多岁月偏多感，三妹新来又远游。

---

① 君论敦煌卷子字多俗体，若以为误而改之，则转滋讹谬。其说极精创。
② 时仲华赠诗有"醉来蚁梦花前酒，醒去鸡声雪里山。愁绪万端遭世乱，狂名几日满人间"之句。
③ 绍宾。
④ 颖民。
⑤ 博平。
⑥ 石臞。

入　梦　四首

入梦飞熊遽化烟，金仙临载亦潜然。
寒衣无待山河改，枉种红桑七十年。

丹陛年时噪万灵，霓旌玉节满春城。
登真帝子如重降，且听秋林落叶声。

小星三五侍霞觞，娇妒犹传抵死狂。
一夕凤蝉零落尽，影娥池上月如霜。

莫为兴亡叹逝波，千秋恩怨复如何。
难求痼疾三年艾，苦忆逋人五噫歌。

辛未九月，君惠八十初度，辄成小律奉寄，以抒鄙怀，交亲五十载，不敢以寻常祝嘏之辞进也　二首

书犹能读足忘穷，老在人间百事慵。
安得此时江海上，不妨一笑寂寥中。

蜀水吴云断复连，白头遥对故依然。
蛮颠触蹶成何事？喜汝堂堂八十年。

宗君良纲属题其印集，为书六句　壬申

大匠斫山骨，雄浑肖天造。游刃偶得之，非代拙以巧。
莫学俗薄儿，徒矜姿媚好。

跋

拙诗一卷，起丁丑（1937 年），止壬申（1992）年，共
二百二十三首。才地既弱，格局亦小，过而存之，聊以自道
其哀乐，诗云乎哉？癸酉夏，闲堂。

附 录

闲堂诗学评论

朱佩弦（自清）先生书

　　千帆先生：两度晤谈，甚快。昨承惠诗四章，风调高妙，循诵再三，不忍释手，感荷感荷。颇思和作，但有数韵甚险，恐举鼎绝膑，容徐徐为之。《萧萧》与《世味》二律，格高韵胜，前篇淫韵，次篇前三韵，尤所心赏，佩甚。《醉中》一篇，朴实有味，以俗为雅，甚得江西法，亦所偏爱也。近来不常在舍，入城时再当奉访。匆复，顺颂著祺。夫人均此致候。弟朱自清顿首。八月十四日。

周策纵先生书

千帆先生道鉴：

张英螺女士转寄来所惠大著《古诗考索》，并附手示，至深铭感！尊著甚富卓识，勋初教授亦已畅述，读后获益良多。论定"悠然见南山"中"见"字，能从作者思绪之演进程序着手，不宥于师说，尤为超特。年初偶草小文，论及中国诗之抒情主流及自然境界，惜彼时未得读尊著，幸所论大体尚不违耳。兹附上乞正。大作析论《春江花月夜》之源流，补闻一多之缺失，至为允当。窃意此诗于瞬息赏乐良辰美景之际，能贯彻古今、人生、宇宙、时不我与之理，极具惆怅与无可奈何之感，亦拙文中所云对时间特具敏感之一例证。亦不必即"少年式的人生哲理"。先生援马氏学说影响为说，恐亦不能不如此附会耶。至于南朝文学与宫体诗素为世所诟病，纵三十年来大持异议，此未能细论。宫体诗固有其局限性，然闻一多人之于"罪"，亦未免太过矣。南朝国力不振，是汉族之失，然其文学美术思想上之成就，灵肉之亲切敏锐感，岂必职是而非贬之不可？秦固灭楚，却无骚赋之优美；雅典虽败于斯巴达，其对文哲美术之贡献，尤为不朽。战国之变乱，南北朝之扰扰，由于自由竞争之环境，文

学美术与哲学思想历史著述之发煌，固有其特色与贡献，未
可以国力论断之。多年前，纵有"偶反成王败寇风"之句，
亦此之谓耳。偶论及此，盼指其谬。匆匆，祝
著安

周策纵手上
1985 年 10 月 9 日

杨公骥先生书

千帆道兄：

承手函，崇奖非敢当，徒增踧踖。然道兄劝勉弟之至意，谨拜领。

读大作，深佩兄学厚识高，考证周详，不止判定了《春江花月夜》一篇诗之历史地位，兼而举一反三地阐明了文学发展之某些契机。

于是想到近年来兄发表的几篇论作，其特点是论之精微，析之细致，所论或小题，而所指则甚大。此乃一家风，可为学者法——兄宿舍自是"立雪"之地也。

往昔，咱同行中盛行一种"新老婆儿禅"。其禅机无他，无非是反反复复几句放之四海而皆准、衡之千篇而咸宜的套话。这些成套的话，倒也都是对的、好的，只是可惜伤于粗和浅，人人都会说，因而人人皆厌闻。

弟窃以为，治学之道，应力求精深，力戒粗浅。精深，或不免生错误，然其精深处足以启发别人，亦可为自己将来改正、提高之张本。粗浅，虽句句正确，但因其既粗又浅类同废话，故既不能打动别人，又无从改正自己——既正确，又何须改正？于是便很自然地以"永远正确"而自命。悲夫！

君不见，黑格尔"老狗"之错误成堆，但因其错误的深刻周密，故方有其合理的核心在，方可启迪马克思。反之，教条主义虽条条有来头，句句都正确，但因其粗而浅不能解决任何实际具体问题，故毛主席讥之为"不如狗屎"，因"狗屎尚可肥田"故也。

如是我闻，不博大则不能精深，不精则不能擘肌，不深则不能析理；不能析理则不能对具体问题作具体分析；不能作具体分析则不能作出马克思主义的科学论断，只能以空话泛言餂众耳。

基于此，深感兄学博功大，思微见深，分析精到，立论公允，创见基于实证，论辩不藉空言。凡此，皆可匡时弊也。俗不云乎："外行看热闹，内行看穴道。"弟忝列"内行"，不知"看"兄之穴道对也不？

弟于去年，年届花甲，病入腹心，精力日不济。所以在研究生毕业典礼上曾宣告从此"关山门"，想以余年写点啥子，于是按计划先写了"评郭"前半部。不意国家又派弟再带研究生，推辞再三，推不脱，只好承担下来。这样，"评郭"的后半部，只好辍笔，待空闲时再续写。好在商人周士已同黄土，死者无言，不急于索讨其"阶级成分"之鉴定也。

昨接教育部通知，让弟于五月十七日赴南京，参加由兄主持之全国古代文学研究生工作会议。先是中国文联邀部分全国委员参加庐山的"读书会"（避暑之同义语），弟在邀中。看来去不成了也。不过弟倒也很希望去南京与兄见见、谈谈、玩玩。只是弟曾发生两次脑溢血（轻微溢血），不仅平日时时捧心，而且"不良于行"。独身远行江南，不免有些子打怵。

读何满子兄之《论〈儒林外史〉》，论据实，论点正，其形象解剖、艺术分析处，尤见卓识。而在其陈理中，处处有其情性在。故其文不仅能说服人，也能感染人，教育人，启发人。由真到善，由善到美，浑然一体，是大手笔也。而此文乃满子二十八年前之旧作，安能不使人敬佩？使人感喟？"双泪落君前"，真成了"名谶"了。好在而今在党的领导下，天地清明，"天意怜幽草，人间重晚晴"，满兄当会作出更大贡献。已给他复信。

弟不喜交际，尤不喜作应酬语。平日不爱写信，写则倾吐腹心。感志道之同合，承不弃，信手啰嗦如上。嫂夫人妆前问安。全家好。

弟公骥顿

1982 年 3 月 30 日

姚雪垠先生书

千帆兄：

收到大著《古诗考索》已经大约两个多月了。我非常高兴你又出版了一部高水平的学术著作，也钦佩你近几年的辛勤努力，结出了一串硕果。接到这本大著，我尽管十分忙，但大部分我都读了，可以说每一篇都使我受到教益。

《论唐人边塞诗中地名的方位、距离及其类似问题》，你基本上解决了一个自来莫衷一是的问题。我过去每读白居易的"峨嵋山下少人行"，常觉奇怪。《长恨歌》虽非边塞诗，与你所论的诸诗不是同类，但是你的论点对我考虑"峨嵋山下少人行"句颇有启发，至少是使我获得了间接启发。

唐代的长安同成都的关系很密切，从长安往成都不走峨嵋山下，这应该是常识问题，白居易决不会不知道。同白居易合作，担任写《长恨传》的陈鸿，也决不会无此常识，为什么不纠正呢？而且，《长恨歌》一写成就受到重视，广泛流传，为什么白居易的朋友们都不指出来这一错误使他改正？他是享了高寿的人，在生前很多年中何以竟没正视这个地理上的常识错误？看来诗人必有艺术上的道理，绝对不是个地理问题。《长恨歌》是抒情诗，至少说不是严格意义上的叙事诗。又，《长恨歌》用的是浪漫主义写作方法，不是现实主义写作方法。由于《长恨歌》是采用浪漫主义方法写的抒情长诗，所以诗人可以不讲究实际地理，用峨嵋山泛指四川诸山；也可以不讲究历史实际，写临邛道士去蓬莱仙山寻找杨贵妃鬼魂的情节。倘若诗中写成"剑阁山下少人行"，便过于实在。地理写得太实了，便会使全诗的风格不统一。《长恨歌》全诗带着浓重的悲剧情调，充满着想象、感叹，以及缥缈虚幻情境。如果照实写成"剑阁山下"，那是出入川北、川西的要道，不能说"少人行"。但"少人行"三个字，在实际生活中不合理，在诗中却增加了悲剧气氛。这一悲剧气氛和"行宫见月伤心色，夜雨闻铃肠断声"，一气贯串。其实，唐明皇驻跸剑阁之夜未必恰好逢着下雨，更未必在雨夜听见檐际的铃声丁冬。这都是渲染悲剧气氛。这一节诗同后边写明皇归途中重经马嵬，"不见玉颜空死处"，"东望都门信马归"，以及他回长安后被儿子"软禁"在冷宫中的大段描写，层层悲剧气氛渲染，都是同样性质。

现在将话头转回到你的《论唐人边塞诗中地名的方位、距离及其类似问题》。你的论点很精辟，对解决古诗中的一些"地名的方位、距离及其类似的问题"颇有贡献。唐代的边塞诗都是典型的浪漫主义，惯用夸张手法，感情激越，想象力强，意象阔大，因而往往不受实际地理的局限，有时为着强烈对比，也不受朝代的局限。用学究式的眼光看边塞诗，往往感到解释难通。你在《古诗考索》中不仅反映了你的治学态度谨严和学问渊博两大长处，还有第三个长处为许多专治古典文学史者所缺乏，即你深懂文学创作的道理，懂得现代文学理论。这三个长处结合起来，使你在本书的许多篇文章中常出现新鲜见解，闪着光彩。

你在《论唐人边塞诗中地名的方位、距离及其类似问题》中也谈到岳飞的《满江红》，我完全同意你的意见。近来我在一本学术刊物上读到一篇关于《满江红》的文章，就是完全不了解创作的道理。作者考证出贺兰山不是我们熟知的贺兰山，而是在邯郸附近的一座极不出名的小山。他没想到：第一，岳飞是以匈奴比金源，词中已经写明。第二，这首词慷慨豪放，气概雄伟，决不会写一座不知名的小山，那还值得一提么？第三，邯郸以东便是河北平原，随处可以向北进兵，何必要"踏破"那一个并无险要之称的小小的"山缺"？

还有，在这篇考据文章中，为了"凭栏处潇潇雨歇"，查了《宋史·五行志》和一些地方志书，查考郾城至朱仙镇一带何时阴雨成灾，因以断定《满江红》的写作日子以及在何处桥上凭栏。这又是枉费心力的工作。词中本来写明是"潇潇雨"，现代天气报告中称为中雨，河南民间口语中叫做"锥子雨"。这种雨除非连下许多天不能成灾，但是最容易引起旅人、骚客、思妇……各种多情善感者的愁闷。既然这种雨一般不能成灾，何必往《宋史·五行志》和地方志中查资料？何况，只要下半天潇潇雨，阻碍行军，就可以引起岳飞的愁闷，何待阴雨成灾？另外考证在某一座桥上凭栏也是没有必要的。岳飞也许是在某一驻地楼上凭栏，或在某一寺庙中凭栏，有何不可？在桥上凭栏，纵然感慨满怀，然而处处雨湿，如何提笔写《满江红》？

由此可见，倘若不懂创作，谈古人的文学作品往往是枉费心力。不少所谓"红学家"也是如此。

你的《古典诗歌描写与结构中的一与多》，在《古诗考索》中编在首篇，显然是你的力作。我读过之后，也认为你下了很深功夫，作了较细的分析，在中国古典诗美学上作出了贡献。不过我有一个不成熟的想法：你用心分析出来的道理，对今人欣赏古典诗很有好处，古人写诗时未必意识到这所谓"一与多"的美学法则，是么？

祝

大安！

雪垠

1985 年 5 月 20 日于东湖翠柳村

闲堂诗存序

钱仲联

辟疆汪先生之为光宣诗坛点将录也，以陈散原为都头领，旧头领则以湘绮老人当之。夫散原规北宋，而湘绮则趋晋、宋，均之学古也，我不知何者为旧。鼎革以还，则闽赣流派几于弥天，然豪杰之士，不屑寄两者樊篱下者，岂无其人哉？余生虞山。虞山，东涧之乡也，西昆法乳，源远流长。自余幼为声诗，乡先辈张先生璃隐即以传东涧衣钵相期许，谓当含咀西昆以入少陵。而余于湖外诗人湘绮楼、白香亭、雁影斋诸家之作，尤所祈向，常神驰于青峰江上，与湘灵相接。壮游江湖，与贤豪长者游，若晫庵、若拔可，则皆赣闽诗坛之杰。余饫闻其绪论，以宛陵、西江、白石为高境。及讲学梁溪，与石遗老人连几席者三载，受其熏染者尤深。故余之于诗，盖杂家者流。世变日亟，旋值桑海之劫，余亦不能终为石遗所云娱独坐者之吟矣。踽皋比于大庠数十载，所挹拍者，岂无渊雅之士，而工五七言者不数数觏。晚游昆明，识程先生千帆，宁乡楚望阁主之族后人也。一言倾悮，知为振奇之士，历经枯菀，神明不减。同寓温泉者逾旬，然余性落落，未尝剧谈连夕，仅知其学殖深厚，为儒林之祭尊；诗则诵其当时口占数绝而已，未以为意也。别去三秋，余老病不斠，颓然一榻，废吟事者久矣。一夕，得先生书，以其闲堂诗存一册寄余命序。乃知先生之于诗，致力数十稔，所作千余章。龙汉浩劫，六丁肆虐，其祸殆比长吉余稿之遭投溷者尤甚。今出其忆诵，尚存百余篇，益以劫后新制，都为一卷。余循读数过，绝叹弥襟。其神思之笃远，藻采之芊绵，不懈而及于古。空堂独坐，嗣宗抚琴之怀也；天地扁舟，玉溪远游之心也。时复阑入宋人，运宛陵、半山、涪皤于一手。其乡先辈王、邓诸家所不能为者，而先生能之。于并世作者，风规于蒹葭楼主人为近，而初不以审曲面势伏人，斯又难矣。余僵卧者久，先生之诗，倘能如七发之起疾，使余策杖寻金陵旧游，从先生之后，登燕子矶，俯临大江，洪波浡潏，极望洞庭于烟云杳霭之间，慷慨高吟先生《读庄》、《效咏怀体》、《咏史》诸什，相视而笑，莫逆于心，小海之唱乎？冯夷之鼓乎？秋菊春兰，无绝终古。此集也，谓为并世一家之《离骚》可也。辛酉初冬，弟钱仲联序于吴门寓庐。

程千帆先生的诗学历程

周勋初

　　程千帆先生原籍湖南宁乡，1913 年生于长沙。叔祖父名颂万，字子大，号十发，著有《十发居士全集》；父名康，字穆庵，著有《顾庐诗钞》。十发老人于光绪年间与易顺鼎、曾广钧齐名，称湖南三诗人；穆庵先生青年时，即蒙陈衍赏识而有诗作录入《近代诗钞》。父、祖二人还都著籍于汪辟疆师所撰的《光宣诗坛点将录》。千帆先生从小受到家庭的陶冶，也就自然地走上了诗学的道路。

　　正像清末民初一些著名知识分子家庭的子弟一样，千帆先生年幼时期，接受了严格的、传统的家庭教育，系统地学习了经、史，广泛地阅读了古代典籍。1932 年，千帆先生进入金陵大学中文系，从黄季刚（侃）、吴瞿安（梅）、胡翔冬（俊）、汪辟疆（国垣）、胡小石（光炜）、刘衡如（国钧）诸名师学习，在朴学、诗学、文学史、目录学等方面都下了功夫。这为他日后的研究工作打下了深厚的基础。

　　1937 年，千帆先生与沈祖棻结婚。沈先生是著名的女词人，在学生时代，即以才华出众而受到前辈学者的激赏。他们二人的结合，一时在学术界传为佳话，所谓前有冯（沅君）、陆（侃如），后有程、沈。1977 年，祖棻先生在一次车祸中不幸遇难，千帆先生在悼亡词中说："文章知己千秋愿，患难夫妻四十年。"二人即使是在相濡以沫的艰难岁月中，仍然不废切磋之乐。

理论探索与科研成就

1954 年，他们把建国之前发表于《国文月刊》等杂志上的文章，再加上新写的一篇《古代诗歌研究绪论》，编成《古典诗歌论丛》一书，由上海文艺联合出版社出版。在后记中，祖棻先生对千帆先生的治学道路和研究方法作了扼要的说明。她说：

> 在这些论文中，他尝试着从各种不同的方面提出问题，并且企图用各种不同的方法加以解决，是因为在过去的古代文学史研究工作当中，我们感到有一个比较普遍的和比较重要的缺点，那就是没有将考证和批评密切地结合起来。

于是他们努力"尝试着一种将批评建立在考据基础上的方法"。千帆先生所写的《诗辞代语缘起说》、《郭景纯、曹尧宾〈游仙〉诗辨异》、《陶诗"少无适俗韵"的"韵"字说》、《韩诗〈李花赠张十一署〉篇发微》等文，就体现出了批评与考据结合的特点。

　　在当时来说，这些文章的着眼点颇有与众不同之处。千帆先生注意的是各家诗歌的创作特点。例如关于游仙诗的解释，千帆先生介绍了陈寅恪的学说，引用丰富的史料，对唐代女道士常具有娼妓的性质这一特殊的社会习俗作了细致的分析，阐明了曹唐《游仙诗》的底蕴，以此与郭璞的《游仙诗》作比较，从而作出了令人信服的论断。

　　韩愈个性倔强好奇，因而诗歌有奇险的风格。他在观察外物时，常是透过一层，在别人不加注意的地方着眼，因而在描绘李花和南山的篇章中，就都有一些新创的手法。《韩诗〈李花赠张十一署〉篇发微》中以桃与李为中心，描写花朵上色泽的变化，着眼于色彩和光线的对照。这种描写手法，前人没有应用过，韩愈以之入诗，是很大的创新。千帆先生运用近代物理学有关光谱分析的知识，说明此诗所赋，时当月底，月光照度甚弱，红色反光不强，故不可见；视觉所及，但有光存，故惟见白李，不见红桃。据上可知，千帆先生认为诗歌反映的是丰富的社会现实和自然现象，若要深刻理解诗歌中复杂的内容和独特的表现手法，就得应用不同的方法予以解决。他在《与徐哲东先生论昌黎〈南山〉诗记》一文中，为确切理解诗义，特为介绍近代登山运动者的经验。大雪降后，遍山皆白，反光射目，经常引人流泪。据此解释《南山》诗中"时天晦大雪，泪目苦蒙瞀"二句，也就显得的当妥帖了。显然，这里也是引用近代科学知识解释诗歌的一种尝试。

　　千帆先生把应用各方面的知识训释字句并阐明其义蕴，都看做是"考据"的功夫。考据既明，然后把这种成果上升到"批评"的高度。韩诗咏花的创作经验既已明了，千帆先生就将这项研究成果推广运用于对李商隐、郑谷、王安石、苏轼等人的诗歌研究中，从而说明了韩愈诗歌对后代的影响。

由上可知，千帆先生和祖棻先生所提出的方法和努力的目标，在《古典诗歌论丛》结集时已取得一定的成就。朱自清先生读了这些文章后，誉之为"心细如发"，并不断鼓励他们多写这类文章。

他们的上述见解，反映着时代的特点，也铭刻着他们个人经历的烙印。

考据之学，是清代的盛业。一些著名的学者，凭借经史和小学方面的深厚修养，对古籍中的疑难字句作出训释，为后人的学习提供了可靠的依据。只是限于历史条件，他们的着眼点，往往停留在个别字句的考释上，未能在此基础上作出更深一层的挖掘，因而每陷于琐碎饾饤。而我国古代的诗文评家，虽然对诗歌钻研有素，体会很深，然而常是采用随笔的手法，记下一些零星片断的感受；一些批评性的意见，固不乏精彩之处，而往往停留在感性的直觉上，缺乏细密的论证。这样，"就不免使考据陷入烦琐，批评流为空洞"。对于一个兼有这两方面的修养而又具有现代科学知识的人来说，自然要求弃二者之短，纳二者之长，融考据与批评于一炉了。

千帆先生幼年秉承家学，接受了考据学的训练，青年时期进入大学，在学习诗歌的过程中，又大量阅读了诗文评方面的著作。对一个新时代的学者来说，前人的成就已经不屑于心，于是他尝试着"一种将批评建立在考据基础上的方法"。

这种理论的形成，显然曾受陈寅恪先生的影响。陈氏的研究工作，常是通过个别字句或史实的解释，揭示一些人们认为平常而不加注意的社会现象，他常在人们不措意处作些考证，阐明重要的社会问题。例如他在《读〈莺莺传〉》一文中，对《会真记》中的"真"字作了考证，说明"会真"即"游仙"，而"'仙'之一名，遂多用作妖艳妇人，或风流放诞之女道士之代称，亦竟有以之目倡伎者"，从而说明唐代进士贡举与倡伎的密切关系。在千帆先生的文章中，也不难发现这种方法的踪迹。

陈寅恪先生是近代著名的唐史专家，他以诗证史，以史证诗，开辟了文史研究的新途径。千帆先生的治学，同样具有这一特点。程家和陈家原是世交。千帆先生于寅恪先生谊属晚辈。他一直钦佩陈氏的学问，因此在自己的研究工作中接受其影响，也就是很自然的事。

《王摩诘〈送綦毋潜落第还乡〉诗跋》一文，就是文史研究方面的重要收获。为解说此诗，他对唐代的科举制度作了详细的说明，诸如进士的地位，考试的难易，考期的变化等等，都作了考证。背景既明，则读者对诗的内涵，自然领会得更深刻。以诗证史，以史证诗，这里正是沿着陈寅恪先生所开辟的道路发展的。

1936年，《哈佛亚细亚学报》上发表了陈氏《韩愈与唐代小说》的英译文，千帆先生又把它转译成中文，载《国文月刊》第五十七期。他敏锐地感受到文章中提出的"行卷"

这种社会现象的重大意义，于是以锲而不舍的精神，对此作了深入的研究。时隔三十余年后，终于完成了《唐代进士行卷与文学》一书，交由上海古籍出版社出版，对这个有关历史和文学的问题作了深入的阐发。

全书共分九章，对行卷之风的由来，行卷之风的具体内容，举子与显人对待行卷的态度及其与文学发展的关系，都作了细致的考订。在此之前，人们从唐宋一些笔记小说的零碎记载中，虽也略知进士有行卷的风气，但对这一现象的具体内容则不甚了了。经过千帆先生的深入研究，不但大大丰富了人们这一方面的知识，而且澄清了若干混淆不清的问题。

唐代以诗赋取士，因而有人认为唐诗的繁荣与科举制度有关，有人则以为唐人传世的甲赋和试律诗大都水平低下，因此认为唐诗的繁荣与科举制度无关。千帆先生的结论则是："唐人虽因以诗取士而工诗，但其工是由于行卷，而不由于省试。""唐代进士科举对于文学肯定是发生过影响的。就省试诗、赋这方面说，它带来的影响是坏的，是起着促退作用的；就行卷之作这方面说，它也带来过一部分坏影响，但主流是好的，是起着促进作用的。"书中还列有《行卷对唐代诗歌发展的影响》、《行卷对推动唐代古文运动所起的作用》、《行卷风尚的盛行与唐代传奇小说的勃兴》三章，分析了行卷对三种主要文体所起的推动作用，这就全面而具体地论证了行卷这种社会风尚与文学发展的密切关系。这部著作，篇幅不大，但精义迭出，内容非常丰富，问世之后，立即得到国内外学者的重视和赞扬。日本奈良女子大学村上哲见教授著文介绍，发表在《东洋史研究》第四十一卷第二号上，对此书作了很高的评价。另外两位日本学者松冈荣志、町田隆吉也将此书译为日文，于1986年由凯风社出版。

从《王摩诘〈送綦毋潜落第还乡〉诗跋》到《唐代进士行卷与文学》，可以看出千帆先生在研究唐代科举制度时不断取得进展的历程。他之所以能够在这一方面取得成就，就在于他有深厚的史学基础。

我国古代向有"文史不分"的传统，千帆先生接受的教育，正是这一传统的体现。他年轻时在史学上下了很大的功夫，任教大学期间，一直开设《史通》研究的专题课；在多年精读此书的基础上，终于写成《史通笺记》一书，1980年由中华书局出版。

大家知道，《史通》是我国古代最著名的史学理论著作。千帆先生的治学，重视理论修养的提高，史学方面如此，文学方面也如此。他在四十年代时，即曾选录代表古代文论各别范畴的十篇名著，详加诠释，深入阐发，编成《文论要诠》一书，1948年于开明书店出版。由于此书具有很高的学术价值，深受学界喜爱，于是他在1982年时又应黑龙江人民出版社之请，以《文论十笺》之名再版行世。

建国初期，千帆先生于武汉大学主讲《文艺学》的课程，更对古今中外的文学理论系统地钻研了一番，这对他后来的研究工作也有助益。可以看出，他在诗歌方面的研究后来有了新的发展，比他在史学与校雠学等领域中所经历不同阶段，尤为明显。

时至七十年代末，政治上拨乱反正之后，千帆先生在全国各种杂志上发表了许多六十年代以来所写的论文，后又连同建国之前的论诗之作合辑为《古诗考索》一书，1984 年于上海古籍出版社出版。此书把建国后所写的文章作为上辑，把《古典诗歌论丛》中的大部分文章和建国前写的另外一篇文章《杜诗伪书考》作为下辑。上辑比起下辑来，面貌已多有不同，这不仅是文体或行文格局上的差异，在观点和方法上也出现了新的因素。

收在上辑中的十六篇文章大体上可以分为三组：

（一）《李白〈丁都护歌〉中的"芒砀"解》、《杜甫〈诸将〉诗"曾闪朱旗北斗殷"解》、《李颀〈听董大弹胡笳声兼语弄寄房给事〉诗题校释》、《读岑参〈走马川行奉送出师西征〉记疑》、《李商隐〈锦瑟〉诗张〈笺〉补正》五篇文章可以归为一组。作者在解决这五篇文章中提出的问题时，偏于使用传统的方法，主要应用了训诂和校雠的知识。例如李白《丁都护歌》中"君看石芒砀，掩泪悲千古"之句，旧注多不得其旨，千帆先生以为"芒砀"是一个叠韵的性状形容词，它以后置的方式与名词"石"结合，成为"石芒砀"这样一个主谓结构，用以形容石大且多和劳动人民就地取石之苦。杜诗《诸将》中有"见愁汗马西戎逼，曾闪朱旗北斗殷"之句，千帆先生认为这里使用的是"反对"的手法，"朱旗"向为褒义词，此句实际上是《燕然山铭》"朱旗绛天"的译文，好多杜诗注者把朱旗看做敌人的旗帜，是不对的。这里上下两句的意思是：面对现在的衰微，愁敌进逼；缅怀先朝的强盛，克敌扬威。他又根据校雠学上的许多成例，如"以旁纪之字入正文"、"因误衍而误倒"等情况，考

出李颀诗歌题目中出现了多重错误，从而证明此诗原名当作
《听董大弹胡笳声兼寄语房给事》。其他两篇文章，作者也用
文学史上的多种知识作了深入的疏证。这些研究工作，对于
指导读者正确理解古代的一些名篇，有启发作用。

（二）《关于李白和徐凝的庐山瀑布诗》、《李颀〈杂兴〉
诗说》、《从唐温如〈题龙阳县青草湖〉看诗人的独创性》这
三篇文章，可以归为一组。作者这里使用的，主要是艺术鉴
赏的方法。我国过去的文人向来重视鉴赏，但他们往往偏重
直觉的感受，而且只提供结论，缺乏理论上的分析。读者知
其然，却不知其所以然。千帆先生力矫此弊，欣赏一首诗
时，总要说出一个所以然来。例如《题龙阳县青草湖》一
诗，因为作者唐温如不是什么名人，作此诗的背景也一无所
知，千帆先生纯从文学史和创作经验的比较上论证此诗的独
创性。这样的研究工作，有如东坡所谓"白战不许持寸铁"，
尤见功夫，对于提高读者的欣赏能力，无疑是很有益的。对
李颀《杂兴》诗的分析，情况与此相似。《关于李白和徐凝
的庐山瀑布诗》一文，则应用了比较研究的方法，达到了同
一效果。

（三）《论唐人边塞诗中地名的方位、距离及其类似问
题》、《韩愈以文为诗说》、《相同的题材与不相同的主题、形
象、风格》、《张若虚〈春江花月夜〉的被理解和被误解》、
《古典诗歌描写与结构中的一与多》这五篇文章，又可以作
为一组。作者在这里更多地应用了现代文学理论上的知识，
视野也更开阔了。得出的结论，具有更广泛的参考价值。

《论唐人边塞诗中地名的方位、距离及其类似问题》一

文，明显地反映出作者综合了过去积累的知识和新形成的知识。他在辨析李白《战城南》、高适《燕歌行》、王昌龄《从军行》、李贺《塞下曲》等作品时，抉发其中的地名同方位、距离存在的矛盾，使用的是传统的考证方法；而在说明这些现象时，则用生活的真实与艺术的真实，细节描写与典型环境、典型性格的关系等现代文艺理论加以解释。这样的探索，说明作者的思想有了新的发展。

其他四篇文章中，虽然不像上文那样引用很多新的术语说明问题，但也不难看出，作者运用的正是现代文学理论知识，而且正是在他学习了辩证法之后才能取得这样的成果。

《韩愈以文为诗说》中首先指出，以文为诗不是韩诗惟一的手段，只有部分作品存在着这种情况，最明显的是七言古诗。因为七古更富于流利、开张、曲折、顿挫这样一些笔法和章法，与古文相近。韩愈以文为诗，实际意义在于突破诗的旧界限，开拓新天地，这就成了宋诗新风貌的先驱。他以形象的方式发表议论，以议论的方法加强形象，使艺术表现增加了新的手段。千帆先生通过细致的分析，将韩愈的创作活动放在艺术发展的长河中加以考察，既看到了韩诗成功的一面，也指出了它的流弊。这样的分析，也就显得具体而富有说服力。唐宋诗中的这重公案，可以说获得了比较圆满的解决。

《相同的题材与不相同的主题、形象、风格》一文，对陶渊明、王维、韩愈、王安石四人所写的四篇著名的《桃源诗》作了比较的研究，借用哲学术语，指出"就主题说来，王维诗是陶渊明诗的异化，韩愈诗是王维诗的异化，而王安石诗则是陶渊明诗的复归和深化"这样的评价，着眼于各家艺术上的新创，摆脱了崇盛唐轻中唐或重唐轻宋的门户之见，是一种通达的持平之论。

作者从而指出，有些研究工作者"企图用考据学或历史学的方法去解决属于文艺学的问题，所以议论虽多，不免牛头不对马嘴"。这种看法，和他早期提出的理论是一致的。可知他以前所说的"将批评建立在考据的基础上"的"批评"一词，实际上等于"文学批评史"之"批评"，寓有文学批评和文学理论的双重涵义。这就说明，研究文学问题时，要用各种传统的学问辨析材料，但研究的对象毕竟是文艺作品，所以最后还是要用文学理论加以分析，才能作出正确的评价。他在学习了马克思主义的文学理论之后，更能尊重文学的特点了。

回顾千帆先生诗歌研究方面的历程，可以看出几个阶段的踪迹。

《诗辞代语缘起说》，是发表在《古典诗歌论丛》中学术价值很高的一篇重点文章。千帆先生将古代诗文中代语的用法作了综合的分析，说明"代语之理，则原于人类联想之本能；代语之兴，则基于辞义修饰之需要"。他又将代语发生的缘由细析为九种。这里所使用的，纯属考据家法，观原注中的一些小考证，如考《庄子》"柳生左肘"之类，尤可明白。千帆先生随后根据上述结论批评了王国维在《人间词话》和沈义父在《乐府指迷》中对代语的看法，指出他们各执一偏，非通达之见。但通读此文，可知其重心仍在中间九项使用方法的归纳，其体式与俞樾的《古书疑义举例》相类，继承的是这一朴学传统。清代朴学最常用的研究方法，是形式逻辑中的归纳法。千帆先生这里使用的正是这一方法。返观他近年来所写的《张若虚〈春江花月夜〉的被理解和被误解》一文，不难发现情况有了很大的不同。作者结合各个朝代文学思潮的变迁，说明此诗隐显的原因，尽管研究的对象只是一首诗，但统古今而观之，涉猎很广，发掘很深，对其"孤篇横绝"而"被理解和被误解"的情况作了细致的分析，找出其客观的和主观的因素。识见圆通，逻辑严谨，文笔则挥洒自如。这样的研究，就只能是在辩证法的指导下才能完成的了。

在《古典诗歌描写与结构中的一与多》一文中，千帆先生运用哲学上的对立统一规律，指出"一多对立（对比、并举），不仅作为哲学范畴而被古典诗人所认识，并且也作为美学范畴、艺术手段而被他们所认识、所采用"，"一与多的多种形态在作品中的出现，是为了如实反映本来就存在于自然及社会中的这一现象，也是为了打破已经形成的平衡、对称、整齐之美。在平衡与不平衡，对称与不对称，整齐与不整齐之间，造成一种更巧妙的更新的结合，从而更好地反映生活"。他对诗歌表现手法中的许多复杂现象作了更广泛的考察，得出了具有哲理意味的结论。这样的研究工作，具有很深的用意。千帆先生指出：

> 从理论角度去研究古代文学，应当用两条腿走路。一是研究"古代的文学理论"，二是研究"古代文学的理论"。前者已有不少人在从事它，后者则似乎被忽略

了。实则直接从古代文学作品中抽象出理论的方法，是传统的做法，注意这样的研究，可以从古代理论、方法中获得更多的借鉴和营养，并根据今天的条件和要求，加以发展。

从这里标举的宗旨来看，同他前期所追求的目标相比，思想境界已经迥然不同。显然，他想解决的诗歌研究中的古为今用问题，必须是在马克思主义的指导下，掌握科学的思想方法，才能取得成绩。当然，他之所以能够开辟这条途径，同他熟悉古代的诗歌创作和自己也有丰富的创作经验有关。

由上可知，《古诗考索》上辑中的三组文章，后面一组文章代表着最新的成就。或许可以说，它也代表着作者研究的新方向。

千帆先生的主要研究方法之所以能从形式逻辑发展到辩证法的高度，正是自觉地接受了时代的赐予。建国之前，他对文学的领会，固然有其独到之处，但还常是回旋于字句之间。这一时期的研究，固然也有不少精粹之见，但与后来的情况相比，视野还是较为狭窄的。建国之后，千帆先生接受了马克思主义的学说，把文学看成一种社会现象，这就把思想水平提高了一大步。例如 1953 年写的一篇书评，就是不满足于在分析古典作家时，仅仅局限于作家的家庭、经历、游踪、友谊这些小环境，而没有着眼于那一个时代的一切巨大的变革，因此对于作家的思想的发展，也不能作出科学的说明。这种批评，实际上也是对自己走过的学术道路的反省。这里反映出千帆先生对历史唯物主义的热烈追求。

由于接受了马克思主义，他这一时期的文章，已经出现了新的面貌，但文章的主要论点，还只是建立在若干条语录上，不像后来写的一些论文，尽管使用的语录的地方少了，但对问题的剖析，能够坚持历史唯物主义的原则，客观地、具体地进行历史的、辩证的分析。显然，这正是作者的思想水平进入了更高的境界的缘故。

半个世纪以来，千帆先生在学术上的许多领域，如史学、文学史、文学批评、校雠学等方面都作出了显著的贡献，而他在诗歌研究方面的成就尤为突出。"天行健，君子以自强不息。"他在长期的研究工作中，克服种种艰难险阻，不断提高自己的思想和学识水平，探求新的研究途径。因此，他能从追求考据与批评的结合发展到用科学的文艺理论进行辨析，同时从运用形式逻辑发展到运用辩证法来分析问题。前后阶段之间一系相承，但已有质的变化，不过后者并不是对前者的简单否定，而是前者的提高与升华。他在研究工作中仍追求考证与批评的结合，但对考证的运用与对批评的理解，已与前时不同，二者之间的交相为用更如水乳之交融，这在他步入八十年代时所写的一些论文中表现得尤为明显。这是作者在研究方法的探索中进入了新的境界的缘故。

上面的分析，侧重于对千帆先生的诗学成就作纵向的研究，下面的文字，则着重对他在诗学方面的其他一些活动作横向的介绍。

杜诗研究：教学成果的展示与升华

　　千帆先生毕生从事教学工作。他在许多大学中开设过杜诗的专题课，而自 1978 年回母校南京大学任教，并指导博士生和硕士生后，继续开设此课。他用讨论的方式进行教学，引导学生逐步加深对杜诗的理解，并不断提高他们的研究能力。1990 年上海古籍出版社出版的《被开拓的诗世界》一书，就是在教学过程中酝酿出来的结晶。此书共收十一篇论文，其中指导莫砺锋、张宏生写作而联名发表者各四篇，自作一篇，莫砺锋、张宏生各写作一篇。莫砺锋和张宏生还合写了《后记》，介绍他们受教的经过，且对全书的内容和研究的方法都作了说明。

　　杜甫是我国历史上最伟大的诗人之一。自宋代至今，研究杜诗的著作汗牛充栋，后人要想在这领域中有新的创获，诚非易事。千帆先生能在杜诗研究中带领学生进行新的开拓，不但说明了他在诗歌研究方面的功力深厚，而且说明了他是一位高水平的教师，在教学工作中也取得了突出的成绩。

　　《被开拓的诗世界》一名，取义于宋人王禹偁的"子美集开诗世界"之句，可知千帆先生等人的着力之点，在于探讨杜甫在诗歌发展史中的地位和作用，以及他的作品的前后变化和多方创获。为了说明问题，千帆先生等人广泛地采用了比较研究的方法。与前人比，说明杜甫之前有所承与新的开拓；与后人比，说明杜甫对后代的巨大影响；与同时人比，则可说明杜甫其人、其诗的特异之处。通过比较，杜甫在我国诗歌史上的地位与作用也就清楚地突现出来了。

但比较亦非易事。千帆先生指导他人学诗时，常是强调提高学养与培养艺术感受力的重要性。阅读《被开拓的诗世界》中的文字，就可明白这些谆谆教导绝非虚语。有关学养方面的问题，已可毋庸赘论；有关艺术感受力方面的问题，则尚可再作申论。

千帆先生能诗，而于旧体诗的写作造诣尤深。他在长期实践的过程中，锻炼了写作上的高超技巧，培养起了艺术上的感悟能力，因而能够了解古代诗人技巧方面的精微之处，从而对古人创作上的表现力能作出精辟的分析。书中《火与雪：从体物到禁体物》一文，论白战体及杜、韩对它的先导作用，就是一篇侧重技巧分析的论文。这一题目，以前似未见到有人论述过，目下也未见到有人触及过。作者注意到，"作家们往往不能仅从题材或主题的开拓上来推陈出新，还有必要通过表现角度的转变来显示自己的创造力。和这一点密切相关而又有所不同的是表现方法的变更"。杜甫在咏物体的写作中取得高度成就之后，又进一步作了摆脱尚巧似的传统，即从体物进而走向禁体物的探索。其后韩愈加入了这一探索者的行列，到了宋代欧阳修、苏轼的作品问世之后，才得到了诗坛的普遍关注。应该说，这里讨论的只是创作技巧方面的一个小问题，前人于此每以诗话的形式点滴道之，但千帆先生等把这问题放在中国诗歌发展史的背景下考察，将古代许多伟大诗人的苦心孤诣细细抉发，说明中国诗歌的表现手法之丰富多彩，出于这些诗人的辛勤探索和大力开拓，文章也就增加了力度与深度。写作这样的文章，要有丰富的学养，更要有敏锐的艺术感受力。阅读这样的文章，可对我国古典诗歌的伟大成就增加新的认识。

古诗今选：提高与普及的结合

出于对祖国文化的热爱，千帆先生还把很多精力投入编写科学性和普及性相结合的读物上，他热情地把古代诗歌中的优秀篇章介绍给读者，借以进行爱国主义教育。其中《古诗今选》一书，在经历了二十多年的不断加工之后，终于在1983年秋由上海古籍出版社出版。

这个选本，在选篇、注释、串讲、考证、辨析等方面都有特点。千帆、祖棻先生还把自己的研究心得用案语的方式逐篇、逐段加以申述，做到内容丰富，形式活泼。

我国具有源远流长的诗学传统，每个朝代都有反映各家各派观点的诗歌选本。处在目前这一阶段，根据什么标准挑选优秀的作品，这是至关重要的事。

千帆先生夫妇坚持思想性和艺术性相统一的观点选录作品，这就与以往一般的选本有了明显的不同。由于种种原因，人们通常是偏重"思想性"强的作品而忽视艺术性好的作品。总的情形是重视唐诗而贬抑宋诗；而在唐诗之中，又常是推崇盛唐而轻视晚唐；在唐末诗人中，则又常是以皮、陆或杜荀鹤、聂夷中等人的诗歌为压卷之作。在宋诗中，人们更是习惯于推崇南宋的爱国诗歌而贬低江西诗派。《古诗今选》则异乎是。编选者当然推崇唐诗，但同样也重视宋诗。他们推崇盛唐，但也并不排斥晚唐，而在唐末诗人中韩偓诗收五首，隐然居各家之首。此点似与其他几种选本的看法有所不同，但我们如果细读冬郎的那些悲离伤乱、眷恋故国而发为慷慨苍凉之音的诗作是如此叩人心扉，也就会同意这样的安排。宋诗部分，黄庭坚诗收十五篇，陆游诗亦收十五篇，二人并列为大家，这或许是与其他选本更为不同的地方。但山谷诗在章法和句法上都有许多创造，在思想上也并非一无可取，因而这样的选辑，从我国诗歌发展的全局来看，还是恰当的。千帆先生为了证明黄庭坚在诗歌创作上的成就，对入选诗歌的艺术技巧作了细致的分析。这些文字都很有启发性，具有很强的说服力。

千帆先生受家学熏陶，从年轻时起就对宋诗进行过深入的研究，1957年曾与缪琨先生合编《宋诗选》一书，由古典文学出版社出版。因此《古诗今选》中对宋诗的选注，驾轻就熟，更具特色。而建国以来，学术界对宋诗的重视相对地说要差一些，《古诗今选》中的宋诗部分，正可补这方面的不足。

这一选本，颇着眼于对作品中民本思想的阐发，爱国精神的赞颂，崇高品德的褒扬，故对读者能起良好的教育作用，而选注者对诗歌艺术方面的分析，也提供了不少精粹的研究心得。

有些诗歌，众口交誉，但习焉不察，不知其妙在何处。例如钱起的《归雁》"潇湘何事等闲回，水碧沙明两岸苔。二十五弦弹夜月，不胜清怨却飞来"一诗，千帆先生夫妇以为此乃问答之词，前二句为身居北方的诗人向雁发问，"风景幽美，食物丰富，雁子，你为什么随便地从这么个好地方飞回来了呢?"下二句乃来自南方的雁答诗人，"由于湘灵在月夜鼓瑟，那种凄清悲戚的声音使我的感情承受不住，所以只好回来了。"这样的辨析文字，精辟透彻，足见注释者诗心之细。千帆、祖棻先生随又提示，这诗应当与钱起的名篇《湘灵鼓瑟》合读，"就某种意义上说，它是上篇的补充"。这样的演绎文字，又可引导读者进一步深入钱诗的空灵境界。

　　阅读《古诗今选》，最应注意的当然还是选注者所下的按语。千帆、祖棻先生用随笔的方式把心得体会随篇表达，继承的是诗话的传统，但他们对作品进行分析时，注意前后呼应，通过具体作品的比较，勾勒出诗歌的发展线索，这就体现出当代学者撰述时注意结构严谨、体系完整的科学精神。一般说来，他们在阐释八代诗歌时，常是注意文体演变的问题，因为齐梁诗歌发展至唐初，也就是由古体向近体演变的重要阶段，所以他们在对庾信的《乌夜啼》、《寄王琳》、《秋夜望单飞雁》等诗歌的按语中，着重指明其七言古诗和五、七言小诗中出现的律化现象；而在薛道衡《昔昔盐》的按语中，则指出其"上承南朝民歌，下开初唐歌行"的特点，以为可作承前启后的一个标志；又如他们在对范云、何逊《范广州宅联句》的按语中，点明二人各写各的，名为联句，还没有融合成一个整体，随后在韩愈、孟郊《斗鸡联句》的按语中，提示唐人于此取得的巨大进展：这就在注释诗歌时自然地勾勒出了文学演进的几个历程。他们在对宋诗的注释中，则注意创作技巧的发展，藉以说明唐、宋诗风格特点之何以呈现。例如他们在阐发杨万里《暮泊鼠山闻明朝有石塘之险》诗中的颔联"雁来野鸭却惊起，我与舟人俱仰看"时，下按语曰："粗读似乎并非对句，而细看则无字不对，非常工整。这便是所谓流水对，双句而单意。""这种句法，唐人已开其端，而宋人运用更为自如。"又如他们在阐发王安石《思王逢原》诗中颔联"妙质不为平世得，微言惟有故人知"二句时，曰："第二联写人才难得，知人不易，关合彼我，力透纸背；虽若发论，实则抒怀。正是在这些地方，宋人力破唐人余地。"这些精彩的意见，非深谙诗道而个人有创作经验者不能道，读者在这类文字上细加体会，当可获得其他选本中难以得到的知识。

　　1992 年，江苏古籍出版社出版了一套《文苑丛书》，其中《宋诗精选》一种，即由千帆先生选注。此书体例与《古诗今选》相似，原诗之后附"品评"，但分析更为细致，见解也更为深入。例如道潜《临平道中》一诗："风蒲猎猎弄轻柔，欲立蜻蜓不自由。五月临平山下路，藕花无数满汀洲。"品评曰："莱辛在《拉奥孔》中曾指出：'雕刻、绘画之类的造型艺术用线条、颜色去描绘各部分在空间中的物体，不宜于叙述动作；诗歌用语言去叙述各部分在时间上先后承续的动作，不宜于描绘静物。'但我们古典作家的追求则在于诗与画的相同、相通、相融合、相渗透，而非两者的差异、隔绝或对立。"所以苏轼激赏此诗，立即写了刻石；宗室曹夫人则据诗意作了一幅临平藕花图。千帆先生随即介绍了苏轼诗画相通的理论，用之于道潜此诗的分析，指明其状物之妙，"可是它又以诗人所表现在时间中永恒的动替代了画家所表现的在空间中刹那的静，因而使两种艺术在这首诗中合二而一。"大家知道，千帆先生曾经写过《说"斜阳冉冉春无极"的旧评》等脍炙人口的品评文字，可知他之所以能对前人诗词的赏析独具会心，除了过人的感受能力等因素外，还与他有中外美学的深厚修养有关。

此外辽宁少年儿童出版社于 1992 年出版了一套《名家推荐丛书》，内《程千帆推荐古代辞赋》一种，注释工作分别由学生曹虹、程章灿承担，他则在遴选了自先秦至宋代的几十篇优秀之作后，又在卷首撰写了《辞赋的特点及其发展变迁》一文。

日本汉诗选评：国际文化交流的结晶

随着我国开放政策的逐步实施，国际文化交流日益频繁，千帆先生也热情地投入了这一潮流，与国外的许多汉学家建立了联系，并不断加深友谊。日本汉学的研究水平甚高，前代文士竞作汉诗，也留下了许多名篇。于是在中日学者的共同努力下，继俞樾《东瀛诗选》之后，完成了《日本汉诗选评》一书，1988 年由江苏古籍出版社出版。全书计收作者二百人，诗四百十五首，千帆先生和孙望先生逐篇加以品评，南京师范大学的吴锦先生在前言中介绍了日本汉诗的发展，并且详细叙述了中日学者合力完成此书的经过。

千帆先生的评语，颇致意于日本诗人与我国古典诗歌的继承发展关系，时而标举名句作为比较。他评赖襄《夜读清诗人诗戏赋》之一曰："扶桑诗人多宗唐，至山阳而兼综历代。其学博，其识高，才亦过人，故出语亦迥超群类，信乎彼邦一代宗师也。"可见他之所以能对日本汉诗作出有见解的评语，于此曾下很深的涵咏功夫。其评虎关师练《秋日野游》诗曰："宋僧道潜诗：'隔林仿佛闻机杼，知有人家在翠微。'东坡赏之。首二句用其意，后二首则荆公'缲成白雪桑重绿，割尽黄云稻正青'法也。"评伊藤长衡《春日雨中》诗曰："安贫乐道之言。第五句（一场春梦涵花影）好，尤胜陆鲁望'满身花影倩人扶'也。"这类评语都是很有启发性的，能够帮助中国读者很好地了解彼邦文士诗学上的杰出成就。

余　　论

上述种种，只能说是为千帆先生的诗学历程勾了一个轮廓，但事实昭昭，读者也不难看出他在这一领域中取得了多么丰富的成果。然而千帆先生是个永不满足于已有成就的人，平时常对过去的成果进行自我解剖，并作严格的自我鉴定。他总嫌自己的知识面还不够宽，如对佛、道二家的典籍就缺少钻研，因而在指导莫砺锋作黄庭坚诗的硕士论文时未能引导他在黄庭坚与禅宗的关系等问题上深入下去。于此也可看出他对教学工作具有极为认真负责的态度。

自1980年起，千帆先生开始整理旧稿《两宋文学史》，其时他年事已高，故邀请吴新雷教授合作。二人经过八年的努力，终于完成了新编，1991年由上海古籍出版社出版，受到了学术界的欢迎。千帆先生和新雷教授研究文学史时，注意大作家的杰出贡献，也不忽视中小作家的重要作用，并常将二者结合而作群体或流派的研究。他们在分析作家的成就时，总是从具体作品中提炼或概括出结论；在对作品进行剖析时，则遵循着阅读、欣赏、批评的程序，由此进入作家的心灵世界。为了正确地把握研究对象，他们采用考证等手段；为了说明作家文学活动的背景，他们从事政治环境或文化氛围的考察。千帆先生和新雷教授运用了很多诗文评和笔记小说中的材料，吸收了古今学者的很多研究成果，并采择了西方文学理论中一些可取的研究方法，从而使宋代文学的研究工作既超越了前人，又融贯中西而不失其中国学术的品格，从而将文学史的研究工作推进了一大步。由于此书还具有其他方面的很多优点，如体系完整、条理明晰、分析透彻、评价公允等，能够指导读者较易掌握这一段内容丰富而又很复杂的文学历史，因而被国家教委核准为高等学校文科教材。但千帆先生也深感对于宋代道学与佛、道二家的学说在总体把握上未能超越时辈，因而分析有些伟大作家的思想时往往难以作出新的突破。他的这种自我批判精神是很感人的，它能给予后学很多启示。俗语说"学无止境"，只有永不满足于已有成绩的人，才能不断取得进展与开拓。

学问之道又贵触类旁通。这也就是说，学者掌握的知识门类越多，那他通过交叉学科的渗透而酝酿出新成果的可能性就越大。只是由于近代学术过分注重专业方面的分工，以致我国古来文史不分的传统难乎为继，即使文史兼擅如千帆先生，也已呈现出史学略逊于文学的倾向。他对《史通》曾有高水平的研究著作问世，但对史学领域中的若干门类，则未及一一进行深入钻研，例如他对历史地理方面的问题就觉得不能应付裕如。当他写作《论唐人边塞诗中地名的方位、距离及其类似问题》时，曾对高、岑等人之作也进行过一番钻研，本想写作类似论述杜甫的一组文字，终因感到历史地理方面的问题难以处理，后来放弃了写作计划。这些地方可以看出千帆先生学风的严谨，但也让人感到惋惜。这里他用自身的体验告诫后学，应该尽可能地掌握学术活动中所需要的各种知识，才能收到"触类旁通"而产生的多种效益。

一个时代造就一个时代的人才。千帆先生的成长，以及他在诗学领域中的不断开拓，都与时代的发展紧密相关。只是由于他能随着历史的前进而自觉地不断攀登，才能取得这些可观的成绩。他的研究成果，可供学界参考；他的诗学历程，可供后学参照。目下他已步入髦耋之年，但仍述作不辍，老骥伏枥，千里奔程上还将留下鲜明的足迹，这篇粗糙的研究文字，只能说是一篇未完成的草稿，日后定将重作研讨，续写新篇。

（载《当代学术研究思辨》，南京大学出版社 1993 年版）

陈永正先生书

闲堂教授赐鉴：

尊著拜登。海陬末学，竟蒙垂顾，感何可言。日咏公诗五古、七律、具已成诵，钦仰奚已！当代诗家，鲜有致力于五言者。《甲申》九首、《破角》、《读庄》七首，格韵高绝，斯世滔滔，解人政未易得。长律精深华妙，直逼三山。晚尤喜《寄江南故人》、《怀印唐》、《和孝章》诸篇，梦苕翁以蒹葭楼主人比附，^①恐犹未切也。晚少日好为诗，抑塞无赖，聊以发遣。中岁以还，自审不贤，甘于识小，朽甲枯蓍之学，重矸性灵，词章亦久不作矣，无以报长者，用是赧愧。

专此敬颂

教安

晚　陈永正　拜首

1991 年 3 月 25 日

---

① 编者注：梦苕翁，钱仲联先生，此指钱先生所撰《闲堂诗存序》所论。

千帆诗学一斑

舒 芜

去年年底，差不多同时，出版了程千帆教授两部诗学著作：一为《被开拓的诗世界》，是专门研究杜诗的，程千帆、莫砺锋、张宏生合著，上海古籍出版社出版；一为《程千帆诗论选集》，张伯伟编，山西人民出版社出版。如果再加上1984年出版的《古诗考索》①，将这三部书合而观之，虽尚未能尽千帆诗学之全，但概貌已大致可见了。

我一向佩服千帆的诗学，很喜欢这三部书，想来谈一谈，向读者作一些介绍，可是又觉得很不好谈。这三部书都有很好的后记，对千帆的诗学的特点及其所用的方法，已经作了精当的分析。《程千帆诗论选集》有编者张伯伟先生的《编后记》，指出："程先生研究古代文学历史及理论，是以作品为中心的；以作品为中心，其所谈的问题就必然是具体的。因此，他解剖问题的切入口，往往是某一作家、某一作品甚至是某一诗句。他往往是将某一问题放在一个大背景中

---

① 程千帆著，上海古籍出版社出版。

加以考察，再从一个别问题中引出一般的、带有普遍意义的结论。……他着手直接处理的问题可能很细小，却不是饾饤琐屑；其结论虽然很大，但又不觉空泛无边。"其所以能达到这个成就，是由于他有一套方法，即是将考证和批评密切结合的方法，或者说是将批评建立在考据基础上的方法。这套方法大致是：（1）以具体作品为中心。（2）从文学感受出发，"感"字当头。（3）必须用考据来扫除理解作品的种种外在障碍。（4）但又尊重文学的特征，不以考据代替文学研究。（5）研究者的文学感受是从他自己的创作经验积累而来。（6）研究文学理论也要与作品相结合。（7）从传统方法中转化出新的生机。（8）有"通识"，而且有当代意识。《古诗考索》有周勋初教授的《读后记——兼述作者学诗历程》，指出千帆一生的诗学，经历了两大阶段，"从形式逻辑发展到辩证法的高度"。前一阶段并不是简单地被抛之脑后，后一阶段也不是对前一阶段的简单的否定，"研究文学问题时，要用各种传统的学问辨析材料，但研究的对象毕竟是文艺作品，所以最后还是要用文学理论加以分析，才能作出正确的评价。他在学习了马克思主义的文学理论之后，更能尊重文学的特点了。"《被开拓的诗世界》有莫砺锋、张宏生两位先生的《后记》，亲切地谈了他们自己怎样在千帆的指导下，运用考证与批评相结合的方法研究杜诗，怎样师生合写出这部论集，"读者很容易发现，这些文章中并没有多少独得之秘，更没有什么惊人之论，但我们可以自信地说，这里呈献给读者的是在较长时期中独立思考和实事求是的结果。在那些与别人相同的地方，我们没有为了哗众取宠而人云亦云，在那些与别人相异的地方，我们也没有为了一鸣惊人而标新立异。"并且强调指出：千帆自己是深有造诣的诗人，所以他研究古典诗歌，"就不仅仅是站在海边远眺帆影，俯拾贝壳，而能亲自驾舟入海，领略起伏波涛之宏伟壮观与曼衍鱼龙之奇奇怪怪。"所有这些都说得极好，我完全同意而外，说不出别的来。转述吧，太略难免失真，太详又近于照抄，大家还不如看原文去。这就是我觉得不好谈的原因。

那么，我想，不如只从我自己的感受，抽出印象最深的一两点来谈谈。

首先，我佩服千帆善于比较。例如，《程千帆诗论选集》里面，有郭璞和曹唐两家《游仙》诗的比较[①]，有陶潜、王维、韩愈、王安石四家的桃源诗的比较[②]，有李白和徐凝两家的庐山瀑布诗的比较[③]，有韩愈、李商隐、郑谷、王安石咏李花梨花诗句的比较[④]。《古诗考索》里，有白居易《长恨歌》与吴伟业《圆圆曲》的比较[⑤]。《被开拓的诗世界》里，更是从各个侧面用了比较的方法来研究杜诗：既比较了杜甫与屈原、贾谊的忧患感责任感[⑥]，又比较了杜甫的七律诗与李商隐、韩偓的七律诗中的政治内涵[⑦]，又比较了杜甫与韩愈、欧阳修、苏轼以及其他数家的禁体物诗[⑧]，又比较了杜

----

① 《郭景纯、曹尧宾〈游仙〉诗辨异》。
② 《相同的题材与不相同的主题、形象、风格》。
③ 《关于李白和徐凝的庐山瀑布诗》。
④ 《韩诗〈李花赠张十一署〉篇发微》。
⑤ 《〈长恨歌〉与〈圆圆曲〉》。
⑥ 《忧患感和责任感》。
⑦ 《七言律诗中的政治内涵》。
⑧ 《火与雪：从体物到禁体物》。

甫与高适、岑参、储光羲的登慈恩寺塔诗①，等等。我从这些比较里，得到了好多好多教益。

例如，陶潜、王维、韩愈、王安石的四篇《桃源》诗，大家都很熟悉，我小时候都读过，有的更喜欢些，有的印象一般，可是我从来没有想过将它们比较一番。千帆却将这四篇诗放在一起，从主题、形象、风格三个方面进行了比较：在主题方面，千帆指出，陶诗是对一个和平宁静富饶淳朴诚实欢乐的无税的小国寡民世界的向往，王维诗改为对神仙世界的向往，韩诗则是对王诗神仙思想的批判，王安石诗恢复了陶诗的主题并且更为彻底。在形象方面，千帆指出，陶诗写的是被隔绝了的世界里的人间世俗生活，王维诗写的是幽美恬适的灵境，韩诗也写仙境而暗示其并不存在，王安石则几乎全无景物铺陈，单刀直入地但以议论见长。在风格方面，千帆指出，陶诗省净简妙浑朴，王维诗绮丽青春而又飘渺幽逸，韩诗雄健壮丽，王安石诗雄奇而又精悍简劲。各人的形象和风格，从根本上说，都是各自的主题和诗人的思想生活所决定的。这样完整的条理的分析，我读了觉得头脑清楚，真有"怡然理顺"之乐。

千帆的比较，文心之细，细入毫发。例如陶潜的《桃源》诗云："桑竹垂余荫，菽稷随时艺。"王维的《桃源》诗云："遥看一处攒云树，近入千家散花竹。"又云："月明松下房栊静，日出云中鸡犬喧。"都是点染风景之句，似乎没有多大差别。千帆却指出：王维"将这灵境写得极其幽美而

---

① 《他们并非站在同一高度上》。

恬适，这正是陶诗中所缺少的，乃至陶诗中所写桑、竹、菽、稷，到王诗中也被花、竹、松代替了，也就是经济植物被观赏植物代替了。（同是一竹，桑竹连文与花竹连文给人的印象就全然不同。）"原来这里面还有这么微妙的区别，不说不知道，说出来后越想越是这么一回事。

千帆还能把比较分析的结果提高到理论。他指出了四家主题的异同之后，概括道："就主题说来，王维诗是陶渊明诗的异化，韩愈诗是王维诗的异化，而王安石诗则是陶渊明诗的复归和深化。主题的异化和深化，乃是古典作家以自己的方式处理传统题材的两个出发点，也是他们使自己的作品具备独特性的手段，这是从上面的讨论中可以看出来的。"关于主题和艺术形象的关系，他说道："主题是作者认识生活并进而概括和提炼生活的结果。作品的主题，离不开依据生活所创造的艺术形象，它使人们通过生动的形象看到生活的本质。所以，主题的独特性和作品形象的独特性是不能分离的。"关于风格，他说道："一位作家在认识生活并创造性地回答生活中提出的问题的时候，他必然会同时显示其独特的格调、气派。这也就成为他内心生活的准确标志。"这些都正是所谓"其结论虽然很大，但又不觉空泛无边"。

千帆的比较研究，善于吸收中国古代诗论的成果。本来，将四家《桃源》诗加以比较，前人诗话中就有。特别是清人陆以湉《冷庐杂识》卷七引金德瑛的一段话，千帆认为"真知灼见"，自称他的论文主要是受了金氏之说的启发，"为他的意见作了一点疏证而已"。这当然是谦词。金氏之说只有三百字，千帆则是万言长文，不可同日而语；但千帆由金氏之说得到启发，再进而进行周密的比较和开扩的研究，自然也是事实。此外，前人如王士禛、张谦宜、唐庚、程学恂、何焯、方东树、陈兆奎的诗论，有的比较了四家或三两家的《桃源》诗，有的单论某一家，千帆都加以吸收。他当然不是简单地把各家之说汇集在一起，而是运用新的观点新的方法，把他们的零星片段的意见条理化系统化，达到了他们未能达到的高度。例如金德瑛指出，韩诗一方面"一一依古事铺陈"，另一方面又有"当时万事皆眼见，不知几许犹流传"之句，此二句之后"则从情景虚中摹拟矣"。金氏所论，仅限于技巧。千帆指出他的不足："金德瑛很敏感地看出了韩诗在构思和表现上的这些特点，但可惜他仅从技巧上指出韩愈化实境点染为虚摹的事实，却没有认识到，其所以要这么写，是为了表达自己的观点，是和篇首'神仙'二句及篇尾'世俗'二句相照应的。正是为了证实桃源神仙之说的渺茫、荒唐，而悲悯世俗之不知伪与真，才对实境加以虚摹。将宁知真伪归之世俗，文工画妙归之窦、卢，就于文于画，但取其工妙，却不涉及其主题，从而将这种对立缓和了。"这是把技巧同表现主题的需要联系起来，同全诗首尾的布局照应联系起来，大大超过了金德瑛，哪里只是给金氏作一点疏证而已。

千帆的比较研究，不仅用在不同作家的作品上。《古诗考索》和《程千帆诗论选集》都收了《张若虚〈春江花月夜〉的被理解和被误解》一篇，是令人拍案叫绝的学术价值极高的一篇文字。这里研究的只是一首诗，然而生动具体地展现了自初唐以降，经过盛唐、晚唐、明、清、民国以至当代这么长的时期里面，这首诗的淹没、发现、被理解、被误解的曲折复杂的过程，并由此反映出初唐四杰这一流派在文学史上升沉显晦的命运，而这一切都可以从各个时期的诗风诗学和审美习尚得到解释。这篇论文里面，首先是考察了自唐代以来，各种总集、选本、诗话之类，选没有选以及谈没有谈到这首诗的情况。其所考察的历代总集有：唐芮挺章《国秀集》、宋李昉等《文苑英华》、宋姚铉《唐文粹》、旧题宋王安石《唐百家诗选》、宋郭茂倩《乐府诗集》、元杨士宏《唐音》、明高棅《唐诗品汇》和《唐诗正声》、明李攀龙《古今诗删》、明臧懋循《唐诗所》、明唐汝询《唐诗解》、明钟惺和谭元春《唐诗归》、明周珽《删补唐诗选脉笺释会通评林》、明曹学佺《石仓历代诗选》、明陆时雍《唐诗镜》、明王夫之《唐诗评选》、清初徐增《而庵说唐诗》、清康熙《御选唐诗》、清初沈德潜《重订唐诗别裁》、清初管世铭《读雪山房唐诗钞》，共二十种。这就是说，为了研究一首诗，就要将这二十种古今总集拿来，加以比较，仔细查明各书中选没有选这篇《春江花月夜》，选在第几卷，一点也不含糊。这些总集都是大部头的书，有许多还是不甚易见的。单这一步功夫，就令人佩服了。千帆还有《张若虚〈春江花月夜〉集评》一篇（收入《古诗考索》），将前人的评语集中起来，广义地说，这也是一种比较。显而易见，没有这些比较，这一卓绝精深的研究是不可能进行的。

上述对历代总集的考察中，提到高棅的《唐诗正声》时，千帆有自注云："《唐诗正声》二十二卷，《增订四库简明目录标注》卷十九著录，云：'又一本称《正音》，三十二卷.'未见，不知有张氏此诗否。"提到李攀龙《古今诗删》时，千帆有自注云："《四库全书总目》卷一百八十九，《李攀龙〈古今诗删〉提要》云：'流俗所行，别有攀龙《唐诗选》。攀龙实无是书，乃明末坊贾割取《诗删》中唐诗，加以评注，别立新名。'我未能见到《古今诗删》，知道《诗删》中有张若虚的《春江花月夜》，是根据托名李编的《唐诗选》卷二所载此诗而推断出来的。"这两条自注可见其认真严肃地向读者负责的态度。引一书，要查考前人目录中著录此书的真伪异同的情况。自己见到了就是见到了，未见就是未见。若非第一手资料，便要交待是从什么第二手资料，如何推断出来的。千帆提倡考证与批评相结合，这两条自注虽然并不是精深的考据，但已经可见考证学者的认真严肃的态度。

上面主要是说千帆的诗学，善于比较。这不是千帆诗学方法中最主要的一条，只是我印象中最深刻的一条。我觉得，只有真正熟读博览，沉潜浸润于古今诗歌之中，长时期积累了欣赏和理解的成果，读书得间，自具慧眼者，才有可能运用这样多角度多方面的比较方法。若没有这样深厚的根底，则往往只能局促于一家一篇之中，或者泛滥于一家一篇之外，根本不会知还有何可比，何从去比，如何去比。千帆自己有这个长处，并且能带领学生这样努力，《被开拓的诗世界》就是这样师生合作的成果，把这个好学风传下去，这是特别有意义的。

我还要指出，千帆那样长时期从事古典文学研究的学者，对于新的东西也十分注意。他谈到"鸳鸯绣出从君看，莫把金针度与人"时，引了安徒生童话《冰姑娘》。他谈到左思咏荆轲诗，忽然联系到茅盾小说《追求》中的章秋柳。他谈到王建宫词，忽然联系到曹禺剧本《王昭君》。他经常引用《歌德对话录》，多次引用朱光潜《诗论》，甚至杂志报章上偶然一篇短论文中的可取之处，他平日都留心注意，适当时候就引用出来。可见他并不是埋头古籍之中，也不是只对自己专门研究的范围之内的东西感兴趣。加以他的文字，用古文时是标准的考究的古文，不仅是一般浅近的文言文，用白话文时又是很新的考究的白话文，不是"改组派"的白话文，有时真令人不相信是出自同一人之手。张伯伟说他有"通识"，有"当代意识"，是完全对的。我常常想，这恐怕同他的经历有关。千帆读大学的时候，研究古典文学和进行旧体诗创作而外，还是一个新诗人，与常任侠、孙望、汪铭竹、沈祖棻等组织土星笔会，出版新诗刊物《诗帆》。后来他虽然不写新诗了，但年轻时有过这一段经历，同没有这段经历是不一样的。我总觉得千帆诗学成就之所以这样高，同他这个经历有极大的关系。这一层，我虽然末了才这么略略谈到，但是我其实最为看重，原来这篇文章是想主要谈这个意思，可是写起来觉得易流于泛论，才改为现在这样的写法，仍将这一层意思在末了点出，希望读者特别注意。

1991 年 3 月 1 日

（载《读书》1991 年第 6 期）

《程千帆诗选》跋

莫砺锋

　　顷者，《中华诗词》周笃文先生赐书，嘱为短文以评介程千帆先生自选诗作，适千帆先生病目，"案上楞严已不看"，乃併以选事付予。自忖浅陋，不足以知先生之诗。然师命不敢违，乃三薰三沐，重读《闲堂诗存》数过，选取诗作二十题、二十五首。恭录一过，并跋数语其后。

　　先生终生治诗，自少至老，未尝须臾离之。其治诗之道，约有三端。一曰选诗。先生曾与其先夫人沈祖棻同撰《古诗今选》，又曾自撰《宋诗精选》，选目如披沙简金，亟见手眼；注解则阐幽探微，时呈精义。先生之目光，且自中土旁及邻邦，曾与孙望先生同撰，《日本汉诗选评》，大为东瀛人士所重。二曰论诗。先生著作等身，其中论诗者最能代表先生之学术成就。如曹孟德、左太冲、郭景纯、陶渊明、张若虚、王摩诘、李东川、岑嘉州、李太白、杜少陵、韩昌黎、李义山，乃至今人聂绀弩等诗人，先生皆有专文论之。其见解之新颖，分析之透辟，固已享盛誉于学界。而文中倡导之"以考据与批评相结合"之方法，更具有发凡起例之意义。三曰说诗。先生执教数十载，讲诗之时居多。予犹忆先生亲授杜诗之时，旁征博引，妙绪泉涌。说者神旺，听者解颐，因其深入浅出，故众皆会心也，子曰："知之者不如好之者，好之者不如乐之者。"先生之于诗，可谓由知之而好之，又由好之而乐之也。惟其知之深，故其好之，乐之也笃。惟其好之、乐之也笃，故其知之益深。故予以为学者与诗人，先生一身而二任焉。

然予所谓"学者之诗"，非严沧浪"以学问为诗"之意也。先生诗中固有学问在，如《读才》、《读庄》之涵蕴道真，《效咏怀体》之浸淫古意，皆言简意赅，思深理精，谓有学问，谁曰不然？然谓之"以学问为诗"则不可。因其诗皆为自抒其性情、自道其哀乐而作，非为论学、炫学而作也。先生深知诗史发展之脉络、古人得失之关键，作诗时遂能沉浸酝郁，含英咀华。钱仲联先生序《闲堂诗存》曰："空堂独坐，嗣宗抚琴之怀也。天地扁舟，玉谿远游之心也。时复阑入宋人，运宛陵、半山、涪翁于一手。"又曰："于并世作者，风规于兼葭楼主人为近。"可见自晋人阮嗣宗至于近人黄晦闻，皆为先生渊源之所自。少陵诗云："不薄今人爱古人"，又云："转益多师是汝师。"先生有焉。虽然，先生之学前人，乃借鉴而非模仿，故镕铸百家而自成一体，仍为闲堂一家之诗也。

先生论诗，最重老杜。曾往巩县谒少陵墓，赞曰："愤怒出诗人，忠义见诗胆。以诗为春秋，褒贬无不敢。"先生作诗，亦一尊杜陵之矩矱。今读其诗，不特可见其平生悲欢离合之遭际，亦可感受六十年来风雨飘摇之时代。于无可奈何之境，抒万不得已之情。其歌也有思，其哭也有怀。于死生穷通豪宕感激之际，尤可睹其轮囷肝胆与峥嵘傲骨。此乃予所谓诗人之诗也。

予自一九七九年负笈南京大学，立雪程门已十有六年。亲承音旨，渐窥门墙。获益最深者实不在识学问之津筏，而在知立身之圭臬。先生言谈之间虽罕及此，而身教固无日无之。其于平居，恂恂如也。临大节则毅然不可犯。虽历经磨难，而忧国伤时之心，未尝稍减。敢怒敢骂之风，亦未尝稍改。凡此种种，皆见于诗。今所选虽仅二十余首，读者自可尝一脔而知鼎味也。

噫！先生年已八十有三，苍颜白发，老态龙钟矣。然神明不减，诗笔愈严。予今操觚之际，但祈先生健康长寿，常有新作问世，以诗教扬我国光。

1996 年 2 月 16 日

程千帆先生的诗学研究

张伯伟

（一）家学与师承

程千帆先生原名逢会，改名会昌，字伯昊，四十以后，别号闲堂。千帆是他曾用过的许多笔名之一。后通用此名。祖籍湖南宁乡，老家在土蛟湖竹山湾（现改属望城县），上代迁居长沙。1913 年 9 月 21 日（农历癸丑年八月二十一日）生于长沙清福巷本宅。

程先生出身于一个文学世家：曾祖父霖寿，字雨苍，有《湖天晓角词》；伯祖父颂藩，字伯翰，有《伯翰先生遗集》；叔祖父颂万，字子大，有《十发居士全集》；十发老人的长子名士经，字君硕，号苞轩，著有《曼殊沙馆集》；父亲名康，字穆庵，别号顾庐，著有《顾庐诗钞》。他是近代著名诗人和书家成都顾印伯先生的弟子，专攻宋诗，尤精后山；十发老人是清末民初的著名诗人，与易顺鼎、曾广匀齐名，称湖南三诗人。穆庵先生年轻时即蒙陈石遗（衍）的赏识，诗作被选入《近代诗钞》。母亲姓车，名诗，字慕蕴，江西南昌人；外祖父名赓，字伯夔，侨居湖南，以书法知名当世。这种家族性的文学传统，真可谓"世济文雅"。① 诗歌是程先生的家学，他幼承庭训，十二三岁即通声律，曾写过一些诗呈请叔祖和外祖批改。叔祖的批语有"诗笔清丽，自由天授"，外祖的批语是"有芊绵之思，可与学诗"。这些褒奖对程先生以后致力于诗学，有着很大的影响。②

　　程先生在古代文学方面的启蒙老师是他的堂伯父，即君硕先生。君硕先生自幼才华出众，以早慧知名，十多岁就出版了他的第一部文集《曼殊沙馆初集》。君硕先生当时流寓汉口，在家里办了一个名为"有恒斋"的私塾。私塾的内容原来该是以蒙学为主。清代以来流行的蒙学著作，无非是《千字文》、《百家姓》、《神童诗》、《三字经》、《龙文鞭影》、《幼学琼林》等。清人郭臣尧的《捧腹集》中对村学私塾有生动地描绘：

　　　　一阵乌鸦噪晚风，诸徒齐逞好喉咙。赵钱孙李周吴郑，天地玄黄宇宙洪。《千字文》完翻《鉴略》，《百家姓》毕理《神童》。就中有个超群者，一日三行读《大》《中》。③

---

　　① 借用张溥《汉魏六朝百三名家集·应德琏休琏集题辞》语。殷孟伦注本，人民文学出版社，1960年版。
　　② 参看《闲堂自述》，见巩本栋编《程千帆沈祖棻学记》，页九。贵州人民出版社，1997年版。
　　③ 引自梁绍壬《两般秋雨庵随笔》卷四"村学诗"，页二百一十四。上海古籍出版社，1982年版。

后来的流行读本，文学方面尤以《唐诗三百首》和《古文观止》为最，史学方面则数《鉴略》。这种风气一直延续到清末民初，所以鲁迅小时候也曾背过。[1] 但在君硕先生看来，这类书都是不知义法的俗学，他所想给予塾中子弟的，与其说是蒙学基础，不如说是传统士大夫必备的基础知识。所以阅读的著作是《论语》、《孟子》、《诗经》、《左传》、《礼记》、《文选》、《古文辞类纂》、《经史百家杂钞》、《资治通鉴》，除《礼记》、《文选》外，皆须通读。程先生在有恒斋中，除了读规定的书之外，还在君硕先生的指导下读课外书。他在晚年曾回忆道：

> 我从《日知录》初识考据门径，从《近思录》、《呻吟语》初识理学面目，从《小仓山房尺牍》略知应酬文字写法。[2]

读书之外，写作也是有恒斋中的训练项目之一。每天要用文言文写作日记，记录自己的生活和读书心得。其好处是既练习了文笔，又锻炼了恒心。"有恒"是读书求学的要诀之一。湘乡曾氏教人读书，无非一"耐"字诀一"恒"字诀。[3] 君硕先生以"有恒"名斋，或有得于其乡先辈的启示。"恒心"的建立，对程先生以后的读书为学都是十分有益的。这样的

---

① 见鲁迅《五猖会》，载《朝花夕拾》，页二十九至三十一。人民文学出版社，1973年版。
② 《有恒斋求学记》，《程千帆沈祖棻学记》，页十四。
③ 关于这一点，钱穆《近百年来诸儒论读书》有详细发挥，见《文篇》页九十至一百。自印本，1969年版。

训练，使程先生从小就奠定了坚实的文言基础，无论是阅读还是写作。他晚年将其旧诗和各种序跋文字编成《闲堂诗文合钞》，分寄友朋，深受好评。

写字也是每天必做的功课，要求写得正确而优美，所以要读帖和临帖。程先生小时常用的帖，小字是《洛神赋》、《灵飞经》，大字隶书是《张迁碑》、《曹全碑》。楷书是颜真卿《颜氏家庙碑》、《颜勤礼碑》，褚遂良《倪宽赞》、《圣教序》，欧阳洵《醴泉铭》等。写字要做到一笔不苟，这后来成为程先生晚年对研究生的基本要求之一。实际上，通过这样的要求，也就逐渐培养起对学问的"敬"的态度。宋儒程明道有言："某写字时甚微。非是要字好，即此是学。"① 程先生就是这样在有恒斋中度过其少年时期的。

1928 年，程先生从汉口来到南京，进入金陵大学附中，成为初三年级的一名插班生，开始接受了的八年正规教育，直到 1936 年大学毕业。

在金陵中学的四年学习中，他接受的是完全不同于私塾的教育。尤其是几位语文老师，他们的讲授风度和内容给程先生留下深刻的印象。如后来成为明史专家的黄云眉先生，高三时即以曾国藩的《圣哲画像记》为纲，上着国学概论的课。这种概论式的宏观论述是在私塾学习时从未接触到的，对他的帮助很大。然而他也正是有私塾读书的基础，大量接触了具体的经史子集的经典著作，所以，这时的宏观论述给他的是思想方法上的有益提高，而不仅仅记住了几条纲目。

---

① 《二程集》第一册，页六十。中华书局，1981 年版。

此外，在金中读书期间，自然科学方面的知识也引起他极大的兴趣，例如化学。以至于进入大学时，他最早准备读的竟是化学系，只是因学费太高而改读了中文系。

三十年代南京的高等学府中，大师云集。程先生考入金陵大学之后，现代文、现代科学和现代意识，对他来说得益非浅。除了中国文学的专业以外，哲学（特别是逻辑学）、社会科学（特别是中外历史）以及文科以外的数学、生物学等课程，都使其思想变得更为活跃而开阔。一二年级的系统性的现代科学的训练，使他由过去的读写之乎者也，变为能写新诗和白话文的现代学子。然后再进入专业训练，接受国学大师的指导。程先生在晚年回忆道：

> 在大学四年中，我从黄季刚（侃）先生学过经学通论、《诗经》、《说文》、《文心雕龙》；从胡小石（光炜）先生学过文学史、文学批评史、甲骨文、《楚辞》；从刘衡如（国钧）先生学过目录学、《汉书艺文志》；从刘确杲（继宣）先生学过古文；从胡翔冬（俊）先生学过诗；从吴瞿安（梅）先生学过词曲；从汪辟疆（国垣）先生学过唐人小说；从商锡永（承祚）先生学过古文字学。记住诸位老师各有专长，已使我耳濡目染，枵腹日充；而因求知心切，又曾向不在金大任教，或虽任教而不曾讲授某门课程的先生们请教。如曾向林公铎（损）先生请教过诸子学，向江旭初（东）、王晓湘（易）两先生请教过诗词。汪辟疆先生精于目录学和诗学，虽在金大兼过课，但没有开设这方面的课程，我也常常带着

问题，前去请教。①

这些大师的教学也是各有特点：

> 季刚先生树义谨严精辟，谈经解字，往往突过先儒，虽然对待学生过于严厉，而我们都认为，先生的课还是非听不可的，挨骂也值得。小石先生的语言艺术是惊人的，他能很自在地将复杂的问题用简单明确的话表达出来，由浅入深，使人无不通晓。老师们对自己的研究成果，也从不保密。如翔冬先生讲授《重订中晚唐诗主客图》，瞿安先生讲授《长生殿》传奇斠律，便都是自己研究多年的独得之秘，由于我们的请求，毫无保留地传授给了学生。这种精神使我终身奉为圭臬，对学生丝毫不敢藏私。②

程先生在诗学研究工作中，很注重将文献考证与艺术感受相结合，注重文学作品与文学理论相结合，这与上述老师的影响及自身的善于融合是分不开的。黄季刚先生虽然主要成就在小学，但在文学方面，他也有《文心雕龙札记》、《文选平点》③、《诗品讲疏》（未刊）、《阮步兵咏怀诗笺》④、《李义山

---

① 《闲堂自述》，《程千帆沈祖棻学记》，页六。
② 同上。
③ 此书早年以迻录本形式在门人间流传，后有其女黄念容和其侄黄焯整理本，前者题名《〈文选〉黄氏学》，台湾文史哲出版社，1977 年版，后者题名《文选平点》，上海古籍出版社，1985 年版。后者多目录校记、平点凡例、旧音、章节层次号、文句圈点标识诸项，本文据之。
④ 此据潘重规先生迻写本，台湾学海出版社，1975 年版。《黄季刚诗文抄》题作《阮籍咏怀诗补注》，湖北人民出版社，1985 年版。

诗偶评》等。尤其是前两种，在学术界影响甚大。在《文选平点》一书中，作者开宗明义地指出：

> 读《文选》者，必须于《文心雕龙》所说能信受奉行，持观此书，乃有真解。若以后世时文家法律论之，无以异于算春秋历用杜预《长编》，行乡饮仪于晋朝学校，必不合矣。开宗明义，吾党省焉。[①]

《文选》是重要的文学选本，《文心雕龙》是重要的理论批评著作，两者产生时代相近，所以，将两书合观，就能综合创作与批评，得出正确的认识。批评若脱离了作品，就会无的放矢；作品若离开了批评就会妍媸难分。同样，季刚先生的《诗品讲疏》，也是结合了汉魏以来的诗歌发展，讨论锺嵘论断之是非得失。季刚先生将《文心雕龙》和《金楼子》"论文之语"看做《文选》的"翼卫"[②]，可以看出，在作品与批评之间，他是更其注重作品的。小石先生非常注重对作品的感悟和会心，这同样影响到程先生。在晚年的一次演讲中，程先生说：

> 记得我读书的时候，有一天我到胡小石先生家去，胡先生正在读唐诗，读的是柳宗元《酬曹侍御过象县见寄》："破额山前碧玉流，骚人遥驻木兰舟，春风无限潇湘意，欲采蘋花不自由。"讲着讲着，拿起书唱起来，

---

① 《文选平点》，页一。
② 同上，页三。

念了一遍又一遍，总有五六遍，把书一摔，说，你们走吧，我什么都告诉你们了。我印象非常深。胡小石先生晚年在南大教"唐人七绝诗论"，他为什么讲得那么好，就是用自己的心灵去感触唐人的心，心与心相通，是一种精神上的交流，而不是《通典》多少卷，《资治通鉴》多少卷这样冷冰冰的材料所可能记录的感受。我到现在还记得当时胡先生的那份心情、态度，就是在这样的情况下，我学到了以前学不到的东西。①

这"学不到的东西"，据我的理解，并不是什么具体的知识，而是对于古代作品"以心会心"的"不二法门"。

大学毕业后，当时抗战已经爆发，为生活所迫，流转于重庆、康定等地，直到 1940 年才重回教界，先后任教于乐山的武汉大学、在成都的金陵大学和四川大学。在这几年大学中，有几位学者是程先生极为尊敬而事以师礼的，如四川大学的赵少咸（世忠）先生、庞石帚（俊）先生和武汉大学的刘弘度（永济）先生。这些学者对程先生也有相当的影响。例如刘弘度先生，是一个比较注重理论的学者。早年在《学衡》上发表过《文鉴篇》，对文艺鉴赏有极其精微的剖析，传诵一时。1917 年在长沙明德中学任教时，曾写过《文学论》，贯通中西，要言不烦。此书后由商务印书馆出版，多次重印。四十年代写成《文心雕龙校释》一书，曾在闲谈时对程先生说："季刚的《札记》，《章句篇》写得最详；我

---

① 《两点论——古代文学研究方法漫谈》，《程千帆沈祖棻学记》，页八十二。

的《校释》,《论说篇》写得最详。"即以长于持论自许。① 此书写成之时,尚有附录一种,即《文心雕龙徵引文录》三卷,其上下二卷为文录,实即作品选;卷末为"参考文目录",实即文论选。首列小引及凡例五则,允称精审。可惜在正式付印时,由于篇幅过大而割舍,现仅有武汉大学印本,坊间未有流传。兹录其1933年所写小引于下:

> 昔挚虞撰《文章流别》,志、论而外,复有集四十一卷。虽其书弗传,大氐志以传人,论以诠理,集者所撰录之篇章也。窃尝叹其立体之精,包举之大,而恨其散佚之早也。后有作者,类多偏主,今所存《昭明文选》,撰录之类也;《文心雕龙》,诠品之流也,然彦和《序志》,自述论文叙笔,约以四纲:一曰原始以表末;二曰释名以章义;三曰选文以定篇;四曰敷理以举统。今观其书,《明诗》以下二十篇,每论一体,辄标举篇章;有相衡鉴,则撰录虽无专书,苟就其所论列之文,撮录为一编,亦犹《流别》之有集也。②

其基本用意,显然是要将文学理论与文学作品相结合。其凡例最后一则云:

> 彦和以前论文之作,虽经徵引而事异选文,然录而

---

① 参看《刘永济先生传略》,《闲堂文薮》,页二百八十四至二百八十五。齐鲁书社,1984年版。
② 国立武汉大学印本(印字第十二号),页一。

存之，可资参会。今别为一卷。附诸篇末。……后世史
臣论述文士命篇，凡足以发明舍人绪馀、羽翼《文心》
者，亦依例选录。①

这显然又具有文学批评史的眼光。程先生对以上的两种附录
评价甚高，亦可见其对研究文学理论的这种方法的会心之
深。

程先生对诗歌研究兴趣的养成，是与其家学渊源分不开
的；而他在长期的研究工作中最终形成特有的研究方法，也
是与其接受的师友影响有密切关系的。

（二）诗学研究方法

在程先生六十多年的学术生涯中，诗歌是他费时最久、
用力最专的领域。从其有关诗学的著述来看，大致可分两大
类：一是评选，二是论述。选本自晋、宋以来就是文学批评
的一种方式，它通过存其英华、删其繁芜来体现选家区别优
劣的批评眼光。程先生长期在大学里讲授中国古典诗歌（无
论是历代诗选还是专家诗研究），很自然地要对历史名篇加
以选择、注释和评论。已出版的选集有《宋诗选》（与友人
缪琨教授合作）、《古诗今选》（与夫人沈祖棻合作）、《日本
汉诗选评》（与友人孙望教授合作）、《宋诗精选》，另外还有
一种《古代辞赋》（与门人曹虹、程章灿合作）。《杜诗镜铨

---

① 国立武汉大学印本（印字第十二号）。页三。

批抄》则是就杨伦注本的批点。未出版的则有《杜诗会通》①，曾作中文系的研究生和年轻教师讲授的教材，是一部很有特色的杜诗选本。程先生一辈子研究杜诗，其有关论文见于《被开拓的诗世界》一书，而其以选本形式表述的对杜诗的看法，也应该得到重视。我在大学期间曾两次选修程先生的"古代诗选"课，第一次是给七六级同学开设（两学期，周学时四），我去旁听，用的教材是《古诗今选》；第二次是专给七七开设（一学期，周学时二，我很荣幸地担任了课代表），则是以主题和题材为线索，除了总论之外，分别从"为人与治学"、"咏民生疾苦"（兼论讽刺）、"民族问题"、"妇女问题"、"亲情问题"、"友情"、"咏史"等方面讲授古典诗歌。这与前一次讲授又有不同，但这也是程先生最后一次给大学生正式上课，所以没有形成最终的选本。总之，通过选本来表达自己对于古典诗歌的见解，既是一种传统的批评方式，也是程先生十分重视的一种著作形式。但程先生对于诗学研究的成果主要还是以论文的形式发表的。因此，这里阐述他的诗学研究方法，也主要以其诗学论文为主，这丝毫没有轻视其文学选本的意思在内。

程先生说，他是"通过创作、阅读、欣赏、批评、考证等一系列方法，进行探索"②的。而在这一系列方法中，中心环节是围绕具体作品。其实，当我们谈到文学研究方法时，不管是否自觉，总是相对于哲学或史学的研究方法而有所区别的，这个区别又正是由于方法所处理的对象的确定差

---

① 硕士研究生教材，有南京大学中文系油印本。
② 《答人问治诗》，《程千帆沈祖棻学记》，页五十五。

异所决定的。文学方法离不开文学作品本身，没有作品，就没有文学的历史和理论；不深入理解作品，文学的历史和立论就只能是表层现象的描绘和空泛的议论。正如前苏联美学家鲍列夫所指出的：

> 批评的方法，是批评的对象（文学艺术过程及其规律、艺术作品及其特点）的"类似物"。①

所以，研究方法是由研究对象的确定而确定的，脱离了作品去谈文学研究方法，可以讲得天花乱坠，却解决不了实际问题。

程先生以作品为中心的研究方法，至少包含着如下一些内容：

就古代文学作品的研究而言，由于其作者及其使用的媒介与现象有一定的距离，存在着时代的背景、文献真伪、语言习惯、社会风俗等方面的障碍，因此，从事这一方面的研究，毫无疑问的会广泛地使用历史学、文献学、语言学、社会学乃至某些自然科学等方面的知识，以求得对作品的正确理解。但归根结底，这些手段只能是有助于文学研究，而决不能代替文学研究。在《相同的题材与不相同的主题、形象、风格》一文中，作者指出：

> 企图用考证学或历史学的方法去解决属于文艺学的

---

① 《美学》，第五百二十一页。乔修业、常谢枫译。中国文联出版公司，1986年版。

问题，所以议论虽多，不免牛头不对马嘴。①

文学作品与现实生活有着千丝万缕的联系，尽管如此，作品却是离不开想象的，作品中的世界不可能纯然是对现实世界的传移模写。将这两者混为一谈，就会把文学研究导入史学研究。例如，在唐人的边塞诗中，存在着其地名的方位、距离与实际情况不相符合的问题，研究者在涉及此类问题时，或径直指责作者的率意，以致使作品中的世界与现实的世界矛盾或旁搜远绍地迂曲征引，以说明作品中的世界与现实的世界并不矛盾。这两种貌似截然相反的结论，其思想方法又是异乎寻常的一致，即都将史学研究的方法代替了文学研究的方法。以作品为中心的研究方法，就是要尊重文学的特性。所以程先生指出：

> 唐人边塞诗中之所以出现这种情况，乃是为了唤起人们对于历史的复杂回忆，激发人们对于地理上的辽阔的想象，让读者更其深入地领略边塞将士的生活和他们的思想感情。……因而当我们欣赏这些作品的时候，对于这些"错误"，如果算它是一种"错误"的话，也就无妨加以忽略了。②

从文艺史上看，作品中的世界与现实世界的某些不相符，并

---

① 张伯伟编《程千帆诗论选集》，页八十。山西人民出版社，1990版。
② 《论唐人边塞诗中地名的方位、距离及其类似问题》，载《程千帆诗论选集》页一百五至一百六。

不是一个孤立的现象；而研究者无论是反对或赞赏，都以史学方法代替文学方法，以致使这两个世界混淆为一，也同样不是一个孤立的学术现象。唐人张继诗云："姑苏城外寒山寺，夜半钟声到客船。"① 欧阳修认为半夜非打钟之时，故"理有未通，亦语病也"。② 而肯定此诗的人，又都强调确有半夜打钟的现象。③ 又如杜甫诗云："霜皮溜雨四十围，黛色参天二千尺。"④ 沈括认为以四十围配二千尺乃太细长，⑤ 而《缃素杂记》驳斥沈说，认为杜甫用的是古制，"则径四十尺，其长二千尺宜矣，岂得以太细长讥之乎"？⑥ 这种思维方式，一直延续到今天的《红楼梦》研究。总而言之，在文学研究中，尽管离不开背景的研究，但背景研究之所以重要，恰恰是因为它可以帮助人们深化对作品的理解。如果以背景研究为满足（如《红楼梦》研究中的"曹学"），或者以现实世界（背景）与作品中的世界混淆为一，就只能导致文学研究的自我异化，这实质上是将艺术作品当成了历史化石。

　　如上所述，考据是为了扫除文学研究中的外在障碍，但真正的文学研究，还必须在此基础上进而"披文以入情"。⑦ 文学创作是感情波澜的外化，真正的文学必然蕴含了作家生命的跃动。因此，以作品为研究中心，文学批评也就不完全是纯粹的理智性活动。《四子讲德论》中载：

---

① 《枫桥夜泊》，《全唐诗》卷二百四十二。
② 《六一诗话》。
③ 参见《苕溪渔隐丛话》前集卷二十三。
④ 《古柏行》，《杜诗详注》卷十五。
⑤ 《梦溪笔谈》卷二十三。
⑥ 《苕溪渔隐丛话》前集卷八。
⑦ 刘勰《文心雕龙·知音》。

诗人感而后思，思而后积，积而后满，满而后作。①

唐人顾非熊诗云：

有情天地内，多感是诗人。②

诗人是"感"字当头的。学人的精神状态与诗人的精神状态虽有不同，但在文学批评中，对作品的感觉——即"睹文辄见其心"，③ 则不仅是欣赏的起点，也是研究的起点。惟有真正的入乎其内，对诗中的意趣有所感知，并进而出乎其外，予以评析，这样的文学批评才不会肤浅浮泛，而是能入微破翳。程先生曾说："我往往是在被那些作品和作品所构成的某种现象所感动的时候，才处心积虑地要将它弄个明白，结果就成了一篇文章。"因此，他强调说："从事文学批评研究的人不能自己没有一点创作经验。"④ 因为艺术嗅觉和艺术感受力的培养，由创作经验的积累而来是最为直接有效的。中国古代的文学批评家，大多数人本身即是诗人作家。所以曹植曾说过这样两句不无绝对的话："盖有南威之容，乃可以论其淑媛；有龙泉之利，乃可以议其断割。"⑤ 事实上，强调文学批评者要有创作经验，并非指只有优秀的诗人才是惟一合格的批评家。古往今来，"识窥上乘，业阻半途者"⑥ 往往

---

① 《文选》卷五十一。
② 《落第后赠同居友人》，《全唐诗》卷五百九。
③ 《文心雕龙·知音》。
④ 《答人问治诗》。
⑤ 《与杨德祖书》，《文选》卷四十二。
⑥ 胡应麟《诗薮》内编卷二评严羽语。

有之，但决不能以"善鉴者不写，善写者不鉴"① 之类的话来自饰。"不写"并非就是指其"不能写"。在这一方面，程先生不仅时加讲论，而且还身体力行。在大学时代，他就与常任侠、汪铭竹、孙望等人组织了土星笔会，出版《诗帆》，从事于新诗创作。而他更多、更主要的还是创作旧体诗。数十年来，所作数百首。十年浩劫，毁于一旦。劫后就记忆所得，加上近年吟咏，约二百篇，编了一部集子，题曰《闲堂诗存》。钱仲联先生《序》中推其"神思之骞远，藻采之芊绵，不懈而及于古。空堂独坐，嗣宗抚琴之怀也；天地扁舟，玉谿远游之心也。时复阑入宋人，运宛陵、半山、涪皤于一手。……此集也，谓为并世一家之《离骚》可也"。② 无论是作诗还是论诗，程先生都强调"感"字当头，所以能真正把握住艺术的三昧。能感动人的文学，无论其表现媒介是文言还是白话，就是活的文学。以自己的艺术经验，去挖掘、概括古代作品中的艺术真谛，就更其能使我们的研究工作沟通古今，古为今用。

文学史的研究固然要以作品为中心，文学理论的研究也不能忽视作品。这一点，程先生曾反复强调，是其文学研究方法论中的重要内容之一。具体说来，文学理论研究要与作品相结合，可以从两方面来说明：

一是以作品来印证理论。其所以要运用这种方法，是和中国古代文学理论的特色分不开的。首先，如果文学批评可

---

① 旧题卫夫人《笔阵图》语。
② 《被开拓的诗世界》附录《闲堂诗存序》，页三百二十八。上海古籍出版社，1990 版。

以分为理论批评和实际批评的话，那么，这两者的结合——即将理论寓于对具体作品的批评中，正是中国古代文学理论的特色之一和优点之一。正因为如此，脱离了具体作品而着眼于古代的诗文评著作，从锺嵘到严羽，再到王士禛，文章可以"做"得头头是道，却往往不免于空洞，而且也很难把握这些先辈所提出的诸如"滋味"、"兴趣"、"神韵"等说的究竟义。所以程先生强调：

> 作品是理论批评的土壤。不研究、理解作品，就难于研究和理解理论批评，更无从体会理论与理论之间的内部联系，无从觉察批评与批评之间相承或相对的情形了。因为这些联系或对立，往往是起源于对作家作品以及由之而出现的文学风格的具体评价的。①

以作品来印证理论，从而考察批评家是如何从具体作品中抽象出理论，《读诗举例》正是这方面的代表作。作者从丰富生动的文艺现象出发，考察了批评史上"形与神"、"曲与直"、"物与我"、"同与异"、"小与大"这五对概念，使读者对这些概念的来源以及含义有了确切清楚的了解。当然，文学理论不仅仅是来源于对具体作品的总结，面对同样的文学作品，立足于不同的思想基础和哲学背景，批评家们也往往会各自特别强调、突出他们所认为重要的某一方面的意义，而有意无意的排除、忽略另外一些方面的意义，如汉人强调

---

① 《读诗举例》，载《程千帆诗论选集》页一。

作品的"美刺"功能，魏晋人强调诗歌的"缘情"性质，而宋人又好"以禅喻诗"，等等。但中国古代文学理论更多毕竟是对文学创作经验的总结和抽象，因而更重要的是将作品与理论结合起来。尤其是目前的古代文论研究，往往将作品与理论强行割裂。因此，程先生特别强调理论研究要结合创作实际，具有其用心所在的。这丝毫不意味着从思想上、哲学上去把握文学理论批评是不重要的或不必要的。其次，中国古代文学理论在表述上也有其特点。从形式上看，古人在表述思想的方式上，不像西方学者那样有意识地以有严密组织的语言结构来表达其思想结构，所以绝大多数的文论、画论、书论，基本上采取的是对话体或语录体。关于这个特色，程先生指出："我国古代文学批评中的多数著作，具有省略过程，直抒结论，因而显得短小精悍的特色。"① 与这一特色相适应，在研究古代文学批评时，也就必须结合作品，下一番疏通印证的工夫，否则，往往是不知其所云为何，如堕五里雾中。因此，"将这些恍惚依稀的话作出平正通达的解释，也是今天研究古代文论的任务之一"②。程先生具有感情与知性兼胜的气质，这使他对作品与理论均有过人的感受力和理解力。所以，写这类文章正是其本色当行。如《王摩诘〈送綦毋潜落第还乡〉诗跋》、《关于李白和徐凝的庐山瀑布诗》、《〈复堂词序〉试释》、《说"斜阳冉冉春无极"的旧评》等文，都是结合具体作品，以疏通古代诗词评论家简短评语的代表作。而在具体的分析中，程先生又总是根据不同

① 《说"斜阳冉冉春无极"的旧评》，《程千帆诗论选集》页一百八十八。
② 同上。

的情况采用与之相应的手段。或用考证的方法，如结合唐代的科举制度来阐说王维《送綦毋潜落第还乡》一诗，阐明了此诗的写作背景，并进而抉发了当时举子的心态，使人们对沈德潜《唐诗别裁》中的评语有了切实深入的了解；或用比较的方法，如比较李白《望庐山瀑布》二首与徐凝《庐山瀑布》诗，从而阐发、论证了苏轼的李、徐优劣论；或用欣赏的方法，如结合古人对周邦彦〔兰陵王〕《柳》词"斜阳冉冉春无极"一句的赞赏，进而探索这七个字中的含义，揭露了诗人将其复杂的感情统一于表现无限时间与空间的七个字中的秘密。由此可见，同样是以作品印证理论，其操作手段又可以是多种多样的，而这种手段的多样性又是由作品的复杂性所决定的。这方面的工作，在目前古代文论研究的疆域中，仍是一片待开垦的广袤的处女地。从这个意义上说，程先生的这些文章，是具有典范性的，是可以举一反三的。

二是从作品抽象理论。现存的古代文论著作，如《诗品》、《沧浪诗话》等，其理论都是古代批评家从具体作品中总结、抽象而来。但是，这一工作是否已被古人做完？作品中是否已没有更多的理论可再加以抽象、总结？回答是否定的。也正是立足于这样的立场上，程先生提出了古代文化研究要"两条腿走路"的主张：

从理论角度去研究古代文学，应当用两条腿走路。一是研究"古代的文学理论"，二是研究"古代文学的理论"。前者是今人所着重从事的，其研究对象主要是古代理论家研究成果；后者则是古人所着重从事的，主要是研究作品，从作品中抽象出文学规律和艺术方法来。①

根据这一思想，作者写了《古典诗歌描写与结构中的一与多》，从大量的作品中提炼出"一与多"这样一对为众多古典诗人所认识、采用，而未经理论家总结的美学理论范畴，这对促进古代文论研究的深入，具有发凡起例的意义。如何将古代文论的研究进一步引向深入，这是自八十年代以来古代文论研究界普遍关心、探讨的问题。"用两条腿走路"正是值得重视的方法之一。如果说，以作品来印证理论，还只是局限于如何准确理解古代文论遗产的问题的话，那么，从作品中抽象理论，就涉及到如何在既有理论范畴之外，进一步提出新的理论范畴的问题。其意义可以从两方面看：首先，开拓了古代文论的资料来源。中国古代文学理论的研究基本上始自五四运动以后。从资料运用来看，陈锺凡先生的《中国文学批评史》主要采自诗话、词话等书；其后，郭绍虞先生的《中国文学批评史》（上卷）出版，将材料扩大到史书和笔记，并旁涉经、子；方孝岳先生的《中国文学批评》，特别重视总集，进一步扩大了材料来源；最后，罗根泽先生的《中国文学批评史》还从佛经中挖掘出古代文论的材料（主要是翻译理论）。从此以后，古代文论材料的矿藏似乎挖掘已尽，后出的批评史及研究论者，在文献使用上大致不出以上范围。现在，程先生提出从作品中抽象理论的主

———————

① 《古典诗歌描写与结构中的一与多》，载《程千帆诗论选集》页四十四。

张，这不啻为古代文论研究界提供了发现一个新矿藏的重要信息。而且这一矿藏，犹如古代传说的"息壤"①，是生生不息，没有穷尽的。从作品中抽象理论，不仅诗歌可以如此，小说、戏曲皆然。其次，丰富了古代文论的宝库。目前的古代文论研究，较多的是以古人的理论著作为对象，这样的研究是必要的，但如果仅仅着眼于此，从古代文学理论的研究来说，就不免局限于对它们的再认识，既不能在古人已有的理论之外从古代作品中另有新发现，也就无法为今天的文学创作及理论批评提供更多的借鉴与营养。理论一旦形成，固然会循着其自身的逻辑变化发展，因此，研究古代文论，以现代新知去引发古典智慧，不失为理论发展的一条路线。而如果能根据现代的条件和认识，直从作品中提炼新的理论，并且以有组织的现代语言表达出来，那么，这种发展将是更为直接的。因此，研究古代的文学理论与古代文学的理论，二者虽然都是重要的，但比较而言，后者是更困难也是更有意义的工作。同时，这也是为人们注意得不够的工作。随着古代文论研究工作的深入，我相信，程先生的这一主张会得到愈来愈多的重视，这一方法也会得到愈来愈多的使用。

程先生研究古代文学历史及理论的方法，既是以作品为中心，因而也就可以说，以作品为中心是他的方法论原则。但这一原则却不是僵化的，而是开放的、有活力的。这里就涉及到八十年代中期许多人关心的文学研究中的新方法的运用问题。程先生是这样认为的：

---

① 《山海经·海内经》："洪水滔天，鲧窃帝之息壤以堙洪水。"郭璞注云："息壤，言土自长息无限，故可以塞洪水也。"

　　应用新方法，有一个前提，就是一定要使结论比用旧方法得出的结论更深刻，新的方法要能发掘出新的内容。至少要对旧方法有所补充，否则又何必要新方法？新奇要落实到作品的深入理解与开拓上，不然它就代替不了旧的。同时，不能因为提倡新的就排斥旧的，传统方法仍要保留。①

新与旧，在时间上是相对的。八十年代中期，关于新方法在文学研究中的运用曾引起热烈的讨论，但真正付诸实践、并取得成果的著作却并不多见。饶有趣味的是，程先生尽管没有在这方面进行理论阐述，但却在实践中不断探索。其中吸收自然科学的成果以丰富文学研究的方法，早在写于1944年的一篇论文——《韩诗〈李花赠张十一署〉篇发微》中就已体现出来。作者从现代物理学的角度分析了韩诗中"花不见桃惟见李"句的奥秘，使前人徒赏其妙而不知其所以然的问题得到了解决。结合物理科学家的科学成果进行文学研究，这种方法较之于前人，可以说是"新"方法，但这不是为了耸人听闻，而为了更好的理解作品。在学术上为"新"而"新"，其结果往往是貌似新异，实质上却近乎荒诞。我曾读到过一册新加坡学者写的小书——《论诗经的数学化》，即为反面一例。如他通过对《关雎》的研究，得到下列公式为结论：

―――――――

　　① 引自《访程千帆先生》，载《文学研究参考》1987年第一期。

设 X→ 流，则 Y→ 寤寐求之，设 X→采，则 Y→琴瑟友之；设 X→芼，则 Y→ 钟鼓乐之。X→ 关雎 (3)，则 Y→关雎 (3)，即 X＝Y。

这与文学研究的因缘岂不是太邈绝了吗？总之，运用新方法是为了比旧方法更好的理解作品，这应该是文学研究者在引进、更新研究方法时所应坚持的一项大原则。

在《相同的题材与不相同的主题、形象、风格》一文中，作者对四篇桃源诗作了比较研究。题材的因袭是文学创作中常见现象，尤其在中国古代重视传统的文化中，这一现象出现得极为频繁。由于时代与个人的因素，同样的题材在不同的诗人手中往往表现出不同的主题、形象和风格。而将原作与后来的作品进行这方面的比较，即将"原型"与"变型"的比较，这就是国外本世纪风行的"神话—原型"理论的内容之一。穆尔曼（Charles Moorman）在《神话与中世纪文学》(Myth and Medieval Literature) 中指出：

> 我深信，将神话研究的成果运用在文学上，使批评家拥有一套诠释的依准，得以迅速、准确地窥得文学作品核心所在。……要研究诗人如何运用神话，重点不在探讨神话的类似性质，而在研究其功用；不是寻求它与已知类型的相似性，而是了解诗人在已知类型中作了何种改革；不是追溯神话的起源，而是明察其运用。这一

切在我看来便是神话批评的正确目标。①

这里主要是就主题研究而言。而程先生通过四篇桃源诗的个体研究，也得出结论说：

> 就主题说来，王维诗是陶渊明诗的异化，韩愈诗是王维诗的异化。而王安石诗则是陶渊明诗的复归和深化。主题的异化和深化，乃是古典作家以自己的方式处理传统题材的两个出发点，也是他们使自己的作品具备独特性的手段。②

这无疑是告诉人们，在研究相同题材的不同作品的主题时，所采取的方法应该是注意其"异化和深化"。这与"神话—原型批评"的主张不是很相似吗？然而需要指出的是，程先生写作此文，并非得力于"神话—原型批评"，而只是受到清代的一位论诗者金德锳的启发，再对作品进行深入研究后而成，这说明任何文学研究的方法（无论新旧），只要它是科学的，就必定是符合于文学作品的某些特征，因而是能够说明文学史上的某些现象的。同时，从具体作品出发，深入了解作品，那么，传统方法中也同样能够转化出新的生机。更新文学研究方法并不仅仅局限于引进，对传统的批评方法予以创造性的转换，同样是有价值、有意义的。

---

① 转引自李达三《比较文学研究的新方向》，页二百五十二至二百五十三。台湾联经出版事业公司，1978年版。
② 《程千帆诗论选集》，页八十四。

在《张若虚〈春江花月夜〉的被理解和被误解》一文中，程先生试图说明，作品的显与晦虽然归根结柢取决于作品的价值，但整个文学潮流这个因素也是极其重要的。后代的文学观念对于前代作品的评价与其流传，有时可能产生重要的影响。如果说，作品从写作到流传要经过作者、作品、读者三个步骤的话，那么，着重于作者生平的研究是社会历史学派的方法，着重于作品本体的研究是"新批评"派的方法，而着重于读者审美反应的研究是接受美学的方法。接受美学乃是以读者为主体，而作品的价值则是未定的。从接受者的角度探讨作品显晦的根源，是接受美学的要旨之一。在这个意义上，程先生此文的研究方法吸收了接受美学的某些原理。《春江花月夜》的由晦到显，是由历史上诗歌风会的变迁决定的。但这并不是对接受美学理论的亦步亦趋，因为接受美学重视读者的反应，往往会由此而导致否定作品自身价值及意义的客观性，自然也就无所谓"理解"或"误解"。从哲学上来说，这是一种绝对的相对主义；而从文学史上来看，作品的价值终究是有其客观性的，他是影响其流传过程中或显或晦的最后根据。这也说明，在文学研究中，对引进的新方法也需要选择和改造。生搬硬套，就不免如禅家所说的"金屑虽贵，落眼成翳"①了。

以上所举的三篇文章，第一篇写于四十年代，后两篇均写于八十年代，从中不难看出程先生在研究方法上的一贯追求。一个优秀的诗人不摹仿别人，甚至也不愿意重复自己。

---

① 《宏智禅师广录》卷一，《大藏经》第四十八册，页三。

诗人如此，学者又何尝不是这样呢？从 1935 年在《金陵大学文学院季刊》上发表第一篇论文算起，程先生在古代文史领域中已辛勤耕耘了六十多年，他是一位不倦的探索者，故其成就也是多方面的。以勒为专书者而言，关于史学，有《史通笺记》；关于校雠学，有《校雠广义》；介于文史之间的，有《唐代进士行卷与文学》；关于古代文学，有《古诗今选》、《古诗考索》、《被开拓的诗世界》、《两宋文学史》等；关于古代文学批评，则有《文论十笺》。但在论文与专著之间，程先生更注重的是论文写作。他始终认为，一篇有真知灼见的单篇论文，其价值往往超过某些洋洋洒洒的专著（更何况有些所谓的"专著"乃杂钞贩卖他人观点而成）。所以，他自己也是非常注重单篇论文的写作的。多少年来，程先生研究的重点一直是古典诗歌，但是他没有写过一部有关古典诗歌史论的专著，甚至也很少写概论性的"宏观"论文。所以友人可能会不无遗憾地认为，程先生缺少"大部头"著作。作为跟随程先生学习了多年的学生，我认为这除了他在客观上遭遇了中国当代知识分子难以逃避的历史性悲剧命运，因而耽误了十八年黄金岁月之外，① 从主观上来说，是因为程先生更重视单篇论文的写作。他强调，学术研究不仅要使人从中获得知识，更重要的是要能使人获得方法，能够举一反三。用论文的形式便于较为纯粹地表达属于个人的学术见解，也便于深入细致地讨论学术上的某些关键问题，

---

① 程先生在《〈两宋文学史〉后记》中写道："就我个人来说，一部一九五七年春天就写成了的初稿的书，一直要等到一九八八年，还是在一位朋友大力协同之下，才能完成，历程竟达三十一年之久，这是不幸呢，还是幸运？……正是，'韶华到眼轻消遣，过后思量总可怜。'"

如《周易·系辞上》所说的"探颐索隐，钩深致远"。有了这个基础，要写专史或专论就方便得多。相对而言，专史或专论著作涉及面广，不免要吸收许多他人的研究成果作为自己著作的支撑点，因而兼综之功往往大于创辟之见。尤其是进入耄耋之年，程先生每每感到自己的"所能为"远不及其"所欲为"，所以，他更加注重撰写一些属于发凡起例的论文，以期能接引更多的来者。

重视单篇论文的写作是程先生学术思想的一个侧面，这其实也反映了他治学方法的特色。如前面已经提及的，程先生研究古代文学历史及理论，是以作品为中心的；以作品为中心，其所谈的问题就必须是具体的。因此，他解剖问题的切入口往往是某一作家、某一作品甚至是某一诗句。他往往是将某一问题放在一个大背景中加以考察，再从一个别问题中导引出一般的、带有普遍意义的结论。孔子云："我欲载之空言，不如见之行事之深切著明也。"①程先生解决问题，往往从个别到一般，由具体到普遍。这固然是因为他重视具体作品而又有全局通识的缘故，同时也是因为用这种方法得出的结论更加"深切著明"。所以，他着手直接处理的问题可能很细小，却不是饾饤琐屑；其结论虽然很大，但又不觉空泛无边。例如，《一个醒的和八个醉的》一文，直接剖析的只是杜甫《饮中八仙歌》这首诗，但实际上，作者所提出并试图解决的，却是文学史研究中一个重大的理论问题。在长期的研究工作中，程先生发现，作家的心灵发展，是随着

①　语见《春秋纬》，《史记·太史公自序》引。

他生活阶段的不同而变化的，因此，其作品的主题、题材、风格和创作方法等各方面，一生中也都在变化。这些变化的转折点，在作品中是有其标志的。抓住其转折的关节点，也就抓住了研究对象的特征。但这种转折的关节点，在作品中表现或隐或显，因此，必须善于捕捉那些隐藏着的转折点（这有赖于对作品的熟读深思）。众所周知，杜甫是我国诗史上一个伟大的现实主义诗人，程先生敏锐地发现，杜甫成为一个清醒的现实主义者，这一转变的完成是在唐帝国天宝盛世，而《饮中八仙歌》正是其起点和标志。诗中的"饮中八仙"在当时是欲有所为而被迫无所作为，不得已而遁入醉乡的一群。杜甫则是当时社会中的一个先觉者，看到了太平盛世的表面中所隐伏的危机，于是，他面对这群不失为优秀人物的非正常的精神状态，怀着错愕与怅惋的心情，睁着一双醒眼客观地记录下八个醉人的病态。杜甫与他们的关系，就是"一个醒的和八个醉的"。抓住了这一转变，就能看清诗人成长、成熟的关键，就能看清诗人心路历程的变化，就能看清诗人创作风格的递转，就能对诗人的地位作更深层次的把握。而这个结论，乃是立基于一首诗的深入分析后得出的。

立足于对个别问题的分析，是不是一定能推广为普遍性的结论呢？这就取决于研究者是否具有"通识"。有了"通识"，才能准确地把握住一与多的关系，如禅家所谓"一月普现一切水，一切水月一月摄"①。熟悉程先生的人都知道，

---

① 玄觉《永嘉证道歌》，《大藏经》第四十八册。页三百九十六。

他有着强烈的"通"的意识。他强调对问题的把握要有"通识"，他注重对学生的培养要成为"通才"，他希望教师授文学史能授"通史"。正因为具有如此强烈的"通"的意识，以及如此深厚的"通"的修养，就使得程先生的论文往往能够因小见大，以一驭多。我国古代各种文体源远流长，每一时代各体并存，有时一位作家兼工众体。因此，各种文体之间相互发生的影响，是很自然的。程先生的主要兴趣在古典诗歌，但他注重"通识"，也就必然会注意到各种文体。《韩愈以文为诗说》所讨论的就是文与诗二体的交融问题。作者从韩愈的个人修养及文学史的发展角度着眼，论述了"以文为诗"（包括"以诗为词"）的问题，对这种打破常规、不拘一格的创造性予以充分的肯定，同时也指出了其消极影响。特别需要指出的是，在这篇文章中，作者强调不能"将诗与散文、形象思维与抽象思维、曲说与直说的区分绝对化"①。在诗歌创作中，不仅不应排斥议论，而且议论也是创造形象的手段之一，作诗不能也不可能只用比兴，赋的手法乃是更基本、更普遍的。某一时期中，不少研究者一窝蜂地排斥宋诗，又将赋排斥在形象思维之外。程先生的这篇文章，立论不仅符合于古代诗人、作家的艺术实践，而且也表现了一个独立自主的知识分子的治学品德。而他之所以能辩证地认识到古代文学中各种文体的相互影响问题，并且指出这种影响的必然性，是与他注重"通识"分不开的。

　　"通"的意识还表现在古今之"通"。研究古代文学的人

---

　　① 《程千帆诗论选集》，页二百二十六。

要有当代意识，对当代文学的进展不能漠不关心。程先生强调：

> 关心当代文学，就是关心人民。因为当代文学提出了有关人民命运的问题①。

正因为如此，现代用传统形式写的诗歌，就不能排斥在研究古代文学和研究当代文学的学者的视野之外，因为这些诗歌反映了诗人对祖国和人民的深切关怀，他们的爱憎与忧乐有着鲜明的时代印记。这是对"我国历史上的屈原的哀乐、杜甫的哀乐、陆游的哀乐的继承和发展②。"《读〈倾盖集〉所见》一文，是对九位当代诗人所作的旧体诗集《倾盖集》的评论。这九位诗人在 1957 年的反右运动以及后来的某些其他的政治运动中，都曾受过不白之冤。由于程先生自己也有着与他们相似的不幸遭遇，以及在相似的境遇中煎熬出来的对历史的坚定信念，所以，他对这些作品中所郁结的忧愤之心与伤世之感能有深入的体会。更加上程先生对于中国古代诗歌史的发展流变具有"通识"，所以，在指出他们作品中的时代特色之外，还能发现他们的作品在艺术上的新创。如评聂绀弩的《咄堂诗》，认为从传统观念看来，他是"诗国中的教外别传"，并将聂诗与明代倪鸿宝相比较，指出聂诗"敢于将人参肉桂牛溲马勃一锅煮"；"初读只使人感到滑稽，

---

① 《关于治学方法》，载《闲堂文薮》，页三百二十九。齐鲁书社，1984 年版。
② 《读〈倾盖集〉所见》，《程千帆诗论选集》，页二百四十八。

再读才使人感到辛酸，三读则使人感到振奋"[1]。揭示了聂诗的特色。在一首赞扬杜甫的诗中，程先生说："愤怒出诗人，忠义见诗胆。"[2] 可见只要诗人对生活有真切的感受，对真假、善恶、美丑有强烈的爱憎，那么，不管他所采用的语言是文言还是白话，形式是新诗还是旧诗，都能够反映出当代的生活，都能够为人们传诵不衰，因而也都能够成为真正的艺术品。

（三）影响和地位

由于众所周知的原因，程先生的学术著作主要出版于八十年代以来，这里不妨开列一份著作目录[3]：

《唐代进士行卷与文学》 上海古籍出版社 1980 年版（有松冈荣志、町田隆吉日译本，题名《唐代科举与文学》，东京凯风社 1986 年版）

《史通笺记》 中华书局 1980 年版

《文论十笺》（《文论要诠》修订本） 黑龙江人民出版社 1983 年版

《古诗今选》（与沈祖棻合撰） 上海古籍出版社 1984 年版

《古诗考索》 上海古籍出版社 1984 年版

---

[1] 《读〈倾盖集〉所见》，《程千帆诗论选集》，页二百五十三。

[2] 《过巩县览少陵先生墓》，载《被开拓的诗世界》附录《闲堂诗存》，页三百六十五。上海古籍出版社，1990 年版。

[3] 收录时间下限为 1998 年。这里不包括编较类书，读者可参看《程千帆沈祖棻学记》附录。

《闲堂文薮》　齐鲁书社　1984 年版

《治学小言》　齐鲁书社　1986 年版

《日本汉诗选评》（与孙望合撰）　江苏古籍出版社 1988 年版

《校雠广义·目录编》（与徐有富合撰）　齐鲁书社 1988 年版

《被开拓的诗世界》（与莫砺锋、张宏生合撰）　上海古籍出版社　1990 年版

《程千帆诗论选集》（张伯伟编）　山西人民出版社 1990 年版

《两宋文学史》（与吴新雷合撰）　上海古籍出版社 1991 年版（台湾丽文图书公司 1992 年版）

《校雠广义·版本编》（与徐有富合撰）　齐鲁书社 1991 年版

《宋诗精选》　江苏古籍出版社　1992 年版

《沈祖棻程千帆新诗集》（陆耀东编）　武汉大学出版社 1992 年版

《沈祖棻诗词集笺》　江苏古籍出版社　1994 年版

《程千帆选集》（莫砺锋编）　辽宁古籍出版社　1996 年版

《校雠广义·校勘编》（与徐有富合撰）　齐鲁书社 1998 年版

《校雠广义·典藏编》（与徐有富合撰）　齐鲁书社 1998 年版

《俭腹抄》（巩本栋编）　上海文艺出版社　1998 年版

仅以上述所列，就达二十种之多，虽然其中包含了几种青壮年时期的作品，但大多数是在八十年代以后完成的新著。这些著作在学术界引起了重大反响，特别是在端正学术态度、标明学科方向、展示研究方法等方面，成为新时期学术发展中具有典范性的作品。需要指出是，1980年的程先生，已经是一个六十八岁的老人了，正是这种常人难以想象的旺盛的生命力和创造力，使得他在年逾古稀之后达到了其学术上的巅峰。

这里，我想结合程先生的一些著作，对其学术影响略作论述。

唐诗的兴盛与科举考试的关系，宋人已经提及。如《沧浪诗话·诗评》指出："唐以诗取士，故多专门之学，我朝之诗所以不及也。"后人对这一论断往往有不同意见，但专门研究并不多。程先生于1947年在武汉大学任教时，偶然讲到王维《送綦毋潜落第还乡》诗，为了向学生解释清楚沈德潜对此诗"反复曲折，使落第人绝无怨尤"之评，开始关注唐代的科举制度，最终在三十多年之后写成了《唐代进士行卷与文学》一书①。关于这部书在学术上的意义，我想引用傅璇琮先生的一段话来说明：

> 真正将唐代行卷作专门的探讨，并且把行卷的风气与文学的发展联系起来加以研究的，是程千帆先生的专著《唐代进士行卷与文学》一书（上海古籍出版社1980

---

① 参看《〈唐代进士行卷与文学〉日译本序》，《程千帆沈祖棻学记》，页二百八十四。

年8月出版）。程先生的这本书字数不算太多（六万余字），但相当精粹。这是近些年来唐代文学研究和唐代科举史研究的极有科学价值的著作，它的出版使这些领域的研究得以向前扩展了一大步。程先生由唐代进士试的特点，考察了唐代进士行卷风气的形成，以及这种风气对当时的诗歌、古文和传奇小说的创作所起的积极的作用。书中对进士行卷的风尚给予文学的作用是否有估计过高之处，还可以进一步讨论，但这种研究方法是可以开阔人的视野，给人以启发的。①

傅先生的《唐代科举与文学》是八十年代以来唐代文学研究中的代表作之一，程先生说"其成就远远超过了拙著"②。从学术研究的发展来看，程先生的《唐代进士行卷与文学》可谓导夫先路者。文史结合是中国古典学术的传统之一，由于家学和师承等原因，程先生的治学继承了这一优良传统。这里也许还应该提到史学大师陈寅恪的影响。关于行卷与文学关系的研究，其引用文献中就包括陈寅恪在1936年发表的《韩愈与唐代小说》③，《唐代政治史述论稿》、《元白诗笺证稿》、《读〈莺莺传〉》等。陈寅恪的文史兼治偏重于史，而程先生的文史结合则偏重于文，是从背景研究方面解决文学上的问题。九十年代以来，以文化眼光来看待文学成为一时风尚，从这个意义上说，程先生的《唐代进士行卷与文学》

---

① 《唐代科举与文学》，页二百四十七。陕西人民出版社，1986年版。
② 《闲堂自述》，《程千帆沈祖棻学记》，页八。
③ 此文原载《哈佛亚细亚学报》，第一卷第一期，程先生于1947年译成中文，刊于《国文月刊》第五十七期，后收入《闲堂文薮》。

可谓得风气之先。

　　1983 年，在全国哲学社会科学七五规划项目基金资助评议会上，程先生提出了"唐宋诗歌流派研究"的计划，并且以指导博士论文的形式实施其构想①。从题目的拟订，到切入点的确定；从研究思想的设置，到具体文字的润饰，程先生倾注了大量的心血，最终产生了三部有分量的博士论文：《江西诗派研究》（1984）、《大历诗风》（1987）、《江湖诗派研究》（1989）。八十年代初，古代文学研究界通常进行的是个别的作家作品研究，带有宏观性的诗歌流派研究非常罕见。"唐宋诗歌流派研究"的提出，不仅是一个具有填补学术空白的选题，同时又是一个具有学术预见的选题。1986年，《文学遗产》编辑部发布"古典文学宏观研究征文启事"，并将"研究某一流派、风格、创作集团的基本特点"、"从各种角度对不同流派、风格。创作集团作比较研究"列入选题范围②。一时间，宏观研究成为古典文学研究的热点。这当中难免泥沙俱下，但从二十年来的学术发展看，宏观研究在拓展学术视野、开阔学者胸怀，使得学术研究在更为广泛的范围中寻求事物与事物之间的内在联系，是有不可磨灭的功绩的。日本中唐文学研究会会长、京都大学川合康三教授指出：

---

　　① 蒋寅在 1985 年 4 月 11 日的日记中记录了程先生关于博士论文题目的谈话："博士论文不宜搞一个作家研究，应取一个诗派或一段文学史最好，因为这可锻炼和表现出综合概括能力。莫砺锋做了江西派，江湖派、韩孟元白或大历都可以作文章。"见蒋寅、巩本栋、张伯伟《书绅录》，载四川大学中文系编《新国学》第一卷，巴蜀书社，1999 年 12 月版。
　　② 《文学遗产》1986 年第三期封三。

大历时期的作家，作为中唐的准备期，无论是在文学上还是在思想上都有着重大的意义，却长期受到冷落，直到最近才有少数研究者予以关注。（蒋寅的《大历诗风》可以说是促使对此一时期关心的最早论著。）①

我还想再次引用傅璇琮先生的一段话：

千帆先生提出的"唐宋诗歌流派研究"，以及莫、蒋、张三君体现了千帆先生治学思路的这三部著作，将在我国的古典诗歌研究学术史上占有特定的位置，其意义及经验必将日益为学界所认识和汲取。②

回顾八十年代以来的古典文学研究，我们不难发现程先生提出的这一研究构想的学术意义。

程先生的学术高潮，是在八十年代以后来到的。但毕竟这时已年逾古稀，他深感"所为远不及其所当为，所得远不及其所欲得"③，因此，他更注重在方法上发凡起例，以便接引更多的来者。《程千帆诗论选集》一书，集中了他一生论文的精华，尤其重在选择在研究方法上富有启示意义的论文。所以赵昌平先生曾这样说：

建议读者读一读《程千帆诗论选集》，特别是其中

---

① 《中国の自传文学》，页二百二十九，二百七十七。日本创文社，1996 年版。
② 《〈江湖诗派研究〉序》，《程千帆沈祖棻学记》，页一百九十。
③ 《闲堂自述》，《程千帆沈祖棻学记》，页十一。

《读诗举例》、《古典诗歌描写与结构中的一与多》、《相同的题材与不相同的主题、形象、风格》、《张若虚〈春江花月夜〉的被理解和被误解》诸章，其中有关一与多、形与神、曲与直、物与我、同与异、小与大诸关系的艺术辩证法的论述，有关古代，特别是近代诗论家研究成果的再思考，……包蕴了作者在精谙传统诗学基础上，兼融外来理论，力图建构高于民族特色的诗学体系的积久艰辛的努力。①

这本书所收的论文，在新时期古典文学，尤其是古典诗学研究中起到示范性的作用。本书也于 1995 年获首届全国普通高等学校人文社会科学优秀成果一等奖。

在一次访谈中，程先生讲到大师的意义。他说：

大师应该有两个意义：一是他本身研究的对象十分博大精深，超过同辈人；还有一种大师，我觉得是更基本也是更重要的，就是他能开一代学术风气。不是要求他之后的人都沿着他开拓的疆域路子走，而是以他的人格品德学风，来启发整个一代人，两者常常是结合在一起的。②

程先生一生的学术道路，我觉得，这一番话，正是可以作为

---

① 《评程千帆、吴新雷先生的〈两宋文学史〉——兼谈文学史编写的若干问题》，《程千帆沈祖棻学记》，页三百二。
② 《老学者的心声——程千帆先生访谈录》，《程千帆沈祖棻学记》，页一百一。

"夫子自道"来理解的。

1999 年 7 月于南秀村寓所

[附记]

　　本文写成于 1999 年 7 月，原是应陈平原主编《中国文学研究现代化进程续编》而作。写成后呈请闲堂师一览，先师以"深稳可讽味"五字评之。墨迹犹新，而人隔重壤，痛何如哉！2000 年 6 月 20 伯伟挥泪记。

图书在版编目 (CIP) 数据

闲堂诗学 / 程千帆著. —沈阳：辽海出版社，2002.5
（2018.3 重印）
ISBN 978-7-80669-403-9

Ⅰ．闲… Ⅱ．程… Ⅲ．诗歌—文学理论—研究—中国
Ⅳ．1207.22

中国版本图书馆 CIP 数据核字 (2002) 第 030388 号

闲堂诗学（全二册）

责任编辑	徐桂秋　丁　凡
责任校对	刘娟娟
开　本	155mm×230mm　1/16
字　数	350 千字
印　张	34.5
版　次	2018 年 3 月第 2 版
印　次	2018 年 3 月第 1 次印刷
出　版	辽海出版社
印　刷	天津兴湘印务有限公司

ISBN 978-7-80669-403-9　　　　定价：86.00 元（全二册）